Roberto de Sousa Causo

OUTROS LIVROS DE
ROBERTO DE SOUSA CAUSO PELA DEVIR

FANTASIA E HORROR

A Sombra dos Homens
A Corrida do Rinoceronte
Anjo de Dor
Duplo Fantasia Heroica (com Christopher Kastensmidt)
Duplo Fantasia Heroica 2 (com Christopher Kastensmidt)

FICÇÃO CIENTÍFICA

Duplo Cyberpunk (com Bruce Sterling)
Glória Sombria: A Primeira Missão do Matador
Shiroma, Matadora Ciborgue

Roberto de Sousa Causo

DEVIR

Copyright © 2017 by Roberto de Sousa Causo
Copyright da ilustração de capa © 2017 by Vagner Vargas
1ª Edição: publicada em março 2017

DEVIR
devir.com.br

Editorial
Coordenador Editorial Brasil: Paulo Roberto Silva Jr.
Revisão: Ivana Mattiazzo Casella
Diagramador: Tino Chagas

ISBN / Código de Barras: 978-85-7532-638-1

Publicado por **Devir Livraria Ltda**.

Código Devir: DEV333120

Atendimento
Assessoria de Imprensa
Maria Luzia Kemen Candalaft
luzia@devir.com.br
SAC: sac@devir.com.br

Eventos: Marcelo Meletti
eventos@devir.com.br

Brasil
Rua Teodureto Souto, 624
Cambuci cep 01539-000
São Paulo — SP — Brasil
Telefone: (55) 11 2127 8787
Site: www.devir.com.br

Portugal
Pólo Industrial Brejos
de Carreteiros Arm. 3, Esc. 2
Olhos de Água
2950-554 — Palmela — Portugal
Telefone: (351) 212 139 440
E-mail: editora.pt@devir.com
Site: www.devir.pt

```
Dados Internacionais de Catalogação na Publicação (CIP)
           (Câmara Brasileira do Livro, SP, Brasil)

     Causo, Roberto de Sousa
        Mistério de Deus / Roberto de Sousa Causo. --
     São Paulo : Devir, 2016.


        1. Ficção científica brasileira I. Título.



  16-05167                        CDD-869.308762
           Índices para catálogo sistemático:
        1. Ficção científica : Literatura brasileira
           869.308762
```

Mistério de Deus

Copyright © 2017 by Roberto de Sousa Causo. Todos os direitos desta edição reservados. *Copyright* da ilustração de capa © 2017 by Vagner Vargas. Os eventos, instituições e personagens apresentados neste livro são fictícios. Qualquer semelhança com pessoas reais vivas ou mortas é mera coincidência. Nenhuma parte desta publicação pode ser reproduzida, por quaisquer meios, sem a autorização expressa por escrito dos detentores dos direitos autorais. Todos os direitos para a língua Portuguesa reservados à Devir Livraria Ltda. Todos os direitos reservados e protegidos pela Lei 9610 de 19/02/1998.

*Mais uma vez, para Carlão, Eduardo, Joel,
Kleber, Neil, Osvaldo, Tadeu e Toninho:
meu time de heróis.
E ao meu colega de treino, Paulo Serra.*

Eu me pergunto se todas as cidades têm essa escuridão —
a sensação de violência logo abaixo da superfície... Estão
elas todas cheias de sussurros sombrios? Havia sussurros e
alusões a assassinatos encobertos, a ataques aos fundos
municipais... Era uma escuridão que parecia se erguer dos
pântanos, uma espécie de presença sussurrante que nunca
se mostrava — uma violência submersa que borbulhava
silenciosamente como a vegetação putrefata sob as águas
negras dos pântanos...

—John Steinbeck

Nós poucos, felizes poucos, nós bando de
irmãos.
Pois ele que hoje verter seu sangue comigo
Será meu irmão...

—William Shakespeare, *Henry V*

O correr da vida embrulha tudo, a vida é assim: esquenta e esfria,
aperta e daí afrouxa, sossega e depois desinquieta. O que ela quer
da gente é coragem... Viver é negócio muito perigoso.

—João Guimarães Rosa

MISTÉRIO DE DEUS

PRÓLOGO

Então isso era a morte Lembrava-se vagamente do evento e surpreendia-se ao encontrar a consciência envolta na neblina sufocante A única visão que tinha além de mil sombras indistintas da vida passada era uma faixa estreita de luz e a silhueta que por trás dela se movia Aproximando-se viu ou sentiu que era uma forma esguia e suave e também ela ciente da sua presença do lado oposto Tentou passar pela fenda mas qualquer substância que lhe restasse detinha-se dolorosamente no umbral por haver vida lá além do alcance e cá apenas um nada branco adensado e mil sombras de si mesmo vazias de qualquer poder Do outro lado do umbral o alguém no espaço vivo talvez fizesse o que lhe era impossível e cruzasse a distância mas não Só a fala ou a voz ou o pensamento ou apenas a vontade cruzava a brecha vida morte O QUE QUER e a resposta única SAIR DAQUI e COMO e COM O QUE TENS CARNE OSSOS SANGUE VIDA mas a forma distante moveu-se sem sair do lugar e tudo o que lhe prometeu foi um riso um cárcere uma condenação uma absolvição um sacrifício

    Uma espera

SEGUNDO PRÓLOGO

Fecho meus olhos, e penso no lar
Outra cidade passa, na noite
Não é engraçado isso, você nunca sente falta até que ela tenha passado
E meu coração lá está e estará, até o dia de minha morte

Então compreenda
Não perca tempo sempre em busca dos anos perdidos
Encare... Levante a cabeça
E perceba que está vivendo os anos dourados
  "Wasted Years" Adrian Smith (Iron Maiden)

O homem nunca pode chegar a prever todos os
perigos que o ameaçam a cada instante.
  Horácio

SUMARÉ, SP — 1991

Soraia Batista via a escola como um brinquedo de blocos de concreto, montado em uma colina e cercado de postes do mesmo material cinzento, postes que se curvavam para dentro feito uma fileira interminável de dentes. Como se não bastasse, fileiras enferrujadas de arame farpado estendiam-se no topo.

Uma escola de periferia. E ela, uma professorinha de periferia, em seu primeiro dia de aula. Havia um sentimento agridoce associado à ideia — sugestão de coisas novas, mas também de um retrocesso, um fracasso.

Afastou o pensamento, enquanto saltava da sua Caloi Ceci de cinco anos e a empurrava pelo portão aberto. A bicicleta era pintada de azul e carregava na cesta em frente ao guidão um caixote de ripas de madeira, cheio de livros. Soraia a empurrou para junto da barra longa feita de velhos canos de chumbo, e a amarrou ali com uma corrente emborrachada. Apanhou o caixote e olhou para a frente, procurando a secretaria. Melhor deixar sua insegurança para a hora-H.

De sua casa em Sumaré até a escola no ex-distrito de Hortolândia eram seis quilômetros. Uma boa pedalada. Ela vinha suada apesar de todo o desodorante seco aplicado antes de sair, mas valia a pena pelo exercício e pela economia na condução.

Levou algum tempo para se lembrar de onde ficava a secretaria. A escola era realmente cinzenta, toda feita de ângulos agudos, com um chão encerado e morto e pontilhados de chicletes fossilizados em superfícies milimétricas. Em volta o terreno tinha árvores e uns poucos pontos gramados, mas o que predominava era a terra vermelha que subia pelas paredes, polvorenta e sanguínea. Soraia entrou e deitou a caixa com os livros em cima do balcão. Valéria Ferreira, uma professora de Matemática que tinha conhecido na semana anterior, notou que ela estava ali e sorriu para ela.

— Oi, Soraia.

Valéria procurou alguma coisa em uma pilha de pastas amarelas. A lista de presença.

— Quantos alunos? — Soraia perguntou, abrindo a pasta.

— Quarenta e três, acho.

Tirou os olhos da pasta e encarou Valéria.

— Mas tudo bem — disse com um sorriso, a professora de Matemática. — A gente sempre espera uma desistência de uns quinze por cento, nos dois primeiros meses.

— *Quinze* por cento?

— É o Brasil, minha filha.

Soraia vinha dar aulas de Inglês. A escola estadual tinha falta de professores dessa disciplina. Tinha perdido a última para um concurso público, e precisava tapar o buraco o quanto antes. O diretor havia ligado, num gesto de desespero, para a escola Fisk de Sumaré, junto à qual Soraia havia trabalhado como monitora uns quatro meses antes. Depois de uma breve entrevista, eles a aceitaram em bases muito precárias — ela era uma espécie de professora "substituta interina", ganhando bem menos que uma concursada.

Precisava do dinheiro, de qualquer modo. *Qualquer* dinheiro.

Há seis meses, seu pai, Gabriel Batista, depois de levar o restaurante da família à falência — com uma vênia para o Plano Collor —, havia tirado a própria vida com um frasco de remédios, deixando Soraia e a Mãe sozinhas para se verem com as dívidas.

Não vinha de bicicleta apenas pelo exercício. O carro da família tinha sido vendido para cobrir parte das dívidas, e, na ponta do lápis, Soraia havia calculado a economia em passes de ônibus.

Ela tinha apenas vinte e um anos.

Em algum momento de sua vida cultivara sonhos de uma faculdade de Veterinária, talvez feita na prestigiosa UNICAMP. E a cerimônia de casamento suntuosa que o Pai vivia lhe prometendo, com seu namorado — *ex*-namorado — João Carlos Facioli: ele não fora mais fiel que o Pai. Mas tudo isso era passado.

Da secretaria ela foi ao banheiro reservado aos professores. De sua *pochette* tirou o tubo de desodorante seco. Não ia alterar muito as manchas escuras de suor nas suas roupas, mas pelo menos os alunos não teriam de tapar os narizes. Soraia ainda escovou os cabelos louros e curtos, e pintou os lábios com um batom discreto. No espelho, seus olhos verdes acinzentados revelavam o quanto estava assustada. O rosto forte, meio gringo, não tinha perdido a faixa de rubor entre o nariz fino e as maçãs salientes. Como monitora no Fisk nunca pegara mais que seis alunos em uma turma, todos de classe média. Agora enfrentaria trinta e seis adolescentes de quinta série, de uma escola de periferia.

Seria o seu primeiro contato com essa realidade, mas já ouvira histórias de horror suficientes para saber que os problemas incluíam uso de drogas, gravidez adolescente, famílias desagregadas, mínimas possibilidades de emprego ao final do curso, moradias precárias, falta de cultura geral e de leitura.

Saiu do banheiro no exato instante em que soava o sinal de início das aulas. Caminhou até a classe designada para ela e chegou lá antes dos alunos. Escreveu seu nome na lousa, enquanto os meninos e meninas entravam ruidosamente e se sentavam em suas carteiras de tampos riscados e pernas de metal descascado. Quando eles se acalmaram, ela fez a chamada, de Alberto a Viviane, e levantou-se.

A professora que ela substituía havia se concentrado em pessoas e pronomes e em vocabulário, segundo o que Soraia soubera pelo diretor. Com certeza ela também tocara em verbos, e Soraia neste primeiro momento pensava apenas em dar uma revisão.

— Tudo no aprendizado da língua inglesa começa com o verbo auxiliar "*to be*" — disse. Segundo o aconselhamento do diretor, deveria dar aos alunos o básico, mas Soraia tinha ideias próprias, que incluíam falar o máximo de inglês possível, durante as aulas. Tinha uma pronúncia muito boa, da qual se orgulhava. — *Everything in the study of the English language starts with the auxiliary verb, "to be."*

As crianças a fitaram com olhos apagados. Soraia saiu detrás da mesa, caminhando para diante deles, lentamente.

— *To be or not to be* — disse, com um floreio teatral traçando um arco sobre sua cabeça. Algumas meninas riram. — *That's the question.*

"Ser ou não ser," recitou mentalmente. "O que vocês são e o que não são, o que querem ser e o que *podem* ser, o que o futuro reserva pra vocês, e o que eu posso fazer pra aumentar suas chances, essa é a grande questão. Não. A *única*."

Perto da hora do almoço, Soraia evitava resenhar o seu primeiro dia como professora. Os alunos pareciam obturados, distantes. Às vezes riam imensamente, nos momentos mais inapropriados. E quando ela tentava uma *performance* de efeito, eles pareciam estátuas de cera. Mas tudo bem... Teria tempo para se habituar a eles, e eles a ela.

Agora o que lhe importava mais era a fome que gritava em seu estômago, enquanto pedalava de volta a Sumaré. Em casa, a Mãe teria um prato de comida quente esperando por ela. A Mãe cozinhava tão bem... A única coisa que tinha sobrado da aventura do Pai com o restaurante. Soraia ainda se lembrava — era só uma menina, mas o Pai vivia dizendo: "Como a sua mãe cozinha! Tem uma mina de ouro nisso, filha. Um dia ainda convenço ela a abrir um restaurante." Bem, nisso o velho fora bem-sucedido.

Na estrada estreita de duas faixas, já perto do Horto Florestal, um rapaz caminhava no acostamento, com uma mochila às costas. Ao passar por ele, alguma coisa fez Soraia se voltar. Algo que a paralisou como um golpe no estômago e a fez escorregar o pé do pedal. Espremeu os freios da bicicleta até lhe doerem as palmas.

— Alexandre Augusto Agnelli? — perguntou.

O rapaz se deteve. Usava algum tipo de jaqueta militar verde, e calçava tênis envelhecidos.

— E eu só sei de uma pessoa, de todos os meus colegas de escola, que conhecia o nome todo de todo mundo — ele disse —, e que era assim loirinha que nem uma espiga de milho. Só que de cabelo mais comprido. Soraia.

Ela sorriu.

— Isso mesmo. Por onde tem andado, Alexandre? — perguntou. No mesmo instante em que as palavras deixaram os seus lábios, Soraia sentiu que havia uma acusação nelas. — Faz tempo que não a gente não se vê...

Olhou-o de cima a baixo. O rosto barbado, os *jeans* sujos... Uma cicatriz dividindo a sobrancelha esquerda. Soraia não se lembrava dessa cicatriz... Ele parecia tão diferente. Quanto tempo? Dois ou três anos, no máximo. Durante todo o percurso do primeiro grau e depois, Alexandre tinha sido como um irmão para ela. Sentiu o impulso de deixar a bicicleta cair no acostamento e abraçá-lo. Mas não conseguiu se mexer. Como é que dois ou três anos de afastamento tornavam duas pessoas que antes foram tão próximas, em quase estranhos? "É que esses dois ou três anos foram os piores", pensou.

— Eu fui pr'o Exército — ele disse. — Depois dei baixa, fiz uma coisa aqui, outra ali...

— De onde é que você 'tá vindo?

— Por aí.

Ele fez um gesto, indicando qualquer coisa no horizonte.

— Veio ver seus pais em Sumaré? — ela insistiu.

— Naaa. Eles não moram mais aqui. — Ele fez uma pausa, olhando para os pés. — Nem sei onde 'stão, pra dizer a verdade. Depois qu'eu fui em cana, perdi o contato com eles.

— Você 'steve preso?

Alexandre fez que sim, olhando outra vez para o horizonte. Soraia se perguntou se deveria continuar com a conversa. Estava claro que ele se sentia embaraçado. E ela, um cutucão de medo. Alexandre havia mudado. O que foi que tinha feito Soraia ver algo familiar no andarilho à beira da estrada? Mesmo que o encontrasse limpo e barbeado, teria dificuldade em reconhecê-lo.

— Peguei um ano — ele disse. — Em Monte Mor. Acabei de sair.

Soraia lembrou que havia um presídio lá, para prisioneiros de pouca periculosidade. O que dizer? Não era possível simplesmente dar um "tchau" e seguir seu caminho.

— O que vai fazer agora? — perguntou.

— Procurar serviço. E o seu Gabriel, como vai? Seu pai ainda tem o restaurante? Quem sabe?...

— Não — ela se apressou em dizer. — Faliu.

— E como andam os seus velhos? — Foi a vez de ele demonstrar interesse, evitando falar da falência.

— Tudo bem... — mentiu.

— É. Mesmo que seu pai ainda tivesse o negócio, não ia querer contratar um cadeie'ro, ia?

Soraia não respondeu. Seus olhos se voltaram para a estrada.

— Eu 'tô pensando mesmo é de trabalhar de boia-fria — Alexandre continuou. — 'Tava procurando serviço em Campinas, sem arrumar nada, e então lembrei que Sumaré costuma ter bastante serviço de boia-fria. Colheita de tomate, cana, essas coisas.

— Acho que sim.

— E você?

— Professora de Primeiro Grau. De Inglês. Comecei agora.

— Ah, Inglês é legal. Parabéns. Eu sempre achei que 'cê ia longe. Lembra quand'a gente era pequeno? Eu dizia q' 'cê ia longe.

Ela tornou a olhar para a estrada. Ele estava brincando ou?... Não. Para alguém que acabava de sair da prisão e tinha como melhor perspectiva trabalhar como boia-fria, ela tinha realmente ido longe.

— Você 'tá indo a pé, pra cidade?

— Isso. Pra lembrar dos meus tempos de pé de poeira. Mas de Campinas pra cá eu peguei carona.

Soraia apontou a Caloi Ceci.

— Eu te daria uma carona também, mas. . .

Alexandre olhou para o horizonte.

— Não cabe mais que um nessa magrela — disse. — A gente se vê por aí, Soraia Batista.

Ele também fazia questão de lembrar o seu nome todo, claro. Lembranças do tempo de escola alvoreceram em Soraia. A oitava série. Alexandre estava sempre por perto, sempre de olhar pousado nela. Quando ela o surpreendia, ele apenas sorria e continuava fazendo o que estava fazendo. Algumas amigas diziam que era gamado nela, mas Alexandre nunca se aproximou. A relação que tinham era diferente. Havia entre eles uma conversa fácil, como se os dois se entendessem, mas como se no fundo isso os desculpasse de tentar conhecer mais um ao outro. Um "conhecer" apenas no sentido bíblico, claro, porque ele com certeza sabia mais da vida dela do que a maioria de suas amigas. . . Ela não ficava muito atrás, em relação a ele. As encrencas dele com o pai, as suas atividades de esportista. . . E agora, uns poucos anos depois da separação com a formatura, parecia haver um abismo entre os dois. A vida era uma merda.

Ela sorriu para ele, a título de despedida, e tornou a pedalar.

Não olhou para trás.

Josué Machado apreciou os movimentos de suas mãos escuras e de dedos longos sobre o volante. Gostava de dirigir e gostava de carrões. O Opala SL da Polícia Militar era um carro a álcool — com o capô, as portas e o porta-malas em branco, e a capota e os para-lamas em cinza claro —, um automóvel mais que apreciável, apesar do pobre motor 151 de quatro cilindros de menos de 100 cavalos-vapor. Seu irmão Isaías tinha dois Opalas de modelos diferentes, mas ambos com o motor 250-s, mais potente, e que teria sido ideal para o Opala de patrulha. Isaías era mecânico de uma oficina em Campinas, e aumentar a potência desse tipo de carro era a especialidade dele. O próprio Isaías havia lhe explicado por que a corporação não usava o Opala com o motor mais forte: "Só fabricam o duzentos e cinquenta-s à gasolina, e existe uma lei que proíbe que o governo do Estado de comprar carros desse tipo, de passeio, com mais de cem cavalos. Política de austeridade, eu acho."

Josué tinha acabado de terminar a escolinha da Polícia Militar em Americana, e conseguira um lugar na Terceira, a companhia da PM que guarnecia Sumaré, sua cidade natal. Graças à nova política do Radiopatrulhamento Padrão, que colocava gente do lugar nas regiões patrulhadas. Passava agora pelo treinamento na radiopatrulha, depois do estágio nas ruas. Como tinha sido um dos primeiros da sua turma, fora designado para uma área relativamente tranquila, o centro de Sumaré. A maior parte das ocorrências pesadas se concentrava nos bairros da periferia.

Sentado ao seu lado, fumando no banco do passageiro, estava o soldado-PM Lúcio Ribas, que já tinha três anos de casa. Era o segundo dia da dupla. No dia anterior, Josué havia machucado o cotovelo direito no "guarda-preso", a grade de metal vasado em forma de favo, que separava os bancos da frente dos detrás, onde iam os presos, algemados a uma barra de ferro. Desse jeito, os policiais de uma mesma viatura podiam deter e transportar, sem precisar dos velhos camburões. E agora Josué já havia raspado o cotovelo machucado três vezes no suporte de armas entre os dois bancos da frente. O suporte era áspero, inexplicavelmente revestido de carpete, e inútil — não levavam a espingarda Remington .12 nem a carabina Puma, e nenhum policial colocaria o seu revólver no suporte menor por causa do fiel que ia do cabo da arma até o cinto.

Josué sabia pouco sobre Ribas, além do que a aparência do outro lhe dizia. Ribas devia ter um e setenta de altura, era magro e curvado, cuidava mal do uniforme e das botas, e seu corte de cabelo devia estar alterado há mais de um mês — a franja suarenta despencava sobre os seus olhos.

— Dá uma diminuída aí, meu — Ribas ordenou.

O Opala estava entrando na Rua Antonio Jorge Chebabi, perto do Clube União. Passava bem da hora do almoço, mas o sol brilhante não vencia uma certa brisa friorenta. Ribas apontou a pracinha triangular que havia diante do Clube.

— Olha só.

Josué viu um carrinho de lanches, pintado de vermelho e branco, todo arrebentado. Parou o Opala no meio-fio. A superfície laminada estava amassada, lacerada e perfurada de tiros. Até um poste de concreto ao lado tinha um buraco perfeitamente desenhado e grande como uma moeda, na altura da cabeça de um homem.

— Foi aqui o tiroteio de sábado passado? — perguntou.

Tinha tomado conhecimento da ocorrência, na preleção que o Sargento Medeiros tinha feito pela manhã.

— É isso aí, meu. Os caras 'tavam comendo e bebendo aí, quando apareceu o tal Maverick preto. Contaram que tinha três caras dentro, e que esses filhos da puta saíram atirando, mandando bala mesmo, sem aviso nenhum. Dois mortos e cinco feridos, quatro hospitalizados. Olha só os buraco'. A Polícia Civil 'tá falando na porra d'um quarenta e quatro Magnum, meu.

Josué fez uma careta — mais diante dos palavrões, que em reação à ocorrência propriamente dita. Era de uma família de evangélicos, que certamente o reprovaria, se soubessem que estava "andando" com um boca-suja como Ribas.

Já sabia dos números da ocorrência pela preleção, mas a notícia do calibre das armas era nova — e preocupante. Ele só tinha um Taurus .38 na cinta, duas cargas de munição e nenhum colete a prova de balas. Olhou de novo para o orifício no poste de concreto. Era um orifício de *saída*?

— Algum tipo de morte encomendada ou queima de arquivo? — perguntou.

— Só pode ser briga de traficante — disse Ribas. — Coisa rara, aqui no centro. Mas esquisito mesmo é que os caras do Maverick levaram um dos presuntos. Enfiaram o cara no porta-malas e se mandaram. Quando a gente chegou, fizemo' uma busca pela cidade inte'ra, mas sabe como é. Dizem que era um vê-oito mexido, deve ter sumido antes da gente chegar.

"Com os Opalas novos agora até que dava pra encarar. Antigamente, com os fusquinhas que a gente tinha, de jeito nenhum."

— 'Cê acha que o Maverick vai aparecer de novo? — Josué perguntou.

Enquanto falava, girou o volante para sair. Como Ribas não fez objeção, foi tocando a viatura.

— Pode ser. Vai saber. — Ribas deu um toque amigável no braço direito de Josué. — Aí a gente vai ter uma perseguiçãozinha, hein? Um racha pra valer, hein, meu?

Josué sorriu e fez que sim. De tanto conviver com o irmão na oficina, sabia mais sobre o desempenho dos carros, do que Ribas. Se era mesmo um Ford Maverick envenenado, só iriam capturá-lo com um esforço conjunto de várias viaturas.

Levou o Opala pela Jorge Chebabi até cruzar, várias quadras depois, com a Sete de Setembro, a principal rua de comércio da cidade. Ribas fez um gesto mole, com o braço direito.

— Sobe aí.

Ribas mantinha o rosto voltado para a calçada da direita. Duas quadras acima, mandou parar.

— Assim, em fila dupla mesmo? — Josué perguntou.

— Larga o carro aí e vem comigo, meu.

— Ligo o Giroflex?...

Mas Ribas já havia deixado o automóvel.

Viu que o soldado mais antigo interrogava um rapaz de jaqueta verde. As pessoas na calçada se detiveram em seus afazeres, e agora se voltavam para Ribas e o rapaz. Josué deu a volta pela traseira do carro e se aproximou dos dois. O rapaz carregava uma mochila, tinha roupas sujas e barba por fazer, mas parecia saudável e robusto, e não muito mais velho que o próprio Josué. Dizia alguma coisa...

— ...Eu tenho ela faz dois anos, e nunca me disseram nada.

— Não interessa, meu. *Eu* 'tô dizendo. Isso aí é material militar, do Exército, e é proibido pra civil usá'. — Ribas notou a proximidade de Josué, e fez sinal para que ele se achegasse mais. — 'Cê entendeu?

Os olhos do rapaz foram de Ribas a Josué, e depois retornaram ao seu interlocutor. Josué reconheceu alguma coisa familiar nele. Olhou para o peito da jaqueta verde-oliva, automaticamente em busca da tarja com o nome, mas não havia nenhuma.

— Olha, eu só 'tô passando por aqui, procurando trabalho — o rapaz disse, dirigindo-se a Ribas. — Eu podia guardar a jaqueta, se o problema é esse, e você me deixa ir...

— *Você* não! — Ribas gritou, com um dedo em riste. — Eu sou *autoridade*, e é pra ser tratado de "senhor".

Ribas ficou ali, com raiva no rosto aparecendo por baixo dos cabelos em desalinho. Parecia esperar que o sujeito se corrigisse, mas o rapaz não disse nada. Olhou para Josué, em um pedido silencioso de ajuda. Por um instante Josué pensou em pedir a Ribas que o deixasse em paz, mas como poderia desafiar o soldado mais antigo, na frente de todos os civis que haviam se detido em seu caminho, para apreciar, com expressões assustadas, a ocorrência?

O rapaz então baixou a mochila, despiu a jaqueta. Josué viu que ele tinha músculos sólidos e nodosos por baixo da camiseta. Sem uma palavra, ele entregou a jaqueta a Ribas.

— Pode i'embora agora, vagabundo — Ribas rosnou.

Ainda mudo, o rapaz apanhou sua mochila e seguiu, rua acima. Teve que abrir caminho por entre os transeuntes que se aglomeravam na calçada. Mais alguns segundos e as pessoas também se dispersaram. Josué viu que até os automóveis subindo a rua haviam parado, seus motoristas curiosos com o que se passava. Abriu a boca para pedir a Ribas que voltassem para a viatura, mas o outro estava concentrado em observar os passos do rapaz, até que ele dobrasse a esquina.

Voltou-se então para Josué.

— Da próxima vez vê se chega junto mais rápido, meu.

Bem, soube então que Ribas não tinha segundos pensamentos na hora de repreender um colega em público.

Ribas levantou a jaqueta verde-oliva, no gesto de medi-la contra o próprio corpo.

— É só dar uma lavada, que vai ficar joia, hein?

Josué não disse nada, mas pensou: "Não. O outro cara é bem maior que você."

Ainda se esforçava para lembrar de onde conhecia o sujeito. Estava claro agora que já cruzara antes com o rapaz, mas onde? "Bem, deixa pra lá", disse a si mesmo, enquanto retornava ao Opala. Se fosse mesmo um conhecido, seu sentimento de vergonha só faria aumentar.

Vanessa Mendel entrou em Sumaré pilotando a sua réplica vermelha do Shelby Cobra 427. Era só uma cópia brasileira feita pela Glaspac, em fibra de vidro e de acabamento apenas regular — Vanessa certamente preferiria ter o original. Bem, ainda assim possuía o conversível vermelho brilhante, de interior creme, dando o contraste perfeito para os seus longos cabelos negros e encaracolados — e podia correr a mais de duzentos quilômetros por hora.

Antes de ir direto à sua nova residência — uma verdadeira mansão que algum dia havia pertencido a um vereador corrupto da cidade —, Vanessa preferia circular pelo centro. Apesar de ser uma noite de segunda-feira, deveria estar bem movimentado, com a saída dos garotos do Colégio João Franceschini, ali perto. Ainda estava aprendendo a apreciar os ritmos e hábitos do lugar, embora visitasse Sumaré com certa regularidade há quase um ano.

Tinha morado em metrópoles tão diferentes quanto Buenos Aires e Panamá City, Cidade do México e Nova York — na maior parte das vezes vivendo em comunidades místicas ou em sujos bordéis —, mas a pequena e caipira Sumaré agora lhe importava mais que qualquer outra localidade. Porque tudo o que Vanessa havia aprendido em suas viagens lhe dizia que Sumaré era a cidade mais importante do mundo.

Não por muito tempo, porém. Com sorte, tempo suficiente para que ela fizesse o que tinha de fazer. Poderia comprar um Cobra original, então. Poderia comprar uma Ferrari, se quisesse — e um castelo na Escócia. E um apartamento duplex na orla do Central Park. Poderia viver em um iate, circulando o globo, se quisesse. Poderia derrubar governos e instaurar tiranias, se fosse essa a sua vontade. E de certo que vontades não lhe faltariam.

Vanessa sorriu. Fez o carro entrar na Praça da República. Havia movimento ali, sem dúvida. Ao parar o carro momentaneamente em um cruzamento, ouviu alguns rapazes conversando na calçada.

— Putaqueopariu — exclamou um deles, em voz alta o bastante para que ela pudesse ouvi-lo por sobre do ronronar do motor. — Ah, se esse avião descesse no meu aeroporto!

Um outro garoto riu.

— É — disse. — Você ia ter problemas de manutenção.

Seus companheiros riram. Até Vanessa não evitou um sorriso. "Vocês não viram nada, meninos", pensou. Ela tinha um e setenta e três de altura, pernas longas, e pesava sessenta e seis quilos, sem ser nem um pouco gorda — tinha noventa e oito centímetros de busto cheio, só isso. E ombros largos e fortes, para suportá-los. Sua figura costumava impressionar, onde quer que estivesse. Os cabelos negros lhe desciam até a cintura e tinham volume suficiente para forrar a fronha de um travesseiro. Tinha feito bastante sucesso em Buenos Aires e em Nova York, onde costumavam pagar bem por sua companhia. Em Bogotá fizera parte do estábulo de um barão das drogas, cuja cabeça ela entregou à concorrência por quinhentos mil dólares. O animal valia muito mais, mas ela não quisera regatear. Havia descoberto um terreiro de *brujería* que desejava frequentar por algum tempo, e tinha que "comprar o seu passe", por assim dizer. A próxima parada fora no Panamá, para ser uma das bruxas conselheiras de Noriega, dobrando no seu harém bissexual, testemunhando suas farras com jovens cadetes — até que os americanos invadissem o país em '89 e acabassem com a festa. E de lá para a Cidade do México, para se envolver com os cultos secretos da Santa Muerte...

Vanessa percorria cultos secretos e antros de *santería* ou de quimbanda ou de vodu ou as comunidades de psicopatas carismáticos, entrando e saindo livremente, evitando desgastantes iniciações ou a violência dos seus companheiros — pela força dos seus poderes de sedução e pela habilidade de enxergar onde se manifestava o verdadeiro sobrenatural. Pervertidos, loucos e maníacos, visionários da baixeza humana, os que supunham conquistar o poder de manipular a natureza a partir da tortura e do assassínio, a vida eterna a partir da castração de crianças, a invulnerabilidade pela ingestão de carne humana, as graças de demônios comprados com sacrifícios... Todos eles apenas arranhavam a superfície. Erravam os alvos, adulavam as forças mais fracas, sangravam a si próprios — enquanto rasgavam os outros, deixando um rastro de energia dispersa e de estupidez sem sentido, sem proveito. Mas Vanessa tinha a *visão*. Outros podiam ver à distância ou enxergar os mortos ou a doença invisível no corpo ainda saudável, ou uma possibilidade de futuro ou a sombra de um passado — *mas ela via a magia em operação*. Enxergava suas engrenagens como quem admira um corte de raios-x em um motor a combustão, às vezes como quem reconhece espaços em uma planta baixa, o trânsito de forças em um esquema de distribuição de energia. Sabendo onde a magia se encontrava, podia reproduzi-la.

Ia mais fundo, enxergava mais longe.

E de longe enxergara uma magia singular, sobre esta cidade.

Arrancou com o seu Cobra, deixando um adeuzinho para os rapazes.

Gostava de impressionar, embora não devesse. Um pouco de discrição era melhor, para o que tinha em mente. Mas ali era o lugar ideal para andar em grande estilo, e ainda assim não chamar atenção em demasia.

Observou os jovens saindo da escola, um enxame de automóveis dirigidos por garotos que vieram apanhar as namoradas, ou que estavam à procura de uma conquista rápida entre as colegiais. Tudo tão ingênuo, tão provinciano. Se andasse nua pelas ruas eles ainda assim nada poderiam fazer para impedi-la. A ideia agradou-lhe. Ainda o faria, qualquer dia desses.

Algo muito especial vinha acontecendo em Sumaré. Já há algum tempo, a propósito. Um ano ou mais. Vanessa não descobrira por acaso — tinha certeza de que fora atraída para o lugar. Um poder de dimensões que ela nunca conhecera antes havia eclodido ali. E apenas ela podia vê-lo, contactá-lo, aliar-se a ele.

Ela primeiro se instalou em Campinas. Visitava Sumaré pelo menos uma vez por semana, para sondar as estranhas vibrações que sentia pairando sobre a cidade. Levou meses para finalmente identificar o que estava acontecendo. É claro que, em parte, isso se deveu ao próprio fenômeno. Havia uma qualidade gradativa, crescente. Há alguns meses ela teve uma noite de pesadelos insuportáveis. Mais tarde soube pelos jornais que no mesmo dia, provavelmente na mesma hora, um empregado da boate local havia morto três bandidos, em uma construção abandonada da cidade. Também fora morta a cantora que estava com ele. A história toda era muito mal contada, cheia de lacunas, mas Vanessa sentia, com nitidez sobrenatural, que o incidente se relacionava de algum modo com o que ela sabia estar acontecendo à cidade. Após ler a respeito, decidiu se mudar para lá e sentir na pele as suas vibrações.

Agora, sentia que um clímax se aproximava, mas não podia prever o tempo que levaria. Talvez mais um ano... Não importava. Ela já tinha o que precisava para começar a construir o seu Grande Projeto.

Tinha passado a tarde em uma propriedade rural de Hortolândia, conversando com seus associados. Mas já há mais de uma semana que os tinha posto para agir. Precisava de mais, no entanto. A roda da fortuna que a vontade de Vanessa Mendel fazia girar precisava ganhar impulso.

Ao sair da Rua Sete de Setembro e entrar na Avenida Rebouças, seu Cobra passou por uma viatura policial. Vanessa não deixou de perceber que o Opala cinza e branco deixou o ponto em que estava estacionado, e passou a segui-la.

Havia um espaço movimentado nesse trecho da avenida. Vanessa passou a conduzir o Cobra em marcha mais lenta, para apreciar os grupos de rapazes e de meninas, circulando uns em torno dos outros. Ao mesmo tempo, uma parte dela se mantinha voltada para o Opala e os dois homens em seu interior.

Podia facilmente projetar um segmento de seus sentidos na direção desejada e por uma boa distância. Era um de seus talentos, embora não o único ou o mais importante.

Sorrindo com o que sondava do interior dos dois homens, conduziu o seu carro para a Avenida Marcelo Pedroni. Não deixava de estar rumando para casa, mas a rota escolhida permitia que um dos homens no Opala fizesse o seu movimento. A avenida era larga e solitária. Quando Vanessa diminuiu a velocidade em um trecho mal iluminado diante de um lote vazio, ouviu, como esperava, a sirene da viatura. Enquanto ela encostava no meio-fio, a calçada e o barranco do terreno vazio se iluminou com luzes girantes.

O Opala se deteve ao lado dela, a sirene calou-se. Os dois policiais saltaram juntos do carro. Um deles era negro, magro e alto, de farda engomada e cobertura na cabeça. O outro era um magricela desalinhado, que se aproximou sorrindo. Ele havia arrancado a tarja de velcro com seu nome. O outro tinha um "Josué o –" bem visível no peito.

— Carteira e documentos do automóve', moça — disse o magrelo.

Ela procurou os papéis na bolsa, com alguma demora por causa do comprimento das suas unhas pintadas de vermelho, e estendeu-os para ele. Enquanto o soldado os conferia, Vanessa sorriu para o seu colega negro. Ele a cumprimentou com um breve gesto de cabeça, mas seus olhos ansiosos se voltaram imediatamente para o outro.

— Ah, tem uma irregularidade aqui — disse o primeiro, estendendo os documentos para o colega. — Vamos ter que confiscar essa sua bela máquina, e te levar pra interrogatório.

Vanessa não disse nada, apenas sorriu. Seus olhos acompanhavam o que o policial militar negro fazia. Ele examinou rapidamente os papéis por cima do ombro do outro, e em seguida dirigiu um olhar incrédulo ao seu colega.

— Escuta, Ribas, vamos conversar ali do outro lado.

Ribas, o desalinhado, voltou-se para ele com uma expressão irritada.

— *O quê?*

O negro bateu com os papéis na palma da mão esquerda e deu a volta pela traseira do Opala, até o outro lado. Ribas bateu com o punho na lateral de fibra de vidro do carro vermelho, e o seguiu.

Respirando fundo e se concentrando um pouco, Vanessa podia acompanhar o que os dois confabulavam.

— Não tem nada de errado com estes documentos — dizia o negro Josué.

— Porra se tu não é idiota mesmo — Ribas retrucou. — 'Cê não vê uma puta quando vê uma, não? Essa mina é uma dessas que atende por telefone, meu. Se não fosse, o que 'cê acha que um mulherão desses ia 'tá fazendo aqui, num carro todo fresco, a essa hora da noite? Ela praticamente pediu pra gente para' ela. 'Cê fica na tua, meu, que nós vamo' arruma' uma foda grátis hoje.

Ribas saiu detrás do Opala arrumando o cinto nas calças frouxas, foi até o Cobra e parou em pé outra vez ao lado da janela do motorista.

— Olha aqui, moça. 'Tá tudo irregular mesmo. Não pode ficar desse jeito assim não.

Vanessa sorriu para ele. Poderia, em uma fração de segundo, cravar os três primeiros dedos de sua mão direita em sua garganta, até as falanges, e sabia que Josué, um novato, provavelmente demoraria demais para reagir. Ela já estaria longe, quando ele sacasse o revólver do coldre. Mas não, não poderia circular pela cidade sendo procurada pela polícia. É claro, teria que cuidar do negro em seguida, não poderia deixá-lo vivo. Mas havia alguma coisa nele de que ela gostava.

— E o que eu posso fazer pra evitar isso? — perguntou, com voz propositalmente doce.

O tal Ribas escancarou um sorriso grosseiro, voltando-se para o colega. *Uma foda grátis...*

Com um pouco de tempo, Vanessa poderia usar outro de seus talentos. Ribas ficaria tão agitado que não saberia nem como abrir o cinto, ou sonolento demais para enrijecer aquilo que o cinto guardava. Ou ela poderia projetar uma sugestão suave, e enfatizar os escrúpulos que angustiavam o seu colega Josué.

Antes que pudesse resolver-se, Ribas ficou na ponta dos pés, apoiou as coxas na porta do Cobra e, olhando em torno, começou a baixar o zíper.

Um braço comprido e negro se projetou diante dele e atirou a carta de habilitação e os documentos do carro no colo de Vanessa.

— Pronto, moça. 'Tá liberada — disse o negro. Sua mão esquerda puxava Ribas pelo cinto.

Assim que Ribas se desencostou do carro, Vanessa arrancou.

Mas uma parte dela ficou com Josué. Afinal, não precisou fazer nada. Os escrúpulos do rapaz o fizeram agir por sua própria vontade.

— Porra! Caralho! — Ribas gritava. — O que 'cê pensa q'cê 'tá fazendo, seu babaca?

Josué não respondeu. Virou as costas e entrou no Opala. Ribas se debruçou na janela do passageiro.

— Ô, seu porra, 'tô falan'o c'ocê! 'Cê não pode faze' isso não, meu. Não pode não. Sem o teu companhe'ro aqui na rua 'cê não dura nada não. Que que é, 'cê é metido só porque terminou em primeiro na porra da escolinha? A escola pra valer é aqui, na *rua*, e eu, *eu*, sou o teu professor!

Enquanto ele falava Josué deu a partida e começou a sair com o Opala, aos soquinhos. A certa altura Ribas parou de falar, abriu a porta e entrou, puxando apressado os pés para dentro encontra a viatura arrancava. Vanessa podia sentir o pequeno sorriso que levantou um canto da boca de Josué.

A uma quadra dali, ela riu e acelerou o seu carro. O rugido do motor foi uma gargalhada mais eloquente, e mais audível. Ia gostar de Sumaré. Sem dúvida alguma.

Alexandre Agnelli sentava-se em um banco de concreto, na praça arborizada que ficava entre o Fórum e o Centro Pastoral Nossa Senhora Aparecida. Tirou da mochila a escova e a pasta de dentes que trouxera consigo do presídio. Olhou em torno, para a tranquilidade da praça. Quando era moleque, costumava brincar muito ali, com os amigos. Brincavam de guerra na praça, de esconde-esconde, e às vezes subiam no telhado do Fórum para folhear catecismos e bater punheta.

Não tinha ideia de onde estariam os amigos de infância, ou se os reconheceria se topasse com eles.

Não tinha ideia de onde iria, depois de passar a noite ali.

Não tinha ideia do que faria de sua vida, nem de como a tinha perdido.

Tornou a pendurar a mochila no ombro. Estava sob uma árvore frondosa que bloqueava a iluminação da praça. Apanhou a escova e a pasta, levantou-se e caminhou até a torneira que havia ali perto, usada para molhar a grama.

Havia passado o dia andando sem rumo, sentindo o quanto a cidade tinha mudado, e o quanto a cidade não tinha mudado. Algumas faces lhe eram familiares, e o traçado das ruas ditava os seus próprios passos, seguindo as ondas de pedras portuguesas nas calçadas. No salão da agência do Banco do Brasil, na Sete de Setembro, ele havia apreciado uma exposição de quadros de um certo Ricardo Conte. Conhecia o sujeito. Era um cara popular, no tempo em que Alexandre tinha feito o Primeiro Grau. Tinham até andando juntos, embora Ricardo fosse mais velho. As pinturas dele eram um negócio... As coisas pintadas pareciam mais vivas e sólidas do que tudo o que havia em volta, as filas, o chão de piso de mármore, os balcões e os seguranças.

E o dia havia começado bem, com ele encontrando Soraia Batista na estradinha de Hortolândia. Soraia e seus cabelos dourados... Houve um tempo... Não. Melhor esquecer. Havia um abismo entre os dois, agora. Mas pelo menos ela parecia continuar a mesma. Soraia nunca esnobava ninguém, na escola ou em qualquer outro lugar, embora tivesse sido a menina mais bonita de todo o colégio.

Em algum ponto em toda a andança, Alexandre tinha embarcado em um estranho estado mental, uma jornada de lembranças, mansa alucinação de tempos passados, de tardes ensolaradas sobre um céu imensamente azul, de amigos que se foram, da família que já não estava mais lá, de um futuro que se estendia para além do horizonte, mas palpável, vivo, logo ali.

O encontro com os PMs fora um abrupto despertar. Um chacoalhão indelicado, certamente. Tinha aquela jaqueta v.o. desde que dera baixa do Exército. Nem na cadeia o incomodaram por causa dela. Dormiria sem o seu abrigo, nesta noite fria, e não teria a sua proteção no trabalho duro do dia seguinte.

Acordaria com o sol. Então desceria quatro quarteirões até o ponto em que o pau-de-arara aparecia para pegar os boias-frias. Ninguém soubera lhe dizer qual era o serviço. Se fosse cortar cana, podia contar com arranhões nos braços e nas mãos.

Aquele PM negro lhe parecera familiar. Mais um rosto do passado. O outro cara, o magrela, não. Nem conseguia se lembrar direito do seu rosto, embora o encontro com ele estivesse bem vívido em sua memória. Tinha uma testa estreita e olhos pequenos, mesquinhos, não tinha? Houve um segundo em que pensou em mandar o bunda-mole pr'o inferno. Houve outro instante em que pensou em quebrar o seu queixo com um bom direto de direita, fazer ele dormir ali mesmo na sarjeta. Teve o seu tempo de quebrar mandíbulas e narizes, antes de ir parar na prisão. Mas tudo que havia sentido nessa tarde foram fagulhas fracas brilhando brevemente no escuro.

Não tinha nada, agora. Reconheceu, como reconhecera antes em sua cela na prisão, que alguma coisa havia morrido dentro dele. Sua vontade fora reduzida a fantasias impotentes, enquanto seu corpo era guardado entre quatro paredes, quatro muros. Talvez, mais que sua vontade, ele próprio estivesse morto, transformado em um fantasma de carne e ossos.

Olhou em torno. A praça e as ruas iluminadas não escondiam a escuridão. Só as árvores copadas acenavam para ele na brisa fria, onipresentes canafístulas de galhos sussurrantes. Lembrou-se de um dia em que cruzava a praça, acompanhado dos amigos adolescentes, no exato instante em que a iluminação da cidade se apagou, num blecaute. Tinha lido em algum lugar que as luzes ofuscavam as estrelas, e, pensando nisso, havia olhado para cima — para ver a Via Láctea se derramando sobre ele.

Olhava para cima agora, mas não havia nada lá.

Cuspiu água e fechou a torneira. Guardou escova e pasta na mochila, pendurou-a firme no ombro. Ao longe, o rugido de um automóvel, enquanto ele voltava para o assento de concreto que limitava os canteiros de grama e árvores, e junto ao qual passaria a noite.

O rugido cresceu e as luzes do carro entraram na rua. O carro passou por ele e então brecou bruscamente. Era grande e negro, com rodas brilhantes como espelhos.

Ouviu os homens conversando dentro dele, mas suas palavras eram abafadas pelo barulho do motor.

A porta do passageiro se abriu e dois homens saltaram. Alexandre olhou em torno. Não havia mais ninguém por ali. Por alguma razão indefinida, sentiu medo.

A primeira coisa que viu, quando os dois homens deram a volta pela traseira do carro, foram as armas — revólveres enormes, de canos longos, pendurados pesada e desleixadamente em suas mãos.

Estava correndo antes de ouvir o primeiro tiro.

Sua única chance era uma carreira em diagonal, colocando árvores, postes de iluminação e os canteiros de grama entre ele e os atiradores. Ouviu simultaneamente os estrondos dos disparos e os projéteis cortando o ar. Uma parte racional de sua mente se admirou com a força dos estampidos — bem maiores do que o de revólveres comuns.

Sem que precisasse convocá-los, reflexos antigos assumiram os seus movimentos. Saltou a cerca do Centro Comunitário, sem se importar com o arame farpado. A mochila às suas costas se enroscou brevemente, mas cedeu com um curto *raasp*. Alexandre correu para trás da parede de tijolos baianos mais próxima e parou ali, para recuperar o fôlego.

Mas um tijolo à altura dos seus olhos explodiu em fragmentos que ricochetearam em seu rosto. Claro, um tijolo desses nunca deteria um projétil de grande calibre. Um segundo depois, ouviu a arrancada do carro, o ranger dos pneus, o berro de um motor superpotente. Não teria dado tempo para os outros entrarem. O motorista tentaria cercá-lo, se ele chegasse ao outro lado do quarteirão.

Dentro da área cercada do Centro Comunitário havia uma pilha de grandes dutos de esgoto feitos de concreto. Com uma rápida corrida, Alexandre se escondeu entre eles.

O carro circulou a praça e o Centro, seu motor barulhento rugindo, como uma fera tentando desentocar a presa. Alexandre esperou em silêncio. Ouviu gritos, o som de passos apressados, mas os disparos ao menos, cessaram. Então as portas do carro batendo. Uma arrancada violenta, pneus guinchando no asfalto. Gritos e tiros disparados para o alto. Silêncio.

Quando ouviu as sirenes ao longe, Alexandre se levantou de um salto e correu na direção oposta à das sirenes.

Correu durante mais de meia hora, ziguezagueando pelas ruas, a mochila balançando em suas costas, até encontrar a avenida que beirava a estrada de ferro. Escondeu-se entre as moitas altas de capim-colonião, que margeavam os trilhos. Ficou ali, tremendo de frio e de medo, lembrando-se dos projéteis cortando atravessando a parede, cortando ruidosamente o ar tão perto de seu corpo; lembrando-se até que o medo aos poucos se transformou em raiva, e a raiva em um ódio profundo e indiscriminado. Estava de volta ao lar, e no primeiro dia policiais o roubavam e um bando de homens desconhecidos o caçavam como a um animal. Ele apertou a mochila contra o peito, e alguma coisa estalou dentro dele. Estalou como os ligamentos de seus quadris estalavam durante o aquecimento que antecedia a uma luta, depois de ter viajado cem quilômetros de Campinas a São Paulo, na Kombi apertada do Clube Atlético. Mas este estalo foi mais alto, dentro do peito, como se seu coração despencasse de seus encaixes. Não — o contrário. Seu coração se *encaixava* no lugar, despertava com uma dor aguda e espraiada, e se fazia sentir com um rufar de tambores em seus ouvidos.

Ele estava fora da cadeia, de volta ao lar, e vivo outra vez.

PRIMEIRA PARTE: OS ASSASSINOS

Gosto do jeito com que me deixa entrar
O seu jeito, quando as paredes desabam
Gosto do jeito com que seu estômago embrulha
E de como você grita para que tudo pare

Gosto das coisas que você tenta imitar
E de seu rosto quando o vejo se partir
E quando você diz que vai rezar por mim
Você percebe ser só caça para mim

—Dave Mustaine & Marty Friedman (Megadeth) "Reckoning Day"

Agora o contrato saiu
E eles lançaram a notícia
De que estou atrás de você

Não é pelo dinheiro
É a excitação da caçada
E eu estou atrás de você

—Steve Harris (Iron Maiden) "The Assassin"

Dê uma olhada em volta (vamos lá)
Não é tão complicado
Você está mexendo com o Crime Incorporado

—Bruce Springsteen "Murder Incorporated"

CAPÍTULO 1

Talvez um dia eu seja um homem honesto
Até aqui faço o melhor que posso
Estradas compridas, dias compridos, do nascente ao poente
Do nascente ao poente

Vá sonhando Irmão, enquanto pode
Vá sonhando Irmã, espero que encontre seu escolhido
Todas as nossas vidas, num instante cobertas
    pelas marés do tempo
  Bruce Dickinson & Janick Gers
  (Iron Maiden) "Wasting Love"

Eu sou um pé de poeira
Só cheiro a forró
  Abdias Alves "Pé de Poeira"

Em uma clareira está um boxeador
E lutador por ofício
  Simon & Garfunkel "The Boxer"

Diante do espelho, Soraia alisou a saia do vestido branco. Era um pouco velho, mas caía bem a partir de sua cintura fina, e se alargava prontamente em seus quadris amplos. Ela tinha o corpo esbelto e as ancas fortes, pernas compridas. Houve um tempo em brincava com as amigas, dizendo que tinham trocado as partes, na hora de montá-la, e que alguma moça de busto grande e costas largas andava por aí com um par de perninhas. Mas aprendera a apreciar seu corpo, pelo modo como os *rapazes* costumavam apreciá-lo.

A barriga tinha afinado, com a depressão depois que o Pai se matou, os braços ficaram um pouco menos roliços, no rosto a pele se apertara em torno dos olhos e do nariz e às vezes ela se surpreendia, mesmo longe do espelho, sentindo a expressão chorosa se chegar sem ser chamada.

Sua mãe apareceu na porta do quarto.

— Vai sair hoje?

— Vou, Mãe. Vou ver se encontro alguma amiga dos tempos da escola.

— Ah, tá bom. Vai sair no sábado à noite pra ver as amigas... Com *esse* vestido?

A Mãe sorriu e a deixou sozinha, perplexa, diante do espelho.

Realmente... A saia lhe caía bem nos quadris, e o tecido balançaria com o seu rebolado. Bem, ela não era de se jogar fora e talvez os rapazes também devessem saber disso.

Sentou-se na cama para calçar os sapatos, e imediatamente seu gato, Amarelo, tentou subir no seu colo.

— Não co'esta saia branca, Amarelo! — ela gritou, espantando-o para fora da cama.

Os sapatos eram perolados, combinando com a bolsa, e tinham quatro centímetros de salto. Talvez ela estivesse vestida "demais" para o passeio que pretendia, mas não lhe faria mal algum dar um gosto a si mesma.

Mirou-se de novo no espelho. Nada mal, especialmente com o bronzeado meio vermelho meio dourado que ganhara nessa semana, pedalando ao sol, fazendo contraste com o branco do vestido. Mas estaria melhor se o cabelo fosse longo — quebraria um pouco o volume exagerado das ancas e a deixaria menos pescoçuda. Costumava usá-lo comprido, mas quando da morte do Pai, por alguma razão resolvera cortá-lo. Talvez para parecer mais madura. Para parecer tão envelhecida quanto a morte do Pai a fizera se sentir. "Esquece! Não é dia pra se pensar nessas coisas", disse a si mesma, enquanto saía do quarto para se despedir da Mãe.

O invernico que subiu com a frente fria prolongada ameaçava extinguir-se de um dia para outro, mas a noite ainda era fria o bastante para ela usar uma blusa de lã azul por cima do vestido. Sentiu-se bem. Precisava mesmo sair um pouco. Sua primeira semana como professora tinha sido uma catástrofe esperançosa. Afinal, nem todos os alunos pareciam reflexivos ao que tinha para ensinar. O inglês mantinha algum charme, até mesmo entre os mais desprivilegiados. Ela já podia separar dos trinta e seis um pequeno grupo que parecia disposto a aprender. A sua verdadeira tarefa, porém, era alcançar ao maior número possível, e não se escusar com um grupo mais acessível, e esquecer o resto.

Alguns eram simpáticos, até. Como o Artur Rodrigues de Oliveira (ela realmente se lembrava do nome completo de todo mundo; não era curioso?...), que parecia mais velho que a média, um rapaz irrequieto, de olhar ansioso, que devia estar na sétima série mas que estava ainda preso entre os meninos — e era esperto, com algum talento para o inglês. Havia uma ingenuidade qualquer neles, uma coisa de criança que sobrevivia tanto ao peso do ambiente, quanto à adolescência irrequieta em que penetravam. Será que ela e seus amigos foram assim, quando estavam no Primeiro Grau?

Pensar nisso a fez lembrar-se do encontro com Alexandre Agnelli, e no modo como o tratara. Realmente havia se assustado, quando ele falou em ter sido preso, mas não sabia em que circunstâncias, e se sentia culpada por não lhe ter dado mais atenção. Suas lembranças dele eram de um garoto sempre gentil, como podia ter se envolvido com o crime? Estranho que, sempre que pensava em algum momento especial da adolescência, Alexandre parecia estar por perto. A excursão até o Play Center em São Paulo — ele estivera ao lado dela na Montanha Russa, não foi? Em uma outra excursão, para Ouro Preto, quando um cara esquisito tentou invadir o alojamento das meninas no albergue, foi Alexandre que apareceu para gritar com ele e dizer que ia chamar a polícia. Engraçado como sempre pensava nele como um protetor. E sempre estiveram juntos nos grupos de estudo e seminários... Encontrava-se com ele na discoteca, e até dançaram juntos, algumas vezes. Quando seu Pai montou o restaurante, Alexandre apareceu para ajudar a limpar o prédio alugado.

O que havia entre eles? Talvez o fato de serem filhos únicos. Tinham se aproximado ao ponto de serem como a irmã e o irmão que não encontraram em suas famílias. O pensamento a fez se sentir ainda pior. Como podia tratar um *irmão* dessa maneira? Era possível que alguém que fizera parte das suas lembranças fosse esquecido por um problema cujas razões ela nem conhecia?

Afastou os pensamentos. Alexandre era só mais uma parte da sua vida que havia se distanciado dela, contra a sua vontade.

Soraia e a mãe moravam perto da Praça da República, a uma quadra apenas. Quando era adolescente, as amigas costumavam frequentar a discoteca do Clube Recreativo, mas era improvável que as encontrasse lá, agora que todas estavam na casa dos vinte, namorando firme, algumas noivando, umas poucas até casadas e com filhos. Seria mais por ali, em torno da churrascaria da Avenida Rebouças, ou da pastelaria que ficava em frente ao novo supermercado.

Enquanto caminhava pela praça, percebeu que causava mesmo alguma comoção entre os homens. Rapazes, andando por ali em duplas e trios, viravam a cabeça para apreciar o seu rebolado, e carros diminuíam a velocidade. Alguns assobiavam ou soltavam um gracejo, que ela fingia não ouvir.

Parou na calçada, à espera de uma brecha no fluxo de automóveis, para que pudesse atravessar a rua na direção da churrascaria. Seria demorado.

Sentiu uma sensação estranha — teria de ficar ali em pé por quanto tempo, enquanto os motoristas quase botavam a cabeça para fora, para apreciá-la? Definitivamente, havia se vestido demais. Podia quase sentir o peso dos olhares. Então arrepiou-se. Havia um peso também em sua nuca, queimando mais do que qualquer outro. Soraia se surpreendeu — não era propriamente uma sensação desagradável ou pouco familiar.

Sem que pudesse impedir, seu rosto voltou-se para trás.

— Alexandre — disse, como se esperasse que fosse ele, o tempo todo.

— Soraia Batista — ele respondeu, sorrindo, e imediatamente Soraia notou que ele estava diferente, desde o seu encontro na estrada.

Para começar, não vestia a jaqueta verde. Estava apenas com uma camiseta colorida, e os mesmos *jeans* sujos e a mesma mochila no ombro. A barba estava mais cerrada — tinha de certo mais uns quatro dias de crescimento, pois ela o vira na terça. E o que eram essas marcas, arranhões em seus braços?

— Onde é que você se machucou?

Ele olhou para os próprios braços.

— Ah, cortando cana.

— Devia procurar um pronto-socorro ou alguma coisa...

— 'Tá tudo bem. E 'ocê 'tá linda, co'esse vestido. Eu lembro dele. Te vi usando ele por aí, depois da formatura.

"Oh, inferno", ela praguejou mentalmente. "Ele tinha que reparar que é um vestido velho? Ah, bem, ele nunca ligou mesmo pra essas coisas."

— Arrumou serviço, então? — perguntou.

— Temporário, como tudo na vida — Alexandre respondeu, e os dois partilharam alguns segundos de silêncio. — Quer se sentar comigo aqui um instante? — Apontou um banco de concreto. — Eu não sou a melhor companhia nas circunstâncias, mas...

— O que é isso, Alexandre? — ela quase gritou, atingida pelo remorso. — Você sabe qu'eu nunca te tratei mal.

Ele sorriu e estendeu a mão para ela, num convite.

— É verdade. Você foi a única menina da escola que nunca me esnobou.

— Como assim, "esnobar"? — ela perguntou, acompanhando-o até o banco.

Alexandre soltou uma breve gargalhada, voltando o rosto para o céu.

— Só você mesmo, Soraia Batista. 'Cê é a única... *fada* que sobrou neste mundo. Eu só queria conversar com você de novo, pra ter certeza de que 'cê *não* mudou.

Ela sorriu diante das suas palavras, e do modo como ele parecia vivo, aceso.

Fez o gesto de afastar os cabelos do rosto, que costumava fazer quando ele brincava com ela e ela fazia a sua careta costumeira, de que não o entendia. Mas seus dedos não encontraram nada. "Eu já 'tou regredindo aos tempos em que costumava conviver com ele — e meu cabelo batia no meio das costas."

— 'Cê 'tá bonita assim, mas eu preferia o cabelo comprido — ele comentou.

Isso disparou alguma coisa dentro dela, liberando a barragem de lembranças que desejava esquecer.

— Eu menti pra você, aquele dia na estrada — disse.

Ele piscou diante dela.

— E o que 'cê tinha pra esconder?

— Meus pais não 'stão bem — começou, depois de uma breve hesitação. — Meu Pai se matou faz uns seis meses, por causa das dívidas com o restaurante, e minha Mãe passa à base de remédios pra depressão.

Alexandre afastou os olhos dela, voltando-os para o trânsito na rua e os pedestres na calçada em frente. Foi como se um véu escuro cobrisse o seu rosto. Ele segurou a mão direita dela na sua. Soraia sentiu a pele esfolada e seca, contra a sua palma.

— É. O mundo é um lugar miserável, menina. — Voltou o rosto para ela. — Mas pelo menos os seus pais não te deixaram um ano na cadeia, sem te visitar nenhuma vez. Tenho certeza de que'a sua mãe se orgulha de você, e que mesmo o seu pai, onde quer qu'ele 'steja, também. Não posso dizer a mesma coisa dos meus.

— Eu não te tratei bem, aquele dia na estrada — ela disse. — Quando você falou que tinha sido preso, eu fiquei com medo.

— É... Isso acontece. É normal. Não vai me dizer que 'cê ficou triste por causa disso?

Ela fez que sim. Alexandre ainda parecia compreendê-la, sem esforço.

— O que 'ocê fez, depois da oitava série? — ele perguntou, mudando de assunto.

— Você sabe. Fiz o Curso Normal, e você foi fazer o de Administração...

— Nunca usei nada do que aprendi lá, se 'ocê quer saber. Mas, e depois da escola?...

— Meu Pai não me deixou trabalhar, 'cê acredita?

— 'Tava te criando pr'o casamento, hein? — Ele sorriu. — Eu sempre achei. 'Cê ainda namora aquele cara, o?...

— João Carlos Facioli. Não. — Encarou-o nos olhos. — Também tenho os meus desertores, sabia?

Ele balançou a cabeça e fez uma careta de desagrado.

— Eu sempre achei ele um babaca. Mas 'cê não precisa fala' assim do seu pai. Tenho certeza de que ele não queria que as coisas acontecessem do jeito que aconteceram.

— Mas ele não 'tá *aqui*, 'tá? — ela disse, talvez um pouco mais alto do que deveria.

Alexandre apertou mais a sua mão, e ela entendeu o que ele queria dizer, sem ser capaz de proferir as palavras: "Eu sempre vou estar aqui pra você." E parecia,

parecia que podia acreditar nele. Tantas transformações em sua vida, e agora a única coisa que lhe soava constante era esse rapaz que segurava a sua mão em um banco duro de praça, e que fizera parte de sua vida por tanto tempo sem nunca pedir nada — ele a fez *sentir* que tudo era o mesmo, que ainda estava na oitava série e que o mundo lhe prometia um futuro em que tudo estava intacto, família, casamento, filhos... Tudo inteiro esperando por ela. Queria acreditar que Alexandre sempre estaria ali para ela, mas que direito tinha de lhe pedir isso? Ele tinha os seus próprios problemas.

Notou a mochila, ao seu lado.

— Onde é que 'cê 'tá ficando? — perguntou.

Ele sorriu e baixou a cabeça. Bateu levemente na mão dela, com sua mão direita.

— Deixa pra lá. — Levantou-se. — Eu já abusei demais de você.

Ela também ficou em pé.

— Nós ainda somos amigos, Alexandre?

Ele armou de novo sua careta contrariada, e cerrou os dentes. Soraia viu em sua expressão alguma coisa grave, ira ou dor, que o sacudiu por dentro.

— Até o fim do mundo — ele disse. Ela não se lembrava de tê-lo visto dizer algo tão seriamente.

— Então faz uma coisa pra mim, amanhã — pediu.

— O quê?

— Passe lá em casa, a qualquer hora. É domingo. Eu moro no mesmo lugar, e vou 'tá esperando.

Ele ficou diante dela, hesitante. Considerava que sua aparência e seu passado não eram adequados a uma visita? Bem, talvez não fossem, mas ela queria vê-lo outra vez, de qualquer modo. Tinha algo em mente.

— Que tal na hora do almoço? Minha mãe vai gostar de te ver — insistiu. — 'Cê ainda se lembra de como ela cozinha bem?

Desta vez ele sorriu e levantou as sobrancelhas.

— Eu vou.

Alexandre acompanhou Soraia com os olhos, enquanto ela atravessava a rua. Só então ele se virou e caminhou na direção oposta.

Lamentava a morte do pai de Soraia. Tinha boas lembranças do seu Gabriel. Confiava que Soraia, com o tempo, esqueceria qualquer ressentimento com respeito ao velho. Não havia coração que não pudesse ser rosqueado outra vez no seu lugar, ele agora acreditava.

Acreditava nisso porque seu coração batia em seu peito como uma máquina nova, fazendo-o sentir-se vivo. Soraia Batista... Ela nunca soube.

Havia um ponto muito movimentado na Avenida Rebouças. *Café Expresso*, era o nome. Um tipo de lanchonete, construída como um chalé de madeira pré-fabricado. Estava sempre cheio de gente; a maioria adolescentes, meninos e meninas em grupos bem distintos. Ele próprio o tinha frequentado, quando na idade deles. Mas havia gente mais madura também. Resolveu passar por lá, só para ver o movimento, talvez topar com algum velho conhecido — não, besteira... Que chance havia de alguém ainda se lembrar dele?

Viu João Serra vindo na sua direção.

Os dois tinham feito juntos o Segundo Grau. Serra tinha um jeito de andar só seu, balançando os braços e dando passos longos que obrigavam seus quadris a girarem de um jeito engraçado. Era um cara grande, mais de um e oitenta, mais de oitenta quilos, uns oito acima do peso de Alexandre. Serra sempre andava no mesmo passo acelerado, como se pudesse atropelar qualquer um que entrasse em seu caminho. E provavelmente podia.

Ele fez um gesto, abrindo os braços, reconhecendo-o imediatamente.

Aproximou-se e tocou Alexandre no ombro direito, enquanto apontava a entrada do *Café Expresso*.

— Oi, Xandão — disse.

Sem pensar, Alexandre começou a acompanhá-lo, mas parou nos degraus da entrada.

— Não vou entrar não, Serra.

— Ah, mas é claro que vai — o outro respondeu, sem vacilar. — Tem que pôr a conversa em dia.

— Outra hora — Alexandre disse. — Olha... — Esfregou o polegar no indicador, e depois apontou o polegar para baixo.

— Ah! — fez Serra, como se fosse uma brincadeira de mau gosto, e empurrou Alexandre escada acima.

Foi guiado por Serra até uma mesa no canto mais afastado, que dava para uma rua transversal. O *Café Expresso* ficava na esquina.

— Aqui dá pra conversar — Serra disse. Havia apanhado um garçom pelo cotovelo, no caminho, e agora se dirigia a ele: — Luizão, traz dois pastéis de carne e uma Antártica, falou? Tudo bem, o pastel de carne, Xande?

Alexandre fez que sim. Tinha se esquecido que a especialidade do lugar eram pastéis.

— Tudo. Mas eu vou de Antártica o *guaraná*, falou?

— Então a minha garrafa é da pequena — emendou Serra.

Alexandre observou a rua por alguns segundos. Dali se via o movimento na avenida, carros e motos passando lentamente, e a moçada nas calçadas e no canteiro central, meninas jovens e de corpos esguios, vestindo *jeans* apertados e camisas decotadas, apesar do frio ameno que fazia. Serra voltou-se para Alexandre.

— Bem, e aí? Pode começa' a contar. Me disseram que 'cê 'tava na cadeia.

— Quem?

Ele fez um gesto com a mão esquerda, como se espantasse alguma coisa.

— Por aí.

Alexandre pigarreou.

— É isso mesmo — disse, lacônico.

— "É isso mesmo" porra nenhuma, Xande! — Serra disse, abrindo os braços. — Conta essa história tintim por tintim. A gente não estudou junto, não treinou junto? Então não vem com frescura não.

Alexandre sorriu e balançou a cabeça.

— 'Cê lembra que eu fui pr'o Exército — começou. Serra assentiu, e ele foi em frente. — Quando dei baixa, fui procurar serviço e não achei nada. Fiquei um par de meses assim. Naquela época não tinha nada...

— Eu lembro. Pra mim foi difícil também.

— Pois é. Aí, um dia eu 'tava em Campinas procurando trabalho, e encontrei um colega de quartel, que chamava Geraldo. Pois esse cara me arrumou serviço. — Fez uma pausa. — Ele era o tipo d'um... gerente de zona.

— Zona tipo ZBM? 'Cê 'tá de sacanagem.

— 'Tô não. Essa zona dele era um negócio diferente. Não é que ele bancava o cafetão. Ele só administrava *mesmo*. É que tinha esse bar, também tipo lanchonete, que servia de fachada pr'o negócio, e ele canalizava os recursos, distribuía os rendimentos; tinha as moças com carteira assinada como garçonetes, e convênio de saúde na UNIMED, INSS e tudo.

Serra caiu na gargalhada, avermelhando. Ele era meio ruivo, queimava vermelho, e corava com a maior facilidade, ainda que não pelo menor motivo.

— Pois é — Alexandre continuou. — Mas faltava uma coisa no negócio dele, que era um segurança.

— E ele sabia que 'cê luta boxe?

— Sabia. Eu continuei treinando, enquanto 'tava no quartel. No Clube Atlético. Quando o Geraldo me viu, me contratou no ato. Com'eu não tinha mais nada pra fazer, e meu pai 'tava enchendo o saco em casa, peguei.

"Era um negócio meio maluco, lá. O Geraldo tinha dezenove anos, era meio baixinho... e lá tinha mulher de vinte e cinco, de trinta. Estudante universitária, mulher divorciada... Chamavam ele de 'Nenê'. 'Nenê, pega esse negócio pra mim.' 'Ô, Nenê, não pode dormir no meio do expediente não, Nenê.' 'Não me atrasa nada nesse mês qu'eu te capo, hein, Nenê...'"

A cerveja e o refrigerante chegaram, e o garçom Luiz colocou as garrafas e os copos na mesa. Serra apanhou a garrafa de cerveja e encheu o seu copo. Depois encheu o de Alexandre com guaraná.

— Eu sempre achei q' 'cê ia pr'o boxe profissional...

Alexandre deu de ombros. Ele bem que acalentara o sonho.

— Até cheguei a fazer uma luta profissional — contou. — Foi meio por acidente, meio ilegal, pra substituir um cara que tinha se machucado. A história é meio comprida.

— Quand'é que foi isso?

— Entre eu dar baixa e encontrar o Geraldo. Foi no México, contra um cara que tinha quinze vitórias...

— 'Cê se deu bem?

— Eu 'tô aqui, não 'tô? E literalmente sem dinheiro pr'um pastel.

Serra ponderou isso em silêncio.

— E com'é que era o seu serviço, nessa zona? — perguntou.

Tinha um novo tom na voz, mais sério. Alexandre reparou, mas resolveu não ligar. Talvez Serra fosse do tipo que julgasse essas coisas, não sabia dizer. Fazia tempo que não o via, e os dois não tinham sido muito próximos.

— Sabe como é, o maior problema são os caras bêbados ou drogados, ou os que tentam obrigar as moças a fazer o que elas não 'tão a fim.

— Uai, e nessa zona as putas só fazem o que dá na telha?

— Eu te falei que é um lugar diferente. Não tem essa coisa delas deverem pr'o cafetão, dele dar porrada nelas se não agradarem a clientela, nada disso. — Alexandre bebeu um pouco do seu refrigerante. — Cada uma que 'tava lá 'tava por vontade própria. Algumas não tinham mais o que fazer, mas tinha dessas moças que 'tavam lá pra pagar a faculdade ou a conta do hospital de alguém da família. Era tipo uma cooperativa, uma *comuna* da putaria.

— 'Cê 'tá louco. Mas eu já ouvi falar dessas nega'. E como é que era, às vezes os caras queriam comer a bunda delas e elas não queriam e?...

— ...Ou os caras queriam que elas se drogassem. Algumas 'tavam nessa, mas a maioria não, porque, sabe como é...

— "Cu de bêbado não tem dono." Mesmo cu de prostituta.

— É. E elas têm o direito de dar ele pra quem quiser, ou não. Ainda mais nos tempos da AIDS, meu amigo. Os caras acham que porqu'elas são prostitutas elas topam tudo, mas nem sempre é desse jeito. Especialmente nesse lugar, em que as moças são de melhor nível. Também não transavam sem camisinha não.

"O negócio é que quando um panaca desses saía da linha, aí elas me chamavam. Em geral era só dar uma abafada nos caras, mas às vezes tinha que sair no soco. Outro problema era revistar os boyzinhos, p'rque muitos acham que pra ir na zona tem que ir maquinado."

— E 'ocê levava a melhor — Serra perguntou —, porque eu 'to vendo que'a sua cara 'tá limpa, salvo por essa cicatriz aí no supercílio.

— Essa eu ganhei daquele profissional. De resto, 'cê sabe qu'eu sempre fui bom na esquina.

Sorriu e bebeu um pouco mais, aproveitando que Serra também bebia do seu copo.

— Me fala uma coisa — Serra disse. — Devia sobrar muita mulher pr'ocê, então. Aposto qu'elas não chamavam *você* de "nenê"...

Alexandre riu.

— Beste'ra. Essas moças 'tavam lá pelo dinheiro e não facilitavam pra ninguém. E eu 'tava mais na de economizar uma grana e depois sair de lá. É muito desgastante, 'cê nem imagina. Eu tinha que ficar do lado do Geraldo, quand'ele pagava propina pr'os pê-emes e pr'os investigadores, porque se não os caras tiravam tudo dele, na cara dura. Comigo do lado, com os nós dos dedos todos lanhados, eles não abusavam tanto.

— Mas pagava os meganha' pra quê?

— Sei lá. "Dinheiro de proteção", eles falavam.

— Foi barra então, hein? — Serra tirou um gole do seu copo, e pousou-o na mesa. — Mas me fala a verdade. Eu sei como é, depois d'ocê salvar uma dessas nega' do pega-pra-capá, ela não ia da' uma chegada em você depois, toda agradecida?

Alexandre se abriu num sorriso.

Serra lhe deu um tapão amigável no ombro.

— E aposto que com você elas faziam as coisas que não faziam com os babacas, hein, Xandão?

Os dois riram. Os pastéis chegaram em duas cestinhas de vime, e Alexandre fincou os dentes na massa quente. Serra notou, e Alexandre percebeu o peso dos olhos do outro e colocou o pastel de volta na cesta.

Serra chamou Luiz, antes que ele se distanciasse muito.

— Ô, Luizão! Traz mais dois, daquele tipo pizza.

— 'Cê não precisa fazer isso, Serra — Alexandre disse.

— Não mesmo.

Serra despejou mais cerveja no seu copo.

— E a cana?

— Bem, no serviço eu quebrei muito nariz e queixo, sabe como é.

— Se sei.

Serra colocou a mão no próprio queixo, lembrando os dois do tempo em que fizeram treino de luvas juntos, no Clube Atlético Campinas. Serra sempre foi mais interessado em caratê, mas por um breve período treinou boxe também.

Alexandre continuou:

— A maioria não deu queixa nem nada, mas teve um cara que tinha umas conexões com a polícia, e ele soltou os cachorros em cima de mim. Se bem que se machucou feio na briga. Descolamento de retina. Foi um negócio meio armado, porque o cara era gente graúda, e não podia falar que a briga tinha sido na zona. Ele arrumou uns cupinchas pra testemunhar pra ele, e até uns policiais pra dizer qu'eu era um encrenqueiro conhecido.

— Polícia é?

— Eles queriam me tirar do caminho, porque aí sim iam montar em cima do Geraldo. E eu dancei direitinho, mas o juiz percebeu alguma coisa da sacanagem e me mandou pr'ao presídio de Monte Mor, que não é do tipo barra-pesada. Um ano de cana.

— Dava pra treinar lá? — Serra perguntou.

— Naahh. Com instalação pra isso é só o Carandiru, em Sampa.

— Mas 'cê parece que 'tá em forma...

— Dava pra correr, fazer ginástica, essas coisas.

Serra apenas anuiu. Alexandre bebeu mais do seu refrigerante e se concentrou no pastel. Os dois pareciam entretidos cada um com o seu pensamento. O novo pedido chegou, e isso como que os despertou novamente para a conversa.

— Eu saí faz uns dez dias — disse Alexandre. — Primeiro fui pra Campinas, procurar o Geraldo. Quando a gente viu qu'eu ia preso mesmo, ele guardou meu dinheiro pra mim, mais uma caixinha.

— Então 'cê 'tá bem — Serra disse, mas claramente sem acreditar muito.

— Nada. Mataram o Geraldo e roubaram tudo o que ele tinha, o meu dinheiro junto. A documentação empregatícia... Perdi tudo.

Serra fez uma careta. Alexandre quis saber o que ele estaria pensando, como estaria reagindo a essa história toda.

— Ele não durou muito sem você — Serra disse.

Alexandre apenas fez que não com a cabeça. Até onde sabia, fora a polícia quem havia dado cabo de Geraldo. Depois que Alexandre havia se tornado o seu segurança, o negócio começou a crescer, a ponto de chamar a atenção da polícia. O coitado do Geraldo nunca teve força para se virar sozinho. Por que eles mataram o dono de um "negócio" que ia tão bem, Alexandre nunca veio a saber.

— E as nega' da zona?

— Aos quatro ventos.

Os dois comeram em silêncio.

— E 'ocê? — disse Alexandre. — Me conta alguma coisa.

— Depois do Segundo Grau eu tentei entrar na pê-eme. Passei em todos os exames, mas aí os caras vieram com essa história da tatuagem. — Levantou a manga esquerda da camiseta, exibindo o deltoide maçudo com um olho verde como os dele, olhando dessa posição incomum. — Um adevogado aqui do SODES me arrumou uma liminar, e eu fiquei na escolinha de soldado até acabar, fiz estágio na rua e tudo, em Americana, mas aí eles ganharam a questão e me deram um chute na bunda.

"Escuta uma coisa, Xande. Eu ainda 'tô trabalhando de segurança no SODES aqui, a Sede Operária de Sumaré, 'cê sabe. Tem dois caras comigo, mas eles não prestam pra nada. Só têm tamanho. Um sujeito que nem 'ocê é o qu'eu 'tava precisando. Logo qu'eu te vi eu falei, 'Porra, que sorte de encontrar o Xandão. Esse vai me dar uma mão pra valer.'

"O serviço lá não é mole. É tipo forrozão, vem nego armado de gilete até peixeira. E são uns caras broncos que só vendo. Mas acho que 'cê 'tá precisando do serviço tanto quanto eu 'tô precisando de quem me dê uma mão. Pelo jeito 'cê 'tá trabalhando de boia-fria ou qualquer coisa desse tipo. A gente não paga muito, mas acho que bem mais do que a colheita de cana.

"E 'cê ia poder volta' a treinar; o SODES paga as despesas. Tem um ex-profissional treinando a rapaziada na academia do Marino. Um tal de Amaro."

— Do Clube Atlético? Mas eu já fiz luvas co'esse cara — Alexandre exclamou. E então, depois de um segundo pensamento: — 'Cê falou *ex* por quê?

— Parou na terceira luta profissional. Levou um gancho de direita e quebrou as costelas. Depois elas emendaram tudo torto. 'Cê passa a mão nele assim e sente aquele calombo. Se levar soco ali, p'riga de furar um órgão ou coisa assim.

Alexandre sacudiu a cabeça. Pensou em Amaro, um meio-médio troncudo que o pessoal da academia acreditava ser promissor. Tinha família e tudo o mais. Também trabalhava de segurança, em Campinas, quando não estava lutando. "Parou na terceira luta. . ."

Voltar a treinar. . .

Serra percebeu alguma coisa nos seus olhos.

— É isso aí — disse, sorrindo. — Fala "sim" logo e nós 'tamos acertados.

— É com carteira assinada, Serra? — Alexandre perguntou.

— Não. 'Cê sabe como é. Se 'ocê mandar alguém pr'o hospital, o gerente lá da Sede vai dizer que nunca te viu mais gordo.

Alexandre assentiu, lentamente. E que escolhas tinha? Recém-saído da prisão, só podia esperar algum tipo de subemprego. De fato, o serviço que João Serra lhe oferecia era mais do que tinha esperança de encontrar.

Contudo havia alguma coisa incômoda nisso. O que era? A sensação de estar percorrendo outro segmento de um ciclo já conhecido. Primeiro o passeio pela cidade e a enxurrada de sensações recuperadas da infância e adolescência. Depois a conversa com Soraia na praça, o doce retorno do sentimento de amizade e do suave desejo que sempre sentira por ela. E agora Serra lhe falava em treinar de novo, talvez mesmo a lutar outra vez, e um trabalho... Sim, era ali que estava o desconforto maior. Essencialmente, o mesmo trabalho que o pusera na cadeia. Talvez um pouco mais respeitável, com mais folga porque com certeza só trabalharia nos fins de semana, mas ainda assim o mesmo serviço bruto e violento.

O que havia de diferente nele, após o que se passara entre os doze meses encarcerado, e sua primeira semana de liberdade?

Estava vivo outra vez. Uma chama que pensava extinta ou reduzida ao brilho fino de um vagalume, ardia novamente dentro dele, e essa chama tinha sido acesa por um momento de puro terror.

Alguma coisa chamou sua atenção para a avenida. O ruído potente de um motor v8.

Um carro vermelho se aproximou devagar, o motor gorgolejando. Ele deu uma pequena arrancada, no espaço que lhe era permitido pelo automóvel da frente, parado diante do *Café Expresso*, e os pneus traseiros cantaram e produziram uma nuvem branco-azulada de borracha queimada. Era do mesmo modelo que o carro preto que o havia atacado. Não. O carro preto tinha os mesmos faróis redondos como olhos de cobra, e duas entradas de ar no capô feito as narinas recuadas da serpente. O capô deste era liso.

— Que carro é esse mesmo? — perguntou.

— É o Maverick do Nelsinho — Serra respondeu.

— Aquele que tem os furinhos no capô é o GT, não é?

— Isso mesmo. Esse aí é o Super Luxo. Por quê?

Alexandre refletiu por alguns segundos. Aonde queria chegar?

— Sabe o que me enchia o saco no trabalho lá na zona, Serra? Esses caras... uns boyzinhos de classe média, ou riquinhos mesmo, que chegavam lá e agiam como se as moças fossem feitas, tivessem sido *criadas* mesmo, pra fazer o que eles queriam. Se um deles tivesse que dar umas porradas pra obrigar elas a fazer o que ele 'tava a fim, e daí? É pra isso qu'elas 'tavam lá, não é?

Serra bebericou a sua cerveja.

— Eu nunca fui na zona, Xande, se 'ocê me acredita. Todas as nega' que transaram comigo é porque 'tavam a fim. Mas e aí? O q' 'cê quer dizer?

— Eu cheguei'm Sumaré na segunda-feira. De noite eu 'tava ali, naquela praça que tem entre o Fórum e o Centro Comunitário...

— Hum.

— Eu 'tava na minha, aí apareceu um carro desses, um Maverick preto. Tinha três caras dentro. O carro parou e dois desses caras saíram e atiraram em mim co' umas armas superpesadas. Eu só escapei por isto aqui, ó.

Ele fez um gesto com o indicador e o polegar, formando um centímetro de vazio entre eles.

Serra ficou calado por um segundo. O copo de cerveja estava paralisado a meio caminho dos seus lábios. Ele o baixou lentamente.

— 'Cê 'tá brincando. Um Maverick preto? É a tal da "Gangue do Maverick". Eles mataram um cara aqui bem no centro, sábado passado, bem na frente do Clube União. Dizem que eles usam um quarenta e quatro Magnum.

Alexandre levantou a mão direita com a palma para baixo. Tremia.

— Só de lembrar — disse.

— 'Ocê foi na polícia?

Alexandre riu.

— Eu acabei de sair da *cadeia* — falou, como se fosse toda a razão de que precisasse para não procurar a polícia. — De qualquer maneira, os PMs chegaram no lugar depois de uns cinco minutos, não sei. Eu me mandei de lá, mas se tinha alguma chance de pegar o tal Maverick, eles foram atrás.

"'Cê falou que eles mataram um cara no sábado passado. Nesse mesmo esquema, de parar e sair atirando?"

— É o que me contaram. Todo mundo tá falando disso... Só que esse eles mataram mesmo e, me contaram, puseram o sujeito no porta-malas e se mandaram.

Alexandre anuiu.

— Certo. Pelo menos não tem nada a ver comigo, quer dizer, eu pensei que fosse a mesma gente que matou o Geraldo. Sei lá. Por que que iam atirar em mim, sem mais nem menos? Pelo que 'cê falou, eles fazem isso de sacanagem, sem propósito.

"É isso qu'eu quero dizer, Serra. E esses caras saíram atirando em mim como se eu fosse *feito* pra isso. Como se eu não tivesse nenhum direito, e como se o fato d'eu fugir dos tiros fosse irritante até. Pra eles, a minha vida não valia merda nenhuma. Eu 'tava lá que nem um boi pra ser morto."

Um silêncio pensativo se estabeleceu entre os dois. Alexandre e Serra se dedicaram a comer e beber, devagar, interrompendo a conversa por algum tempo. Então Serra quebrou o silêncio:

— Eu já vi de tudo, mas é difícil acreditar que tem filhodaputa desse tamanho no mundo.

— Tem. Tem até pior.

— Mas e aí? 'Cê topa trabalhar comigo?

Alexandre limpou a garganta.

— Olha, Serra — começou, falando mais baixo —, eu vou ser sincero com você. Esse trampo de segurança pra mim parece... meio que andar pra trás, 'cê entende? Olha ond'é que eu fui parar, por causa disso. Mas escuta, eu não tenho mesmo alternativa. Só qu'eu quero um favor seu, em troca, e que tem a ver com esse negócio da tal "Gangue do Maverick".

Serra ficou sério.

— Fala.

— 'Cê conhece a turma na cidade, lida com esse negócio de segurança faz um tempo já. Conhece os polícias, eu acho. — Fez uma pausa, e então: — Se 'ocê souber de alguma coisa mais desses caras, eu queria ficar sabendo também.

— Mas pra quê?

Deu de ombros.

— O que 'cê acha? Os filhos da puta atiraram em mim. 'Ocê pode dizer que eu tenho um interesse no caso.

Serra considerou, olhando para a rua.

— Mas 'cê vai quere' fazer o quê? — perguntou.

— O que for possível — Alexandre respondeu. — Quem sabe quando eu posso cruzar com esses caras de novo.

Serra assentiu. E então disse:

— Isso eu posso fazer, sem problema.

Quando o garçom Luiz passou por perto, Serra pediu a conta.

— Esta conta aqui eu vou acertar, e com prazer — falou a Alexandre. — Mas essa sua conta pessoal, 'cê vai ter que acertar sozinho.

Alexandre acordou com o sol, mais uma vez. Agora porém, ao invés de se dirigir ao ponto do pau-de-arara, ele foi até a rodoviária tomar um banho e fazer a barba. O pouco dinheiro que tinha gastou com um aparelho de barbear e creme. No banheiro, trocou de roupa, colocando a calça *jeans* e a camiseta mais limpa que pôde encontrar em sua mochila — embora não pudesse fazer nada para tirar o amarrotado do tecido. Os tênis imundos ele tentou limpar com maços de papel higiênico molhado. Dedicou tanto tempo quanto pôde nessas abluções e preparativos — não queria chegar cedo demais.

A conversa com João Serra havia terminado com a sua promessa de procurá-lo na Sede Operária, neste domingo, mas Alexandre só garantiu que iria depois do almoço. "Tem compromisso, hein?" Serra havia brincado, com um sorriso e uma piscadela.

Parte do tempo ele gastou caminhando pela cidade deserta, revendo locais da adolescência. O frio matinal evaporou cedo, conforme o sol subia. Poderia ter procurado Serra pela manhã, mas não estava muito ansioso quanto a isso. Seus pensamentos eram ocupados pelo encontro com Soraia.

Ela morava perto da Praça da República, na parte que ficava acima da Igreja de Sant'Ana. A casa era grande, com um quintal imenso, dominado por uma alta mangueira. Havia passado muitas horas ali, em grupos de estudo ou seminário, ou de passagem para pegar alguma lição com Soraia; ou para lhe emprestar as suas anotações, nas poucas vezes em que ela estivera doente demais para ir à escola.

Bateu palmas, do lado de fora do portão. Soraia veio recebê-lo. Eram dez e meia da manhã.

— Que bom que você chegou cedo — ela disse, abraçando-o.

Ela usava *shorts* cáqui, camiseta sem alça e um par de quédis brancos. Quando se virou ele teve o vislumbre de pernas longas bronzeadas num tom acetinado. Soraia não parecia ter mudado muito. Apenas seu corpo precoce, enquanto adolescente, havia amadurecido ainda mais.

Ao entrar, deixou a mochila no canto da porta. A casa dos Batista não estava muito diferente de como ele se lembrava. Uma casa limpa e organizada, cheia de tapetes, como a Dona Teresinha, a mãe de Soraia, gostava. O chão era de tacos encerados, algo que sempre surpreendia Alexandre, que havia crescido em uma casa mais simples, de tijolado. Na sala, a estante com enciclopédias, livros de ficção e fotos da família — o pai de Soraia, Gabriel, ainda estava lá, sempre sorridente. Em uma cristaleira, uma espécie de altar com imagens da Virgem Maria e um quadro do Coração de Cristo — Dona Teresinha era uma mulher muito católica, e Alexandre se lembrava de ter feito novena algumas vezes, na casa dela.

Soraia também era religiosa, não era? Lembrou-se de um episódio, uma coisa qualquer que ela havia contado na aula... Que um dia fora até a igreja para rezar, em um horário fora da missa, e a encontrara fechada. Como podia a igreja estar fechada aos fiéis? A experiência parecia mais frustrante para ela do que deveria. Ou não?

— O que foi? — ela perguntou, lendo algo em seu rosto.

Ele sorriu.

— Umas lembranças. . .

— Ora, conta!

— 'Cê ainda vai à igreja rezar, fora do horário da missa?

Ela o olhou como se ele estivesse falando grego, um sorriso meio desajeitado nos lábios. Na certa, não se lembrava do episódio.

— Não. Faz um tempo já que eu não vou à missa — ela disse. E então corrigiu, piscando: — . . .Na igreja.

Não encontrou nada para dizer, então perguntou da Dona Teresinha.

— Minha mãe 'tá lá dentro, preparando o almoço — Soraia respondeu.

Ele se levantou na ponta dos pés, e fez a mímica de quem farejava.

— *Realmente!* Dá pra sentir o cheiro daqui. Humm. Frango assado!

— Isso mesmo — ela riu.

Dona Teresinha apareceu, usando um avental. Ela se aproximou de Alexandre e o abraçou e beijou suas bochechas.

— Que bom te ver, menino! Quanto tempo. . . — disse, e então se afastou um pouco e segurou seus ombros com as mãos. — "Menino" não. Já é um homem, forte. Como esses moços crescem, meu Deus!

"O almoço fica pronto em dois minutos. Vocês já podem ir lavar as mãos."

— Sim, senhora.

Mas levou mais que dois minutos. Alexandre e Soraia se sentaram na sala. Ela ligou a TV; passava um jogo de futebol. Alexandre, porém, preferia olhar para ela. Em algum momento um gato de pelo amarelo rajado entrou, olhou para um e para outro, e pulou para o braço da poltrona em que Alexandre estava sentado. Lentamente, tateando com as patas dianteiras e olhando de modo esquivo para o seu rosto, o gato se assentou em seu colo.

Alexandre alisou seu pelo com as costas da mão.

— Olha que sem-vergonha! — Soraia comentou, fazendo a voz brincalhona que deveria usar com o bicho.

— Qual é o nome dele? — perguntou Alexandre.

— Amarelo — ela respondeu.

Ele riu. O gato ronronava em seu colo.

— Bem, não vou dizer que o nome não é apropriado, porque ele *é* amarelo. Mas eu pensei que 'cê chamasse ele de Chuchu ou Xaninho ou qualquer coisa assim.

Soraia se remexeu no sofá.

— Na verdade, quem deu o nome pra ele foi o meu pai — disse. — Parte do senso de praticidade dele. Pena qu'ele demonstrou muito pouco senso prático nos negócios e na vida da família.

Alexandre viu que Dona Teresinha estava em pé, à porta. Devia ter ouvido o comentário pouco caridoso de Soraia. A moça seguiu o seu olhar e também percebeu o olhar doído da mãe. Ela levantou-se. Dona Teresinha fez uma careta, sinalizou silenciosamente um não com a cabeça, e voltou à cozinha. Soraia disse "Mãe", e foi atrás dela. Alexandre continuou sentado, com o gato no colo.

Algum tempo se passou. Ele ouvia as vozes vindas da cozinha, mas concentrou-se no ronronar do gato, no som abafado da televisão. Embora não quisesse participar do drama doméstico, não evitou lembrar-se de que seus pais costumavam discutir muito — por causa dele, na maior parte das vezes. Até isso lhe pareceu estranhamente deslocado, como se fizesse parte não de uma harmonia perturbada, mas da própria existência familiar, e, embora se sentisse triste pela amargura de Soraia e pela depressão de sua mãe, tal sentimento foi rapidamente substituído por inveja. As duas ao menos ainda tinham com quem trocar palavras amargas. Ele estava sozinho no mundo e qualquer mágoa ou rancor que existissem em seu íntimo não tinham interlocutores.

Enfim, as mulheres o chamaram para a cozinha e ele, diante do olhar sério das duas, concentrou-se em comer como há muito não comia. O frango assado com batata e arroz à grega com feijão e uma salada com muita rúcula e tomate, pão caseiro e doce de leite e queijo branco de sobremesa, nada de cerveja (cujo costume de beber ele havia perdido de vez no presídio) mas dois copos cheios de suco de laranja. Uma dieta de atleta. Pena que não a teria todos os dias.

Em torno dele as mulheres pareciam encontrar um foco que as afastava das lembranças ruins. Dona Teresinha perguntou de sua vida, e ele contou uma história abreviada de um jovem que havia terminado o Segundo Grau e feito o serviço militar, e que agora procurava retomar a sua vida. Não disse nada sobre a temporada no presídio. Ninguém falou da sua família, e por isso ele achou que Soraia já havia contado alguma coisa.

Quando o almoço terminou, ele fez questão de lavar os pratos, lembrando o tempo em que servira no rancho do quartel, lavando toneladas de pratos e panelas e brigando com o sargento por causa da falta de higiene que o superior considerava normal.

Dona Teresinha começou a interrogá-lo assim que ele apanhou o primeiro prato.

— A Soraia me contou que você 'teve preso...

— Isso mesmo, fiquei um ano fora de circulação — confirmou, sem olhar para a mulher.

Subitamente, lembrou-se de dúzias de outros almoços cozinhados por Dona Teresinha. Soraia e ele conversando sobre o que acontecera na escola, a mulher participando de vez em quando com um ensinamento, um preceito católico ou um comentário bem-humorado. Às vezes, havia uma terceira ou quarta criança à mesa, uma das amigas de Soraia. Seu Gabriel naquela época era gerente de uma fábrica em Campinas e raramente aparecia para almoçar. Dona Teresinha regia a casa e cuidava da filha, recebia as colegas de Soraia, e ainda fazia novena à noite. Tudo sempre com um sorriso no rosto, como agora. Mas ele não se enganava. Era uma mulher firme, de moralidade rija e incansável na proteção dos interesses da sua filha.

— Por que você foi preso, Alexandre?

Resolveu falar a verdade, mas outra vez de uma forma resumida, que o protegeria de um julgamento moral mais severo. Ainda queria o seu respeito — e o de Soraia.

— A senhora sabe que eu treinei e lutei boxe um tempo. Eu fui preso por causa de uma briga.

— Não parece uma coisa tão... — ela começou a dizer, mas Soraia a interrompeu.

— É que a justiça considera que no caso da briga com um lutador é como se a briga fosse com alguém armado, não é assim, Xande?

— É isso mesmo. E o lutador é responsabilizado.

— Foi mais uma coisa de garotos, então? — a mãe de Soraia perguntou. — Ou a pessoa em quem você bateu?... — Ela não terminou a pergunta.

— O cara 'tava perturbando um pessoal, e eu fui pedir pra ele parar, e no fim virou uma troca de socos. Ele saiu machucado, no olho, e eu fui preso. O duro é que não apareceu ninguém pra confirmar a minha versão.

O que era a mais pura verdade. Nenhuma das prostitutas que trabalhavam com o Geraldo apareceu para testemunhar a seu favor. Seria pedir demais.

Dona Teresinha olhou para a filha, e depois para ele. Os pratos já estavam lavados e postos para enxugar no escorredor de metal. Dona Teresinha disse:

— A Soraia quer te mostrar uma coisa. Depois, 'cê vem falar comigo, tudo bem?

Quando Dona Teresinha foi para a sala assistir a algum programa favorito na TV, Soraia o pegou pela mão e saiu com ele pela porta dos fundos.

Havia uma espécie de quarto de despejo, quase embaixo da mangueira, pintado de cal branca e com telhado de telhas vermelhas. Era bastante amplo, quase um barracão. Soraia o levou para lá. Dentro havia caixas com o material empacotado da cozinha do restaurante, uma bancada de serviço com uma pilha de roupas em cima, uma cadeira de plástico vermelho, uma cama simples de madeira, um caixote com as apostilas do Fisk e revistas americanas como *Time*, *Newsweek* e *Cosmopolitan*, além de livros de bolso importados, que Soraia certamente lia ou havia lido, para manter o inglês afiado. O lugar cheirava àquela limpeza fresca que fica depois de muito varrer e esfregar. Alexandre se sentia um pouco embaraçado, com a conversa que tivera com Dona Teresinha.

Soraia o levou até a bancada com as roupas.

— São as coisas do meu pai que a gente não deu embora — disse. — Ele não era tão alto quanto você, mas era mais largo, gordo. Acho que mais ou menos elas vão servir.

— Não... — ele começou.

— "Não", *você* — ela o interrompeu. — E tem mais. 'Cê não vai mais dormir na rua. — Apontou para a cama, que estava feita. — Era de um dos cozinheiros do meu pai. Ele morava em Santa Bárbara, e nos fins de semana pousava aqui. — Ela pegou um anel de arame com duas chaves, que esperava no topo da pilha de roupas. — Esta é a do portão. E esta aqui a da porta.

"Mas tem uma coisa. Nós 'tamos mesmo precisando de dinheiro, Xande. Eu falei pra minha mãe que 'cê ia poder pagar alguma coisa, pela cama e pela comida."

— Tudo bem. Eu arrumei uma coisa melhor ontem. Acho que vai dar pra pagar.

Soraia o inquiriu silenciosamente, com o seu olhar verde e os lábios cerrados e puxados contra os dentes.

— Sabe, Xande, faz tempo que a gente não se vê, mas eu acho que te conheço melhor do que ninguém, tirando o seu pai e a sua mãe.

"Mais do que eles", Alexandre pensou.

— E alguma coisa me diz — Soraia prosseguiu — que a versão que você deu pra minha mãe foi a versão resumida e editada da sua história.

Ele sorriu.

— É. Não dá mesmo pra te enganar. Mas depois de saber, acho que 'cê não vai mais me ter aqui como hóspede.

Ela se sentou na bancada.

— Me conta e nós vamos saber.

O sorriso desapareceu do rosto de Alexandre e ele deu as costas a ela. Soraia pensou que talvez tivesse ido longe demais. Então ele se sentou na cama, voltado para ela, e seu próximo pensamento foi: "E agora? Ele vai falar. Vai me contar tudo. E se for alguma coisa que eu realmente não *possa* aguentar ouvir?"

Mas quando ele começou, ela pouco se surpreendeu. Que mulheres de boa formação e com família pudessem se entregar à prostituição nunca a surpreendia, apenas tinha dificuldade em *aceitar* o fato. E não é que Alexandre estivesse lá fazendo qualquer coisa de terrivelmente errada ou irresponsável. Ao contrário, com um pouco de esforço não era difícil vê-lo fazendo aquilo que Soraia sempre imaginava que fosse uma das vocações de Alexandre: *proteger* pessoas.

Mesmo em um trabalho violento que implicava em causar dor a terceiros. Não importava o que o Pai tinha tentado fazer dela, Soraia não era uma dondoca desmiolada e ingênua. Sabia que o mundo podia ser muito duro e áspero, bastando se distanciar um pouco do lugar seguro, e que ainda assim, lá no submundo, no mundo selvagem, gente como Alexandre ainda tentava fazer o que era certo, o que era possível nas circunstâncias.

Ele encerrou sua história.

— Talvez o melhor é eu seguir o meu caminho, Soraia — disse.

— E é isso o que 'cê 'tá fazendo — ela respondeu. — Seguindo o seu caminho, de *volta* pra uma vida menos encrencada. Ter um teto sobre a cabeça é um começo, e isso a gente pode te dar.

— Como é q' 'cê convenceu a sua mãe?

— Em parte é o dinheiro, mas eu disse pra ela que 'cê ia ficar aqui, enquanto procura os seus pais. 'Cê sabe como a minha Mãe é ligada nessa coisa de família.

Ele ficou todo duro, sentado no colchão.

— 'Cê não vai me fazer de mentirosa, vai? — ela insistiu.

— Soraia — ele começou, falando devagar —, a última coisa que eu pensei, desde que voltei pra cá, foi em procurar os velhos. Não esquece que foram *eles* que me abandonaram.

Era verdade. Como podia lhe pedir uma coisa dessas? Afinal, ela mesma talvez mandasse o Pai para o inferno, se se encontrasse com ele outra vez. Sentiu uma contração no estômago, alguma coisa que lhe subiu até a garganta e a fez engolir em seco. Mas aí estava a sua resposta.

— Mesmo que seja só pra dizer na cara deles o que v'cê pensa do qu'eles fizeram, Alexandre. É esse o trato. Você só fica aqui se for procurar os seus pais. E se vier com a noção de que vai usar isso como desculpa pra voltar pra rua, aí então 'cê vai perder uma amiga também.

— Não! — ele se apressou a dizer. — Tudo bem, não fala um negócio desses, Soraia. Eu. . . 'cê 'tá certa, claro. E eu 'tô agradecido. — Meditou por um momento, de cabeça baixa. — Vou procurar os velhos.

Soraia respirou aliviada.

— Escuta — Alexandre continuou —, eu arrumei um serviço ontem, com um amigo. É de segurança, também, num clube da cidade. Não é bem o qu'eu queria, mas pelo menos foi rápido e vai me dar algum dinheiro.

— Nós realmente 'stamos precisando, Xande.

Ele a olhou por um tempo, de um jeito estranho.

— 'Brigado, Soraia — disse. — Você é mesmo uma fada, caiu do céu pra mim.

Ela riu e levantou-se.

— Não precisa fazer drama. Além do mais, minha Mãe 'tá te esperando pra passar as "regras da casa". Vamos.

Mas quando estava saindo, Soraia percebeu que ele não a acompanhava. Parou à porta. Olhando de novo para dentro, viu Alexandre ainda sentado na cama, fitando o vazio. Pensando talvez na tarefa de procurar os pais? Ele então levantou a cabeça e a viu parada à porta.

— Xande, por que 'cê vive me chamando de "fada"? — ela perguntou.

Ele pareceu surpreso com a pergunta. Deu de ombros e disse, sério e em v oz baixa:

— Fada é alguém que quando a gente encontra, dá o vislumbre de um lugar mágico onde a vida é mais suave, um jardim secreto que toda mulher conhece, mas poucas têm a generosidade de mostrar.

Soraia não soube o que responder. Então apenas acenou brevemente para ele e saiu.

Não tinha certeza do que estava fazendo, ao pedir que ele ficasse. Suas últimas palavras lhe mostraram, mais do que qualquer outra coisa, mais que todos os fatos tristes e violentos que ele havia narrado, que talvez não conhecesse este Alexandre Agnelli. Não o Alexandre que falava de prostitutas e de brigas e de policiais corruptos e de meses passados na prisão, de amigos assassinados e de pais desaparecidos. Mas o Alexandre que depositava sobre ela um olhar mais triste que todas essas coisas, e ainda assim ardente e doce, e que lhe falava de fadas e jardins secretos. Uma vida mais *suave*.

Tinha isso dentro dela, ou seria só a imaginação de um rapaz solitário?

E afinal, por que — *por quê?* — o queria perto dela? Um ex-presidiário, ex-lutador, ex-segurança de bordel... Sentiu um calafrio de excitação, ao pensar. Sim, Alexandre vinha de um mundo bem pouco católico, pouco cristão, violento e baixo. Representava um risco, mas desde a morte de Gabriel que Soraia vinha se sentindo acuada e medrosa, uma menininha encolhida num canto ou puxando toda barra de saia que encontrasse, mendigando proteção. Atormentando a Mãe, fugindo dos credores do Pai, implorando serviço na Secretaria de Ensino... Chorando por ter sido abandonada, judiada pela vida. E agora queria de Alexandre o pouco dinheiro que ele poderia arrancar de sua situação miserável. Mas ele poderia ajudá-las a se levantarem outra vez, enquanto ele próprio se punha em pé.

A verdade é que ela temia que a *sua* situação e da Mãe piorasse ainda mais, porém havia outras coisas. Alexandre representava um momento de seu passado em que existira segurança e paz — ao mesmo tempo em trazia *riscos* com ele, agora. E no fundo Soraia estava cansada de se sentir acuada e medrosa. Achava que era hora de arriscar.

Anoitecia no domingo, e Josué Machado envergava o seu terno azul escuro e calçava seus sapatos pretos engraxados com a prática do soldado, até parecer um espelho de metal negro. Assim como ele, outros evangélicos chegavam para o culto, pessoas conhecidas que ele cumprimentava dizendo "Deus te abençoe, irmão" ou "Deus te abençoe, irmã".

O templo era um prédio grande e pintado de tons claros, na Avenida Júlia de Vasconcellos Bufarah, voltado para a linha férrea. O seu irmão Isaías o havia deixado na porta, juntamente com a mãe e o pai, e fora estacionar o Opala ss 1977 laranja e preto.

— Deus te abençoe, irmão Josué — ouviu.

Era o soldado Vitalino, companheiro de congregação e também colega na Polícia Militar. Mas Vitalino, um mulato gordinho, já tinha quatro anos de casa na PM.

— Deus te abençoe, Vitalino — disse, e depois, para os pais: — 'Cês vão indo qu'eu queria conversar um minutinho aqui.

— Não demora — a Mãe mandou.

— Sim, senhora.

— Achei que 'cê ia querer falar comigo — Vitalino disse, depois que ficaram sozinhos, na entrada do templo. — O serviço 'tá difícil, hein?

Josué sorriu, sabendo do que o outro falava.

— O mínimo qu'eu posso dizer é que o nosso colega Ribas 'tá longe de ser um bom cristão.

"*Bem* longe", pensou. Vinte e quatro horas com ele só compensavam porque logo depois viriam quarenta e oito horas *sem* ele. No seu primeiro dia de patrulha, vira Ribas roubar e intimidar pessoas, além de ralhar com ele o tempo todo — especialmente depois de perceber que Josué não aceitaria graciosamente as suas alterações. Não. Josué pensava em um modo de falar ao comandante da companhia sobre o caráter de Ribas, e pedir que a dupla fosse desfeita. Mas quanto mais pensava a respeito, mais percebia que era impossível. Pelo menos no momento presente, em que não era mais que um soldado novato, sem voz alguma na estrutura da companhia.

Vitalino ria, tapando a boca para não chamar a atenção dos evangélicos que ainda chegavam, passando por eles. Quando se calou, Josué disse, em voz baixa e pausada:

— O que eu queria saber de você é se 'ocê tem alguma ideia do porquê do tenente Brossolin ter me colocado junto com ele, na patrulha.

Vitalino ficou sério.

— Olha, Josué. O que 'tão falando é que o Brossolin não vai co'a sua cara, porque 'cê foi o primeiro na escolinha, porque 'ocê é preto, porque 'ocê é crente, sei lá. Tanto faz. A verdade é que ele não gosta d'ocê e que te pôs com o molambento do Ribas pra te prejudicar.

Josué olhou para a avenida diante dele. A linha férrea passava bem em frente, marcada por margens de altas moitas de capim colonião, pés de mamona e erva-cidreira. Um pouco à direita, as casas da Conserva da FEPASA se escondiam entre mangueiras antigas e outras árvores de frutos. Lá longe, o horizonte se delineava contra um céu que ainda guardava vermelhos e laranjas evanescentes, restos de um sol que se punha; acima de suas cabeças o céu azulava escuro, algumas estrelas já pulsando de um jeito macio e lacrimoso. "A Mãe diria que é um milagre de Deus", pensou. "E é mesmo."

Nunca imaginou que a Polícia Militar seria um lugar de gente como ele. Mas ainda assim, achava que daria um jeito, que podia fazer alguma coisa importante e ganhar a vida de maneira decente. Os seus pais ficaram contrariados quando ele decidiu ingressar na PM, com medo de que se misturasse com gente de crenças e hábitos diferentes. Mas para ele fora uma boa ideia. Afinal, devia haver outros modos de se ajudar as pessoas, além da salvação da alma. Havia uma vida *aqui*, uma vida material que afligia as pessoas. E talvez ele pudesse fazer alguma coisa... Mas tinha uma pedra no seu caminho. Uma pedra só, mas com nome plural. Ribas.

Josué não tinha dúvidas de que era um bom cristão, sim senhor. Não faltava ao culto, se pudesse evitar; lia a Bíblia todos os dias, não tinha deixado de ler nem durante o suplício da escolinha de soldado, e só usava o seu talento musical para louvar a Deus e nunca para as atividades mundanas; consultava sempre o pastor; e policiava as más companhias muito antes de entrar para a polícia. Mas o que era Ribas, senão uma má companhia? Maçã podre na caixa... Mas havia o tenente Brossolin, também. Se Brossolin fosse uma boa pessoa, não o teria colocado no serviço com Ribas — a menos que existisse aí uma lógica que lhe escapava. O mundo fora da congregação às vezes era misterioso...

— O que 'cê sabe do Ribas? — perguntou a Vitalino.

— Sei qu'é um perdido — o outro respondeu, sem piscar. — Veio transferido de Campinas. Dizem que aprontou por lá. O jeito de punir ele foi mandar ele pra cá.

— Não seria melhor mandar ele pra fora da corporação?

— Eu não sei o que o comando tem na cabeça, Josué. Pelo jeito, o tenente acha que um sujeito como o Ribas tem a sua utilidade.

Não podia ver qual seria, mas não disse nada. Só havia uma coisa que o incomodava mais do que Ribas — a tal da "Gangue do Maverick". Na noite do seu primeiro dia de serviço eles atacaram outra vez. Ribas e ele tinham acabado de deixar a mulher do carro esporte que Ribas tinha tentado abusar na Marcelo Pedroni, e correram atender à ocorrência na Praça Getúlio Vargas, pegada ao Fórum Municipal. Não encontraram sangue nem corpos, mas viram as marcas de tiros nas paredes do centro comunitário dos católicos e em árvores, e as pessoas da vizinhança falavam de estampidos muito altos e de um carro de motor potente.

Podia compreender a mesquinharia baixa e grosseira de Ribas — e a mesquinharia mais complexa que suspeitava em Brossolin — mas não a violência aparentemente aleatória, sem razão de ser.

Olhou para o relógio de pulso. Por hora, melhor deixar Ribas e tudo o mais pra lá.

— O culto já vai começar — disse.

— Vamos entrar e orar pelo pobre coitado — Vitalino disse, meio sério, meio de brincadeira.

— É uma boa ideia — Josué respondeu, pensando que rezaria para que Ribas o deixasse em paz.

Soraia apanhou a hóstia na língua estendida, fechou a boca com delicadeza e caminhou até a fila de pessoas que tomavam o corredor central da igreja, rumo à saída. Olhava para baixo enquanto deixava a hóstia se desmanchar em sua boca.

Há meses que não ia à missa. E agora ali estava ela — e graças a um comentário casual de Alexandre.

Que conforto lhe trazia? Não sabia dizer. Pelo menos encontrara três amigas do tempo de escola. Trocaram acenos. Talvez, em outras oportunidades, pudessem conversar.

Quando a missa começou, Soraia caiu quase instantaneamente na familiaridade com o rito. Era reconfortante. Mas em pouco tempo, surpreendeu-se pensando no Pai, que era tão praticante quanto a Mãe, e quase nunca faltava à missa. Quando abriram o restaurante e tinham os fins de semana à noite ocupados, adquiriram o hábito de ir de manhã.

Soraia então passou a orar pelo Pai, quase sem perceber, quase sem poder evitar. Sem que tivesse controle sobre a torrente de pensamentos que lhe vinham à mente — "Pai, onde quer que esteja. . ." "Pai, Deus o livre do pecado mortal" "Pai, encontre a paz e o perdão na Vontade de Deus." Lágrimas desceram de seus olhos, e ela discretamente as colheu com a manga da blusa. Algumas pessoas perceberam, mas o que fazer? Pelo menos conseguiu chegar até o fim da missa.

Estava passada — não era isso o que esperava. Mas enfim, *o que* esperava?

Agora seguia na direção da saída principal, quando deveria sair por uma das portas laterais. Os fiéis já estavam na cobertura da entrada da austera igreja em estilo romano, e logo tomariam a escadaria. Soraia já podia vê-los se derramando pelos degraus como uma colorida enxurrada.

Mas havia uma ilha, lá embaixo, na rua. Um homem parado. Em torno dele as pessoas se desviavam como a água contorna uma pedra. Até mesmo os carros mudavam seu curso, esquivando-se dele, mas sem buzinar.

Era um homem muito parecido com seu pai.

"Só parecido, é claro", pensou. Não podia ser... Mas a semelhança era desconcertante.

Soraia percebeu que estava parada quando alguém, atrás dela na fila, esbarrou em suas costas. Sem tirar os olhos do homem lá embaixo, ela saiu do caminho, indo para a lateral da entrada.

O homem não desviou os olhos dela.

— Pai... — ela se ouviu murmurar, e sentiu-se enrijecer, e a boca secar em volta do sabor da hóstia.

Uma visão de túnel se formou e tudo em redor do homem — de Gabriel Batista — ficou embaçado, a longa praça retangular e as ruas em torno, a noite estrelada acima de todos. Soraia sentiu a periferia do seu próprio corpo formigar e amolecer. Era um desmaio, embora ela se mantivesse em pé, respirando fundo — ou era o mundo que desmaiava ao redor dela?

"*O fantasma do meu pai.*" Mas se fosse, como as pessoas e os carros se desviavam dele? Se fosse um fantasma, poderiam passar por ele, não?

Soraia piscou e voltou a si com um fôlego profundo e entrecortado.

O homem não estava mais lá.

Soraia olhou em torno, aturdida. A igreja havia se esvaziado o suficiente para que ela voltasse a entrar, e, apoiando-se no encosto dos bancos, finalmente saísse por uma das portas laterais, evitando as escadarias.

Forçou-se a caminhar com passos meticulosos, controlados, até chegar em casa. "Não vi fantasma nenhum", disse a si mesma. Continuou repetindo mentalmente as palavras, a cada dois passos, e, ao chegar em casa, quase em voz alta, uma última declaração, uma última ordem a si mesma:

— Esquece o seu pai. Ele 'tá morto.

*

Cristiano Paixão tinha mulher e filho em algum lugar. E ela tinha um novo homem.

"Melhor assim. . ." pensou. Tinha pago uma visita a ela, logo depois de ter fugido da prisão pela segunda vez, e antes dela se mudar para Sumaré. "Quando foi isso, faz uns dois meses?" Tudo bem, o outro cara era legal. Metido a artista. O quê?. . . Diretor de teatro amador ou coisa assim.

Ainda se lembrava bem da cara dele, quando apareceu no meio da festa de aniversário dos três anos do menino. Ele e a Silvana estavam batendo papo com mais uns três caras sobre um tal de "Stranilasqui". Foi aquele susto — "Uh! O cadeie'ro chegou pra me apagar." Mas Cristiano não era desse tipo. Ele conversou com Silvana e viu que ela estava com o cara porque queria. Gostava dele e achava que cuidaria bem dela e do menino. Os dois programavam casamento. Cristiano fez que sim e não disse nada. Então chamou o sujeito num canto.

"Ele 'tá dando uma de Ricardão pra cima de você — apaga ele", teriam dito os caras que havia deixado pra trás na cadeia pública de Campinas. Cristiano só pediu ao sujeito — um cara preto chamado. . . Qual era o nome, afinal? Walter? Wando? Não, *Valdemar* — uma coisa: que nunca escondesse do menino quem era o seu verdadeiro pai, Cristiano Paixão. Podiam falar a verdade sobre a bandidagem dele, se quisessem, mas não queria que mentissem.

"E pra quê? Pr'o moleque saber que o pai era um traficante, cadeie'ro fugido? Que bem pode fazer?" A vida era assim, e o menino teria que aprender a viver com isso, do mesmo jeito que Cristiano tinha que viver com o que era.

Tinha falado ao Valdemar: "O que quer qu'eu faça? Não tenho estudo. Nem apoio da família. Neste fim de mundo, pra conseguir alguma coisa, só roubando."

De roubos pequenos ascendeu até o tráfico de drogas. Preso pela segunda vez, agora maior de idade, na cadeia compreendeu que entrar no tráfico não tinha sido a melhor sacada. A gente vivia de rabo preso. Além de ter de molhar a mão dos meganhas, tinha que cuidar da concorrência e pagar o fornecedor sempre em dia, senão. . .

Cristiano sabia agora o que era melhor pra ele. Cair fora do tráfico. Mexer com drogas era atraso de vida.

Negócio tchans mesmo era assalto a banco.

Ele já tinha um pessoal se armando pra isso. Só precisava de mais um mês ou dois trabalhando pr'o patrão da droga que comandava a região do Rosolém até Sumaré, um babaca de língua presa que todo mundo tratava de "Patolino". Devia esses meses ao Patolino por ter perdido a cocaína, quando foi preso. O que o Patolino não sabia é que ele só tinha entregue uma parte da droga aos canas — a outra parte ele distribuía agora, junto com uma nova quantidade que o patrão tinha entregue a ele. Com o dinheiro extra que levantasse, ia comprar umas espingardas, talvez até uma metralhadora-de-mão ou um fuzil automático. Falaram pra ele de um cara no Paraná que fornecia de tudo e de acordo com o gosto do freguês. Depois que pagasse a dívida, Cristiano 'tava livre pra realmente fazer o que dava dinheiro rápido, em boa quantidade e com menos risco.

Enquanto isso, ali estava, passando papelotes em uma avenida movimentada do Rosolém. Era um ponto sem muita iluminação, de frente a um terreno baldio, com calçadas de concreto trincado, mas por segurança Cristiano usava o capacete de motociclista. Ali era tudo pá-pum — o sujeito parava na calçada, pegava a droga, pagava e zunia. O vagabundo que tinha ocupado o ponto antes dele tinha ido em cana fazia uns vinte dias. Sacanagem do Patolino colocar ele nessa boca-de-fumo, tão na cara e de conhecimento dos canas, considerando que Cristiano era procurado. O negócio andava muito afobado, nesses dias, depois do confisco do dinheiro, imposto pelo governo; o pessoal que curtia uma coca andava meio descapitalizado, o preço caiu, lei da oferta e da procura... Com o capacete, Cristiano disfarçava um pouco a fisionomia, e tinha a CB 400 ao lado, sempre funcionando no ponto-morto, pr'o caso de ter de dar um pinote rapidinho. E também um velho .32 de cano curto na cinta, por baixo da jaqueta de motoqueiro, se fosse preciso.

Cristiano Paixão tinha vinte anos, e só sobreviveu durante todos eles por ser esperto e pensar rápido.

Um Santana azul-metálico diminuiu a velocidade diante dele. Tinha dois caras dentro. O motorista baixou o vidro e não disse nada — estendeu logo as duas notas.

Cristiano deu um passo adiante e, num movimento ligeiro, trocou o dinheiro pelo papelote. Imediatamente deu um passo atrás, vigiou o movimento em torno, registrou um novo carro que se aproximava. Era uma Kombi com um casal na frente e um outro atrás. Iam pr'uma festinha. Desta vez o motorista trocou algumas palavras com Cristiano, enquanto cocaína e dinheiro trocavam de mãos.

— Vai ser uma festa do caralho. Essa é da boa?

— Da melhor. Se não gostar, preenche uma reclamação em duas vias e a gente devolve o dinheiro.

O motorista calou a boca, pegou os papelotes e acelerou. Cristiano deu uma risadinha. "Da boa, é? Eu é que não vou testar essa merda que o Patolino vende pr'os babacas da região. Vai por sua própria conta e risco."

Outro carro — um Monza cinza — parou diante dele, logo depois da Kombi arrancar.

Sábado à noite era movimentado. Ainda mais a essa hora, perto das dez. Vinha gente fina de Sumaré e Campinas, pagavam em dinheiro vivo e se mandavam, sem regatear. Uns caras bacanas com carros novos, às vezes acompanhados das minas que iam levar pr'os motéis da Anhanguera.

Olhou na direção que vinham os carros — tinha uma verdadeira fila agora. Um Puma GTB branco, uma dessas novas picapezinhas de boyzinho, atrás dele, depois um carrão escuro. Se o Patolino tinha lhe dado um ponto muito na cara, pelo menos era dos mais movimentados. Se conseguisse ficar fora da cadeia por tempo suficiente, levantaria logo a grana pra pagar sua liberdade.

A Kombi arrancou e Cristiano atendeu o cara do Puma. Esse ia dar uma festa pra valer — levou quase tudo o que Cristiano tinha com ele no bolso da jaqueta. "De ond'é que vem essa grana toda?", ele se perguntou, enquanto o Puma partia. "Vacas magras, vacas magras, mas não pra todo mundo." Meteu a mão no bolso e sentiu um último papelote. Ia dar pra atender à picape. Depois, recorreria ao que tinha guardado no bagageiro da moto.

Vendeu o último papelote e fez um gesto para que o carro preto esperasse um pouco. Deu dois passos na direção da moto, quando ouviu o som do motor rugindo e a batida.

Virando-se outra vez para a rua, viu que o carro preto — um Maverick de rodas prateadas — tinha batido de leve na traseira da *picape* e a empurrado para a frente vários metros. Percebeu imediatamente que desse jeito ele cortava a sua rota de fuga com a moto.

A porta do lado do passageiro se abriu e dois caras pularam para fora do carro preto. Nessa altura Cristiano já tinha o seu .32 em punho e estava se agachando atrás do corpo robusto da CB 400. Levantou a cabeça — só para ver que os caras tinham armas compridas nas mãos. Sem entender nada mas sem esperar confirmação, enristou o seu revólver e disparou uma vez.

Um estampido seco, seguido de outro bem maior, que feriu seus ouvidos, seguido de um segundo e um terceiro.

Então a moto caiu em cima dele. Quando tentou se firmar com as mãos e se levantar, percebeu que não podia. Tinha alguma coisa errada.

— Ele 'tá caído? — ouviu, de uma voz profunda.

— Tem sangue. Nós acertamo' ele.

— 'Tá se mexendo?

— Não.

— Pega logo então!

Sentiu o peso da moto ser removido de suas costas e em seguida seu corpo ser levantado da calçada.

— Ela não falou pra gente não trabalhar por aqui? — uma voz perguntou, enquanto ele era arrastado.

Piscando, podia ver a calçada, o meio-fio, o carro preto crescendo diante dele, um terceiro homem parado perto da traseira.

— É que este aqui é perfeito — a voz cavernosa respondeu. — É só a gente andar rápido. Joga ele aí!

Seu corpo insensibilizado atingiu alguma coisa dura, mas que balançou com o seu peso. O porta-malas do carro... Podia ser? O que queriam com ele? A porta se fechou sobre sua cabeça.

Tinha dificuldade em chamar o ar para os pulmões. Tentou se virar, mas não tinha controle sobre o próprio corpo. O carro arrancou e ele enfim foi virado um pouco de lado pela força do arranque, e pôde respirar melhor. O porta-malas fedia a carniça.

Novas manobras violentas do carro em alta velocidade o viraram de costas. Tudo o que ouvia era o ruído rosnante do motor v8, os pneus guinchando, e as batidas do capacete contra o piso do porta-malas. Essa rotina perdurou por um tempo que não conseguiu medir.

O carro diminuiu a velocidade, e parou. O motor foi desligado. Cristiano ouviu as duas portas serem abertas e fechadas. O porta-malas foi aberto e três pares de mãos o arrancaram de lá.

Um dos homens praguejou. Eles o arrastaram por corredores mal-iluminados. Cristiano ouviu o som de água próxima, como se o lugar se instalasse à beira de um rio.

— Pronto. Abre! — ouviu, antes de um tremendo rangido, enquanto uma porta se abria.

— Espera! — Silêncio. A única coisa que escutava agora era o som irregular do sangue pulsando em seus ouvidos. — Esse cara ainda 'tá vivo. O capacete não deixou a gente ver...

Alguém o empurrou com tanta força que as mãos dos outros dois não o puderam segurar. Ele caiu estatelado em um chão frio, o capacete quicando longe e seus braços e pernas se espalhando para todos os lados.

— Não por muito tempo — disse o homem de voz cavernosa.

E então passos se arrastando, e os sons de sua respiração enfraquecida, diminuindo de frequência cada vez mais, e o frio que invadia seu corpo já entorpecido, um escuro absoluto, e pensamentos cada vez mais vívidos, preenchidos com imagens de um menino e uma mulher que ele nunca mais tornaria a ver.

Alexandre tinha visto Soraia Batista sair bem arrumada, antes da janta e com a bolsa na mão. Aonde ia? "Ela 'tá indo se encontrar com o namorado", fora o seu primeiro pensamento. Mas Soraia não tinha dito que não andava mais com aquele cara, o João Carlos? Bem, podia ter outro namorado... Bonita como era, candidatos é que não iam faltar.

Alexandre ficou andando de um lado para outro, no rancho que era agora o seu lar. Podia ser que Soraia tinha omitido o novo namorado?

Resolveu perguntar por ela à Dona Teresinha.

— Ela foi na missa, Alexandre — a mulher respondeu, sorrindo como se soubesse de alguma coisa.

Ele disse obrigado e saiu, antes que seu embaraço o traísse ainda mais.

Agora estava diante da Sede Operária de Sumaré, sentindo-se ao mesmo tempo aliviado e ansioso.

O sol se punha, o céu se coloria de laranja e vermelho. A região em torno do clube era de moradias (que ótimo pra essa gente morar perto de um forró), salvo por um quarteirão de salões comerciais.

Soraia só tinha ido à missa. Isso era bom, não era? Ela lhe havia dito que fazia tempo que não frequentava a igreja. Talvez começasse a reatar laços com a vida que levava antes da morte do pai. Isso era bom. Era como colar pedaços, recompor o que havia sido quebrado. Mais que tudo, o que queria era ver Soraia feliz como antes, e não amarga como agora.

Mas lá estava João Serra, parado na entrada do SODES e olhando para fora. Era bom que começasse ele mesmo a criar novos laços. Cruzou a Avenida Rebouças, e Serra logo o viu.

— Chegou bem na hora — Serra falou, jogando-lhe um saco plástico transparente, com uma camiseta preta dentro.

Alexandre abriu a embalagem e puxou a camiseta para fora, sacudindo-a para que se desfraldasse. Tinha as palavras

vazadas em branco.

— 'Cê pode se trocar lá no fundo, no bar, Xandão. Deixa a sua camisa lá com os caras.

— Tudo bem, Serra — respondeu, enfiando o saco vazio no bolso do *jeans* e entrando.

O piso do SODES era um concreto de acabamento liso, como uma quadra de esportes. E realmente, podia imaginar que as paredes foram levantadas em torno da quadra. A decoração era despojada — dois dos obrigatórios globos de espelho e seis *spots* de cores diferentes, para incidir sobre eles e fazer girar luzes coloridas. Dos lados, perto do balcão do bar, mesas empilhadas umas sobre as outras e cadeiras encavaladas. Em uma espécie de palco estavam o equipamento de som e o pessoal que o manejava. Alexandre sabia que era um grupo que trazia picapes múltiplas e as caixas de som, e tinha tudo já gravado previamente.

Serra caminhava atrás dele. Quando chegaram ao bar, ele aproveitou para apresentá-lo ao pessoal que preparava e vendia as bebidas — dois rapazes chamados Luís e Chico, e uma moça chamada Marcinha. Nos fundos havia um depósito. Alexandre foi para lá e trocou de camisa.

— 'Cê ajuda com as mesas e cadeiras, Xande? — Serra perguntou.

— Claro.

No meio do salão Serra deu um berro, chamando os outros dois seguranças.

— Gersãooo! Táviooo!

Dois caras apareceram de uma porta lateral. Ambos tinham mais de um e oitenta de altura, mas um deles devia pesar mais de cento e trinta quilos, gordo e sem pescoço. Seu colega era um negro de braços compridos e costas largas.

— Eles 'tão vindo lá dos fundos — Serra explicou. — Às vez' um penetra pula o muro e tenta varar, sabe como é. Precisa de vez em quando dar uma olhada lá fora, mas eu vou querer 'ocê trabalhando aqui dentro. Os dois aí cuidam dos fundos.

— Certo.

Serra apresentou os dois seguranças. Otávio era o negro; Gérson, o gordo.

Enquanto os quatro começaram a arrumar as mesas e cadeiras, Serra foi instruindo Alexandre sobre o serviço.

— Aqui abre pr'o público às sete e meia. 'Cê tem que chegar tipo uma hora antes, pra ajudar a arrumar as coisas e ver se 'tá tudo certo nos fundos.

— Tudo bem.

— O patrão é um sujeito q'chama Amélio, se 'ocê acredita num nome desses.

Alexandre riu.

— É o presidente da Sede. Só aparece de vez em quando. No geral, sou eu que tomo conta, abro e fecho, tiro a grana da bilheteria e guardo, depois de fechar. Por isso, a gente só sai depois que'o dinhe'ro da bilheteria 'tiver bem guardado, entendeu?

— Eu não vou perguntar onde. 'Cê me fala depois, se achar que pode confiar em mim.

Serra colocou no chão a mesa pesada que segurava no peito, e abriu os braços para ele.

— Olha, 'cê veio trabalhar aqui porque eu *confio* n'ocê. 'Cê vai ficar aqui até o fim e me ajudar com a grana. Depois 'cê vai pra casa. E 'ocê tem senso suficiente pra saber que não é pra comentar nada disso com ninguém.

Alexandre fez um gesto de paz e abriu a boca, mas Serra não deixou que falasse.

— Ah, e por falar em dinhe'ro, olha aqui.

Pescou no bolso detrás do *jeans* um maço de notas enroladas e presas com elástico. Jogou-o para Alexandre.

— Seu prime'ro pagamento. Metade do salário do mês. 'Cê 'tá com cara d'quem 'tá precisando d'um adiantamento.

Alexandre ficou olhando para o dinheiro, sem saber o que dizer. Enfiou o maço no bolso da frente dos seus *jeans* e assentiu para Serra. O outro sorriu em resposta e os dois continuaram a carregar as mesas e cadeiras.

Quando terminaram, os primeiros frequentadores já estavam entrando. Uma torrente de adolescentes morenos de periferia, rapazes e moças que entraram rindo e buscando lugares nas mesas, pontos perto do bar ou das janelas, zonas divididas de acordo com os vários grupos de amigos e conhecidos, das várias gangues e turmas, que Alexandre observava com atenção.

Serra levou-o para perto das bilheterias. Na entrada, um rapaz — que Serra apresentou como Arnaldo — recebia os bilhetes e fazia os garotos passarem pela catraca. Duas moças atendiam o pessoal, nos cubículos que vendiam os bilhetes.

— No começo assim é difícil ter problema — Serra disse, olhando o relógio de pulso. — Daqui uns dez minutos começa a música e aí 'cê já precisa ficar esperto. Ainda assim, o negócio só começam a 'squentar uma meia hora depois do bar abrir, o que vai acontecer daqui 'uns quarenta minutos. A gente faz assim pra dar um tempo dos caras se acomodarem, sabe como é.

Serra interrompeu-se e apontou para um grupo de rapazes que acabava de chegar, descendo de um Opala prateado e de um Fusca bege, de tala larga. Eram cinco. Rapidamente se juntaram diante das bilheterias.

— 'Tá vendo essa turma — apontou. — Esses caras pensam que são os bãos. A maior parte da rapaziada que frequenta aqui vem a pé ou de ônibus, mas os boyzinhos aí têm um Opalão e um Fusca cheio de vidro fumê e roda tala larga. Cuidado com eles. — Olhou firme nos olhos de Alexandre. — Cuidado *mesmo*.

"Mais tarde, lá pelas oito e meia, chega o pessoal mais velho, uma turma que é trintona, já. Eles são menos barulhentos, mas dão mais problema de bebede'ra, entendeu?"

— Sei — Alexandre respondeu, lembrando-se de como eram as coisas no prostíbulo: não muito diferentes. — Mas o q'é que tem esse pessoal?

Serra o ignorou. Fez um gesto, detendo o avanço do grupo recém-chegado de rapazes. Os cinco pareciam ter de quinze a vinte e dois anos.

O que andava na frente dos outros abriu os braços, em um gesto de bem-humorada indignação.

— Qualé, Jão? 'Tá de marcação em cima da gente?

— Corta o papo, Dudu. — Serra então os chamou com a mão direita. — Só umas 'palpadas não machuca ninguém.

Os caras se aproximaram lentamente, balançando cabeça e braços para deixar claro a sua contrariedade diante da revista. Serra fez as mãos correrem pela cintura e peito do líder, e então lhe deu um tapão sonoro nas costas.

— Vamo' lá, Dudu. Pode entrar.

Os outros entraram em fila. Serra revistou um por um, sem pedir, em momento algum, que Alexandre também o fizesse.

Quando o quarto passou, Alexandre disse:

— Tinha cinco caras. Um deles se mandou de mansinho.

— Então é esse que'ocê vai vigiar — Serra respondeu. — Ele vai querer entrar mais tarde, mas daqui ele não passa sem ser revistado.

— Tudo bem. — Alexandre pensou por um momento. — 'Cê quer evitar que ele entre, ou 'cê quer saber qualé a dele?

— O que der menos trabalho. Mas se alguém 'tiver tentando entrar aqui maquinado, eu quero saber por quê. 'Cê marcou o cara?

Alexandre assentiu.

— Eu vou 'tá lá dentro — Serra avisou. — Se 'ocê tiver que entrar, me faz um sinal, e eu venho te substituir.

— Tudo bem.

Serra sabia o que estava fazendo, Alexandre percebeu, enquanto se acomodava em um ponto da entrada que ocultaria um pouco de sua silhueta, das vistas do pessoal na calçada. Era um novato ali, e mesmo com a camiseta de segurança — que ele se preocupou em esconder, cruzando os braços sobre o peito —, passaria meio incógnito aos frequentadores. Enquanto matutava, o salão se encheu com uma música de Dominguinhos.

Anoiteceu subitamente. De uma hora para outra não havia um resto sequer do crepúsculo, e a avenida se viu cheia de carros e bandos de garotos andando no canteiro central. Uma aglomeração se formou na frente do clube. Alexandre se admirou da pouca idade da garotada. Meninos de doze e treze anos já com um cigarro acesso entre dedos nervosos, sacando a carteira do bolso detrás dos *jeans* e a abrindo com floreios que tentavam imitar dos adultos. Será que ele mesmo tinha começado tão cedo, a frequentar lugares assim?

As meninas não pagavam — elas entravam direto, em bandos sorridentes, evitando olhar para ele. Mal saídas da infância, as coxas finas apertadas em calças justas, as barriguinhas expostas e os peitos ocultos por bustiês que desafiavam o frio. Quando o primeiro grupo passou, Alexandre olhou por cima do ombro para as costas finas, as bundinhas separadas pelas calças justas demais. Elas pareciam pequenas e fracas, rebolavam como um bichinho tremendo de frio.

Pensou imediatamente em Soraia. Ela sim tinha uma bunda saudável, grande, firme, forte, ao mesmo tempo jovem e madura. Sempre tivera. Quer dizer, desde os treze ou quatorze... Por onde passava, atraía a atenção. Lembrou-se de como ela estava, naquela manhã. As pernas bronzeadas, as costas delicadas, a bunda cheia de movimentos mal contidos pelo *shorts* cáqui, enquanto ela se afastava dele depois da conversa que tiveram no rancho que arrumaram para ele morar. Não. Melhor não pensar. Melhor não imaginar. Não quando devia tanto a Soraia e sua mãe, por tirá-lo da rua e colocarem um teto sobre a sua cabeça e comida em seu estômago.

Verdade que não sem pedir algo em troca. Dona Teresinha deixara muito claro que elas precisavam do dinheiro. E as "regras da casa", como Soraia dissera, não eram relaxadas. Ele não podia entrar sozinho na casa, embora pudesse empregar livremente o corredor externo, o quintal e o quartinho que lhe cabia. Não podia receber amigos, nem usar o telefone. Tinha que se manter limpo, cuidar das próprias coisas, manter com ele os seus itens pessoais. Não trazer pornografia para dentro de casa. Respeitar as duas mulheres. Sempre.

Ele sabia bem o que ela queria dizer com isso. Não deveria se aproximar da sua filha. Enquanto estivera vivo, o seu Gabriel também tinha deixado isso bem claro.

Bateu a mão espalmada no bolso da calça, sentindo o volume do maço de dinheiro. Também devia a Serra, mas o que importava era já poder retribuir alguma coisa do gesto de Soraia. Decidiu que amanhã mesmo as duas teriam o dinheiro.

O barulho de um motor potente o fez virar a cabeça bruscamente para a rua. Mas não era um Ford Maverick preto, e sim um Ford Landau azul-escuro, com um casal sentado no banco da frente. Quando o carrão passou diante do prédio, viu que era uma bela mulher, com longos cabelos escuros. No instante seguinte, percebeu que havia se enganado. A morena era gordinha e carrancuda. Alguma coisa com a iluminação, talvez.

Vanessa Mendel passeava no Ford Landau que pertencia ao Presidente da Câmara Municipal de Sumaré, Valdeci Nogueira. Nogueira ia ao volante, os olhos frequentemente saltando da rua para o seu amplo decote. Os dois vinham da chácara de político, que ficava em algum lugar entre Sumaré e Nova Odessa. Iam para o novo bar americano que, dizia ele, tinha sido inaugurado em uma travessa da Sete de Setembro.

Nogueira era solteiro e ambicioso, certamente satisfeito por exibir a acompanhante. Pena que era uns dez centímetros mais baixo que ela — Vanessa sorriu — e barrigudo e não esguio. E derradeiramente impotente, e não poderoso. Mas o pouco poder que tinha, somado ao dos outros homens que ela tentaria manipular, resultaria na quantidade de poder de que precisava.

Não gostava da ideia de ser exibida em sua companhia. Tinha outros homens em sua lista, e preferiria ir direto com ele para a sua nova casa, ou ter sexo com ele lá mesmo na casa de campo construída na chácara. Mas por outro lado, gostava de simplesmente passear e conhecer a cidadezinha — como esse clube vagabundo do outro lado da rua, cheio de garotos e garotas aglomerados na entrada. Gostava de vê-los, de estar perto deles.

Bem, quanto a Nogueira e sua vontade de exibi-la ao seu lado, sempre podia enganar a todos em volta com um truque simples, como o que empregava agora — ela seria para todos os que estivessem à sua volta uma mulher tão baixa e gorda quanto ele, e mais velha. O Presidente da Câmara ficaria bem confuso, se os comentários chegassem aos seus ouvidos, mas isso também divertiria Vanessa. Era tudo um jogo.

Mas não podia dedicar muito tempo a ele. Tinha outros homens, outras figuras de importância no reduzido cenário da cidade, a seduzir.

Alguma coisa chamou sua atenção, enquanto desfilavam lentamente diante do salão do clube. Pouca coisa escapava às suas habilidades, e ela soube que algum tipo de violência muito intensa se daria ali, em poucos minutos. Pensou em deter o carro e sair, para apreciar o que estava para acontecer, mas não com vereador ao seu lado. Se estivesse sozinha com o seu Cobra, não hesitaria.

Bem, tinha de se contentar com a noite de tédio que Nogueira lhe prometia.

Alexandre tornou a correr os olhos pelo lugar, olhando para fora e para dentro do clube. Lá estava o Serra, andando pra cima e pra baixo. Um cara passou a mão na bunda de uma menina, quase ao lado dele, e Alexandre viu Serra saltar sobre ele e empurrá-lo contra um dos cantos, num estalar de dedos. Imprensou o cara contra a parede, peitando-o mas mantendo os braços para baixo, e gritando na fuça do sujeito. É, ele era bom. Não deu o menor tempo de reação — *abafou*, simplesmente. Não ia precisar dele ou da ajuda de ninguém, e por isso Alexandre tornou a olhar para fora.

Ah, mas aí estava o sujeito que procurava. Ele reapareceu com um olhar furtivo, procurando sumir na aglomeração. Mas Alexandre o viu de imediato, um carinha de cabelo escuro e rosto fino, camisa social branca, uma jaqueta *jeans* grande demais para o seu tamanho, e a ridícula fivela da Festa do Peão e

Boiadeiro, tão grande que devia passar do seu umbigo. Duvidava que ele tivesse, uma vez na vida, participado de um rodeio.

Outro adolescente. Devia ter uns quinze anos, claramente menor de idade. O que fazia andando com caras mais velhos?

Quando ele se aproximou, Alexandre abandonou o seu posto de observação, parou diante dele, e abriu os braços. O rapaz se deteve com um baque e arregalou os olhos, diante do SEGURANÇA em sua camiseta.

Alexandre também não lhe deu tempo. Suas mãos correram por seu peito e cintura, seu pé direito deu umas batidinhas nas suas canelas. Não tinha nada.

O rapaz sorriu triunfalmente, e Alexandre o fez entrar, com um tapa nas costas só um pouco menos caloroso que o de Serra. Enquanto ele entrava, Alexandre conferiu outra vez a posição de Serra. Depois de enquadrar o saidinho, Serra estava olhando em torno, buscando mais alguma ocorrência que precisasse de sua intervenção, e seus olhos se encontraram com os de Alexandre, que lhe fez sinal para que viesse até ele, mas não o esperou.

Foi atrás do moleque.

Viu-o cumprimentar os amigos que haviam entrado antes, e trocar algumas palavras. Quando se distanciou dos outros, Alexandre percebeu que havia de fato alguma coisa estranha acontecendo. O moleque foi para os fundos e para a lateral esquerda do salão, onde ficava a porta que dava para a área cercada de muros lá fora. Abrindo caminho por entre a multidão dançante agora ao som de Gonzaguinha, Alexandre passou pelo canto em que os outros caras do bando do Dudu concentravam-se. Olhou firme para o tal Dudu. O cara devolveu o olhar com cara de susto.

"Surpresa, surpresa. Agora vamos ver o que 'cês 'tão querendo aprontar."

Saiu e fechou a porta às suas costas. Uma parte da música ficou trancada lá dentro, mas ainda ouvia a batida e o alarido dos frequentadores — e por cima do muro o ruído dos automóveis rolando pela avenida, uma buzina ao longe.

Olhou em torno. À direita havia uma área coberta, servindo de depósito, com caixas de bebida e cadeiras quebradas. Nos fundos, um portão de metal. O centro era um cimentado trincado e sujo, mato crescendo nas rachaduras, mas à esquerda, junto ao muro, havia um rudimento de jardim com árvores baixas, arbustos altos e caminhos de pedrisco e cascalho. Nenhum sinal dos outros seguranças, Otávio e Gérson, que deviam vigiar essa área.

Alexandre se moveu na direção oposta, sob o depósito, e se escondeu atrás de uma das traves de madeira que sustentavam o teto de amianto. Seus olhos passearam lenta mas atentamente, de um canto a outro da área murada. Tinha bancado o guarda-noturno dezenas de vezes, no Exército.

Em certo momento, o pesadão Gérson abriu a porta e olhou para fora. Alexandre, sem se mover, viu-o tornar a entrar e fechar a porta.

Dali a um instante o sujeito da fivela surgiu detrás de uns arbustos. Não tinha nada nas mãos, mas Alexandre não se permitiu baixar a guarda.

Quando o outro se aproximou da porta, Alexandre saiu de onde estava e caminhou até ele, com passos largos.

Ao vê-lo, o garoto levou a mão direita até a parte detrás da cintura, a fivela exagerada brilhou. Alexandre deu um salto em sua direção, para interromper o movimento de sacar a arma que ele trazia oculta. O braço do outro reapareceu com o que Alexandre identificou de relance como um revólver cromado de cano curto. Alexandre fechou sua mão esquerda sobre a arma, e, num semi-abraço, usou o cotovelo direito para atingir o queixo do rapaz.

Dobrou o braço direito amolecido do outro por cima do seu ombro, como se o cara fosse coçar um comichão irresistível nas costas, e a arma soltou um barulho de bomba de São João e uma nuvem de fumaça azulada. O revólver caiu no cimento, enquanto o moleque gemia com a dor do braço torcido.

Alexandre o empurrou para longe e apanhou o revólver do cimentado. Quando o rapaz tentou passar por ele e entrar no salão, Alexandre o deteve com um *jab* de esquerda no queixo, que o enviou de volta, cambaleando.

Enfiou o revólver no bolso detrás da calça e baixou a barra da camiseta preta por cima. Então deu dois passos até o moleque — que segurava o queixo e olhava para ele de olhos arregalados — e lhe dobrou o braço direito contra as suas costas. O rapaz não reagiu.

Conduzindo-o dessa maneira, Alexandre retornou até o salão. Ao lado da porta, ficou parado por meio minuto, acostumando os olhos ao caleidoscópio de luzes girantes. Procurou por Otávio ou Gérson. Nenhum deles estava por perto — mas os amigos do pistoleiro estavam bem ali, à espera dos dois.

"Foi um erro voltar pra dentro. Era melhor ter esperado que os outros seguranças aparecessem pra dar uma olhada nos fundos, e aí mandar chamar o Serra." Mas agora era tarde.

Alexandre respirou fundo e quebrou o braço do rapaz com um único tranco, e o jogou em cima dos companheiros. O rapaz aterrissou berrando em cima do líder. Alexandre deu dois passos adiante e atingiu Dudu com um cruzado de esquerda. Dudu cambaleou para trás e pareceu acenar freneticamente com os dois braços. Foi amparado pelos outros, que recuaram esbarrando nos frequentadores do forró. Em segundos o salão se encheu de gritos, e gente que não tinha nada a ver com a briga saiu socando e chutando como um bando de burros chucros, a partir do ponto em que Alexandre e os outros estavam. Tinha visto isso acontecer vezes sem conta, no tempo em que costumava frequentar discotecas.

Segurou seu terreno, desferindo ganchos e cruzados curtos e mantendo os outros à distância, pelo tempo que o tumulto levou para chamar a atenção de Serra.

Viu Serra chegar, espalhando gente para todo lado como a quilha de um navio cortando ondas de um mar agitado. A briga generalizada já tinha diminuído. Serra só teve que empurrar e berrar por dez segundos, para acabar de vez com o fogo-de-palha. Ficou apenas Alexandre em pé, vigiando os corpos caídos de Dudu e do cara da fivela da Festa do Peão. Os outros membros do bando saíram mancando, um curvado sob o estômago, atingido por um gancho de direita.

Sem esperar pelo outro, Alexandre apanhou Dudu pelo cangote e o arrastou para fora.

— Traz o outro, Serra! — gritou da porta. O "outro" era o rapaz de braço quebrado.

Ele e Serra levaram os dois até os fundos da área coberta. Só então Otávio e Gérson chegaram. Serra os mandou guardar a porta que dava para o pátio, e não deixar ninguém passar por ela.

Quando os dois saíram, Alexandre tirou o revólver cromado do bolso e o examinou rapidamente contra a pouca luz que chegava da rua até o depósito. Era um Rossi .22, cano de quatro polegadas, seis cápsulas no tambor, uma delas picada instantes atrás. Deixou o tambor aberto e colocou a arma em cima de uma caixa de garrafas vazias.

— 'Cê tinha razão — disse, apontando para o moleque de braço quebrado. Na luz fraca, viu sua testa molhada de suor. — O carinha aí viu que 'tavam revistando, então foi até o muro e jogou o revólver no jardim. Depois entrou e foi buscar.

Serra não deu sinal de tê-lo ouvido. Ao invés, olhava para o rapaz sentado no chão, que segurava o braço e gemia.

— O que houve co'esse aí? — perguntou.

— Braço quebrado.

— Ah... — Serra fez, como se não entendesse como tinha deixado passar um detalhe tão óbvio.

Serra então deu um soco de direita no peito de Dudu, um golpe duro e rígido de carateca, que ressoou como um tambor à distância. Dudu pôs a mão no peito e cambaleou para trás, até parar com as costas na parede.

— Então, qualé o caso? — Serra perguntou, segurando-o pelos cabelos e puxando sua cabeça para trás.

Dudu respirou fundo repetidamente. Serra esperou, com aparente paciência, que ele recuperasse o fôlego.

— Tem um cara aí... um traficante — gaguejou. — Disse que queria a gente fora da área dele. Disse que tinha conexões com uns caras grandes, que ia mandar despachar a gente daqui, se a gente não saísse. Não confiei muito, mas a gente resolveu vir preparado...

— Só por via das dúvidas, não é?

— Isso. A gente não ia fazer nada. Só se o cara encanasse mesmo co'a gente.

— Quem é o tal?

Desta vez Dudu hesitou visivelmente. Mesmo no escuro, Alexandre observou o seu olhar distante, tentando inventar alguma coisa para dizer. Serra não lhe deu tempo — um outro golpe, mais curto, outra vez contra o peito.

— Porra, pra que 'cê fica fazendo isso, Jão?

— Quem é o cara? — Serra repetiu.

— É um tal de Vicente. Vicente, é assim que ele chama...

— Como é qu'ele é?

— É... é pardo, magrelo.

— Certo. — Serra deu uma olhadela para Alexandre. — Ele e mais cem mil.

— Porra, Jão. Eu não sei mais o que te falá'. O cara, é... tem zoio verde, 'cê acredita? Um mulato amarelo, de zoio verde...

Serra assentiu, como se estivesse mais satisfeito com Dudu.

— E de onde?

— Do Rosolém.

Alexandre percebeu que Serra tinha se dado por satisfeito, ao puxar Dudu da parede e o empurrar para os fundos do pátio. Alexandre, por sua fez, ajudou o outro a se levantar e o amparou até o portão, que Serra abria com uma chave que havia puxado do *jeans*.

— Agora, Dudu, 'ocê e os seus amigos vão embora daqui e não vão voltar *nunca* mais, entendeu?

Dudu não disse nada. Serra tornou a falar:

— Se eu souber que 'cê 'tá traficando alguma coisa vinte quadras de distância do SODES, eu te entrego pra polícia. Ah, mas quebro as suas pernas antes.

Empurrou Dudu para fora, e o sujeito foi andando sem olhar para trás, até que Alexandre o chamou.

— Ei! E o seu amigo aqui?

Dudu levou alguns segundos para compreender do que ele estava falando. Então voltou até o portão e amparou o seu colega. O rapaz da fivela da Festa do Peão e do Rossi .22 lançou um olhar odiento para Alexandre.

— E o meu revólver? — perguntou.

— Enfiado na tua bunda?

Os dois lhe viraram as costas e seguiram mancando até a esquina.

Serra fechou o portão. Alexandre o ajudou a mover uma das folhas de metal.

— 'Cê viu a pachorra desses caras? Ainda queria o revólver de volta. . . — falou.

— Vamo' dá uma olhada nessa merda — Serra respondeu.

— Arma de pé-rapado — Alexandre disse, tirando as munições do tambor e examinando o estado do cano, contra a luz. — Mais sujo que o cu daquele miserável.

Serra estendeu a mão e Alexandre lhe entregou a arma e as munições. Serra enfiou tudo nos bolsos. Olhou para o salão, e, acompanhando o seu olhar, Alexandre viu Gérson e Otávio parados junto à porta.

— A cavalaria. . . — Serra murmurou, e ele e Alexandre partilharam uma gargalhada.

O dinheiro das entradas era recolhido pelas bilheteiras e enfiado em duas sacolas de lona. Ao lado de Serra, Alexandre viu o amigo conferir as quantias anotadas, com o talonário dos bilhetes. As duas moças, Fernanda e Maria, fumavam num canto, olhando para a rua. Gérson e Otávio guardavam a entrada. O pessoal do bar já havia ido embora, depois de Serra recolher, em uma terceira sacola, a féria do dia.

— Pronto, pessoal, já dá pra ir pra casa — Serra anunciou.

O único carro ainda parado nas proximidades era um Dodge Charger R/T branco de capota bege.

— Aquele carro é o seu, Serra? — Alexandre disse.

Lembrava-se vagamente do pai de Serra ter um carro assim, no tempo em que estudavam juntos. É claro, não com as rodas gaúchas, os pneus traseiros maiores que os dianteiros, e a frente rebaixada.

— Isso mesmo — Serra respondeu. — E nós vamo' enfiar essa gente toda lá dentro.

Fernanda e Maria protestaram em coro.

— Paciência — Serra disse. — 'Cês vão querer a carona, não vão?

— Mas pô, Serra — Maria começou —, antes já eram cinco nesse carro. Agora, com o bonitão aí, *seis*?

Serra lhe deu as costas e foi andando na direção do Charger.

— Já q' 'cê achou ele bonitão, pode sentar no colo dele — disse.

Maria olhou de soslaio para Alexandre, que sorriu para ela. Fazia força para não rir.

— Melhor que sentar no colo do Gérson — Maria resmungou, antes de seguir os passos de Serra.

Sentou-se atrás com Otávio e as moças espremidas entre os dois. De fato, Maria praticamente se sentou em seu colo, sem emitir mais nenhum comentário. Era uma moça miúda, mas de corpo redondo. Alexandre tentou não tomar conhecimento, concentrando-se em olhar para a rua.

Esse era um momento meio vulnerável, em toda a tarefa de recolher o dinheiro e fechar o salão. Que reação eles poderiam ter se fossem abordados nesse momento, empaçocados dentro do Dodge? "Bem, pelo menos o carro do Serra é grande, e não um Fusca ou um Fiat."

O Charger arrancou e o corpo de Maria colou-se contra o dele. Mais adiante Serra fez uma curva fechada em boa velocidade, e tornou a acelerar. Andando uns cinquenta metros, o Charger brecou antes de saltar uma lombada. Alexandre percebeu que a suspensão devia ser esportiva, de tão dura que era. A cada movimento os passageiros gritavam um "eh-oou" enquanto eram espremidos uns contra os outros. "Seguuuura, peãooo!", Otávio gritou. Rindo, Alexandre uniu-se ao coro. Sentia-se excitado com tudo o que se passara. Seu primeiro dia, sua primeira briga de socos, o primeiro tiro disparado... As coisas eram movimentadas assim, no SODES?

— O q' que aconteceu lá dentro? — ouviu Fernanda perguntar.

Serra olhou para ela, por cima do ombro. Seus olhos então foram dela para Alexandre.

— Deixa pra lá — ele enfim respondeu. — 'Cês não iam querer saber.

Alexandre percebeu que a curiosidade de Fernanda era partilhada também por Gérson e Otávio. Serra não lhes disse nada, além da bronca que eles tinham levado, por não checarem os fundos com a frequência necessária e por demorarem tanto para tomar conhecimento do que estava se passando.

Não sabia o que havia entre Serra e os outros seguranças. Talvez ele lhes desse um relatório completo em um outro dia. Talvez simplesmente estivesse com a cabeça cheia demais neste momento, para conversar.

Era uma briga entre gangues de traficantes, ou Alexandre havia entendido mal? Um tentava tomar o território do outro, e a turma do Dudu viera pronta pr'o tudo ou nada — até mesmo pra dar cabo do rival. Por isso o revólver com um cara que era menor de idade. Se tivesse que usar a arma e terminasse preso, a Justiça seria bem mais branda com ele do que com o chefe do bando.

Fernanda e Maria moravam no mesmo quarteirão, atrás do Centro Esportivo. Serra esperou que cada uma delas entrasse em suas respectivas casas, antes de arrancar com o Charger.

Retomaram a Rebouças mais uma vez, e o carro seguiu rugindo em alta velocidade — sempre que as lombadas permitiam — até descer a Praça da República e virar à direita, chegando à Sete de Setembro. Serra deteve o carro diante do Banco do Brasil.

— Agora a gente sai todo mundo — mandou.

Alexandre desceu do carro e olhou em torno. Eram mais de três horas da manhã, e havia bem pouco movimento na rua principal de Sumaré. Um carro dobrava uma esquina lá embaixo; um casal caminhava na calçada oposta.

Incrustada na parede do banco havia uma caixa de metal com uma fechadura. Serra tinha a chave e abriu. Parecia uma exagerada caixa de correio. Serra enfiou ali as três sacolas com o dinheiro, trancou, deu uma olhada em torno, e fez um gesto de braços abertos, como se os outros fossem um bando de frangos que ele tocava de volta para o carro.

Gérson morava não muito longe dali, no Bairro do Casarão, cruzando a Rebouças. Otávio morava no João Paulo II, que o pessoal chamava de "Pia Cobra", mais perto de onde moravam as moças. Serra com certeza precisava dele para compor a escolta, na hora de depositar o dinheiro, e só o levava para casa depois do serviço feito.

Sobraram ele e Alexandre no carro. Sentado agora na frente, em um banco rígido e provido de um cinto de cinco pontos, Alexandre viu que o painel do Charger parecia a cabine de um caça a jato, de tanto conta-giros e medidor. Poderia despejar sobre Serra as perguntas entaladas, mas preferiu ficar quieto. Em contrapartida, Serra não lhe perguntou onde queria que o deixasse.

Passearam pela cidade, agora rodando mais devagar. Ainda havia movimento. Grupos de jovens andando no canteiro central da Rebouças, gente ainda sentada nas lanchonetes, nessa hora em que os cachorros vadios saem das suas tocas para fuçar as latas de lixo e as sarjetas na frente dos bares. Uns vinte minutos se passaram, e então Serra dirigiu o Dorjão pelo viaduto que mergulhava por baixo da linha férrea.

Serra deteve o carro em cima da ponte sobre o rio Quilombo. Quando ele baixou o vidro da janela do motorista, o fedor das águas poluídas entrou num bafo,.

Tudo agora parecia muito tranquilo para Alexandre. Não havia ninguém nas vizinhanças, do lado de cá do rio ou na avenida de acesso até a Via Anhanguera, que começava logo depois de uma rotatória.

Serra tirou o revólver do bolso detrás do *jeans*, com um gemido. A arma devia ter deixado o seu perfil estampado na bunda dele.

Sem dizer nada, jogou o revólver no rio. Alexandre ouviu o som do objeto atingindo a água. Fuçando no bolso da frente, Serra pescou as munições.

— Espera — Alexandre pediu. — Me dá uma dessas aí.

— Vai guardar de recordação?

— Isso mesmo.

— Pra quê?... — mas nesse instante Serra viu a cápsula vazia. Não disse mais nada, apenas atirou a mão cheia pela janela e pela amurada da ponte, depois de separar uma munição para Alexandre. E então: — Acho que 'cê quebrou o braço daquele moleque sem dó, não foi?

O que ele queria dizer? Que Alexandre havia exagerado?

— 'Cê joga duro, Xandão.

"Bem, o que 'cê quer? Eu só 'tô vivo por causa disso." Tentou pensar no que havia aprendido, em toda a sua experiência de vida. No Exército, o que lhe ensinaram foi nunca dar chance ao inimigo. No boxe havia as regras, e ele até tinha prazer em obedecê-las, mas a luta se desenvolvia em condições de relativa igualdade de peso, condição física e habilidades. Regras só podiam existir nesse contexto. Contra um adversário vinte quilos mais pesado — situação que ele tinha enfrentado várias vezes, no bordel — você pode muito bem esquecer as regras do Marquês de Queensberry. Ou contra alguém armado. Mesmo que fosse de um ferro-velho de calibre .22.

— O cara tentou atirar em mim — disse, controlando a voz. — E eu ainda tinha que enfrentar o resto da turma dele. Achei que era melhor tirar logo ele do páreo. Ninguém vai brigar com 'ocê, se tiver de braço quebrado.

— Eu sei, eu sei. Não 'tô te recriminando nem nada — Serra murmurou, esfregando o canto dos olhos com o polegar e o indicador da mão direita.

Soava cansado, e Alexandre podia sentir o seu próprio cansaço, um sono avassalador, caindo sobre ele agora. Era o sono do medo e da adrenalina zerada, aquela vontade terrível de bocejar e fechar os olhos. Fugir do mundo.

Então ocorreu a Alexandre uma coisa que fechava os acontecimentos, desde o momento em que Serra primeiro lhe ofereceu o serviço, até o instante em que Dudu revelou a encrenca com o seu rival traficante.

— Foi por isso que 'cê me contratou, não foi? — perguntou. — 'Cê sabia que o SODES 'tava cheio de traficantes e que a coisa ia engrossar a qualquer hora. *Queria* alguém duro, alguém desesperado e que topasse qualquer negócio, pra enfrentar essa parada e proteger as suas costas.

Serra encarou-o.

— É. É isso mesmo — admitiu.

Alexandre anuiu, em resposta.

— Só que agora 'cê sabe do tamanho da encrenca. Quando eu quebrei o braço do moleque, quando o revólver entrou em cena, quando o Dudu contou que o bando dele disputa o SODES com o outro traficante. — Percebeu também que tudo isso devia ser novo para Serra. Um problema bem acima dos que ele tinha enfrentado até agora. — Por que 'cê não conta logo pra polícia o que 'tá acontecendo, e alivia a sua barra? — perguntou.

Serra fez que não com a cabeça.

— O sodes é problema meu — disse. — E o Amélio quer nem *ouvir* falar do problema, quanto mais d' chamar a polícia.

Alexandre não disse nada. Ficou esperando e, dali a pouco, Serra respirou fundo e tornou a falar:

— O problema é *meu*... — repetiu. — Desculpe se eu te sacaneei, quando deixei de te contar da merda toda. 'Cê não precisa mais voltar, na semana que vem. E pode guardar o dinhe'ro qu'eu te dei. Não quero que 'cê pense qu'eu 'tô te explorando, só porque 'cê acabou de sair da cadeia.

Alexandre brincou com a munição de .22, rolando-a na sua palma.

— E você? — perguntou.

— Eu? Eu vou continuar o meu serviço, do jeito que der.

— Qual que é a do Dudu e do pessoal dele?

— Pelo qu'eu sei é maconha e esses comprimidos que o pessoal toma em discoteque. Nada muito pesado. — Serra fez uma pausa. — 'Ocê 'tá certo. Eu deixei eles na moita, até poder contar com alguma ajuda. Achei que eu e 'ocê, a gente podia chegar neles devagar, botar uma pressão e aos po'cos pôr eles pra fora.

— Se o que o Dudu falou é verdade, 'tá entrando traficante mais graúdo no pedaço. Aí a barra vai pesar pra valer, 'cê sabe.

— É. Não pensei que chegasse a isso, mas é por aí mesmo.

— Co'esses caras tem que ser duro pra valer, Serra — disse. — Sem dó. Ou então 'cê passa a bola pra polícia.

— Isso não dá pra fazer. Nem entregar o sodes pr'os traficantes.

Alexandre não disse mais nada, e Serra também ficou em silêncio. "Faroeste Caboclo", do Legião Urbana, tocava baixinho no rádio. Quando as luzes do farol de um carro despontaram lá em cima, na avenida, Serra tocou o Charger até o balão e fez o retorno.

— Por que não? — Alexandre perguntou.

— Por que não o quê?

— Por que 'cê não pode cair fora — Alexandre disse. — Não é largar o clube pr'os traficantes. Se 'ocê se mandar, aí o seu patrão vai ter que fazer alguma coisa. Pelo menos 'cê não vai 'star mais na linha de tiro.

— Ondé qu'eu te deixo? — Serra perguntou, mudando de assunto e olhando Alexandre com um olhar irado.

— Sobe a praça.

Foi indicando o caminho. Mais ou menos na altura da casa de Soraia, Alexandre mandou-o parar.

— Desliga o motor. Vamo' conversar um pouquinho.

— Não precisa. 'Cê...

— Ah, *precisa* sim.

Diante da sua firmeza, Serra fez o motor morrer.

— Escuta — Alexandre começou. — 'Cê é um cara legal. Eu vi como 'ocê trabalha. É um serviço limpo. Ninguém se machuca e fica tudo sob controle. Mas lidar com traficante é outra coisa, porque essa gente 'tá acostumada a viver fora da lei. Pra eles a droga é um negócio e eles não têm a quem recorrer se um cliente não paga, se um concorrente 'tá fazendo pressão. Não tem advogado, não tem esse-pê-cê nem PROCOM pr'essa gente. Se o chefe amolece com um, montam nas costas dele e num segundo ele já era. Escuta, a única lei pr'esses filhos da puta é *tirar os outros do caminho*. 'Cê entendeu?

— Entendi.

Sim. Podia ver que Serra compreendia. Não era complicado e essa verdade simples rondava o seu mundo há tempo suficiente. Rondava, aliás, o mundo de todos — lá fora, tem gente que não dá a menor bola para a vida dos outros, e tudo o que se pode fazer é rezar para não cruzar o seu caminho. Lembrou-se outra vez dos homens do Maverick, que o caçaram como se fosse um animal.

— Eu lembro de quando a gente fazia luvas juntos — continuou. — 'Cê nunca desistia, lembra? Botava pressão sempre. Agora, se esse negócio no SODES é só a sua teimosia, é melhor 'cê repensar as coisas, porque se 'ocê entrar nessa, vai ser pra ir até o fim, até o ponto em que os traficantes já 'tão. Até o ponto de matar ou morrer.

Serra se reclinou no assento e olhou para a frente.

— Como é que 'ocê se sentiu, Xandão, quando aqueles meganhas te puseram na cadeia e mataram o seu amigo?

Foi a vez de Alexandre se reclinar e pensar.

— Um pedaço de mim morreu na cadeia — disse. — Eu 'tava morto até o outro dia. —"Morto até o dia em que encontrei Soraia... e o dia em que três caras num carro preto tentaram me matar." — É isso o que 'cê quer dizer? Que às vezes é melhor ficar e enfrentar o que vier?

— É — Serra respondeu, tornando a encará-lo. Foi um "É" maiúsculo, seco, convicto. — Meu pai morreu faz dois anos. Deixou este carro de herança, a casa com prestação pra pagar, um cachorro sarnento que ele nunca cuidou e que morreu de tristeza um ano depois. E a minha mãe tam'ém doente de tristeza. Eu tenho o segundo grau completo, uma irmã que mora com o marido em Americana, uma namorada que só me vê de vez em quando, e o meu trabalho no SODES. Não é muito, né?

— Não.

"Mas e eu, o que *eu* tenho?"

— Eu só tenho o que eu tenho e po'ca chance de conseguir mais. 'Cê acha qu'eu devo deixar que esses caras cheguem e me mandem embora, sem mais nem menos, porqu'eu posso esperar pra tentar alguma coisa diferente no futuro? Que eu posso fazer planos e deixar passar... uma *coisa assim*?

— Pode, se quiser — respondeu.

— Pois eu não quero.

Alexandre então sorriu.

— O que foi? — Serra perguntou.

— Nada. É só que você pôs os pingos nos "is". — Abriu a porta do carro. — Não tem nada a ver com essa conta sua do que 'ocê tem e o que 'ocê não tem. É só isso: *você não quer*. E eu não questiono a sua escolha. Só que a gente vai ter que viver de acordo com ela.

Desceu do carro, fechou a porta e se apoiou na janela.

— Te vejo no SODES, sábado que vem.

O Charger seguiu descendo a rua, ronronando baixo, como se respeitando o horário. Como se refletisse a melancolia do seu piloto.

Alexandre o viu dobrar a esquina. Só então voltou-se para a casa. De repente, não tinha a menor vontade de entrar. Encostou-se na grade e enfiou as mãos o mais fundo que pôde, nos bolsos da calça. Sentiu o volume do maço de dinheiro, mas ele pouco lhe trouxe de consolo.

Assim que entrasse, levaria para a vida das duas mulheres toda a dureza e a qualidade implacável das palavras que havia trocado com Serra. Não queria levar toda essa nojeira ao lar bem arrumado de Dona Teresinha. Suas costas se endireitaram. Queria ficar ali, assim com estava, vigiando o portão como um cão-de-guarda, não permitir que nada de mal acontecesse a Soraia.

Mas no fundo, a certeza de que teria de se afastar dela, para protegê-la.

Nesse instante, Soraia apareceu em pé diante dele. Tão vívida, a pele dourada brilhando, olhos verdes tão macios que transferia sua maciez a ele, fazendo-o enfim relaxar. Mas foi uma aparição orquestrada por sua mente, evocada pelo susto diante da ideia de deixá-la para trás. Respirou fundo e fechou as mãos sob as axilas, para fazê-las parar de tremer. Sentiu-se desamparado como uma criancinha — ele, o grande lutador...

Abriu o portão da casa de Soraia e entrou, tentando fazer o menor barulho possível, para não acordá-la ou à sua mãe. "Não quero incomodar", disse a si mesmo, em silêncio mas com uma intensidade que o fez tremer mais que o frio. Era como um juramento.

Ou um pedido de desculpas.

CAPÍTULO 2

*Por um segundo apenas um vislumbre de meu
pai eu tenho
E num movimento ele acena para mim
E num momento as memórias são tudo
o que resta
E todas as feridas se abrem outra vez*
    Steve Harris (Iron Maiden) "Blood Brothers"

*Nas cicatrizes
a biografia de quantos socos?*
    Mafra Carbonieri *A Lira de Orso Cremonesi*

Da escola no alto da colina, Soraia Batista podia ver Hortolândia se estendendo brevemente para oeste, cedendo lugar às fazendas — recortes retangulares de terra roxa, tornados trapezoidais pela perspectiva —, ao Horto Florestal e, finalmente, a Sumaré.

Estava parada junto à porta da sala dos professores, tomando uma xícara de chá de camomila. A aula havia terminado há dez minutos. Tinha muitas coisas no pensamento.

Artur de Oliveira, o seu aluno mais velho. Havia qualquer coisa nele, com respeito ao inglês. Soraia havia acabado de conferir alguns dos resultados de uma atividade em aula, a sua segunda aula da semana. Tinha feito um pequeno teste para ter uma ideia do nível em que se encontravam. Não era *prova* — "ai, que palavra odiosa!" Detestava isso, quando estava no Primeiro e no Segundo Graus. E dizer que agora teria que aplicar provas ela mesma.

Bem, os resultados de Artur eram tão animadores quanto a sua participação em classe. Podia sentir o quanto ele se esforçava para vencer a timidez e responder às questões, vencer a gozação dos colegas, tentando pronunciar as palavras e frases corretamente. Era cedo para ter certeza, claro, mas ela sentia que, mais do que uma fascinação momentânea pela língua, talvez ele tivesse um *talento*.

"O que acrescenta todo um novo nível ao meu problema", refletiu. Na sua segunda semana no trabalho, já se convencia — com a ajuda voluntária de Valéria Ferreira — de que o melhor que poderia fazer era passar o básico aos garotos, tentar nivelar todos por baixo. Mas agora via potencial em Artur... Não poderia ficar sentada, sabendo que ele era capaz de assimilar bem mais do que ela oferecia. E se Artur podia, por que não os outros — com um pouco mais de esforço da parte dela? De um lado, sentia-se oprimida — teria de se esforçar mais do que Valéria a convencera a tentar. Por outro, seria um estímulo para derrubar dos seus ombros o manto que a professora de Matemática havia colocado sobre eles: o da negligência.

"*All right, boys*", disse a si mesma, sorrindo. "Você ganharam uma professora mais dedicada." Decidiu imediatamente que uma das providências que tomaria com relação a Artur seria uma visita à casa dele, para lhe passar leituras extra-curriculares e para convencer seus pais a deixarem ele ter uma aula a mais, na semana. Uma aula particular.

Tendo atacado essa primeira questão, moveu-se imediatamente para a seguinte: Alexandre.

Dois dias atrás, na madrugada do domingo para segunda, Soraia não conseguira dormir — não depois de ter visto, ao sair da missa, o fantasma de seu pai. Tinha ouvido um carro barulhento parar na frente da casa, a porta do carro bater, e a voz de Alexandre falando com alguém. Então o carro arrancou e, enquanto ela esperava que Alexandre entrasse, fazendo ranger o portão, um silêncio enorme... O tempo passou e passou, antes que ele entrasse. Então o ruído manso dos seus passos no corredor que dava para o quintal.

Só conseguiu pegar no sono depois de ele ter entrado. No dia seguinte, acordou tão cansada que deixou a bicicleta e pegou o ônibus até a EEPG. Quando voltou para casa, encontrou as roupas dele penduradas no quintal.

— Foi ele mesmo quem lavou — sua Mãe lhe disse. — Aprendeu na cadeia.

E então a Mãe lhe mostrou o dinheiro.

— Disse que é adiantamento do novo serviço dele, naquele clube da Rebouças.

— Ah, mas já! Será que ele não vai precisar do dinheiro?... — tinha perguntado, a voz apagada de susto.

— Acho que ele guardou um pouco, ou que vem mais no fim do mês. Mas a verdade é que isso já me deixa bem mais tranquila sobre essa sua ideia louca de abrigar o rapaz aqui.

"Ufa!", Soraia soprou mentalmente. Então Alexandre até que ia ganhar bem. Nenhuma fortuna, claro, porém uma ajuda mais que bem vinda. Mas ele não estava em casa.

— Almoçou cedo e saiu pra correr — a Mãe explicou. — Disse que agora que 'tá trabalhando de segurança, tinha que entrar em forma. Como se já não 'stivesse!

Os dois só se falaram à noite. Combinaram de se encontrar na quarta, depois que ela saísse da escola. Para procurar alguma pista dos pais dele — uma exigência de Soraia.

Devia "pegar" Alexandre na academia do Marino. Levou a xícara para dentro da sala dos professores, despediu-se das colegas, e saiu. Tinha arrumado um boné para não queimar o nariz, em dias de sol como este. E ainda trocava, no banheiro anexo à sala dos professores, a roupa "de professora" pela de ciclista.

Só percebeu que pedalava duas vezes mais forte que de costume, quando chegou ao Horto Florestal, na quilométrica descida rumo à ponte ferroviária, e pôde descansar as pernas trêmulas e sentir o peito ofegante. O que havia com ela? Não era como se tivesse marcado um *encontro* com Alexandre.

Na terça-feira, Alexandre havia corrido de manhã e tirado a tarde para dar um pulo na Academia do Marino, e saber com ele que dia e hora o Serra e os outros apareciam lá para treinar.

Marino tinha um e oitenta e cinco de altura e pesava cento e quinze quilos de músculos que pareciam rijos como os sacos de pancada que tinha pendurados no fundo da academia. Já havia ganho campeonatos regionais de levantamento de peso, e por um tempo o recorde brasileiro de uma modalidade tinha sido seu. Seu peitão sempre exposto tinha um conjunto de cicatrizes vermelhas, onde havia perdido a pele, gordura e até tecido muscular, há muitos anos, quando era salva-vidas no Clube União. Costumava mergulhar na piscina olímpica e ir até a grade do sistema que recolhia a água suja de detritos no fundo. Fazia flexões de braço, de fôlego puxado, em cima da grade — a força de sucção da água aumentava o seu peso, exigindo mais dos músculos... Mas um dia ficou preso ali como um inseto num ralo. Quase se afogou. Não fosse pelos amigos, que o viram agitando os braços e as pernas no fundo da piscina.

Os dois começaram a conversar sobre o que haviam feito, desde que Alexandre se alistara. Ele omitiu a maior parte de suas encrencas com a polícia, mas não negou que estava recém-saído da penitenciária de Monte Mor. Marino foi legal não o sondou sobre isso, mas de repente falou de um tiroteio que tinha ocorrido logo ali em frente, no Moinho Velho.

Alexandre olhou para os jardins e pomares que se estendiam por toda a quadra em frente, onde morava o pessoal da estrada de ferro. Pegado às casinhas de tijolos vermelhos e pisos ladrilhados, construída naquele mesmo estilo comum a toda cidade ao longo da ferrovia, ficava o Moinho Universal s. a., abandonado há tanto tempo que não se lembrava de tê-lo visto operando, em instante algum de sua vida.

— Um colega seu, acho — Marino contava. — Um tal de Ricardo, um cara forte, da sua altura. Se meteu com uma cantora que veio pra Sumaré ano passado, pra cantar numa boate que fechou depois. Não sei se'o 'cê lembra do Marcondes... Era o leão-de-chácara do lugar. O Ricardo trabalhava lá, de *barman*.

"Aconteceu tudo aqui, numa noite de chuva, de madrugada. Tinha uns caras atrás dela. A polícia falou depois qu'ela era uma prostituta procurada por assassinato no Rio de Janeiro. Esse cara que 'tava atrás dela, com os capangas, era o cafetão.

"Os bandidos prenderam o dono da boate, um da família dos Varichenko, dos graúdos da cidade, e largaram ele e a mulher lá, amarrados, e as crianças trancadas no banheiro. O Ricardo e a cantora — que chamava Sheila — eu cheguei a ver ela na boate — cantava bem pra cacete — eles se esconderam no moinho. Mas os caras acharam a pista deles lá, e aí teve um tiroteio no Moinho Velho, com escopeta, fuzil e a merda toda."

— Eu vi o Ricardo outro dia... — Alexandre começou.

— Pois é. 'Cê acredita? Ele enfrentou os fi'os da puta e matou todo mundo. Agora ele é *pintor*, cara. Vende os quadros em Campinas, Americana, e até em Sampa. "Dá pr'o gasto", ele me falou outro dia, quando a gente se cruzou na Sete. Quem diria que um pintor ia dar cabo de um monte de vagabundo' armados até os dentes. Eram três ou quatro, gente fichada... É, o quarto ficou lá na casa dos Varichenko. Parece que eles tentaram invadir o sobradinho onde o Ricardo morava, e ele tinha feito uma armadilha com uma daquelas máquina' de costura de ferro velhas, 'cê acredita? Acharam o cara lá na casa dos Varichenko, todo quebrado.

Alexandre visualizou uma armadilha de tropeçar, feita com barbante ou linha de pesca estendida no escuro, e uma máquina de costura de uns dez ou quinze quilos, esperando pra despencar na cabeça de alguém. Sorriu. É, dava pra fazer. Era esse o Ricardo que conhecera na escola e com quem tinha saído umas vezes, sujeito calmo e espirituoso, com um jeitão quieto que só ele?

— O Ricardo serviu na Aeronáutica, s'eu não me engano. O sujeito aprende a se virar...

— Pois é. Não se falou de mais nada em Sumaré, por uns três meses.

— E a tal cantora? — Alexandre lembrou-se.

Marino fez que não com a cabeça.

— Não escapou. O cafetão pegou ela antes, de rajada de fuzil automático. E aí o Ricardinho despachou ele com dois tiro' de doze. É pena. Ele ficou derrubado um tempo. Parece qu'ele gostava mesmo da mulher, apesar de ter sido prostituta e tudo...

Os dois ficaram em silêncio por algum tempo, e então Marino disse:

— Então, o Serra e a turma dele aparecem aqui de terça de tarde, quarta e sexta de manhã. Nesses horários eu deixo eles à vontade. 'Cê vai treinar também? Olha aqui, lá no fundo fica' as turmas de boxe, capoeira, kung fu e de aeróbica, em dias alternados, entendeu? Na parede de lá tem um espelho, de ponta a ponta, pr'as meninas. Não quero saber de arranhado, riscado ou quebrado.

— Tudo bem.

— E se chegar cedo e cruzar com as meninas da aeróbica, nada de gracinha', 'tendeu?

— Certo. — Alexandre sorriu.

Era quarta-feira agora, e lá estavam elas, com seus *collants*, sapatilhas, faixas de cabeça e desodorantes cheirosos, passando pela rapaziada do boxe, esses com tênis velhos e fedorentos, camisetas Hering esburacadas e calções de futebol, já cheirando a suor antes mesmo de começar. Lembrando das recomendações do Marino, ninguém falou nada — mas todo mundo olhou.

Aparentemente, Alexandre tinha chegado cedo. Nem Serra nem os outros dois seguranças estavam lá. O treinador também não tinha chegado ainda. Ele pulou corda por vinte minutos, enrolou nas mãos as bandagens compradas no dia anterior, calçou as luvas de saco e foi para um dos sacos de pancada pendurados em um canto. Ali não dava para circular — o saco batia na parede, onde tinha uma barra de metal dessas que as bailarinas usam para fazer alongamento. E o chão tinha carpete! Era o ginásio de boxe mais improvisado que ele já tinha visto.

O saco era curto e pesado, quase todo de couro escuro. Só em cima é que a lona azul aparecia.

Alexandre começou a castigar o couro com ganchos e cruzados, uns poucos diretos, curtos. Mantinha os pés bem fixos no chão — nada de bailado. Em compensação, forçava o corpo a girar e se torcer a partir da cintura. Fazia o saco passar por cima da cabeça e dos ombros, quando se esquivava. No domingo, tivera uma boa ideia do que seria uma briga pra valer, no espaço apinhado do SODES. Não dava para fazer jogo-de-perna, e, se você queria acertar em quem mirava e não no vizinho, era melhor deixar os diretos e outros golpes longos de lado e usar só ganchos curtos e cruzados, *uppercuts* e *jabs* encurtados, das duas mãos. Usava os cotovelos também, proibidos pelas regras mas muito úteis quando não se tinha espaço ou árbitro — ou dó do adversário.

E foi isso que ele fez, sentindo velhos reflexos despertarem. Conforme o golpe de vista se ajustava e o corpo se aquecia, ele foi aumentando o ritmo. Um martelar constante, ritmado. Fez uma pausa curta, a título de intervalo entre *rounds*. Respirou fundo, sacudiu os braços para minimizar o ardor dos músculos desacostumados. Então voltou à carga. Faria só dois assaltos, mas no segundo ia ser treino de potência também, para soltar tudo, acostumar os músculos. No dia seguinte ia estar paralisado, gemendo por qualquer coisinha, na sexta só faria corda, sombra e alongamentos. Mas hoje era entre ele e o saco de pancada. Queria ver onde estavam os hábitos tão bem cultivados, tão bem impressos em sua mente e corpo, antes da prisão. Queria reencontrá-los, fazer amizade com eles outra vez e trazê-los de volta à sua vida.

Lembrou-se da sua primeira luta, na Forja de Campeões. Dos passos quase intermináveis até o ringue, seguindo as pegadas do Oliveira. Então meter os pés numa caixinha de breu e subir pelas escadas até o tablado, levantar uma perna e passar por entre a segunda e a terceira corda. Pisar na lona. Era o ginásio coberto do Conjunto Desportivo Baby Barione, na Água Branca, em São Paulo. O campeonato mais tradicional. Éder Jofre, Servílio de Oliveira e Miguel de Oliveira tinham começado ali... Não havia vestiário, e os lutadores se aqueciam sumariamente, na lateral da quadra, sem nem brotar suor. Newton Campos anunciava com um microfone, sentado à beira do ringue. O árbitro fazia os dois lutadores se cumprimentarem, debaixo das luzes, o resto do ginásio na penumbra. Então os dois voltavam para os cantos, e o árbitro apontava o cronometrista e a campainha soava.

Quando terminou, Alexandre estava coberto de suor. Tinha soltado alguma coisa na sua mão esquerda, mas sabia que voltaria no lugar em um ou dois dias. Seus braços pesavam como chumbo, dos nós dos dedos até o ombro, e sua espinha parecia mais leve, crivada aqui e ali de agulhas doloridas, no encontro com o osso da bacia. Ia doer — *já* doía — mas ele tinha um sorriso no rosto porque sentia o cansaço costumeiro, aquele de músculos e articulações solicitadas ao máximo, e era bom saber que ainda era capaz. Só perdia mesmo para o terror gostoso de subir no ringue, pra valer. Ah, de onde é que vinha essa loucura, essa satisfação de lutar? Por que o boxe tinha esse fascínio? Uma vez tinha visto Muhammed Ali dizer num documentário que o boxe era a "doce ciência", e era isso mesmo.

Ao descalçar as luvas e se virar, viu que a rapaziada toda estava parada, olhando para ele. Serra, Otávio e Gérson estavam ali, ainda com as toalhas nos ombros, e também o treinador Amaro, que ele não via há anos.

— 'Tá em forma, hein? — Amaro disse, quando se cumprimentaram.

— Nem de longe. Amanhã não consigo nem levantar da cama. Oi, Serra.

— Pega leve, Xandão — Serra disse.

Alexandre se voltou de novo para o ex-colega do Clube Atlético.

— E aí? Me disseram que 'cê lutou como profissional.

— Ganhei duas, perdi uma. — Amaro levantou a camiseta, e Alexandre viu ali um calombo mais claro aparecendo sob a pele. A pele morena corria por cima. Era como se fosse um bicho escondido ali dentro. — Isto aqui é uma lembrancinha da última luta.

— É, o Serra me contou. Costela quebrada que não soldou direito. Não dava pra abrir, quebrar de novo e soldar do jeito certo?...

— E quem é que tem dinheiro pr'essa merda?

— Hum!

Alexandre não disse mais nada. Serra veio socorrê-lo do embaraço.

— Dá licença, Amaro.

Apanhou Alexandre pelo braço e o levou até um canto. Um sujeito baixinho e troncudo veio com ele. Era um cara meio mulato, braçudo e todo malhado, com peitorais quadrados que deram inveja a Alexandre. Pouca gente conseguia peitorais quadrados assim. Os de Alexandre mesmo eram mais arredondados, com mamilos peludos bem em cima.

— Este aqui é o Silvio, ô Xandão — Serra apresentou o baixinho. — Enquanto 'ocê 'tava fazendo o saco pagar os pecados, a gente 'tava conversando ali na frente. Ele me contou uma história qu'eu achei que 'cê ia quere' ouvir.

— Sobre a tal da "Gangue do Maverick"?

— É isso aí.

— Eles mataram um cara lá ond'eu moro, no Rosolém — Silvio começou, indo direto ao assunto. — Domingo agora.

Alexandre e Serra trocaram olhares.

— O cara que eles mataram era um traficante pé-de-chinelo, que chamava Cristiano — Silvio continuou. — Teve tiroteio e tudo. Esbagaçaram a moto do Cristiano. Os caras usam uns trabuco' pesado.

— Sei — Alexandre disse, seco. — Mas era mesmo os caras do tal Maverick?

— Eles mesmo'. Um Mavericão preto, todo envenenado. E foi na frente de todo mundo, cara, lá no ponto em que o Cristiano vendia a cocaína dele. Atiraram no porra-loca, pegaram ele, jogaro' no porta-mala' do carro e se mandaram.

— 'Cê 'tava lá?

— Nãao. Eu sou atreta. Durmo cedo. Me contaram. — Então Silvio passou a mão no queixo, e falou em voz baixa. — É qu'eu tenho uma prima que era a mulher desse Cristiano, antes dele ir em cana. Tem até um filho co'ele. Quand'ele saiu, ela 'tava namorando o'tro.

Alexandre fez uma careta.

— Naaa. — Silvio gesticulou como se quisesse sossegá-lo. — Tudo bem. 'Cê não acredita, o Cristiano era um cara gente fina. Ele só queria qu'eles falassem pr'o filho quem era o pai verdadeiro.

— Sua prima tem um filho com esse?... — Alexandre se interrompeu, antes de falar besteira. A história de Silvio lhe parecia difícil de acreditar, mas no fundo sabia que não havia por quê. Coisas assim aconteciam o tempo todo. — E como é que sabem que o cara 'tá morto?

— Ninguém q' foi atacado pelos cara' do Maverick voltou pra conta'a história.

— 'Ocê conhece mais casos? — Serra perguntou, entrando na conversa.

— Só lá no Rosolém, meia dúzia — Silvio respondeu, voltando-se para Serra. — Qu'eu saiba, tudo traficante e ladrão de galinha.

— Vai vê é briga de gangue'... — Serra sugeriu.

— Não — Alexandre cortou. — Não porque eu não sou traficante e fui atacado. — Ele então se dirigiu a Silvio: — E voltei pra contar a história.

Silvio não disse nada, mas olhou para ele com cara de espanto. Alexandre soube então que o rapaz iria espalhar que ele havia sido atacado e escapara, por todo o seu bairro.

— Dá pr'ocê me fazer um favor, Silvio? — Pretendia pedir a ele que não contasse nada a ninguém, mas mudou de ideia a meio caminho. — Dá um jeito d'eu conversar com essa sua prima.

— Ma' pru quê?

— Talvez ela 'teja a par de alguma coisa em que o ex dela 'tava metido, e os caras do Maverick 'tavam atrás dele por causa disso.

— Mas pru que 'cê quer se mete' nessas coisa'?

Alexandre olhou para Serra, que discretamente fez que não com a cabeça e olhou para baixo.

— É uma história comprida, rapaz — Alexandre respondeu, falando grosso. — Mas o negócio é que eu preciso saber por que um bando de filhos da puta aparece no meio da noite mandando bala pra cima de mim, sem aviso.

Funcionou. Silvio deu de ombros e disse que ia pegar papel e caneta com o Marino, para fornecer o endereço da prima. Mesmo morando em uma vizinhança barra-pesada, a maioria das pessoas não tinha experiência direta com o tipo de violência pela qual Alexandre havia passado, em seu primeiro dia de volta à cidade. As pessoas recuavam, sem saber como reagir, diante de alguém que havia passado por algo assim.

Alexandre ficou olhando para o vazio, até que Serra pousasse a manopla em seu ombro.

— Tudo bem?

Alexandre olhou para ele.

— Vai ficar.

Quando Silvio voltou, disse que tinha uma moça na entrada, procurando por ele. Alexandre apanhou o papel de suas mãos e o entregou a Serra.

— 'Cê põe isso co'as minhas coisas? — pediu.

Um pouco de sol batia na entrada da academia. Soraia estava lá, vestindo *leggings* que revelavam todo o contorno das suas pernas fortes. Tinha o cabelo amarrado em um curto rabo-de-cavalo. Apesar disso, os raios de sol pintavam uma auréola dourada em torno de seu rosto. Atrás dela as árvores no jardim balançavam os galhos, e Soraia, toda dourada como estava, era emoldurada por um fundo verde, sempre móvel, nunca igual. Uma visão tão simples e tão bela que ele quase estacou entre um passo e outro. "Minha fada", pensou, mas reprimiu o pensamento. Quando chegou perto, viu o rosto dela coberto com a mais fina perspiração. E já ganhava o bronzeado dourado, nestas poucas semanas pedalando até a escola?

— Oi, Alexandre — ela disse. — Eu posso esperar aqui, se você ainda tiver o que fazer.

— Só tomar banho. — Uma ideia lhe ocorreu. — Escuta, eu posso arrumar uma toalha pra você, e aí 'cê toma uma ducha também.

— Bem qu'eu queria. 'Tô toda suada. Mas não vou incomodar?...

— Eu vou falar com o Marino.

Marino não fez objeção. Alexandre emprestou sua toalha a Soraia e ficou guardando a porta que levava aos chuveiros. Aproveitou o tempo para tirar dos punhos esfolados as bandagens, e guardá-las na mochila. Quando Soraia saiu e lhe estendeu a toalha molhada, perguntando de quem era, ele lhe disse apenas que esperasse por ele na entrada da academia.

Foi empurrando a Caloi Ceci de Soraia até a Sete de Setembro, a apenas um quarteirão da academia. Ali ofereceu pagar um copo de vitamina, e Soraia concordou. Enquanto bebiam, conversaram sobre a situação dela na escola de periferia onde dava aula e sobre um aluno que ela tinha lá, um rapaz com talento para línguas.

— Então 'cê quer dar aulas particulares pra ele? — perguntou.

— Uma vez por semana só. Afinal, eu só dou aula três vezes por semana. Segunda, quarta e sexta. Não é que eu 'steja com a agenda lotada. Mas preciso ver primeiro se os pais dele topam. Vou mandar um bilhete, na próxima aula.

— Quando 'cê for ver eles, me fala antes qu'eu vou com você — ele disse.

Soraia sorriu.

— Pra quê?

— Eu também não 'tô com a agenda lotada — ele respondeu.

De volta à rua, continuaram conversando, mas Soraia mudou o assunto.

— Qual é o problema entre você e o seu pai? — ela perguntou, encarando-o, enquanto caminhavam, ele empurrando a bicicleta.

Alexandre pensou um pouco.

— Desde que eu fui em cana, ele faz de conta qu'eu nunca existi.

Soraia continuou a encará-lo.

— Quer dizer — ele recomeçou —, acho que começou bem antes disso. Quand'eu cresci, lá pr'uns treze anos, meu pai começou a ver que eu não ia... 'cê sabe, não ia ser alguém parecido com ele.

— Treze anos é uma idade difícil — ela ofereceu.

— É verdade. A gente foi ficando afastado. Eu comecei a sair à noite, e ele queria me botar cabresto. A gente brigava. — Passou a falar mais lentamente. — Depois, quando eu fui pr'o Exército... Voltava pra casa nas folgas, e meu pai fazia questão de demonstrar que eu não era bem-vindo. Quando dei baixa, eu achei que nem valia a pena voltar. Não tinha emprego por aqui mesmo... Meu pai não disse nada.

— E a sua mãe?

— É... — Sua voz ficou cansada. — Ela fazia o possível pra acalmar a minha briga com o velho. Sempre tentava minimizar, dizia que era uma fase que ia passar. Aí a coisa foi engrossando pr'o lado dela também. O velho começou a berrar com ela... Aí ela ficava quieta, pra não ter que ouvir. Foi deixando...

— Não te defendia mais? — Soraia perguntou, baixinho.

Ele deu de ombros.

— O que ela podia fazer? O velho é quem mandava, quem punha o dinheiro em casa. E ele tem um jeito de ser um pé no saco, quando fica bravo. Mas eu fazia parte da encrenca também, não é? Eu que era desobediente e brigão, não era só o velho. Então, s'eu me metia em encrenca por vontade própria, pra que ela ia ficar me defendendo e arrumando briga também?

Soraia não disse nada. Alexandre pensou em terminar com esse assunto ali mesmo, mas o interesse de Soraia tinha aberto uma porta que ele não pôde fechar.

— Aconteceu uma coisa, um dia... — começou. — Eu voltei do quartel com a cabeça cheia c'um problema qu'eu tive lá. Foi durante um exercício, três dia no mato. Eu 'tava esto'rado e só queria pôr o sono em dia. Tinha o fim de semana livre. Aí meu pai veio e disse qu'eu era um vagabundo, qu'eu tinha que ajudar ele na loja, tirar umas mercadorias porque na segunda eles iam detetizar. Quand'eu comecei a explicar como 'tava cansado e o que tinha acontecido no quartel, ele gritou e aí eu perdi a paciência e levantei e ele me empurrou e aí eu... eu...

— Você bateu nele? — Soraia perguntou, a voz miúda.

— Foi.

Silêncio. Os dois caminharam por meia quadra.

— Ele me tirou do sério — Alexandre prosseguiu. — Quando me empurrou eu não falei nada. Mas ele não parou, e aí... Eu já treinava fazia três anos. Tinha disputado campeonato. . . Ia bater na cara, foi um reflexo. Mas no último instante tirei e bati no corpo. — Respirou fundo. — Eu nunca mais pisei em casa.

Soraia não disse palavra.

Alexandre olhou para ela, esperando alguma coisa.

Soraia pensou em seu próprio pai. O que havia sentido no domingo, depois da missa, ao ver seu fantasma ou o que quer que fosse — um sonho? — parado lá embaixo. *Raiva*. Raiva ainda mais do que o medo.

"Quem sou eu, pra dizer ao Alexandre que ele tem que reatar com seus pais?", perguntou-se. Então deteve-se ao lado dele, na calçada.

— O que foi? — ele perguntou, com voz preocupada.

— Olha, Alexandre. Eu não tenho direito de te pedir pra fazer nada, com respeito ao seu pai. Se você quiser, a gente volta pra casa daqui mesmo, não precisa. . .

Alexandre sorriu e fez um gesto para que ela se acalmasse.

— Tudo bem, tudo bem, Soraia. 'Ocê 'tá certa. Eu tenho que enfrentar isso tudo. Desde qu'eu voltei pra Sumaré, tenho sido obrigado a enfrentar mil coisas que 'tavam me. . . *sufocando*, 'cê entende? A minha vida é uma bagunça, e eu tenho que pôr ela de novo nos trilhos. Você fez eu ver isso. Vamo' em frente, até onde der. O que eu não posso mais é dar as costas.

Ele a encarou com uma força que a fez se sentir estranha, como se não fossem só os problemas com a família e a retomada da vida após a prisão. Soraia abriu a boca para dizer alguma coisa, mas não soube o quê. Ele se antecipou. Pegou-a gentilmente pelo braço.

— Vem. Fica aqui do meu lado.

Os pais dele haviam morado no último quarteirão da rua Dom Barreto, quase onde ela acaba, entroncando-se à Avenida Júlia de Vasconcellos Bufarah. Alexandre bateu palmas junto ao portão da casa, que tinha agora uma pintura diferente e um cimentado no ponto em que antes existira o jardim da dona Maria Candinha, a mãe de Alexandre. Ninguém apareceu. Soraia então viu a placa pendurada no poste que havia diante da casa. Alexandre olhou e também viu o aviso de "Aluga-se" colocada ali por uma imobiliária.

— E agora? — ela perguntou.

Alexandre coçou o queixo e Soraia pensou ver alguma decepção em seu rosto. Então ele arregalou os olhos.

— A vizinha, Dona Mafalda — disse. — É uma senhora aposentada. Ela e a minha mãe costumavam conversar bastante, e faziam a novena junto'. Talvez ela saiba pra onde eles se mudaram.

Uma velha senhora apareceu, depois dele bater palmas na frente do seu portão.

— Quem é?... — E após uma pausa: — Alexandre?

— Sou eu mesmo, Dona Mafalda. Tudo bem com a senhora?

— Meu Deus! 'Cê fugiu da cadeia?

Ele encarou Soraia, como se dissesse: "É mole o que eu tenho que ouvir?"

— Não — disse para a mulher. — Eu fui *solto*.

— Mas sua mãe não me falou nada, que iam deixar 'ocê sair.

— Eu não fui condenado à prisão perpétua, Dona Mafalda. — Como é que Alexandre podia ter toda essa paciência? A própria Soraia estava ficando exasperada com a velha. — Já cumpri minha pena, que foi *leve*, e eles me soltaram. E eu lamento que'a minha mãe não tenha dito nada...

— Ela não tinha o costume de falar dessas coisas — a velha o interrompeu. — Me falou que'o seu pai proibia.

— Eu sei. Mas agora eu saí, e queria que a senhora me ajudasse a descobrir pra onde eles foram.

— Pra Goiás, ora — dona Mafalda exclamou.

— *Goiás!*

— Um lugar lá... Anápolis acho. Como é que 'ocê não sabe onde 'tão seus pais, menino?

— Mas o que meus pais 'tão fazendo em Goiás?

A velha parecia desorientada. Ainda mais do que Alexandre.

— A senhora teria o endereço? — Soraia perguntou, tentando chegar à informação que importava.

— Tenho sim. Vou pega' lá dentro.

— Jesus Cristo — Alexandre desabafou, assim que a mulher desapareceu de suas vistas.

Trocou um olhar com Soraia. Os dois sorriram e ela teve de se segurar, para não cair na gargalhada. Mas logo viu que ele sentia o sumiço dos pais como coisa séria. Como é que a família dele podia desaparecer assim, sem deixar o menor aviso ao filho único?... Obrigou-se a parar antes de abrir a boca. Tudo era possível, neste mundo de Deus. Até um pai se matar, saindo pela porta dos fundos da vida, deixando mulher e filha sozinhas, acompanhadas só de dívidas e do olhar estranhado dos vizinhos e amigos — amigos que desapareciam rápido demais, a propósito. Pensando melhor, era de se espantar que algumas pessoas conseguissem permanecer juntas.

A velha reapareceu, depois de um longo tempo, com o papel rabiscado na mão.

— Eu copiei — falou. — Tem até o telefone. E lembrei por que eles foram pra Goiás. Um fornecedor do seu pai disse que 'tava tendo um... Como é que se fala? Um *movimento* lá, de construção de casa, essas coisas. Aí o seu pai mudou pra lá. Mas vai ter que voltar pra Sumaré ano que vem, pra pegar o dinheiro da poupança que o governo prendeu. Sua mãe me contou que esse problema da falta de dinhe'ro foi que fez o seu pai fechar a loja e se mudar.

Alexandre apanhou o papel.

— 'Brigado, Dona Mafalda. A senhora ajudou bastante.

— Não tem de quê — ela respondeu, mas mudando de tom. Olhou para os lados, e cochichou para ele. — Olha, menino. Agora que 'ocê já achou o que veio procurar, não precisa mais voltar aqui, né. — Olhou para Soraia. — Nem 'ocê, nem a sua... *namorada*.

Dona Mafalda então deu-lhes as costas, e entrou correndo para dentro de casa, com surpreendente agilidade. A porta se fechou com um baque.

— Deus do céu! — Alexandre explodiu. — Eu não queria q'cê tivesse que ouvir essas coisas, Soraia. Velha cretina!

Soraia se lembrou de uma velha beata, que uma vez a parara na rua, para despejar sobre ela um sermão absurdo sobre o pecado mortal cometido por seu pai. "Foi meu pai quem se matou, não eu. O pecado é dele", havia respondido, enquanto pensava: "Mas bem que eu queria *te* matar." Alguns têm seu próprio estigma a carregar, outros carregam estigmas alheios.

— 'Tá tudo bem — Soraia respondeu, dando o braço a Alexandre, que seguiu empurrando a bicicleta com uma das mãos.

"E uns poucos dividem o peso", disse a si mesma, sentindo o calor irado que lhe chegava de Alexandre, e a segurança que lhe passavam os seus braços fortes.

Os dois também se viraram, sem olhar para trás.

Josué abriu a porta detrás e do lado esquerdo do Opala, para que a mulher e as duas crianças pudessem sair. Ele e Ribas haviam sido chamados para dar apoio em um caso de A-05 ou A-13 — lesão corporal dolosa ou maus tratos — ia depender da queixa que a mulher faria contra o marido que a havia espancado com um pedaço de cabo de aço.

As crianças eram um menino e uma menina. Ele, um pouco mais velho, trazia a irmã pela mãozinha, enquanto Josué amparava a mulher até a delegacia da Polícia Civil.

A delegacia dava as costas para a Avenida Rebouças e ficava bem ao lado do prédio alaranjado da TELESP. Os dois edifícios deviam destoar da vizinhança de casas térreas, de portões de ferro e calçadas arborizadas, mas de algum modo se integravam. Não longe dali ficava uma escola infantil e um *playground*, uma longa praça com árvores e bancos de concreto, o Fórum e a Praça Getúlio Vargas, que, há algumas semanas, fora palco de uma ocorrência envolvendo a assim chamada "Gangue do Maverick". Ao retomar o serviço, Josué fora informado, na preleção do seu turno da PM, que uma outra ocorrência envolvendo o automóvel e os atiradores se dera no domingo, pouco depois de ele ter saído do culto. Desta vez o centro da cidade fora poupado — o crime aconteceu no bairro do Rosolém. A vítima ainda estava desaparecida.

Uma das mãos de Josué cinturava a mulher, enquanto ela abraçava o seu ombro. As pernas haviam sido as mais atingidas pela surra desferida pelo marido, e ela mal se sustentava.

O agressor estava no carro de Vitalino e seu parceiro, o Cabo Lopes. Pertencia a eles a ocorrência, mas Lopes, ajuizadamente, decidira que precisariam de uma outra viatura para transportar a mulher e as crianças, separadamente, até a delegacia.

O menino, um mulatinho, tinha as bochechas cor de café-com-leite marcadas com os riscos escuros das lágrimas. Estava quieto agora, mas havia chorado durante quase todo o trajeto, com Ribas gritando com ele e a mulher. Tremendo e sem saber o que fazer, Josué havia dirigido o mais rápido possível, para abreviar o tormento dos passageiros e dele próprio.

Lopes e Vitalino trouxeram o agressor — um sujeito pardo e de cabelos castanhos claros, a cara inchada — para dentro.

Firmino era o escrivão da tarde.

— O que foi? Surra de marido?

— É isso aí — Ribas disse, sorrindo.

Josué quis saber que motivos ele tinha para sorrir, mas ficou quieto.

— Leva pr'o xadrez — Firmino ordenou, apontando para o homem. — Depois a gente conversa com ele. Se deixar ele aí, vai intimidar a queixosa.

O agressor, com o olhar distante de quem estava visivelmente alcoolizado ou drogado, foi levado para o interior da delegacia por Vitalino e o Cabo Lopes.

A mulher se sentou em um banco de concreto. Seu filho acomodou-se ao seu lado, enquanto a menina se agarrava à barra da saia da mãe. A mulher se esforçou, trêmula, para afastar a criança de suas pernas feridas. Não disse palavra.

Firmino colocou lentamente duas folhas de papel mimeografadas sanduichando um papel carbono, na sua velha Olivetti cinza. Antes de começar a datilografar a data e o tipo de ocorrência, acendeu um cigarro, tragou fundo e bateu a cinza na beirada de um cinzeiro já abarrotado. Por fim, ajustou sobre o nariz os largos óculos de lentes grossas.

Na escolinha de soldado, Josué fora alertado para a morosidade da Polícia Civil, mas surpreendia-se agora irado com a demora.

Enquanto isso a mulher aguardava, os olhos muito arregalados no rosto negro. Josué pensou que ela devia estar sentindo muita dor. Suas pernas, abaixo do joelho, cobriam-se de grandes vergões inchados, a pele rompida e tecido rosado ou vermelho aparecendo por baixo, margeado por áreas enegrecidas e de aparência dura, como crostas. Acima do joelho e junto aos tornozelos havia marcas compridas — feridas mais antigas. "Não foi a primeira vez", pensou, e se sentiu chocado. Que tamanha brutalidade fosse um evento na vida da mulher já se apresentava a ele como de difícil aceitação. Mas compreender que era mais uma ocorrência em uma cadeia delas...

O escrivão foi datilografando nome, idade, moradia. "Catava milho" e parava com frequência para bater a cinza do cigarro.

Josué viu que os olhos muito abertos da mulher tinham lágrimas dançando nos cílios, mas ela não chorou.

— Foi a primeira vez que ele te bateu desse jeito, minha senhora? — Firmino perguntava. — A senhora já deu queixa antes? Não? Olha, aqui não tem jeito não. O sujeito bebe, chega em casa cansado e nervoso com o trabalho, e a senhora é quem leva.

O escrivão afastou do B.O. os olhos encolhidos pelos fundos de garrafa que tinha pendurados no nariz, e se voltou para a mulher.

— A senhora tem parente aqui na cidade?

— Tem sim senhor — ela balbuciou.

— Isso. Muito bom — Firmino a encorajou, como se fosse uma criança. — A melhor coisa então é a senhora pegar as suas coisas na sua casa e ir pra casa do parente, entendeu?

A mulher não disse nada.

— Tem que sair de perto dele, minha senhora — Firmino continuou. — Vai pra longe. Com este B.O. aqui, a senhora mais tarde já dá entrada na papelada do desquite, entendeu? Porque assim não dá pra ficar. A senhora só vai continuar apanhando, até um dia que ele exagerar, e aí... Quem é que vai cuidar dos seus filhos?

O escrivão apontou para as crianças, e fez uma negativa com a cabeça. Parecia realmente contrariado, mas Josué não pôde medir a intensidade da sua expressão, por trás das lentes grossas. Talvez Firmino visse casos assim todos os dias e apenas recitasse tudo aquilo automaticamente.

A máquina de escrever estalou um pouco mais. Firmino então puxou o boletim de ocorrência, separou as folhas, carimbou, assinou, pediu para a mulher ler, conferir e assinar também. Josué a ajudou a caminhar os três ou quatro passos até o guichê do escrivão.

Enquanto amparava a mulher, ia matutando. O casamento era um sacramento abençoado por Deus. Mas Firmino acabava de recomendar que a mulher se separasse do marido. Pedro Santino, o pastor da igreja que Josué frequentava, também dizia que a mulher devia obedecer ao marido, como mandava a Bíblia. Será que a mulher espancada havia chamado a ira do seu marido? Josué fechou os olhos e chamou a memória. Deuteronômio 24, versículo 1: "Se um homem tomar uma mulher e se casar com ela, e se ela não for agradável aos seus olhos, por ter ele achado cousa indecente nela, e se ele lhe lavrar um termo de divórcio, e lho der na mão, e a despedir de casa." Firmino não podia recomendar à espancada que se separasse, porque a separação era escolha e privilégio do *homem*, não da mulher. Isso estava na Bíblia e assim o interpretava o pastor Santino, disso Josué se lembrava muito bem.

Antes da mulher ser enfim levada até a viatura de Lopes e Vitalino, que a deixariam no Pronto Socorro Municipal, Josué escreveu em um papel o nome e o endereço do pastor Santino, e entregou a ela.

— Este é um homem de Deus — disse — que pode ajudar mais a senhora do que nós, nesta hora difícil.

A mulher esmagou o papel no punho fechado e entrou na viatura, sem olhar para ele. O carro partiu e Josué ficou observando, até ele dobrar a esquina. Pensava que talvez também devesse pedir a orientação do pastor, quando um tapa o atingiu nas costas. Virou-se e viu-se diante de Juliano Roriz, o investigador "Juca" da Polícia Civil, que Josué conhecia apenas de nome e de vista. Roriz tinha uma pistola automática enfiada em um coldre de cintura.

— Eu te conheço, soldado?

— Não, senhor. Eu sou novo na companhia aqui de Sumaré. Recém-formado na escolinha de soldado, em Americana. — Estendeu a mão direita. — Meu nome é Josué Machado.

A mão de Roriz era larga, firme, seca como o seu cumprimento.

— 'Ocê que 'tava com o Ribas, na ocorrência da Praça Getúlio Vargas, não é? Os primeiros a chegar no local do crime.

— Isso mesmo — Josué respondeu.

— Eu ainda não conversei com 'ocês. 'Tô investigando outros crimes da Gangue do Maverick, mas no Rosolém. Tô indo fazer uma diligência agora mesmo. A gente precisa conversar, amanhã ou depois.

— Quando o senhor quiser.

Mas Josué duvidava de que teria algo a acrescentar aos relatórios feitos na sequência ao tiroteio daquele dia. O fato é que Ribas e ele haviam chegado tarde demais. Nem os atacantes nem a suposta vítima estavam mais no local. Só havia marcas de pneu, deixadas pela arrancada do possante automóvel, e pontos de impacto das armas de grosso calibre. Nada de sangue. Aparentemente, a vítima havia se protegido no Centro Comunitário da Igreja Católica. Teria escapado, com a benção de Deus.

O que poderia dizer a Roriz — que já lhe dava as costas e entrava na delegacia? Havia observado bem o local da ocorrência, lanterna em punho, reconhecido as pegadas do tênis barato que a vítima usava, e entendido que devia ter sido um homem jovem, ágil ou motivado pelo medo em tamanha proporção, que a cerca do Centro Comunitário fora galgada em dois saltos apenas, e que da cerca até a esquina do prédio, de lá para os enormes tubos de concreto, a vítima não hesitara um segundo, não dera um passo em falso sequer, enquanto corria por sua vida.

Josué havia se distanciado de Ribas, ignorando-o por completo, para examinar mudamente as evidências. Enquanto o fazia, esqueceu-se do assédio descarado de Ribas à mulher do carro esporte, concentrando-se apenas em seguir as pegadas impressas na areia e no pedrisco. Ali, junto à parede, ele se abrigara, e nesse ponto os projéteis o forçaram a procurar outro abrigo. Não havia sangue em lugar algum. Foi tomado de admiração pelo jovem que conseguira escapar dos assassinos — um homem maduro teria essa agilidade? Não. E lamentava que o sujeito não tivesse ainda se apresentado para dar queixa. Ele sim teria o que dizer — sendo o único que aparentemente escapara com vida da "Gangue do Maverick".

Na noite seguinte à ocorrência, Josué havia sonhado com um jovem magro cuja figura não lhe era estranha, mas cuja origem não podia identificar. De costas para ele, o rapaz corria, descendo uma longa ladeira até um ponto em que a cidade acabava, e surgia em seu lugar um bosque verdejante, rico como o bosque de um conto de fadas.

Josué se sentiu bem, durante o sonho. Imaginava que, em algum lugar lá fora, o sobrevivente estava ainda bem vivo. Os assassinos não o haviam tocado. Isso era bom, pois Josué começava a pensar que continuar vivendo era algo que louvava a Deus, enquanto esses assassinatos eram... agiam, só podia ser, em louvor ao demônio.

Juliano Roriz dirigia a sua picape F-1000 branca, de molas rebaixadas para andar como um carro comum, pelo centro de Sumaré. Rodeava a Praça da República apenas para apreciar o movimento, enquanto fumava um Carlton.

Era um dos cinco investigadores que a delegacia tinha no caso das mortes em série, promovidas pela Gangue do Maverick. O delegado Orcélio Paes pegava leve, já que a imprensa da região ainda não tinha feito um carnaval em torno do assunto, nem a Prefeitura nem o Judiciário estavam clamando a prisão dos matadores. Roriz, que fora encarregado de investigar as mortes ocorridas no Rosolém e arredores, sabia bem por quê. Dos mortos até agora, quatro eram traficantes, um ladrão de residência, duas prostitutas, e três outros não identificados que, suspeitava, também acabariam fazendo parte do lixo de Sumaré — a bandidagem e os que se reuniam em torno dela. A PM estava mais ouriçada. Os milicos não gostavam de gente dando tiro pelas ruas, com armas mais poderosas que os .38 deles. Exagero.

A posição de Roriz era simples. Lugar de bandido era sete palmos abaixo do chão. Bandido bom era bandido morto, e ele não estava certo se os assassinos mereciam a cadeia ou uma medalha. No seu modo de ver, faziam o trabalho de lixeiros, que removiam o estrume do caminho das pessoas decentes, poupando à sociedade o custo dos julgamentos e do encarceramento de criminosos. A única coisa que deixava Roriz mais furioso do que a ideia dos bandidos soltos na rua, era a deles comendo e se vestindo com o dinheiro dos impostos dos trabalhadores. E botá-los pra trabalhar também não ajudava — no fim tiravam o emprego da gente decente. Que pena que o Brasil não tinha pena de morte... Mas até isso sairia mais caro do que o serviço que os caras do Maverick prestavam.

Roriz atirou o toco do cigarro pela janela.

É claro, não tinha nada contra as prostitutas, exceto que elas se colocavam em situações de risco e ficavam sem ter a quem recorrer. As que morreram, pagaram o preço da sua ousadia, o preço de andar à margem da sociedade. Paciência.

O caso era que nada se encaixava no que a polícia podia suspeitar. Queima de arquivo? Não fazia sentido, nenhuma conexão entre a maioria dos mortos. Briga de gangue? Também não. Só duas quadrilhas operavam na região, a do Patolino e a do Leandro Visgo, e gente das duas tinha sido morta pelos mesmos atiradores. Você tinha que admitir que os caras eram bastante audaciosos. Dois ataques no centro de Sumaré; suspeita de um terceiro em Campinas. Traficantes às vezes agiam assim, com esse descaramento, mas os crimes não encaixavam. Os informantes de Roriz no Rosolém estavam tão perdidos quanto ele.

Acelerou a F-1000, subindo a praça na direção da Rebouças. Lembrou que tinha se esquecido de se aplicar a dose diária de insulina. Nunca tinha dado muita bola para o seu diabetes, de qualquer modo. Mas agora que tinha lembrado... Parou a *picape* no meio-fio e vasculhou com os dedos grossos a *pochette* que trazia atada à cintura. A seringa e as agulhas eram bem finas, e ele estava acostumado a se injetar desde criança. Ainda assim fez uma breve careta, ao sentir a picada na pele da barriga.

O diabetes era algo que o tornava diferente, uma coisa que tinha de esconder, com a qual tinha de lidar todos os dias, sem descanso. E sabia que, do jeito que lidava com ela, ia chegar uma hora que o seu desleixo ia cobrar um preço. Sabia disso desde criança, e se conformara em morrer jovem e estropiado.

Mas o seu prometido destino ainda estava no futuro, e agora ele tinha o que fazer.

Chega de passear. Arrancou com a F-1000. No Rosolém ia conferir uma dica que tinha pego na delegacia. O endereço de alguém — ex-mulher ou coisa assim — associado ao tal Cristiano Paixão, a última vítima conhecida. Roriz sacava bem o tipo — bandidinho esmolado, fugido da cadeia de Campinas, que queria crescer na turma do Patolino. Ah, esse sim merecia um tiro de .44 Magnum. E, de preferência, depois de ter sido torturado no capricho. Mas o Cristiano já estava fora, antes que se tornasse mais violento e perigoso, e Roriz gritou "aleluia" por isso. "Um filho da puta a menos no mundo", sentenciou, sorrindo, um outro Carlton pendurado nos lábios crispados.

Alexandre Agnelli não tinha ainda visitado o novo conjunto habitacional, Condomínio das Andorinhas, que fora construído perto do "Pia Cobra". Os blocos, de três andares, tinham um estilo que imitava chalés europeus, qualquer coisa da Áustria ou da Suíça, com paredes brancas e detalhes em madeira marrom sob o telhado vermelho, implantada ali sob o intenso céu tropical. Lembravam aquele brinquedo de blocos com que costumava brincar, enquanto criança — dois retângulos brancos fazem uma casa, um triângulo vermelho faz o telhado...

Eram muitos blocos, um jardim pelo meio e a área de estacionamento à direita, limitada por um muro alto, com trepadeiras espinhudas em cima. Além dele existia um terreno baldio, que se fundia a um longo trecho de terra vermelha plantada com algodão. Era um lugar alto, e dali dava para se ver o centro de Sumaré ardendo ao sol.

Ficava longe da casa de Soraia. Alexandre tinha acabado de almoçar lá, e havia caminhado toda a distância até o condomínio. Já sentia os músculos rijos por causa do treino naquela manhã.

Ali morava a tal prima do Silvio, o atleta que dormia cedo. O nome dela era Silvana e morava no bloco nove. "Silvio e Silvana..." matutou. Talvez fosse uma dessas manias familiares. Na certa devia haver ainda uma Silvia, um Silvano, Silvino, Sandro...

O porteiro se comunicou com o apartamento dela. Teve dificuldade para explicar quem era Alexandre e o que ele queria.

— Ela falou pr'ocê espera', qu'ela vem aqui pra te atendê'.

— Tudo bem, eu 'spero.

Silvana usava um *shorts* de *lycra* azul. Tinha pernas longas com um bronzeado dourado, de mulata bem diluída. O cabelo era castanho claro, curto. Veio segurando os braços, como se estivesse com frio.

— Você é amigo do Silvio? — perguntou. — Ele te mandou entregar algum recado?

Alexandre pensou no que dizer. Não ia contar que estava ali por causa do ex dela, o cadeieiro há pouco assassinado, pai do seu filho. Não enquanto não tivesse certeza de que ela falaria com ele. Apontou o porteiro — que os observava atentamente — com o polegar por cima do ombro.

— O Silvio falou que o recado é só pra você.

Ela revirou os olhos e baixou as mãos, como se tivesse dificuldade em acreditar.

— 'Tá bom. Vamos descendo então, porqu'eu deixei o meu filho sozinho em casa.

Silvana facilitou a vida de Alexandre. Manteve-se cabisbaixa e calada, exceto por um instante apenas, em que perguntou de onde ele conhecia Silvio. De certo ela já sabia da morte de Cristiano — era esse o nome do sujeito? — e parecia abalada em alguma medida. Os dois subiram um lance de escadas, e ela abriu a porta do apartamento, um lugar despojado, de móveis simples. A única janela na sala dava para uma espécie de pátio interno, e de lá subia o cheiro dos alimentos preparados por alguém que almoçava tarde. A sala tinha dois sofás de dois lugares, um de frente para o outro. Alexandre sentou-se naquele que ficava abaixo da janela. Silvana deixou-o na sala sem dizer nada, e abriu a porta que dava para o quarto menor. Entrou, para sair segundos depois segurando um menino rechonchudo e de olhar atento, uns dois anos de idade, que ficou fitando Alexandre com uma carinha de curiosidade e espanto. Silvana se sentou com o menino no colo, no outro sofá. Alexandre perguntou-se o que haveria de Cristiano em seu rosto — que não parecia muito com Silvana. Se ela era uma mulata clara, o ex-cadeieiro devia ter sido mais escuro, a menos que a cor achocolatada do menino fosse produto do jogo dos recessivos.

Desviou os olhos do menino, e percebeu que a moça o encarava.

— Que recado o Silvio mandou?

Respirou fundo e foi sincero:

— Na verdade, Silvana, ele só me passou o seu endereço, depois qu'eu pedi. Porque faz uns dias aconteceu uma coisa comigo, sabe? — Parou por um segundo, refletindo sobre o que dizer. — A mesma coisa que aconteceu com o Cristiano.

— Como assim? — Ela não compreendia. — Mataram o Cristiano, nesse sábado último.

— 'Tá certo. O qu'eu quis dizer é que a única diferença entre o Cristiano e eu é qu'eu escapei dos caras que tentaram me matar, e ele não.

— 'Cê é colega do Cristiano? — ela perguntou.

Alexandre viu que ela recuava, sem sair do lugar. Um dos ombros foi para trás, e o outro tentou entrar na frente do menino.

— Não sou não — falou rápido. — Nem conhecia ele, juro. Olha, o que aconteceu comigo é que eu tinha acabado de chegar na cidade, não tinha onde ficar, aí pensei em dormir na praça que fica atrás do Fórum. Aí, de repente apareceu um carro preto com três caras dentro, e eles saíram atirando em mim sem mais nem menos. O que o Silvio me falou foi que foram esses mesmos caras que mataram o Cristiano.

Ela ficou em silêncio, apenas olhando para ele com olhos muito abertos, que iam e vinham como se tivessem dificuldade para se manterem sobre ele.

— De lá pra cá — Alexandre continuou —, eu não consigo tirar isso da cabeça, sabe? Então achei que podia vir conversar com você, pra saber se 'ocê sabe de alguma coisa dos negócios do Cristiano, no que ele 'tava metido. Talvez os caras do carro preto tivessem me confundido com alguém do bando dele ou...

— O Cristiano não tinha *bando* — ela disse. — Não que eu saiba. Tinha antes de ir pra cadeia. Quando saiu, metade tinha morrido ou sido preso.

"Eu não sei. Não gosto nada de falar dessas coisas. 'Cê não é polícia nem conhecia o Cristiano... Pra que que vai querer saber dessa suje'rada toda? Se 'ocê escapou desses homens que mataram ele, não é melhor dar graças a Deus e seguir com a vida?

"Tudo o qu'eu queria do Cristiano era isso, viu? Comigo ele sempre foi bacana, sempre *gentil*. Quand'ele 'tava preso e eu amiguei com outro, ele fugiu da cadeia e veio ver a gente e deu a benção dele, 'cê acredita? Disse qu'eu tinha sorte de achar um cara direito pra ficar comigo. Ele era só um rapaz bacana, ninguém acredita, mas ele *era*. Só que deu azar de viver na periferia, na pobreza. E sempre achou que só ia poder sair da situação dele apelando pra bandidagem, pr'o dinhe'ro fácil. E agora ele 'tá morto e o filho dele sem pai. Ele queria que o filho soubesse quem era o pai, viu? Não queria que o menino crescesse c'uma mentira."

Como as lágrimas começaram a descer pelo rosto de Silvana, Alexandre se concentrou em observar o menino, que brincava com a blusa dela, ainda alheio ao choro da mãe. Não sabia o que dizer ou fazer, e então apenas esperou até que o choro cessasse.

— É melhor 'cê ir embora agora — ela disse, fungando.

— Disseram que eles pegaram ele numa boca de fumo. 'Cê sabe pra quem ele 'tava vendendo a droga?

Não sabia bem por que perguntava, nem por que insistia. Silvana virou o rosto, respirou fundo, contrariada. Ajeitou o menino no colo.

— E o que é q' 'cê vai fazer? — ela inquiriu. — Vai lá perguntar pr'o patrão da droga o que ele 'tá sabendo? — Como Alexandre não disse nada nem saiu do lugar, ela continuou: — A última vez qu'eu vi o Cristiano foi numa festa que um tio meu deu lá no Rosolém. Ele apareceu lá e falou comigo e com o meu namorado. Tinha tanta gente... Ele era louco de aparecer assim, pra tanta gente ver, recém-fugido da cadeia.

"O que ele contou da vida dele foi que tinha uma dívida com o Patolino, um traficante lá do bairro. Ia ter que trabalhar pr'o Patolino por um tempo, até pagar a dívida, e depois de fazer um dinheiro extra, ia deixar o tráfico."

— E ond'é qu'eu acho esse tal Patolino?

Silvana o encarou nos olhos. Seus lábios se partiram, e ela fez que não com a cabeça.

— 'Cê tem o mesmo olhar que ele, sabe? — Queria dizer o mesmo olhar de Cristiano, ele supôs. — Ele também achava que podia andar no meio dessa gente, sem sair machucado.

Pensou em lhe dizer que Cristiano provavelmente fazia parte *dessa gente*, mas preferiu manter a opinião apenas para si. Também percebeu que ela estava certa — abordar o traficante seria provavelmente inútil e certamente arriscado. O melhor era levantar-se, pedir desculpas à moça e ir embora. Ao invés, disse, com uma certa dureza na voz, uma dureza que não devia estar ali:

— Tenho certeza que ele sabia que essa vida dele era perigosa, mas resolveu arriscar assim mesmo. Às vezes, é o que dá pra fazer. Tudo o qu'eu quero é saber quem foi que tentou me matar, quem foi que matou o pai do seu filho. Se ele 'tava trabalhando pr'o Patolino, então o Patolino também tem interesse em saber quem foi. Então eu vou lá e troco umas ideias e, quem sabe, todo mundo sai feliz dessa história.

— É — ela disse. — Todo mundo *menos eu e o meu filho*.

Alexandre quase baixou a cabeça, mas Silvana assentou o menino no sofá e se levantou. Foi para o quarto. Alexandre ouviu gavetas se abrindo. Imaginou a mão delicada da moça envolvendo o cabo de um .38, e ele mesmo levantou-se. Mas ela reapareceu com um papel na mão de dedos finos, e não uma arma.

— O que eu sei é que o Patolino e o bando dele fica neste endereço. Todo mundo lá no Rosolém sabe, a *polícia* sabe, todo mundo. — Ela lhe estendeu o papel. — 'Cê pode ir lá e tentar a sorte. Só não conta pra ninguém que fui eu que dei a dica do lugar, 'tá bom? Por favor.

— Não conto, não conto não — ele asseverou, e começou a lhe dar as costas e ir para a porta. — Desculpe, eu... Não queria te causar transtorno.

— É. O Cristiano também só tinha as melhores intenções.

Depois que ele saiu, o rosto quente finalmente tomado pela vergonha, ela o chamou da porta.

— Escuta. Eu duvido que 'ocê vai se dar bem com essa história, mas. . . se descobrir quem foi, depois 'cê me conta?

Alexandre podia sentir o gosto amargo em sua boca e os lábios crispados. Não queria acreditar que tinha pressionado assim a moça, que a tinha visto chorar e, ao invés de consolá-la, tinha apertado mais o machucado, até obter o que queria. Disse a si mesmo que era necessário. Que por pouco ele não teria seguido o mesmo caminho de Cristiano, e que isso não era coisa de se deixar barato. E ela mesma queria saber, não queria? Talvez, como ele, quisesse saber *por quê*. Que alguém explicasse as razões, desse respostas, reordenasse o mundo em um padrão aceitável.

Enfiou o papel no bolso detrás do *jeans*, e, ao subir o caminho ajardinado até a portaria, viu passar uma caminhonete branca e rebaixada, com Juca Roriz ao volante. Conhecia Juca dos tempos do Segundo Grau, e sabia que ele agora era um dos investigadores da delegacia da Polícia Civil de Sumaré. No mesmo instante compreendeu que os tormentos de Silvana neste dia não haviam terminado. Na verdade, nem haviam começado.

Vanessa Mendel abriu a porta da frente de sua nova casa, para que o delegado Orcélio Paes pudesse sair — furtivamente, como havia entrado. Vanessa vestia um robe acetinado, aberto e expondo os seios desprotegidos para a aragem fria. Paes passou por ela e sua mão direita se levantou brevemente, para lhe espremer uma das mamas.

O delegado desceu a meia dúzia de degraus que levavam do alpendre ao curto caminho de pedras e de lá até o portão. Mantinha a cabeça voltada para Vanessa, a boca entreaberta, um sorriso satisfeito nos lábios, os olhos arregalados para o seu largo busto. As mamas eram pesadas, redondas mas pendulares, dando-lhes uma sugestão triangular, quando vistas de lado. Vanessa sabia dos seus efeitos sobre os homens, embora tivesse muito mais a oferecer. Os olhos de Paes, agora parado junto ao portão, percorreram a cintura fina, o quadril largo e as pernas longas.

Ele fez um minúsculo gesto perfunctório de despedida, e cambaleou até o seu carro, sob os efeitos da bebida e de um número recorde de orgasmos.

Vanessa sorriu para si mesma, no instante em que o carro arrancou lentamente, deixando o meio-fio e mais tarde dobrando a esquina. Era noite alta.

Mais de uma e meia da manhã. Paes passara a noite com ela. Disse à esposa que estava em uma diligência. "Mesquinho, mesquinho..."

Desceu os degraus ela mesma. Abriu o portão e saiu. O ar frio soprou o robe para cima. Além da capa de cetim, vestia apenas sandálias. Sentia-se forte, enriquecida pela energia que tomara de Paes — mesmo o pouco que ele tinha a oferecer. Não era o primeiro que havia se deitado em sua cama e explorado o seu corpo, desde que chegara à cidade. O vice-prefeito fora o primeiro de uma longa linha de amantes que ela administrava, como uma malabarista agitando bonecos de carne no ar. O presidente da Câmara Municipal, o dono do jornaleco da cidade, e agora o delegado — um apresentara o outro, em pequenas reuniões do Rotary e do Lions, em reuniões de gabinete ou nos clubes exclusivos da elite da cidade. Vanessa se apresentara como uma empresária da área de roupas, estudando a abertura de uma confecção em Sumaré. A cidade tinha tradição na área. Para sustentar a sua mentira, tinha o título de um terreno em Hortolândia, outro em Sumaré. Custava-lhe caro tudo isso — a melhor parte do que ela havia amealhado ao longo dos anos, em suas aventuras pelas três Américas. Mas valeria a pena.

Todos esses homens entravam seduzidos em seu quarto; saíam em transe, atordoados pela carne que haviam provado, as mentes fixas na imagem morena de Vanessa, nas curvas do seu corpo e no prazer inédito que ela lhes havia proporcionado. E ficavam em transe por muitos dias, até a nova dose de sexo administrada por ela. E até a nova dose, era-lhes difícil pensar em outras coisas.

Em especial as coisas que ela sutilmente determinava que eles esquecessem ou deixassem de notar. Havia um elemento de magia envolvido — como a que tornava a sua figura indistinta na noite, um corpo feminino marchando seminu pelas ruas; seria loura ou morena, ruiva de cabelos longos, ou negros cabelos curtos? —, mas na maior parte era o puro encanto do sexo e pouco mais. Além da natural indiferença desses homens. A inércia de corpos parados que a permitiam colocar em movimento, na direção que desejasse.

Mais difícil era manter a farsa de que realmente apreciava o sexo com esses idiotas. Por outro lado, mal conseguia lembrar-se de quando havia sido realmente bom. Começara muito cedo, cedo demais, e o sexo então fora apenas um desconforto. Tinha viajado o mundo cavalgando esse animal, mas as poucas vezes em que fora de fato *bom* foram acidentes, eventos inesperados.

A brisa subiu por seu pescoço fino e agitou-lhe os cabelos. Ela sorriu. Não fazia diferença, afinal. Seu único interesse era adquirir o poder que visava. Tudo o mais empalidecia, diante dele.

Faltava mais um boneco de carne para jogar ao alto, em seu malabarismo. O capitão que comandava a companhia da Polícia Militar de Sumaré e das cidades vizinhas. Ainda não havia encontrado a desculpa certa e o momento adequado para visitá-lo. Com o jornalista fora informar-se quanto a anúncios. O vice-prefeito lhe havia fornecido, de bom grado, informações sobre os regulamentos comerciais da cidade. O delegado ela havia procurado com a desculpa de informar-se sobre a possibilidade de instalar alarmes que ligariam a sua futura loja à delegacia. Poderia abordar o capitão, por trás de uma desculpa semelhante?

Tudo bem. Tinha muito tempo ainda. Podia confiar nessa lassidão interiorana, até que o capitão-PM estivesse pronto para ela.

Fez um gesto de braços abertos e uma nova brisa soprou. Folhas minúsculas de canafístula giraram como confete sobre o asfalto, o lixo das sarjetas subiu e espiralou em torno dela, sem tocá-la. Sentiu-se viva e poderosa. A dona das ruas, das casas quietas, dos quintais escuros. Dona do futuro.

CAPÍTULO 3

Vivemos nossas vidas febris
Num sufocante suor de medo
No calor da noite você sente tanto
No calor da noite eu grito
"Não toque!"
   Bruce Dickinson & Janick Gears
   (Iron Maiden) "Fear Is the Key"

Maurício Caselli foi acordado pelo telefone. Apanhou os óculos para miopia sobre o criado-mudo e os equilibrou no nariz, antes de sair para a sala de estar. Viu no relógio da parede que eram quase duas da manhã. Tinha se deitado às 23h30, depois de ler quarenta páginas de *Por quem os Sinos Dobram*. O aparelho repousava numa mesinha, perto do sofá. Estava mudo, agora. Caselli piscou e balançou a cabeça, tentando sacudir o sono, e colocou os pés descalços no chão. "Desgraçado miserável me tirou da cama", pensou. A campainha digital tornou a tocar. Apanhou o fone, perguntando-se quem seria, à essa hora.

— Alô? — Falava em voz baixa, para não acordar os pais.
— Maurício? Aqui é o Douglas.
— O que foi?...
— A gente precisa da sua ajuda.
— A gente *quem*?
— Eu e o Randall.

Douglas era um *head-banger* convicto, sempre de camiseta preta, cabelos louros compridos e o Walkman agarrado nas mãos — mas que havia se inscrito na União das Juventudes Socialistas há dois anos. Engraçado, para quem tinha o nome em homenagem ao general Douglas McArthur, que uma vez propôs jogar a bomba atômica sobre os comunistas chineses durante a Guerra da Coreia. Randall era um carioca piadista, que tinha parentes em Sumaré, onde passava as férias, feriados prolongados e fins de semana. Os dois tinham dezesseis anos. Maurício tinha dezessete e se achava velho demais para esse tipo de merda. "Só podia ser os dois malucos. É isso o que dá ter amigos com nome estrangeiro. Quando os dois se reúnem, sobra encrenca pra todo mundo." Mas se Douglas e Randall pediam ajuda no meio da noite, eles é que deviam estar encrencados.

— É muito complicado pra explicar — Douglas dizia. — Longa história e tudo mais. Vem pra cá, e 'cê vai ver qual qu'é o problema.

— 'Cê 'tá brincando. Sair de casa, à essa hora, e sem saber o que 'tá acontecendo... 'Cês 'tão me armando uma.

— Olha, o assunto é sério, e a gente sabe que pode contar co'ocê — Douglas disse, na sua voz mais compenetrada. — Vem pra cá. A gente 'tá falando da cabine de telefone da praça. E quanto mais cedo, melhor.

— Dez minutos — Caselli respondeu. — É que eu 'tô de pijama.

De sua casa à Praça da República eram oito quadras. Maurício meteu os *jeans* e os tênis e saiu correndo. Há seis meses que corria dez quilômetros duas vezes por semana, alternando com seis quilômetros três vezes por semana. Cobrir as oito quadras em seis ou sete minutos não era problema.

Enquanto corria pelas ruas escuras e quietas, saudado apenas por cachorros soltos em jardins, Maurício Caselli refletiu que ele próprio não era muito diferente dos outros dois malucos. Aos dezessete, ainda estava no segundo ano do Segundo Grau — a maldita matemática o havia pego, na sétima série — e não tinha emprego. Esperava a confirmação da sua dispensa do serviço militar, para só então procurar alguma coisa. Ainda não sabia o quê. Há três semanas um fato novo se havia somado aos seus dilemas. Uma editora de livros populares, baseada no Rio de Janeiro, tinha reagido favoravelmente ao original de um livro de faroeste que ele havia submetido. Chamava-se *O Ouro Desce das Montanhas*, escrito sob o pseudônimo de "Robert Horton". Embora o livro tivesse sido rejeitado, o editor admitira uma certa consistência e até originalidade no tratamento do gênero, e pedira modificações leves — a diminuição do número de páginas, para adequá-lo ao formato dos livros de bolso vendidos em banca de jornal. E a mudança do título. Agora, era o sangue que descia das montanhas.

Caselli havia escrito *O Sangue Desce das Montanhas* em resposta a um desafio feito pelo mesmo Douglas Ultchak — o amigo paranaense de descendência ucraniana que lhe telefonara minutos atrás.

Durante uma conversa entre os dois, Caselli havia comentado que "até eu seria capaz de escrever um livrinho melhor do que esses faroestes que você vive lendo". "'Tá apostado", Douglas havia retrucado. "Mas tem que ser faroeste."

Intrigado com a possibilidade, Caselli foi em frente e, depois de assistir velhos faroestes em vhs e de se internar na Biblioteca Municipal durante duas semanas, lendo romances como *Cimarron* e *Homens e Sombras*, além de pesquisar a paisagem, roupas, armas e o momento histórico da mineração do ouro das Montanhas Rochosas nos Estados Unidos de 1870, escreveu o seu *western* tupiniquim em um mês e meio. Douglas tinha gostado tanto que o estimulou a enviá-lo à editora dos livrinhos que ele colecionava, comprando-os religiosamente a cada duas semanas na banca do Moreno, atrás da igreja matriz. Os dois haviam lido uma matéria de revista sobre Ryoki Inoue, o brasileiro que, escrevendo esse tipo de ficção, tinha entrado no livro *Guinness* de recordes como o autor mais prolífico do mundo, batendo até o Isaac Asimov, e sabiam que esses livros eram escritos por brasileiros sob pseudônimo.

Mas a carta do editor — um sujeito experiente chamado R. F. Lucchetti, que também era autor de roteiros de filme de terror — dizia que ele teria que escrever dois livros por mês, pelo menos, para ter um rendimento que valesse à pena. Maurício estava certo de que poderia adquirir esse ritmo, embora a qualidade do texto fosse cair vertiginosamente.

Seria essa uma carreira que ele poderia perseguir? Vinha nutrindo veleidades literárias desde a oitava série. Os contos que havia mostrado à sua professora de Português, Naida Carrara, despertaram reações muito positivas, e a professora derramara sobre ele as obras completas de Hemingway, Steinbeck, Machado de Assis, José Mauro de Vasconcelos e Scott Fitzgerald. Escrever novelinhas de faroeste sob um falso-nome americano não era bem o que Naida Carrara apreciaria, mas talvez desse a Maurício um começo. Mais que isso, um rumo na vida, mesmo que temporário, em um instante de encruzilhadas.

Ao chegar à cabine de concreto e vidro, com seus orelhões amarelos e azuis, Maurício Caselli deixou de lado tudo o que dizia respeito aos seus dilemas. Lá estavam Douglas e Randall — com mais alguém.

Era um homem, sentado na calçada, a cabeça entre os joelhos.

Logo entendeu que devia ser ele a razão do problema.

— Oi, Maurício — Douglas saudou-o.

O homem se vestia com simplicidade. Chegando mais perto e colocando os óculos — que mantivera no punho direito, durante a corrida —, Caselli viu que ele era baixo e de cabelos bem pretos, precisando de um corte. Devia ter mais de quarenta anos.

— Este senhor aqui — Douglas foi falando, enquanto Caselli recuperava o fôlego — chegou de Americana faz uns dias. 'Tá desempregado e veio procurar um filho, que ele não vê faz uns dez anos. A última notícia qu'ele teve é que o filho 'tava morando aqui. Mas ele procurou na prefeitura, na delegacia, e ninguém sabe do filho nem pra onde ele foi.

— Nós ficamos sem saber o que fazer — Randall justificou-se. — Aí pensamos que você talvez soubesse de alguma coisa.

— Tipo o quê? — perguntou Caselli.

— Se a gente soubesse não tinha te acordado à uma da madrugada pra perguntar.

Caselli se voltou para o homem.

— O seu nome é?...

— Maurício Cruz.

Caselli voltou o olhar para os amigos. O que era isso tudo? Um trote, piada de mau gosto? Douglas e Randall devolveram seu olhar intrigado. Douglas deu de ombros.

— De onde o senhor é?

— De Minas. Tenho casa lá... Tinha...

— Tem dinheiro pra'a passagem de ônibus?

Mas o dinheiro do seu Maurício Cruz havia se acabado.

— O que 'ocê acha, Maurício? — Douglas perguntou.

— Ele tem que recorrer à assistência social, ou coisa assim. Amanhã de manhã acho qu'ele já pode procurar por ajuda na Prefeitura.

— Mas 'cê acha que a Prefeitura de *Sumaré* vai ter um serviço de assistência social?

— Uai, por que não?

— Os caras daqui nunca se preocuparo com essas coisas.

— Tem certeza?

— Pode crer. É mais fácil achar assistência social em Campinas — Douglas sugeriu. — Melhor até, porque de lá ele pode pegar o ônibus que precisa.

Maurício refletiu. Seria possível que a cidade não tivesse esse recurso? Ou Douglas, o socialista, apenas imaginava que a prefeitura de Campinas teria mais chances de ajudar o coitado?

— Bem — disse —, vamos levar ele até a rodoviária, então. A gente conversa com o guarda lá, pra deixar ele passar a noite, e a gente faz vaquinha pra pagar a passagem até Campinas.

Os três ajudaram o homem a se pôr em pé. Caselli explicou-lhe o que pretendiam, e como ele deveria proceder, quando chegasse a Campinas. Na própria rodoviária havia um guichê de informações junto ao qual ele descobriria como chegar ao serviço de assistência social da prefeitura.

— Meu filho não mora mais aqui — o homem balbuciou, totalmente fora da linha da conversa. — Ninguém sabe pra onde ele mudou.

— O senhor falou com os vizinhos?

— Ninguém sabe de nada.

Os quatro se puseram a caminho, os jovens amparando a Maurício Cruz. Ele tinha dificuldade em andar. Os pés deviam doer. O senhor Cruz disse aos rapazes que passara o dia caminhando pra cima e pra baixo, à procura do filho.

— O senhor tem mais parentes? — Caselli perguntou.

— Não tenho não. Dois outros filhos morreram, minha mulher também. — A voz de Maurício Cruz se alterou, repentinamente. O tom opaco tornou-se choroso. O laconismo também desapareceu. — Cinquenta anos de idade, eu tenho — disse. — Não tenho emprego, nem família mais. Nada de aposentadoria, trabalhei a vida toda na roça ou de autônomo na cidade. Fiz só até a sétima série. O que é qu'eu vou fazer da minha vida agora? Meu filho era a última chance d'eu achar um lugar pra ficar, alguém pra cuidar de mim. Eu não tenho mais nada. Não tenho mais *nada*.

Caselli trocou olhares com os outros. Havia um certo embaraço nos rostos de Douglas e Randall — e provavelmente no de Caselli também. O embaraço de jovens que tinham a vida toda pela frente, e ainda não estavam preparados para reconhecer que uma vida podia *não dar certo*, e terminar em um beco sem saída. O que dizer? Lembrou-se do próprio pai, que havia caído e se levantado tantas vezes, mudado de emprego, superado problemas de saúde... Mas o silêncio da noite pedia por mais silêncio. E ele tinha apenas dezessete anos — o que poderia dizer a alguém de cinquenta, que se via sem caminhos?

Na rodoviária, os três rapazes falaram com o guarda municipal que vigiava o prédio fechado. Depois de balançar a cabeça como se não acreditasse, o homem concordou que Maurício Cruz passasse a noite no andar de cima da construção feita de concreto e vidro. Cruz e seus acompanhantes subiram todos juntos. Caselli se decepcionou ao ver que os banheiros estavam fechados. Cruz deixou-se desabar junto a uma das paredes, em um ponto onde não entrava muito vento pelas janelas sempre abertas.

Douglas, Randall e Caselli fizeram a vaquinha para a passagem até Campinas. Caselli foi quem contribuiu mais. Sempre tinha um dinheiro no bolso detrás do *jeans*.

— 'Cês podem ir pra casa agora — disse aos amigos.

— 'Cê vai ficar por aqui mais tempo? — Douglas quis saber.

— Só mais um pouco. Só pra ver se ele vai ficar legal.

Randall e Douglas trocaram olhares, e deram de ombros. Caselli morava a três quadras dali, mas os dois estavam bem longe de suas casas e ainda gastariam um bom tempo para chegar lá.

Depois das despedidas, Caselli ficou olhando os dois desaparecem na esquina, do andar elevado da rodoviária. Ele próprio era campeão em pegar da rua gatos e cachorros feridos e sarnentos, mas desta vez Douglas e Randall o tinham superado em muito. Desceu uma das escadas em espiral da rodoviária e disse ao guarda que morava ali perto, que ia dar um pulo em casa e apanhar alguma coisa de comer para o sujeito lá em cima, e decolou, correndo. Em casa, apanhou uma penca com meia dúzia de bananas-nanica e um saco de pão de forma pela metade. Enfiou no saco uma maçã, e tornou a sair correndo de casa, o saco de plástico em uma das mãos, a penca de banana na outra.

Cruz recebeu a pequena refeição com um olhar triste.

— 'Cês são bons rapazes — disse, porém, e num fio de voz. — Eu desejo que tudo de bom acontece co'ocês. Deus te abençoe.

Caselli se afastou, antes que o homem chorasse outra vez.

Desta vez não correu de volta para casa. Sentia um pouco de frio, agora. Com as mãos enfiadas nos bolsos do *jeans*, aproveitou o tempo para pensar. Acima dele, Orion brilhava de modo tristonho. O que essa noite lhe ensinava? Havia alguma alegoria ou circularidade literária fazendo o significado brotar com toda a força da experiência humana, numa epifania modernista, do evento patético iniciado com o telefonema de Douglas? "A gente sabe que pode contar com você", ele havia dito. Mas pra quê? Eles não haviam feito nada por aquele homem. *Nada*. O seu problema era maior do que a somatória das vidas dos três adolescentes. Talvez tenham feito um pouco por eles mesmos — Randall e Douglas pela sua consciência de jovens socialistas, e ele por... Pelo quê? Por que ele pegava cães e gatos da rua, quando os via abandonados ou machucados, e os levava para casa — onde a bronca dos pais o esperava? Porque não conseguia virar as costas e seguir andando.

Pensou em voltar para a rodoviária e passar a noite em vigília por Maurício Cruz. Ao amanhecer ele voltaria para casa e contaria aos pais o que acontecia. Depois viajaria com Cruz para Campinas e lá o acompanharia até que a assistência social o tivesse atendido.

Mas estava diante de casa agora, a mão direita apoiada sobre o portão da frente. Havia um significado, a moral da história tremulando muito fraca, em sua mente. Esperou. O nome do homem de cinquenta anos e sem mais para onde ir, era o mesmo que o seu. Os dois não deviam ser muito díspares em altura — só que Maurício Cruz tinha sobre os ombros a pressão de cinco décadas e de todos os fracassos, e curvava-se sob o peso. Enquanto Maurício Caselli tinha o corpo reto, ainda fresco, novo em folha, recém-chegado ao mundo. Não era um recém-nascido, ou um carro zero-quilômetro, mas um que fora testado na fábrica, protegido da chuva e com todas as partes intactas. Ano que vem, aos dezoito, estaria rodando nas ruas, correndo todos os riscos, apanhando poeira e chuva, enfrentando os outros carros por um lugar no centro da pista que levava ao futuro.

Maurício Cruz talvez fosse o Maurício Caselli do amanhã. O Fantasma dos Natais Futuros, que vinha assombrá-lo. Porque Caselli, o jovem de dezessete, estava na sua própria encruzilhada. Talvez um ano escrevendo livros vagabundos à tarde e à noite, e um cursinho de manhã, preparando-se para uma faculdade federal — se conseguisse — que ainda não havia escolhido. Escolhas a escolher. Enganos a cometer.

Maurício abriu o portão e entrou. Amanhã despertaria do sono inquieto que o esperava, para tomar novas decisões. Mas no momento decidia que o seu homônimo na rodoviária dormiria sozinho.

Podia enfrentar um dia depois do outro, cada um deles feitos de incertezas, que o esperavam a cada despertar e a cada encruzilhada que o esperavam em sua vida. Mas não conseguia olhar mais uma vez sequer, para o rosto de Cruz.

Alexandre Agnelli acordou no meio da noite, sem saber onde estava. Costumava acontecer o tempo todo, quando ele estava no presídio. Acordava pensando estar na casa dos pais, em Sumaré. Depois o estranhamento e a sensação de que se encontrava no leito superior de um beliche, no dormitório da Primeira Companhia do 28º de Infantaria Blindada, em Campinas. A terceira opção era uma cama no andar de cima do bordel dirigido por seu amigo Geraldo.

Sempre havia um susto, desespero — às vezes lágrimas — ao se descobrir dormindo em uma cela no presídio de Monte Mor. Levantou-se da cama cambaleando, como costumava fazer na prisão — mas desta vez não esbarrou nas grades nem incomodou os companheiros de cela. Acordou no quartinho dos fundos da casa dos Batista. Pensou em Soraia. Fez a mão correr sobre o peito ofegante coberto de suor. Sabia que não dormiria mais.

Mas... que horas eram? Olhou pela janela, apoiando-se na bancada. Só viu o pano escuro da noite, pontilhado de estrelas, nuvens vindas do oeste. Uma de suas mãos tocava um de seus calções. Vestiu-o por cima da cueca com que dormia e abriu a porta do quartinho. Descalço, saiu, ganhou o corredor que levava do quintal à frente da casa, saltou silenciosamente o portão baixo de ferro, e se viu em pé, sozinho na rua.

Ouviu um gato miar, cachorros latindo muito ao longe. De onde estava podia ver a praça, a uma quadra de distância. Caminhou até lá, sentindo o asfalto frio na sola dos pés. Atravessou a rua, passou por baixo das árvores, até que se deteve no centro da praça. Olhou em torno outra vez.

A cidade parecia rolar o suave declive que ia do balão uma quadra acima, até o muro da estrada de ferro, bem lá embaixo, passando pela igreja; rolar se desdobrando em ruas transversais, casas térreas e um ou dois prédios não muito altos, árvores, canteiros de grama e flores, bancos de concreto na praça. Sentou-se em um deles. Esperava por algo, mas o quê?

Que a polícia passasse por ali, em um daqueles novos Opalas cinza e brancos, e perguntasse o que ele fazia, descalço e sem camisa, ali no meio da noite? Ou que um outro carro, com três homens dentro, parasse diante dele para uma nova sessão de tiro ao alvo. Ao lembrar-se, teve quase certeza de que viriam; viriam precedidos do ronco feroz do carro de olhos de cobra e narinas abertas sobre o capô. Ficou ali, esperando. Seu coração dançava entre as costelas, seu fôlego se fazia ouvir. Alexandre não conseguiu levantar-se do banco de concreto, e nesse instante a cidade lhe pareceu um lar e uma ameaça; um espaço que acolhia e traía, no mesmo segundo. Não lhe era uma sensação particularmente nova, essa espera de alguém que se atiraria sobre ele — o presídio de Monte Mor se destinava a presos de baixa periculosidade, mas não era nenhum jardim da infância. O que o assustava — e o segurava congelado no banco frio de concreto — era que antes havia o lar para onde voltar, o lugar de estar tranquilo consigo mesmo, seguro. Impossível.

Que terror era esse? Medo idêntico ao que sentira, quando os assassinos atiraram contra ele. Como contrastava com suas ações no SODES, a frieza e a autoconfiança, até a euforia na hora da briga e a força que advinha de seus punhos rápidos. Mas tinha agido como num reflexo — retornavam a ele a experiência no prostíbulo de Geraldo e seu tempo de ringue, no boxe amador. Quando atacado na praça atrás do Fórum, retornara a ele o terror da vida na penitenciária; terror que o tornava fraco, vulnerável. Havia uma cisão dentro dele — de um lado o terror paralisante; de outro, a vontade de lutar e vencer. No momento, era o terror que vencia.

Mas o carro negro não surgiu. Apenas cães latiam ao longe, e, balançando a cabeça, Alexandre se levantou e seguiu de volta para a casa de Soraia. Soraia... Só então percebeu qual era o medo maior, e o que ele realmente esperava, ao levantar-se depois de acordar assustado, e passar sozinho pela cidade adormecida.

Esperava por alguém que desse cabo de sua solidão.

Maurício Cruz comeu três bananas e duas fatias de pão, que o rapaz lhe trouxera. Teve de se esforçar para guardar o resto para quando amanhecesse. Desde a tarde do dia anterior que não comia nada. Sentia-se grato pela ajuda dos garotos. Enquanto os quatro caminhavam pelas ruas desertas, ele sentiu qualquer coisa perdida, reencontrando um lugar dentro dele. Tinha sido assim, quando ele mesmo era um rapazote como esses? Andando com sua turma pelas ruas de Itajubá, procurando aventuras, frequentando os bares e os bailes... Mas o sentimento não parecia bem certo, firme o bastante dentro dele para se transformar em uma reminiscência. Não. Mesmo vivendo sua juventude em um outro tempo, ele nunca fora jovem e inocente como os rapazes que o ajudaram nesta cidade desconhecida.

Por alguma razão, nesse instante não conseguia se lembrar de nada sobre sua infância e adolescência. Só lhe vinham à mente imagens do seu casamento, sua esposa Elisa, os filhos que morreram, o outro que foi embora da cidade, do estado, de casa. Ocorriam-lhe apenas as coisas que havia perdido. Onde estavam os amigos? Mal conseguia lembrar-se dos seus rostos.

Há uma época em que se pensa que o tempo é um bem durável e inesgotável. Mas a verdade, Maurício Cruz via agora, era que o tempo era material barato. Enferrujava, embaçava e apodrecia em pontos inesperados. E os novos lotes nunca chegavam. Todo mundo tinha a sua pequena quota. Cruz desejou ter mais, mais tempo, *tempo* para fazer coisas, coisas que remediassem sua vida, a vida que lhe restava. Mas outra vez a mente cansada lhe traía — não podia pensar em nada que faria, se tivesse um tempo mais. . .

Tentou dormir, deitado no chão frio, mas não conseguiu. Sua mente se agitava como um álbum de fotografias que se oferecia a ele, virando páginas e páginas, sem cessar. E agora lhe ocorria uma pressão na barriga. Precisava ir ao banheiro. Levantou-se a custo. Olhando em torno, porém, viu que as portas dos banheiros masculino e feminino estavam fechadas. Caminhou até elas, para desencargo de consciência, e girou as maçanetas sem sucesso. Pensou em achar um canto. . . mas não, não havia descido tanto. Sem saber o que fazer, caminhou até as janelas do outro lado. Só viu a noite serena. A rodoviária tinha um pequeno jardim. Então uma avenida. Um carro branco passou por ela, com faróis baixos. Cruz continuou olhando. Depois da avenida havia um canteiro de mato, e adiante subiam os pequenos postes de concreto que sustentavam os cabos elétricos da linha do trem.

Cruz olhou em torno e viu cestos de lixo, que só passariam pela faxina no dia seguinte. Respirando fundo e segurando a barriga com uma das mãos, vasculhou os cestos com a outra, até encontrar um jornal enrolado. *Diário Sumareense*, dizia. . .

Desceu as escadas e procurou com os olhos o guarda. Não o viu em l ugar algum.

Não havia ninguém por perto, nenhum movimento de automóveis ou pessoas. Cruz se sentiu sozinho, mas ao mesmo tempo a cidade lhe pareceu acolhedora enfim. Desde que desembarcara do ônibus, três dias atrás, o lugar se fizera sentir como uma ameaça — se seu filho não estivesse ali, o que seria dele? Mas agora, com a ameaça concretizada, um alívio desceu sobre ele. Estranho. Um sentimento curioso.

Cruzou a avenida, com passos lentos e sem olhar para os lados ou para trás. Penetrar no mato alto seria mais difícil.

Enquanto se embrenhava, usando o rolo de jornal para afastar as folhas altas do capim-colonião, ouviu o som de um carro que se aproximava. Olhou, mas não viu o brilho dos faróis. Tornou a se concentrar em vencer o mato. O barulho do motor cresceu.

Para em seguida diminuir.

Só então Cruz virou a cabeça na direção do ruído. O carro era uma mancha escura no meio da pista. Apenas as luzes de freio brilhavam vermelhas. Estava parado. As luzes de ré se acenderam, e o carro retornou gorgolejando o motor poderoso.

Cruz já estava entrando no mato, dobrando o capim alto com a manga da camisa, forçando a difícil passagem. Viu que três homens estavam dentro do carro preto. Um deles apontou para ele.

— Não falei qu'eu tinha visto um vagabundo? — ouviu, por sobre o barulho do motor.

O automóvel girou no pequeno espaço entre a pista e o meio-fio e mergulhou entre as moitas de colonião, num bote animal. A frente atingiu Cruz nas pernas, e as teria quebrado se o ímpeto da fera não fosse reduzido pela oposição do capim denso. Cruz atravessou as moitas e caiu para trás. Havia uma pequena vala oculta pelo mato. Com esforço, tentou levantar-se.

Novos gritos soaram, e o ar em torno dele se encheu de luz, dando ao capim um verdor fulgurante.

— Só pode 'tá caído por aqui nargum lugar — um dos homens do carro preto gritou. E então: — 'Cê 'tá com a arma?

Cruz lutou para levantar. Ao se pôr em pé, ficaria visível aos outros, mas ficar em pé era tudo em que conseguia pensar.

Firmou-se dolorosamente sobre um joelho, enquanto sua cabeça se colocava acima do nível do chão. A luz dos faróis bateu direto em seu rosto e ele tentou bloqueá-la com uma das mãos, enquanto usava a outra para se apoiar. Viu as silhuetas esgarçadas de dois homens em pé sobre o capô do carro. Apontavam para ele. Havia qualquer coisa em suas mãos... Tinha ouvido um deles falar sobre armas?

— O que 'cês querem? — balbuciou.

— Quando eu falar "já" — um dos homens disse, com voz rouca, profunda. Não falava com Maurício Cruz, mas com o seu colega. — Um...

Precisava ficar em pé.

— Dois...

Via agora que eram mesmo armas em suas mãos. Iam atirar nele sem aviso, fossem quem fossem, em mais um segundo ou dois. Sua vida se acabaria. Todos os seus enganos ficariam para trás. Seu tempo enferrujado, embolorado, corroído enfim terminava. Mas Maurício Cruz quis tempo, mais um carregamento da matéria perecível, tempo apenas para se levantar. Para enfrentá-los de pé. Como um homem.

— Três...

Ficar em pé, tempo para se levantar e morrer em pé. Era pedir muito? Um segundo se estendendo, se distendendo, um segundo com o peso de uma vida…

Maurício Cruz se levantou com um último esforço, um gemido lhe escapando por entre as mandíbulas cerradas.

— Já!

Soraia Batista foi despertada com um susto, pelo fantasma de seu pai. Era como se ele tivesse um interruptor que a ligasse e desligasse. Abriu os olhos, e lá estava o Pai em pé ao lado da cama, fitando-a com um sorriso tristonho.

Soraia reagiu à sua presença puxando o cobertor para cima, até se cobrir toda menos os olhos e as pontas dos dedos.

O fantasma caminhou do pé da cama até a soleira da porta. Parou ali. Esperava por ela.

— Vai embora! Você *morreu*! — Soraia sussurrou para ele.

O Pai balançou a cabeça tristemente, mas continuou onde estava.

Soraia entendeu que ele não sairia dali enquanto ela não o acompanhasse. Muito lentamente, foi descendo o cobertor. O Pai desviou os olhos. Ela só usava a parte de cima do pijama, calcinhas e meias de algodão — Amarelo passava metade da noite enrolado entre suas pernas, e o seu calor felino esquentava tudo por ali, deixando só os pés desaquecidos. Mas o gato não estava com ela agora, e Soraia se sentiu terrivelmente *fria*.

Assim que ela se levantou, o fantasma saiu pela porta. Soraia seguiu-o. Era a mesma figura arredondada do seu Pai, que há tantos anos lutava contra os dez quilos de peso extra que carregava na cintura — não; seu Pai estava *morto*, era uma forma semimumificada apodrecendo em um caixão, e não tinha mais que se preocupar com o peso. "Deus, por que é que eu tenho que pensar essas coisas?", perguntou-se, no mesmo instante em que notava que a pesada imagem de Gabriel não balançava, quando os passos que dava atingiam o chão. "É um sonho", decidiu. "Só um sonho, como os outros que eu tive com ele antes." Naqueles, o Pai aparecia mais jovem — assim como ela, uma menina apenas, andando de mãos dadas com ele. A escuridão imperava à sua volta, mas ela se sentia segura ao seu lado.

Gabriel parou ao lado da porta da cozinha, a que dava para o quintal. Cruzou os braços, esperando por ela. Um conhecido gesto de impaciência. Soraia virou a maçaneta e a porta se abriu — ela e a Mãe a deixavam destrancada, para que Alexandre pudesse usar o banheiro ou pegar alguma coisa da cozinha.

O Pai foi para fora e Soraia o acompanhou. Fazia frio. Suas pernas se arrepiaram.

Era para o quarto dos fundos que caminhavam. A porta estava aberta. Os dois se detiveram ali. Soraia espiou por cima do ombro do Pai — viu apenas a cama desfeita de Alexandre. Ele não estava lá, dormindo. Mas então era tudo um sonho, não era? Alexandre era um convidado especial num filme que rodava em sua mente, e que dizia respeito apenas a ela e seu pai.

Gabriel entrou e ela o seguiu. Ele apontou para a cama remexida, como se a convidasse a se sentar. Foi isso que ela fez. Ele se acocorou diante dela, os olhos castanhos entristecidos... Ou era a expressão conhecida, o olhar comovido que havia dirigido a ela tantas vezes. O pai coruja, cheio de orgulho pela menina que agora não passava de uma professorinha de Primeiro Grau — "e órfã", lembrou-se.

Pensou que iria despertar, tamanha a raiva que sentiu.

— Eu te odeio — rosnou.

Teve certeza então de que era tristeza que via em seus olhos.

Alguma coisa partiu dele e chegou até ela, fracamente, um murmúrio que atravessava abismos:

— *Quando alguém chega, eu posso sair e te ver, mas por pouco tempo.*

— O quê? — Soraia balbuciou.

— *Não é justo... pra ninguém.*

Ele pareceu esgarçar-se, diante de seus olhos.

— *Você precisa vir até mim...*

Viu-o apontar para fora, enquanto se tornava uma sombra tênue, pendurada diante dela, prestes a desaparecer com a menor brisa que entrasse pela porta.

Quando Alexandre voltou para o seu quarto, encontrou Soraia sentada na cama, o rosto oculto entre as mãos. Por um instante pensou que suas preces eram atendidas. Mas logo viu que ela chorava — e que estava ali por razões que não lhe diziam respeito. Não. Se fosse assim, não precisaria estar ali, sentada na cama que ele usava. Mas por quê? Aproximou-se dela, lentamente.

— Soraia, o que foi?

Ela levantou o rosto molhado para ele, mas não disse nada.

Alexandre sentou-se na cama, ao seu lado. Ela vestia apenas a parte de cima do pijama, e meias sujas da terra do quintal.

— O que foi? — repetiu.

— Ele disse que eu preciso ir até ele. — Um sussurro angustiado.

— Quem?

Ela fez que não com a cabeça, os olhos fechados, a boca contrita.

— Ninguém. Andei sonhando... Uma sonâmbula, é isso o qu'eu sou.

Mas ele não se deixaria despistar assim. Aproximou-se um pouco mais dela. Seus braços se tocaram. Sentiu a maciez do pijama contra o seu ombro nu, e o calor que a pele de Soraia irradiava, apesar do frio.

— O seu pai. 'Cê sonhou com o seu Gabriel?

O toque de seu braço contra o dela fez ruir o seu equilíbrio precário, e Soraia se agarrou a ele e escondeu o rosto contra a curva do seu pescoço. Ele sentiu seus próprios braços se dobrarem, suportando o corpo soluçante dela. Os dois ficaram assim, num silêncio quebrado apenas pelos soluços e gemidos de Soraia. O choro cresceu, chegou ao ápice com ela balindo sem barreiras por alguns segundos e as lágrimas escorrendo pelo peito de Alexandre, então retrocedeu, e foi diminuindo, diminuindo a expressão de sua tristeza, reduzindo tudo a um leve fungar, até ela afastar o rosto molhado do seu ombro.

O belo rosto de Soraia era fracamente iluminado pela pouca luz que chegava da rua até o quintal e através da janela. Alexandre viu que os seus olhos se agitavam, vasculhando cada traço do rosto dele, tentando ler sua expressão. Os dois ainda se abraçavam. Ele tentou sorrir.

— Quando eu era uma menininha — Soraia disse —, meu pai me levava, todo domingo depois da missa, pra dar uma volta na praça. Minha mãe ia com a gente, mas era o meu pai que me segurava pela mão, e falava comigo, mostrava as coisas. — Ela soltou a mão esquerda do abraço de Alexandre e limpou as lágrimas do rosto, em um movimento apressado. — Ele trabalhava a semana toda, mas os fins de semana, os domingos especialmente, ele dedicava só a mim. E eu me sentia sempre... *segura*, quando ele me pegava pela mão e a gente andava junto.

"Depois eu cresci, mas nunca deixei de sentir essa sensação. Eu sempre me senti segura, confiante. Ele me dizia que eu era destinada a coisas importantes, e eu, burra, acreditei."

— Mas ele não errou nisso, Soraia — ele se apressou a dizer.

Ela prosseguiu, sem registrar o que ele dizia, e Alexandre não se sentiu bem em ser ignorado.

— Mesmo quando minha mãe e eu percebemos que ele não 'tava administrando legal o restaurante, a gente não falou nada, por causa dessa confiança que ele inspirava. 'Stava quase falindo, e a gente ainda acreditava que ele ia dar a volta por cima. Aí ele foi embora, e levou tudo com ele. A sensação de segurança... que eu nunca mais senti.

Alexandre pensou que não adiantaria tentar consolar Soraia, não com tanta dor e raiva guardada em seu interior. Mas agora ela parecia esperar algo dele, o olhar ansioso. E ele via tanta beleza nela, tanto encanto nos olhos verdes...

— O teu pai não levou *tudo* embora. *Você* é a melhor coisa que ele fez, o resto, restaurante e tudo, francamente, o que importa? 'Cê simplesmente não sabe o quanto é especial, Soraia. Seu pai plantou essa semente de valor e de autoconfiança dentro de você; ou talvez na verdade ele tenha visto isso em você, e valorizado. Ela 'tá bem aí dentro, ele não levou embora. 'Cê deve buscar essa semente, sempre que puder, pra seguir com a vida.

Soraia respondeu ao seu discurso com um olhar estranho. Não disse nada. Ele desejou saber o que se passava em sua mente.

"Seguir com a vida. . ." Soraia pensava. "Mas como, se o que o Pai pediu foi pra que eu fosse até ele?" E ela se sentiu pronta para morrer, nesse instante. A tristeza ia tão longe, tão fundo. . . Exceto por Alexandre, olhando-a assim, com tamanho cuidado. Tentava consolá-la com suas palavras, chamando-a de "especial". Era o amigo de que precisava, mas onde tinha estado, durante o ano que ela precisou mais desse ombro amigo, desse olhar preocupado? "Preso, e preocupado com seus próprios problemas." De repente, achou que todos os seus problemas não eram tão vastos e penetrantes como os sentia. Havia mais gente no mundo com problemas. Mais gente tentando "seguir com a vida".

Mas então. . . o Pai não a tinha conduzido até ali, ao quarto de Alexandre? E apontado Alexandre a ela, segundos antes de ele entrar?

— Onde é que 'cê 'steve? — ouviu-se perguntar, num balbucio que lhe pareceu conter dois sentidos. "Onde você esteve este tempo todo? De onde você chegou, neste instante?"

Então lhe ocorreu que ele tinha mais direito de lhe perguntar o que ela fazia ali, do que ela de interrogá-lo. Provavelmente fora ao banheiro, e ela passara por ele, ao sair.

Alexandre pareceu um tanto embaraçado pela pergunta. Apontou para a porta.

— Acordei no meio da noite, e fui dar uma volta — respondeu.

Olhou para o seu peito nu e musculoso, os pés descalços. Alexandre pareceu entender, e disse:

— Nunca pude fazer isso, na prisão. 'Cê não sabe o prazer que dá, poder levantar simplesmente e sair pr'um passeio. São coisas que a gente sente falta — e sua voz fraquejou.

Ele olhou para longe. Soraia não entendeu seu embaraço. Os dois ficaram ali, ainda se tocando, mas em silêncio. Ela pensou em se despedir dele e voltar para a cama. Alguma coisa, porém, impediu-a. Ainda pensava no que o Pai lhe havia dito — e mostrado.

Alexandre. . .

Ele endireitou o corpo, ficando de frente para ela. Segurou suas mãos nas dele.

— Eu pensava em *você* — disse, com súbita intensidade. — Pensava q'cê era a solução de todos os meus problemas.

E então as mãos dele foram para a sua cintura e ele a beijou na boca.

Soraia fechou os olhos e sentiu seus lábios nos dela, um beijo suave. Mas também o cheiro forte do seu hálito, seu suor já seco, exsudado durante o sono... Cheiros masculinos grudados à sua pele, junto com algum frescor vegetal noturno, pego por ele durante o passeio. Um segundo depois sentiu-se inundar de rubor, sangue despejado em seu peito, e os mamilos, que haviam se mantido dormentes mesmo no frio, saltaram, crescendo num estalar de dedos, para pressionar o tecido da camisa. E o calor que ardia por entre as pernas. . .

Um som escapou de sua boca e partiu o beijo.

— O que foi, Soraia?

Ela levantou-se, entontecida, e se apoiou na bancada. Sustentando-se nela, deu três passos até a porta, parou ali, e voltou-se para Alexandre. Pensou que ele podia ver seus bicos delineados por baixo da camisa e suas coxas nuas, mas não podia lhe dar as costas agora, e deixá-lo. Ele a tinha abraçado nessas mesmas condições, minutos antes, e ela não sentira o mesmo calor súbito e a tontura, a confusão. Mas tinha sido antes do beijo. E o beijo mudava tudo. *Tudo*.

— Eu. . . eu preciso pensar — gaguejou. — Preciso pensar. . . Desculpe.

Saiu.

Marchou até a casa, passou pela porta aberta, hesitou. Deu meia-volta, para ver se Alexandre estava lá, junto à porta do quartinho, olhando para ela. Mas não. A porta era apenas um retângulo escuro e vazio.

Nesse ponto a Praça da República terminava na Avenida Rebouças, defronte à Praça das Bandeiras, que todos na cidade chamavam simplesmente de "balão", uma grande pedra no meio do fluxo da avenida, formando um remanso. Em um dos cantos do retângulo fino que era a Praça da República, havia uma espécie de chalé de madeira, tipo pré-fabricado, que preparava e vendia lanches. A viatura de Josué e Ribas estava estacionada ao lado, e Josué viu o seu colega conversar com alguém que falava com ele de dentro do chalé. Visualizou alguém, um sujeito gordo de avental e antebraços descobertos, apesar do relativo frio que fazia.

O rádio da viatura despertou para a vida com um som rascante. Josué puxando o microfone do seu encaixe junto ao rádio Motorola. Na gíria policial-militar, chamavam o microfone de "*mike*" ou "caneco", mas Josué, sempre formal, não se acostumara a chamá-lo assim.

— CAD, é a viatura três dois um — disse.

— Parece que os atiradores do carro preto atacaram outra vez — soou a voz do controlador Oliveira. — E foi bem no centro da cidade, na Rodoviária. O guarda-civil que cuida das instalações acabou de chamar. Tá pedindo brevidade.

Josué no mesmo instante apertou um botão no painel e as luzes montadas sobre o capô do Opala começaram a girar, em reflexos azuis e vermelhos. Ribas olhou para ele, mas não saiu de onde estava.

— Tem mais alguma viatura na área? — Josué perguntou, sentindo-se estranhamente alerta.

A voz de Oliveira, saindo áspera e entrecortada do rádio:

— Tem uma no Picerno, atendendo um Charlie zero quatro. 'Cês são os que 'tão mais próximos. O que foi, não dá pra atender? É só um caso de Tango zero meia.

"C-04" significava desinteligência ou briga doméstica, e "T-06", apoio à Polícia Civil. A Polícia Civil apareceria no local do crime, e a tarefa dele e de Ribas era dar-lhes apoio. Ótimo, mas podiam fazer mais.

— Negativo. Quer dizer, a caminho — gaguejou. — Mas aciona as outras, CAD. Se a gente quiser pegar os bandidos, vamos ter que fazer um cerco.

Um segundo sem que ouvisse nada, e em seguida:

— É só pra isolar a área, três dois um.

Josué concentrou-se um instante em Ribas. Por que não retornava à viatura? Viu o braço peludo e descoberto do sujeito do chalé de lanches entregar a Ribas um pacote, alguma coisa embrulhada em um saco de plástico branco. Lembrou-se que os lanches vinham nesses saquinhos brancos, semitransparentes. Mas viu que o formato do pacote não acompanhava a forma meio redonda do pão de hambúrguer. Os olhos de Ribas se encontraram com os seus, por um instante, e o outro rapidamente enfiou o pacote dentro da camisa.

Josué não quis pensar no que poderia ser. Não agora.

— Escuta, CAD — falou no microfone. — Os indivíduos ainda podem estar se evadindo da área. Se você conseguir mobilizar mais umas duas viaturas, pra fechar as saídas da cidade, talvez dê pra cercar eles.

Soltou o PTT. Houve mais um momento de silêncio. Ribas ainda conversava com o indivíduo no chalé que vendia lanches.

— Vou ver o que dá pra fazer. — Havia contrariedade na voz de Oliveira?

— Três dois um no aguardo — disse.

Tinha de esperar, mas enquanto isso, deu partida no motor. Ribas tornou a olhar para ele, sem sair da frente do pequeno balcão. E o Opala cinza e branco com o motor ligado, o Giroflex banhando o tronco das árvores de azul e vermelho. Josué ficou sentado, sem saber o que mais fazer. Oliveira tornou a soar no rádio.

— A três dois cinco que 'tava no Picerno informou que não pode atender. Eles 'tão levando uma vítima de Alfa zero três pr'o hospital.

— Mais alguém?

— Negativo.

— Três dois e um a caminho, então.

Josué parou de modular com Oliveira e acionou a sirene.

Ribas fez um gesto apressado ao sujeito no chalé e correu até a viatura, parando junto à janela do motorista.

— Ma' que porra é essa?

— Um chamado — Josué gritou, por cima da estridência da sirene. — Os atiradores do Maverick foram vistos na Rodoviária, por um guarda municipal. Nós temos que atender à ocorrência, ir lá e isolar a área, mas os bandidos devem 'star em fuga agora mesmo. Dá pra pegar eles. Pedi reforço ao Oliveira, mas não tem ninguém disponível. Somos nós e mais ninguém, Ribas.

— Então não *'squenta* — Ribas rosnou. — Os caras já 'tão longe, meu. A gente só tem que atender ao guarda municipal na rodoviária. Tem tempo. — Fez menção de retornar ao chalé de lanches.

Josué afivelou o cinto de segurança, olhando Ribas nos olhos.

— Q'cê vai faze'?

— Vou atender à ocorrência na rodoviária *agora*, com ou sem você — Josué respondeu.

Ribas meteu as mãos na janela da viatura.

— Ei! Já falei que tem tempo. 'Cê vai atrapalha' o meu negócio aqui. . .

Josué tocou o acelerador. O Opala se agitou para adiante, assustando Ribas.

— Espera, ô!

— Que "negócio" é esse, Ribas?

— Não é da sua conta!

Outro toque no acelerador. Ribas foi empurrado para longe do carro.

— Espera, porra! Eu vou co'cê.

Mal Ribas se sentou no assento do lado do passageiro, Josué fez o Opala arrancar, com um breve guincho dos pneus contra o asfalto.

— Oooah! Devagar aí, meu.

Mas Josué não lhe deu atenção. Fez o carro descer a Rebouças o mais rápido que o motor de quatro cilindros permitia, se estendendo na segunda marcha até chegar numa parte mais livre da reta. Sua ideia era virar à esquerda mais adiante, e seguir direto até a rodoviária.

— Eu já falei q' não tem pressa, meu — Ribas repetiu.

Uma quadra além, Josué viu um carro preto cruzar a avenida ao longe, uns dois quarteirões ou mais. Seria possível?... Deixou o Opala rolar em ponto-morto, soltando o câmbio de manopla quadrada, e no silêncio do motor, ouviu o ronco de um outro, mais possante, um rosnar diminuído pela distância, mas inequívoco — um v8.

Josué pensou: "Os bandidos iam ser tão descarados a ponto de ainda estarem no centro da cidade, depois da ocorrência na rodoviária? Não é possível. Mas... Ribas mesmo diz que não tem pressa, então não custa nada averiguar." Acionou as sirenes, acelerou a viatura.

— O *quê*? — Ribas quase gritou, saltando no banco do passageiro.

— O carro preto lá na frente — Josué apontou.

— Porra, 'cê 'tá de sacanagem, ô Machado! Só pode ser, meu. — Ele se inclinou para a frente, para desligar o botão da sirene, no painel. — Desliga essa merda.

Josué fez a viatura entrar na faixa oposta, passando pelo largo canteiro central. A distância entre um automóvel e o outro diminuiu rapidamente, com o Opala agora em quarta. Josué reconheceu o padrão das lanternas traseiras do Ford Maverick, mas o automóvel estava longe demais para que pudesse ler a placa. No mesmo instante, as lanternas se embaçavam... Os pneus detrás soltavam uma pequena nuvem de fumaça azul — o carro arrancava, queimando pneu na terceira marcha! O Maverick girou no meio da pista e dobrou uma esquina, enchendo o ar da noite com um rugido leonino. Os faróis altos do Opala faiscaram nos aros prateados do outro carro.

Josué jogou o Opala para a esquerda, abrindo bem a curva, e o meteu na rua transversal. Ao seu lado, Ribas, que ainda não havia afivelado o cinto de segurança, chocou-se contra o seu ombro — *e* o suporte de armas — e depois contra a porta do lado do passageiro.

— Merda! Caralho, que é q' 'cê 'tá fazendo, meu?

Josué viu o Maverick desaparecer, dobrando a esquina à esquerda, no final da quadra. Quando ele conseguiu obrigar o Opala a fazer a manobra, o carro preto não estava mais à vista. Só o barulho do motor de oito cilindros indicava a sua presença ainda próxima.

Josué arrancou o microfone do Motorola de seu suporte e apertou o PTT.

— CAD, é a três dois um — gritou, enquanto tateava o Opala pelas ruas, guiado pelo ruído do v8. — Requer brevidade na perseguição de um Ford Maverick preto. Envie todas as viaturas disponíveis para as imediações da Marcelo Pedroni com a Rebouças.

— Negativo, três dois um. Tá tudo empenhado — a voz de Oliveira sentenciou.

Josué susteve o microfone no ar, indeciso entre dobrar à esquerda ou continuar em frente. Os bandidos iam querer uma saída para uma das duas avenidas, onde poderiam desenvolver velocidades maiores na fuga. A Rebouças. . . ou a Pedroni, que terminava em estradas de terra difíceis de transitar e que levavam à zona rural. Dobrou à esquerda, na direção da Rebouças.

Tornou a apertar o PTT, no microfone. Lembrou-se que várias ocorrências protagonizadas pelos atiradores do carro preto haviam sido na região de Hortolândia e do Rosolém.

— Solicita então bloqueio entre a Rebouças e a saída para Hortolândia.

Silêncio, enquanto Oliveira consultava as viaturas disponíveis. Uma no hospital, lá embaixo, perto do Ribeirão Quilombo; uma outra, Josué sabia, estava fora de uso, com problemas mecânicos. Onde estaria a única outra restante?

E agora não ouvia mais o barulho do V8. Teriam parado em algum lugar, desligado o motor e apagado as luzes? Ou rolavam para longe deles, descendo a rampa da Pedroni em ponto-morto? Era inútil. Mas ainda assim, fez o Opala entrar na Rebouças. Procurava o Maverick com os olhos. Devia estar por aqui, não muito longe. . . Logo à frente havia o cruzamento com a Pedroni. Poderia parar ali e olhar lá para baixo. . . Com um pouco de sorte——

Um soco atingiu seu ombro direito.

Olhou na direção de onde veio o golpe. Ribas estava ali, desperto como nunca mas de cabelos ainda desgrenhados, apontando o dedo para ele.

— Agora. . . agora *chega*! — gaguejou. — Chega dessa porra! A gente vai pra rodoviária *agora*, 'cê 'tendeu? *Já!*

Assustado com seu tom de voz, Josué assentiu com a cabeça. Então deteve a viatura, e tornou a encarar o soldado mais antigo.

— Olha, Ribas. Eles 'tão por aqui. Tenho certeza de que são os indivíduos que a gente 'tá procurando. É só rodar mais um pouco. . .

— Esquece! Toca pra rodoviária *agora*!

Josué cerrou os dentes. Fez como o ordenado. Dirigiu mudamente a viatura até a Avenida Júlia de Vasconcellos e para a Rodoviária. No caminho Oliveira fez contato, avisando que não havia nenhuma viatura disponível. Josué não se sentiu mais conformado por isso.

Logo que chegaram, o guarda municipal deixou as sombras para recebê-los. Era um sujeito baixo, de uns quarenta anos, vestindo a farda azul da Guarda. Antes de descer da viatura, Josué apertou um botão no painel, liberando a tranca do porta-malas. Na tampa haviam encaixes para duas lanternas de manejo. Josué apanhou uma.

— Aconteceu bem ali — foi logo dizendo —, do outro lado da avenida.

Ribas, Josué e o guarda começaram a caminhar na direção que ele apontava.

— Uns garotos apareceram na rodoviária, com um indigente que eles pegaram na rua. Pediram pra o coitado dormir aí, até poder pegar o ônibus pra Campinas de manhã. Eu deixei, e dali a mais ou menos uma hora o indigente saiu com um jornal. Ia dar um barro no matinho na beira da linha do trem, 'tava na cara. Ele mal chegou lá, passou um carro preto, depois voltou, e avançou nele, quase que querendo atropelar. Aí houve uma gritaria, dois camaradas saíram do carro — acho que era a tal "Gangue do Maverick" — e atiraram várias vezes no indigente. Aí pegaro o corpo dele e jogaro no porta-malas.

Estavam os três em pé agora, diante das marcas do pneu no asfalto — dos pneus na terra batida e no capim que crescia entre o meio-fio e a vala funda e larga em que corriam os trilhos — e do sangue no capim mais alto.

Josué olhou para o .38 na cintura do guarda municipal.

— E o senhor assistiu tudo lá da rodoviária? — perguntou. — Desde o momento em que o indigente saiu com o jornal?...

O sujeito apenas concordou com a cabeça, sem tirar os olhos arregalados das manchas de sangue.

Josué insistiu:

— Quer dizer, foi tudo tão rápido, que o senhor não teve tempo de fazer nada, ou?...

O guarda o encarou, num movimento súbito da cabeça.

— Isso mesmo — apressou-se a dizer. — Aconteceu rápido demais. Não deu pra fazer nada.

— ...Ou o senhor achou melhor não se expor? — A voz de Josué traía um tom mais duro, agora. — Achou melhor ficar quieto. Não interferir. Afinal, era só um indigente, um miserável que não tinha onde ficar...

— O que foi, meu? — Ribas disse. — O cara chamou a gente, o que mais qu'ele ia fazer?

O guarda municipal aproveitou a deixa.

— Quem é 'ocê pra me julgar? 'Cê não 'tava aqui. Aconteceu tudo rápido demais, só isso.

— Nós vamos ver — Josué respondeu, sem se abalar. — Vamos ver o que os investigadores vão concluir, depois qu'eles falarem com o senhor. Pode ter certeza de que eu vou me certificar de que eles vão ter esse assunto em mente, na hora de falar com o senhor.

— Espera aí, seu — o homem rosnou. — 'Cê vai jogar isso pra cima de mim? Eu só 'tava aqui fazen'o o meu trabalho. Até deixei o vagabundo dormir aqui, quando não precisava, pra agradar uns moleques de coração mole. E agora 'ocê...

— Calma aí — Ribas interveio. — O meu colega aqui não vai falar nada com ninguém, certo, meu? O nosso negócio aqui é fazer o isolamento da cena do crime, e mais nada. — Voltou-se para o guarda municipal. — Cada um faz a sua parte, e é isso aí. 'Ocê explica pr'os Polícia Civil o que 'cê viu aqui, e fica tudo certo.

O sujeito fez que sim, atirou um último olhar irado na direção de Josué, e tornou a atravessar a avenida. Quando ele retomou o seu lugar do prédio de concreto e luzes apagadas, Ribas tornou a encarar Josué.

— 'Tamo entendido?

— É melhor você trazer a viatura pra cá, Ribas. Com o Giroflex ligado, e falar com Oliveira, pra ver se os investigadores 'tão a caminho.

Acocorou-se diante das marcas de pneu. Com a lanterna que havia apanhado no porta-malas do Opala, iluminou a depressão no mato alto, fazendo brilhar as listras de sangue ainda fresco.

— 'Cê tá mandando em *mim*? — Ribas finalmente quebrou o silêncio. — Porra, tu é um pretinho engraçado mesmo, meu. *Eu* sou o mais antigo aqui. 'Ocê é o moderno, é carne fresca, metido a bacana, num é? Veio da escolinha com diplominha de soldadinho número um. Eu já te falei qu'isso aqui, na *rua*, não vale bosta nenhuma.

"'Cê tá me ouvindo, seu porra!"

O empurrão de Ribas o fez cair sentado no chão.

— Para de bancar o detetive, e vai 'ocê falar com o Oliveira, qu'eu 'tô mandando!

Josué se levantou lentamente. Pendurou a lanterna no cinto, tirou a sujeira dos fundilhos com duas abanadas rápidas das mãos. Encarou Ribas sem dizer nada, passou por trás dele, puxou a lanterna do cinto outra vez e iluminou o mato ensanguentado de outro ângulo. Podia reconhecer o borrifo nas folhas de colonião, produzido pela saída dos projéteis. Às suas costas, ouviu:

— Quê! 'Cê não vai me obedecer? O tenente vai ficar saben'o disso, viu? Vai sim senhor.

— Vai ficar sabendo também que a gente quase que 'teve os bandidos na mão, mas você insistiu em abandonar a perseguição e vir pra cá — disse, finalmente. — Ah, primeiro 'cê nem quis atender ao chamado, cuidando dos seus *negócios*...

Ribas não respondeu. Josué pensou que ele fosse empurrá-lo outra vez, ou socá-lo, como o fizera dentro do carro. Ainda não sabia o que havia passado na cabeça de Ribas, para interromper a busca. De qualquer modo, se o Tenente Brossolin realmente acreditasse que os dois estiveram perto de deter os suspeitos, e que a decisão de Ribas resultara na sua fuga, ele com certeza teria problemas com o oficial. Era o bastante para fazê-lo perder o controle da língua? Mas dali a pouco ouviu sua voz irritante soar outra vez.

— 'Cê não vai falar nada sobre a perseguição nem dos meus negócios, 'tendeu?

— O Oliveira, no Centro de Atendimento e Despacho, tem os registros da chamada que eu fiz, pedindo apoio — Josué disse.

Ribas de repente lhe deu as costas e correu até a viatura. Iria falar com Oliveira. Tentaria convencê-lo a dar fim aos registros de chamada? Ribas iria longe assim, para esconder sua incompetência? E o que havia naquele saco de plástico branco? Duvidava que fosse um misto-quente. De qualquer forma, também duvidava que Oliveira compactuasse com ele. Mais tarde haveria outro confronto, mas agora...

Iluminou mais uma vez o mato. Havia uma espécie de valeta, entre o meio-fio e os trilhos do trem. O mato ali estava amassado. E molhado de sangue. Agora que não tinha mais que bater boca com Ribas, sua excitação se diluiu e ele sentiu seu estômago se contrair diante de todo o sangue que o facho de luz iluminava. Podia ver o jornal enrolado, enrubescido agora pelo borrifo. Haveria digitais ali, que talvez identificassem o morto. Um indigente... Um coitado qualquer, tão perdido na cidade que precisara da ajuda de alguns meninos que se apiedaram dele, e que dera o azar de cruzar o caminho dos assassinos. "Por que, Deus santo? E por que arrastar o corpo dali? Com que fim? Nada faz sentido, mortes sem propósito aparente..."

No barranco estariam os projéteis de .44 Magnum que, com toda a certeza, haviam atravessado o corpo da vítima. O guarda municipal havia falado de múltiplos disparos. Os investigadores chegariam até os assassinos, através deles? Não. Precisavam das armas, primeiro. Para o exame de balística. E para obtê-las, precisariam antes de tudo deter os criminosos.

Provavelmente não fazia sentido identificar a vítima ou conversar com os garotos que a ajudaram. Nem neste caso, nem nos outros. Josué sentiu uma certeza alvorecer dentro dele: não havia conexão entre as mortes, e nenhuma razão dentre o rol de motivos que levavam os criminosos comuns a matar — a queima de arquivo, a supressão de rivais e concorrentes ou de quem os pudesse denunciar. Apenas essas mortes eventuais, se abatendo sobre qualquer um que lhes cruzasse o caminho. Como se o fizessem por prazer. Uma *caçada*. E os corpos, eram troféus? Por que ocultá-los, se tudo não passava de um esporte que os matadores praticavam com o maior descaramento, como se não devessem nada a ninguém, nem à justiça dos homens, nem à de Deus?

"Foram eles que nós perseguimos. Tenho certeza", concluiu, sentindo que estivera próximo, bem próximo de pegá-los. Tão perto...

Mas não. Ribas não precisava mascarar o seu medo ou o seu descaso, em persegui-los.

Olhou para o Opala e a silhueta de Ribas, falando ao rádio, em seu interior. Reviu em sua mente a arrancada do Ford Maverick, o modo preciso com que ele fez as curvas, a rapidez com que desapareceu de suas vistas. Então olhou para as marcas dos pneus no chão. Pneus muito largos, fazendo um meio-círculo no asfalto, executando manobra precisa em pouco espaço. O carro era potente e o motorista muito capaz. Nunca o pegariam com os Opalas de quatro cilindros. Não sem uma coordenação muito bem articulada, com bloqueios, com os policiais conhecendo muito bem o traçado das ruas, antecipando as opções que os bandidos teriam. Mas a Polícia Militar tinha toda a região, com bairros afastados, para patrulhar, e poucas radiopatrulhas. Viaturas suplementares poderiam ser acionadas — o carro do tenente, a caminhonete da manutenção... Veículos que viriam dos outros pelotões de Americana ou Santa Bárbara. E os carros da Polícia Civil... Uma estratégia conjunta se formou em sua mente. Visualizou como postar as viaturas nas principais vias de acesso entre Sumaré e as cidades e distritos vizinhos. Com um pouco de sorte haveria como guarnecer também as estradas secundárias, de terra batida — se bem que suspeitava que um carro como aquele preferia pistas largas e bem asfaltadas, onde podia despejar toda a sua potência e velocidade de fuga. Quanto?... 200, 210, 220 quilômetros por hora. Seu irmão Isaías saberia avaliar melhor.

Mas era impossível. Brossolin parecia pouco interessado no caso — não o suficiente para enfrentar toda a batalha política que seria acionar viaturas de outras cidades e coordenar ações com a Polícia Civil.

Olhou para cima, para o céu noturno. Nuvens pesadas pairavam sobre a cidade, a luz dos postes refletidas nelas em cores avermelhadas. Choveria em breve. As evidências seriam apagadas...

Uma picape branca e rebaixada parou diante dele. O policial Juliano Roriz saltou dela, puxando as calças para cima e fumando um cigarro.

— 'Ocê de novo? — disse, a título de comprimento. — É a segunda vez que 'cês chegam primeiro no local do crime?

— Sim, senhor. Pura coincidência.

Antes que Ribas e o guarda municipal se juntassem a eles, Josué rapidamente apresentou o local a Roriz, relatou a perseguição de há pouco ao Ford Maverick, e delineou a sua ideia de como cercar os assassinos. Talvez houvesse um meio, contornando a inércia de Brossolin e chegando até ele por outras vias.

Roriz ouviu tudo com atenção, sem interrompê-lo uma vez sequer. Quando Josué terminou, ele puxou uma tragada, tirou o cigarro da boca e o jogou descuidadamente no meio do mato.

— Escuta — disse, em meio à nuvem de fumaça expirada. — Quem faz a investigação aqui sou eu. 'Cê pode ir pra casa engraxar as botas ou polir o cinto... o que quer que 'ocês soldados da PM fazem, quando não têm nada melhor pra fazer. Porque *eu* tenho mais o que fazer, do que ficar aqui ouvindo as suas ideias de gênio.

Josué fez que sim, em resposta. No fundo, não tinha antecipado uma reação diferente.

Sem dar mais atenção a Roriz, tornou a olhar para as manchas de sangue.

"É a segunda vez que a gente chega primeiro, mas desta vez o sujeito não teve chance de escapar."

E outros — talvez *muitos* outros — ainda seguiriam o mesmo destino.

CAPÍTULO 4

Não me importo de como você olha para mim
Porque eu sou o tal e você vai ver
Podemos fazer funcionar
Podemos fazer durar
Então me dê um minuto mais e eu lhe digo por que
Sou um moço rude
    Billy Gibbons, Dusty Hill &
    Frank Beard (zzTop)
    "Rough Boy"

Se você pudesse ler o meu coração
Saberia sem exceção
Que foi tudo na melhor das intenções
    Travis Tritt "Best of Intentions"

Soraia Batista chegou à estação rodoviária de Sumaré sentindo-se ao mesmo tempo sonolenta e inquieta. Cada uma das plataformas já apresentava o seu ônibus verde e amarelo, da companhia que detinha o monopólio do transporte público entre Sumaré, seus distritos e cidades vizinhas. Um deles a levaria até Hortolândia, se ela fosse rápida o bastante. Precisava pendurar a Caloi na estrutura suspensa que existia em um dos cantos da rodoviária, e já começava a chuviscar. De ontem para hoje, o céu se armara de nuvens escuras.

Sentia-se irritada e temerosa, depois da visita do fantasma de seu pai, e do não menos inesperado beijo de Alexandre. Qual dos dois eventos seria mais fruto do sonho, da fantasia? A pintura verde e amarela dos ônibus feria os seus olhos, o ruído das pessoas agredia seus ouvidos. "Alexandre..." quase murmurou. "O que é que você foi fazer?"

Ao tentar prender a roda dianteira em um dos ganchos elevados, o guidão se moveu e o pneu a atingiu no rosto. Ela piscou para afastar a dor... e sentiu que a bicicleta tornava-se subitamente leve.

— 'Cê se machucou?

Era Alexandre, que, sem o menor esforço, terminava de pendurar a bicicleta.

Soraia evitou olhar para ele. Fechou a corrente em torno do pneu dianteiro e do garfo, sem dizer nada. Deu as costas para Alexandre e caminhou para a plataforma.

— Soraia?

— Eu não tenho tempo pra conversar, Alexandre. O ônibus já 'tá na plataforma.

Ele não retrucou, mas ela pôde ouvir seus passos, enquanto quase corria até o ônibus. Também ouviu a catraca estalar, depois de ter passado por ela. Pensou em se sentar com alguém, em um dos bancos duplos, mas o ônibus estava vazio. Olhou pela janela e viu as pessoas ainda sentadas nos bancos de concreto, esperando. Demoraria ainda para sair, ninguém parecia ter pressa. No fim, ela estava adiantada... Alexandre sentou-se no banco ao seu lado.

— Eu trouxe o seu doce preferido — ele disse, e, num saquinho de papel pardo, lá estava a barra de chocolate branco, com amêndoas.

Quando eram meninos ainda, costumavam ir juntos até a confeitaria na Praça das Bandeiras, comprar juntos o chocolate depois da escola. Ela morava ali perto, mas Alexandre tinha que fazer um trajeto enorme, duas vezes mais longo, da escola até a sua casa por esse caminho. Vinham a pé e ela nunca o questionara a respeito de todo o desvio que fazia. Apenas para acompanhá-la, ou gostava tanto assim do doce?... O que faria se ela perguntasse? Nunca perguntou, com medo que deixasse de acompanhá-la. Uma bobeira qualquer de menina...

Mas havia menos embaraço e mais de algo enternecedor e intrigante, na lembrança. Soraia ainda não estava disposta a ceder, porém.

— 'Cê não precisa me trazer docinho nem me acompanhar — rosnou, sem olhar para ele.

— Eu pensava muito nesse chocolate, na cadeia — ele disse. — Mas não tanto quanto pensava em você.

Desta vez ela o encarou. De novo, a mesma história. Então tinha feito companhia a ele, de algum modo, durante o tempo de prisão... Por um segundo, sentiu-se feliz por isso, mas no mesmo instante uma imagem lhe veio à mente, imagem que ela preferia nunca ter invocado: Alexandre deitado num catre em sua cela na penitenciária, masturbando-se enquanto ela aparecia para ele, flutuando no alto como em um balão de histórias em quadrinhos. Mas era a Soraia Batista da oitava série, pouco mais que uma menina... Fazia tanto tempo que não pensava em sexo que esses pensamentos agora vinham como uma nova surpresa, um choque. Como o beijo, na noite anterior.

— Mas só por uns seis meses — ele dizia. — Depois disso eu tirei você da cabeça. Tirei um monte de coisas da cabeça. Minha família, ambições qu'eu tinha tido no passado... E então, quase que no dia qu'eu saí da cadeia, quem é que eu encontro na estrada?...

Soraia sentiu um meio sorriso brotar em seus lábios. Lembrava-se daquele dia, não longe na memória... O que, um mês? Uma figura conhecida, andando no acostamento com uma jaqueta militar verde. Onde estaria aquela jaqueta?

— Por que você nunca me falou antes? — perguntou.

— Por que 'cê nunca notou antes? — ele devolveu.

Tornou a pensar nos passeios até a Praça das Bandeiras, quase todos os dias depois da aula, subindo por entre as árvores, passando perto da igreja, para comprar um chocolate e estender a conversa, as fofocas sobre o que tinha acontecido entre as meninas, entre os meninos. Não havia muitas fronteiras entre Alexandre e ela, nem segredos. Ou apenas *este* segredo. E depois da despedida, ele andaria mais dez ou doze quadras até a sua casa, e ela nunca lhe perguntara se valia a pena todo esse desvio. Talvez ele respondesse "é, tem razão", e nunca mais... Sumiria da sua vida como sumiu nos meses em que ela mais precisava de alguém em quem confiar, a quem recorrer. E agora mesmo alguma coisa dentro dela a fazia refrear-se, sua mente pisando no freio, guinando para fora da estrada. Alexandre diria "tem razão, besteira minha", e ela não o veria nunca mais.

Bem, e daí? Talvez fosse melhor assim. Não poderia viver o resto da vida com medo de perguntar. Os dois eram adultos, tinham de arcar com as suas escolhas. Ainda assim, a voz lhe saiu miúda, medrosa:

— O que você vai fazer?

Ele deu de ombros. O ônibus, enquanto eles falavam e ela recordava, enchera-se de gente e começava a deixar a plataforma.

— Eu vou esperar — Alexandre disse.

Soraia pensou que isso ela também podia fazer. Mas não disse nada.

O ônibus saiu com um ranger de engrenagens de transmissão, um rugido de motor que subia vibrando pelo piso, pelos assentos. Chovia e os vidros se encheram de gotas partidas em colares. Vez ou outra, com o movimento, Alexandre encostava-se em Soraia. Ou ela nele.

Não quis mais conversar. Não conseguia. Concentrou-se na paisagem que assistia passar pela janela. Ruas, avenidas, praças conhecidas de há muito, tudo banhado pela chuva mansa, dessas que não fazem barulho. Ainda assim, muita coisa havia mudado na cidade, casas que não existiam mais, lojas antigas fechadas e novas lojas abertas, prédios de apartamento que se erguiam ainda timidamente. Alguém havia cortado boa parte dos eucaliptos mais altos e mais antigos do Horto Florestal, já na estrada para Hortolândia... Muita coisa havia mudado em sua vida e dentro dela também. Alexandre vinha avivar coisas esquecidas, e talvez trazer outras. Mudanças...

Mas ainda se lembrava na imagem espectral de seu pai, apontando para o quartinho dos fundos, onde Alexandre estaria. *Você precisa vir a mim*, Gabriel havia murmurado, para então esvanecer-se como um sopro de fumaça expirado para dentro da noite. Quem sabe o que desejava dizer-lhe sobre Alexandre, o que teria dito, se tivesse um pouco mais de tempo? Um aviso para que se afastasse dele? Ou o espírito do velho egoísta simplesmente não o queria usando as suas roupas? Enquanto eram crianças, seu pai havia apenas tolerado a amizade tão estreita com o menino. Filho de um modesto comerciante, não ia ser ele o homem certo para a princesa que seu pai queria criar... João Carlos não. João Carlos era filho de um executivo da 3M do Brasil. Mas João Carlos tinha desistido dela assim que o embaraço do suicídio veio à tona. "Deus do céu", pensou. "Meu Pai, o fracassado, morto e ainda tentando controlar a minha vida."

Olhou de soslaio para Alexandre, sentado ao seu lado e mastigando a sua metade do chocolate. "Mas *Alexandre* está aqui."

Afastou o olhar dele e tornou a mirar pela janela. Viu um carrinho vermelho sem capota aparecer na curva lá embaixo. Sem capota, e na chuva. Soraia olhou com mais atenção, e viu que nesse trecho da pista não chovia. Era como se as nuvens se abrissem bem sobre a estrada de duas faixas. O carro esporte era pilotado por uma mulher de cabelos negros e compridos, usando óculos escuros, tranquilamente alheia ao mundo molhado à sua volta. "Que sorte!" Soraia pensou.

Passou pelo ônibus com um ronco forte, um corisco vermelho.

Vanessa Mendel pilotava o seu Shelby Cobra na estrada estreita que ligava as duas cidades. Um ônibus verde e amarelo passou à sua esquerda, enquanto ela acelerava o motor potente para galgar a inclinação. O borrifo levantado do asfalto pelo ônibus esquivou-se do caminho do Cobra, nuvem de partículas capturada por um vento misterioso. Vanessa sequer acionou o limpador do para-brisa, e seu cabelo continuava imaculado. Deu uma breve gargalhada. Não era um truque para ser usado sempre, ou despertaria atenções indevidas.

Voltava de Hortolândia. Tudo corria bem com a propriedade adquirida há poucas semanas. Não ia lá sempre. Não gostava. Mas precisava estar presente de vez em quando, para renovar feitiços e garantir que as coisas seguissem como havia determinado.

Às vezes pensava que se arriscava demais com as associações que havia assumido. Pusera em movimento forças que nem ela própria compreendia. Apenas o prêmio final valia o risco. Deixara-se convencer e agora era tarde. Havia uma excitação inusitada em prosseguir, e isso também representava um bônus irrecusável. Era a maior cartada de toda a sua vida — de suas *vidas* entre o mundo real e aquele que o transcendia. Perto do que Vanessa Mendel encarava agora, todo o poder que auferia do sexo e da magia era menos do que um ensaio para o *verdadeiro* poder. Nada mais, nada menos que uma habilidade que lhe permitiria abrir a porta para uma força que vergaria o mundo e o faria ajoelhar-se aos seus pés. E ela estaria bem ali, ao lado do agente desse poder, mantendo-o preso à coleira e dizendo-lhe o que fazer. Como agir. Que proveitos haveria para se conquistar. E como ampliar ainda mais a sua força.

*

Josué Machado vestia o seu melhor terno sobre uma camisa branca, ao visitar Pedro Santino. O pastor já o esperava — tinha marcado hora, por telefone. Santino morava na pequena casa que havia nos fundos do templo. A chuva já tinha passado e um sol ardido aparecera. Não havia muita luz ali, porém, especialmente ainda de manhã — a igreja fazia sombra.

Josué não se sentia muito bem. Não tinha dormido nada, desde a noite anterior. Hoje era a sua folga, mas passara a manhã fazendo o boletim de ocorrência, com Ribas grudado nos seus calcanhares e olhando por cima do seu ombro. Mas no fim e apesar das ameaças veladas ou às claras, lá estava, preto no branco, o relato da perseguição e da ordem de Ribas para que a abandonassem. Quando soube, Vitalino lhe disse que ele havia comprado uma encrenca "pr'o resto da vida". Ribas jamais o deixaria em paz.

Tentou falar com o tenente, mas aparentemente Brossolin só trataria com ele depois de ler o B.O. Já o assunto que tinha a tratar com o pastor era o mesmo — os eventos do dia anterior —, mas pertencente a uma outra ordem de indagações.

Até então, o único momento abençoado do dia fora a sua conversa com o irmão, antes de Isaías sair para a oficina em que trabalhava, em Campinas. Contou-lhe sobre o Ford Maverick preto, sobre o que tinha visto do carro nos breves instantes da perseguição, sobre o que pensava da sua potência.

Isaías lhe disse que era provavelmente o modelo GT, fabricado no Brasil de '73 a '79. A opção V8 empregava um motor de 302 polegadas cúbicas, fabricado em algum lugar no Canadá, embarcado e depois montado nos carros brasileiros. Tinha perto de duzentos cavalos de potência, mas aceitava várias opções de aumento de desempenho. O Maverick era um bom exemplo de engenharia mecânica americana. No Brasil, nas provas da Divisão 3, durante a década de 1970, alguns Mavericks chegaram a ter 450 cavalos de potência. O carro em questão, pelo testemunho de Josué, devia ter não só uma carburação especial, mas de cabeçotes, coletor de admissão, comando de válvula e bomba de combustível de alto desempenho para acompanhar, além de arranjos esportivos de suspensão, com barra estabilizadora e câmbio. Talvez de freios. Josué anotou tudo, enquanto Isaías falava e tomava o café da manhã. Ainda não sabia como usar essas informações, mas descobriria um meio. Um automóvel desses precisava de cuidados especiais, oficinas especializadas, talvez até combustível de octanagem superior a encontrada nos postos comuns de gasolina.

Santino tinha uma pequena sala dedicada a receber os seus consulentes. Encontrou-se com Josué ali. O pastor chegara a Sumaré fazia uns quinze anos, vindo de algum lugar do interior do Mato Grosso. Era um homem firme e de grande fé, um homem tocado pela mão de Deus. Continuava alto e magro, o cabelo ondulado e grosso, grisalho agora. Era o seu conselheiro desde que Josué tinha dez anos ou perto disso. Tinha orientado Josué quanto à sua escolha de carreira, quanto aos seus temores em violar, em serviço, o mandamento de "não matarás". Um terror pessoal, o medo de tirar a vida de um outro ser humano, mas agora vinha perguntar ao velho pastor como seria a consciência dos que estavam do outro lado da lei e da ordem — sem falar da palavra do Senhor —, daqueles que não tinham o mesmo receio. Os que não possuíam nem sequer o temor a Deus.

Contou ao pastor sobre o que vinha acontecendo na região. Os matadores motorizados, os corpos desaparecidos, gente simples ou pequenos criminosos sendo exterminados sem que a polícia se empenhasse em deter os assassinos. Quem eram? O que queriam?

— Mais e mais eu penso que são agentes do Demônio, tanto a maldade deles supera a das pessoas normais — concluiu, falando pausadamente, com o máximo de seriedade que sua voz ainda juvenil podia invocar. Perguntou: — O que o senhor pensa, pastor?

Santino ouvira tudo apoiado com o cotovelo no braço da cadeira, inclinado na direção de Josué. Já não escutava tão bem. Agora reclinava-se e cruzava as mãos ao peito. Uma delas segurava uma Bíblia de capa preta e letras douradas.

— Todos os que se afastam do caminho traçado pelo Senhor o são, 'ocê sabe bem disso. Uns mais, outros menos. Alguns fazem o trabalho do Diabo sem o saber, outros de sã consciência. — Fez uma pausa pensativa. — Ainda assim... Existe' os assassinos e os ladrões, gente sem moral e sem consciência da vontade de Deus, e há aqueles que já olharam na cara de Satanás e apertaram a sua mão, compreende?

— Sim, senhor.

Josué e os outros membros da congregação de Santino acreditavam que o Diabo podia ser uma presença terrena, de carne e osso e capaz de se fazer ouvir entre os homens. Nem sempre a sua aparência e suas intenções vinham às claras, porque era um enganador, um ladino. Mas a alguns ele revelava sua verdadeira face e a esses reservava tarefas especiais.

— Esses... homens matam por razões que, eu acho, não pertencem às considerações materiais — disse. — Não é por dinheiro, porque matam pobres e miseráveis, como o homem que assassinaram ontem. Um coitado, um indigente. Noutros lugares dizem que mataram bandidos, mas não confio muito na informação...

— Por que não, meu filho? — Santino perguntou.

— Bem, na minha primeira semana de serviço, os assassinos atacaram alguém no centro, na Praça Getúlio Vargas.

Nos últimos dias tinha pensado muito nessa vítima, o jovem que ele supunha ter sobrevivido.

Sonhara com ele novamente, durante um breve cochilo, entre a entrevista com o Tenente Brossolin e a que tinha agora com o pastor. Não fora muito diferente do primeiro sonho — o rapaz tornava a correr a ladeira e a se internar na densa floresta verdejante, o bosque de conto de fadas. Mas desta vez um sentimento viera com a imagem — ou melhor, dois sentimentos: uma sensação de terrível perda, e outra de imensurável júbilo. Era como se alguém morresse, para em seguida adentrar ao paraíso. Não sabia como partilhar esses pensamentos com Santino.

— Ninguém 'tava presente na hora do atentado, mas eu 'tive no local e acho que a vítima era um rapaz, que conseguiu escapar — disse, falando de um modo que lhe soou manso, respeitoso. — Devia ser mais um pobre coitado que foi lá passar a noite na praça. Não imagino que fosse um bandido. E tudo aconteceu bem no centro da cidade... — Deteve-se, para pensar no que mais dizer. — O fato desse rapaz ter escapado vivo, isso me contenta, pastor. Faz eu sentir que o espírito do Senhor interveio pra salvar esse coitado, pra dar pra ele uma outra chance na vida, porque a Deus revolta o que esses homens 'tão fazendo. Se eu já vi alguém a serviço consciente do Diabo, pastor, são esses... assassinos. São qualquer coisa que Jesus teria escorraçado da terra durante a sua pregação, mas que agora estão livres pra andar entre a gente.

Santino nada disse, por algum tempo. Josué também manteve-se quieto, esperando pelo conselho. O pastor tornou a apoiar o cotovelo no braço da cadeira.

— Poucos são puros o suficiente pra almeja' o poder de Jesus contra os demônios, meu filho — disse, por fim. — A maioria do rebanho conta só com a força das orações e da fé em Deus. E que ela possa iluminar o trabalho de'ocê e dos seus colegas.

Josué sentiu que seus dentes rilhavam, e então que seus lábios retorciam-se. Em seu colo, as mãos se fecharam num único punho.

— Acho que a gente vai precisar de um pouco mais do que isso, neste caso, pastor. Vamos precisar de intervenção *divina*.

O pastor demorou um pouco para responder.

— Só o que podemo' fazer é pedir a Deus, Josué. E esperar que Ele nos atenda.

— Tem uma coisa... — gaguejou. — Esse rapaz que escapou, tenho pensado muito nele, sabe? Tenho sonhado até, e nos sonhos ele tem uma... uma qualidade *angelical*, pastor. O senhor me acredita? Que esse moço foi tocado por Deus, e que só por isso é qu'ele escapou dos assassinos e em nisso ele revela uma natureza superior? Eu já dei muitos testemunhos nos seus cultos, testemunhos da intervenção de Deus, e é com a mesma fé que eu lhe falo desses sentimentos agora, Pastor Santino.

Santino assentiu, embora parecesse intrigado.

— 'Cê teme que não haja poder material pra enfrenta' esses homens? — o pastor perguntou.

Josué fez que sim.

— Acha que o seu trabalho na polícia não... tem força contra eles — Santino continuou.

— Eu 'stou disposto a fazer tudo o que for possível pra pegar eles, mais disposto do que os meus colegas, infelizmente. Mas o meu medo é que não baste.

O pastor reclinou-se na poltrona. Olhou para cima. Parecia meditar. Então disse:

— Não acho que 'ocê viu um anjo, Josué. Pouco são afortunados o bastante pra testemunha' a aparição de um anjo. Eu não gostaria que'ocê cultivasse essa ilusão, meu filho. É uma ilusão p'rigosa. E quanto ao seu trabalho em referência a esses bandido', acho que 'cê deve ter fé no Senhor de que o perigo vai passar, e esses criminosos vão ter o castigo de Deus.

Não era para ouvir essas palavras que Josué viera ter com Santino. Não havia nada no aconselhamento que refletisse os seus sentimentos, sua suspeita de presença demoníaca — e divina. Tudo o que Santino tinha para lhe dizer era que aguardasse a justiça do Senhor? O que Deus faria, para deter os assassinos? O que faria, que deixara de fazer, até então? Talvez houvesse em tudo um teste que Deus formulava para os seus filhos, mas Josué não o enxergava — e aparentemente o pastor também não. Pela primeira vez em sua vida, Josué teve dúvidas sobre o poder de Deus.

— Por que o Senhor permite que homens tão baixos andem sobre a terra pra fazer o que quiserem, pastor? Por que Ele permite o Mal? — perguntou.

Santino inclinou-se para adiante e seus olhos se abriram um tanto mais do que de costume.

— Não cabe a'ocê questionar as razões do Senhor, Josué — disse. Então tornou a apoiar as costas no encosto da poltrona. — Suas perguntas são justas, mas nós na terra apenas suportamo' os desafios que o Senhor coloca no nosso caminho. Suas razões e o porquê da existência do Mal... Esse é um dos mistérios de Deus, meu filho.

Terminada a chuva o sol batia metálico no asfalto e nas calçadas molhadas, nas folhas das árvores e nos capôs dos carros. Josué sentia que o pastor não o havia ajudado em nada, e que havia falhado em compreender a sua aflição. Era um fato novo na vida de Josué, que o conselho do pastor não fosse de ajuda. Caminhava agora na direção do centro, tentando lembrar de um outro momento em que teria procurado Santino com um problema tão grave, um questionamento tão importante. Não conseguiu. Mesmo a sua escolha de carreira não chegava perto do dilema que vivia agora.

Já tinha ouvido o argumento dos mistérios de Deus antes, e o aceitara. Nada em sua vida parecia questionar o fato de que a vontade de Deus e seus planos para os homens se constituíam em mistérios muito além da capacidade humana de os compreender. A ideia do Mistério caía no solo fértil do seu coração jovem, e ele não discutia. Mas agora... Algo em sua experiência presente transcendia o que sua vida fora antes, e apertava o seu coração e arruinava o solo antes fértil. Josué já não se sentia jovem e aberto para a vida, como antes. Alguma coisa maculara tudo o que ele compreendia e esperava da existência. E sabia bem o que era. De um lado a violência sem sentido dos assassinos; do outro a inércia não menos sem sentido de Ribas, de Roriz, de Brossolin.

Teria de orar muito, pedindo a iluminação do Senhor. Nem Santino nem seus pais poderiam ajudá-lo. Santino pedia que esquecesse e levasse a vida adiante, cumprisse o seu dever como evangélico e como policial, e deixasse de se preocupar com os mistérios de Deus. Será que o pastor fazia parte da mesma falta de ação que havia em Ribas e nos outros? Já a sua mãe falhava em notar o seu desgosto e sua inquietação. Quando Josué lhe contou que iria ver o pastor nesta manhã para um assunto importante, ela apenas pedira a ele que passasse no banco, depois que se consultasse com Santino. Todo mundo só falava em bancos, desde o começo do ano...

Era para lá que caminhava, ainda pensativo. Meditava sobre Ribas e o seu "negócio" — o que quer que fosse —, o que Brossolin pensaria do seu relatório, os últimos assassinatos da Gangue do Maverick, o modo como o carro preto havia escapado por entre os seus dedos na noite anterior. Haveria algum modo de contornar a inação? E finalmente, pensava no rapaz que sobrevivera ao ataque na Praça Getúlio Vargas — onde estaria, o que pensava do que havia acontecido a ele? Teria ele se contentado com a benção que Deus lhe dera, permitindo que escapasse, e agora foge para longe ou escondia-se tremendo de medo em algum canto da cidade? Quis que ele, ao menos, não se refugiasse na inércia — porque o medo que Josué sentia não era diferente do que ele teria sentido naquela noite, ao ter sua vida ameaçada. Não devia ser diferente desse terror que surge do medo de que a vida não tenha sentido algum. E Josué desejava um companheiro na sua luta contra o medo.

Um carro vermelho parou ao lado dele, no meio-fio. Josué o reconheceu imediatamente como sendo o esportivo abordado por Ribas, no seu primeiro dia de patrulha. A mesma mulher branca e de cabeleira escura estava ao volante, óculos de sol nos olhos e um sorriso nos lábios. Seu carro sem capota estava seco por dentro e por fora — ela devia ter acabado de tirá-lo da garagem. Josué sentiu o rosto arder, só de lembrar o que Ribas tentara fazer com a mulher. Agora ela vinha questioná-lo com respeito ao seu comportamento naquela noite?... Mas ela apenas perguntou:

— Sabe onde fica a Sete de Setembro?

— 'Tô indo pra lá — ele respondeu, aliviado. — É só a senhora seguir por esta rua até...

— Por que você não vem comigo então? Eu te dou uma carona.

Ela abriu a porta do lado do passageiro. Josué deu de ombros, apanhado de surpresa, e entrou no automóvel. Os cintos do carro eram de cinco pontos, um tipo que ele já conhecia e por isso não teve problemas para afivelá-lo. A mulher vestia uma camiseta decotada e calças pretas agarradas às pernas. "Vestida feito homem, exibindo suas vergonhas", diria o Pastor Santino, que proibia as mulheres da congregação de usarem calça comprida ou roupas decotadas. O decote parecia revelar mais do que aquilo que a camisa escondia — um seio fundo entre os dois volumes gêmeos, pálidos e vultosos, tragando o olhar como um sumidouro puxa a água. Josué desviou os olhos. Ela sorriu por alguma razão — esperava que não tivesse percebido o seu olhar —, e dirigiu o carro para a rua. O pequeno *cockpit* era tão estreito que se tornava impossível não se tocarem. O murmuro de um motor V8 se fez ouvir.

— Belo carro — comentou. — Que modelo é?

A mulher lhe explicou que era uma réplica de um carro esporte inglês, com um motor potente e velocidade de mais de duzentos quilômetros por hora. Em seguida, para a sua surpresa, ela lhe ofereceu a face direita, para um beijo.

— Meu nome é Vanessa Mendel.

— O meu é Josué Machado — ele disse, apanhando a mão da mulher e apertando-a. O aperto dela era firme, e Josué se viu puxado inexoravelmente para um beijo no rosto.

Ela cheirava bem. À luz do dia, viu que tinha a pele clara, faces largas e queixo fino. Suas unhas eram longas e de esmalte vermelho, os lábios finos e também pintados demais. Mais velha que ele, talvez uns cinco ou seis anos. Não propriamente uma mulher bela, embora faltasse pouco. Seu nariz era elegante, mas a extremidade se curvava levemente para baixo, e o lábio superior era um tanto flácido, fazendo-a lembrar a imagem da bruxa nos livros infantis, mas definitivamente bonita. Atraía-o apesar das roupas e da pintura, reconheceu, e, para sua contrariedade, nem todas as admoestações do Pastor Santino contra esse tipo de mulher foram capazes de abafar o sentimento.

— Eu me mudei pra Sumaré faz pouco mais de dois meses — ela dizia. — Tenho ficado entre Sumaré e Campinas. É por isso que ainda não conheço as ruas.

— Qualquer uma dessas ruas cruza com a Sete. É bem fácil.

Vanessa tornou a sorrir.

— Bem, a verdade é que eu te vi andando na calçada, e achei que seria uma boa oportunidade pra te agradecer o favor que me prestou outro dia.

Josué não disse nada. Concentrou-se em manter os olhos fixos à frente. Então ela o reconhecera...

— Eu lamento pelo comportamento do meu colega — disse, por fim. — Eu deveria ter... me queixado dele com o meu superior, mas a verdade é que sou um novato na PM, e que seria muito difícil convencer o capitão de que o meu colega devia ser punido. Eu sei que isso parece uma desculpa esfarrapada, especialmente diante do seu constrangimento, mas...

— "Tudo bem, quando acaba bem", não é o que dizem? Obrigada por ter me ajudado.

Seria falsidade da parte dele se dissesse "de nada" ou "não tem de quê", por isso ficou quieto.

— Talvez eu possa retribuir — Vanessa continuou —, convidando você pra beber alguma coisa em casa.

— Eu não bebo, obrigado.

Ela deu uma breve risada.

— Ah. Eu devia ter percebido que você é um religioso. Pela roupa e pela Bíblia.

Josué olhou para o seu exemplar do Livro Sagrado. Nem reparara que estava com ele, apertado na mão suarenta. Trocou-o de mão e esfregou a palma na perna da calça. Tornou a olhar para Vanessa, que o encarava por trás dos óculos escuros e de seu sorriso aberto. Seus olhos desceram brevemente para o decote generoso, a linha funda do seio. As mamas se mexeram, líquidas, com as pancadas da suspensão dura do esportivo, e Josué sentiu uma inesperada e descontrolada excitação. Acontecia com ele às vezes, raramente com essa intensidade, raramente com essa culpa. Lembrava-se do que, naquele dia, Ribas havia imaginado que Vanessa fosse. Como se compreendesse os seus pensamentos, a mulher endureceu o corpo subitamente, e o sorriso desapareceu de seu rosto. Josué voltou-se para adiante.

— Eu realmente preciso falar com você — ela disse.

*

A princípio, Vanessa queria apenas desfrutar da ironia de confrontar-se com o policial. De imediato o tinha reconhecido na calçada, mesmo com ele caminhando de costas para ela. Tinha um instinto para essas coisas. E o instinto lhe dizia que era o mesmo jovem — e, um momento depois, que havia algo de peculiar a respeito dele. Queria sondar mais fundo o que seria, e como poderia usá-lo. Talvez o PM o levasse ao seu superior, o capitão que ela precisava seduzir.

Chegando de Hortolândia, havia procurado por Valdeci Nogueira na chácara do vice-prefeito — que não tinha telefone na propriedade rural —, sem sucesso. De repente, o policial militar sozinho na rua. Com tempo livre, pensava agora em levá-lo com ela para casa, que possuía todo um arranjo de magia para facilitar a sedução. Através dele chegaria ao oficial... Mas alguma coisa se comunicava da mente de Josué — podia sentir a onda de desejo borbulhar dentro dele — para ela.

Nunca antes Vanessa havia experimentado uma empatia tão clara e tão presente. Sentir o que o outro sentia... O estômago que se apertava com o peso do desejo, o pênis que engordava com o sangue correndo para nele se aprisionar. Por um segundo, sentiu-se dona de um corpo masculino, sem perder o contato com a sua própria carne de mulher, que, surpreendentemente, respondia à dele, numa única reação geminada. E a tudo sobrepunha-se o choque do inesperado, que contraía seu estômago e apagava o sorriso irônico de seu rosto.

— Eu realmente preciso falar com você — disse, a voz rouca.

Precisava de mais uma dose dessa experiência, para compreendê-la e controlá-la. *Precisava.*

Ao seu lado, Josué evitava olhar para ela.

— Não posso agora — ele disse. — Preciso ir ao banco e...

— É sobre o que aconteceu naquela noite — interrompeu-o. Tinha a intuição de que ele reagiria se ela apelasse para a sua consciência. Além disso, experimentara mais do que sensações físicas. Havia algo entre Josué e seu colega, uma hostilidade que ela poderia explorar. — Quero dar queixa e vou precisar da sua ajuda — arriscou.

Ele balançou a cabeça e Vanessa sentiu — literalmente — a sua contrariedade.

— Tudo bem. Vamos conversar.

Já estavam na Sete de Setembro, a rua principal da cidade. Vanessa a conhecia muito bem, claro. Acelerou o Cobra, fazendo-o subir com facilidade a inclinação acentuada. Com o ronco do motor, gente nas calçadas olhava a mulher branca e o jovem negro no carro esporte. Vanessa sorriu, mas sentindo agora que seu sorriso era incerto. Pela primeira vez, pareceu-lhe que não poderia controlar a cidadezinha, conforme havia antecipado. Lembrou-se da razão de estar ali, do que a trouxera para a cidade. Um fenômeno desconhecido, que abria rasgos nas fibras do universo para deixar passar coisas que até mesmo ela, acostumada a violar o que a maioria das pessoas acreditava ser a realidade, reconhecia como estranhas e perigosas.

O que este Josué lhe traria? Mais um trunfo, ou uma ameaça?

Fez a sua parada em uma loja dessa rua principal, para apanhar o pacote com um caro vestido trazido de um ateliê na capital. Atirava somas impossíveis aos quatro ventos, em Sumaré, para chamar a atenção das pessoas certas. Josué ficou esperando no carro, olhando fixo para frente, as duas mãos no seu livro sagrado.

Mantiveram-se em silêncio, até chegarem à imensa casa de Vanessa. Ela estacionou o Cobra e fez Josué passar pela porta que levava da garagem ao interior da casa. Josué pediu licença, ao entrar. Sua libido parecia controlada. "Mas não por muito tempo", Vanessa pensou, enquanto o guiava para a sala de estar. A maior parte da sua coleção de arte erótica estava exposta ali. Estatuetas de formas roliças e curvas acentuadas. Pinturas de nus femininos e livros de arte com ilustrações pornográficas. Havia inclusive encontrado um quadro perfeito, de um artista local, em exposição feita no *hall* da agência do Banco do Brasil. Apresentava o busto de uma jovem loura, seus claros olhos azuis mirando o observador. Tinha um vestido branco e havia nela aquele aspecto virginal que os homens adoram — mas o sexto sentido de Vanessa identificava nela também uma força sexual incomum, perversa. Seria ótimo para o que tinha em mente — a sala de estar como uma câmara de sedução. O quadro não tinha título nem preço. Ela havia contactado por telefone o pintor, um certo Ricardo, mas ele se negara a vendê-lo. "Tiro a minha inspiração desse quadro", ele tinha se justificado, uma atitude que deixara Vanessa pensativa. O nome do artista também não lhe era estranho, mas não conseguira determinar de onde.

Fez Josué Machado sentar-se no confortável sofá. Ele olhou em torno. Vanessa entendeu nesse instante que iria conquistá-lo. Cada peça erótica do recinto possuía, além da sua própria força sugestiva, um leve verniz de magia que ampliava os seus efeitos.

— Você pode esperar aqui um momento? — perguntou. Ele relaxaria mais sozinho, e o ambiente o atingiria ainda mais rápido. E ela tinha algo mais em mente. — Eu só vou trocar esta roupa apertada...

Não esperou por sua resposta. Rapidamente removeu as botas que calçava, a calça *jeans* e a camiseta. Vestiu *leggings* de tecido suave, que se grudavam aos contornos e volumes de suas pernas, jogou por sobre a cabeça uma camisa larga de tecido leve — que deixaria seus peitos balançarem livremente — e calçou um par de sandálias. Um pouquinho do perfume certo e então...

"O que está acontecendo?" perguntou-se. O modo como agia ia além da sua costumeira atitude calculista. Estava excitada com o que poderia advir do inesperado encontro com o jovem policial.

Ao retornar, viu Josué junto à ampla janela da sala, olhando para fora. "Humm, este aí tem autocontrole", pensou, aproximando-se dele. Parou ao seu lado, até que comandasse a sua atenção.

— Essa situação toda me embaraça muito — ele disse.

Ela bateu as pestanas para ele e perguntou:

— Você quer dizer o que aconteceu naquela noite... ou o fato de 'star aqui comigo agora?

Josué pensou antes de responder, e ela sentiu o seu constrangimento.

— Eu não tenho nada contra a senhora...

— Vanessa — ela o corrigiu.

— O comportamento do meu colega... — ele balbuciou.

O rosto longo, oval, tinha traços fortes, a fronte agora concentrada, enquanto ele buscava as palavras certas e domava sua timidez. Era um negro alto e esguio, jovem e atlético. Vanessa apertou gentilmente o seu braço esquerdo. Um gesto para tranquilizá-lo, mas ela sabia que havia calor no toque. Podia senti-lo, através dele. E mais uma vez, a onda de sensações duplas, o interesse dele e o dela, crescendo em uma mesma batida. Correntes quentes e frias encontrando-se no fundo do oceano, energias opostas unindo-se num único turbilhão. Arrastou-o para o sofá.

— Me explique qual é o problema entre vocês dois — disse, segurando-o pelo braço com as duas mãos. Sua voz estava roufenha, diminuída.

Quanto mais contato, mais sentia o que ele sentia. Os músculos fortes contraídos, a respiração presa. No sofá, pressionou uma perna contra a dele. Sentiu-o recuar, ceder... Sua temperatura aumentar, e o peso do seus olhos sobre ela. Impressões físicas traduziam também a tempestade que se armava em sua mente, e ela soube então que deveria gemer baixinho e suplicar sua ajuda... "Preciso que me ajude, que me defenda." Precisava que seus olhos se enchessem de lágrimas, e eles se encheram. Precisava que ele a abraçasse e ele a abraçou. Ele podia apreciar o toque de suas mamas contra o seu peito, suas costelas... Ela sentiu outra vez que o ar lhe faltava, que seu pênis crescia, que o sangue lhe corria mais rápido. Tocou-o e foi tocada por ele com suas próprias mãos, beijada por seus próprios lábios, desejada por seu próprio coração. Entendeu que o teria enfim, que suas resistências caíam, e que o sexo que fizessem seria assim, como o estremecimento de duas ondas que se encontravam — o que era dele seria dela, mais do que ela poderia esperar, sua *inocência*, uma virgindade da carne e do espírito que Vanessa Mendel não se lembrava de jamais ter possuído... Mas a teria agora pela primeira vez ou novamente, saberia enfim como era ou se lembraria. Teria o vislumbre de um outro lugar ou de um outro tempo. Tornar-se-ia alguém diferente ou uma mulher que já se fora, um menino que se ia, uma parte de si que construía agora ou que resgatava do chão nu da estrada, caída lá atrás, tão longe e há tanto tempo. E ela precisava disso. *Precisava.*

O ponto final ficava ao lado da igreja. A partir dali, Alexandre e Soraia teriam de prosseguir a pé. Caminharam algumas quadras, e rapidamente Hortolândia pareceu esvanecer-se diante dos seus olhos, esgarçar-se sob os seus pés. O asfalto desapareceu e o acabamento da maioria das casas, de paredes cinzentas de tijolos expostos, o pavimento composto de cacos de telhas e tijolos, rasgado de valetas cavadas pelas chuvas, a grama crescendo onde pudesse e os meios-fios sujos de lixo nunca reunido, nunca recolhido. Lama por toda parte. Um desses bairros instantâneos que cresciam também como erva daninha, nos interstícios da periferia, nova camada de uma cebola malcheirosa de pobreza e falta de esperança. Havia um bar a cada esquina ou quase, e homens curvados, jovens e velhos, olhavam os dois com olhos baços mesmo a esta hora do dia. Soraia especialmente, era o foco de todos os olhares. Alexandre sentiu-se grato por estar com ela, embora talvez exagerasse os riscos.

— É por aqui qu'ele mora — Soraia disse. — Rua oito...

As ruas não tinham nomes mas números. Alexandre percebeu que alguns quintais cercavam árvores crescidas. O bairro não era tão jovem, portanto. O que implicava anos de negligência por parte das autoridades... Talvez ele tivesse sido apressado em seu julgamento, e o povo do lugar fosse só gente normal, tentando manter a cabeça fora d'água, em situação adversa de anos de inflação e planos econômicos frustrados. Ainda assim não se sentia muito confortável, andando por ali, escorregando na lama e contornando as poças de água funda e barrenta, segurando um pacote de pães doces que Soraia fizera questão de comprar em uma padaria pelo caminho.

Soraia examinava o endereço escrito em um retalho de papel. Ela era também o único objeto do seu olhar. Com suor no pescoço, na testa e acima do lábio superior, parecia resplandecer ao sol recém-revelado no céu ainda patrulhado por nuvens escuras.

— A gente deu sorte da chuva ter acabado agora — disse, e ela não respondeu.

Ainda estava fria com ele. Ou apenas se concentrava no que tinha de fazer, contando as casas a partir da esquina. Era assim que ela se comportava, no tempo da escola... Quando se concentrava nas lições, não havia brincadeira, piada ou fofoca que a desviasse. Houve um tempo em que estivera com ela quase toda a semana, depois da aula, em grupos de trabalho ou fazendo juntos a lição de casa, estudando juntos para as provas, juntos no grêmio estudantil ou na comissão de formatura. É, houve um tempo em que não conseguia se lembrar de *não* ter estado com ela...

— Não pode ser longe daqui — ela disse, quebrando a sequência de seus pensamentos.

— Eles 'tão te esperando? — Alexandre quis saber.

— Eu avisei o Artur que vinha hoje... Ah, é bem ali, ó.

Alexandre olhou e viu uma casinha pelada, de tijolos baianos cinzentos e expostos, telhas de amianto de beiradas partidas, janelas faltando, uma porta da frente que parecia ter sido recolhida de uma demolição. Os moradores, então, estavam na vizinhança há pouco tempo. Não muito longe do portão havia um Chevette azul brilhante, com rodas de magnésio, teto solar, vidros fumê e decalques, que, Alexandre supôs, não devia pertencer a ninguém da família de Artur. Música *Techno* era bombardeada do interior da casa ou de alguma residência vizinha.

— Jesus santo... — ouviu Soraia murmurar, enquanto enfiava o saco de pães debaixo do braço e batia palmas.

Não sabia se ela se referia ao estado da casa ou ao ruído da música.

Uma mulher de meia-idade apareceu para recebê-los. Mulata escura, bem acima do peso e de pele marcada pelas manchas róseas do vitiligo. Vestia calças e camisa de moletom cinza, chinelos de dedo e um avental. Não chegou ao portão para atendê-los, detendo-se à entrada do corredor que ia da casa à rua.

— Quem é? — gritou, limpando as mãos no avental.

— É a Soraia, a professora do Artur, dona Mariana — Soraia gritou de volta.

A mulher balbuciou alguma coisa, correu para dentro da casa e retornou um minuto depois, com a chave do portão.

— Aconteceu algum problema com o Artur? — perguntou, enquanto abria o portão.

Alexandre notou que Soraia ficou confusa com a pergunta.

— Não, eu só vim pr'aquela conversa que a gente combinou. A senhora esqueceu?

— Mas o Artur não falou nada pra mim. — Os olhos de Dona Mariana se voltaram para Alexandre. — 'Ocê tam'ém é professor na escola?

— Não, senhora. Eu só vim acompanhar a moça — ele respondeu, antes de, sem jeito, tirar o pacote de pães das mãos de Soraia e estendê-lo à mulher.

— É só uma coisinha que a gente pensou em trazer — Soraia explicou.

A mulher, claramente confusa, levou-os para dentro da casa. Alexandre concluiu que a música partia realmente do seu interior, já que as paredes tremiam. Na cozinha, a Dona Mariana fez Soraia se sentar à mesa e agradeceu pelos pães.

— E o Artur?... — Soraia perguntou. Tinha que falar bem alto, para superar o volume da música.

Dona Mariana fez um gesto vago.

— 'Tá na rua.

— Eu não entendo por que ele não contou pra senhora que eu vinha hoje.

— Esse moleque não para em casa — a mulher ofereceu.

Alexandre sentiu que a conversa ia ser difícil. Apoiou-se em uma das paredes e cruzou os braços. A mulher pareceu ignorá-lo por completo, exceto por um ou outro olhar que lhe pareceu desconfiado. A conversa dela com Soraia foi interrompida pelo aparecimento de um rapaz, vindo do interior da casa. Devia ter uns dezessete, dezoito anos, só um pouco mais baixo que Alexandre, mas meio gorducho. Vestia uma bermuda extralarga, dessas que tinham entrado em moda desde que Alexandre fora preso, e uma camiseta estampada com o nome de um time de basquetebol americano. Os dois se mediram brevemente, como costuma acontecer, o outro com uma certa hostilidade no olhar.

— Esse é o meu filho do meio, o Jocélio — Dona Mariana apresentou.

Jocélio cumprimentou Soraia, pegou uma cerveja na geladeira e permaneceu na cozinha apenas tempo suficiente para se inteirar da visita. Não disse nada, em momento algum. Também ignorou Alexandre, exceto por um ou outro olhar ainda mais desconfiado. Quando saiu da cozinha, Alexandre desencostou-se da parede e espiou pelo corredor que dava para o quarto do rapaz. Vislumbrou um cômodo bem iluminado, com *posters* na parede e um sofisticado equipamento de som. O Chevette estacionado lá fora devia ser dele também... O rapaz lançou-lhe um olhar por cima do ombro, e fechou a porta.

— Hum! — Alexandre fez em voz alta, e pensou: "Isso não é nada bom."

Percebeu que Soraia o encarava com alguma curiosidade — ou censura — no rosto. Voltou-se para ela e a mulher, sentadas à mesa.

— E o seu filho mais velho, Dona Mariana? — perguntou. — Também 'tá em casa ou 'tá trabalhan'o?

A mulher baixou os olhos, deslizou as mãos pelas manchas róseas em sua pele.

— O meu mais velho morreu ano passado — disse.

— Oh, eu lamento muito saber disso.

Soraia tocou gentilmente um dos braços da mulher, antes de fuzilar Alexandre com seus olhos verdes.

— Algum acidente? — ele insistiu.

— Foi.

Mas não se convenceu. Disse a Soraia:

— É melhor a gente ir. A sua mãe vai querer a gente em casa pr'o almoço.

— 'Tá cedo ainda — Soraia respondeu, consultando o relógio de pulso. — Quem sabe o Artur volta da rua daqui a pouco e a gente pode...

— Se a Dona Mariana concordar com as aulas particulares, 'cê só precisa acertar com o menino dia e hora. Pode fazer isso semana que vem, na escola.

Seu tom de voz era duro. Soraia precisava entender que ele estava determinado a sair no mesmo instante. Ela se dirigiu à Dona Mariana.

— Tudo bem com a senhora? As aulas, quer dizer.

A mulher abriu a boca para falar, hesitou.

— Eu preciso falar antes com o Jocélio, pra... — calou-se.

— Pra?... — Alexandre a estimulou a prosseguir.

— É que às vez' o Artur sai pra fazer alguma coisa pr'o irmão dele, algum serviço.

Era só o que queria saber. Foi até Soraia e a colocou em pé, puxando-a pelo braço de maneira gentil mas firme.

— A senhora manda o menino falar com a Soraia semana que vem, pra dar o dia e o horário que ele tiver livre — disse, empurrando Soraia na direção da porta.

Soraia deixou-se levar por Alexandre. Eles mal se despediram da mãe do Artur, ao portão. Na rua, um novo chuvisco se apresentava, apesar de ainda haver sol. Ela olhou para cima e viu um pálido arco-íris atravessando as nuvens.

— O que é que te deu? — perguntou a Alexandre.

— Nada.

— Nada como? Você praticamente me arrancou de lá, no meio da conversa. Que coisa mais sem educação, Alexandre!

Ele evitou encará-la.

— Me explica! — ela insistiu.

Alexandre balançou a cabeça brevemente, num sinal de contrariedade.

— Eu só queria ficar sozinho com você, é isso — disse. — E o assunto já 'tava praticamente encerrado lá dentro.

Por um instante ela não soube o que dizer. Depois soube e as palavras não saíram. Enfim, quando ela se sentiu controlada o bastante:

— Não foi pra *ficar sozinha com você* que eu vim de Sumaré até aqui. E *quem é você* pra determinar o que eu devo ou não devo fazer?

Alexandre fez uma pequena careta de dor, como se tivesse levado um golpe, mas não disse nada.

Caminharam juntos mais duas quadras, escorregando na lama, sem trocar palavra. Alexandre reprimia a sua raiva ou mágoa, Soraia percebeu. E era melhor mesmo que ele não abrisse a boca.

Passou a mão no rosto, para tirar a água que se prendia aos cílios e sobrancelhas. "Que dia miserável, meu Deus." Primeiro, Alexandre vindo com ela e somando à inquietação que ele havia causado ontem. Depois, essa coisa do Artur não ter dito nada à mãe e nem estar em casa, no dia e hora combinados, mais a vizinhança esquálida em que vivia o menino...

Quando chegaram ao asfalto, Alexandre quebrou o silêncio.

— Eu tenho um problema pra resolver aqui. 'Cê volta pra casa sozinha, né?

Soraia ia dizer que "sim, tchau pra você", mas se segurou. Alexandre havia se magoado a ponto de não querer nem ficar mais ao seu lado. Antes queria ficar sozinho com ela, agora tinha "um problema para resolver"... Os dois passavam pela primeira briga desde o seu reencontro, e ela sentiu que ainda não estava pronta para vê-lo fugir para longe e deixá-la sozinha. Afastou a franja molhada da testa e olhou para ele.

— Me acompanha até o ponto.

Ele assentiu, depois de um segundo. Os dois retomaram a caminhada em silêncio, até que Soraia perguntou, em voz baixa:

— O que você queria conversar comigo?

— Melhor no'tra hora, Soraia.

— Você disse que pensava em mim... na prisão — insistiu.

— Todos os dias, por muito tempo — ele disse.

— Mas nessa época já devia fazer quase um ano que a gente não se via, e eu namorava o João Carlos fazia um tempo...

— Quand'eu sai do Exército, eu pensei em voltar pra Sumaré, arrumar um emprego, e depois... — A voz dele falseou. — Mas 'cê 'tava namorando o Facioli e eu fiquei por Campinas. Tinha também o problema com o meu pai, e eu achei que era melhor ficar longe. Depois aconteceu tudo aquilo, eu fui preso e decidi qu'era melhor não pensar mais.

— E então você me esqueceu, na prisão — ela disse.

— É. Mas te encontrar naquele dia foi um lembrete bem forte.

Suas palavras saíram com uma vibração de raiva, e Soraia podia sentir o quão tenso ele estava.

Mais silêncio até chegarem ao ponto de ônibus. Ela se sentou no banco de concreto, ele ficou em pé. Havia mais gente sentada, mais gente chegando para pegar o próximo circular a Sumaré, espremendo-se debaixo da estreita cobertura de telhas de plástico. Quando o ônibus chegou, Alexandre e ela se voltaram um para o outro, uma última vez. Ela encarou o seu rosto molhado com toda a seriedade.

— Eu sei o que você sente, Alexandre — disse. — Mas eu não posso corresponder... não agora. Você entende, não é?

Ele sorriu palidamente e assentiu.

Soraia entrou no ônibus, sentou-se junto à janela e ficou observando-o caminhar de volta para a chuva, enquanto o ônibus saía. Ele parecia tão triste, curvado e com as roupas molhadas grudadas no corpo. Por um segundo Soraia foi tomada pelo impulso de abrir a janela e gritar para que ele esquecesse o que ela havia dito, mas tudo o que fez foi baixar a cabeça e enfiar as mãos entre as pernas, para que parassem de tremer de frio.

Alexandre decidiu economizar o dinheiro do ônibus para o Jardim Rosolém, e começou a correr de mansinho, assim que o circular com Soraia a bordo desapareceu na esquina. O exercício lhe faria bem, embora não estivesse com roupa própria para o *footing*. Na chuva, por outro lado, ninguém reparava em um marmanjo correndo de *jeans* pela rua.

Ele se sentia bem, correndo. Ajudava a expulsar pensamentos desconfortáveis — como a ideia de Soraia rejeitando-o e começando a desprezá-lo, a odiá-lo. Já aceitava que ela não retribuía aos seus sentimentos, que tinha estragado tudo com ela. No fim de semana falaria com o Serra sobre achar um outro lugar; ele talvez soubesse de um quarto ou casa de aluguel baixo. Não seria difícil... Mas havia uma dor e melancolia insuportáveis, no pensamento de abdicar de Soraia agora que a tinha reencontrado e reconhecido outra vez a sua importância em sua vida.

Correndo, deixava de pensar nela. Teria de encarar essas coisas mais tarde. Agora, porém, seu problema era outro.

Pessoas em pontos de ônibus, postos de gasolina e sob as marquises de bancos e lojas lhe informaram o caminho para a rua indicada no papel que Silvana lhe dera, dias antes. Ele finalmente parou debaixo de uma árvore e puxou uma última vez o papel molhado, e conferiu as indicações borradas, mas ainda legíveis. Nome da rua, mas não o número do imóvel — apenas como chegar a partir desta e daquela esquina.

O lugar em que o tal "Patolino" seria encontrado era uma antiga loja de material de construção, as palavras CASA DA CONSTRUÇÃO ainda apareciam, desbotadas em tinta que se descascava, semiocultas por copas de árvores que cresceram demais. Havia um velho caminhão da Mercedes, um 1313, parado perto da porta lateral que devia ter substituído a porta de correr enferrujada, como acesso ao interior. A vizinhança parecia antiga e decadente. Árvores copadas cercavam os postes de luz, e calçadas de cimento trincado, mato crescendo nas frestas. Na esquina oposta, do outro lado da rua mas na mesma quadra, havia um bar. Alexandre caminhou até lá. Só entrou, porém, depois de ter torcido a camisa e a barra da calça ensopadas.

No bar, entre espirros ele pediu um café com leite e um pão na chapa com manteiga para rebater o molhado. Uma meia dúzia de sujeitos de várias idades estava por ali, assistindo a um programa esportivo ou jogando dominó em uma mesa de canto. Alexandre se sentou perto da porta, como quem espera a chuva passar, e observou o movimento na "loja" do Patolino.

Primeiro um Opala batido, com dois passageiros além do motorista, mas na meia hora seguinte só carro de bacana parou junto à porta. Um Chevrolet Monza preto, um Voyage com rodas de magnésio. Nenhum Ford Maverick GT preto de rodas cromadas com três homens armados dentro. Alexandre, por outro lado, viu um Chevette azul com teto solar, vidros fumê e decalques.

O Chevette chegou com o motorista e um passageiro. O motorista saiu, fechou a porta, entrou na antiga casa de material para construção sem bater.

Alexandre levantou-se e saiu para a chuva. Atravessou a rua e, com passos de uma lentidão deliberada, aproximou-se o bastante para olhar bem a pessoa no banco do passageiro.

Era um garoto.

Alexandre pensou em parar e dizer a ele que a sua dedicada professora mandava lembranças. Mas decidiu por continuar caminhando até encontrar um ponto de ônibus em que pudesse embarcar de volta para Sumaré.

Josué Machado deixou a casa de Vanessa Mendel depois do meio-dia. Havia almoçado com ela, alimentado por suas próprias mãos, e agora saía levando consigo cheiros que até poucas horas atrás, não suspeitava existirem. Cheiros de alimentos outros fornecidos por ela e pelos segredos de seu corpo. Não chovia mais e esses cheiros permaneceriam com ele enquanto finalmente cuidasse dos negócios da sua mãe no banco, e enquanto voltasse andando para casa.

Não podia dizer o que acontecera com ele, por que permitira que a mulher tirasse dele a sua virgindade, como se deixara envolver a ponto de se deitar com ela repetidamente, depois do surpreendente primeiro momento de ter uma parte dele movendo-se dentro de uma outra pessoa, uma mulher que ele mal conhecia, que certamente não partilhava de suas crenças, que era em tudo uma criatura imponderável para ele. Mas uma mulher que se agarrava a ele e que pedia o seu pênis dentro dela como se em uma súplica ou oração. Que havia segurado o seu membro de mãos postas, acolhendo-o em seu ventre e em sua boca, e espalhando sua semente pela pele e pelos lábios. E em tudo ele falhou em ver a obscenidade, em ver o pecado. Vira apenas o corpo branco diante dele, ligado ao dele, e o rosto brilhando de prazer, *enlevado* pelo contato com o seu corpo escuro e lustroso de suor. E ouvira os sons que ela fazia, os pedidos que urgia... E saíra de dentro dela e de sua casa para um mundo transformado, destituído de arestas e de aspereza, povoado de novas sensações... e dúvidas.

Ele não recorreria ao pastor Santino para contar-lhe. Não. Nem seu irmão saberia. Ninguém. O que acontecera ficaria entre ele e ela, entre os dois e o Deus onisciente.

Ausente agora, a chuva armava-se em nuvens escuras, cobrindo quase todo o céu. Nuvens de um cinzento prenhe, preenchidas de um relevo embaçado, como rostos de traços irados ou entristecidos debruçados sobre a cidade molhada, olhando para ele. Se Deus o olhava agora — e Deus o olhava agora, como vigiava todas as coisas sobre a face da Terra — o que estaria pensando?

Josué se preocuparia com isso mais tarde, rezaria muito. Mais tarde. Agora ele se contentava em reviver imagens, sensações e cheiros. Revivia o que Vanessa lhe havia dado, e sorria.

Soraia estava deitada no sofá da sala de estar de sua casa, lendo *A Casca da Serpente*, de José J. Veiga. Tinha a coleção quase completa dos livros de Veiga. Começara a juntá-los quando estava na sétima série. Este era um dos últimos, tinha uns dois anos só. Não era dos seus melhores, porém — e estava difícil ler, com tudo o que ela tinha na cabeça.

Amarelo tinha acabado de comer e estava se lambendo em cima da mesa de centro. As orelhas do gato se agitaram, e ele olhou para fora.

Soraia acompanhou o olhar de Amarelo e viu quando Alexandre chegou ensopado da rua. Como de hábito, ele pulou o portão com um único movimento, ao invés de abrir, passar por ele e depois fechar. Na certa foi o barulho dos seus pés tocando o chão que alertou o gato.

Pensou em levantar-se no mesmo instante e ir ter com Alexandre, explicar melhor os seus sentimentos, a dificuldade que sentia em se envolver com alguém, enquanto não tivesse a vida de volta aos eixos. Mas pensou melhor e decidiu dar-lhe algum tempo para vestir roupas secas. Talvez ele tivesse perdido o almoço... Inquieta, Soraia se levantou e foi até a cozinha, preparar-lhe um prato. Depois de pronto ficou dividida entre colocá-lo na geladeira ou pô-lo para esquentar em cima de uma panela cheia d'água. Há algum tempo que a Mãe falava em comprar um dos novos fornos de micro-ondas, mas com que dinheiro?

Alexandre entrou na cozinha, vestindo roupas secas.

— 'Cê almoçou? — ela perguntou-lhe, apontando o prato.

— Não. Eu preciso falar com você.

— Por que você não toma um banho quente antes? — Mas diante da expressão dele: — Tudo bem. Vai falando, enquanto eu esquento a sua comida.

Ficaram em silêncio, porém, até que ela colocasse o prato para esquentar e se sentasse diante de Alexandre, na mesa.

— E a Dona Teresinha? — ele perguntou, quebrando o silêncio.

— Foi ao supermercado.

Alexandre começou a contar-lhe uma história estranha, sobre algo que tinha acontecido com ele no seu primeiro dia em Sumaré, depois de ter sido solto da prisão em Monte Mor e de ter procurado o seu amigo Geraldo em Campinas. No mesmo dia, na verdade, em que se encontrara com ela.

Homens em um carro preto tentaram matá-lo. Alexandre contou que esses assassinos vinham atuando na região há algum tempo, matando gente sem motivo aparente. Desde então ele vinha tentando descobrir alguma coisa sobre eles. A ex-namorada de uma outra vítima, um traficante de drogas, havia fornecido a ele o endereço do chefe do tráfico no Rosolém, e Alexandre tinha passado parte da manhã, depois de despedir-se de Soraia em Hortolândia, procurando e vigiando esse endereço.

— Meu Deus, Alexandre — ela o interrompeu nessa altura. A comida no prato fumegava agora. Soraia foi até o fogão, apagou o fogo, segurou o prato em um pano de louça e o levou à mesa. Suas mãos tremiam. — Pra que se arriscar desse jeito? Não era melhor você esquecer esse assunto, deixar isso de lado e se concentrar no seu recomeço?

Alexandre contemplou o prato diante dele, e então disse:

— Isso não vem ao caso agora, Soraia. O que interessa é que, enquant'eu 'tava vigiando esse armazém que dizem que é desse traficante, muita gente chegou e foi embora, gente entrando e saindo. — Fez uma pausa, e então disse: — Um deles era o tal do Jocélio.

— O irmão do?...

— Isso. Chegou naquele Chevette azul cheio de coisa, que a gente viu na frente da casa da Dona Mariana. — Alexandre fez outra pausa. Soraia o encarou, esperando. — E tinha um menino com ele. Uns doze, treze anos, pretinho e magro.

— Artur... — ela balbuciou.

— E isso combina com o qu'eu vi na casa, Soraia. Uma casa caindo aos pedaços, mas o boyzinho com roupa bacana, o quarto dele cheio de fita e aparelho de som.

— E a mãe disse que o Artur sai na rua pra fazer uns serviços pra ele...

— E que o irmão mais velho morreu num acidente. Só qu'eu aposto que morreu matado, que não foi acidente nenhum.

Soraia não soube o que responder. Não conseguia pensar. E então:

— Foi por isso que você me tirou de lá de dentro, daquele jeito.

Ele concordou com a cabeça.

— Só conseguia pensar em sair de lá com você, o mais rápido possível. — Inclinou-se na direção dela, por cima do prato intocado. — Escuta, Soraia, se o menino 'tá distribuindo droga pra ele ou coisa assim, é melhor 'cê dar um tempo nessa sua ideia de aula particular.

Soraia desviou o olhar. Suas mãos seguravam os lados do rosto, que lhe pareceram frios, gélidos.

— Come a sua comida, Xande.

Alexandre pegou o garfo e o passou molemente pelo arroz e o feijão, levou-o à boca. Então olhou pra baixo e pegou um pedaço de frango com a mão.

— O Amarelo acabou de comer — Soraia disse. — Não precisa dar nada pra ele.

Alexandre não ligou para o que ela disse e alimentou o gato.

— Me fala da sua vida depois de dar baixa do Exército — ela pediu.

Ele deu de ombros. Mastigou um pouco, engoliu, baixou o garfo.

— Eu já te contei o que tinha pra contar.

— Menos a razão de se meter com uma coisa... — ela procurou uma palavra — *reprovável* como a prostituição.

— Duas coisas — ele disse, sem mudar o tom de voz. — Primeiro, esse meu amigo, o Geraldo. Ele realmente não ia saber se cuidar sozinho. Precisava de alguém pra olhar as costas dele...

— E como é que você foi se tornar amigo de um cafetão?

— "Cafetão" não é bem o caso. Eu já expliquei, ele não era o "dono" das moças. Era mais um gerente. É qu'ele entrou nessa depois que saiu com uma dessas moças. Ela contou pra ele como a vida dela e das amigas era difícil, como elas corriam risco porque tinham que ficar procurando os caras perto de boates e bares... Então ele tinha um imóvel que os pais tinham passado o usufruto pra ele, tinha começado um curso de administração na PUC, achou que podia... montar um negócio em cima disso e faturar e dar uma segurança pr'as moças...

— E você achou que ia faturar também, se fosse o segurança dele? — ela o cortou.

Ele não respondeu. Pegou o garfo, largou. Então uma cara de susto e Soraia viu um rabo amarelo e listrado aparecer diante dele por cima da borda da mesa. Amarelo tinha pulado para o seu colo. Alexandre pegou um pedaço de frango e colocou sobre a fórmica na beirada. A carinha do gato apareceu ali, olhos muito abertos, cheirando antes de engolir a carne com duas bocadas. Soraia pensou em dizer a Alexandre que isso não era higiênico, mas revolveu ficar quieta. Amarelo no colo dele comendo na sua mão fez com que alguma coisa no peito de Soraia se soltasse. Engraçado... Ela não podia ter medo dele, ter raiva dele. Não com

Amarelo sentado em seu colo, não com ela mesma sentada na sua própria cozinha, em um dia de chuva.

— Isso mesmo — ele disse. — Faturar alguma coisa e proteger o Geraldo *e* as moças.

"Tem uma coisa... 'Cê se perguntou porque os meus pais se mudaram de uma hora pra outra pra Goiás? O velho 'tava endividado com a loja. Fazia anos já. Acho que ele se deu por vencido, vendeu o que tinha, e foi embora. Não sei s'eu me lembro direito, mas acho que minha mãe tem um meio-irmão vivendo em Goiás."

Soraia refletiu sobre o que ele lhe contava.

— Você quer dizer que pensava em ganhar algum dinheiro pra ajudar o seu pai?

Ele assentiu. Voltou a se concentrar no prato, comendo lentamente e dividindo com Amarelo.

— O filho pródigo... — Soraia murmurou.

— Não é bem isso — ele disse —, mas eu pensava em voltar pra casa com alguma coisa que pudesse ajudar os velhos. Quando fui preso, o Geraldo disse que ia guardar o dinheiro, mas ele foi morto e a grana sumiu... E os velhos sumiram também, sem se dar ao trabalho de me avisar, lá no presídio.

Ele não a encarava, mantendo os olhos voltados para o prato. Enquanto ele comia, Soraia o observava. Jovem e bonito, forte e musculoso, mas parecia diante dela como a imagem da solidão, completa exceto pelo gato em seu colo. Sozinho ele tentara proteger o seu amigo. Sozinho tentara proteger mulheres que optaram por uma vida perigosa. Sozinho tentara ajudar seus pais, que o tinham esquecido. Que cumprira sua pena sozinho. Alexandre que dava parte do seu suado dinheiro para manter a casa, que tirava comida do seu prato para dar ao gato — que acompanhava Soraia até a casa de um traficante de drogas e que a arrancava de lá sob protestos, e que levava seu doce favorito para ela no ônibus e que pisava com ela as mesmas poças de lama. Mas *sozinho*. Entendeu que ele não podia carregar o mundo nas costas. Alexandre ia se quebrar sob todo esse peso.

CAPÍTULO 5

E o jogo inicia a adrenalina alta
Sente a tensão talvez alguém morra
Guerreiro de fim de semana quase sempre
Guerreiro de fim de semana às vezes
Um guerreiro você pode não mais ser
D'algumas das coisas que fez
Se envergonha
Afinal é tudo um jogo... não é?
E depois de passar toda a adrenalina
O que você fará no domingo?
    Janick Gers & Steve Harris
    (Iron Maiden) "Weekend Warrior"

Coberto em pecados gotejando culpa
Fazendo dinheiro da lama e sujeira
Desfilando barrigas em torres de marfim
Investindo nossas vidas em seus esquemas
E poderes

Melhor vigiá-los — seja rápido ou morra
Seja rápido ou morra
    Bruce Dickinson & Janick Gers
    (Iron Maiden) "Be Quick or Be Dead"

Conforme o combinado, Alexandre chegou cedo ao Clube SODES, no sábado. Gérson e Otávio já estavam junto à entrada, vestidos com a camiseta preta. Esperavam por ele, logo viu.

— O Serra 'tá lá dentro — Otávio disse. — Falou pra avisar qu'ele quer falar co'ocê.

Logo que entrou, viu João Serra caminhando no salão com o seu andar gingado, segurando duas cadeiras.

— Oi, Serra. O que foi?

— A gente conversa enquanto 'cê me ajuda aqui.

Mas ele apenas começou a falar quando metade do serviço estava pronto.

— É o seguinte. Hoje 'cê não sai do meu lado, falou? De'xa o Otávio e o Gérson na entrada, e 'ocê e eu cuidamos do movimento aqui dentro.

— 'Tá esperando encrenca pra hoje? — Alexandre perguntou.

— Pode crer — Serra respondeu, meio seco. Mais algumas mesas e cadeiras arrumadas, e ele prosseguiu: — Depois da conversa que a gente teve semana passada, eu resolvi falar com um amigo qu'eu tenho na polícia. O Juca Roriz, 'cê lembra dele?

— Um cara gordinho, meio ruivo, um palmo mais baixo qu'ocê?...

— O próprio. Ele disse que ia tentar localizar o tal Vicente que o Dudu falou pra gente, mas que não garantia nada. Tá ocupado, aliás, com o caso dos caras do Maverick.

Alexandre anuiu lentamente, fitando Serra nos olhos.

— Talvez fosse o caso d'eu falar com o Juca, então.

— Por enquanto é melhor 'cê esperar. O Juca é meio radical, sabe como é. S'ele souber q' 'cê saiu faz pouco tempo da cadeia, ele pode encucar co'ocê e 'cê é importante demais pra mim agora pra arrumar mais problema, sacou?

— Se você acha...

Os dois terminaram de arrumar o que faltava ser arrumado, e então Serra o chamou para o corredor perto do bar. Abriu uma porta lateral, revelando um depósito de material de limpeza e outras coisas. Serra pegou a chave, mostrou-a para Alexandre, e a colocou em uma prateleira diante de duas latas de cera de assoalho.

— Das duas uma — disse. — Ou o Dudu e o bandinho dele vão aparecer aqui pra tirar satisfação co'a gente, ou o tal Vicente vai achar que a barra 'tá limpa e aí, assim que a gente achar o tal mulato de zoio verde, a gente pega ele e ó... — Fez a pantomima de quem atira qualquer coisa e fecha a porta. — Pra ter uma conversinha no sossego.

— E o Juca, não tem nada sobr'esse cara?

— Ele me ligou hoje e disse que ouviu falar do tal, de fama lá no Rosolém. Mas não conseguiu localizar.

Alexandre cruzou os braços na frente do peito, e Serra fez o mesmo. Os dois ficaram ali se olhando por um instante, e então Alexandre disse:

— Bem, se o cara aparecer, pode ser que não venha sozinho. Pode ter outros com ele, tipo guarda-costas. Fica esperto quant'a isso. Agora, se o bando do Dudu vier pra tirar a forra, eles podem vir mais maquinados d' que antes. Eu não acredito qu'eles vão aparecer, pra dizer a verdade, mas em todo caso é melhor 'cê deixar alguém, o cara do bar, avisado pra chamar a polícia no ato, porque a coisa pode pegar fogo.

"Tem mais. Por que 'ocê e eu aqui dentro? Se 'ocê 'tá esperando o Vicente ou o Dudu aparecer, por que a gente não fica lá na frente, e aí vê logo quand'eles chegarem?"

— Porque aí fica fácil pr'os caras, Xandão. Se vier o Dudu, e eu também duvido que venha, ele só vai precisar fazer pontaria. Se vier o Vicente, ele pode 'tar sabendo que'o pau comeu entre o Dudu e a gente semana passada, e pode se assustar se ver a gente. Deixa os panacas do Otávio e do Gérson lá na porta, que facilita pra ele entrar e fazer o trabalho dele. E aí a gente pega o cara co'os dedos no pote de biscoito, a boca na botija... e o cu na mão, sacou?

Alexandre sorriu.

— 'Cê vai apertar pra valer, então?

Serra retribuiu o sorriso, e então olhou para baixo.

— Olha bem pr'esse chão, Xande. 'Tá limpinho, não 'tá? Se a gente pegar esse Vicente vendendo droga aqui dentro, eu quero ver esse chão coberto de bosta, de tanto que a gente vai espremer esse lazarento.

Meia hora mais tarde, Alexandre percebeu que era mais fácil falar em dar uma prensa no traficante Vicente, do que enxergá-lo no meio do povaréu de gente que enchia o salão. Metade dos garotos era de mulatos magros, e a iluminação nunca permitiria ver quem tinha olhos verdes. Vicente, o mulato de olho verde... Serra também tinha olhos verdes. E Soraia.

Dois dias haviam se passado desde a conversa que tinham tido na cozinha, e Soraia ainda o tratava de maneira estranha. Mantinha a distância. Pelo menos não tinha gritado com ele de novo. Bastou para detê-lo em sua intenção de sair da casa dos Batista. Talvez ainda houvesse esperança, apesar do que ela havia dito. Talvez ele ainda não tivesse estragado tudo.

A verdade é que não conseguiria deixar de se preocupar com ela. Esse assunto com o menino Artur, por exemplo. Se ele conhecia Soraia como achava que conhecia, não tinha dúvida de que ela não ia desistir tão cedo do moleque — do mesmo modo que ele não desistiria de encontrar pistas dos caras do Maverick.

Ele ainda não sabia, no dia em que fora até o Jardim Rosolém espionar o estabelecimento de Patolino, mas os atiradores tinham assassinado mais um homem perto da Rodoviária de Sumaré. Fora somente no dia anterior que Alexandre havia se deparado com a notícia, ao voltar do treino na academia do Marino e passar na banca de revistas que ficava atrás da igreja. Comprou o jornal da cidade, sentou-se em um dos bancos da praça e leu a notícia, sob a manchete "BRUTAL ASSASSINATO NO CENTRO". A reportagem era curta e surpreendentemente pouco informativa. Com todos os assassinatos ocorridos na região pelas mãos da Gangue do Maverick, os jornalistas *tinham* que saber mais. Mas não. A própria expressão "Gangue do Maverick" não aparecia uma única vez, e havia só uma menção a crimes anteriores. A matéria também citava o amigo do Serra, o tal investigador Juca — cujo verdadeiro nome, Alexandre sabia, era Juliano Roriz. Roriz afirmava que o crime ainda estava sendo investigado, mas que provavelmente era morte associada a grupos de traficantes de drogas. Os patrões do tráfico na região teriam ficado meio descapitalizados, quando o governo bloqueou as poupanças e contas correntes, e agora estavam em polvorosa. Muitos deles tinham estabelecimentos comerciais regulares na região, como meio de lavagem de dinheiro, que eles preservavam da inflação colocando na poupança como todo mundo. Para confirmar, a polícia teria primeiro que determinar a identidade do morto. Mas como os bandidos levaram o corpo...

Alexandre então tinha almoçado na casa de Soraia, e ido em seguida à redação do *Diário Sumareense*, na Rua Dom Barreto. O proprietário e editor era um sujeito magricela e de meia-idade, que usava óculos de fundo de garrafa e fumava um cigarro atrás do outro. Chamava-se Bernardo Pimentel, e, no momento em que Alexandre chegou, trocava gritos com um rapaz de uns dezesseis, dezessete anos, que também usava óculos.

— A vítima era só um indigente, não tinha nada a ver com drogas! — o rapaz gritava, brandindo um exemplar amassado do jornal do dia.

— Eu não vou incluir nenhuma retratação do artigo e contradizer um investigador de polícia! — berrava de volta Pimentel.

Depois do rapaz se retirar, deixando o lugar com passos duros, Alexandre se apresentou, mas como não soube dar justificativa para o seu pedido de examinar as edições anteriores do jornal, Pimentel mandou-o procurar a biblioteca pública, dizendo que eles estavam muito ocupados na redação. "Cheguei em má hora", Alexandre percebeu, dando meia-volta e correndo para a rua. Talvez o rapaz — que claramente falava do mesmo caso — pudesse lhe dar alguma informação. Mas viu-o desaparecer na esquina, montado em uma Caloi Barraforte vermelha.

Na biblioteca, perto do parque infantil e do Fórum, Alexandre examinou os exemplares arquivados do *Diário Sumareense* a partir da semana em que havia chegado a Sumaré. Não havia menção alguma ao incidente na praça atrás do Fórum, mas sim uma nota de dois parágrafos falando de um tiroteio no Rosolém — sem mencionar o nome de Cristiano Paixão. Alexandre recuou mais, uma semana, duas, um mês antes de chegar a Sumaré. Mais notícias curtas sobre estranhas ocorrências de tiroteios e assassinatos — o homem morto perto do Clube União; uma prostituta desaparecida em Hortolândia, depois de ser arrastada por três homens para dentro de um carro preto; em Americana um rapaz foi morto num bairro de periferia, com testemunhas também falando de um "carro preto de ronco forte". Em apenas um artigo alguém reconhecera um Ford

Maverick como o automóvel suspeito. Em dois outros a polícia testemunhava o "uso de armas de grosso calibre" nas ocorrências. Ninguém dava uma descrição dos atiradores, ou a placa do carro.

Alexandre se perguntou se essa falta de informações era normal, ou se havia algum desleixo da parte dos jornalistas ou policiais. Fez ele mesmo um esforço para recordar-se da fisionomia dos atiradores. Acontecera tudo tão rápido. Alexandre lembrava-se mais dos seus passos ecoando no asfalto, o arame farpado da cerca do centro comunitário rasgando suas mãos... Os dois homens que saltaram do carro eram brancos, disso ele tinha certeza. Um deles tinha cabelos longos e escuros. Também vestiam roupas escuras. O motorista tinha ficado atrás do volante, o rosto deformado pela luz avermelhada do painel do carro. Parecia mais velho que os outros, mas talvez fosse um truque da iluminação.

Deixou a biblioteca pública sabendo pouco mais do que quando entrara. Mais crimes, não apenas em Sumaré e em seus distritos, mas também em Campinas, Americana, Nova Odessa... Não daria pra bancar o detetive para cada uma dessas ocorrências. Tinha de se concentrar no que já sabia — a indicação de que Cristiano trabalhava para o traficante Patolino, cujo centro de operações ele já conhecia. Mas teria coragem de abordar o sujeito e perguntar a ele quem poderia ter dado cabo do seu distribuidor?

Pela primeira vez, Alexandre sentiu que começava a se ver em um beco sem saída. Não havia nada de concreto na pista fornecida a ele por Silvana. Uma outra possibilidade talvez fosse entrar em contato com o investigador Juca, por intermédio do Serra, e falar com ele, ver o que ele enxergava no caso. Falaria a ele sobre o atentado que sofrera... Não fosse o fato de Serra ter dito a Alexandre que Juca era "radical", provavelmente não gostava de ex-presidiários, talvez se voltasse contra ele... Alexandre lembrou-se dos dois PMs que tomaram a sua jaqueta, no seu primeiro dia de volta a Sumaré. Melhor ficar longe da polícia.

Alexandre mantinha-se em movimento, caminhando por entre os frequentadores do SODES, enquanto pensava em tudo isso. Circulava perto do bar, o ponto em que sua experiência lhe dizia que a venda de drogas devia acontecer.

Viu um mulato magro, sentado junto a um grupo de garotos. Não podia estabelecer a cor dos seus olhos, mas o sujeito, de uns vinte e poucos anos, usava uma jaqueta de couro — apesar do calor que fazia dentro do salão. Concentrou-se em observá-lo. Ele falava com alguma insistência, gesticulava muito. "Um vendedor?" Alexandre pensou. Os outros garotos bebiam e fumavam muito. Um deles fez um sinal de polegar para cima, dois deles se levantaram e caminharam para o banheiro masculino. Um minuto depois, o cara da jaqueta também se levantou e foi para lá.

Alexandre desencostou-se da parede em que estava apoiado e caminhou até a mesa com os três garotos que tinha ficado. Eles o viram chegar com a camiseta de segurança, e traíram expressões de surpresa e receio. Alexandre se apoiou na mesa e se inclinou diante deles, os braços musculosos saltando para fora das mangas.

— Como é o nome do cara da jaqueta? — berrou, para se fazer ouvir acima do barulho do forró e exigindo uma resposta.

— É Vicente. . .

— Nós não sabemo'. . .

Não precisava de uma resposta unânime. Alexandre endireitou-se, olhou em torno para ver se Serra estava por perto, mas não o encontrou. O que fazer? Voltou-se para os garotos.

— Acabou a festa — disse. — É melhor 'ocês saírem já.

Os três trocaram um olhar, hesitaram, depois se levantaram e rumaram para a saída. Melhor assim. Se tivesse de pegar o Vicente na marra dentro do banheiro, os dois que estavam com ele podiam ficar do lado do traficante, e os outros três talvez entrassem na briga assim que percebessem o que estava acontecendo. Antes que a briga explodisse, eles foram intimidados o bastante para darem o fora. Agora Alexandre só tinha que se preocupar com possíveis guarda-costas do sujeito.

Entrou no banheiro, que estava quase lotado de rapazes e homens urinando no mictório, lavando as mãos, penteando os cabelos. A maioria pisava com cuidado o piso molhado de água e urina, e evitava encarar os outros. Banheiros apinhados como esse eram lugares delicados, com uma etiqueta não escrita mas rigorosa. Ninguém ia querer parecer um bicha, medindo o outro por cima do sujo anteparo do mictório ou conversando alegremente num lugar onde pênis eram expostos e calças abaixadas. Todo mundo se comportava como se tivesse algo de suma importância a realizar, sem tempo para conversa fiada. Mesmo que dois caras estivessem trancados em um dos cubículos que isolavam uma privada da outra, todos estavam tão concentrados nas suas pantomimas, que um podia chupar o outro três vezes ou se tatuar a Monalisa nos peitos, que ninguém ia notar.

Logo viu um dos rapazes parado diante de um cubículo. Pequeno, uns sessenta quilos só, peso pena. Os olhos do cara se encontraram com os seus. Alexandre curvou-se para espiar por baixo da porta. Viu dois pares de sapatos. O garoto então era o sentinela. Que simpático.

O rapaz ficou agitado, ao perceber que ele sabia o que rolava na privada. Abriu a boca, fez um movimento abortado de quem se vira ou começa uma corrida, mas não saiu do lugar. Alexandre sorriu para ele, quase lamentando o que tinha de fazer. Essas coisas nunca eram fáceis. Era só um garoto no lugar errado e na hora errada. Provavelmente só queria um pouco de diversão ou ajudar o amigo a conseguir a porção de contentamento instantâneo oferecida pelo traficante.

Talvez ele pudesse conversar... Ah, tarde demais para começar uma carreira na diplomacia. Não com o carinha inflando o peito para soltar o seu grito de alerta.

Deu dois rápidos passos à frente, disparando um gancho de esquerda e calando o grito do outro antes que ele alcançasse a nota mais alta. O rapaz cobriu o nariz com as duas mãos e bateu as costas contra a porta do cubículo. Alexandre o agarrou pelo cangote e o atirou do outro lado do banheiro, fazendo-o sair catando cavaco até que derrubasse, como pinos de boliche, três sujeitos que se admiravam defronte ao espelho.

A porta do cubículo se abriu e uma cara assustada apareceu, espiando de olhos esbugalhados o que era tudo aquilo. Alexandre o agarrou pelos cabelos e o puxou para fora. Com um chute na bunda colocou-o no rumo da saída do banheiro. O curioso bateu com a cabeça na porta, olhou brevemente para trás, e saiu. Atrás dele ficou um punhado de maconha seca que havia escapado do seu invólucro plástico, enquanto o sujeito ainda estava no ar. Seu colega, o sentinela, levantou-se do chão molhado e imitou-o.

Alexandre voltou-se para Vicente, ainda dentro do cubículo. Quando abriu a porta, a primeira coisa que viu foi o braço do traficante tentando golpeá-lo com um estilete. Alexandre puxou o corpo para trás, esquivando-se. Então empurrou a porta para dentro, até o fundo, prensando o braço armado contra a divisória. Com o punho direito Alexandre atingiu Vicente no plexo, fazendo-o se curvar sobre o próprio corpo. Seu braço direito então se fechou numa gravata em torno do pescoço do outro, e com a mão esquerda ele foi puxando o braço do traficante, dobrando-o contra as suas costas até ouvir o gemido abafado que indicava que ossos, músculos e articulações chegavam ao limite da sua flexibilidade. Na luz baça do banheiro, Alexandre viu o estilete soltar-se da mão trêmula e rolar pelas costas de Vicente, até quicar no chão com um som metálico.

Desse jeito ele puxou Vicente para fora e o fez girar, de modo que a sua bunda magra apontasse para a saída.

Viu então todos os homens no banheiro olhando para os dois de boca aberta, gestos paralisados, olhos arregalados. O que dizer para acalmá-los? O que poderia dizer de adequado para que eles prosseguissem com as tarefas interrompidas? Reprimindo o riso enquanto guiava a bunda de Vicente em direção à saída, Alexandre manteve-se calado.

Serra estava esperando por eles do lado de fora, provavelmente alertado pela correria dos dois garotos. Ele imediatamente agarrou o traficante pelos testículos e o levantou no ar. Cada um segurando por uma ponta, os dois carregaram Vicente até o quartinho de material de limpeza, que não ficava longe dali.

Vicente foi atirado ao chão como um saco de batatas, e Serra acendeu a luz. Alexandre pegou a chave defronte à lata de cera de assoalho. A mão tremia de leve, e demorou um pouco para trancar a porta. Então ele e Serra se inclinaram para examinar o sujeito caído no chão, o braço esquerdo entre as pernas.

Tinha mesmo olhos verdes. Meio injetados, sujos, mas pupilas verdes no seu rosto amarelado.

Soraia não tinha vontade alguma de ir à missa nesse sábado, não depois do que havia ocorrido há uma semana. Mas sua Mãe praticamente a obrigara a acompanhá-la até a igreja. Se ela se negasse, Dona Teresinha ia estranhar, e Soraia sabia que a Mãe já tinha problemas demais, para se preocupar também com a indisposição da filha.

Soraia tinha razão em querer ficar longe da igreja. Teve a certeza quando viu a figura furtiva do Pai, entre a multidão de pessoas que entravam e tomavam seus assentos. A princípio pensou que fosse apenas um homem parecido com Gabriel. O sujeito sumiu entre os fiéis, quando ela tentou fixar os olhos nele. Depois de se sentar, tornou a vê-lo, agora olhando para ela entre as colunas do corredor oposto. Por mais que o encarasse com raiva, ele não saiu detrás da coluna até que ela desistisse e voltasse o olhar para a nave central — para então vê-lo outra vez, agora lá na frente, perto da capela, do seu lado do corredor. Um curto movimento e ele foi oculto pelas colunas. Soraia tentou não se importar, dali em diante, concentrando-se nas palavras do padre, no senta e levanta da liturgia. Viu-o ainda mais uma vez, sentado de costas para ela em um dos primeiros bancos lá na frente — e então Gabriel olhou-a por cima do ombro.

— O que foi? — sua mãe perguntou. Tinha percebido que havia algo de errado com a filha. — 'Cê 'tá tão inquieta...

— Não é nada, Mãe — Soraia disse, antes de fazer o sinal de silêncio com o indicador contra os lábios.

No momento de receber a comunhão, pediu a Deus que a libertasse do fantasma do seu pai. Não pediu por sua alma, ameaçada pelo pecado mortal. Não pediu que ele encontrasse o descanso, e culpou-se por isso, ao vê-lo novamente nas escadarias, enquanto deixava a igreja.

Josué chegou ao prédio da 3ª Companhia do 19º Batalhão de Polícia Militar do Interior, para assumir o seu lugar no turno da noite. Assim que entrou, Oliveira passou-lhe o recado de que o Tenente Brossolin ainda não tinha ido embora — e queria falar com ele.

Brossolin sentava-se atrás da sua escrivaninha. Um sujeito não muito mais velho do que Josué, corpulento e de pele muito branca, cabelos negros com uns fiapos grisalhos, e uma mancha azul delineando seu queixo como o mapa de um país distante.

— Soldado Josué se apresentando, Tenente — disse, ao entrar.

De onde estava, em pé diante de Brossolin, podia ver o seu relatório sobre a escrivaninha.

Acompanhando o seu olhar, o oficial disse:

— Li o que você escreveu sobre a ocorrência de quarta-feira. — Bateu a palma da mão espalmada sobre o relatório. Josué viu que os pelos de sua mão também faziam uma sombra azul na pele branca. Quando era menino, o seu pediatra era um homem com mãos assim, e Josué aprendera a associá-las a limpeza. — O que mais me incomoda nisso — Brossolin dizia — não é nem a sua incapacidade de enxergar corretamente a ocorrência, mas a sua malícia contra o seu colega, o Soldado Ribas, que é um policial militar experiente, designado para conduzir você pelos meandros do serviço aqui em Sumaré. Ribas, aliás, já me informou da sua rebeldia e falta de atenção no serviço. Pra todos os efeitos, você 'stá recebendo uma ordem minha neste minuto, para obedecer ao Soldado Ribas em todas as situações. E não oferecer mais nenhuma opinião por escrito, sobre ele ou qualquer ocorrência, fora do b.o. regular. Entendido?

— Sim, senhor.

Brossolin reclinou-se em sua cadeira, sem tirar os olhos de Josué.

— Desta vez você vai escapar sem uma repreensão por escrito — disse. — 'Tá na cara que é ainda muito jovem e inexperiente, e que as dificuldades do serviço devem 'star te provocando algum nervosismo, alguma tensão. Eu revolvi levar tudo isso em conta e deixar você só com esta repreensão verbal. Alguma coisa a dizer?

— Não, senhor.

— Está dispensado, então.

Josué saiu e fechou a porta, sentindo que assim se fechava qualquer possibilidade de Vanessa Mendel oferecer seu testemunho apoiado por ele, do abuso sofrido por Ribas. E também qualquer possibilidade de ele retornar ao tenente com sua ideia de um esforço coordenado para cercar o Maverick preto.

Foi para a sala de preleção, onde três outros pms que entrariam no turno da noite assistiam tv. Sua igreja proibia aos fiéis assistirem televisão, e por isso Josué desviou os olhos do aparelho fixado em um suporte na parede, e foi até o bebedouro. Conferiu o relógio na parede e soube que Ribas estava, como sempre, atrasado. Por que Brossolin o protegia, era um mistério além de sua compreensão. Pensou em mãos muito brancas, com sombras azuis provocadas por densos pelos. Mãos limpas?...

Um quarto policial entrou na sala. Era o Cabo França, que já tinha uns dez anos de casa. França perguntou aos colegas:

— Que filme é esse?

— *Mad Max* — disse um dos soldados sentados diante do aparelho.

— Puta que'o pariu! — França exclamou, sentando-se ele também defronte ao televisor. — Filmaço. Eu vi quando passou no cinema... 'Tá começando?

— 'Tá sim.

Sem conseguir segurar-se, Josué acompanhou o olhar vidrado de França. Na pequena tela do velho televisor de vinte polegadas, carrões de pintura amarelo-alaranjada perseguiam um carro preto pilotado por um homem barbado acompanhado de uma mulher de cabelos também pintados de laranja. Em pé, bebendo a sua água lentamente, Josué assistiu ao filme até que o herói entrou em cena, depois que o fugitivo no carro preto envenenado havia deixado todos os policiais para trás. Notou surpreso que os carros tinham a direção no lado direito.

— Ond'é que se passa esse filme? — perguntou.

— Na Austrália — o Cabo França respondeu. — É que nem na Inglaterra, a direção fica no lado contrário.

O carro do herói era semelhante aos outros, mas com um conjunto de três entradas de ar triangulares no capô e a palavra INTERCEPTOR pintada em sua superfície.

Josué assistiu o herói interceptar os fugitivos. Então amassou o copo de plástico, deixou-o cair no cesto de lixo, e saiu para o pátio interno da Companhia. Foi direto para o parque de veículos, para a linha de Opalas branco e cinza estacionados ali. As instalações da companhia ficavam de costas para um brejo, e ele podia sentir o cheiro de esgoto e ouvir os sapos e grilos. O Opala usado pela polícia não era um carro muito diferente daqueles que ele acabara de ver no filme australiano — exceto pelo motor, claro. Usavam um motor de quatro cilindros, e não v8s como os do filme. Mas seu irmão Isaías trabalhava em uma oficina mecânica em Campinas que havia preparado Opalas para competições de *stock cars* e que agora empregava o conhecimento adquirido na tarefa de aumentar a potência dos carros de jovens campinenses. Sabia o que um automóvel desses podia fazer.

Era possível criar um carro como o que ele vira no filme — um *interceptador*. Rápido e ágil o bastante para perseguir e deter o Maverick preto.

Pensando nisso, Josué se virou e começou a caminhar de volta para a Companhia, para o escritório de Brossolin. Apresentaria a ideia a ele e convocaria Isaías para...

Estacou ali, e sorriu. Enfiou as mãos nos bolsos detrás da calça cinza do uniforme, olhou para cima, para as estrelas. Sapos coaxavam e grilos cricrilavam.

Brossolin não iria ouvi-lo. Não hoje. Talvez nunca. Mas ele havia dito que não queria mais nenhuma "opinião por escrito sobre Ribas", o que o deixava livre para colocar outras opiniões no papel, como esta, de um veículo de interceptação. O tenente com certeza a receberia com desdém ou com outra reprimenda verbal, mas nesse instante Josué achou que mesmo estando destinada à rejeição, a ideia era boa e ele não tinha muito mais o que fazer por ali, além de prestar continência diante de Brossolin, obedecer a Ribas e contar as horas do serviço. Engraxar as botas e polir a fivela do cinto, como tinha dito o investigador Roriz...

Decidiu que colocaria a ideia no papel e a apresentaria ao oficial. Disse a si mesmo que a resposta seria negativa mas que representaria um gesto de desencargo de consciência. Ainda assim, surpreendeu-se orando para que Deus intercedesse a seu favor.

Ribas havia finalmente dado as caras. Assim que o veterano o viu, seu rosto se abriu em um sorriso de escárnio, por baixo do cabelo desgrenhado. De algum modo ele sabia que Brossolin lhe dera a preferência e não ligara para o relatório de Josué. Mas ainda assim o escárnio de Ribas não o abalava. Pensava em Vanessa agora, e ela tinha esse efeito sobre ele: fazia-o esquecer tudo o mais.

Tinham se visto ontem, por insistência dela, que não o deixara sair de sua casa sem antes arrancar dele o compromisso de visitá-la outra vez. "Visitá-la", aliás, era um termo carregado de significados... Não tivera ainda tempo de pensar no que acontecia entre ele e ela — deixava-se apenas levar pelo novo sentimento, "luxúria" e "lascívia", o pastor Santino o teria denominado. Mas o sentimento era tão forte, tão *bom*... Josué não conseguia tirar a mulher do pensamento — e o seu toque, seu cheiro, dos sentidos.

Tinha tempo para pensar agora, enquanto dirigia a viatura I-19321 Rebouças acima, Ribas ainda sorridente ao seu lado. Sentia-se mais distante de Deus agora, do que em qualquer outro momento de que podia se lembrar. Isso se tornou claro em sua mente, assim que ele refletiu a respeito. Podia sentir em sua própria carne que era agora um homem diferente. Não só pela presença de Vanessa, mas também pelo que acontecera na quarta-feira, a experiência de estar tão próximo de assassinos cruéis — e ao mesmo tempo tão distante do poder de detê-los. Ribas e Brossolin eram um fato pequeno, perto disso. Não podia dizer ainda se se sentia abandonado por Deus, ou se vivia apenas um momento de confusão. Se havia se afastado do caminho do Senhor, ou se ainda havia alguma chance de ter o seu iluminado por Ele. Decidiu-se por esperar. Em outros momentos confusos de sua vida — coisas que aconteceram na escolinha de soldado, problemas na família quando sua irmã Rute abandonou a igreja e saiu de casa — o poder de Deus não falhou em manifestar-se e reconduzi-lo ao caminho.

*

Enquanto Vicente se recobrava da dor no braço direito, ainda incapaz de movê-lo, Alexandre se inclinou sobre ele e despiu-o da sua cara jaqueta de couro. Vicente tentou resistir, mas um chute preciso de Serra em suas costelas o dirimiu da intenção.

A jaqueta tinha quatro bolsos internos, espertamente costurados no forro. Alexandre esvaziou-os todos, expondo saquinhos plásticos de maconha — conhecidos como "parangas" —, papelotes de cocaína, envelopes de papel cheios com pedras de crack e os comprimidos coloridos que eram a última novidade em termos de substâncias proibidas. Alexandre pensou em dizer alguma coisa, mas estava mudo. Um material pesado, comercializado ali, debaixo das suas barbas. Limitou-se a empurrar tudo para um canto com o pé — e a olhar para Serra.

O amigo olhou para ele, para a droga, para o traficante ainda caído no chão. Seu rosto rosado enrubesceu, os olhos se arregalaram e as pupilas verdes pareciam pulsar, cercadas de vermelho. Serra chutou Vicente no queixo, detendo o ímpeto do golpe no último instante. Vicente tombou para trás, e ficou ali, as mãos trêmulas tentando alcançar o próprio rosto. Serra inclinou-se sobre ele.

— Só uma coisinha — rosnou. Mas teve de esperar até certificar-se de que o traficante podia ouvi-lo. — 'Cê *nunca mais* vai voltar aqui. Se pôr o pé aqui de novo, eu quebro o seu pescoço.

Vicente não disse nada. Cuspiu um pouco de sangue. Olhou de soslaio para Serra, e desviou o olhar.

— Quem é o seu patrão? — Alexandre perguntou. — 'Cê vende pr' alguém. Quem é?

Desta vez o traficante abriu a boca.

— É o Patolino — disse, a voz saindo chorosa. — E ele não vai gostar de saber que 'cês tão atrapalhando os negócio' dele.

— E quem é que vai dizer? — Serra acompanhou cada palavra com um safanão. — 'Cê não 'tendeu ainda, né cara? 'Cê 'tá acabado aqui. Vai fazer a sua trouxa e se mudar de cidade, sumir daqui, 'tendeu? Eu nunca mais quero ver a tua cara feia.

Vicente apenas anuiu, sem muita vontade e sem encarar Serra. Alexandre percebeu que não ia ser tão fácil. O traficante voltaria a bater à porta deles, mas acompanhado de alguns amigos.

Serra ajudou Vicente a se pôr em pé. Fez um sinal para Alexandre, que destrancou a porta e estendeu a jaqueta de volta ao seu dono.

— E os meu bagulho?

— 'Cê quer eles cru ou cozido? — Serra disse, fazendo Alexandre sorrir.

Serra agarrou o sujeito e o jogou porta afora. Alexandre foi até o corredor, acompanhar com os olhos a retirada do traficante. Tinha uma pequena multidão ali, curiosa quanto ao que estava acontecendo. Nem sinal dos outros rapazes, nem de algum guarda-costas ofendido que viesse defender Vicente. Só o traficante, andando curvado para a frente, segurando o braço direito como quem nina um bebê chorão. Uma figura magra e patética — salvo pelo olhar odiento que lançou por sobre o ombro, para Alexandre. Um olhar que dizia, "vai ter troco".

Voltando para dentro da salinha, Alexandre viu Serra jogar "os bagulho" do traficante em uma lata de graxa usada para lubrificar as portas de correr, e com um cabo de vassoura empurrar tudo até o fundo.

— Pronto, acabou — disse.

— Ou acabou de começar — Alexandre ofereceu.

Serra olhou para ele.

— Quer dizer que toda essa espremida não valeu.

— Valeu se foi tão boa pra você quanto foi pra mim. Mas a verdade é que o sujeitinho ali vai voltar, e vai trazer os amigos.

Serra assentiu, em silêncio.

— Vamo' sair daqui, qu'eu preciso respirar.

O SODES tinha um mezanino que circulava o salão e dava acesso a um grupo de portas de metal, instaladas na frente. Atravessando as portas, eles chegaram ao teto da marquise, uma espécie de sacada que dava comandamento sobre a Avenida Rebouças e as vias de entrada para o clube. Serra guiou Alexandre até que os dois estivessem apoiados contra um gradil, olhando pela beirada lá para baixo.

Alexandre apontou para um Escort XR3 amarelo parado do outro lado da avenida.

— Olha lá o nosso amigo Vicente.

Acercava-se dos garotos aos quais tentara vender a sua maconha, momentos atrás. Todos pareciam falar ao mesmo tempo, mas suas palavras não chegavam até Alexandre e Serra, abafadas pelo ruído dos carros e das pessoas que ainda se aglomeravam junto à entrada. Vicente esbravejava e gesticulava, apontando para o clube. Ele então deve ter visto os dois em pé em cima da marquise, porque parou de falar e gesticular, e o seu silêncio se espalhou para os outros e eles todos se calaram e olharam para cima. Vicente fez o gesto de quem corta a própria garganta, e apontou para Alexandre e Serra.

— Hum — Serra grunhiu.

Vicente entrou no Escort e saiu cantando pneu. Os garotos subiram a avenida, batendo pé de um jeito que pareceu meio desanimado a Alexandre.

Ele mesmo estava desanimado. Lembrou-se do rosto assustado do garoto no banheiro, aquele que bancava o sentinela para o seu colega, sabendo que se metia em um negócio de risco, mas sem a certeza de que em um segundo seria espancado por um cara quinze quilos mais pesado. No fim da noite ele iria com seus amigos comprar o seu barato noutro lugar, e enquanto isso Vicente corria para avisar o seu fornecedor — quem sabe parando diante da velha loja de material de construção que era a base de operações do Patolino — de que ia precisar de algum músculo, se quisesse manter o seu ponto no SODES.

— E aí, q' 'cê acha? — Serra perguntou.

— Das duas uma — Alexandre disse. — Ele volta aqui maquinado e ainda hoje, ou amanhã ou no próximo fim de semana, ou o tal Patolino vai tentar uma outra estratégia, porque se ele simplesmente apagar a gente, pode ser que o clube feche por um tempo, e aí ele vai perder dinheiro. Pode ser qu'ele chame a gente pr'uma conversa. De qualquer jeito, o que eu recomendo é 'cê arrumar um trabuco assim que puder, e a gente ficar esperto a partir de *agora*.

— Que bom! Se o cara não matar a gente antes, mata *depois* da sua conversinha.

— Se ele mandar alguém, pode ser que faça como o tal Dudu semana passada, e mande um menor de idade, provavelmente mal armado. Com esse a gente tem alguma chance. Por o'tro lado, pode ser que mande um pé de pato com mais experiência, que venha maquinado de armas automáticas. Aí. . .

— Por o'tro lado, se o cara 'tiver a fim de conversar, ele vai querer fazer um acordo pra manter a venda da droga dele aqui — Serra disse. — Isso não resolve nada.

— Arruma as armas então — Alexandre insistiu. — Ou 'cê pode levar o caso pra polícia. Aquela merda toda que 'cê enfiou na lata de graxa ainda deve servir como evidência.

Serra o encarou brevemente.

— Vou ter que pensar bem no assunto — disse, e voltou para dentro do clube.

A batida do forró chegava forte ali fora, mas também o burburinho do pessoal que passava na rua ou que se aglomerava diante dos carrinhos de cachorro-quente na frente do SODES. E mais além o ronco dos carros e motos e uma buzina soando aqui e ali. A iluminação da avenida se curvava abaixo dele, formando um tobogã de luz que escorregava até perto do Centro Esportivo.

Sumaré continuava sendo uma fonte de sentimentos ambíguos. Parado ali, observando a cidade, Alexandre sentia um misto de sossego e excitação, confiança e medo do lugar onde crescera. Soraia e ele haviam descido a mesma avenida, tantas vezes, indo ao Centro Esportivo para as aulas de Educação Física obrigatórias na escola, ou para assistir aos Jogos Abertos do Interior, na vez em que Sumaré foi a sede. Pensou um pouco mais em Soraia, e depois em Serra e o clube que ele prezava muito além do razoável. O que o incomodava mais era a impressão de que Serra não hesitava em colocá-lo em risco, enquanto mantinha em segredo as suas razões para não levar o caso à polícia, para arriscar tanto por seu emprego. Teria que falar com ele sobre isso, noutra hora.

Alexandre olhou para a paisagem noturna da cidade mais uma vez, antes de voltar para dentro. Começava a se sentir como um alvo, parado ali em cima.

Ribas mandou Josué dirigir a viatura até o chalé de venda de lanches que havia na esquina da Praça da República com a Antonio Jorge Chebabi, depois para o que havia no Balão da República com a Praça das Bandeiras, e finalmente para aquele estacionado na Rebouças, defronte ao novo supermercado. A cada parada, Ribas descia para conversar com os lancheiros, mas desta vez ele não voltou com nenhum volume envolto no plástico branco dos sanduíches. "Deve ser um pagamento semanal", Josué pensou. "Mas do quê? Proteção?"

Havia muito movimento por ali, a essa hora. Muitos jovens indo e vindo, quase sempre em grupos. A viatura estava parada em fila dupla, não longe do chalé prefabricado. As luzes vermelha e azul giravam lentamente, projetando reflexos coloridos contra as pessoas e os carros. Um par de faróis apareceu no retrovisor. Quando se apagaram, Josué viu que era o esportivo de Vanessa Mendel.

Josué saiu do Opala. Vanessa agora estava sentada na carroceria do esportivo, atrás do pequeno santo antonio que protegia a cabeça do motorista em caso de capotagem. Suas pernas abraçavam o arco de metal cromado, que ela segurava com as duas mãos, sorrindo para ele. Usava calças apertadas e em cima nada mais que um bustiê. Josué lembrava-se bem do que a tira de tecido escondia.

— Boa noite, moça — disse.

— Olá, amor. — Ela sorria. — Você 'stá de folga amanhã? Eu queria te ver.

Josué sorriu em retribuição, e fez que sim. Provavelmente não deveria, mas vendo-a ali, as pernas abertas diante dele, o umbigo à mostra e a linha funda do seio sendo batida a cada meio segundo pelas luzes da viatura, não teve forças. Ansiava em deitar-se com ela outra vez e descobrir se aquilo que fizeram juntos poderia ser repetido, ampliado, expandido. Precisava saber. Por outro lado, talvez ela não quisesse fazer amor com ele, mas apenas conversar ou almoçar ou... Tolice. Sabia bem o que ela queria.

Mas... Amanhã seria domingo, o dia santo. Havia o culto, e como sempre ele acompanharia os seus pais, seu irmão. Teria de se encontrar com ela de manhã ou no começo da tarde. Os dois rapidamente combinaram almoçar juntos, Vanessa reassumiu seu lugar ao volante, e partiu com o carro.

Ribas apareceu ao lado de Josué.

— É a mesma vagabunda que a gente viu outro dia?

Josué virou-se para ele, a mão direita fechada num punho. Segurou-se. Ribas observava o automóvel vermelho afastando-se, e não notou.

— É a mesma mulher, sim — disse.

— O qu'ela queria? — Ribas perguntou, encarando-o.

— Uma informação de onde estacionar. — Josué forçou um sorriso. — Não se preocupe, que ela não me reconheceu.

Ribas grunhiu alguma coisa e entrou na viatura. Será que era tão estúpido a ponto de acreditar que uma mulher que foi incomodada daquele modo por ele, iria pedir informações a um policial, na mesma cidade?

Josué continuou ali em pé, sem demonstrar a menor pressa. Teria de contar a Vanessa que não seria possível falar com Brossolin sobre Ribas nas próximas semanas, não depois da ordem que recebera do tenente, há poucas horas. Teriam de esperar algum sinal de que Brossolin tornava-se um pouco mais acessível. Se é que se tornaria. Até lá, talvez Josué pudesse reunir alguma evidência, e descobrir que tipo de acordo Ribas tinha com os carrinhos de lanche.

Desta vez ele sorriu de verdade. Até ouviu o seu próprio riso subir de seu peito. Deveria ter desistido, mas não conseguia. Dentro dele crescia a certeza de que pegaria Ribas. Cedo ou tarde. De um modo ou de outro.

Alexandre desceu do Dodge na praça. Ele e Serra se despediram com um gêmeo aceno desanimado. Alexandre virou-se e começou a arrastar os pés na direção da casa de Soraia, as mãos fundas nos bolsos do *jeans*. Estava a meio quarteirão da frente da casa, quando viu Soraia encostada no portão. Ela vestia *jeans* desbotados e uma blusa azul de moletom. Podia ver que o moletom não era suficiente, e que ela tremia um pouco de frio. Parecia um pouco cansada, quando ele se aproximou, mas ainda assim aos seus olhos ela brilhava como um farol na noite, e ele cultivou a breve ilusão de que Soraia espantaria para longe os eventos de há pouco e a depressão que sentia — que ela poderia espantar para sempre qualquer sentimento ruim dentro dele. Exceto pelo fato de que no fundo ela o rejeitava.

— Eu não conseguia dormir, e então resolvi te esperar aqui — ela disse.

— São três e meia da madrugada.

Ela deu de ombros.

— Eu queria conversar... com alguém.

Alexandre apenas anuiu.

Mistério de Deus

— Vamos dar uma volta? Pra não correr o risco de acordar a minha mãe — ela propôs, e ele tornou a concordar com a cabeça, apressado.

Teria um tempo com ela, mas para ouvir que era hora de deixá-la em paz?

Caminharam lado a lado, seguindo para a praça ali perto. A maioria dos garotos que frequentavam os clubes da cidade já tinha se mandado para casa, de modo que as ruas envoltas pela noite estavam tranquilas, apenas o som de risos e conversas dos últimos rapazes e moças subindo ou descendo a praça, para quebrar o silêncio.

— Eu queria que 'cê fosse muito sincero comigo, Alexandre — Soraia disse, a voz bem séria —, e me contasse tudo o que você acha que eu devia saber sobre a sua vida.

Sentaram-se em um banco de concreto — talvez aquele mesmo em que tinham se sentado semanas antes, em uma noite em que a havia surpreendido toda arrumada, indo para a lanchonete da esquina oposta. Ainda havia um pequeno movimento de jovens conversando em pequenos grupos. Alexandre não podia antever o ponto em que Soraia queria chegar, com o pedido. Sabia apenas que devia ser sincero como ela pedia. Abriu a boca para falar, mas ela o interrompeu.

— Deixa eu refazer a frase — Soraia disse. — Me conta tudo o que você acha que eu *não* deveria saber sobre a sua vida.

Ela ainda tremia, depois de ter visto tantas vezes o seu Pai na igreja. Lembrou-se da visita do outro dia, despertando-a no meio da noite para avisá-la de algo a respeito de Alexandre. A lembrança veio com tanta força que fora impossível dormir — tinha medo de tornar a encontrá-lo. Resolvera então esperar por Alexandre na porta de casa e tentar... O quê? Descobrir qual era a falta que o fantasma de Gabriel viera denunciar... Por que era isso, não era? Uma falta. Alguma coisa que Alexandre tinha dentro dele e que seu Pai, de algum modo sobrenatural franqueado aos fantasmas, havia descoberto.

— Hoje eu tive que bater num garoto, no trabalho — Alexandre disse. — Ele 'tava comprando drogas. Bem dentro do SODES, e o meu patrão, o Serra, não quer isso acontecendo lá.

"Mas o fato é que os traficantes cedo ou tarde vão... 'cê sabe, vão reagir contra isso. O Serra não quer procurar a polícia, não sei ainda bem por quê. Alguma coisa a ver com a imagem do lugar, ou com o chefe dele, não sei. Então ele e eu 'tamos sozinhos nesse negócio, ter que encarar os bandidos."

Soraia quase levou as mãos ao rosto, quase se levantou e gritou com ele, mas tudo o que fez foi dizer:

— Já não bastava aquele negócio com os homens que atiraram em você?

Ele deu de ombros e quase sorriu — o que a deixou ainda mais furiosa.

— Indo ainda mais pra trás — ele continuou, jogando alguma coisa invisível por cima do ombro —, eu tenho que confessar qu'eu... transei com algumas das prostitutas lá da casa do Geraldo.

Ela olhou para longe e suspirou.

— Como se eu não soubesse.

— Eu nunca *paguei*, se é que isso faz alguma diferença. Foi por iniciativa delas, quer dizer... E também usei camisinha.

Soraia não disse nada. Tentou se lembrar se em algum momento pensara em como seria com ele. No começo, claro, era só uma coisa de menino e menina e ela tinha certeza de nunca ter tido pensamentos assim. Quando entrou na adolescência esse... *assunto* foi meio que protelado em sua mente, pela religiosidade toda da família. Então chegou um momento em que não foi possível mais deixar de pensar, de discutir com as amigas, de ler a respeito em revistas emprestadas de uma e outra... E mais tarde o namoro com João Carlos — mesmo ele, com sua atitude de bom-moço, não deixou de pressioná-la até... até conseguir o que queria. Nessa altura via Alexandre só de vez em quando, mas lembrava-se que então ele estava praticando esporte e crescera de corpo, todo musculoso, e o pensamento de fazer sexo com ele certamente devia ter passado por sua cabeça.

Havia um freio nisso, porém, e era essa relação de irmão que tinha com ele. Pensando bem, isso também deve ter tido algum papel no seu interesse tão tardio pelo sexo. Sem guardar segredos dela, Alexandre fora por muito tempo uma janela dando para o mundo masculino. Ela com certeza tinha bem menos curiosidade sobre os rapazes, por causa do relacionamento tão aberto com Alexandre, do que as garotas que não tinham esse tipo de amizade com gente do sexo oposto. Pensando bem, era engraçado como essa indagação das garotas quanto aos rapazes — e vice-versa — se manifestava como uma curiosidade relacionada puramente com o sexo. Talvez fosse um fato a se lamentar. Mas com Alexandre nunca fora assim. Com ele, o masculino se manifestava com mais naturalidade e não fazia medo.

Desta vez, cobriu o rosto com as mãos.

— Eu não queria te ofender — ouviu Alexandre dizer, ao seu lado.

— Não é isso...

Por mais que tentasse, não conseguia deixar de confiar nele. Mas por que, se ele vinha com todas as garantias — a prisão, o trabalho — de que o seu mundo agora era um mundo de violência e imoralidade, que ele mesmo se punha em risco de vida por razões que ela não conseguia compreender?

— Eu 'stou vendo se me mudo da sua casa — ele disse.

Ela não reagiu, por um instante.

— Essa é uma coisa que você acha que eu não deveria saber? — perguntou finalmente.

Ele sorriu.

— Não. O contrário. Eu 'tou te deixando nervosa, e... se a situação piorar no trabalho, pode ser perigoso eu ficar.

— "Piorar" quer dizer você ser morto por algum bandido — ela disse.

Mais um sorriso.

— Não deve chegar a tanto.

Mas sabia que ele dizia isso apenas para tranquilizá-la. Pensou em exigir que prometesse que ia desistir dessas coisas, abandonar o trabalho, deixar de perseguir os homens que atiraram nele, mas Alexandre antecipou-se.

— Eu preciso apoiar o Serra, porque ele foi o único cara q' me apoiou, quand'eu voltei. Tem coisas que não dá pra virar as costas...

— E eu? — ela perguntou.

— 'Cê também me ajudou, Soraia, é claro. Mas 'cê não precisa de mim...

— Não é isso o qu'eu quero dizer — falou, rápido. Mas o que queria dizer? — Eu preciso de você sim. O dinheiro que você 'tá trazendo faz diferença pra mim e pra minha Mãe. — Fez uma careta. As palavras lhe soaram como uma coisa baixa e mercenária. — Mas não é só isso... Eu preciso de você de um jeito qu'eu ainda não sei, mas preciso sim. Não vai embora, Xande. Não antes d'eu saber.

Uma expressão de surpresa e ternura cruzou o rosto dele.

Soraia apoiou o rosto em seu ombro. Ficaram assim por vários minutos, ela lutando silenciosamente contra uma vontade de chorar que não sabia ao certo de onde vinha; ele quieto, só trocando o seu calor com ela. Até que ela suavemente se soltou do seu abraço e levantou-se do banco.

— Preciso voltar pra casa — disse. — Amanhã tenho de preparar aula, demora...

Ele também se pôs em pé. Meio sem jeito, pegou na mão dela e os dois começaram a caminhar.

— 'Cê já acabou de me contar tudo o que eu não deveria saber? — perguntou.

— Tem mais umas coisas. Eu não queria pôr isso nas suas costas, mas 'cê me convenceu a tentar uma reaproximação com meus pais. 'Tou pensando em escrever uma carta contando qu'eu saí da prisão, que arrumei um serviço.

— Agora eu não sei se devia ter insistido tanto pra você procurar eles. — Ela hesitou. — Eu mesma não consigo perdoar o *meu* pai, pelo qu'ele fez.

— A verdade é que a gente não sabe com'ele 'tava se sentindo — Alexandre disse —, s'ele 'tava deprimido... O seu Gabriel tinha tantos sonhos pra família, e aí quando eles não deram certo, quand'ele viu que não *iam* dar certo... Eu sei como é isso. Às vezes dá vontade de desistir de tudo e a gente não tem força de vontade nem pra ficar em pé. Os primeiros meses no presídio... Foi meio assim. Mas aí o tempo passou, a pena passou, e eu saí e te encontrei. Te *reencontrei*.

"O que aconteceu com o seu pai foi que ele não teve tempo de ver que ia passar."

Estavam agora em frente de casa. Suas mãos se separaram. Ele abriu o portão para ela e os dois entraram pelo corredor que levava aos fundos. No quintal, Alexandre acenou para ela e os dois se separaram. Mas enquanto Soraia vestia o pijama e espantava o gato do seu lugar na cama, a sensação de que Alexandre estava perto a acompanhou em cada gesto. Estava bem ali, na casinha dos fundos.

Seu tremor assustado havia desaparecido, e ela adormeceu amparada por um calor morno que vinha de dentro.

Sonhou que era menina e corria na grama, em um dia de sol, sob o olhar vigilante do Pai.

Sonhou então que era moça, e, na cozinha de casa, aprendia com sua Mãe a assar um bolo no forno. Teve saudades do Pai, talvez pela primeira vez desde a sua morte. Saudades tão fortes que ela se sentiu afundar na cama, empurrada contra o colchão por uma força gentil mas inexorável.

Soraia sonhou que estava em pé em um terreno desnivelado, abaulado como a cúpula da caixa-d'água da cidade — um passo que dava para cada lado, sentia-se puxada pela gravidade. Um lugar escuro. Sombras se agitavam à sua volta, lentamente. Então ela viu que alguém caminhava em sua direção, passos também lentos. Emergiu das trevas como quem sai detrás de uma cortina, e Soraia Batista viu seu Pai mais uma vez.

Estava diferente, como se tivesse perdido peso. Seus passos eram dados em câmera lenta, pesados e vagarosos mas firmes na sua direção. Soraia pensou em correr até ele, porém não confiava no terreno e achou melhor esperar que ele chegasse. Gabriel ajoelhou-se diante dela. Ele parecia maior — ou ela menor, seus ombros estreitos de menina seguros pelas mãos enormes do Pai.

— Você veio, minha princesa — ele disse.

Ainda via os vultos escuros movendo-se por trás da cortina. Sua velocidade aumentou, e Soraia passou a sentir seus movimentos como arranhões em sua pele, bafos de formas cruzando o ar a sua frente, invisíveis, mas coisas vivas que rasgavam o ar com ruídos de giz sobre lousa e rugiam, rosnavam.

— Que lugar é este, Pai? — balbuciou.

Gabriel não respondeu.

— Volte pra casa agora — ele disse, a voz incerta, cheia de um medo que parecia superar o de Soraia. — Ainda não estou pronto... Tantas saudades de você... — Sentiu-o abraçar-se mais a ela. — Mas você precisa voltar. Me perdoe, me perdoe por tudo. Depois venha a mim mais uma vez. Preciso mostrar... Lá! — Ele apontou para longe, em súbita excitação, mas Soraia nada viu além das sombras correndo a poucos passos de onde estavam. — Mas não agora. Volte.

— Mas eu queria saber do Alexandre — ela quase gritou. Não podia sair dali sem uma resposta. Era só uma menina outra vez, ansiosa pela aprovação do Pai. — Tem alguma coisa errada com ele, e você quer que eu me afaste?...

Silêncio. Então Gabriel se levantou, sem encará-la, olhando para longe. Quando falou, sua voz perdera a urgência e soava distante.

— Não. Ele precisa de você. E nós precisamos dele.

Volte.

Mas ela não acordou de imediato. Flutuou presa, suando em uma bolha pesada, viscosa de escuridão e vazio, até que amanhecesse.

CAPÍTULO 6

As crueldades e humilhações da economia e das condutas comerciais; as desumanidades aceitas que invocavam uma mão oculta e necessária na história humana; a cruealdade silenciosa dos poderosos sobre os menos poderosos e os indefesos; as vendettas pessoais de comissões e omissões; os ódios de raça, classe e antipatias pessoais — todos cantavam a canção dos predadores que sonhavam com o massacre dos filhos de seus vizinhos, a escravidão de suas mulheres, e o povoamento do futuro apenas com a sua própria cria. Se eles fossem almas em rochas, teriam lapidado e polido uns aos outros até que apenas restassem as maiores, e estas teriam se esmagado umas às outras até o pó.
George Zebrowski *Brute Orbits*

Serra parou o Dodge Charger R/T em um posto de gasolina na Avenida Rebouças, ao lado do balão da Praça das Bandeiras. Era tarde de domingo. Nesse dia, todo mundo no SODES acordava perto da hora do almoço, depois de terem caído na cama às três e meia da manhã, por causa do serviço no clube. Serra tinha baixado na casa de Soraia às 13h00, para pegar o Alexandre.

— É aqui qu'eu compro a minha gasolina especial, de octanagem mais alta — disse. — O dono é o Pedrão, que pega a gasolina azul em Paulínia. — E então, enquanto desligava o motor: — Opa, que sorte! Tem uns conhecidos aí...

Os conhecidos eram dois sujeitos parados diante dos seus carros, observando o movimento na avenida. Um era magro e alto, com um bigodinho e cabelos compridos chegando aos ombros. O carro dele era um Dodge Dart cinza, meio amassado na lateral e com rodas de modelos diferentes. O outro era ainda mais alto, porém corpulento e de cabelos grisalhos. Devia ter quase quarenta. O seu carro, um bonito Maverick GT verde-metálico, rebaixado, com rodas gaúchas brilhantes e frisos de borracha nas laterais. Amigos do Serra, claro.

— Xandão — Serra fez as apresentações —, este aqui é o Maveco — indicou o sujeito do carro verde, e então o dono do Dart: —, e este é o Basso. Gente, este aqui é o Alexandre.

Apertos de mão foram trocados.

— "Maveco" é apelido, lógico — Alexandre disse.

— É que o cara é dono de três Mavericks, Xandão — Serra explicou.

— Dois — Maveco corrigiu. — O branco eu vendi faz um mês.

Maveco apontou Basso, com um gesto meio mole.

— O Basso aí perdeu pr'um Puma, semana passada.

Serra deu uma risada.

— O Basso já perdeu até pra Passat.

— Esse é um GTB mexido, Serra — Basso protestou. — Motor muito forte, 'cê pode crer. Fodação mesmo, cara. Seis cilindros, não sei se é turbinado ou de carburador especial ou o quê, mas esse carro *voa*. Eu falei d'ocê pr'o dono, um carinha de Americana, e ele falou que vai te procurar.

— Vamo' vê — Serra disse. — Se ele me achar, a gente corre. — E então: — 'Cê pingou grana nesse racha, Basso?

Basso olhou para a avenida e disse, em um tom escusatório:

— Mixaria.

Serra deu um tapa nas costas de Alexandre.

— 'Cês ficam conversando aí, qu'eu vou ver o meu combustível.

Maveco perguntou a Alexandre:

— 'Ocê é que 'tava com o Serra no Rally de Sampa em oitenta e nove? — Havia alguma ansiedade em sua voz.

— Não. Eu 'tava no Exército, nessa época. E nem sabia que o Serra já tinha dirigido profissionalmente.

Maveco e Basso riram.

— O Rally de Sampa não é corrida profissional — Maveco explicou. — *Ilegal*, meu amigo. É um racha que vai de Campinas até São Paulo, pela Bandeirantes. Antes era pela Anhanguera, bem mais difícil... Dois carros só, cada um com o piloto e alguém que vai como observador. Sai às duas da manhã, e os carros têm de voltar depois de mais ou menos uma hora. O seu amigo Serra aí fez o rally em menos de uma hora. Ele ganhou a corrida três vezes, veio nego até de São Paulo desafiar ele. Uma vez foi um cara com uma Ferrari. Essa foi foda. O cara tinha mais carro, claro, e tentou fazer uma corrida controlada, dando uns duzentos, mas o Serra 'tava sempre na cola dele e aí o cara pisou mais fundo, pra mais de duzentos e cinquenta. Não queria perder pr'um Dorjão, não com carro importado, de marca, esportivo... Mas não sabia controlar bem a fera, 'pavorou numa curva e saiu da pista. Não se machucou nem nada, só esto'rou a Ferrari, prejuízo total, e o Serra até parou pra ver com'ele 'tava, e ainda deu pra completar a hora. Foi no quinto rally que o Serra...

— Ele quase 'tropelou um vagabundo na estrada, e aí desistiu — Basso intrometeu-se, encurtando a história. — Não correu nunca mais, mudou o arranjo no carro, e agora só tira racha em estrada deserta por aqui. Faz um ano que não perde.

— Pra falar a verdade, nunca perdeu — Maveco comentou. Havia um tom meio pesaroso em suas palavras. Provavelmente tentara vencer o Serra algumas vezes. — Ninguém deu pau nele ainda.

Alexandre anuiu, sem dizer nada. Em sua mente ele via cães vira-lata e homens bêbados atravessando a estrada para serem vaporizados por carros saídos de lugar algum a mais de duzentos quilômetros por hora. No fundo, sentiu-se feliz por Serra ter tido o bom senso e a responsabilidade de parar.

— É, mas esse cara do Puma... — Basso disse. — Esse é parada dura.

Maveco, outra vez:

— E tem o tal GT preto da Gangue do Maverick.

— É, mas com esse não tem racha.

Alexandre aproveitou a oportunidade.

— O que 'ocês sabem sobre esses caras?

Maveco deu de ombros.

— Só o que o gente ouviu é essa coisa dos tiroteios. É lógico que o carro deles é muito foda, mas até onde eu saiba, eles nunca correram com nenhum conhecido, nem aqui, nem em Campinas ou Americana. O esporte deles é outro.

Alexandre refletiu por alguns segundos sobre isso. "O esporte deles é outro..." Mas em seguida perguntou:

— O Serra falou que o Dorjão dele usa uma gasolina especial. Os seus carros também?

— Não... — Basso respondeu.

— O meu Maverick aqui é a álcool, que já tem uma octanagem mais alta que a gasolina comum.

— Será que o carro da Gangue do Maverick também não usa um combustível especial?

— É bem possível — Maveco disse. — Mas aqui no Pedrão ele não compra, senão a gente já ia 'tá sabendo.

Alexandre imaginou que poderia perseguir essa linha de investigação — procurar de posto em posto, por toda a região de Campinas, um que vendesse gasolina de corrida. E aí perguntar sobre o Maverick preto. Besteira... Se fosse fácil assim, a polícia já teria feito o serviço.

Serra voltou para junto deles, com as mãos enfiadas nos bolsos detrás do *jeans*.

— E aí?

— 'Tava contando dos seus tempos do Rally de São Paulo — Maveco disse.

— É verdade esse negócio com a Ferrari? — Alexandre perguntou.

Serra fez uma careta de dúvida.

— Bem, depende do que esses nego' te contaram.

— Que a Ferrari 'tava ganhando até que o piloto se irritou com 'ocê grudado na cola dele e acelerou demais e saiu da pista. Quando passou dos duzentos e setenta, perdeu o controle.

— Pfff. *Duzentos e setenta?* — Dirigiu um olhar de reprovação a Maveco e Basso. — Esses dois só falam beste'ra. Com'é que'o nego ia botar duzentos ' cinquenta numa estrada de noite? Foi duzentos e trinta, no máximo. O que já é muito.

Maveco pareceu meio ofendido. Bateu no relógio de pulso, e disse:

— 'Cê conta aí pra ele então com'é que foi. Eu tenho que ir pr'um churrasco agora, no Marcelo.

— Vai na sombra — Serra recomendou.

— Eu vou in'o tam'ém — Basso disse. — Cuidado com o Puma, hein, Serra?

Os dois se despediram com um aceno, entraram nos carros; Serra fez um gesto em que sua mão direita partia rápido do braço esquerdo, sugerindo uma arrancada. Maveco e Basso acenaram mais uma vez e pegaram — lentamente — a Rebouças.

— Me conta — Alexandre disse, quando os dois ficaram sozinhos.

— Vem pra cá.

Os dois caminharam até o Charger branco e encostaram no capô. Adiante deles o tráfego corria devagar, na avenida. Os cheiros eram de gasolina e óleo de motor, e da pressão silenciosa do sol no asfalto.

— Quando meu pai morreu eu 'tava trabalhando na oficina do Lucas Palomino — Serra começou.

— Sei.

— Eu comecei a levar o Charger lá pra usar as ferramentas do Lucas. Quand'ele viu qu'eu 'tava tentando envenenar o bicho... Olha só, eu arrumei pr'um torneiro francês, o René Querol lá da Sigla, 'cê conhece? — Alexandre fez que não com a cabeça, Serra não perdeu o fôlego: — Pra ele abrir as passagens de ar do trezentos e dezoito do Charger pra medida de um motor de trezentos e *sessenta* polegadas cúbicas. O Lucas me ofereceu um *kit* Edelbrock com quadri-jet de setecentos e cinquenta cê-efe-êmê, tampa de válvula, coletores especiais e tudo, qu'ele tinha importado dos States pr'um cara aí, filho de gente fina da cidade, mas que nunca apareceu pra pegar... e *pagar*.

"O próprio Lucas já não me pagava fazia uns dois meses, então ele ofereceu o *kit* com desconto pra quitar as coisas comigo. Foi nessa altura que eu soube do tal 'rally'."

— E essas coisas aqui — Alexandre apontou —, na frente e na traseira? Com'é que chama isso, aerofólio?

— *Spoiler* — Serra disse, caprichando na pronúncia.

— Isso não é de fábrica. . .

— Comprei de um cara que fornecia pr'uma prova que acontecia em Brasília, Curitiba e uns outros lugares, só com Dodge. Uma modalidade q' chamava Hot Dodge. Durou uns anos mais que a Turismo Cinco Mil. . . Os *spoiler*' ajuda' na'stabilidade.

"Mas então, eu peguei o *kit* e fiquei devendo uma merreca pr'o Lucas. Aí eu achei que podia disputar a corrida, ganhar e segurar uma grana. Mas precisava arrumar roda-e-pneu, conjunto de amortecedor rijos e de dupla ação, com barra de torção, mais farol de milha, e a grana pra apostar."

— Ah, rolava dinheiro no rally? — Alexandre quis saber.

— Pra cacete. Tem que casar um capital só pra poder correr, isso sem falar da grana que rola por fora, quer dizer, entre o pessoal que vai assistir. Meu pai tinha deixado um dinheiro, que deu pr'os pneus. Aí o Amélio apareceu e entrou co'o resto.

— Hum! — Alexandre resmungou, mas não disse nada.

— Ele era amigo do meu pai da fábrica — Serra prosseguiu. — Tinha ajudado a gente com aquela coisa toda do enterro. . .

— 'Tá, eu já sei que 'cê ganhou a corrida. Aí 'cê pagou o que devia pr'o Amélio, pr'o Lucas.

— Foi. Mas nessa altura eu 'tava trabalhando na oficina de manhã e de tarde, e ajudava o Amélio no clube de noite, no sábado e domingo. Tinha um dinheirinho mais constante entrando, deu pra melhorar umas coisas no carro, sabendo com'é que foi da primeira vez. Foi contra um Maverick cinza-fosco com quadrijet e roda gaúcha e aerofólio na frente e atrás. O dono era um cara gordinho e barbudo que tinha uma mecânica em Campinas. Ele assustou na volta com um caminhão na estrada, quase perto do Pico do Jaraguá, quando a gente já 'tá meio cansado, e rodou.

"Então eu corri de novo. O Amélio pingou a grana dele de novo. Foi com o mesmo cara, que já tinha ganho antes e não queria perder a pose de campeão, sabe como é. Desta vez meu carro 'tava mais forte ainda — eu tinha mandado trazer um comando de válvula especial de um contrabandista do Paraguai — e só com o *kit* Edelbrock e com a melhoria do fluxo eu tinha aumentado a potência de duzentos e vinte pra quase trezentos e setenta cavalos. . . e na reta final eu ganhei dele."

— Eu não consigo imaginar como é a partida ou a chegada e como 'ocês. . . — Alexandre começou.

— Tem uma entradinha em Campinas, que dá pra'a Bandeirantes. A melhor hora pra corrida é entre as três e as quatro da madrugada, em fim de semana.

A gente sai dessa entradinha no pau, corre todo o percurso até Sampa, depois volta. O pessoal que vai assistir fica lá, bebendo e conversando e marcando o tempo do pega. Pra fazer cem quilômetros em uma hora 'cê precisa correr uma média de duzentos por hora, claro. Seu carro tem que conseguir fazer de cento e oitenta a duzentos e vinte sem fundir, porque se não fodeu. Tam'ém tem que ser capaz de acelerar fácil de cento e oitenta a duzentos e vinte. Isso é o mais difícil. Às vez' tem que pisar fundo nos trechos de reta, porque a gente perde um tempo pra contornar os postos de pedágio, pra fazer o retorno na Marginal em Sampa..."

— E a polícia?

— Pffff — Serra bufou. — Presta atenção, ô Xande! 'Tô falando de correr a *duzentos* por hora, pô! Que carro da polícia ia poder parar a gente?

"Bem, a terceira eu venci porque o Maverick qu'eu 'tava enfrentando fundiu o motor na volta, tentando me segurar a duzentos e vinte. A terceira foi a do riquinho da Ferrari..."

— Com'é que foi essa?

Serra deu de ombros.

— A história era que o cara era um coroa 'dinhe'rado que tinha corrido de Opala *stock car* com uma equipe própria, sem nunca ganhar bosta nenhuma. Ele ouviu que existia o tal "Rally São Paulo", em que só corria Maveco e Dorjão, e achou que com a Ferrari dele ia ser moleza.

"Então ele veio, todo equipado, com capacete fechado no queixo — eu só usava um desses de motoqueiro, aberto embaixo —, macacão à prova de fogo, cinto de cinco pontos, e um cara que dizia que tinha feito rally de verdade e sabia controlar a média. O cara ia cantando pra ele as curvas e retas e as velocidades.

"Normalmente a gente ia acompanhado de um cara que era indicado pelo outro. Um colega dele ia comigo, e um colega meu com ele, de observador..."

— *Mui* amigo — Alexandre comentou.

Serra riu.

— É. É bom 'tar certo de escolher um cara q' 'cê não gosta pra ir com outro, porque o negócio é mesmo arriscado. O Juca foi, uma vez, mas ele é camarada... Como sobrava grana pra pagar o observador, também, então sempre tinha um doido disposto.

"Mas o cara da Ferrari não quis saber e disse que ia levar o tal 'navegador'. Aí meteu mais grana a dois por um, todo papudo, só pra me convencer. Então eu disse que aí não ia levar observador nenhum."

— Por quê?

— Porque eu tinha que diminuir o peso — Serra explicou. — O Charger pesa quase mil e seiscentos quilos. Eu peso quase noventa. Se levasse mais um cara... Eu fiz loucura, tirei os bancos, o para-choque traseiro, o forro das portas, os estepes... Só não tirei o capô porque ia estragar a aerodinâmica. E calculei o tanto exato de gasolina que ia usar e não pus uma gota a mais. Quase que não deu! Tinha um cara com um camburão esperando na chegada, pr'eu poder rodar de volta pra casa...

"O babaca da Ferrari não podia usar tudo o que o carro dava. Uma corrida ilegal dessas não é que nem uma disputa profissional, onde se você sair da estrada tem cascalho e pneu velho pra absorver o choque, e ambulância, helicóptero e guincho te esperando. Aqui, se 'ocê se machucar, ou vai mancando de volta pra casa, ou pede socorro e depois tem que encarar a polícia, porque, se eles não podem alcançar a gente, não quer dizer que não 'tão sabendo do racha. Me'ma coisa se o seu carro amanhecer capotado no cante'ro central. A rodoviária não vai aparecer e te dizer 'ai, que peninha'... É uma situação do tipo tudo ou nada em q' 'cê só pode contar com 'ocê mesmo.

"Além do mais, não tem circuito pra memorizar, e enquanto 'cê corre tem que se ver com os imprevisto'. É caminhão e carro no caminho, no meio da noite em trecho sem iluminação, e a duzentos por hora é como se eles 'tivessem parados na pista... É faixa da estrada em obras, é buraco, é ressalto de ponte que te joga pro alto... A duzentos e vinte qualquer olho de gato na pista periga de te destracionar. E 'cê comete muito erro. Tem que confiar muito no carro, porque se quebrar 'cê tem qu'esconder ele no mato. 'Cê não imagina o que é.

"Então o dono da Ferrari só sentiu o tamanho da encrenca quando entrou na pista, às duas e meia da madrugada... Ele viu que o carro dele, de duzentos mil dólar', 'tava correndo contra um de cinco mil, numa pista superperigosa. E qu'ele indo na frente 'tava mostrando pra mim, atrás, o caminho da roça. As curvas q'ele entrava, as esticadas nas reta', os pontos de frenagem, eu atrás ia só imitando, lendo o que ele escrevia. Mas ele tinha que, além de cuidar da pista na frente, se ligar sempre no retrovisor. A qualquer hora, perto da chegada, eu podia dar o bote. O cara já não acreditava mais que só com o carrinho dele ele mandava na corrida. Acabou ficando nervoso, saiu da pista pra direita, corrigiu demais e acabou no cante'ro central. Foi de lado assim, aí bateu no desnível e capotou duas vezes. Eu parei, voltei, dei uma olhada e vi que 'tava tudo bem, aí dei no pé."

— Comé que o cara se safou da polícia? — Alexandre perguntou.

— Depois a gente soube que ele foi molhando a mão de todo mundo, até chegar em casa e mandar buscar o que sobrou da Ferrari. Disse que nunca mais ia se meter numa doide'ra daquelas de novo.

"'Cê não sabe o que é, Xandão. Aquela pista, ela corre na frente do carro que parece uma sucuri se estrebuchando — e curva pra cá e pra lá e sobe e desce... Tem que usar farol de milha porque a coisa aparece lá na frente e quando 'cê vê já passou. Precisa dos farol pra te dar tempo de reação, também porque aí avisa a turma pra sair da frente. E o 'cê olhando lá 'diante, sempre, e então em volta tudo vira um túnel embaçado e..."

Serra parou de falar e o sorriso excitado desapareceu do seu rosto vermelho.

— Foi numa dessa que eu quase matei um sujeito na estrada — disse, em tom bem menos eufórico. — Eu só vi uma sombra vindo da direita e se eu não 'tivesse no centro da pista eu tinha pego ele e jogado cem metros longe. Como eu 'tava no meio, só andava no meio justamente por isso, e eu tive um reflexo... — Seus trêmulos indicador e polegar marcaram um espaço de meio centímetro. — Um reflexo*zinho* assim, e puxei o volante pra esquerda. Aí eu vi pelo retrovisor o cara cair no asfalto, só com o ar que o carro deslocava.

— Deus do céu...

— Aí eu brequei com tudo e nessa velocidade o Charger só para depois de uns cento e cinquenta metros. Fui pr'o acostamento e dei ré. Enquanto eu 'tava chegando passou por mim o outro corredor. Era um Dart Special Edition de Sampa. Eu fui chegando perto do sujeito qu'eu quase tinha atropelado, quer dizer... Aí eu vi ele de joelhos no acostamento. 'Tava vomitando. De susto.

— E você? — Alexandre perguntou, a voz tão baixa quanto a de Serra. — E o seu observador?

— Eu saí do carro e perguntei se andarilho 'tava legal. Eu vi qu'ele 'tava *vivo*, pelo menos. Aí eu fui pra beirada da estrada e vomitei também. O cara que 'tava comigo só ficou olhando, de zoio arregalado. Demorou pr'ele entender... — Fez uma pausa. — Depois subi no carro e ganhei a corrida!

Serra terminou a história com um soco de caratê no ar, sorriu e apontou para o carro.

— Agora entra aí e vamo' dá uma volta.

Enquanto passeavam pelas ruas da cidade, Alexandre não deixou de notar as mãos trêmulas do amigo, fechadas sobre o volante da sua máquina invicta. Da conversa ele aprendeu duas coisas sobre Serra: correr estava em seu sangue, mas era como um vício que ele mal mantinha sob controle. E que desses tempos de aventuras e riscos é que vinha a sua fidelidade tão absoluta a Amélio, o homem que havia pago o funeral do seu pai.

Soraia sentia o corpo todo tremer, encorujada na cabeceira da comprida mesa da sala dos professores. Não fazia tanto frio quanto de manhãzinha, mas mesmo que a temperatura estivesse dez graus mais baixa, ela ainda poria a culpa dos seus tremores no sonho que tivera na madrugada do domingo.

Visitara o seu Pai no lugar em que ele estava — inferno ou purgatório, ela não sabia. Por graça de Deus tivera uma visão misericordiosamente breve — *vá para casa*, seu Pai dissera — e limitada daquele espaço sombrio, de gravidade inconstante, povoado de sombras semoventes. Sentia em seus ossos e em sua carne jovens que tinha viajado em espírito a um lugar ruim — de uma maldade viva, que grudava em quem a testemunhasse, como um gosto amargo em boca vazia.

E agora o gosto amargo retornava com mais força ainda, feito matéria regurgitada, enquanto Soraia observava o rosto escuro de olhos arregalados, do pequeno Artur Rodrigues de Oliveira, lá sentado no extremo oposto da mesa. A mesma sensação de sombras armadas de unhas de aço, mas circundando-o, em uma dança fantasmagórica sobre a cabeça do menino, ameaçando-o e nutrindo-o ao mesmo tempo, como quem acarinha a presa enquanto a mantém em cativeiro. Ela fez um esforço que lhe pareceu sobre-humano, para concentrar-se apenas no menino, e a imagem perturbadora empalideceu, quase desaparecendo.

— Quer um pouco de chá, Artur? — forçou-se a perguntar, a voz falseando.

Ele negou com a cabeça.

Soraia limpou a garganta e insistiu:

— Você ainda quer aquelas aulas particulares?

Artur não respondeu. Soraia sabia que ele desejava as aulas. Não teria combinado com ela, se não as quisesse. Mas ao mesmo tempo, não queria confrontar o irmão — e talvez a mãe, já que não tinha contado a ela. O menino estava dividido, e Soraia não poderia esquivar-se de tocar nesse ponto sensível.

— É que eu 'stive em sua casa, 'cê sabe, e sua mãe não 'stava sabendo. O que aconteceu, Artur? Seu irmão, o... Jocélio, ele não gosta da ideia? — E diante do silêncio obstinado do menino: — E agora seu irmão mandou você não falar mais comigo?

— Não é isso, 'fessora — ele disse, enfim.

— O que é então?

"Por favor, diga que eu estou errada", ela pensou. Mas Artur tornou a emudecer.

— Você acha que seu irmão pensa no melhor pra você? — ela inquiriu. — Ou ele não quer que 'cê melhore de vida, com o estudo?

Artur arregalou os olhos. Soraia fechou os seus. Percebeu que Artur agora tinha quase certeza de que ela sabia. Sentia-se como alguém que segura um gato arisco na mão — se apertar com muita força para não deixar que escape, ele perde a sua confiança; se abrir demais, ele pula pra longe.

— Eu sei o que está acontecendo, Artur — disse. — O que o seu irmão 'stá fazendo com você. — Inclinou-se para a frente, num impulso, como se quisesse alcançar o menino do outro lado, sentindo as mamas roçarem a superfície da mesa. — Não preciso dizer que é uma coisa errada e que te coloca em perigo...

Desta vez Artur quase falou. Abriu a boca e puxou um fôlego fundo, de quem prepara uma frase longa, mas fonema algum deixou seus lábios. A mancha indistinta acima de sua cabeça agitou-se abruptamente, obrigando Soraia a desviar os olhos.

— Ontem eu telefonei pr'algumas amigas — Soraia correu a dizer —, do tempo da escola... da minha escola, quer dizer. Uma delas trabalha no... — Ia dizer "Juizado de Menores", mas compreendeu a tempo que essas palavras poriam o gato para correr — na Prefeitura, sabe? Ela acha que pode te ajudar, Artur.

"O que eu pensei é que a gente, essa minha amiga e eu, a gente podia dar um jeito de você não correr mais perigo. 'Cê sabe, Artur, que o único jeito de não correr mais perigo é indo pr'um lugar melhor, um lugar que te dê segurança, que mantenha você longe dessas coisas que o Jocélio te obriga a fazer."

— Longe *dele*, né? — Artur perguntou.

"Um menino tão inteligente..." Soraia pensou, voltando a apoiar as costas no encosto da cadeira. "E assim o gato pula pra longe..."

Artur estava em pé, segurando o encosto da sua cadeira com uma mão pequena e trêmula.

— Meu irmão disse que num mês eu vou ganhar mais do que 'ocê em *três* — ele quase gritou.

Ela retornou um sorriso triste.

— É verdade, meu bem. Mas o dinheiro não vai tirar você da situação de perigo. Quem pode te ajudar é quem 'stá consciente do problema e pode tirar você dessa situação. Nada vai mudar. Você ainda vai frequentar a escola... Talvez não *esta* escola, mas uma lá em Sumaré, uma escola melhor, e vai morar num lugar melhor...

Sua voz morreu em sua própria garganta.

Artur a encarava, de junto à porta. Soraia sentiu que o gatinho nunca mais voltaria a se arriscar perto dela. Mas não era um gatinho, claro. Era um ser humano que achava que já podia tomar suas próprias decisões, assumir escolhas que comprometeriam todo o resto de sua vida — e tendo apenas a mais tênue ideia das consequências.

— O meu irmão precisa de mim — ele disse. — E ele me *protege*. E protege a minha *mãe*! E com o dinheiro que nós 'tá ganhando nós vamos morar num lugar melhor que onde 'ocê mora! E nós vamos ter tudo o que a gente quiser e tudo o que a gente sempre precisou. Tudo!

A última coisa que Soraia viu foram as formas nebulosas escorrendo porta afora no rastro do menino, como a matéria fétida que espirala e borbulha com a descarga, antes de desaparecer para um lugar qualquer em que não podiam mais ser vistas.

Soraia ficou sentada na sala dos professores, de olhos cerrados, rezando a Deus, Jesus e à Virgem Maria, até que sua amiga Valéria Ferreira viesse saber o porquê dela estar escondida assim, sozinha na sala.

Soraia levantou-se, incerta das pernas, e segurou-se no braço de Valéria.

— Santa, 'cê 'tá tremendo! — Valéria exclamou.

— Não 'stou me sentindo bem hoje.

No corredor do pátio interno, seus olhos testemunharam o dia ensolarado de brisa suave, passarinhos cruzando os ares, vindos das fazendas lá de baixo, e as crianças correndo de um lado para outro no intervalo entre as aulas. Soraia dava passos duros, aturdida e amparada por Valéria. Agora sabia que o seu mundo cotidiano mascarava uma outra realidade que se entrecruzava com esta, interpenetrando e contaminando este dia de primavera com sombras e presenças que a ele não pertenciam.

E seu pai habitava esse outro mundo feito de escuridão, e que às vezes, ela supôs, era apenas tocado pelo mundo dos vivos.

Desde sua conversa com Alexandre na madrugada de domingo, ela havia acolhido um princípio de perdão e pesar pelo pai morto. Agora porém, via que ele não era o agente do desconforto que se abatera sobre ela e a mãe. Seu pai era a *vítima*, nessa história toda. Pois ele estava *lá*, e se a Palavra dizia a verdade, nunca sairia.

Foi a custo que Soraia pedalou de Hortolândia para casa, em Sumaré. Entrou com a bicicleta pelo corredor lateral, e na casa pela cozinha.

— Mãe?... — chamou.

Na sala só estava Alexandre, sentado na poltrona que fora a favorita de seu Pai, lendo um livro, Amarelo enrolado em seu colo. Soraia sentiu uma pontada de ciúme. O gato a viu, saltou do colo para o chão e foi roçar a espinha e o rabo em suas pernas. Como Soraia não lhe deu atenção, ele caminhou de rabo baixo para perto da janela e se jogou no tapete, olhando a dona com olhos sonolentos.

— Sua mãe foi visitar a irmã em Campinas, e pediu pra eu olhar a casa — Alexandre disse, a título de cumprimento.

Soraia assentiu em silêncio. O fato da Mãe ter deixado a casa aos cuidados dele mostrava o quanto Alexandre avançara, na confiança que a Dona Teresinha depositava nele.

— 'Cê não foi treinar hoje?

— Não. Pouco depois que 'ocê saiu, sua mãe me pediu pra ficar e olhar a casa.

— Ela não me falou nada, ontem...

— Parece que foi alguma coisa meio de surpresa.

— Minha tia Luísa 'tá doente ou coisa assim?

— Acho que não. A Dona Teresinha parecia contente quando saiu, e não preocupada.

— O que você 'tá lendo? — ela perguntou, inclinando-se para examinar a capa. — *Giselle: A Espiã Nua que Abalou Paris*. . . Ah, 'cê achou as caixas com os livros do meu pai.

Ele pareceu atrapalhado.

— Não sabia que eram dele, quer dizer. . . só podia ser, mas eu não sabia q' 'cê não queria que mexesse nelas.

Soraia sorriu e passou a mão sobre o rosto cansado.

— O que foi, Soraia?

Olhou para ele, sentado ali, o livro no colo, e a visão bastou para restituir-lhe o senso do real. Foi como se tivesse pedalado por *horas* sob um sol forte, num dia seco e empoeirado, e subitamente chegasse a um lugar com sombra e brisa, um lugar de repouso e sossego. "Alexandre", pensou. "Meu Pai disse que você precisava de mim, mas não será o contrário?. . ." Soraia levou os punhos fechados aos olhos, e soluçou.

Sentiu os braços fortes de Alexandre fechando-se em torno de seus ombros, e então ela deixou-se chorar abertamente.

— 'Tá tudo bem — ele disse, sem entender. — Não houve nada. A sua mãe saiu pra visitar a irmã dela, só isso. . .

— Você não sabe o que aconteceu, não sabe. . .

Ele a levou até o sofá e a fez sentar-se.

— Então me conta.

Ela sacudiu a cabeça.

— 'Cê não ia entender. — Mas pensava na visão que tivera, e não na recusa de Artur em ser ajudado por ela. Sobre isso podia falar. — Hã. . . O Artur. Você tinha razão. Ele 'tá mesmo metido com drogas, por causa do irmão dele. Ontem eu liguei pra umas amigas que trabalham na Prefeitura, uma no Juizado de Menores. A gente tentou pensar em alguma coisa, uma alternativa. . . Mas o Artur não quis. Eu podia até trazer ele pra cá, cuidar dele, mas ele não *quis*.

Amarelo se aproximou dos dois, olhando-a com olhos verdes curiosos.

— 'Cê acolhe todos os gatos vadios, não é, Soraia? — Alexandre perguntou.

— E você 'tá aliviado porque o menino recusou!

Podia perceber isso no rosto dele, no seu tom de voz.

Ele deu um sorriso desanimado, de réu confesso.

— Como se a recusa dele fosse te fazer desistir.

— O que é qu'eu posso fazer?. . . — ela perguntou.

— 'Cê já pensou em alguma coisa — ele sentenciou.

— Pensei em falar com a mãe dele.

— Quando 'ocê for, eu vou também.

Ela fungou um pouco mais, enxugou os olhos.

— Você acha que é perigoso, não é?

— Acho — ele respondeu. — Talvez 'cê pudesse mandar alguém do juizado... Não. Se fosse possível 'cê não 'tava pensando agora em falar com a mãe dele.

— É que eu não tenho prova de nada. E envolver autoridades ia acabar fazendo o menino fugir da escola, não sei, e lá eu pelo menos posso ficar de olho nele.

— Sei. É melhor assim.

Não trocaram mais palavras, por algum tempo. Ele ainda a abraçava, e Soraia aos poucos foi se tornando consciente dos músculos duros de sua coxa pressionados contra a dela, do cheiro do creme de barbear que ele usava, de como todo o seu corpo crescia contra o dela, com sua respiração. Amarelo saltou ciumento sobre ela, farejando e pateando indeciso o seu colo. Que cheiros ele sentia? O do medo, da frustração?

Aos poucos, o ronronar do gato em seu colo e o respirar compassado de Alexandre foram tranquilizando Soraia. O tempo passou, mas ela não soube dizer o quanto.

Ouviu os passos de sua mãe no corredor lá fora, e no mesmo instante Alexandre removeu o braço de seu ombro e levantou-se, assustando Amarelo.

A Mãe entrou sorrindo pela cozinha.

— Soraia, você não vai acreditar — disse. — Sua tia Luísa tem um emprego pra você na loja dela!

Luísa, a irmã de sua mãe, tinha uma loja de eletro-eletrônicos em Campinas. As coisas não iam muito bem com o estabelecimento, tanto que não puderam ajudar o seu Pai, durante a crise com o restaurante. Culpa do Plano Cruzado.

— Ela me ligou hoje de manhã, pouco depois d'ocê sair — a Mãe dizia. — Contou que conseguiu um sócio com capital, e que, por acaso, ao mesmo tempo teve que mandar embora o rapaz que fazia as compras da loja. Agora 'tá precisando de alguém que fale inglês, pra tratar com os fornecedores do estrangeiro. É o ideal pra você, meu anjo. A tia Luísa não vai poder pagar muito agora, mas mesmo assim dá o dobro do que você ganha na escola!

Soraia ficou olhando muda para ela. Sentiu a mão de Alexandre em seu ombro e o ouviu dizer:

— Parabéns, Soraia. — Havia um riso desanimado em sua voz, porém. — 'Cês me dão licença, que eu vou sair pra correr um pouco.

Ele sabia que, para ela, a notícia não vinha exatamente como uma boa nova. Era mais como um novo dilema.

Josué esperava pelo irmão Isaías, lendo a Bíblia sentado junto à porta de casa. Isaías chegou com o Opala ss amarelo e preto, vindo da oficina em Campinas. Josué foi unir-se a ele na garagem.

Ao sair do carro, Isaías fez um sinal de positivo com o polegar bicolor para cima. Era tão negro quanto Josué, mas a pele da palma de suas mãos era exageradamente rosada.

— O seu patrão concordou?

— Mandou até uma carta pra você mostrar ao tal tenente — Isaías respondeu. — E nós rabiscamos as adaptações que o carro vai precisar.

Os dois se sentaram em torno da mesa da copa, para conceber como o "interceptador" idealizado por Josué deveria ser. Josué havia emprestado ao irmão o manual do modelo de Opala que tinham sobrando no parque de viaturas da 3ª Companhia do 19º. Ele deveria ter o seu motor 151 de quatro cilindros substituído por um 250-s preparado, que a oficina do patrão de Isaías já tinha pronto ou quase. Josué disse que era um motor veterano — já tinha corrido em provas de *stock car*.

Rodas e pneus seriam trocados, assim como a suspensão e a caixa de câmbio. O interior seria equipado com uma gaiola de proteção contra capotagem, e os bancos detrás e do passageiro seriam removidos, bem como a grade que separava o motorista dos eventuais detidos que estaria transportando atrás. Tudo isso para firmar a estrutura e aliviar o peso — o que também exigia substituir o capô de chapa por um de fibra de vidro. A proposta de adaptação também trazia o preço de cada serviço, e ao ler o total Josué quase caiu da cadeira. Mas a carta do patrão de Isaías — um sujeito chamado Ferretti — disse que faria tudo de graça, se o projeto do interceptador realizado pela sua oficina fosse bem divulgado pela polícia, junto aos meios de comunicação. Josué achou que era mais do que justo.

À tarde, apanhou tudo e caminhou até a companhia. Não ficava longe. Josué e sua família moravam ali do lado, na Vila Yolanda Costa e Silva, que foi o primeiro programa de casas populares de Sumaré.

Pediu ao Cabo Jósimo para usar a máquina de datilografia da administração. Sentou-se lá com um punhado de folhas de sulfite trazidas de casa, e foi catando milho, colocando penosamente no papel a sua ideia e as informações que Isaías trouxera de Campinas.

Toda a ideia do projeto o fazia pensar menos em Vanessa Mendel, e em parte era isso mesmo o que ele queria. Um lado dele se retorcia por dentro com o desejo de reencontrá-la, o outro temia o reencontro — temia os pensamentos e as fantasias que agora povoavam a sua mente. Precisava refletir, orar, pedir a orientação de Deus e esperar que fosse inspirado por Ele... Ou que fosse vencido pelo desejo e retornasse aos braços da mulher e mais uma rodada de novos experimentos e prazeres, e que a partir dessa experiência algo se definisse. O tempo diria. Ou a vontade de Deus.

Alguém entrou na administração e arrastou uma cadeira para junto dele. Era o seu amigo Vitalino.

— Q' 'cê 'tá aprontando?

— Deus te abençoe, Vitalino — ele primeiro cumprimentou. — 'Tô oferecendo uma ideia ao nosso oficial comandante — respondeu —, sobre como enfrentar os atiradores da tal Gangue do Maverick.

— 'Cê não desiste fácil mesmo, Josué. Já sabe o que vai acontecer, não sabe?

Deu de ombros.

Vitalino respondeu à própria pergunta:

— O Brossolin vai ignorar isso, ou vai dizer que essa sua ideia não chegou pelos canais competentes, ou vai te repreender.

Josué continuou atingindo as teclas com os dois indicadores. Sempre existiam alternativas. A cadeia de comando o impedia de procurar diretamente em Americana o capitão comandante da unidade à qual a 3.ª Companhia pertencia. Só o faria em último caso — ou em último caso entregaria o projeto à imprensa, aos jornais de Campinas, que tinham mais peso político, ele achava. Depois de um silêncio embaraçado entre os dois, Vitalino disse, em voz baixa:

— Eu soube de uma coisa do Ribas. Encontrei uma patrulhinha de Campinas anteontem, no Matão. Tinha um cabo que disse que serviu com o Ribas quand'ele ainda 'tava em Campinas. Falou que o Ribas aprontou lá...

— "Aprontou" quer dizer?...

— Ele não explicou. Mas deve ser coisa grave, porque logo depois eles mandaram ele pra cá, pra ficar "de molho", que nem o cabo falou.

— Se foi tão grave, por que não afastaram ele das suas funções, não prenderam, não?...

Vitalino o interrompeu, apressadamente.

— Por que ele tem *as costas quentes*, Josué! Ele cometeu alguma falta grave, mas ao invés de tudo isso q' 'cê falou, eles mandaram ele pra cá, e isso só pode querer dizer qu'ele tem gente graúda em Campinas garantindo o lado dele. Se 'ocê pisa nos calos dele, pisa no dessa gente também!

Refletiu. Isso explicava muita coisa, mas Ribas não era a sua principal preocupação no momento.

— 'Brigado pela dica, Vitalino. Mas isto aqui não tem nada a ver com o Ribas. Não tem por que o Brossolin misturar uma coisa com a outra.

— Ele não vai querer te dar cartaz com nada. — A voz de Vitalino desceu para um sussurro. — Tem uma coisa qu'eu descobri sobre *ele*...

— O tenente?

— É. Eu preciso te contar, pra 'cê parar essa sua *disputa* com o Brossolin. Por que qu'ele implica com você. Não é porq' 'cê é preto nem nada. É porque, quand'ele começou na carre'ra dele, ele tinha uma coisa que nem você... um *idealismo*. Sabe, achava que podia melhorar o sistema. Mas logo ele viu qu'isso não é possível. Que quem reclama, quem dá muito palpite no que não é da sua incumbência, acaba repreendido, ou aí é transferido pr'um posto pior.

"Aqui em Sumaré o Brossolin 'tá na boa. Tem casa e família em Campinas, não precisa 'squentar a cabeça com nada. Mas s'ele arrumar encrenca e eles transferirem ele pra um lugar longe, tipo Descalvado ou sei lá, com'é qu'ele fica? Se já pensou nisso?"

— Não. Nunca pensei...

— Então!

— Mas o que é que isso tem a ver com o fato dele implicar comigo?

— Quand'ele olha pra você ele enxerga um idealista, com'ele mesmo foi. E não gosta de ser lembrado disso.

Talvez o amigo tivesse alguma razão. Nunca tinha pensado que a antipatia do oficial por ele tivesse em sua raiz algo como o que Vitalino lhe dizia. Mas o que ele lhe contava obrigava-o a desistir?

— Hum. Pode ser... — murmurou. — 'Cê quer dizer que ele vai acabar ignorando qualquer sugestão qu'eu fizer, só pra não passar também como descontente aos olhos da corporação. Não sei... Se for isso, problema dele eu acho. Da minha parte, não me custa nada ir em frente e apresentar a minha ideia...

— É claro que custa! — Vitalino o interrompeu, elevando a voz. — Pra *você*, e pra *nós*. Faz parecer que nós não 'tamos fazendo tudo o que podia. Com essas suas ideias parece que 'cê 'tá criticando a corporação toda!

Os dedos de Josué pairaram no ar, sobre as teclas. Depois voltaram a tocá--las. Então Vitalino pensava igualzinho a Brossolin — mas partindo do bom senso de nunca ter sido idealista.

— Talvez seja isso mesmo, por que não? — disse. — Dizem que uma crítica construtiva pode até ajudar. Quem sabe não traz de volta o idealista que o Brossolin foi, segundo o que 'cê diz...

Desta vez foi o riso de Vitalino que o interrompeu.

— Crítica na *pm*? — ele disse. — E o 'spírito de corpo, Josué, com'é que fica? 'Cê faz parte duma *corporação*, e tem que apoiar ela em todas as situações.

— Eu 'tô preocupado com outro tipo de "espírito", agora — Josué disse, com alguma rispidez.

Vitalino recuou. Josué dirigiu-lhe um breve olhar e achou que havia ofensa em seu rosto.

— 'Cê não vai jogar a religião em cima de mim agora — Vitalino disse. — Isso 'cê não vai fazer não! Eu sou tão religioso quanto 'ocê, mas isto aqui não é o templo... Dá a César o que é de César, e a Deus o que é de Deus, não é?

— "Dai, pois, a César o que é de César e a Deus o que é de Deus" — Josué corrigiu, automaticamente. — Lucas vinte, versículo vinte e cinco. — Sabia que Vitalino nunca fora capaz de citar o livro sagrado de cor, e sentiu-se um tanto contrariado por apelar dessa maneira. Fez um gesto de mãos abertas, indicando o recinto à volta deles, e o que havia além. — E isto não é o Império Romano, Vitalino. Ou somos nós os novos centuriões? Você se esquece ainda, do que disse João: "porque todo o que é nascido de Deus vence o mundo; e esta é a vitória que vence o mundo: a nossa fé." Primeira Epístola de João, cinco, versículo quatro...

Vitalino levantou-se, empurrando a cadeira para longe. Olhando por sobre o ombro, Josué viu suas costas gordas afastando-se rumo à porta, e sentiu que perdia o único amigo dentro da companhia da PM.

Voltou-se para o papel branco brotando para fora da máquina de escrever. Meditou se não estaria tocado pela soberba de achar que tinha as respostas que não ocorriam a mais ninguém. Era disso o que Vitalino o acusava, não era? Mas também o alertava para o fato de que havia mais na má vontade de Brossolin para com ele, do que ele suspeitava. O tenente protegia Ribas. Talvez como um favor ao oficial de Campinas que havia transferido Ribas para Sumaré, talvez por conta própria. E havia um segredo por trás de tudo, um segredo que Josué não conhecia. Sabia apenas que estava no caminho dos dois.

Mas o que isso alterava?

Nada.

Apanhou as folhas já datilografadas, estudou concentrado as palavras ali impressas, o estilo conciso e objetivo que não exprimia nenhuma voz pessoal. Então revisou mentalmente o plano todo, a ideia de um interceptador e do que seria necessário para levá-la a cabo. Não lhe pareceu nada extraordinário, impossível...

Ainda assim tinha a certeza de que o tenente iria ignorar a ideia. A trama envolvendo Ribas não vogaria nada, na questão. Brossolin a recusaria pelo mesmo motivo que aceitava receber em seu grupamento a "maçã podre" que era Ribas — Brossolin era um acomodado. Ele faria o mínimo para manter as aparências, ou para manter os seus superiores em Campinas ou Americana satisfeitos. Toda a sua pesquisa e a sua sugestão não passavam de...

Era isso o que sugerira a Vitalino, o seu gesto de fé? "Não posso ficar parado, só assistindo ao que acontece", concluiu. "Se tudo o que Brossolin me permite fazer é pôr no papel estas ideias a serem ignoradas, ainda *é o que posso fazer.*"

Terminou rápido a datilografia faltante, pôs data, assinou o documento e deixou-o sobre a mesa de Brossolin.

Deixou o prédio pensando em Vanessa. O que *ela* pensaria de tudo isso?

Precisavam de um trecho reto de pista, de mais ou menos 500 metros. A estrada de duas faixas que ia de Sumaré a Nova Odessa tinha um trecho assim, logo na saída, perto do matadouro. Um sujeito tinha sido deixado na curva mais distante, para acenar com uma lanterna, quando a pista estivesse livre de veículos vindo pela faixa contrária.

O Dodge Charger R/T 1975 de Serra e um Aero Willys 1971 pertencente a um cara chamado Rodrigo Marcelino, emparelharam-se na cabeceira da improvisada pista de racha. O Aero Willys de Marcelino tinha frente rebaixada, pintura azul metálica e radiais de aros brancos, de magnésio. O motor não era o original, mas um 250-s emprestado do Chevrolet Opala, com alguns incrementos na carburação e no comando de válvulas. Alexandre Agnelli sabia de tudo isso porque estava presente quando os dois motoristas combinaram o desafio. Era quinta-feira, Serra e Alexandre tinham treinado juntos na Academia do Marino e à noite saído para beber e conversar. Uma hora atrás, em uma lanchonete, Marcelino havia se gabado de que conseguira fazer o seu Aero Willys passar dos cento e noventa. Ele era de Sumaré mesmo, mas por alguma razão a fama do carro de Serra lhe havia passado desapercebida, ou ele nunca teria começado a se gabar. Marcelino era um sujeito gordeto, de barba arruivada e de olhos azuis. Mantinha as mãos rechonchudas no volante, enquanto os carros aceleravam.

Serra e o seu Dorjão tinham enfrentado todo tipo de automóvel, em anos recentes, embora o orgulho de Serra não o permitisse competir com Fuscas e Voyages ou essas picapes minúsculas que estavam na moda entre os boyzinhos da região. Só enfrentava carros grandes, com "motor de verdade", e desprezava os carrinhos de motor turbinado. Marcelino e o seu charmoso automóvel não tinham a menor chance contra o Charger branco.

Alexandre assistia ao alinhamento dos carros, a partir do estreito acostamento. Grilos cricrilavam no mato atrás dele. Mesmo na reta a corrida de arrancada seria perigosa. Qualquer um que perdesse o controle das máquinas, a cento e sessenta ou cento e oitenta, e saísse da estrada, enfrentava o sério risco de capotar no acostamento irregular de terra batida e pedrisco.

Era quinta-feira — sexta, na verdade, já que passava das duas e meia da manhã. O fato do pessoal ter se encontrado em uma lanchonete somava mais um fator de risco à disputa — os copos de cerveja bebidos, antes de todo mundo sair em caravana até o ponto sugerido pelo desafiante. Serra e Marcelino pareciam firmes o bastante, porém.

Nos lados da pista, meia dúzia de carros e uma picape F-100 restaurada e com rodas brilhantes esperavam, estacionados em quarenta e cinco graus, que fosse dada a partida. Dois carros, estacionados de ré, iluminavam com os faróis dianteiros o ponto de onde partiriam o Charger e o Aero Willys.

Uma moça negra que estava na lanchonete e que viera acompanhando o pessoal fez as honras da largada, baixando uma das mãos, imitando a bandeirola.

O Aero Willys patinou os rodas traseiras, uma névoa de fumaça azul se formando brevemente junto aos pneus, mas Alexandre viu que o carro de Serra largou firme e reto como uma flecha. Seus largos pneus traseiros se deformaram, rugas aparecendo em baixo, mas ficaram grudados no asfalto liso, lançando o Charger para frente, o nariz empinado. Os dois carros arrancaram — dois tijolos volantes rugindo pistões e escapamentos, produzindo um som que lembrava metal sendo esmigalhado, um *cráááááááá-ahrããããããããm* que devia ter acordado gente a quilômetros dali, nas chácaras e sítios em volta. Os faróis acesos na luz alta pareciam criar o asfalto diante de suas rodas.

Em segundos Serra tinha uma vantagem tão grande que Marcelino tirou o pé do acelerador e deixou o seu 250-s soluçar de desapontamento, enquanto metia uma reduzida atrás da outra.

Alexandre deixou escapar o fôlego até então preso. Não houve capotamento ou batida, ninguém se feriu. Serra obrigou o Charger a dar um cavalo de pau, longe na curva da estrada. O carro de Serra não vacilou uma única vez. Em momento algum as rodas derraparam ou o câmbio rangeu, e o cavalo de pau dado no fim da reta parecia feito com compasso.

Quando Marcelino e Serra retornaram ao ponto de partida, parte dos outros carros já estava voltando para a cidade, mas alguns ficaram e um sujeito em um Fiat também tinha notado o truque dos pneus traseiros e esperou para interrogar Serra.

— São pneus 'speciais, de um tipo *semislick* — ele explicou. — Importados. Eles grudam no asfalto e não deixam patinar. E são largos. É mais superfície de pneu na pista.

— 'Cê leva a sério esse negócio de racha — Alexandre disse, já à bordo do Charger, que agora rolava lentamente pela Rebouças.

— O lance de ter um carro destes é ver até onde se pode chegar. O carro mesmo é só uma plataforma pr'ocê mexer e exp'rimentar com o desempenho. O meu Dorjão levou três anos pra ficar no 'stado em q'está. Do dia em que meu pai morreu e passou ele pra mim, até agora.

Serra parecia cansado, ao volante. Apertava repetidamente o canto dos olhos, com o indicador e o polegar da mão esquerda.

— A gente só sente o nervoso depois que termina — disse.

Serra levou Alexandre até sua casa. Depois de pôr o carro na garagem, os dois caminharam em silêncio pelo corredor que levava ao quintal. Havia uma pequena casa de fundos. Serra abriu a porta e fez sinal para que Alexandre entrasse. Com a luz acesa, Alexandre viu que era um quarto grande com banheiro, e paredes emboloradas perto do teto. Havia uma cama e uma estante com TV, aparelho de videocassete, CD *player*, fitas de vídeo e K7 e pilhas de CDs. Alexandre viu o troféu do último campeonato de "demolicar" realizado em Sumaré ano passado e ganho por Serra, que tinha representado a oficina do Lucas Palomino. Também meia dúzia de livros e pilhas de revistas de automóveis — *Oficina Mecânica*, *Motor Show* e algumas americanas, *Car Craft* e *Hot Rod*, especializadas no tipo de carro que ele gostava. No chão, halteres de pesos diferentes. Em uma das paredes, um pôster com o "General Lee" dos Dukes de Hazzard, o Dodge Charger original americano, ao lado de uma velha flâmula emoldurada e desbotada da Ponte Preta. O próprio Alexandre costumava torcer para o Guarani.

Então Serra também morava em um cômodo nos fundos.

— Quer dizer que 'cê ficou tanto tempo fora do ar, Xandão, que nem 'tá sabendo do movimento grunge — Serra disse, enquanto embaralhava uma pilha de CDs. — Eu vou tocar uns pr'ocê.

— Não se incomode...

— Ah, tudo bem. Daqui não dá pra minha mãe ouvir a gente. Eu tenho o'tro quarto lá dentro, mas aqui é melhor pra conversar e ouvir música.

Serra colocou uma seleção e depois *Mental Jewelry*, da banda Live. "Pain Lies on the Riverside" encheu o cômodo onde vivia. Alexandre gostou do som da banda — um som forte mas despojado, sem frescuras. E o vocalista tinha uma voz dramática, diferente da maioria dos conjuntos de rock. Depois de "Waterboy" ele se levantou e apertou o PAUSE. Voltou-se para Serra e cruzou os braços na frente do peito.

Serra estava deitado na cama, uma perna para fora, um antebraço apoiando a cabeça. Havia se despido da camiseta. Seus olhos verdes brilhavam pálidos, no meio do seu rosto vermelho, as pálpebras quase fechadas. No braço esquerdo, o olho verde solitário olhava para Alexandre, tatuado no deltoide redondo.

— Gostei — Alexandre disse —, mas se não me alugou a noite toda só pra eu testemunhar a sua vitória no racha e pra me atualizar quanto aos grunges.

— Bem, esses caras aí, do Live, não são muito grunges na verdade. Eles têm um estilo próprio, qu'é só deles.

"Escuta, Xande, amanhã é sexta e eu combinei co'a Ângela, a minha namorada, de comer alguma coisa 'manhã à noite naquela lanchonete que tem lá no Balão da Rebouças. Por que 'cê não aparece? Lá pelas oito horas."

Alexandre mal abriu a boca, Serra interrompeu-o:

— Mas tem que levar alguém. — Endireitou o corpo, com um gemido. — Eu q' não sou bobo nem nada, tô sabendo q' 'cê 'tá morando na casa daquela menina, a Soraia. Acho que 'tá nos fundos, que nem eu aqui. Acho qu'é de favor, pura caridade, porque uma nega bonita q' nem ela não ia cair de amores p'r'um pé-rapado q'nem 'ocê. Então é uma chance d'ocê retribuir a caridade dela, ou d'*eu* retribuir, já que eu é que vou pagar.

Alexandre tornou a abrir a boca, com uma negativa na ponta da língua, apenas para ouvir:

— Agora que já 'tá combinado, 'cê olha aqui, ó.

Serra puxou um embrulho de lona de sob a cama. E depois, as pontas dos laços de sisal que o prendiam.

Alexandre aproximou-se. Sentiu cheiro familiar de óleo de armas e viu duas espingardas de modelo idêntico e uma caixa de munição. Apanhou uma delas e a estudou. Parecia um trabuco antigo, uma pistola de pirata ou coisa assim. Não devia medir mais que trinta centímetros e era pouco mais do que cano, gatilho e empunhadura. E nada de números de série, estampas e outras marcas de fabricante. Então Serra havia tomado a sua decisão.

— É um tipo de escopeta — ouviu-o explicar.

— Mas... de um tiro só? — Alexandre perguntou, achando a trava de liberação que dividia o corpo da arma, revelando a alma lisa do cano.

— Isso. Pra recarregar tem que fazer desse jeito e enfiar o cartucho de doze aí e depois fechar. Eu também comprei uma caixa inteira de cartuchos.

Alexandre estendeu a arma, na distância do seu braço. Alça e massa de mira eram também rudimentares. Mas com esse comprimento de cano e o tipo de chumbo nos cartuchos de doze, o aparelho de pontaria ficava praticamente dispensável. A carga de chumbo se abriria em um cone, ao deixar a boca de fogo. Quem quer que estivesse adiante do cano ia querer uma chapa de aço atrás da qual se esconder.

— Quem fez pra mim, as duas, foi um conhecido, o Fink — Serra disse. — Ele foi armeiro do Exército, da Brigada Paraquedista. Eu expliquei o caso pra ele e ele fez os trabucos a toque de caixa. Mas é pra de'xar o nome dele fora de qualquer enrosco.

— Dá pra confiar qu'isto não vai 'stourar na sua cara?

— Não, garantido. O que 'cê acha?

Alexandre observou a escopeta de todos os ângulos. Então sorriu.

— Joia. Agora 'cê vai comprar dois metros de tripa de mico — disse. — Nós vamos pregar uma ponta aqui no cabo e a outra a gente faz um laço e passa no ombro direito. Assim, quando apontar o trabuco, estica a tripa e dá uma tensão no braço que ajuda a fazer pontaria e a segurar o tranco, porque essa porra não tem coronha. E dá também pra pendurar. Enfia o cano na cintura, e vai em frente. Bem escondido. Qualquer coisa, 'tá na mão pr'um saque rápido. E se soltar da sua mão, não vai sair rolando por aí.

— Falou e disse, Xandão.

— Só não segura no cano, depois de atirar, porque aí te queima os dedos. Dá pra recarregar com uma mão só. O teu amigo Bink trabalhou bem.

— Vou lembrar. E que bom que 'cê já 'tá esquecen'o o nome dele.

— Não vou nem perguntar quanto 'cê pagou por elas.

Alexandre se virou e voltou a apertar o botão de PAUSE. O som do Live tornou a se ouvir, mas agora as canções eram menos agitadas, mais melancólicas. Serra tornou a se deitar na cama, e Alexandre se sentou ao seu lado. Mas podia ver que Serra parecia prestes a adormecer. Começou a se levantar de fininho. Com um pouco de sorte chegaria à casa de Soraia sem incomodar a ela ou à mãe, e ainda conseguir algumas horas de sono...

— Quand'eu paguei por essas merdas e peguei o pacote, tive que lutar pra não jogar tudo no rio.

A voz de Serra lhe deu um susto.

— Putaqueopariu, pensei que 'cê já 'tava dormindo — disse, levantando-se e se encaminhando para a porta. Parou ali e voltou-se para o amigo. Nada em sua postura indicava que estivesse acordado. Só o olho verde tatuado no deltoide olhava insistente para Alexandre. — Agora não dá mais pra voltar atrás. Nós 'tamos até o pescoço. Essas armas podem muito bem ser a única coisa entre nós e um lote permanente no cemitério da cidade. *Você*, porque eu vou ser enterrado como indigente. Na hora agá, é melhor 'cê não vacilar.

O outro não respondeu.

— Mas me fala uma coisa, Serra. Por que 'cê insiste em não ir à polícia? Não era mais fácil, menos arriscado? 'Cê sabe que se a gente escapar dessa, pode terminar na cadeia...

A voz de Serra soou um pouco mais engrolada.

— É uma merda, Xandão... uma merda só. Faz uns meses que os cara' 'tão na nossa cola. Uma gente da prefeitura apareceu pra fazer inspeção das instalações, acharam um monte de picuinha, multaram a gente e for'embora. A gente reformou e depois os mesmos sujeitos apareceram de novo, acharam mais coisa, multaram de novo. E o jornal da cidade cobriu tudo, fez o maior escândalo co'essas merdas, exigiu o fechamento do SODES. É isso qu'eles querem, fechar o clube...

— Por quê?

— Por causa do Amélio — Serra respondeu. — Ele vai sair candidato a prefeito na próxima eleição, e a concorrência 'tá pegando. Eles acham que se o clube fechar na presidência dele, vai manchar o cara e tirar o apoio qu'ele 'tá receben'o pr'a candidatura. Se virar caso de polícia, então, putz, o jornal vai fazer a festa...

— E o *Diário Sumareense* 'tá do lado dos sujeitos que 'stão fazendo essa tramoia?"

— Pode apostar. O jornaleco é praticamente sustentado pela prefeitura, pela situação. É uma bosta dum boletim de propaganda, e não um jornal de verdade. E não é só o *Diário* ou a Defesa Civil ou a Saúde Pública que eles mandaram aqui pra encher o saco da gente, mas a polícia também. A PM mandou um filho da puta q' 'cê não imagina, vir aqui pegar no meu pé... Mas eu lidei co'ele. E o Juca me contou que o delegado mandou montar uma campana, pra ver se achava alguma coisa aqui. Isso faz uns três meses... Não acharam nada e desistiram. Mas 'cê vê, agora tem *alguma coisa*, e a gente precisa dar um jeito antes deles saberem.

— Me fala outra coisa, Serra. Eu sei o que 'ocê fez com o dinheiro que ganhou correndo. Arrumou seu carro e fez um pé-de-meia. Mas o que o Amélio fez com o dinheiro que *ele* ganhou?

Mesmo deitado, Serra deu de ombros.

— Pagou parte da campanha dele pra vereador, eu acho.

Alexandre refletiu sobre o que acabava de ouvir, considerando cada aspecto. Sabia agora por que Serra e ele estavam sozinhos. Fazia sentido — exceto por uma coisa.

— 'Cê acha que o seu amigo Amélio vale 'ocê arriscar a sua vida? — perguntou.

Serra não respondeu. Dali há um segundo, Alexandre ouviu seus roncos.

Saiu, encostando a porta com a maior delicadeza.

Soraia e Alexandre foram caminhando da casa dela até a churrascaria e choperia onde deviam se encontrar com Serra e sua namorada. O estabelecimento ficava bem na esquina, quase defronte ao balão. Nessa altura da sexta à noite, o movimento ainda era pequeno. O pessoal que estudava no noturno dos colégios de Segundo Grau só sairia depois das dez e meia, para se aglomerar nos bares e lanchonetes.

Era a primeira vez que saíam juntos, e Soraia se percebia inquieta. Até o momento em que ele a encontrara do lado de fora da casa, estivera pensando exclusivamente na proposta que a tia Luísa tinha feito. Mas agora não dava mais para esconder. Ainda mais que, na hora de atravessar a rua mais movimentada da praça, Alexandre pegou em sua mão, para soltar apenas quando chegaram do outro lado. Soraia sentiu seus dedos tremerem, no punho forte dele.

Quando Alexandre a convidou, ela a princípio não reagira muito bem. Ele argumentou que o convite era só para sair e comer alguma coisa, que ainda tinha em mente a distância que ela havia colocado entre os dois, e não pretendia avançar em nada. Ainda assim, Soraia fez beicinho e disse que ia pensar. O argumento derradeiro oferecido por ele foi o que a convenceu: "Quanto tempo 'cê não sai pr'um programa desses?" Para não ter que fazer as contas, ela aceitou.

— O Serra já 'tá aí — Alexandre disse, apontando um enorme carro branco de capota bege estacionado bem em frente.

Conheceria, enfim, o amigo e patrão de Alexandre.

— Ali no canto — ele apontou.

Soraia viu um sujeito grandalhão e avermelhado, sorrindo e acenando em pé, perto de uma das mesas no canto esquerdo, bem nos fundos. Melhor assim, mais quieto. Já o conhecia de vista. Com ele estava uma moça de longos cabelos escuros. Serra cumprimentou Alexandre com um abraço e Soraia com um aperto de mão e três beijinhos — "pra casar". Soraia não conseguiu evitar uma certa frieza — Serra era responsável por parte da encrenca em que Alexandre estava metido. A namorada de Serra se chamava Ângela, e ela também trocou beijos. Era uma moça alta e magra, bonita de pele morena e cabelos negros que chegavam ao meio das costas. Soraia sentiu saudades do seu próprio cabelo comprido.

Pouco depois de terem todos se sentado e trocado meia dúzia de palavras, apareceu um sujeito que cumprimentou Serra com intimidade. Foi apresentado como Juliano Roriz, o "Juca", investigador da Polícia Civil. Sem cerimônia, Juca imediatamente se sentou à mesa com eles.

Foi impossível a Soraia deixar de fazer a conexão: tinham um policial na mesa com Alexandre, um ex-condenado. Olhou de soslaio para ele, mas Alexandre se mostrava calmo e controlado.

— 'Cê 'tá morando no conjuntinho novo lá do Pia Cobra, Xandão? — Juca perguntou. Os dois então já se conheciam...

— Não — Alexandre respondeu.

— É qu'eu te vi saindo de lá, outro dia — Juca insistiu.

— Fui visitar um amigo.

O garçom apareceu para fazer o pedido das bebidas. Alexandre quis um suco de laranja, e Soraia o acompanhou. Serra pediu uma Caracu e, diante do olhar incisivo de Alexandre, disse que ia ser essa só. Juca foi de caipirinha e Ângela pediu um chope. Conversavam sobre o recente conflito no Golfo Pérsico.

— Acabou muito rápido — Serra disse. — Quatro dias só. O tal Saddam cantou de galo, mas na hora agá afinou.

— Impressionante a cara de pau do imperialismo americano — Ângela comentou. — Uma guerra horrível dessas, só pra garantir o petróleo pr'as indústrias deles.

Soraia logo percebeu que Ângela tinha assimilado todo o jeitão do discurso petista. Mas Ângela provavelmente não se sentia confortável falando da guerra, porque logo mudou o tópico da conversa: inflação, a atual crise econômica, o bloqueio das contas bancárias pelo governo, o escândalo da primeira-dama com a Legião Brasileira de Assistência, e por aí. A conversa transitava em um plano muito ideológico, até que Alexandre disse:

— Meu pai teve um comércio em Sumaré por quase vinte anos, escapou dos Planos Cruzado Um e Dois, e foi o tal confisco que fez ele falir.

Soraia concentrou-se em seu suco de laranja, para não abrir a boca. Seu próprio pai havia saído tão enfraquecido dos planos econômicos de José Sarney, que nem precisara do Plano Collor como golpe de misericórdia.

— É esse filho da puta do Collor — Juca ofereceu. — Como é que o povo foi votar num aventureiro desses?

— Quem elegeu o Collor foi o empresariado — Ângela disse. — Pra não ter que apoiar as propostas sociais do Lula e do PT.

Juca:

— E quem é que quer saber desses comunistas? Olha o que 'tá 'contecendo na União Soviética... Quer dizer, mais um pouco e nem existe mais.

Soraia resolveu falar o que sabia a respeito do assunto:

— No ano passado, a Lituânia declarou independência da União Soviética.

— Eles 'tão perdidos — Juca sentenciou —, acabados. O comunismo perdeu a Guerra Fria pr'as economias capitalistas. Os comunas são os derrotados da história neste fim de século, e o comunismo *morreu*.

— O comunismo nunca existiu — Ângela se defendeu, recitando o velho chavão. — Os russos 'tavam na fase socialista ainda, uma fase intermediária entre o capitalismo e o comunismo. Quer dizer, o comunismo nunca existiu lá.

— Então, se eles se ferraram nessa fase intermediária, quer dizer mesmo que é impossível chegar até essa tal utopia do comunismo — Juca contra-atacou, brandindo o seu copo de caipirinha. — Na minha opinião, a gente derrotou o comunismo como forma de governo.

Teve vontade de perguntar a ele quem era esse "a gente" a que se referia, mas ficou quieta. Notou que Alexandre tinha uma expressão diferente, olhando Roriz por cima da coluna amarela do seu suco de laranja.

— De'xa eu contar um caso pra vocês — falou —, pra ver se 'ocês pegam a moral da história no fim.

— Hum! — Juca fez. — Manda pau.

— 'Cê sabe que a minha estreia no amadorismo foi na Forja de Campeões, um torneio que tem lá em São Paulo.

Soraia notou que Serra imediatamente se inclinou para a frente, prestando a maior atenção no que Alexandre agora tinha para contar. Os dois tinham treinado boxe juntos, e ela percebia agora que o esporte era um elo de ligação entre os dois.

— Naquela época — Alexandre dizia —, a Pirelli era a equipe mais forte no boxe amador brasile'ro, e todo mundo dizia, os jornais e os treinadores, que o campeão da minha categoria de peso ia ser um cara da Pirelli, Sebastião não-sei-o-quê. E olha só, que azar qu'eu dei: no sorteio, caí com o cara, logo na primeira rodada. No dia da luta, o Olive'ra, o treinador lá do Clube Atlético, me chamou num canto do vestiário na hora do aquecimento. Falou assim: "Olha rapaz, só 'tá aqui já é uma vitória, viu. É po'ca gente que tem essa coragem de subir no ringue, viu. 'Cê vai luta' do jeito qu'eu te falei, se mexendo bastante, não fica nas corda', especialmente nos canto', e se concentra na defesa."

Serra estava rindo abertamente, como se já conhecesse a história ou antecipasse o seu final, mas Soraia não conseguiu evitar uma certa preocupação retroativa pelo que *aconteceu* a Alexandre no ringue, anos passados.

— Bem — ele dizia —, eu subi no ringue achando que minha carreira ia começar e acabar ali. Aí o sino tocou, e...

— Detalhes, detalhes! — Serra demandou.

— Tudo bem. Começou a luta, o cara veio pr'o centro do ringue, a gente se cumprimentou, ele deu uns dois jabinhos, circulou todo estiloso da direita pra esquerda, e a luta foi indo assim. Aí eu percebi qu'ele tinha um cacoete, jogava a esquerda depois mandava um direto de direita e vinha pra cima.

— Ele encurtava? — Serra perguntou.

— Isso. A gente se deu umas peitadas. Umas duas vezes. Porqu'eu não ia pra trás quando ele vinha, entendeu? Ele esperava qu'eu saísse do direto dele, recuasse. Mas eu não recuei...

— E com'é que era esse direto? — Serra outra vez.

Alexandre deu de ombros.

— Dava pra encará', ué. O primeiro acho que parou na luva, o segundo eu peguei no queixo, mas tudo bem. — Sorriu para o amigo. — Eu não segurei os seus também, e quando 'ocê era uns dez quilos mais pesado qu'esse cara?

— É, mas eu facilitava pr'ocê.

— Sei. Aí, mas nessa minha primeira luta pra valer, e não treininho de luvas, viu Serra, eu percebi que quando o Sebastião aí encurtava, ba'xava a esquerda.

Porqu'eu não 'tava recuando e então ele já vinha co'a esquerda baixa, esperando o clinche, né?

Serra riu de novo, e Soraia olhou para ele, sem entender por quê. Serra sabia de coisas que ela não conseguia nem visualizar. O boxe para os dois era um conhecimento esotérico que os ligava em uma irmandade, e a excluía. Não se sentiu muito confortável com isso, mas percebeu que na conversa havia a oportunidade de aprender alguma coisa de um lado da vida de Alexandre que ignorava, e obrigou-se a prestar atenção.

— Só que na terceira vez eu não recuei nem clinchei — Alexandre disse, sorrindo também. — Dei um passinho de nada pra esquerda do sujeito, e mandei a minha direita. Foi o meu segundo ou terceiro soco na luta, só, e acabou ali. Eu mandei o favorito pra ser o *campeão*, olha só, pra lona antes do prime'ro minuto da luta. No vestiário me disseram que ele tinha ido pr'o hospital, com o queixo quebrado. Que eu saiba, ele nunca mais lutou depois disso.

Silêncio na mesa. Uma certa apreciação tranquila da parte de Serra, uma careta meio de susto, meio de incompreensão da parte de Ângela, um olhar vazio de Juca Roriz. Soraia — que partilhava do susto de Ângela diante da violenta história de um rapaz que tivera o queixo quebrado por Alexandre — percebeu que nem Ângela nem Roriz pegaram a "moral da história". Mas achava que tinha compreendido, e ofereceu:

— Pra você, toda a coisa da União Soviética era como esse rapaz que você enfrentou. Hã... — procurou a palavra certa: — *Superestimado.* Todo mundo achava que ele ia ser o campeão, mas no fim caiu bem antes e bem mais fácil do que se esperava.

— É isso mesmo, Soraia. — Ele sorriu para ela. — Mas 'cê entende que eu nunca vou saber se esse cara contra quem eu lutei tinha realmente qualidades, se ele 'tava no páreo pra ser o campeão ou não.

— Mas você derrubou ele fácil... — ela começou.

— Foi um negócio eventual, Soraia. Que eu enxerguei e explorei uma deficiência do cara. Mas fiquei sem saber nada das *qualidades* dele, entendeu?

Pensou no que ele dizia. No seu silêncio, Serra disse:

— Ele podia ser bem melhor do que o seu nocaute rápido deu a entender.

Soraia olhou para ele e balançou a cabeça.

— Ou *pior* — disse.

— É isso mesmo! — Alexandre exclamou, como um tom de eureca na voz. — E eu nunca vou saber.

— 'Cê quer dizer que podia ter sido uma grande ameaça, quanto podia ter sido ameaça nenhuma? — perguntou.

Alexandre anuiu enfaticamente.

— Exato. Quer dizer, se a União Soviética caiu tão fácil assim, só com um blefe tecnológico dos americanos — blefe porque esse negócio de guerra nas estrelas e escudo antimíssil nunca ia funcionar mesmo — isso levanta a suspeita de que os russos não eram a terrível ameaça, o Império do Mal que queria dominar o mundo, como fizeram a gente pensar. Que não eram ou que não seriam capazes. Aí eu pergunto, por que que'a gente enfrentou vinte anos de ditadura militar, por causa dessa "ameaça comunista"? E se valeu a pena. Ou se não foi tudo um medo exagerado, um cuidado exagerado contra um inimigo que na verdade não era tão poderoso assim. E mesmo que fosse, *a gente* — e agora ele apontou para Roriz um dedo em riste — deixou de ver a deficiência, que 'tava lá o tempo todo.

"Eu só quero dizer que esse negócio todo de quem venceu e quem perdeu a Guerra Fria é relativo. Os russos 'tão ferrados, mas *a gente* aqui enfrentamo' vinte anos de uma situação difícil, e eu me pergunto por quê. Ah, e se a vitória é tão completa assim, por que é que a situação social e econômica não melhorou?"

E foi assim que a conversa retornou ao tópico anterior, e, fechando o círculo, ao primeiro, quando Ângela retomou o debate comunismo *versus* capitalismo, comparando a situação social de Cuba com a do Brasil. Porque em Cuba ninguém era analfabeto e porque em Cuba todo mundo tinha medicina gratuita e porque em Cuba não faltava trabalho. Cuba devia ser o paraíso, segundo Ângela, Soraia achou. E o Brasil que tinha trocado Lula por Collor, o inferno.

Outra vez Alexandre tentou mudar de assunto propondo outra charada:

— Alguém sabe quais são os três principais produtos de exportação de Cuba?

— Açúcar... — Ângela propôs.

— Charutos — Roriz ofereceu.

— ...E *soldados* — completou Alexandre. — De setenta e cinco a setenta e oito, Cuba mandou brigadas inteiras pra lutar em Angola. Só saíram de lá em maio agora. E em setenta e oito também pra Etiópia, pra ajudar os etíopes na guerra contra a Somália. Isso pra defender o interesse dos russos na África. Se eles interviessem eles mesmos, ia ficar feio pra União Soviética, internacionalmente. Então os cubanos é que foram fazer o serviço sujo.

Ângela não soube o que dizer. Com certeza essa face do paraíso não era muito popular entre os petistas. Serra perguntou, aparentemente vindo em auxílio à namorada:

— Com'é que 'cê sabe dessas porras todas, ô Xandão?

Alexandre sorriu e piscou para ele.

— Eu passei um ano lendo bastante.

Soraia entendeu que ele se referia à prisão. Um ano no presídio, sem ter muito o que fazer, além de ler e manter a forma. Também a ela não escapou um sorriso, ao perceber a ironia.

Apesar de ele ter cortado o fluxo da conversa, Ângela e Roriz ainda não haviam se cansado do debate.

— Mas eu dou um crédito pr'os comunistas da China — Juca dizia. — Lá eles não dão colher de chá nenhuma pra bandido. O vagabundo lá é julgado em menos de uma semana, o que já economiza o dinheiro do Estado em custas, e aí executam ele com um tiro de quarenta e cinco na nuca. Depois mandam a conta da bala pra família.

— Que horror! — foi tudo o que Ângela foi capaz de dizer.

Desta vez Alexandre ficou calado. Foi Serra quem argumentou contra:

— Só q'nesse embalo, muita gente inocente e todos aqueles caras que são contra o regime vão pr'o beleléu também.

— Aí é outra história — Juca disse. — O que interessa é que bandido não fica solto, nem preso comendo, bebendo e dormindo por conta de quem paga imposto. Pra mim, esse vagabundos todos que 'tão lá no Carandiru e nos outros presídios, a solução pra eles era botar veneno de rato na comida.

— Isso é puro autoritarismo — Ângela exclamou.

— Pode ser. Mas o qu'interessa, no fim das contas, é que é melhor pra sociedade.

Soraia suprimiu um riso nervoso. Viu que Alexandre não encarava Roriz, centrado no seu suco de laranja. Ângela e Roriz trocaram argumentos superficiais por mais algum tempo. Nem Serra nem Alexandre participaram da conversa. Ou Soraia.

O assunto agora era a pena de morte, que parecia um tema favorito de Roriz. O seu ponto de vista era de que mesmo se gente inocente morresse, executada depois de ser condenada pela imperfeita Justiça brasileira, ainda assim a maioria seria beneficiada.

— Porque os bandidos iam pensar duas vezes, antes de cometer crimes hediondos — finalizou.

Soraia não resistiu mais e disse:

— Você fala dos "bandidos" como se eles fossem uma classe ou uma categoria profissional. — Ela pensou um pouco mais. — Ou uma *raça*, como se desse pra agrupar todo mundo que cometeu um crime numa mesma categoria. Eu tenho certeza de que são pessoas de origens diferentes, que cometeram crimes por razões diferentes...

Em sua cabeça, ela bem o sabia, "crime" e "pecado" eram quase sinônimos. Pensava em seu Pai, que pela visão da Igreja, cometera um pecado mortal e um crime contra a Lei de Deus.

— *Pessoas?* — Roriz cuspiu. — Bicho *ruim*! Sangue *ruim*! Não têm serventia nenhuma na sociedade...

Ele ia continuar esbravejando, se Serra não o cortasse.

— Chega, ô Juca. Vai dar uma volta aí, vê se esfria a cuca.

— Como?...

Serra apontou para Alexandre e Soraia, depois para ele próprio e Ângela.

— Isto aqui é um encontro de casais, sacou? — disse. — E 'ocê 'tá *sozinho*...

Roriz pareceu embaraçado. Fez um gesto vago, com seu copo vazio de caipirinha.

— Pode deixar que eu pago — Serra disse.

Roriz se despediu e caminhou para a parte mais barulhenta do estabelecimento. Soraia abriu a boca para dizer alguma coisa, no breve silêncio que se seguiu, mas Serra adiantou-se a ela:

— 'Cê falou beste'ra agora'a pouco, hein Xandão.

Xande apenas levantou as sobrancelhas. Serra prosseguiu, apontando com o polegar por cima do ombro:

— Com um nego desses, ninguém precisa de "ameaça comunista" como desculpa pra bancar o ditador.

Alexandre sorriu e quase deu risada do amigo, fazendo Soraia sorrir também. Apenas Ângela parecia um pouco perdida.

Pediram o que comer, e depois do choque das palavras de Roriz, Soraia sofreu o choque — um tanto menor, é verdade — de ver Alexandre e Serra ingirirem uma quantidade aparentemente interminável de comida. Alexandre notou o seu olhar assustado e ofereceu:

— Nós somos atletas.

— E em fase de crescimento! — Serra completou, arregalando os olhos e metendo meio bife na boca.

— Só ser for da barriga — Ângela atalhou.

Soraia e Ângela riram, e assim o "encontro de casais" não foi totalmente frustrado.

Ângela era simpática — quando não falava de política —, e o sentimento de amizade que Serra demonstrava por Alexandre parecia tão grande, sólido e vibrante quanto o seu aspecto físico e o seu jeito de ser.

A noite só tornou a ficar desagradável quando Soraia entreviu João Carlos entre os frequentadores.

O seu "ex" estava de mãos dadas com uma menina morena de cabelos compridos, mais jovem que ele uns três ou quatro anos, praticamente uma adolescente. João Carlos conversava todo sorrisos com algum conhecido. Vestia-se como sempre de camisa e calça social, sapatos de fivela bem engraxados, cinto de couro. Um perfeito mauricinho.

E ela sabia que João Carlos gostava de bancar o cavalheiro. Abria a porta do carro para ela; ficava em pé quando a sua Mãe entrava na sala, durante as suas visitas; puxava a cadeira para ela, no restaurante. O cavalherismo só desaparecia quando o assunto era sexo — ele podia ser tão resoluto quanto qualquer garoto vestido de *jeans* e tênis. E João Carlos desaparecera, quando da morte de Gabriel. Tão cortês com ela e seus pais, durante o namoro, tão insistente no relacionamento, para deixá-la completamente, abandoná-la sem atender aos seus telefonemas, sem comparecer ao funeral, sem cumprimentá-la quando se cruzavam na rua.

Sem pai, sem dote, sem futuro, sem a virgindade, ela se tornara uma pária completa aos seus olhos.

Soraia desviou o olhar dele e encontrou os olhos de Xande. Como sempre, pouca coisa escapava dele. Já vira João Carlos e agora sorria palidamente para ela, como se compreendesse. Reclinou-se um pouco e levantou de modo quase imperceptível os ombros largos — vestia uma camiseta de manga comprida, preta, com uma discreta constelação de furos perto da gola. Ela sabia que seus *jeans* estavam esgarçados na barra e seus tênis pareciam ter sido recolhidos do chão de uma estrada de terra, depois de atropelados por um caminhão.

Soraia sorriu.

— Eu sei o que você 'tá pensando! — disse a ele, em voz baixa e de maneira acusadora. — Meu pai 'tava errado. Eu não sou nenhuma princesa. Não preciso de príncipe encantado. E de qualquer modo, aquele ali 'stá mais pra sapo do que pra príncipe.

Ele retribuiu o sorriso, mas de maneira pálida.

— Uma desilusão, ainda assim — disse, sabendo, sempre, mais do que deveria.

Mais tarde os dois caminhavam pela Rebouças, para apreciar o movimento. Soraia viu algumas amigas paradas na frente do *Café Expresso*, e as cumprimentou com um aceno. Pensou em ir até elas conversar um pouco, mas Alexandre estava tão calado que ela achou melhor parar em um lugar quieto para conversarem.

— Parece que a sorveteria lá embaixo ainda 'tá aberta — disse a ele. — Ainda tem espaço aí — apontou sua barriga — pra uma sobremesa?

— Até duas!

Caminharam até lá, três quadras descendo a Rebouças, de mãos dadas e em silêncio. Não *namorados*, ainda, mas os amigos que sempre foram. Soraia achou o pensamento reconfortante, de algum modo.

Defronte a uma praça estreita, havia essa que era uma das melhores sorveterias de Sumaré, cidade de ótimas sorveterias.

Pegaram os sorvetes mas, ao invés de se sentarem ali mesmo para comer, Alexandre apontou com seu cone para a praça em frente, e eles se sentaram em um banco de concreto, apreciando a brisa.

— Lamento se a conversa do tal Juca te ofendeu — ela disse.

Ele deu de ombros.

— Acho que eu me ofendo mais por coisas que são muito estranhas, muito diferentes do que costuma acontecer. Mas a opinião do Juca pertence à maioria das pessoas, então eu não me assusto. Até na penitenciária, se 'ocê acredita, muita gente que 'tá presa lá é a favor da pena de morte.

— Jura?

— Muita gente tem uma visão que é... — viu que ele procurava as melhores palavras — falsamente pragmática, e acham que a vida em certas condições não vale a pena. Muita gente que é pela pena de morte também é pela eutanásia, essas coisas... E que as pessoas qu'estão abaixo de certo nível de vida, aleijados, pobres, doentes, que o melhor pr'essa gente é acabar com a vida, ou que se eles 'tão nessa condição, então é porque merecem, e que se pode fazer qualquer coisa com elas, porque também não merecem nada melhor.

"Achei interessante o que 'cê falou, que o Juca fala dos bandidos como se fosse uma classe ou uma raça. É por aí mesmo. Ser visto como ser humano é um negócio meio precário, sabe? O sujeito que recebe uma condenação sabe disso muito bem, porque ele é quase que declarado não-humano, e aí podem fazer o que quiser' com ele."

Ele apontou para tudo à sua volta, com o sorvete pela metade.

— Isso aqui tudo é mais frágil que uma casquinha de sorvete. Numa hora 'cê tem um futuro e acha que a sociedade 't'aí pra te ajudar e te sustentar, e no outro, 'cê é menos que um bicho, uma praga que essa mesma sociedade quer dar cabo.

— O que me assusta — Soraia disse — é que, se o que você disse é verdade e a opinião do Juca é a da maioria, então tem uma pressão muito grande numa parte da sociedade, no sentido de ver outras classes como inimigas ou como imprestáveis...

— É. Até o Serra viu isso, né, quand'ele falou que caras como o Juca nem precisam de desculpa pra serem autoritários.

Soraia apoiou a cabeça no ombro dele. Ficou assim, pensando, um longo tempo, sentindo só o gosto do sorvete na boca e a brisa no rosto, nas mãos grudentas, e o calor morno que irradiava de Alexandre.

— Como viver em um mundo assim — ela perguntou —, com um mínimo de dignidade e sentido de propósito?

Silêncio por algum tempo, e então Alexandre respondeu:

— Sem ilusões, fazendo o melhor que for possível.

Ao se deitar para dormir, uma hora mais tarde, Soraia se sentia agradavelmente cansada e surpresa com a noite que tiveram. Seus pensamentos se preenchiam com as ideias trocadas com os outros, o vislumbre de João Carlos com sua nova namorada... Mas antes de tudo, pensava em Alexandre. Teve a impressão de que a conversa dele com os outros o tornara mais claro, mais palpável aos seus olhos. Um tanto distante do Alexandre que conhecera na infância e adolescência, este jovem com tantas experiências, tantas frustrações... Soraia o viu, no escuro do quarto, na tela escura do interior das suas pálpebras — um rapaz caminhando à beira da estrada, vestindo a sua jaqueta verde escura, uma mochila ao ombro... Alexandre no dia em que se reencontraram. Tudo o que tinha ele carregava consigo. Havia um grande cansaço em seus passos, mas uma força de proporções semelhantes no modo como se mantinha em pé, as costas erguidas, a dignidade mais solitária. Havia tantas escolhas ruins neste mundo, escondidas atrás de uma figura impecável ou de maneiras refinadas... Alexandre ao menos era um bom homem. Tinha um preparo para a violência que a assustava e que lhe parecia incompreensível no menino com quem crescera, mas pela primeira vez isso não lhe pareceu uma constatação dolorosa. Ele era o que era e Soraia podia enxergar nele uma continuidade indefinida entre o menino meigo e fiel, e este homem crescido e endurecido pela vida, pelas dores. As suas dores e as de seus amigos. As dores dela, entre elas.

Soraia não conseguia dormir.

Pensava em Alexandre.

Pensava que podia se apaixonar por ele.

CAPÍTULO 7

A prontidão é tudo.
William Shakespeare *Hamlet* Ato 5, Cena 2

Dois carros à luz em um sábado à noite, no banco detrás há uma arma
Palavras foram passadas, num estouro de espingarda
Tempos turbulentos chegaram, à minha cidade natal
Minha cidade natal
Minha cidade natal
Minha cidade natal
Bruce Springsteen "My Hometown"

A menstruação de Soraia desceu na madrugada do sábado, o dia seguinte ao jantar com Alexandre, João Serra e Ângela. Veio quatro dias adiantada e com cólicas intensas.

Soraia sentia-se irritada e cansada da noite mal dormida, ao sentar-se à mesa para o almoço, e angustiada com seus novos pensamentos dirigidos a Alexandre. Ele tentou sorrir para ela, quando Dona Teresinha não estava por perto, mas Soraia não conseguia reagir. Temendo magoá-lo e sabendo que enrubescia, disse:

— Desculpa, Xande. Tô num daqueles dias. . .

— Tudo bem. Espero que melhore. — Depois de uma pausa, ele acrescentou: — Eu só queria te agradecer por ontem à noite.

Ela sorriu palidamente, e não respondeu. Por que Alexandre deveria agradecer? Ela também tinha se divertido.

O resto do dia Soraia passou sentindo-se mal ajustada ao próprio corpo, prisioneira de sensações inquietantes. De costume suas regras vinham como um relógio e o desconforto era pequeno. Não atrasavam nem adiantavam grandemente, mesmo em situações de *stress*. Nem por ocasião da morte do Pai. Quem sabe não fora justamente a noite de ontem, e o que se descobrira sentindo por Alexandre. . . Não era dor, aquela sensação na boca do estômago, o diafragma enfraquecido que não a permitia respirar direito — e o calor úmido mais abaixo?. . . Só de lembrar — só de pensar outra vez em Alexandre — recuperava os sentimentos da noite anterior, em toda a sua força. Mas o desconforto só piorava.

Disse à Mãe que não iria à missa à noite, e ficou em casa repassando, com a mente nublada, as lições que daria na semana. Conseguira com sua tia uns vinte dias (o que restava do aviso prévio do funcionário que saía da loja) para dar uma resposta definitiva ao seu convite, e pretendia aproveitar o prazo para ver o que mais poderia fazer por Artur.

Alexandre tinha saído para correr, e na volta, depois do banho e de fazer a barba, recolhera-se todo cheiroso ao quartinho dos fundos, para ler. Continuava explorando a biblioteca de livros baratos que seu Pai colecionara, e lia agora uma das aventuras da agente secreta Brigitte Montfort. Soraia tinha sentimentos ambíguos com respeito ao hábito que pertencera ao seu Pai. Um dia, quando Gabriel ainda estava vivo, lera às escondidas um exemplar das centenas de livros da série protagonizada pela espiã morena que aparecia seminua em todas as capas, e ficara escandalizada com a violência e o erotismo evidente da história. Como é que o Pai, um homem tão religioso, podia ler essas coisas? E não era leitura casual, pois havia muito empenho em colecionar tantos livros da série. Era só mais um dos mistérios a respeito de Gabriel Batista. Como o estado de espírito que precedera o suicídio dele. Estava bem informada sobre as dificuldades pelas quais a família passava, mas Gabriel comunicava a confiança de que a crise era passageira, e ela nunca testemunhara qualquer demonstração de angústia maior ou de desespero, de sua parte. Talvez ele se abrisse mais com a Mãe, talvez guardasse sozinho o que o atormentava...

Lembrou-se do... *sonho*, que tivera com ele, e a sua expressão dolorosa ao vê-la — *revê-la* — fora a única expressão de angústia clara que vira no rosto do Pai, de que conseguia se lembrar.

Uma outra razão de não ir à missa era o receio de ver o fantasma de Gabriel, mais uma vez assombrando os ritos. Depois, durante o sono, quem sabe o que poderia acontecer? Seu Pai viria novamente à ela em espírito, e a arrastaria para o lugar escuro e atormentado em que sua alma vagava... Soraia não estava com disposição para isso — *nunca* estaria. Sentindo uma irresistível vontade de chorar por Gabriel, deixou a sala às pressas e se refugiou em seu quarto pelo resto da tarde.

Ao entardecer, a Mãe foi à igreja e Alexandre saiu para trabalhar. Amarelo tinha passado o dia todo fora, caçando ou brigando com os gatos da vizinhança, e, ao sair do quarto, Soraia estava sozinha.

Sentia-se péssima. Ligou a televisão e sentou-se no sofá, gemendo de cólicas. Lembrou-se então de Alexandre lendo as aventuras de Brigitte Montfort. Apostava que a heroína dos livros de espionagem nunca sofria dessas coisas.

Ia chover. O céu se enchia aos poucos de nuvens e bandos de pardais voavam de um lado a outro, procurando abrigo da chuva que sabiam que iria cair. Talvez de noite, quando esfriasse...

Serra o esperava de braços cruzados sobre o peito, na frente do SODES.

— Vamo' lá pr'o fundo, Xandão — disse, e os dois entraram, caminhando lado a lado.

Foram direto para o quarto de despejo. Serra destrancou a porta e entrou. Alexandre notou logo as duas escopetas em uma das prateleiras. Ignorando-as por hora, Serra apanhou duas jaquetas *jeans* de cima de uma pilha de caixas plásticas de garrafa.

— Esta, "gê", é sua — disse. — A minha é esta aqui, a "gê-gê". Pra esconder os trabuco'. O pior é que tive que comprar também pr'o Gerson e pr'o Otávio, senão eles iam desconfiar. Dois seguranças com a jaqueta, dois sem...

— Bem pensado — Alexandre disse, metendo a jaqueta embaixo do braço e apanhando uma das armas.

Serra tinha acatado a sua sugestão e pregado um cordão de borracha no cabo, formando um laço por dentro do qual Alexandre passou o braço direito. O cano da arma ele enfiou na cintura da calça. Um pouco incômodo, mas ia servir muito bem.

— Não 'tá municiada — Serra avisou.

Alexandre tirou a arma de tiracolo e a abriu, aceitando de Serra um cartucho de .12 com a mão livre.

— É chumbo médio? — perguntou, depois de examinar o cartucho.

— É — Serra respondeu.

Na certa ele escondia a verdade sobre a escolha do cartucho por trás do laconismo. Não queria matar ninguém.

Alexandre, por sua vez, teria aceitado com gratidão o chumbo mais grosso que existisse no mercado. Mas chumbo médio também podia matar. Serra lhe passou mais quatro cartuchos extras. Ele também não esperava moleza.

— Só uma coisa, Serra — disse, depois que os dois vestiram as jaquetas por cima das armas. — Se os caras vierem, um jeito deles abordarem a gente seria arrumando algum tipo de briga com os frequentadores, pra fazer a gente ir até eles, e não o contrário, eles entrarem. Especialmente do lado de fora do clube, que seria mais seguro pra eles. Então eu acho que a gente devia deixar quieto qualquer enrosco que aparecer, até verificar com certeza que a barra 'tá limpa. Especialmente do lado de *fora*.

— Claro — ele respondeu, sério.

Alexandre assentiu, encarando-o. Não acreditou muito.

*

Juca Roriz parou a sua picape F-1000 branca na beira da estrada de terra batida. Já estava ali uma viatura da PM e um rabecão. Tinha trabalhado a semana toda, interrogando gente do Rosolém e do Jardim Denadai a respeito dos atiradores do Maverick, sem o menor resultado. Agora investigava um outro caso, uma briga de gangue no Bairro do Picerno. Na semana anterior, uns caras passaram atirando na casa de um rival de gangue, sem acertar ninguém. Hoje deram mais sorte.

— Ond'é que 'tá o presunto? — gritou para os PMS.

Os dois se desencostaram da viatura, junto à qual estiveram fumando, e apontaram o brejo do outro lado da estrada. Antes de ir para lá, Roriz apanhou a lanterna da caixa de ferramentas que mantinha na caçamba da picape.

— Quem foi que chamou 'ocês? — perguntou.

O líder da dupla apontou para uma das casas que ficava a uns cinquenta metros dali.

— Os moradores daquela casa escutaram os tiros e chamaram a gente.

Roriz apontou a lanterna para o brejo, do qual crescia um capim alto e fino. Grilos cricrilavam e sapos coaxavam — e pelo jeito, todos os insetos voadores em um raio de cem quilômetros decidiram que a última coisa que fariam em suas curtas vidas seria beijar o vidro da sua lanterna. Podia sentir o cheiro da água grossa e estagnada. Entrou devagar, e a água fria empapou suas meias e inundou os sapatos. Seguiu esquadrinhando cada palmo do brejo, fazendo o facho de luz da lanterna ir para a esquerda e para a direita. Dezenas de insetos se materializavam, a cada movimento da luz. Espantando os bichos do rosto com a mão livre, ele dava um passo, dois, e então repetia o processo, da esquerda para a direita... Não viu nenhum cartucho deflagrado.

— Dá pra dizer se foi tiro de arma leve ou pesada, que os moradores ouviram?

— Hum. O dono da casa disse que foi uma porrada de tiro, tipo *pá-pá-pá*. Acho que foi de revólver ou pistola.

Roriz se aproximava do corpo caído na água, emoldurado pelo capim. Esmagou com um tapa um bicho que tinha se pregado ao seu pescoço.

— Deve ter sido revólver, porque não tem cartucho em lugar nenhum — disse. — Depois a polícia técnica de Campinas vai ter que meter o braço até o cotovelo na lama, pra ver se acha algum, mas pra mim não acham porra nenhuma não.

O facho de luz agora iluminava o presunto, deitado de costas, o pescoço encoberto pela água escura que também lhe invadia a boca. Não tinha sobrado muita coisa do rosto dele. Os bandidos tinham sentado o dedo até dizer chega, na cara, enchido ela de cravos, como diziam... Uma maçaroca. Para saber quantos tiros, só com o legista. Roriz iluminou outras partes do corpo, o facho de luz parecia chamar o cadáver à atenção dos insetos, que o cobriram em revoada. Viu que faltava um dedo anelar da mão esquerda, talvez perdido, sabe-se lá, em uma das muitas fábricas da região. Não ia ser difícil descobrir quem era, mesmo que não tivessem as suas digitais fichadas.

O cara vestia uma camisa de abotoar, aberta. O peito estava limpo de ferimentos. Os atiradores provavelmente o caçaram até ali, depois o fizeram se ajoelhar e dispararam na cabeça. Podia ter sido um atirador só, mas Roriz duvidava. Dois caras, se revezando para ver quem fazia mais estrago... Alguns projéteis deviam ter atravessado a cara do sujeito, estariam encravados no fundo lamacento do brejo.

As brigas de gangues tinham se intensificado desde o sequestro das poupanças e ativos financeiros, pelo governo do Collor. Traficante metido com conta em banco e lavador de dinheiro sujo que não têm grana pra cobrir os compromissos também ficam sem proteção. Saem da lista dos caçadores e entram na lista da caça. Juca sorriu, diante da ideia. Grupos de bandidos que antes agiam com discrição, pelas bordas da criminalidade, achavam que podiam conquistar os pontos de tráfico, as conexões com os fornecedores graúdos, removendo os antigos detentores dos seus lugares. Quadrilhas de assalto a bancos — outra prática que tinha aumentado muito especialmente em Campinas e nas agências internas das indústrias da região — conseguiam a grana na marra. Usavam pra se maquinarem e contratarem as tropas de assalto que precisavam para dar cabo da concorrência. Era como uma revolução surda em andamento — e Roriz se lembrou da conversa que tivera no dia anterior com a namorada do Serra e com o Alexandre Agnelli. É, a China é que era o negócio...

Serra não tocara no assunto, mas Roriz sabia muito bem que Agnelli tinha acabado de sair do presídio de Monte Mor. Estava ajudando o Serra a segurar as pontas na Sede Operária, e só por isso é que Roriz deixava ele em paz. Para ele, presídio nenhum recuperava ninguém. Uma vez bandido sempre bandido, e, pra ele, bandido bom era bandido morto. Mas Serra era um dos poucos amigos que lhe sobravam fora da delegacia... Se bem que ontem alguma coisa o tinha incomodado — as suas opiniões sobre como tratar os bandidos, claro. Não conseguira evitar a tentação de emiti-las, não com um cadeeiro sentado à mesa. De qualquer modo e como um favor a Serra, pretendia deixar Agnelli em paz... Mas se o cara se metesse em encrenca, aí já era outra história. Ou talvez alguém desse cabo dele, antes de Roriz ter de se meter com o Serra. Não era uma boa época pra ser bandido. Essa guerra entre os traficantes... E havia também os matadores do Maverick, recolhendo o lixo da região...

Este aqui era um sujeito grande, forte, e jovem, Roriz podia ver muito bem. Os músculos salientes do peito e do ombro lhe davam aquele jeito meio garotão, dezessete, dezoito anos. Se tinha trabalhado de operário começara cedo, quinze ou dezesseis, e provavelmente fora mandado para a rua quando chegara a época do alistamento. Aí ele na certa tinha procurado os amigos do peito, a turma do baseado, da fungada de farinha, pedindo uma fatia do negócio. Talvez até já trabalhasse de casqueiro nas horas vagas, vai saber. A única certeza é que tinha acabado desse jeito, deitado de costas na lama, o rosto arrancado à bala.

Juca Roriz sentiu uma pontada de inveja. Pelo menos o sujeitinho tinha esticado as canelas jovem. Não tinha jeito de alguém que tivesse sofrido de uma doença crônica, como ele. Roriz se aproximava dos trinta e sua vida ia ficando cada vez mais difícil. Na Polícia Civil ele tinha entrado como escrivão — nunca passaria nos testes para investigador, por causa do diabetes infantil que o atormentava desde menino. A posição de investigador era "honorária", mas ninguém ligava. Tinha entrado com o seu próprio carro e a sua própria arma, e fazia um bom serviço. A delegacia de Sumaré andava desfalcada há algum tempo, qualquer mão nas investigações era mais que bem-vinda, e ele tinha o seu valor. O delegado Orcélio Paes havia até arranjado um aumento por fora, para ele.

Nos dois últimos anos a sua condição de saúde vinha piorando. Andava bem acima do peso para os seus um e sessenta e oito e a gordura não ajudava com o diabetes. Bem sabia que não se cuidava como devia. Havia um fatalismo dentro dele, construído durante a infância limitada, marcada pela certeza de ser diferente, de não ter as mesmas liberdades, os mesmos direitos. De ser vítima de uma doença degenerativa que cedo ou tarde o pegaria. Quando adolescente se metera com um grupo de motoqueiros. Tinha sofrido quatro acidentes, colocado dois pinos de platina na perna esquerda, um no quadril. Provara que podia desafiar a morte, não curvar sua cabeça. Então descobrira que ser policial era ainda mais extremo, mais intenso. Mas isso também ia acabar. A vida era uma merda injusta. "Olha só esse vagabundo", pensou, iluminando mais uma vez o corpo perfeito e a cara arruinada, os enxames de insetos pousando na massa sangrenta. "Um bosta desses tem toda a saúde do mundo e escolhe virar bandido. E eu sou um policial mais valioso que a maioria dos investigadores com que o Orcélio conta, mesmo sem ter o cargo oficial, e cedo ou tarde não vou poder mais trabalhar."

— E aí, Juca? — ouviu o PM chamando-o.

Não fazia ideia de quem fosse, mas o meganha sabia quem era Juca Roriz.

— Arma de mão mesmo, múltiplos disparos, estilo de execução — disse, voltando-se para o PM. — Enquanto a polícia técnica não chega, vamos falar com as testemunhas.

— Ninguém viu nada — o PM adiantou. Roriz já sabia.

— Com jeitinho a gente descobre alguma coisa.

Soraia não conseguiu dormir. Levantou-se e foi para a sala. Ligou baixinho a televisão, para não acordar a Mãe. Eram uma e vinte da manhã, no relógio da parede. Amarelo veio da cozinha — por onde ele entrava através dos vitrôs abertos, pulando para a pia de mármore escuro — e deitou-se em seu colo no sofá, para se lamber. Ela o acarinhou, chamando-o de vagabundo e namorador, por só voltar para casa a essa hora.

Soraia passou pelos canais, com o controle remoto. Procurava algum filme. Muitas emissoras já tinham encerrado a programação. A Globo passava um filme antigo, dublado e em preto e branco. Depois de alguns minutos, viu que era *Frankenstein*.

O forró no SODES começava às oito. Serra havia colocado a outra dupla de seguranças na entrada, enquanto ele e Alexandre patrulhavam o interior do clube. Até a uma da manhã os incidentes foram breves e sem consequência, todos concentrados depois das onze, quando o consumo de álcool se acumulava e os comportamentos iam se alterando. Um cara desmaiado no banheiro (Alexandre não permitiu que Serra entrasse, verificando tudo sozinho); uma briga de namorados; dois moleques assediando uma moça que diziam ter fama de vagabunda. Essa dupla, Serra e ele atiraram para fora, Alexandre sentindo um *déjà-vu* do seu tempo trabalhando com Geraldo em Campinas.

Serra fez menção de ficar por ali junto à entrada, respirando um ar fresco, mas Alexandre o dirimiu.

— Quer ar fresco, vamos lá pra cima. — Apontou a saída do mezanino.

Chuviscava e o ar já tinha o cheiro poeirento de chuva e asfalto molhado. Alexandre puxou o amigo para o canto mais distante da avenida. Ficaram ali, apoiados na grade de metal, respirando fundo o ar úmido e olhando para todos os lados, tentando atravessar com os olhos as sombras projetadas pelas árvores. Serra quebrou o silêncio.

— Muito bacana aquela moça, a Soraia. E esperta, também. 'Cês combinam...

— Não sei — Alexandre ouviu-se dizendo. — Quer dizer, a vida dela e a minha são muito diferentes, acho que ela sabe que não tem jeito, eu e ela. Já me falou pra dar um tempo.

Serra sorriu de um jeito triste.

— Às vez' eu penso a mesma coisa. A Ângela tem todas essas ideias de como mudar o mundo, e eu aqui quebrando cabeças, duas vezes por semana. Mas a gente 'tá junto já faz dois anos.

— É bom, isso.

— Às vez' eu perco a noção, sabe? — Serra continuou. — De como deixar toda essa violência aqui no serviço. Uma dia eu levei a Ângela pra casa e a gente 'tava meio brigado, aí eu quis conversar, consertar as coisas, mas ela simplesmente me deu as costas e aí eu perdi a cabeça. Dei um murro na porta, que abriu um buraco...

— Eu acho que 'cê se vira muito bem — Alexandre disse, com simpatia pelo amigo. Sabia com perfeição como ele se sentia. Era nisso que pensava, daí que vinha a sua certeza de que nunca daria certo com Soraia. Mas acreditava de coração que Serra era diferente. — Conheci uns caras, quand'eu trabalhava com o Geraldo, que 'cê não imagina. Gente bruta, brucutu mesmo. 'Ocê é um bom sujeito, Serra.

Silêncio. Serra consultou o seu relógio de pulso.

— Quase uma e meia. Acho que os caras não vêm hoje.

Alexandre deu de ombros.

— Deus queira.

Especialmente porque os dois já estavam cansados e esta talvez fosse a sua hora mais vulnerável. Lá embaixo o baile ainda rolava à toda. De todo mundo que entrou, setenta por cento ainda estava lá dentro; por outro lado, dos trinta que já haviam saído, boa parte ainda se aglomerava na frente do clube — de onde ele *sabia* que a encrenca ia partir. Em mais quarenta minutos, uma hora, o movimento começaria realmente a amainar e só ficariam uns gatos pingados esperando a saideira. Mas *agora*, agora era agitação dentro e fora e Alexandre sabia que, se ele estivesse do lado dos bandidos e pudesse escolher, seria este o momento de atacar.

— É melhor a gente voltar pra dentro... — Serra começou.

— 'Spera um pouco.

— Uai, por quê?

— Escuta, Serra, talvez fosse melhor... — Hesitou.

O que dizer? Que talvez pudessem usar a posição elevada para vigiar os arredores, tentando antecipar uma aproximação. Mas Serra já supunha que os pistoleiros não viriam mais, enquanto Alexandre agia como se para ele fosse só uma questão de minutos.

Nesse instante *soube* que viriam. Inconscientemente, fez até um movimento para liberar o cano da espingarda caseira de sua prisão na cintura da calça.

Serra percebeu o movimento e perguntou:

— O que foi?

Ouviram uma gritaria vinda lá de baixo. Serra passou por ele, foi para o lado voltado para a avenida e debruçou-se na grade. Alexandre correu para junto dele e viu o que ele via:

Lá embaixo dez ou doze caras brigavam. Uma briga de imbróglio, um *mêlée* medieval, braços e pernas voando para todos os lados, a grande colônia de brigadores se arrastando para frente e para trás, apanhando mais gente pelo caminho e ondulando feito manchas escuras de vermes eletrificados. Alexandre sentiu o peito se encher involuntariamente de euforia, e seus lábios se partirem em um sorriso descontrolado. *Briga*. Desordenada, calamitosa e cega, sem ciência, sem inteligência alguma por trás das intenções violentas. Eram como chimpanzés lá embaixo, berrando e xingando e tentando arrancar pedaços uns dos outros.

Houve uma época em sua vida, quando tinha quatorze ou quinze anos e não sabia o que fazer do futuro ou como "chegar" em Soraia, em que saía de casa todos os fins de semana com a esperança de assistir a uma dessas brigas em um dos clubes da cidade. Talvez até participar, o que fizera um par de vezes. Uma ocupação imensamente estúpida, mas não deixava de trazer algum colorido à sua vida, na época. Agora sentia a velha euforia ressurgir.

Mas precisava manter-se controlado, calar o macaco dentro dele também. Pois era *dali*, daquele monstro de mil pernas e braços, que o ataque viria. E precisava controlar Serra — que já passava por ele, rumo à porta.

— 'Pera aí, Serra!

— Que foi?...

— Vamos devagar. Não esquece o qu'eu falei antes.

Desceram para o salão e abriram passagem através da turba que se aglomerava junto à entrada, para assistir ao quebra-pau.

Alexandre logo viu que o gordo Gérson não tinha se mexido do seu posto à entrada, aparentemente mais preocupado em barrar a passagem de quem quisesse entrar de fininho, aproveitando a confusão, do que em controlar o tumulto. Sozinho, seu colega Otávio gritava qualquer coisa, ainda na periferia do bolo de gente que trocava empurrões, socos e pontapés.

Alexandre observou Serra. Os olhos verdes do amigo percorriam a massa de brigadores e já deviam ter isolado o centro da encrenca, ali no meio, os mais exaltados e os agitadores. Nesse instante, Alexandre sentiu que lia os seus pensamentos — Serra preferia arriscar-se, atirando-se na confusão, do que esperar que alguns dos vizinhos do clube chamasse a polícia. Um segundo depois, viu Serra respirar fundo e entrar no remoinho de gente, derrubando garotos pelo caminho como a quilha de um destróier corta a água. Seguiu o seu rastro, já sacando a espingarda de debaixo do braço. Sabia o que o esperava.

O centro da briga era um grupo de meia dúzia de rapazes formando uma frente, ombro a ombro. Dali eles provocavam os outros, chutando e empurrando. Serra chegou até eles e empurrou dois com tanta força, um com cada mão, que eles terminaram de costas no asfalto. Um terceiro, à direita de Serra, gritou qualquer coisa que Alexandre não registrou no meio do berreiro, e sacou um revólver.

Alexandre o atingiu com toda a força, usando a espingarda como cacete. O revólver bateu no chão e desapareceu entre os pés em correria.

Sem saber se Serra vira a arma sendo sacada contra ele, Alexandre achou que o melhor seria erguer a sua para o alto e disparar, para chamar-lhe a atenção.

——*um estrondo*

——*um som rouco e coletivo da multidão*

No mesmo instante, a massa de brigadores começou a se dispersar, abrindo-se em ondas de gente correndo uns por cima dos outros, pisoteando os caídos, desaparecendo por trás dos carros estacionados, de árvores e postes, jogando-se de bruços no meio-fio do outro lado do canteiro central da avenida, procurando o menor buraco em que se esconder. "Acabou a festa", Alexandre pensou, num último lampejo de euforia primitiva. No mesmo segundo notou Serra atracado com um outro pistoleiro. Serra puxou o braço armado em paralelo ao seu próprio corpo e chutou o peito do atirador, num certeiro golpe de karatê. O sujeito caiu, as mãos cruzadas em reza muda, contra o esterno.

Alexandre, sem munição, avançou de um salto e apontou a espingarda para os dois que ainda estavam caídos — sabia que não tinha chumbo na arma, mas eles não.

— Tem um em pé ainda, Serra! — gritou.

Durante a luta, a espingarda de Serra escapara do seu cinto e balançava no ar. Ele a apanhou e apontou para o último pistoleiro — que aparentemente tinha enroscado o cão do seu revólver na barra da camisa, e ficou congelado ali, de boca aberta, detido no meio da ação de sacar a arma, os olhos indo das espingardas para seus colegas no chão.

Serra avançou, agarrou-o pelo pescoço com a mão esquerda, atingiu o revólver com um golpe do cano da escopeta e o mandou girando para longe no asfalto.

Alexandre cobriu a retirada de Serra e seu prisioneiro para dentro do SODES, apontando a sua arma para os sujeitos caídos, e foi recuando de costas.

Agora a rua estava em silêncio. Que não tardaria a ser quebrado pelas sirenes da polícia. Ouviu Serra ordenando a um dos dois outros seguranças:

— Fecha o clube, recolhe o dinheiro e me espera aqui dentro. Manda as moças, o Luís e o Chico saírem pelos fundos e ir' pra casa. Depois volta pra cá e fala pra polícia que foi só uma briga e que terminou tudo bem, q' quem atirou já deu no pé.

Junto à entrada, Alexandre abriu a espingarda e a recarregou, fora das vistas dos pistoleiros.

Sabia o que Serra tinha em mente, e acompanhou-o. Cada um dos dois arrastava o prisioneiro por um braço. Em seu silêncio, o sujeito parecia que partilhava com eles a mesma intenção.

Saíram os três pelos fundos, até a rua que corria atrás do clube. Correram para o Dodge Charger de Serra, previdentemente estacionado fora das vistas de quem passasse na movimentada Avenida Rebouças.

— Abre o porta-malas — Alexandre ordenou.

Finalmente o cara fez menção de dizer alguma coisa, mas Serra o calou com um soco no estômago.

— Espera aí — Alexandre disse, e rapidamente correu as mãos pela cintura e pelas canelas do sujeito.

Enfiaram-no no porta-malas e entraram no carro.

— Põe o cinto, Xande — Serra disse, sério, ao dar partida no Charger e acelerar.

O carro arrancou tirando fumaça dos pneus, deu um meio cavalo de pau na esquina e ganhou a avenida. Alexandre gritou, por sobre o ruído do motor:

— Segue direto, Serra! Depois pega a avenida que vai pr'o Marcelo e desce.

Em meio minuto desciam a longa ribanceira, o Charger a cento e cinquenta, os cones de luz dos postes passando por eles como borrões brilhantes.

— Pega ali pela direita — apontou.

Serra diminuiu a velocidade, o carro deslizando no molhado. Na curva dava para sentir o peso do sujeito no porta-malas, sendo deslocado. Ali o pavimento acabava e a pista era de terra batida. O Charger contornou o velho alambique de tijolo exposto, a antiga construção iluminada apenas por seus faróis.

— Sobe aqui à direita!

— Isso vai dar em algum lugar? — Serra perguntou.

A curta estrada de terra batida servia apenas aos caminhões que recolhiam a colheita de algodão. Ia do Marcelo até o Jardim João Paulo II. Subiram por ali patinando na lama formada com a chuva. Alexandre fez Serra deter o carro na metade do caminho. Dali podiam ver quase toda a Sumaré espraiada em luzes branco-azuladas ou amarelas. Qualquer veículo que entrasse pela estrada, subindo ou descendo, seria imediatamente notado por eles. Saíram do Charger.

Alexandre tornou a sacar a espingarda, para cobrir Serra enquanto ele abria o porta-malas, no caso do pistoleiro tentar algum truque.

A luz interna do porta-malas revelou um jovem branco, em torno de dezoito anos. Tinha os olhos muito abertos, piscando com as gotas de chuva que batiam em seu rosto.

— Nem se incomode em sair — Alexandre disse a ele, mantendo a espingarda dirigida ao seu peito. — Quem foi que mandou 'ocês, com o trato de matar a gente?

— Foi o Patolino — o pistoleiro respondeu, depois de pensar por alguns segundos. Estava muito além de qualquer consideração quanto às represálias do mandante. — O trato era matar 'ocês dois.

— Foi o tal do Vicente que deu a nossa descrição, certo? 'Cês não iam entrar no clube, porque os seguranças 'tavam fazendo revista na entrada. Então arrumaram a briga na frente, pra chamar a atenção.

— Foi. O Vicente contou que o alemão aí — apontou Serra com o queixo — cuida do lugar que nem cachorro cuida de quintal. Sabia qu'ele não ia deixar barato a briga na frente do clube. . .

— O Patolino 'tá esperando uma confirmação d'ocês?

Desta vez o pistoleiro apenas concordou com a cabeça. Alexandre lhe recitou um endereço e perguntou se era nele que Patolino estava.

— É. Mas e daí? O que 'cês vão fazer?

Alexandre deu de ombros.

— A gente pode fazer uma visitinha. Com'é qu'é o esquema de guarda-costas lá?

— Não sei — o rapaz se apressou em dizer. Um pouco depressa demais.

— Olha, pr'o *seu* bem, é melhor contar.

O pistoleiro fechou os olhos, e disse com voz trêmula:

— 'Cês vão me matar de qualquer jeito, né? Não vai me deixar vivo, pra avisar o Patolino q' 'cês 'tão indo lá pra apagar ele. Se aquele filho da puta do Vicente tivesse contado q' 'cês eram foda assim, a história ia ser outra. Eu pegava os dois depois de fechar. Não ia dar mole.

Alexandre sabia que não lidava agora com bandidinhos como a turma do Dudu, em seu primeiro dia no SODES. Este aqui provavelmente já tinha matado gente, trocado tiros com a polícia, e estava acostumado a levar a melhor. Mesmo assim, aproveitou a deixa:

— 'Cê não viu nada ainda. Nada impede a gente de te cortar o saco, pra saber o que a gente precisa. Ou de te levar pra um lugar sem jeito d'ocê avisar ninguém, e correr pra onde 'tá o Patolino. Até 'cê achar um telefone, a gente ou entrou num acordo com ele, ou demos cabo dele, ou ele levou a melhor. Em qualquer caso, 'cê sai limpo.

O rapaz considerou por algum tempo. Alexandre esperou. Serra fez menção de entrar no debate, mas Alexandre o calou com um gesto. O sujeito não precisava de mais incentivo. Enfim, contou como eram as defesas de Patolino. Um relato que Alexandre achou obviamente fantasioso. Patolino seria protegido por quase uma dúzia de homens armados com submetralhadoras e fuzis. Tanta arma automática, e ele e seus colegas tinham atacado o SODES com revólveres. . . O pistoleiro queria dirimi-los do ataque. Talvez isso significasse que as defesas seriam bem mais fracas do que admitia.

Por outro lado, se não acreditava em uma palavra do pistoleiro, queria que Serra acreditasse.

Tornou a fechar o porta-malas.

Chamou Serra para longe do carro. Os dois parados na chuva observaram por um instante as luzes da cidade lá embaixo. Parecia tranquila, dali. Não ouviam sirenes dos carros da polícia, talvez ela tardasse mesmo a chegar ao clube e tomar conhecimento do que acontecera.

— O que 'cê quer fazer, Xande? — Serra perguntou. Pedia o seu conselho.

Alexandre indicou o carro com a cabeça.

— Levar o cara pra polícia — disse. — A gente esconde as armas, conta a história toda. Talvez ele até conte pra polícia o que contou pra gente agora. Aí quem sabe a PM vai até a base do Patolino e põe ele em cana. Tem uma boa chance.

Podia ver que Serra refletia intensamente. A chuva achatara os seus cabelos alourados contra a testa, e ele parecia curvado sob um peso imenso.

— Não dá — desabafou. — Não posso fazer isso com o Amélio...

— Já é causa perdida, Serra. Se a polícia não podia se envolver com o clube, agora já era.

— Se a coisa é complicada como eu penso — Serra disse —, os meganhas não vão fazer nada, mesmo se a gente levar esse vagabundo junto. Que outras opções a gente tem?

A palavra "nenhuma" estava na ponta da língua de Alexandre, mas ele não a proferiu. Seria uma mentira e, para o melhor ou para o pior, Serra lhe dera uma chance quando ele precisara. Tinha que segurar as pontas com ele.

— A gente paga uma visita ao Patolino — disse, as palavras passando por seus dentes rilhados. — Vamos argumentar, oferecer um trato. 'Cê conta a sua história, de que o que a polícia quer é *fechar* o clube, aí 'cê oferece ao Patolino traficar do lado de *fora*, se possível até meio longe do clube. Ele pode ver que não é lucro pra ele precipitar uma situação que vai no fim acabar com um ponto de negócios pra *ele*... Espera aí, Serra, me escuta. Eu sei q' 'cê não gosta de ceder nesse assunto, mas agora não tem muita...

— E se o tal Patolino não topar? Se ele quiser traficar *dentro*, ou se simplesmente levar adiante o plano dele de acabar com a gente?

Alexandre tornou a olhar para a cidade. Deu de ombros.

— Ele pode tentar matar a gente depois, e aí voltamos à estaca zero. Mas a gente já sabe que é uma situação insustentável, olha só o que aconteceu hoje. Então... Pode também tentar matar a gente ali mesmo, resolver o problema de uma vez por todas. Isso talvez comprometesse a base dele, mas pode achar que a gente é perigoso demais pra deixar solto por aí, que a gente pode ir à polícia mais tarde, ou se bandear pr'o lado d'algum rival.

Encarou Serra com total atenção. O rosto banhado pelo vermelho das lanternas do Charger parecia esperar que ele concluísse, que colocasse tudo para fora.

— Se 'ocê e eu formos lá — Alexandre disse —, vai ser pr'o *tudo ou nada*, Serra. Pode ser uma situação de matar ou morrer, e eu quero ter certeza q' 'cê tá preparado pra isso. E se a gente escapar vivo, a sua vida nunca mais vai ser a mesma. Pode pintar polícia depois do mesmo jeito, e procurando a gente por *assassinato*. Ou os caras que 'stão acima do Patolino vão vir atrás da gente.

— Eu quero arriscar — Serra disse. — Não enxergo outro jeito.

Alexandre deixou o fôlego escapar, num longo suspiro.

— Então tem que ser agora. — Apontou para o carro. — Vam'bora.

Subiram até o Jardim João Paulo II e, de lá, passaram pela Vila Yolanda Costa e Silva para retornar à Rebouças. Serra não passaria diante do SODES, mas de duas quadras de distância era possível ver que não havia nenhuma viatura da polícia nem aglomeração alguma diante do clube. Seria possível que ninguém chamara a polícia, ou que os policiais que responderam ao chamado se deram por satisfeitos com as explicações dadas por Gérson ou Otávio? "Bem", Alexandre considerou, "tudo aconteceu depois da uma e meia da manhã, a maioria dos vizinhos estaria dormindo... Quem acordou com a bagunça talvez não tenha reconhecido o ruído do disparo como um tiro... Os frequentadores teriam se contentado em sair com vida do tumulto, e cada um foi pra sua casa sem dar ao trabalho..." Podia ser. *Podia*.

Sem a polícia no pedaço, a encrenca era entre eles e Patolino e o seu bando.

— Vai rasgando, Serra — disse. — Quanto mais cedo a gente chegar, melhor. Mas para antes perto do Horto, que a gente tem que lidar primeiro co'o nosso passageiro lá atrás.

Serra pilotou o Charger pelas ruas da cidade, indo o mais rápido que as valetas e lombadas e o asfalto molhado permitiam.

— 'Cê para naquela curva que tem depois da ponte — Alexandre disse.

A ponte em questão era uma passagem ferroviária, feita de pedra e larga o bastante para que passasse apenas um veículo por vez. Serra fez o Charger passar por ali, atirando contra as paredes a água empoçada sob a ponte, numa velocidade imprudente. O carro aquaplanou por um segundo e dançou, mas já fora do túnel de pedra. Alexandre agarrou-se ao banco e cerrou os dentes. Quem mandou pedir ao outro que "fosse rasgando"?

Na curva indicada, o Dodge fez um cavalo de pau molhado e se deteve junto ao acostamento. Alexandre disse, abrindo a porta:

— Eu só quero q' 'cê abre o porta-malas e depois entra no carro e fica no volante, com o motor ligado.

— O que 'cê vai fazer?

— Tem mais umas respostas qu'eu preciso — respondeu.

— Eu posso ir junto — Serra disse. — Já falei que 'tô pra tudo.

— Não quero que 'cê veja o que vai acontecer, Serra. Fica aqui, que é melhor pra todo mundo.

Sem esperar pela resposta, saiu do carro. Ainda chovia. Nesse ponto da estrada tudo o que havia eram os tocos de eucaliptos cortados, do Horto Florestal da FEPASA de um lado, arbustos e uma longa plantação de algodão se inclinando no rumo do rio, do outro. Serra também saiu e foi para a traseira do Charger, abrir o porta-malas. Alexandre tornou a sacar a escopeta.

Mandou o pistoleiro sair e caminhar pelos arbustos e moitas de capim. Tinha a arma empunhada, fez o sujeito marchar quatro passos na frente. Às suas costas, ouviu a porta do porta-malas bater, e então a do lado do motorista.

Fez o sujeito andar uns cinquenta metros para dentro da plantação. O pistoleiro caminhava à sua frente, sem olhar para trás. Quando viu que já estavam na distância da estrada que queria, Alexandre se aproximou rápido desferiu-lhe um violento chute na perna, fazendo-o se ajoelhar na lama.

— Agora levanta e continua andando — ordenou.

Assim o fizeram até encontrarem uma estradinha de terra. Então mandou que parasse. Podia ver o outro claramente, pela luz que chegava de Sumaré e de Hortolândia, refletida nas nuvens. Era um sujeito da sua altura, mas uns seis quilos mais magro.

— 'Cê vai me apagar agora? — o sujeito perguntou.

Sentiu um desgosto profundo com esse pragmatismo diante da morte. Ele mesmo tremia e sentia-se enfraquecido, curvado sob o peso do que devia fazer.

— Qual é o seu nome?

— Fernando — disse o pistoleiro, voltando-se para ele. Não ofereceu um sobrenome.

— 'Cê atira com a direita ou a esquerda?

Fernando não pareceu entender, mas respondeu apesar:

— A direita.

— Quantos 'cê já matou, Fernando?

— Três.

— Quantos guarda-costas 'tão agora com o Patolino?

— Quatro. — Um número que pareceu bem mais razoável, a Alexandre. — Só *quatro*, cara. É isso q' 'cê queria saber. Agora já pode me matar sossegado.

Alexandre balançou a cabeça.

— Não tem nada de sossegado no que vai acontecer agora, Fernando — disse, e deitou cuidadosamente a arma sobre o barranco baixo que marcava o leito da estrada.

Imediatamente Fernando deu-lhe as costas e tentou correr, mas ainda não tinha se recuperado do chute na perna. Alexandre o alcançou facilmente.

Seus diretos e cruzados saíam com meia força, passando facilmente pela defesa desajeitada. Os golpes saíam quase com dó, com vergonha. E ainda assim Fernando era um pé de pato, um assassino de aluguel que já matara três pessoas, e encarava a própria morte com a mesma atitude desbotada, o mesmo desapego e falta de interesse pela vida — fosse a dele ou a de outros. Alexandre porém não ia matá-lo. Talvez devesse, se adotasse o mesmo pragmatismo. Mas não queria isso, não essa marca em sua vida. Fernando não encontraria a morte, nesta madrugada de chuva. O que Alexandre reservara para ele não era a morte, só a dor.

Porque não podia deixá-lo sair limpo disto tudo, em forma para achar um telefone a tempo de avisar Patolino.

Por hora tudo o que o chefe dos traficantes devia estar sabendo é que a execução não tinha dado certo. Esperava no máximo que seus pistoleiros voltassem como pintos molhados para o seu covil, e não que a caça se tornasse caçador.

Fernando caiu nocauteado de bruços na lama. Alexandre o virou de barriga para cima e ajeitou seu rosto enlameado, o queixo voltado para o céu. Então levantou o braço direito bem alto, e fez descer o cotovelo sobre o rosto desacordado. Uma vez, cerrando os dentes contra o choque que lhe subiu até o ombro. E mais uma vez. Uma terceira, até ouvir o som da mandíbula inferior se partindo. À luz baça viu a linha redesenhada do queixo formando um degrau no rosto jovem. Quando acordasse, mesmo que Fernando chegasse a um telefone, não poderia falar.

E teria ainda algo mais com que se preocupar, além de dar o alarme ao traficante.

Virou-o de bruços agora e dobrou seus braço direito contra as costas. Puxou-o para cima até sentir os ossos se rompendo, transmitidos pelo toque da sua mão. Gemeu enquanto o fazia. Eram mais gemidos pela desonra do que se obrigava a fazer, do que pelo esforço. Fora treinado para nunca bater em um adversário caído, e mesmo no tempo em que trabalhara para Geraldo no prostíbulo, nunca agredira alguém indefeso.

Apanhou a arma, limpou-a rapidamente, e a pendurou à tiracolo.

Tornou a virar o rapaz de barriga para cima e, agarrando-o pela gola da jaqueta, o arrastou o máximo que pôde, pela estrada de terra na direção do asfalto. Largou-o a uns dez metros da pista; caminhou até o Charger branco. Deteve-se, apoiado no teto molhado do carro, olhou em torno, refletiu. Nada mais lhe ocorreu. Entrou no carro.

— 'Cê matou ele, Xande? — Serra perguntou, a voz saindo com um sussurro entrecortado.

— Não — respondeu, engolindo em seco e gesticulando para que Serra arrancasse. — Só ale'jei.

Alexandre disse a Serra como deveriam agir, à porta da "Casa de Construção" do Patolino. Não deviam tocar em nada, enquanto estivessem lá dentro — *se* conseguissem entrar. Mandou que o Dodge Charger fosse estacionado do outro lado da rua e com a frente apontando para a esquerda de quem saísse do esconderijo dos traficantes — para não terem de passar diante da fachada, durante a fuga. A casa de construção tinha algumas luzes acesas — Patolino e a sua patota.

Patolino e quatro guarda-costas, se Fernando tinha dito a verdade. Mesmo que tivesse, era possível que o resto dos pistoleiros que tentaram pegá-los no sodes tivessem vindo para cá. Seriam então sete ou oito, nove ou dez, como saber?...

Pensando bem, era muito pé de pato só para Serra e ele. Com certeza o Vicente tinha passado o relatório da segurança do sodes — mais dois, além dos alvos do atentado. Talvez Patolino tivesse liberado gente da sua segurança, para reforçar os pistoleiros.

Alexandre e Serra atravessaram a rua, silenciosos sob a chuva. Alexandre sacou a arma. Bateu à porta e, assim que viu acender a luz por de baixo da porta, atirou-se no chão como quem faz flexões, e espiou. Viu de maneira incerta um par de pés se aproximando.

— É um só — cochichou para Serra, que tinha a sua escopeta nas mãos. — Fica frio.

— Quem é? — ouviu uma voz de homem perguntar, junto à porta.

— É o Fernando — disse, esperando que o ruído da chuva disfarçasse a sua voz o bastante para que não fosse reconhecida.

— Os caras que foram com 'ocê falaram que tinham te pegado.

— É, mas eu escapei. Abre qu'eu 'tô machucado.

— 'Pera aí... — Sons de travas e fechaduras sendo abertas. — P'r que 'cê não foi direto pr'um pronto-socorro?...

Alexandre enfiou o curto cano da escopeta no queixo do sujeito, assim que ele abriu a porta. Fez um sinal com o dedo indicador sobre os lábios, para que ele não abrisse a boca. No mesmo instante, Serra pateou o sujeito de cima abaixo e retornou com um molho de chaves de automóvel.

— 'Tá limpo — Serra cochichou.

Alexandre apanhou o guarda-costas pelo cangote e encostou o cano ali. Por sorte só um viera atender à porta. Tranquilos, os capangas do Patolino esperavam pelos pistoleiros, e não por esta visita surpresa.

Com o cara tremendo na ponta da espingarda, Alexandre o guiou para os fundos da loja. Em uma sala grande e iluminada viu logo um homem negro sentado numa poltrona, um Fuzil Automático Leve no colo. Devia ter mais de trinta anos, e, assim que viu o seu colega entrar adiante de dois desconhecidos, fez menção de levantar-se. Se tinha durado tanto no tráfico, devia ser o mais perigoso de todos, e Alexandre lhe conferiu uma atenção especial. Apontou sua arma para ele, por cima do ombro trêmulo do cara que lhes abrira a porta, e gritou:

— Fica sentado, senão voa chumbo!

Havia mais gente no recinto. Um cara gordo sentado atrás de uma mesa, dois outros em pé ao seu lado, longe uns vinte passos de onde Alexandre estava. Pelo jeito, estiveram todos assistindo a um vídeo pornô em uma TV com videocassete instalados em uma mesa de canto, antes da entrada de Alexandre e Serra. Uma moça pálida de *topless*, de peitos grandes e mamilos largos e rosados, levantou-se e abriu a boca num grito mudo, ao vê-los. Alexandre continuou falando com o homem do fuzil:

— Mãos na cabeça, você. 'Tá com munição na câmara, esse FAL?

— Não — o negro respondeu, surpreendido.

— É bom, pra evitar acidentes. Levanta daí e vai lá pra junto dos seus amiguinhos.

Depois de um segundo de hesitação, foi isso o que o homem negro fez, as mãos no ar. O fuzil caiu do seu colo e bateu ruidosamente no piso.

Alexandre manteve o grupo de quatro homens e uma mulher sob a mira da espingarda. Serra postou-se ao seu lado, também empunhando a sua arma.

— A moça aí pode ir embora — Alexandre disse.

Ela olhou para o cara que estava sentado, e depois de cruzar os braços sobre os peitos, saiu detrás da mesa.

— Minha roupa 'tá aqui do lado...

— 'Cê passa por mim *agora* e cai fora, vai pra *rua* tomar um banho — Alexandre ordenou.

Ela calou a boca, e, estimulada pelo seu tom de voz, passou correndo por eles, segurando as tetas brancas balançantes.

Alexandre voltou-se para o gordo sentado. Pela primeira vez notou que do aparelho de televisão vinha sons de gemidos prazerosos e frases curtas e obscenas em inglês. Quase riu, do grotesco da coisa, mas reprimiu o riso e deixou que apenas um sorriso se formasse em seu rosto. No fundo, porém, sentiu que era tudo inútil — alguém que mandava matá-los e esperava a confirmação do serviço numa sessão de putaria, nunca lhes daria ouvidos.

— Patolino, nós somos os caras que 'cê mandou apagar — disse. — Já viu que não deu certo. A gente podia te matar agora, sentado aí batendo uma punheta. Só que a gente 'tá aqui é pra te apresentar um acordo.

Serra se adiantou e contou o dilema que o SODES vivia e explicou que se fosse fechado, ninguém sairia lucrando exceto os políticos que tinham acionado a polícia contra o presidente do clube. Então propôs que os vendedores do Patolino se retraíssem para longe do salão, que não tentassem entrar nem que ficassem na porta. Assim os interesses dos dois estariam preservados, e não era preciso ferir mais ninguém.

Assim que ele se calou, Patolino disse:

— Você é o tal do *Se*rra, o cara que deu uma dura no Vi*cen*te.

Alexandre imediatamente entendeu o porquê do apelido: Patolino falava com a língua presa, sibilando e cuspindo igual ao personagem dos desenhos. Mas o seu tom de voz era morto. Era como uma cobra falando com a língua bifurcada entre os dentes.

— *Mas* o outro aí eu não conhe*ç*o.

— E nem precisa — Serra disse. — Só precisa dizer sim ou não pra nossa proposta.

— Vou fa*ç*er uma *contra*propo*s*ta — foi o que o traficante respondeu, dirigindo-se ao Serra. — Você trabalha pr'o Amélio, eu *sei*. Então 'cê vai fa*ç*er o *s*eguinte: me coloca em contato com ele, que eu nego*cio* um jeito dele garantir a elei*ç*ão pra prefeito. Assim a gente mantém a coi*ç*a como já 'tá, e ninguém preci*ç*a fa*ç*er nenhuma acomoda*ç*ão. Eu e você va*mos* ser amiguinhos... Ou eu po*ss*o pagar pr'o*cê* largar o clube e *es*quecer do *as*sun*t*o.

Com o canto do olho, Alexandre viu as mãos de Serra se crisparem sobre a escopeta.

— É sim ou não — Serra disse, com voz rouca.

Patolino sorriu e fez um gesto de braços abertos.

— *Se*não o quê?...

— Usa a cabeça, Patolino — Alexandre interveio. — Mais uma encrenca com'a de hoje no clube, e a polícia pode fechar o lugar e aí 'cê perde o ponto. Se alguém morrer numa outra refrega, do seu lado ou do nosso, dá na mesma. Mas se 'ocê morrer *agora*, nós dois aqui saímos limpos. Se é um bom negociante, vai pegar a proposta que te dá mais segurança.

Patolino inclinou-se para a frente, apoiando-se no tampo da mesa.

— Com'é qu'eu vou *s*aber q' 'cês não trabalham pr'o *Vis*go, pra me tirar da jogada?

— Nunca ouvi falar — Alexandre disse. — A nossa encrenca é com *você*.

— Eu mandei *trêis* pé' de pato a*t*rás d'o*c*ês, e agora 'cês 'tão aí apontando *es*copeta pr'a minha cara — o traficante retrucou, um tom de raiva agora brotando em sua voz monocórdia. — 'C*ês* quer me conven*c*er que *são só s*e*g*uran*ç*a daquele clubinho de ralé, e não *pis*tole'ro contratado do *Vis*go.

"Primeiro o *Visgo* afastou os meus vendedores do *Centro*, com o esquema dele dos carrinhos de lanche, e agora o último ponto bom que sobrou na região..."

Calou-se no meio da frase.

— É isso — exclamou, batendo a mão espalmada na mesa. — Esse é um golpe dele, o filho da puta! 'Tá junto com a polícia pra me puçar o tapete.

Alexandre achou difícil que a polícia estivesse mancomunada com o traficante de drogas, em um esquema para afastar a concorrência. A ideia do Serra, de uma diferença política, fazia mais sentido. Mas não havia por que não usar a paranoia do Patolino a seu favor.

— Então 'cê só teria a ganhar, aceitando o nosso trato — disse.

Patolino anuiu lentamente.

— 'Tá certo. Nós vamos façer que nem 'cê falou. Ficamos de fora do clube, garantimos o que der a partir da rua. É isso.

Serra e Alexandre trocaram olhares. Alexandre assentiu, lentamente.

— Então a conversa 'tá resolvida — disse. — Nós 'tamos saindo. 'Cês fiquem sentadinhos aí.

Foram recuando, andando para trás, vendo os quatro homens de olhos trancados neles. Quando chegaram ao corredor, Alexandre disse a Serra:

— Sai e bate a porta com força.

Serra fez um gesto de que não compreendia a razão da ordem, mas Alexandre o empurrou para a saída.

Ficou parado junto à porta que separava a sala do corredor. Ouviu Patolino falar aos seus homens:

— Mata esses dois agora, mas longe daqui.

— Tem certeza, chefe? — um deles perguntou. — E essa coisa toda da gente levar prejuízo, se o clube fechar porque nós matamos esses caras?

— Que se foda o clube! Agora é guerra entre o *Visgo* e *nóis*. E esses dois aí são só uma pedra no sapato. Ninguém aponta um cano pra minha cara e sai vivo pra contar...

Alexandre escancarou a porta e entrou com a espingarda em riste. O negro já estava recolhendo o FAL do chão, quando o viu entrar. Rápido, ele carregou a arma, mas o disparo da escopeta surpreendeu-o.

O chumbo médio explodiu em seu peito e rosto como uma constelação de estrelas rubras. Suas mãos tremeram mas ele não largou o fuzil. Não devia estar enxergando nada e a dor o tornou indeciso por um segundo — o tempo que Alexandre precisou para correr até ele e arrancar o FAL de suas mãos.

Derrubou-o com um golpe perfeito da coronha, como havia aprendido anos atrás no Exército, e apontou o fuzil a partir da cintura, para os homens ainda aglomerados atrás da mesa.

Patolino jogou as mãos para a frente, gritando:

— Não atira, qu'eu tenho o dinheiro! O dinheiro!

— Bom pra você — Alexandre disse, destravando o FAL, acionando a alavanca de manejo para introduzir uma munição na câmara, e disparando.

O coice foi tão grande quanto o da espingarda, mas a coronha facilitava as coisas.

Patolino caiu para trás, cercado por uma ebulição de lascas de madeira da mesa e sangue do seu corpo. Os outros dois homens tentaram correr para longe, um foi esconder-se atrás da mesa da TV, o outro se encolher no canto oposto, mas Alexandre fez o cano do fuzil persegui-los e avançou atirando, um disparo a cada passo esquerdo como aprendera no Exército, empregando tudo o que aprendera na infantaria para usar em uma guerra que nunca viria, exceto por este instante de combate e de extermínio. "Porque eu não tenho escolha", dizia a si mesmo, a cada disparo. "*Porque não tenho escolha.*"

Contornou a mesa para se certificar que não havia mais ninguém vivo.

Ouviu a voz do Serra:

— *Xande!*

— Vam'embora, Serra.

Correram os dois para fora, ele empunhando o FAL e vendo diante de seus olhos o quadro vermelho de corpos desmembrados por projéteis jaquetados de aço, sangue borrifado em velocidade supersônica contra a parede, a televisão finalmente calada e escura, fios de fumaça escapando de vísceras expostas.

Porque ele não tivera escolha.

Josué Machado despertou sorvendo o ar para dentro dos pulmões com uma sofreguidão descontrolada que o fez engasgar e tossir. Levantou o tronco e sentou-se na cama. A camisa do pijama grudava-se ao seu peito suado. Piscando, olhou em torno. Alguma luz entrava pela janela entreaberta, dando aos seus olhos a visão do corpo coberto de Isaías, deitado de lado na cama ao lado. Josué sempre estranhava o hábito do outro, em dormir assim — ele só conseguia dormir de bruços ou de costas. Isaías, porém, deitava-se para dormir de lado, acordava de lado, e aparentemente nunca se mexia, não mudava de posição, não se agitava durante o sono. A consciência perfeita o amparava, com certeza.

Josué tinha o sono agitado. Nem sempre fora assim, e sua inquietação noturna crescera nas últimas semanas, quando dera para sonhar com o corpo nu de Vanessa, desfilando no palco da sua mente adormecida.

Mas agora sonhara com a figura do anjo que fora rejeitado pelo pastor Santino, o jovem que ele imaginara ter se salvado do ataque dos assassinos. Vira algo mais dele, desta vez. O corpo esguio visto de frente, a fisionomia quase revelada... Alguém conhecido de Josué — a lembrança estava logo ali, mas difusa, oculta atrás de uma cortina semitransparente que ele não podia tocar.

Desta vez ele não fugia nem se refugiava em um bosque de contos de fada, na sua sugestão de um jardim do Éden. Não. Agora ele era o sustinente de uma espada flamejante como a que os querubins empunharam após a expulsão do homem do paraíso, para evitar que retornasse.

"E, expulso o homem, colocou querubins ao oriente do jardim Éden e o refulgir de uma espada que se revolvia, para guardar o caminho da árvore da vida" — o versículo explodiu em sua mente, como que por vontade própria. E não existira na visão do seu anjo maltrapilho uma força irada que não era bem a da ira de Deus, mas que se assomava tão terrível quanto, mas trágica, como se do jovem emanasse toda essa fúria, que a ele contudo retornava?... Não dizia o sonho que era este anjo ao mesmo tempo guardador e exilado, ambos carcereiro e prisioneiro da sua própria vontade, de seu próprio destino?

O Dodge Charger R/T parou sobre a ponte. Alexandre desceu do automóvel, o FAL nas mãos. Às suas costas ouviu o som de uma porta batendo — Serra também descia.

Estavam entre Rosolém e Hortolândia, um trecho de plantações e casas distantes, um renque de eucaliptos não muito longe da estrada.

Alexandre sentia dores no lado direito do corpo, como se alguém tivesse martelado suas costelas com ganchos de esquerda. A espingarda estivera balançando ali o tempo todo, atingindo-o repetidamente, e só agora ele percebia. Ajustou-a em seu lugar.

Puxou devagar a alavanca de manejo do fuzil e apanhou a munição que estivera na câmara. Guardou-a no bolso da jaqueta. Ainda restavam umas três ou quatro no carregador, e ele o removeu e o atirou por cima do parapeito. Abriu o fuzil como fizera centenas de vezes no Exército, retirou o conjunto do ferrolho e o jogou do outro lado da ponte. *Pluf!* — ouviu, um som distante. O fuzil propriamente ele jogou, com grande capricho, bem embaixo. Um dia essas coisas iam aparecer, claro. Mas talvez depois da poeira baixar, se um dia baixasse, e provavelmente suas digitais não seriam mais recuperáveis.

Ao seu lado, ouviu ruídos vindos de Serra — ele vomitava. Não sabia o quanto ele tinha assistido do massacre, mas aparentemente fora o bastante. Olhou e o viu debruçado sobre o parapeito. Ele mesmo teve de lutar contra as contrações de seu estômago. Lembrou-se então da mulher que estivera com os traficantes. Ao deixarem o local, vira-a seminua e chorando, atirada sob uma árvore, não longe da loja de material de construção. E no mesmo instante em que a vira, Alexandre pensou em caminhar até ela e matá-la para que não pudesse identificá-los à polícia ou a outros associados de Patolino. Não o fizera, graças a Deus, mas a lembrança da intenção o fez perder o controle afinal, e ele uniu-se a Serra, junto ao parapeito.

Não havia nada em seu estômago, além de dor.

Retornou, curvado, ao carro. Serra uniu-se a ele meio minuto depois. Tentou sorrir, ao virar a chave na ignição; estava embaraçado com a reação que tivera. Alexandre não. Sentia-se apenas vazio. Serra tocou o bolso de sua jaqueta, tateando a munição de fuzil ali dentro.

— Vai fazer coleção? — perguntou.

— Dizem que três é demais — Alexandre respondeu.

Rodaram em silêncio. Teriam de passar pelo centro de Hortolândia, para chegarem a Sumaré. Serra deteve o Charger em um semáforo. Era o largo cruzamento que, tomado à esquerda, os levaria à Sumaré. Faltavam poucos minutos para as três da manhã. A chuva amainara um pouco e o asfalto lembrava um imenso espelho, a refletir coisa alguma. Não havia sentido em parar ali, mas Serra o fez e agora seu rosto, iluminado pelas luzes do painel, parecia fixo no vazio.

— 'Cê matou aqueles caras porque eles iam atrás da gente de qualquer jeito — disse, em voz baixa.

— Eu ouvi o Patolino mandar dar um fim na gente hoje mesmo, mas longe do lugar, pra não dar na vista.

— Aí 'cê voltou e matou todos sozinho.

— Precisava ser rápido, antes deles se armarem. Contra o fuzil, a gente não ia...

— Podia ter me chamado — Serra o interrompeu. — Fez tudo sozinho e me deixou de fora.

Não soube o dizer. Podia tê-lo chamado, claro, mas não o fez. Não quis. De fato, queria manter o amigo longe do sangue.

— 'Cê quis me proteger? — Serra perguntou. — Eu te arrastei pr'essa merda, e 'cê quis me proteger?

— Ninguém vai poder dizer que 'cê participou das mortes — disse. — Se a coisa chegar até a polícia, 'cê pode dizer que só dirigiu e que não sabia como a visita ao Patolino ia terminar.

— Eu te falei qu'eu 'tava pr'o tudo ou nada...

— 'Cê tem a sua mãe, sua irmã. Eu não tenho ninguém.

Serra sabia que ele e seus pais estavam de relações cortadas.

— E a Soraia?

A pergunta o fez refletir. Como Soraia reagiria, se ele de repente saísse da vida dela? Certamente não reagira muito bem à morte do pai, mas com Alexandre era outra história. Não tinha certeza de que sentia por ele o que ele sentia por ela, ou que um dia viria a senti-lo. Talvez não se importasse tanto, se a deixasse. No momento não ia muito além de um ombro amigo, mas Soraia era forte, e, se aceitasse o emprego que sua tia havia oferecido, logo estaria com a vida de volta aos trilhos e não precisaria de confidentes ou protetores.

— Ela pode passar sem mim — disse.

Serra manteve-se em silêncio, por um tempo. O motor do Charger ronronava no silêncio da noite, e a chuva um suspiro quase inaudível.

— Não gosto disso — disse, finalmente. — Não gosto do qu'eu tô fazendo com você.

Alexandre não respondeu.

Dali a pouco Serra fez o motor acelerar.

Não, não era o V8 do Charger que ele ouvia...

Olhou em torno e percebeu faróis se aproximando, vindos da direita. Um segundo depois um Ford Maverick GT preto de rodas prateadas surgiu e ganhou a pista que levava para a Via Anhanguera. Alexandre inclinou-se para adiante. Enxergou as silhuetas de três homens em seu interior.

Apontou o carro e disse:

— São *eles*...

Apesar do asfalto molhado, o Dodge Charger acelerou com tanta força que o braço estendido de Alexandre o atingiu na boca.

Serra acionou o farol alto e dois fachos duplos de luz cravaram-se no Maverick. Alexandre percebeu que o carro negro já reagia, acelerando e impedindo que o Charger se aproximasse mais.

— Cola neles, Serra! — disse, enquanto sacava a espingarda.

Lamentou imediatamente que tivesse jogado o FAL no rio. Para atirar com esse chumbo fino contra o Maverick, teria de chegar a poucos metros para garantir algum estrago, e mesmo assim...

O Charger lançou-se para adiante, mas o Maverick também acelerou e a distância entre os dois alargou-se, ao invés de estreitar-se. Nesse ponto a pista subia uma acentuada elevação, que os dois carros galgavam com facilidade.

— Ele tem um motor forte — Serra comentou. — Com essa aceleração, deve ter dado um pico de óxido nitroso.

— Vai dar pra pegar ele? — Alexandre inquiriu.

Tinha a espingarda aberta no colo, e inseria um novo cartucho de .12 na culatra.

— Claro! É só questão de tempo.

Em torno deles, as casas adormecidas foram ficando para trás. Mais adiante havia uma entrada que seguia para a direita, levando a um bairro afastado. O Maverick fintou que ia entrar ali, antes de guinar novamente para dentro da estrada de acesso. Serra não foi enganado — o Charger não se desviou um metro do trajeto que o seu piloto antecipara.

Alexandre olhou para o amigo e reconheceu a sua expressão de concentração absoluta. Tinha essa cara quando treinavam boxe, mas agora ele parecia ser uma parte integral do automóvel, um mecanismo autônomo mas simultaneamente integral à máquina, como o seu motor ou transmissão, e ao mesmo tempo a fúria de cavalos-vapor como que alimentava as suas mãos crispadas sobre o volante.

— Vou tentar atirar neles quando o intervalo for de uns dez metros — Alexandre berrou por cima do ronco do motor. Já começava a baixar o vidro da janela.

— Não! Este trecho tem muita curva e desnível. 'Cê não vai conseguir fazer pontaria, e pode acertar o meu Charger. 'Pera um pouco qu'eu consigo empurrar ele pra fora da estrada!

De fato, os dois automóveis começaram a enfrentar curvas acentuadas, em regimes brutais de frenagem e aceleração, os pneus guinchando. O pesado Charger se comportava bem — duas vezes jogou a traseira, mas Serra o mantinha sob controle. A suspensão especial ajudava, e Alexandre podia sentir nos rins quando os pneus atingiam buracos e calombos no asfalto. Diante dos seus olhos as lanternas traseiras do Maverick cresciam e encolhiam, conforme os carros freavam e aceleravam. Pelo estreito vidro traseiro do carro preto viam-se dois rostos, um no banco detrás, outro no assento do passageiro na frente, voltados para trás e iluminados com tanta luz dos faróis duplos que pouco se via de suas fisionomias. A luz ofuscante também os impediria de fazerem pontaria com os seus .44 Magnum, Alexandre quis acreditar.

Pegaram um trecho de reta. Alexandre viu o Maverick cuspir um arco de faíscas de sob o seu chassi, e não entendeu o que era aquilo. Um segundo depois sentiu um baque tão forte que o fôlego lhe foi roubado dos pulmões — os dois carros tinham cruzado o ar sem tocar o asfalto, quando a pista se precipitou em um declive, e pousado com um choque e um clangor metálico.

— Eu vou pegar ele agora, na reta antes do trevo — Serra pronunciou. — Quand'ele sair da estrada, 'cê pode atirar.

Na reta, o Charger encurtou a distância rapidamente. O velocímetro oscilou em segundos de cento e vinte a cento e cinquenta, cento e sessenta. Serra faria o pesado Dodge tocar o para-choque traseiro do Maverick, empurrando-o para fora da pista. Ele devia saber como realizar o truque por conta da sua experiência nas corridas de demolição.

Alexandre viu as formas levemente oblíquas das lanternas traseiras do Maverick explodirem num vermelho mais vivo e então o carro negro cresceu ominosamente no para-brisa, seus para-choques cromados incandescentes com o reflexo dos quatro faróis do Charger.

O mundo girou por um instante à volta de Alexandre, enquanto Serra lutava para desviar o Charger da rota de colisão, levando-os por um instante ao estreito acostamento.

O carro rolou de volta para a pista. Serra mudou as marchas com grande agilidade. Alexandre viu que o Maverick também regressava do acostamento do lado oposto, e acelerava para longe, atirando para trás um esguicho de lama e pedrisco.

O seu piloto tinha metido o pé no breque, bruscamente, para obrigar Serra a esquivar-se e sair da estrada. Mas ao invés de sair, Serra tinha feito o Dodge derrapar na pista, ocupando por um segundo as duas faixas e fechando o caminho do próprio Maverick. Para não bater o outro fora obrigado a puxar o seu carro para fora também, indo no entanto para o lado oposto. Quando compreendeu tudo, Alexandre admirou os reflexos do amigo.

Tanto Serra quanto o outro conseguiram dominar os carros e impedir que capotassem. Estavam os dois no páreo. Mas e agora?

— Perdi o momento — Serra gritou. — Vamos ver o qu'ele vai fazer no trevo.

O Maverick se distanciou um pouco do Charger.

Diante deles o carro dos bandidos entrou no trevo, fez um meio cavalo de pau para a esquerda e pegou a rampa de acesso para a Via Anhanguera.

— Agora ele não escapa mais — Serra disse, executando a mesma manobra.

Às três da madrugada, neste trecho da Anhanguera havia somente algum tráfego de caminhões — a balança de pesagem ficava bem ao lado do trevo. Os dois carros rapidamente pegaram a faixa da esquerda e ultrapassaram os caminhões. Mais adiante deixaram para trás um Chevette vermelho, que passou pela janela de Alexandre como um corisco. Corriam quase ao dobro da velocidade do carro vermelho. Alexandre se inclinou um pouco para a esquerda e lançou um olhar ao velocímetro calibrado montado em cima do painel — iam a cento e setenta, cento e oitenta, cento e oitenta e cinco...

Sentiu os músculos dos antebraços arderem. Há minutos que estava agarrado ao banco, os dedos doloridos de fincarem-se no estofamento rígido. Apoiou a mão esquerda no painel. Respirou fundo. Nunca correra a uma velocidade como esta. Tinha uma ideia, agora, do que os "observadores" que o Serra levara nos rallies tinham passado. E corriam assim na *chuva*, que agora parecia aumentar.

Diante dele, o Maverick desviou-se de um Opala que ia passeando na pista de ultrapassagem. Serra imitou a mesma manobra.

— Tem muito carro aqui — disse. — Quando der eu vou pôr pressão. Fica esperto.

Passavam por Nova Aparecida, agora, em um trecho de vários quilômetros de reta. O Charger acelerou para cento e noventa e cinco, duzentos... O automóvel vibrava em torno dos dois. Foram se aproximando do Maverick negro. A essa velocidade o asfalto se apresentava como um espetáculo de efeitos especiais, com os olhos de gato e as faixas interrompidas passando por eles como rajadas de munição traçante, os reflexos líquidos no asfalto molhado se contorcendo como qualquer coisa oleosa que se derramasse interminavelmente, e o Ford arrastava duas flâmulas ondulantes de borrifos arrancados do asfalto e quase palpáveis à luz dos faróis do Charger.

— Se segura, Xande, qu'ele vai tentar aquele golpe de novo — Serra avisou.

O Maverick corria na pista da esquerda. Se permanecesse ali, os dois veículos entrariam na Rodovia dos Bandeirantes. Mas, como Serra previra, ele guinou abruptamente para a direita, e entrou freando e deslizando nas duas faixas da curva de acesso que os levaria por baixo de um viaduto para a continuação da Anhanguera. Serra intuíra com perfeição as suas intenções, e realizou a manobra quase ao mesmo tempo, um pouco mais para dentro da curva. O pesado Dodge derrapou para o curto acostamento, mas a compensação na curva o manteve na estrada.

Os dois carros rapidamente recuperaram a velocidade. Só o feroz rugido metálico dos dois motores v8 quebrava o silêncio da madrugada.

Entraram em uma reta de duas faixas. Nesse trecho não havia tráfego algum. Alexandre ouviu o ronco do motor do Charger crescer mais, como se fosse possível.

O Maverick começou a perder terreno. Alexandre olhou e viu que o Charger ia a duzentos e cinco, duzentos e dez... O carro vibrava dentro da caixa torácica de Alexandre, e fazia bater os seus dentes.

— Agora ele é meu! — ouviu Serra gritar.

O carro negro foi para a pista da direita. Serra moveu o Charger à esquerda, como se fosse ultrapassá-lo. Alexandre achou que não era uma boa ideia.

— *Fica atrás dele, Serra!*

— O quê?...

Mas Serra reagiu ao seu grito e moveu o carro para a direita. No mesmo instante Alexandre viu um lampejo brilhar alaranjado da janela esquerda do Maverick. Seus olhos então percorreram o para-brisa, mas não viu nenhuma perfuração. Deixou o fôlego escapar.

— Se ficar muito à esquerda ou à direita dele — berrou —, 'cê dá ângulo pr'um tiro!

Decidiu que não iria esperar que Serra alcançasse o Maverick e o tirasse da estrada. Baixou o vidro da janela e meteu o braço direito com a espingarda para fora. O deslocamento do ar era tão forte que quase arrancou a arma dos seus dedos. Segurou-a com as duas mãos, tentando estabilizá-la o mais possível, enquanto as gotas de chuva picavam violentamente o seu rosto.

O Charger cobriu mais da distância entre perseguidor e perseguido. A turbulência aumentou. Alexandre tentou apontar a arma, mas o cano oscilava mais de um palmo de um lado para outro e para baixo e para cima. Ele enganchou o joelho direito sob o painel e, firmando a perna esquerda, desfez-se do cinto de segurança e tentou estabilizar o corpo apoiando-se na janela, trazendo a espingarda para perto do rosto. Os braços dobrados em ângulo firmaram a arma. Quando puxasse o gatilho era melhor fechar os olhos porque a chama seria soprada direto em seu rosto.

A distância em relação ao Maverick encurtava. Trinta metros, talvez. Vinte. Ainda longe demais para um disparo com o tipo de chumbo que havia no cartucho de .12. Precisava estar perto, bem perto... Com esse comprimento de cano o chumbo espalharia e não seria mais que um granizo batendo no vidro traseiro, um vidro disposto em ângulo tão agudo... Precisava de concentração para fazer algum estrago. E da sua pontaria. Quinze metros agora... Alexandre tomou fôlego, curvou o indicador tenso sobre o gatilho. Mais um pouco... Mais...

A distância cresceu. Vinte metros, trinta, quarenta... O Maverick os deixava para trás. Pensou em atirar assim mesmo. Hesitou.

— Vem pra dentro! — Serra chamou-o.

Sentou-se no assento, recolocou o cinto. Levantou o vidro. Baixou cuidadosamente o cão da espingarda para a posição de descanso.

Serra tornava a acelerar o Charger. O velocímetro foi a duzentos e vinte, vinte e cinco... Mas o Maverick continuava a ganhar terreno. Alexandre estreitou os olhos — o carro dos bandidos agora tinha as luzes apagadas e estava visível apenas pelo reflexo dos faróis do Charger nas lanternas traseiras e no para-choque. Ali era uma reta só, até atravessarem o largo trevo da Bosch e cortarem Campinas mais adiante. Mas entravam em um trecho escuro de estrada, perto do antigo Jóquei Clube, e logo ele estaria fora do alcance dos faróis altos.

— Para, Serra! Se eles ganharem distância suficiente, podem parar no acostamento e atirar na gente quando a gente passar.

Podia ver que Serra estava contrariado, mas ele obedeceu e tirou o pé do acelerador. Dali a pouco pisava o freio. O motor desacelerou com um longo suspiro. Serra fez o Charger entrar no estreito acostamento à esquerda, e depois, agora em segunda marcha, cruzar o canteiro central de grama molhada, até a pista em sentido contrário.

O motor do Charger tossiu e resfolegou e tornou a roncar. Serra acariciou o volante, como o cavaleiro que cumprimenta o seu cansado cavalo, pela boa corrida.

— Aquele filho da puta... — xingou. — Deve ter um sistema de óxido nitroso. Só assim pra ganhar da gente. Só pode ser...

Alexandre queria mas não perguntou do que ele falava. Concentrou-se em respirar fundo para fazer o seu coração voltar ao batimento normal.

Em vinte minutos estavam entrando em Sumaré. Não disseram nada um para o outro, durante o trajeto. Alexandre sentia-se exaurido. E ainda tinham de ir ao SODES pegar o dinheiro, depositá-lo, levar Gérson e Otávio e as meninas para casa, enfrentar a polícia...

Os dois seguranças haviam mandado as moças da bilheteria e os rapazes do bar para casa, e se trancado no clube com a grana. Contaram que a polícia de fato deixara de aparecer.

Serra balançou a cabeça. Realmente, era difícil acreditar. Ele pareceu ainda mais cansado, a Alexandre.

— Algum sinal dos outros pistoleiros? — Alexandre perguntou.

Nada, mas nem por isso deixaram de ser extremamente cuidadosos, ao saírem. Ninguém os seguiu, nas ruas desertas de Sumaré.

Antes de deixar Gérson e Otávio em suas casas, Serra avisou que no domingo o clube ficaria fechado. Incumbiu os dois de informar aos outros funcionários.

Pediu a Serra que o deixasse na praça. Ainda chovia. Serra não o questionou. Mas disse, ao deter o carro:

— Não sei o que nós fizemos hoje, juro que não sei...

Alexandre engoliu em seco, antes de responder.

— A gente sobreviveu.

— Pra viver com a lembrança do que aconteceu hoje.

— Pra viver — afirmou.

Acompanhou com os olhos o poderoso automóvel deslizando lentamente pela rua. A traseira fora concebida para sugerir um movimento rápido, mas agora parecia curvada sob um peso invisível. Também o carro parecia cansado, contudo Alexandre não enxergou uma mancha de sujeira sequer, na pintura branca, enquanto se afastava. Podia ser que a chuva lavara toda a lama da sua corrida? Podia ser que permanecesse puro, depois de tudo isso?

Soraia estava de volta ao estranho mundo escuro em que seu Pai vivia. Regressara ao mesmo terreno plano, mas que seus pés sentiam como subidas e descidas, invisíveis depressões que a faziam cambalear. O Pai, porém, estava ali, para apoiá-la. Bem mais alto do que se lembrava, um punho enorme fechado sobre a sua mão pequena. Ela voltara a ser uma garotinha, assustada e olhando para cima...

Desta vez, porém, podia ver mais desta terra de absurdo. Silhuetas vagando ao longe, e o horizonte elevado, como se estivessem dentro de uma enorme cratera. O céu mais além brilhava em tons baços, opaco e sem profundidade. Um mundo fechado, opressivo, composto de tons cinza e sépia. O efeito geral a lembrava dos cenários antiquados de *Frankenstein*, como na cena em que o monstro, perseguido, foge por uma desértica terra de ninguém. O pensamento lhe trouxe alívio — devia ter dormido na poltrona, enquanto assistia ao filme, e as imagens em preto e branco alimentavam agora o seu sonho apenas.

Mas, no sonho, ouvia gritos distantes: *Não atira, eu tenho o dinheiro... O dinheiro...*

— Não se incomode — seu Pai disse. — Esses acabaram de chegar e não podem nos fazer mal.

Ele apontou, e ela, acompanhando o seu braço com o olhar, enxergou mais ao longe um aglomerado escuro e amorfo de silhuetas humanas ou *semi*-humanas. Seus olhos se recusavam a fixar detalhes que ela intuía serem monstruosos. Começaram a caminhar na sua direção. Soraia cambaleava, presa à mão de Gabriel. Ele curvou-se sobre ela, e a apanhou nos braços.

A partir de seu colo ela pôde ver mais. Um vasto deserto de cinza e negro, formas vagando solitárias ou em bando, sem propósito aparente. Mas a multidão adiante deles girava lentamente e uma fraca luminosidade emanava de seu centro. Soraia não quis encarar o que quer que estivesse ali, e olhou por sobre o ombro do Pai para o lado oposto.

Havia *alguma coisa* seguindo-os. Não era uma silhueta e sim um *recorte*, uma forma indiscernível que não pertencia a este lugar. Soraia também não pertencia, mas essa coisa ou ser não habitava o mundo do seu pai nem o seu — uma cunha encravada entre as duas dimensões.

— É graças a ele que podemos caminhar aqui com alguma segurança — Gabriel disse. — Que podemos nos aproximar da Ciranda.

— É *alguém*?... — ela balbuciou. — Alguém como você, Pai?

— Alguém que não podemos tocar, filha. Ou ver ou nos fazer ouvir. Mas talvez você possa, mais tarde... Sei que eu não posso, mas você não cometeu os mesmos erros que eu...

— O que fez com você mesmo, Pai?...

— Não posso falar sobre isso, Soraia. Você não tem muito tempo aqui, e eu preciso mostrar a Ciranda e o que nela se passa. Veja.

Ela obedeceu e, olhando, reconheceu centenas de pessoas, homens, mulheres, crianças, velhos — mas também formas deformadas, desmembradas, híbridas e animalescas paradas entre essas pessoas — ou eram todos *pessoas*, gente que vivera antes no seu mundo mas que agora ali estavam, as lembranças dos seus corpos corrompidas e enfraquecidas ou equivocadas pelo passar do tempo ou em razão dos seus próprios atos? Todos voltados para o interior do círculo girante formados por outros como eles, suas bocas e outros orifícios escancarados para o que viam no centro da Ciranda——

——uma parede translúcida como um espelho d'água posto em pé e revelando visões indistintas que se moviam, lentas, por trás do espelho

——um volume semissólido a seu lado, também ele translúcido, mas em tons sangrentos e purulentos, pulsantes, corrompidos numa Sodoma e Gomorra vivente, viva mas *não-humana*, não-coisa alguma que tivesse uma vez habitado a Terra de Deus, uma *não-vida* que tragava para dentro de si as vidas humanas

——era este o centro da Ciranda

——ao lado dele, um *buraco* no ar, de onde saíam sons como ladainhas e dessa voz, uma voz de mulher, vinham comandos que a não-vida ouvia——

Como podia saber? *Sabia*, apenas. Talvez fosse aquele que os seguia e protegia em sua incursão ao inferno. Aquele que lhe dizia que este era o único *monstro* de todo o lugar. Todos os outros foram em algum momento como ela e seu Pai e todos os que ela conhecia e amava.

— Estamos todos aqui por nossas próprias mentiras — Gabriel disse, lendo o seu pensamento. — É o que me disseram e o que me foi dado entender. Os recém-chegados que você ouviu agorinha, egoístas, violentos e desumanos como poucos, até eles sairão daqui um dia, e por suas próprias forças. Mas aqueles — apontou o círculo interno da Ciranda —, aqueles são escravos *e* prisioneiros.

Soraia contemplou as faces girantes, as formas fantasmagóricas flutuando em espiral em torno da não-vida, espiralando e descendo em sua direção, fios esgarçados de suas essências partindo delas, rasgados do tecido espiritual que os compunha, e tragados pela massa de tons sangrentos, de lava pulsante. A única vida em seus rostos eram expressões de terror e desamparo. Eram homens e mulheres, jovens e maduros. Gente comum, sem nada de extraordinário a seu respeito, exceto a dor e o pânico que sentiam, e que lhe pareciam transcender a própria condição humana — nunca ninguém sentira terror neste nível. Aqui era como um Himalaia do Medo, e a forma excresceste da não-vida era o seu pico mais alto. As almas fascinadas, aglomeradas no círculo exterior, podiam ter esquecido a sua própria humanidade, mas para os escravos do círculo interior a não-vida apresentava o *nada* da dissolução da individualidade, usando-os como células para compor o seu organismo.

Soraia observou o círculo interior, absorto na Ciranda da Não-Vida. Podia entender bem o bastante o que fascinava as almas do círculo exterior. Uma aberração que o Universo testemunhava pela primeira vez na sua história, e Soraia sentia-se reduzida aos instintos mais básicos. Como os animais que só podem aprender pela observação direta dos eventos da natureza, ela *olhava*, seus olhos incorpóreos furavam o éter que a separava da monstruosidade e sua mente tentava absorver a essência da ameaça. E ao falhar, ela voltou-se para a Ciranda, para os rostos e as formas nebulosas espiralando, de bocas escancaradas, e lembrou-se então da visão que tivera ao falar com Artur, dias antes.

E em seu pesadelo, pela lembrança evocada, viu-o ali, Artur — seu rosto conhecido girando na Ciranda dos escravos. A única criança entre eles. A única alma que ela tentara salvar... e falhara.

Seu Pai a abraçava, mas neste instante seus olhos de menina queriam ver Alexandre. Alexandre que poderia protegê-la. Deveria estar ali com ela. Eles marchariam para dentro da arena e deteriam o giro e poriam um fim ao buraco negro que tragava as almas.

Onde estava Alexandre?

Aquele que os acompanhava — ou apenas um olhar incorpóreo dela mesma, que se desvencilhava do pesadelo — mostrou-o. Alexandre vinha solitário pela rua, curvado sob a chuva. Vinha até ela. Tinha feridas no espírito, as suas próprias dores e medos, mas vinha por ela e por essa razão apenas, Soraia despertou febril do sonho de horror e foi ter com ele.

INTERLOGO

Todos giram giram em torno e cada um e todos alimentam o poder São nada e representam tudo São matéria para a edificação de um novo ser e cada um mais capturado no giro e na acreção lenta ancora o novo ser nesta nova vida neste novo útero Neste novo mundo Fica para trás a vida antiga e suas fraquezas São construídas agora novas forças de um poder imensurável Já pode sentir que uma nova carne ainda rala ainda tênue tremia Carne Osso Sangue Vida do outro lado do umbral que em breve será vencido Pela janela enxerga a promessa de uma nova Vida Mas muitos faltam ainda a capturar em órbita e é possível sentir que há aqui olhos de um poder outro que contempla e prepara a resistência Espiões em seu seio Ladrões de segredos Uma infestação uterina invisível esquiva ínfima e por isso mesmo impossível de ser isolada Anulada Destruída Fala ao Aliado É Preciso Mais Mais e Mais Rápido ou identificar e eliminar a resistência Rápido Rápido E o Aliado responde que O Trabalho Está Próximo do Fim e que poucos podem se opor Poucos podem ameaçar o trabalho

    Poucos podem

SEGUNDA PARTE: OS LUTADORES

Brincamos de rei da montanha até o fim
O mundo subiu correndo a colina, e éramos mulheres e homens
Agora há tanto que o tempo, o tempo e a memória apagaram
Temos nossas próprias estradas a cruzar e chances a arriscar
Lutamos lado a lado um pelo outro
Dissemos que até a morte seríamos irmãos de sangue

—"Blood Brothers" Bruce Springsteen

Não sou um número, sou um homem livre
Viverei minha vida como quiser
Melhor me riscar do seu livro negro

—"The Prisoner" Iron Maiden

Mas posso dizer que você estava apenas frustrado
Por viver com o Crime Incorporado

—"Murder Incorporated" Bruce Springsteen

CAPÍTULO 3

Norberto Ruas ainda estava ao volante do Ford Maverick GT 1977. O sol já ameaçava nascer, quebrando a madrugada do domingo. As mãos de Ruas tremiam. Tinha muita experiência, mas há tempos não sentia as emoções que o atingiram há pouco menos de uma hora.

Sua carreira nas corridas começara na capital do país. Ele nasceu em uma fazenda de criação de gado em Mato Grosso, no ano de 1951. Seu pai foi eleito deputado federal na década de 1960 e senador na de 1970, e Ruas cresceu em Brasília. Aos vinte e quatro anos pilotara o Ford Maverick V8 em competições da Divisão 1, e, mais tarde, na Divisão 3, correndo em autódromos por todo o país. Nesses anos, chegou a disputar os Mil Quilômetros de Brasília e as Mil Milhas de Interlagos. Venceu algumas corridas, perdeu muitas. Sofreu alguns acidentes. Nunca ganhou um campeonato.

Seu pai perdeu o prestígio político por causa de um escândalo orçamentário em 1980, e a fazenda em 1982. Morreu enfartado no ano seguinte, deixando apenas dívidas para os filhos. Ruas ainda não conseguira compreender para onde fora todo o dinheiro. O contador da família lhe informara sobre os dólares do caixa dois aplicados no Panamá. Tinham se tornado "indisponíveis", por ordem de algum general golpista. Enquanto isso, o seu colega Luís Estevão, contra quem correra em várias oportunidades, só fazia prosperar. O próprio Estevão se tornara um empresário bem-sucedido no Distrito Federal, sócio do seu tio Lino Martins Pinto, e falava em ingressar na política. Às vezes Ruas se perguntava o que dera errado, por que não tivera um destino semelhante.

Fora para Porto Alegre trabalhar em uma oficina de preparação e pilotar carros de fuga para assaltantes. Chegou a retornar às pistas, em provas de Turismo 5000. Mas era o trabalho de motorista de assalto que lhe trazia o grosso dos rendimentos. O dinheiro que ganhava gastava em carros e prostitutas. Estava bem nessa linha de atividade, até que deixou alguns dos seus associados a pé, quando eles assaltavam a féria de um supermercado e a polícia chegou em peso. Depois disso ficou difícil ser contratado outra vez, e pensava em se mandar por um tempo, até que as coisas esfriassem entre os amigos dos caras que foram abandonados por ele. Foi por essa época que conheceu a pessoa que o trouxe para este último serviço, no interior de São Paulo. Bem a tempo: ela sabia como encontrar gente como ele.

O Ford Maverick GT 1977 que pilotava transportava além dele os dois pistoleiros. Um deles, Quintino, sentava-se ao seu lado. O outro, Ximenes, ia atrás, seus pés apoiados em um dos presuntos que mataram naquela noite. O cadáver ia enrolado em um encerado negro, jogado sobre a garrafa de óxido nitroso. No porta-malas havia um segundo. Simplesmente ia metido lá, sobre o forro de plástico e o estepe. Ruas não se incomodava com o sangue que escapava — ou com o cheiro. Presenciara a sua quota de acidentes, nas pistas. Esteve em Goiânia em julho de '74, disputando as 12 Horas, e viu quando Aloysio Andrade Filho capotou o seu Maverick e foi atirado através do para-brisa, quando o cinto de segurança arrebentou. A imagem do Aloysio voando a quase cinco metros de altura ainda estava clara em sua mente. Só por sorte é que o piloto não foi atropelado pelo próprio carro, que capotou mais vezes. E só por milagre é que saiu do acidente com apenas uma luxação na clavícula.

Em outros casos, sangue misturado à gasolina, vazando de destroços retorcidos...

Mais tarde vira homens entrando em seu carro de fuga, segurando as tripas nas mãos. Um assaltante com um quarto da cabeça estourado no alto, misteriosamente ainda capaz de andar e xingar, antes de cair estrebuchando.

Agora, a parte chata do serviço era lavar o sangue do piso do carro — há muito despido dos carpetes. Gastavam litros de água oxigenada. E foi só pelo incômodo que resolveu protelar a entrega e pegar a Anhanguera. Para uma sessão de "treino na chuva", como chamava. Quintino e Ximenes protestaram. Estavam cansados e queriam beber alguma coisa antes de dormir. Mas para Ruas, rodar à noite pelas estradas da região e caçar o lixo humano que a povoava era sempre um prazer difícil de ser encurtado. Quem sabe não dava sorte e atropelava um cachorro pelo caminho.

E assim dobrou à direita e não à esquerda, no grande cruzamento de Hortolândia, e então surgira o Charger branco com dois caras dentro, caçando a *ele*.

A princípio parecera apenas uma questão de despistá-los. Como havia feito, facilmente, quando perseguidos em Sumaré por uma viatura da PM. Foi no dia em que mataram um vagabundo perto da estrada de ferro...

Mas todos os seus truques deram em nada. As fintas e a freada brusca; ziguezagues na pista molhada. Tudo antecipado ou compensado pelo piloto do Charger. Até enfim alcançarem um trecho de reta longo o bastante para que pudesse tirar a melhor vantagem do sistema de óxido nitroso. O gás somava cento e vinte cavalos ao motor já preparado do Maverick. Só por isso escaparam.

Aquele Charger tinha um motor forte como o diabo. Envenenado... O que realmente surpreendera Norberto Ruas, porém, fora o piloto ao volante. Nunca esperava encontrar por ali alguém com tanta habilidade. O filho da puta dirigia como um profissional. Foi como nas corridas que fizera — não, foi ainda *mais* emocionante. Uma perseguição em alta velocidade por uma autoestrada, na chuva. Sem pneus especiais e com o carro pesado, cheio de gente e os cadáveres rolando no piso e no porta-malas...

Mas por que os tinha perseguido? Era impossível que fosse um carro da polícia, tinha certeza. A espingarda que apontaram para eles não pertenceria a um tira. E a PM ou a Polícia Civil não teriam a diligência de preparar um automóvel desses.

Tinham finalmente despertado uma reação dos bandidos do lugar? E poderia a bandidagem chegar a esse nível de criatividade, algo que nunca passaria pela mente dos policiais? Um carro que pudesse alcançá-los, com um piloto capaz e sem medo... O pensamento causava mais apreensão a Ruas do que qualquer ameaça policial.

Enfim parou na ampla construção à beira do rio, depois de entrarem pela larga porta de correr. Ele e os dois pistoleiros fizeram a entrega. Foram à cozinha tomar uma cachaça. Ruas puxou o comprido revólver Ruger Blackhawk do coldre à tiracolo e o depositou sobre a mesa. Pesava pra caralho. Quintino e Ximenes tinham um Smith & Wesson Modelo 29 cada um. Excepcionalmente, falaram por meia hora sobre a perseguição na estrada antes de irem dormir. Ruas tentou acalmar os outros. Afirmou que nunca foram realmente ameaçados, que ele pilotava muito melhor que o outro... O que era uma verdade apenas relativa. Ficou sozinho na esquálida cozinha, fumando, o litro de cachaça à sua frente. Podia sentir que os pistoleiros tiveram sua confiança nele ameaçada. Bem, até ali tudo tinha sido um passeio. Cansativo, mas mamão com açúcar, como diziam. Uma sorte que, claro, não ia durar para sempre.

Lá fora o sol subia mais por trás de nuvens pesadas. A chuva ainda caía. Ruas contemplou por alguns minutos a paisagem que se revelava a ele. Estava ficando desacostumado à luz do dia. Ou ao medo.

Ninguém ousa,
Mas há uma fala
Na esquina,
Dia carnificina.
    Edson Veóca "Há Chacina"

*

Soraia encontrou Alexandre ainda no corredor. Ele gotejava de chuva, mas ela abraçou-o assim mesmo, enfiando o rosto na camisa molhada, somando suas lágrimas à mistura de água de chuva, suor salgado, e um cheiro estranho, adocicado, que não pôde reconhecer. Sentia seus músculos, sua respiração — tão forte, tão vivo, tão presente...

— O que foi, Soraia?

Ela tremia e seus braços e pernas eram um formigamento distante. Sentiu-se amparada por ele, e então carregada. Alexandre a levava para o seu quarto nos fundos. Agora sentiu que ele a depositava com suavidade na cama. Sua mente aclarou-se um pouco. Saíra do horrível pesadelo fraca como um bebê. A única luz vinha da rua, por sobre o telhado da casa, e da pálida lâmpada de 60 watts dos fundos da cozinha, voltada para o quintal.

Alexandre curvava-se sobre ela, ajoelhado junto à cama, tocando delicadamente o seu rosto com dedos trêmulos. Soraia fechou os olhos.

— O que aconteceu? 'Cê 'tá doente? — ouviu-o perguntar.

— Um pesadelo... — gemeu.

— Já passou.

— 'Tô tão fraca...

Ele se levantou e procurou por algo entre suas coisas. Tornou a inclinar-se sobre ela. Segurava uma toalha, que esfregou delicadamente em seu rosto, pescoço e cabelos. Um carinho tímido... Ela se achou uma boneca de porcelana, pelo jeito com que ele a tocava. Por um instante ouviu apenas sua própria respiração e o som manso da chuva lá fora.

— Você me ama, Xande? — perguntou.

— Mais do que tudo — ele respondeu.

Sorriu diante disso. Abriu os olhos.

— Me deixa ficar com você, esta noite. Cuida de mim...

Alexandre sentiu-se dividido pela aparição de Soraia e sua inesperada pergunta, o incomum apelo. Depois dos acontecimentos da madrugada, não parecia o melhor momento para uma declaração de amor. Como ela percebera a sua chegada?... E o que se passava com ela? Trêmula, mal parava em pé abraçada a ele.

Com uma das toalhas que Dona Teresinha lhe emprestara, secou o rosto e os cabelos de Soraia. A camisa do pijama que ela vestia se ensopara durante o abraço, e ele, depois de um momento de hesitação, começou a removê-la devagar. Soraia apenas acompanhou seus movimentos com o olhar de pestanas pesadas. Até arqueou um pouco o corpo para ajudá-lo. Parecia uma garotinha com gripe ou sarampo, a quem ele atendia.

— 'Stou com frio. Deita aqui comigo... — ela pediu.

Ele puxou a camisa por cima do rosto langoroso, desarranjando os cabelos úmidos. Apanhou a toalha e secou seu pescoço, os braços... Os seios que ele via pela primeira vez, os mamilos rijos de frio, uma irradiação quente brotando deles e alcançando os seus dedos mesmo através do tecido molhado da toalha.

— O que você tem, Soraia?

Ela não respondeu.

Ele levantou-se, tornou a vasculhar suas coisas, achou um moletom aflanelado que fora do pai dela. Vesti-la foi um pouco mais difícil do que fora tirar suas roupas. Enfim, secou seus pés descalços, que ela enlameara ao sair, e a meteu gentilmente debaixo das cobertas.

— Vem cá... — Soraia pediu.

Ele lhe deu as costas e foi para junto da mesa e a pilha de roupas dobradas. Sempre de costas para Soraia, removeu a jaqueta fornecida por Serra nesta mesma noite, tomando cuidado para embrulhar a escopeta no tecido, ocultando seus movimentos com o corpo. Soraia não devia ver a arma. Removeu então a camiseta molhada e secou o melhor que pôde o tronco com a toalha já úmida. Ao abrir a fivela do cinto, torceu para que Soraia tivesse adormecido ou fechado os olhos. Enxugou-se o melhor que pôde, vestiu roupas secas que caíram em seu corpo com um calor morno que pareceu despertar todo o seu cansaço, e só então voltou-se para Soraia novamente. E lá estavam os olhos verdes muito abertos, trancados nele.

Puxou as cobertas para cima e deitou-se ao lado dela. Soraia virou-se com um gemido e abraçou-se a ele. Ela encostou os lábios em seu ombro direito e ficou ali, respirando um tanto rápido demais. Seu corpo ardia contra o dele, como que febril.

Colocou um braço por baixo dela, para abraçá-la, e perguntou:

— Não vai me contar o que houve, Soraia?

— Eu te amo também — ela disse, num sopro.

Foi um choque. Depois de tudo o que passara, de se descobrir um assassino, de ter enfim revisto aqueles que tentaram assassiná-lo, depois de presenciar uma certa inocência juvenil e sobrevivente morrer enfim em João Serra, agora o maior dos choques... Quatro palavras suspiradas de lábios trêmulos.

Ela o amava.

Achegou-se um pouco mais a ela e beijou sua testa. Soraia dormia. Alexandre sentiu o seu corpo contra o dele, sua solidez e suavidade, o calor que partilhavam. Ela ainda tremia um pouco — e arrepios a percorriam, como uma gatinha que dorme e sonha. Suas unhas riscaram a pele de Alexandre, atravessando as roupas. Aos poucos ela aquietou-se e ele então pensou no que sentia e olhou para dentro de si mesmo — não como uma reflexão a respeito de tudo o que acontecera nessa noite, mas como quem espia em uma caixa há muito guardada e de conteúdo esquecido. O olho que iluminava o interior escuro de sua mente revelou os riscos brilhantes dos olhos de gato metralhados pela velocidade e o brilho avermelhado das lanternas do Maverick gingando diante dele com uma intensidade dolorosa. Sentiu de imediato um peso no peito e seus dentes rilharam e suas mãos aferraram-se às bordas do colchão. E então aos poucos a imagem feneceu e foi substituída pelos contornos suaves do corpo de Soraia, seus olhos verdes sonolentos brilhando voltados para ele, a boca entreaberta e trêmula. Alexandre mirou essa miragem que invocava estabilidade e algo fresco e leve a ser bebido um dia de seus lábios, e ele olhou e olhou demoradamente a imagem da mulher que amava, impressa no tecido de sua mente, para sempre. E ao olhar descobriu que dentro dele ainda havia alguma paz.

Juca Roriz não dormiu nada, do sábado para o domingo. Depois de deixar o local da execução no Jardim Picerno, fora chamado pelo delegado Orcélio Paes para acorrer ao local de uma chacina no Rosolém. Não teve tempo nem de trocar os sapatos encharcados de lama. Paes estava lá, com o investigador Santos, na casa de material de construção que era o quartel-general do Patolino.

Santos, junto à porta, acenou para que ele viesse para dentro. Notou que a entrada era um lodaçal só — qualquer pegada teria sumido entre as marcas dos sapatos da meia dúzia que estava lá dentro, tirando fotos e recolhendo estojos deflagrados do chão. O Rosolém ficava mais perto de Campinas que de Sumaré, e os peritos da polícia técnica já estavam lá dentro. Sorte.

Roriz também notou que Josias Silveira, o repórter policial do *Diário Sumareense*, também estava presente ao local do crime.

— Nem adianta tirar digitais — ouviu um dos peritos dizer —, se o lugar funciona mesmo como um comércio. Dúzias de fregueses devem entrar aqui toda semana...

Roriz caminhou até os fundos e, olhando por cima dos ombros dos homens que ali estavam, pôde medir o estrago.

— Esse aí é o Patolino — disse, observando os cadáveres e o padrão de borrifos de sangue, os orifícios de impacto nas paredes. — Ou o que sobrou dele... O que foi que usaram nesse filho da puta lazarento? Fuzil automático?...

Paes puxou um saco plástico de um bolso do paletó. Roriz viu os estojos dourados de 7,62 milímetros ali guardados. Com um leve movimento, o delegado os fez tilintar.

— FAL — disse.

— Escopeta também — disse um dos peritos, apontando um trio de buracos finos em uma das paredes. — 'Tavam também no peito de um dos caras que a gente pegou. Engraçado é que o chumbo é mais fino do que a gente costuma. . .

— O quê? Tiraram já um dos corpos da cena do crime? — Roriz perguntou.

— Ele 'tá vivo ainda. . . ou 'tava. Inconsciente, de qualquer forma. E pelo jeito, *se* acordar, vai demorar um pouco pra poder abrir a boca.

— Era bom demais pra ser verdade, ter uma testemunha num caso desses — resmungou. — Alguém da rua viu alguma coisa?

— Se viu, não falou — disse Paes.

— Tinha uma mulher aqui — disse o perito. — Veio de fora, parece. Pelas pegadas de sandália, tamanho trinta e seis, acho. Deve ter pego alguma coisa na sala contígua, e dado no pé, porque tem pegadas mais fracas, conforme a água foi secando da sola, apontando pr'a porta. É o único par de pegadas de calçado molhado, que vão pra o outro cômodo.

— 'Tá bom — Roriz respondeu, sem muita paciência com essa conversa de Sherlock. — Vamos procurar uma mulher. Se a gente chegar até a família de algum dos mortos, talvez descubra qu'ele tinha uma namorada, irmã ou coisa assim.

Paes deu de ombros.

— Pode ser uma puta qualquer, que trouxeram pra cá. Quando foram despachados, 'tavam vendo um filme pornô. Encontramos várias caixas com fitas no depósito, também.

Roriz anuiu.

— Consta que o Patolino era chegado na distribuição desse material — disse. — Houve alguma resistência, da parte da turma dele?

— Dos seguranças? Todo mundo 'tava maquinado, menos o preto que levou o tiro de escopeta no peito — disse o perito. — Pelo jeito, eles foram pegos de surpresa ou 'tavam lidando com gente que não despertava suspeitas.

Roriz soltou um risinho seco.

— E assim acabou o império do Patolino! Um cara que infestou o bairro e 'tava se expandindo pra Sumaré e Campinas. Sem tempo nem de reagir. . . — Voltou-se para o delegado. — O que acha, chefe? Foi a turma do Visgo?

Paes fez que não com a cabeça.

— Não. . . Nós achamos também uma farinha no lugar, bem ali na mesa do Patolino, na cara pra quem quisesse ver. Se fosse gente do Visgo, não iam deixar pra trás. Uma coisa que os vizinhos revelaram foi que, depois dos tiros de fuzil, ouviram um carro de motor potente se afastar. Um garoto até disse que "deve ter sido um motor vê-oito".

— *Quê?* — Roriz exclamou. — A Gangue do Maverick?

— Possivelmente. O que sugere então um motivo pra os crimes deles. 'Stão fazendo uma limpa na região.

— O M.O. não bate — Roriz se apressou a dizer, incrédulo.

— E nem precisa — Paes retrucou. — Eles só trocaram os quarenta e quatro Magnum por armas mais adequadas à tarefa. Escopeta e fuzil é o ideal pra combate num lugar fechado assim.

"E não bate com a hipótese de ser pessoal do Visgo, porque a gente sabe que os pistoleiros do Maverick deram cabo de traficantes ligados a ele também. Então só resta a hipótese de um terceiro partido."

— Algum patrão de fora, limpando o terreno pra assumir o mercado daqui? — Roriz perguntou.

— Isso mesmo.

Juca Roriz não disse mais nada.

— Vai pra casa dar uma dormida — Paes ordenou —, e lá pelas nove 'cê levanta e começa a procurar a tal mulher. O Santos aqui vai com você.

— Tudo bem, chefe.

Na saída teve de aguentar as perguntas do Silveira sobre as suas impressões do caso, e como fora a sua investigação anterior no Picerno. Mais uns vinte minutos voaram nisso.

Finalmente, Roriz saiu e apanhou sua picape. Atrás do volante, acendeu um Carlton e refletiu. Era esperar demais que os caras do Maverick representassem alguma coisa *diferente* do usual. Não eram vigilantes, mas uma tropa de assalto contratada para dar cabo da concorrência e preparar o terreno para a chegada de um novo grupo que assumiria o controle do comércio de drogas na região de Sumaré.

Ou até prova em contrário.

"De qualquer modo", pensou "se 'ladrão que rouba ladrão tem mil anos de perdão', imagina bandido que mata bandido". Cansado, conseguiu sorrir antes de ligar o carro e voltar para casa.

Alexandre atingiu Serra com um duro *jab* no queixo, seguido de outro — quase no mesmo movimento, contra o plexo, o braço indo e vindo como uma mola. Bloqueou um forte contragolpe de direita e deu um passo para a esquerda, para fugir de novo direto de direita do outro. Não conseguiu.

O direto o alcançou com força no rosto. Sentiu imediatamente os braços formigando. Cobriu-se por puro instinto, recebendo outros golpes de Serra nas luvas. Esquivou-se, girou o corpo e deu outro passo para a esquerda. Recobrado, deu o troco como um cruzado de esquerda que atingiu Serra no queixo. Deu sequência com um direto de direita. As luvas de treino, com o peso ajustado para uma categoria bem acima da deles, não obstante explodiam contra a carne com altos estampidos. Serra avançou, Alexandre o recebeu com dois ganchos no corpo, um cruzado de direita na cabeça. Serra respondeu furiosamente com um cruzado de sua própria cepa — Alexandre esquivou-se, sentindo a luva roçar o capacete protetor. Os dois se chocaram e seus braços se retorceram em um clinche. Ouviu o seu próprio ofegar e o som de dentes rangendo contra a borracha do protetor bucal, ecoados por Serra.

— *Break!* — ouviu. A voz de Amaro, ordenando que se separassem.

Deu três passos para trás e viu que Serra fazia o mesmo. Os dois imediatamente recompuseram as guardas e avançaram outra vez.

— *Break!* Chega! Acabou o *round*.

Mas Serra ainda estava em pé à sua frente, o peito subindo e descendo e sua respiração audível. Alexandre também se manteve em guarda, ofegando. O que foi? Estava fora de forma? Não era possível. Sabia que podia passar bem mais de um assalto intenso como este, sem perder o fôlego.

Amaro bateu em seu ombro e fez sinal para que ele estendesse os braços. Pretendia remover-lhe as luvas. Ao se voltar para ele, Alexandre viu que havia uma pequena multidão junto à entrada — os frequentadores da academia, rapazes e moças olhando-os de boca aberta, represados ali pelo corpanzil severo do Marino.

— Eu nem vou perguntar o que aconteceu entre 'ocês dois — Amaro disse, puxando os cordões das luvas.

— Quanto tempo... a gente ficou nisso? — Serra perguntou, depois de remover o protetor da boca. Quase não conseguia falar.

— Uns oito minutos — Amaro respondeu. — Dois *rounds* e meio... E olha qu'eu gritei *break* três vezes, sem adiantar nada. — Ele balançou a cabeça, sorrindo. — Entusiasmo é bom, mas assim não dá não...

Ao contrário de Amaro, Alexandre *sabia* o que acontecera entre ele e Serra. Era como lidavam com a vergonha e a contrariedade diante do que haviam feito na madrugada do domingo. Na manhã e tarde do domingo chuvoso não tinham se visto. Serra não havia passado na casa de Soraia e ele não se dera ao trabalho de ir até o clube.

Na segunda-feira, a primeira coisa que Alexandre fez foi comprar um jornal na banca atrás da igreja. O *Diário Sumareense* falava que a chacina no Rosolém fora atribuída pela Polícia Civil à Gangue do Maverick, em uma operação associada ao narcotráfico. Não entendeu nada... mas agradeceu a Deus pelo engano da polícia. Outras informações no artigo, porém, o deixaram preocupado. O guarda-costas negro havia sobrevivido ao seu tiro de espingarda — o desgraçado do chumbo fino — e no momento se encontrava em coma. O artigo também mencionava que a polícia procurava uma testemunha feminina do crime. Mas Alexandre estava além de qualquer autorrecriminação — não se dispunha a repisar as pegadas dadas na madrugada do domingo e se imaginar dando o golpe de misericórdia no guarda-costas caído ou executando a mulher. Se a polícia chegasse até ele, enfrentaria as consequências.

Passados dois dias, Serra e ele não deixaram de acumular em seus íntimos a tensão que haviam despejado um contra o outro, no treino.

Serra agora se aproximava, ainda com o capacete protetor. Havia sangue em seu sorriso. Serra o abraçou e Alexandre ouviu o pessoal junto à entrada batendo palmas desanimadas, puxadas pelo Marino. Era engraçado... Tinha *matado* por ele, e suspeitava que poderia muito bem *morrer* por ele, mas agora, envolvidos pela vergonha e pelo terror vivido na madrugada, os dois haviam se atracado com todas as forças, dois homens que marcavam com seus punhos o isolamento que sentiam, e tentavam rompê-lo com a mais estranha forma de solidariedade.

Foi tomar banho nos fundos, e depois de se enxugar, enrolou-se na toalha e se examinou diante do espelho embaçado. Havia um inchaço na pálpebra superior esquerda e outro na maçã do rosto, do mesmo lado. O lábio partido... Soraia teria um belo quadro diante dela, quando passasse na academia, vindo da escola em Hortolândia.

Serra apareceu junto à porta do banheiro. Tinha o olho direito já arroxeando e sangue coagulado nas narinas.

— Passa lá em casa hoje depois do almoço, Xande.

— Tudo bem.

Serra fez menção de se virar, mas hesitou.

— Desculpa, viu, Xande. Eu...

— 'Tá tudo bem, Serra. Não 'squenta. Eu passo lá depois do almoço.

Foi esperar Soraia sentado na calçada diante da Academia do Marino. Ela não demorou a chegar.

— Jesus Santo! O que te aconteceu? — foi como o cumprimentou, ainda sentada na bicicleta, uma longa perna descendo até o chão, a outra apoiada em um pedal.

— Fui atropelado por um caminhão, no caminho pra cá...

— Quem foi que te bateu assim?

— Sabia que não ia conseguir te enganar — ele disse. — O outro cara eles levaram pr'o hospital...

Nesse instante, Serra deixava a academia, caminhando às pressas para o Dorjão parado do outro lado da rua. Soraia levantou a mão para cumprimentá-lo, e a deixou suspensa no ar, ao ver o estado em que ele estava. O próprio Serra limitou-se a baixar a cabeça e entrar mudo no Charger. Soraia o acompanhou com os olhos.

— Não deu pra gente conversar no domingo — ela disse. O dia tinha corrido com ele dormindo a manhã toda ou lendo sozinho no quartinho dos fundos. Soraia também dormira quase o dia todo, e ele mal a vira. — Aconteceu alguma coisa entre você e o João. Eu te conheço, Xande. Quando 'cê *tenta* ser engraçado assim, é porque 'tá querendo esconder alguma coisa que te incomoda.

Alexandre deu de ombros.

— Aconteceu sim — ele murmurou. — Mas eu 'tô mais interessado em conversar sobre o que aconteceu entre *você e eu*.

Soraia sorriu e ele se tranquilizou um pouco. Terminou de desmontar da bicicleta.

— Também não deu pra gente conversar sobre isso, né? — ela disse. — Eu nem me lembro direito...

— Agora é 'ocê quem 'tá fugindo do assunto — ele disse, levantando-se e segurando a Caloi pelo selim e o guidão.

Os dois começaram a caminhar ladeira acima. Não conversaram muito. Ele, porque se sentia tão bem ao lado dela, subindo a Sete em um raro instante ensolarado, que não queria se arriscar com palavras, não enquanto ela respeitasse a sua vontade de não falar sobre o que acontecera entre ele e Serra. Ela, talvez por algum ataque de timidez, ele não sabia. Pararam na banca atrás da igreja e ele comprou um exemplar do *Diário Sumareense*. Depois foram beber um caldo de cana com limão na barraquinha azul da esquina. Para completar o passeio, só mesmo subindo até a padaria de frente para a Praça das Bandeiras. Propôs e ela topou. Ele logo comprou os chocolates com amêndoas, mas Soraia foi para os fundos da padaria, procurar algum pão doce que a Dona Teresinha gostava.

Alexandre mordiscou o doce, sem tirar os olhos de Soraia. Sentiu alguma coisa arder em seu peito e ombros, uma sensação de *déjà-vu* que era ao mesmo tempo *nova*. Soraia... Olhando-a de camiseta e *leggings*, tênis sujos de respingos de lama, viu nela a menina com quem crescera, mas também a mulher madura que ela seria — o cabelo louro cresceria até o meio das costas novamente e então encurtaria, como as mulheres mais velhas invariavelmente adotavam. A bunda cresceria um tanto e as mamas que ele contemplara pela primeira vez naquela terrível noite desceriam outro tanto e os músculos das pernas ficariam mais salientes — se ela continuasse com essa rotina de pedalar até o trabalho e de lá para casa — e em tudo era um quadro encantador que Alexandre desejou apenas poder testemunhar até o fim. *Viver* com ela um futuro de anos que os atravessariam com o passar da sua substância invisível que enfraquecia as células e enternecia o coração; toda uma realidade fantasma que passaria por eles como os espíritos passam pela solidez das paredes, os dois juntos de mãos dadas, sólidos como dois pregos gêmeos enterrados na polpa macia da árvore da vida, para sempre até que a morte os separasse.

Soraia pagou os pães e veio até ele, na entrada da padaria. Os dois se encostaram na parede de tijolinho à mostra, sob a copa das canafístulas, e comeram os doces de braços quase encostados.

— 'Cê não quer repetir o q' 'cê me falou naquela noite? — ele pediu.

— Não lembro de nada — ela disse, e Alexandre ouviu o riso em sua voz. — Eu 'tava sonâmbula e não lembro de nada.

— Sei.

Sorriu consigo mesmo. Soraia contemplava o movimento na praça, os carros rodando no asfalto ainda molhado, as folhas arrancadas das árvores formando montículos junto ao meio-fio. Não ia arrancar nada dela, agora.

Abriu o *Diário* na página policial.

Viu a foto de um carro destroçado, jogado contra um muro. A frente estava esmagada, mas ele enxergou no resto um Chevette com rodas de magnésio e teto-solar. Leu apressado a manchete e os primeiros parágrafos. Fechou o jornal sem terminar a matéria.

— Eu vou refrescar a sua memória — disse, a voz mansa e cuidadosa. — Depois que eu troquei a sua roupa e 'cê dormiu nos meus braços, eu acordei umas duas horas mais tarde.

Tivera de lutar contra o sono e o desejo de permanecer mais tempo com Soraia, mas precisava devolvê-la ao quarto antes que sua mãe despertasse. Era domingo, mas Dona Teresinha acordava cedo de qualquer jeito.

Ao levantar-se, levara um susto — o gato estivera ali, deitado junto a Soraia. A cabecinha, menor que o seu punho, erguera-se para encará-lo. Alexandre levantara-se com cuidado e apanhara Soraia nos braços. Entrou com ela na casa ainda às escuras e a depositou na cama, levantou as cobertas e a colocou sob elas. Em instante algum Soraia abrira os olhos.

Alexandre retornara ao seu quarto solitário e mergulhara o rosto no travesseiro em que ela apoiara o rosto. O gato já não estava mais lá. Restava apenas o cheiro de Soraia, misturado ao da chuva.

Agora podia ver que Soraia corava. Ela sorriu e disse:

— Eu não me lembro desse pequeno detalhe, de você ter me tirado a roupa...

— O seu mamilo esquerdo é maior que o direito — ele disse.

Soraia deu um gritinho e cobriu o rosto vermelho com as mãos.

— Hum, agora eu me lembro do que eu te falei. — Voltou os olhos verdes para ele. Sorria daquele seu jeito de menina, a fileira superior de dentes perolados tocando delicadamente a almofada rubra do lábio inferior. Suas faces ganharam uma tintura de bronzeado, em todos esses dias pedalando sob o sol, apesar do boné que usava. — E do que você falou também. 'Cê disse que me ama mais do que tudo.

— A mais pura verdade.

O sorriso tremeu em seu rosto.

— Se você me ama mais que tudo, Xande, esquece essa coisa toda que 'tá acontecendo no clube.

Ele evitou o seu olhar.

— Eu gostaria, mas 'cê sabe qu'eu não posso.

— Naquela noite eu tive um pesadelo horrível — Soraia disse. Sua voz soava estranha, sem vida, gelada e distante. — Eu 'stava com o meu pai num lugar horrível, você não imagina como é, Xande. E nesse lugar havia uma... *presença*, uma *coisa* que puxava tudo pra dentro dela, como se fosse um buraco negro ou... — Ela tornou a cobrir o rosto com as mãos. Soluçou. Alexandre abraçou os seus ombros. — E o *Artur* 'tava lá, Xande. 'Stava lá e eu não pude fazer nada pra tirar ele daquele inferno. E hoje, na escola, ele não apareceu...

— Foi só um sonho — ele disse, sabendo que não era. — Já passou. Nós vamos pra casa agora, amor, e depois de um tempo tudo se acerta.

Mas o que sentia era o balanço de um mundo de incertezas, tentando sacudi-lo do abraço de Soraia.

Serra não morava longe do SODES. A casa ficava em uma travessa enviesada da Rebouças, ensombrada por árvores altas que cresciam na calçada. A garagem era funda e tinha uma cobertura de telhas de amianto que ia praticamente até a cerca de metal enferrujado. Bem no fundo, duas bancadas cheias de ferramentas, algumas com certeza herdadas do seu pai, que havia começado como torneiro-mecânico e terminado como supervisor de produção na Eletrometal, em Sumaré. A primeira coisa que Alexandre viu foi o Dodge Charger branco, lavado e polido, com a frente voltada para a rua. Depois reconheceu o Serra, sem camisa, avermelhado de sol nos ombros e no peito, graxa pelos cotovelos e uma estopa nas mãos.

— 'Cê colocou uns farol de milha no seu carro? — Alexandre perguntou, depois de cumprimentá-lo com um aceno.

De fato, lá estavam dois faróis grandes e redondos da Cibié, aparecendo acima do para-choque, e dois outros menores e retangulares, embaixo. Tinha certeza de que não os vira ali antes.

— É pra enxergar melhor no escuro, Chapeuzinho Vermelho — Serra respondeu.

Alexandre ficou feliz de vê-lo mais bem-humorado, depois da sua reação ao que acontecera na toca do Patolino, e da sessão de luvas na academia. Respondendo à sua brincadeira, disse:

— Sei, Vovó. É que nem esse olho extra que 'cê tem no braço.

— É, depois do gancho que 'ocê me acertou na cara, eu bem que preciso de um extra.

Como resposta, Alexandre apenas acariciou cuidadosamente o próprio queixo.

— Xandão, metade desse negócio de corrida é enxergar longe — Serra continuou, mas noutro tom, como se falasse de cátedra. — Quer dizer, o meu Dorjão corre pra mais de duzentos e trinta. Bem mais do que um carrinho normal por aí. Tudo acontece mais depressa, sacou? 'Cê precisa olhar na frente, e não aqui. — Ilustrou com as mãos. — P'que 'cê vai ter que reagir ao que apareceu lá na frente. Só que, se nós vamo' perseguir aqueles filhos da puta do Maverick de noite, então a gente tem que ter os faror de milha pra iluminar lá longe. Pra dar mais tempo de reação. Instalei eles hoje. E também troquei os *slicks* da traseira por uns radiais do mesmo tamanho.

Alexandre ficou olhando um tempo a frente alterada do Charger. Lembrou-se então que o Maverick preto também tinha faróis extras, pequenos, no para-choque.

— É. Parece que 'cê 'tá levando isso a sério mesmo — disse. — Queria que não levasse. Que não precisasse, quer dizer.

— Mas precisa e já 'tá feito. Eu já tinha essas coisas todas, do tempo do rally.

Alexandre sabia que o amigo queria devolver o favor da semana passada. O *favor*... A verdade é que não podiam voltar no tempo e desfazer o que fora feito. Equipar o carro para perseguir o Maverick era o modo que Serra encontrava para dizer que agora podiam apenas tocar para a frente. E que ele estaria do seu lado para tudo, do mesmo modo como Alexandre estivera com ele até o fim, na situação dos traficantes. Os problemas de um eram os problemas do outro. Ele só rezava para que nada de mal acontecesse a Serra no futuro, por conta desse compromisso. De agora em diante, os perigos só fariam aumentar.

Os faróis e rodas especiais não eram as únicas diferenças no Charger R/T. O carro tivera o seu capô removido, expondo o motor adornado de cromados e mangueiras coloridas.

— 'Tá vendo aquela caixa de papelão lá em cima da mesa? — Serra apontou, indicando uma bancada de madeira dentro da garagem. — Traz pra mim, Xandão.

Removeu da caixa uma peça de metal brilhante, cheia de partes articuladas.

— Este aqui é um carburador especial de secundários mecânicos e de alto desempenho, Xande. Eu 'tava guardando pra o caso de ter de voltar a disputar o rally. 'Cê sabe o que o carburador faz, não sabe?

Alexandre pensou antes de responder. Reconhecia que, perto do Serra, ele era um analfabeto em termos de mecânica.

— É o canudinho pelo qual o seu Dorjão bebe toda aquela gasolina azul supercara.

Serra sorriu.

— É mais ou menos isso. O carburador mistura o ar e o combustível que vai pra dentro do motor. Aí as velas fazem a faísca que queima a mistura, e a explosão faz os pistões se mexerem. E assim por diante.

"Mas essa sua noção de um canudinho é interessante porque carburadores diferentes são que nem canudos de grossura diferente, quer dizer, eles produzem uma mistura maior ou menor.

"O original do Charger era uma porcaria. O qu'eu coloquei antes era um de setecentos e cinquenta cê-efe-eme, que é a quantidade cúbica de aspiração por minuto. Tem modelos intermediários de seiscentos, seiscentos e cinquenta... Mas este já dá um desempenho bem mais elevado pr'o motor, sacou?"

Alexandre assentiu. Serra brandiu diante dos seus olhos a peça de aparência pesada, retirada da caixa de papelão.

— Agora *este* aqui, Xande, este é um carburador quádruplo de alta *performance* de *oitocentos* e cinquenta cê-efe-eme, importado dos Estados Zunidos — anunciou. — Comprei no leilão do material d'uma oficina de preparação de Sampa, que fazia desmanche de carro roubado e acabou enquadrada pela polícia. Foi o Juca quem me avisou do leilão. Comprei isto aqui e mais umas peças especiais a preço de banana. O coletor de admissão, por exemplo, deu pra trocar por um ainda mais fodão, da Edelbrock, tipo *tunnel ram*. E 'cê vê, ninguém mais queria comprar um carburador monstro destes. Eu já testei ele duas vezes antes e achei o melhor acerto de giclagem. — Mostrou uma folha de papel suja de graxa, com uma coluna de números riscados a lápis. — Com isto aqui e mais as modificações qu'eu fiz, não vai ter Maverick *nenhum* com sistema de óxido nitroso que escape da gente.

Observou Serra instalar o bicho e depois ligar o motor. Serra acelerou brutalmente a ponto de um bando de crianças e duas meninas adolescentes correrem das casas vizinhas para a calçada e ficarem olhando os dois de boca aberta. Ele então mexeu no ajuste de aceleração, manteve o Charger urrando, desligou e pediu a Alexandre para ajudá-lo com o capô. Mas não falava do capô branco com as falsas entradas de ar. Nos fundos, encostado à parede, havia um outro, preto, de fibra de vidro a julgar pelo peso, com um recorte quadrado no meio. Estava meio ralado nas bordas e desbotado.

— É que o novo carburador, em cima do coletor de admissão elevado, fica acima do nível do capô — explicou Serra. — Vai estragar a estética, mas o que interessa é o resultado, né me'mo?

Alexandre perguntou-se que resultados seriam esses.

— Eu não duvido que a sua fera seja capaz de segurar o Maverick, Serra. Mas o problema maior vai ser achar ele...

— Uai, a gente não teve sorte, da primeira vez? P'r que 'cê acha que não vamo' voltar a ter? Tem mais: é que nem caçar um bicho. Com'é q' se faz?

— Sei lá!

Serra abriu os braços.

— 'Cê procura os lugares ond'é mais provável que o bicho 'steja, pô. Carro envenenado gosta de avenida, Xande, gosta de *estrada*! 'Cê pode achar que tem muita por aqui, mas não é tanto assim não. Quando nego vem de Campinas ou Americana, até de Limeira ou Santa Bárb'ra pra tirar racha comigo, sabendo só de fama que em Sumaré tem um cara qu'é foda, com'é q' 'cê pensa qu'eles me acham? Além de perguntar pelo dono do Charger branco, eles saem andando por aí, pelas avenidas...

— 'Cê quer dizer que a gente vai fazer que nem uma *patrulha*, é isso? — Alexandre disse. E então: — Quant'é que faz o seu Dorjão, Serra?

— De quilômetro por litro? Co'esse carburador e o *tunnel ram*, deve dar uns três, dois e meio... Na cidade, claro. Por quê?

— Com gasolina azul vai sair caro esse negócio.

Serra fez um gesto de desprezo. Então caiu em silêncio pensativo. Na calçada os meninos estavam sentados, conversando animadamente e apontando o carro. As duas moças paradas em pé, preferiam olhar os dois rapazes, e trocavam cochichos. Não só pela avassaladora masculinidade dos dois, Alexandre imaginou, supondo que elas notariam os olhos roxos e os beiços rachados a soco. Acima deles, uma nesga de céu se exibia azul, entrecortadas aqui e ali por nuvens esparsas que rolavam lentamente. Mas Alexandre podia ver acima do horizonte uma muralha cinzenta que se aproximava, prenhe de chuva e incendiada de relâmpagos. Viviam um breve intervalo entre tempestades.

— 'Cê quer esquecer o assunto? — Serra perguntou.

Lembrando-se do que Soraia lhe havia pedido durante a manhã, Alexandre não precisou pensar para responder.

— Quero.

— Quer porra nenhuma! — Serra gritou. — 'Cê só quer é continuar co'esse negócio de me *proteger*, eu sei muito bem disso. Mas nós 'tamos os dois no mesmo barco, eu já falei. A sua guerra é minha, a minha guerra é sua.

Alexandre balançou a cabeça.

— A gente só vai se ferrar co'esse negócio todo, Serra. 'Cê sabe disso...

— Q' se foda! Além do mais, não gostei de perder pr'aquele Maverick, não gostei nem um pouco.

Xande sorriu.

— Pelo jeito q' 'cê 'tava apanhando de manhã, eu achei até q' 'cê já 'tava acostumado — disse. — Agora, sem brincadeira, Serra, a gente não 'tá falando de um racha...

— Eu sei muito bem. Comprei do Fink uma caixa de cartucho de doze, com chumbo três-tê.

Os dois se encararam por algum tempo. Alexandre anuiu em silêncio.

— Nem por isso quer dizer que 'cê precise fazer isso — disse.

Serra abriu um sorriso cansado.

— Eu não preciso *nada*, Xande. Vou fazer porque eu *quero*.

Depois de Alexandre ter saído para falar com João Serra, Soraia foi até o quartinho dos fundos e ficou parada junto à porta. Xande arrumava a cama com perfeição e mantinha as suas coisas em ordem — provavelmente como tinha aprendido no Exército ou como fora obrigado a fazer, na prisão. Eram poucas as suas coisas, tão poucas... Roupas velhas que ele não trocara por novas desde que havia chegado — exceto pela jaqueta e as camisetas que Serra lhe havia dado para usar no trabalho, e algumas camisas que pertenceram ao pai de Soraia, do tempo em que Gabriel ainda era magro... Os livros que ele andava lendo, jornais da cidade que vinha comprando e que pareciam a ela um luxo sem muito sentido, em uma cidade tão pequena quanto Sumaré. Então lembrou-se da sua obsessão com respeito aos homens que tentaram matá-lo (o mero pensamento a fez se contrair), e imaginou que procurava por notícias dos bandidos.

Mas ela viera até ali para recordar como fora a madrugada do domingo. Os dois deitados lado a lado, algum conforto depois daquele sonho horrível... Amava-o de verdade? Podia ser que a distância que tentara estabelecer entre os dois fora desfeita em um único momento de fraqueza? O que fazer, dali em diante?

Agora ela apanhava um dos jornais, virando-o displicente nas mãos, enquanto recordava o contato com os braços de Alexandre.

Seus dedos agiam por conta própria, seus olhos correram quase sem ler realmente, a data do *Diário Sumareense*. Era o jornal do dia, que Xande comprara com ela.

Folheou-o do fim para o começo, como tinha o costume de fazer com as revistas, e por isso logo chegou à página policial, sempre nos fundos do diário. Viu o carro azul arrebentado de Jocélio Rodrigues de Oliveira, mas não reconheceu o seu nome, estampado como o de um traficante de drogas. As drogas que foram achadas no seu carro feito em pedaços e perfurado de balas de grosso calibre. Mas quando leu as iniciais "ARO", soube que Artur (menor de idade, e portanto representado apenas pelas iniciais) estava morto.

Morto como ela vira em seu sonho.

Ele e Jocélio estavam desaparecidos, mas a quantidade de sangue encontrada no lugar indicava que tinham sido mortos ali mesmo, relatava o repórter. O crime se dera no Jardim Nova América, um bairro afastado de Campinas, na madrugada de sábado para domingo último, mas só agora vinha à luz. Juca Roriz, aquele amigo do Serra, fora entrevistado e afirmava que o ataque ao traficante Jocélio seria de responsabilidade da chamada "Gangue do Maverick", e defendia que a chacina ocorrida no Rosolém seria uma ação de outro grupo, ainda desconhecido, não podendo ser atribuída aos homens do carro preto. No ataque a Jocélio e seu irmão menor, o *modus operandi* batia com o deles, enquanto que o da chacina no Rosolém divergia. A polícia pretendia investigar... Não sabiam estimar o número de ações da Gangue...

Soraia lembrou-se de que Alexandre quase fora morto por eles——

——*Artur estava morto.*

O quartinho rodopiou em torno dela — como os fiapos de almas que giravam na Ciranda, Soraia pensou —, e ela se viu caída na cama, encolhida com o jornal embolado em seus braços.

Chorou durante muito tempo, e não apenas pelo menino.

CAPÍTULO 9

À noite rodamos por mansões de glória em máquinas suicidas
  Bruce Springsteen "Born to Ride"

Os tigres da ira são mais sábios que os cavalos da instrução.
  William Blake "Provérbios do Inferno"

Quando estiveram os bons e os corajosos em maioria?
  Henry David Thoreau

Os bancos dianteiros do Charger eram rígidos — brancos, ao contrário do bege que predominava no interior — e equipados com cintos de cinco pontos. Alexandre se sentia bem preso neles, que se fechavam sobre os seus ombros e sua cintura. O conjunto todo limitava os movimentos laterais do corpo, quando o carro tomava as curvas em alta velocidade — como ele pudera comprovar na madrugada do sábado para o domingo.

Mas era a quinta-feira da semana seguinte, e Alexandre e Serra estavam em patrulha.

As espingardas os acompanhavam no carro, carregadas com chumbo 3т, e se fossem parados pela polícia numa *blitz* noturna, seriam pegos com elas. Só um dos riscos que corriam, enquanto patrulhavam Sumaré e as cidades vizinhas. O Charger rodava infatigável, de Sumaré para Nova Odessa e Americana e de volta para Sumaré; de novo para Hortolândia e Rosolém e Nova Veneza, perseguindo as estradas de acesso e as avenidas mais largas, os radiais arrancando um som suspiroso do asfalto ainda molhado da chuva que caíra durante a tarde. Dentro do carro Alexandre meditava, mas nunca de maneira completamente relaxada — viajar em um automóvel de mais de 400 cavalos de potência servia de estímulo considerável para mantê-lo alerta.

Ouviam música no toca-fitas, conversavam um pouco. Alexandre contou as suas aventuras com Geraldo, todos os caras que teve de atirar para fora do prostíbulo, alguns bem mais pesados do que ele. Serra contou a Alexandre um sem-número de histórias envolvendo os seus sucessos nas corridas de arrancada.

A mais louca de todas as histórias envolvia um cara de Campinas, que desafiara Serra a correr contra o seu Dardo Turbo.

— É um carrinho de fibra de vidro aí — Serra comentou —, feito no Brasil em cima de um esportivo italiano. Vermelhinho. Isso foi no ano passado, quando 'cê 'inda 'tava na cadeia.

"O cara chamava Zé Pedro, dono de uma farmácia em Campinas. Diziam qu'ele tinha enriquecido vendendo remédio abortivo pr'as menininhas, e por isso eu não 'tava a fim de correr com ele..."

— Por quê? — Alexandre perguntou.

Serra olhou-o de soslaio.

— Porque 'cê tem que respeitar o cara com quem 'tá correndo — disse. — É que nem numa luta. 'Cê não pode odiar ou desprezar o cara. Tem que respeitar ele, não é? Porque essas coisas, a luta e a corrida, envolvem risco de vida e então 'cê tem que *honrar* o outro cara.

Alexandre concordou mudamente com essa estranha demonstração da ética de artes marciais, que o Serra de certo havia aprendido na prática do caratê. Você tem que honrar quem estava enfrentando... O que lhe era de todo impossível, com os caras do Maverick. O que isso implicava? Talvez um ponto fraco... Mas Serra ia contando:

— Esse tal de Zé Pedro, não só ficou me enchendo o saco durante um mês — vinha todo fim de semana me desafiar, me chamava de bunda-mole e cagão na frente dos meus amigos... mas veio co'essa história de que, na filosofia dele, olha só, o negócio da vida era viver intensamente e morrer antes dos trinta. Não dava bola pr'o perigo, ele sim é que era fodão, ele que tinha colhão, e por aí... Então eu acabei topando correr com esse James Dean de merda.

— Não acredito que 'cê não moeu o cara de pancada antes...

Serra tirou a mão direita do volante e a susteve por alguns segundos, espalmada horizontalmente, a uns cinquenta centímetros do piso do carro.

— Era um meio-quilo deste tamanho aqui, ó — disse.

Alexandre sorriu.

— Aí não tem jeito.

— Então, aí então eu falei: "Se 'ocê é tão fodão assim, então nós vamo' fazer a corrida mais perigosa da região."

— O tal rally?...

— *Nããão*. Quê! Perto dessa o rally é fichinha. Essa corrida é o seguinte, Xandão: dois carros se alinham no alto daquela descida que acaba na ponte da FEPASA.

— Aquela em que só passa um carro de cada vez...

— Essa mesmo. O que a gente fez foi o seguinte. Combinamo' tudo pr'às três da madrugada, foi o bando todo, todo mundo que 'tava no bar na hora do desafio e até dar a hora juntou mais gente ainda. Tinha um cara num Fiat lá em cima co'a gente, pra vigiar a aproximação de algum carro que viesse de Hortolândia, e em cima da ponte tinha um monte de gente empole'rada pra assistir e pra vigiar os que viessem de Sumaré. Num certo trecho entre o ponto de largada e a ponte eu marquei a distância mais ou menos em que os dois carros tinham que começar a brecar, pra não se arrebentar na ponte. De um lugar ao outro dá mais de seiscentos metros, acho, e então os dois carros tinham os quatrocentos metros com que geralmente se faz uma corrida de arrancada, e uns cento e cinquenta a duzentos pra reduzir a velocidade e entrar na ponte.

"Agora 'cê vê. O meu Dorjão na época chegava aos quatrocentos metros a mais ou menos cento e oitenta por hora. E a essa velocidade ele precisa de uns oitenta, noventa metros pra parar."

— Jesus Cristo, Serra. Com'é q' 'cê imagina fazer uma doidera dessas?

— Essa é uma corrida pra fechar a boca de todo papudo, Xandão — Serra disse, sorrindo. — É claro qu'eu já tinha testado mais ou menos as condições e sabia que, se feito dentro dos parâmetros, o risco não era tão alto assim...

— Mas 'pera. Quer dizer, com que velocidade 'cês chegavam na ponte, perto do zero?

— *Nãao*. Perto dos cinquenta, sessenta, Xandão. Não esquece que tinha que ser uma frenagem controlada, tinha que ir segurando o carro porque é uma corrida e 'cê não vai querer sair dançando na pista e acertar o cara do seu lado ou rodar de lado e ser atingido pelo outro...

— 'Tá. Mas Serra, passando a ponte tem só uns trinta metros de pista, até o fim da estrada e a represa de captação.

O sorriso do amigo alargou-se.

— É isso mesmo. Então o carro que entrar tem que fazer um cavalo de pau a cinquenta ou sessenta pra parar.

Pausa.

— Mas... e o carro que vem atrás?

— Aí é que 'tá. 'Cê vê, na verdade o cara que chegar primeiro na linha de frenagem já ganhou a corrida, ele vai 'tar na frente pra entrar na ponte. Então o motorista que vem atrás tem que assumir que perdeu e brecar mais forte e entrar de mansinho na ponte.

"Então na hora-agá, o cara do Fiat apagou os faróis duas vezes com um intervalo longo, que era o sinal de que não vinha ninguém do lado de Hortolândia, e um moleque lá nos trilhos acenou com uma lanterna, pra dizer que 'tava limpo do lado de Sumaré. Na frente dos dois carros tinha um carinha que a gente tinha pego no bar e foi ele quem deu o sinal de largada, baixando os braços.

"A gente arrancou, e o Dardo, qu'é mais leve, saiu na frente e ocupou o centro da pista, na segunda marcha, que era pra não dar passagem pr'o Dorjão. Mas quand'ele fez isso o tal Zé Pedro perdeu o tempo ideal pra passar pra'a terce'ra marcha, e foi nessa qu'eu acelerei com tudo e forcei a passagem com duas rodas no acostamento esburacado. O Dorjão deu uma derivada pra esquerda e o cara, com medo de ser abalroado, tirou o Dardo e me deu um espaço. Eu joguei o carro pra dentro da pista e ele saltou o desnível entre a estrada e o acostamento, e aterrou já em terceira na frente do Dardo. O desgraçado quase me acertou o para-choque traseiro, mas ele assustou de novo e tirou o pé do acelerador um segundo.

"Eu aproveitei pra aumentar a diferença. Cheguei no ponto de frenagem e comecei a tocar o breque. O Zé Pedro deve ter visto as luzes do breque, claro, mas ele tentou forçar a passagem assim mesmo, e foi nessa qu'ele se ferrou. Devia ter desistido e diminuído a velocidade."

— Se ferrou *como*?

— Ele tinha ficado bem pra trás e precisava cobrir uma certa distância. Por isso ele acelerou tudo o que tinha quando devia 'tar começando a *desacelerar*. Quando ele me ultrapassou, já não tinha mais como recuperar o controle. O Dardo nem passou pelo túnel de pedra na ponte. Antes tem uma baixada em desnível, e uma meia curva. Nesse ponto o Zé Pedro perdeu o controle. Ele deve ter visto a ponte se aproximando, aquele caminhozinho estreito... Se apavorou e puxou o carro pra fora da estrada, pr'o lado direito. O Dardo foi quicando no acostamento e nas moitas de mato e quand'ele viu que ia bater de frente na parede de pedra ele teve o reflexo de puxar pra esquerda e o carro se plantou do lado do passageiro no paredão. Teve gente que 'tava lá em cima olhando e que caiu do outro lado, com o impacto. Foi só por esse reflexo que o Zé Pedro não morreu.

Silêncio pensativo dentro do carro, até que Alexandre perguntasse:

— E você, passou pela ponte e deu o cavalo de pau?

Serra sorriu palidamente.

— Passei. E ainda tive que desviar de um pneu com roda e tudo do Dardo, que rolou pra d'entro da pista. — Deu de ombros. — Deixei um retrovisor na parede do túnel. Tudo bem. Achei outro num ferro-velho. E no fim, o Zé Pedro só quebrou uma perna e luxou o pescoço. Ficou cinco dias num hospital em Campinas... e nunca mais deu as caras em Sumaré. Lá em Campinas, dizem que ele nunca mais correu de novo. Em Sumaré ninguém mais quis correr comigo por um tempo, e não aparecia ninguém de fora. Eu tive eu mesmo de procurar corrida em Campinas, Paulínia, Americana...

Foi a vez de Alexandre olhar de lado para ele.

— Espero que 'cê nunca mais faça isso — disse.

— Me dá um frio na barriga toda vez qu'eu passo ali, mesmo que a dois por hora.

A região se desfiava diante deles, em sua paisagem de pequenos centros comerciais e subúrbios esquálidos cercando antigas fazendas, olarias e sítios, espaços entrecortados por renques de eucalipto, encolhidos bosques de mata nativa debruçados sobre regatos, campos e faixas de altas moitas de capim colonião ou baixas árvores de mamona, indústrias ombro a ombro ladeando a Anhanguera... Mas tudo indistinto no escuro da noite e sob a iluminação esparsa, detalhes e impressões recuperadas pela memória, revistos pelo sentimento. Ele crescera na região. Era tudo o que conhecia, o que sabia. E tinha de admitir que não era muito, que não era bonito, só um lugar em que se empilhava um monte de gente, a maioria vivendo mal e sem perspectivas de melhora. Gente pobre e ignorante, habitando um espaço minimamente guardado pelas instituições. Não era de se espantar que toda essa gente fosse como frutos maduros, prontos para a colheita feita pelos matadores do carro preto.

"Mas *por quê*?" perguntou-se. A questão estivera em sua mente desde o começo, é claro, e permanecia não respondida.

Que estivessem a serviço dos traficantes de drogas da região não fazia sentido. Talvez o fizessem simplesmente por esporte, como ele pensara a princípio. Não era incomum que gente anônima fosse alvejada a partir de carros em movimento — os jornais e revistas que tinha lido na prisão falavam que os americanos tinham até um termo para isso, *drive-by shooting* —, mas neste caso, por que não largar os corpos pelo caminho, em vez de levá-los com eles? "Eles colecionam troféus", imaginou, amparado por uma mitologia de violência alimentada por filmes como *Predador*. "Ou talvez sejam parte de um culto satânico, e precisem dos mortos pra algum ritual..."

Ao seu lado, Serra enfiou uma fita no *tape-deck*. O seu carro ele o dirigia pelos cavalos-vapor, e sua música ele a ouvia pelos decibéis. Era uma fita do ZZTop. Alexandre conhecia as canções, o grupo ainda estivera em voga quando ele era garoto. Tinha comprado alguns LPS — onde estariam? Seu pai provavelmente jogara tudo fora junto com sua coleção de gibis, seus livros de escola, as revistas de armas, suas roupas, os troféus e medalhas dos campeonatos de boxe e o seu pequeno álbum de recortes, suas luvas...

Chegavam a Sumaré agora. O Charger, como Serra afirmara, procurava — "instintivamente"? — as avenidas. A música do ZZTop era perfeita para ser ouvida em um carro potente, um *rock 'n' roll* metálico, alegre e irônico, que abrigava imagens de movimento da garotada nas ruas, vestindo as suas melhores roupas e buscando o sexo no fim da noite. A noite de quinta-feira ainda, mas eles já estavam lá, nas esquinas e nas mesas dos bares e lanchonetes.

Entrou a canção "Rough Boy", em que algum garoto argumentava com uma menina que, apesar de ser um cara rude, ele era perfeito para ela. Alexandre sorriu e lembrou-se de Soraia, a sua princesa, a sua *fada*. Como podia arrastá-la para este mundo de violência e falta de segurança? Mas então lembrou-se do que acontecera no domingo e no suicídio de Gabriel, e pensou que as incertezas e a violência tinham o seu próprio jeito de se acercarem de Soraia.

Afastou os pensamentos dela. Uma coisa de cada vez, agora eles estavam "em patrulha".

A princípio, achara que a ideia nunca iria funcionar. Agora já pensava diferente. Serra tinha um talento para encontrar carros potentes — Opalas e Mavericks e Landaus, Dodges e até um Camaro, em Campinas — que ele seguia, às vezes para a saída da cidade. Muitos motoristas já o conheciam — tinham sido derrotados por ele e não queriam conversa. Mas alguns paravam antes para combinar o racha e Serra informava que estavam na verdade procurando por um Ford Maverick em especial. Muita gente sabia dos crimes da gangue, e achava estranha a busca. Serra desconversava. Queria saber que oficina os caras frequentavam, que lojas de acessórios; não teriam visto o carro preto por lá? Chegaram a seguir três Mavericks pretos, antes de se certificarem de que não era o que procuravam (um tinha faixas brancas, o outro não tinha aerofólios). Serra também conhecia os principais pontos de racha da região, e, embora fosse um pouco cedo para as corridas, baixou em vários deles para perguntar sobre o Maverick.

Uma coisa Alexandre ficou sabendo, com essa busca infrutífera: havia todo tipo de lenda sobre o carro preto. Que ao invés do 302 de fábrica tinha um motor v8 de 351 polegadas cúbicas roubado de um Mustang Mach 1 — a razão de ser tão rápido. Outro sujeito disse que o mesmo motor teria vindo de um Mercury Cougar XR-7, roubado de um conhecido em São Paulo. Os dois motores eram fabricados no mesmo lugar e o 351 cabia debaixo do capô do Maverick. (Serra contrapôs a sua ideia de que o segredo da velocidade era um sistema de óxido nitroso.) Que era dirigido por um piloto que morrera em uma corrida de Fórmula 5000 há alguns anos, e cujo espírito agora vagava, vingando-se de todo mundo que cruzasse o seu caminho. (Serra admitiu que a hipótese era criativa, mas que o sujeito que a levantara deveria mesmo era se internar.) Que haveria em breve uma tomada dos domínios das drogas por um grupo de traficantes vindos do Rio de Janeiro, e que eles teriam contratado piloto e pistoleiros profissionais para limpar o terreno. (Alexandre argumentou que muitas pessoas mortas não tinham nada a ver com o tráfico, mas os seus interlocutores não lhe deram crédito.) Que não importava quem os caras estavam matando; eles prestavam um serviço às pessoas de bem da região, dando cabo de bandidos e vagabundos. (Alexandre e Serra não fizeram nenhum comentário quanto a isso.)

Agora estavam em Sumaré, na Rebouças. Alexandre rangia os dentes em silêncio. Havia gente que *apoiava* os assassinos. Se pudessem, dariam uma medalha a eles — para juntarem aos troféus que já tinham colecionado. Se houvesse uma caixa de coleta nas igrejas, marcada com "a Gangue do Maverick", era bem possível que se enchesse mais rápido do que a marcada com o nome do Cristo.

Não havia como lutar contra essa visão. Toda unanimidade podia ser burra, como tinha dito aquele escritor, mas ela sempre vencia.

Ele só não podia renunciar ao que sentia. Um pensamento o balançou: Será que gente como Juca Roriz e os próprios assassinos partilhavam da mesma convicção? Um mesmo senso de missão, de certeza em sua tarefa, os movia?... Ou eram covardes que se escondiam atrás desse consenso — e da corporação em um caso, ou do ataque covarde a gente indefesa, no outro? O que tornava Alexandre diferente? Ele também buscava fazer justiça com as próprias mãos... Não recorreria à lei, às instituições, como se obrigava o cidadão. Agiriam sozinhos, ele e Serra, arrastado por ele em sua cruzada, apenas porque o tempo era curto e não havia a quem recorrer. Não tinham quem protegesse as suas costas, nem superioridade numérica, o fator surpresa... mas estavam dispostos a entrar na linha de fogo.

Tinham que tentar detê-los. Não havia mais ninguém.

Seria isso a única coisa que fazia a diferença, que os transformava em algo diferente de uma dupla de justiceiros? Moviam-se como a sombra das sombras, ao caçarem os pistoleiros, os assassinos que já atuavam nos interstícios mais obscuros da sociedade. Sua única proteção não era o fato da sociedade não dar a menor bola para o que acontecia aos marginais e aos destituídos — *essa* era a proteção *dos matadores* —, e sim o fato de que ela não acreditava que alguém realmente pudesse se colocar contra eles. Alexandre e Serra eram impossibilidades, singularidades que punham em cheque leis não-escritas. Eram espectros que corriam em um silêncio ardente de ruídos metálicos, invisíveis. Dados como inexistentes, dados como mortos...

A irrealidade envolveu-o. Ele sentiu o couro cabeludo formigar, um suave desfalecimento tocar seus braços, seu pescoço... Piscou aturdido. Quem era ele? *O que* era ele, e para onde ia? Mas aos poucos a sensação de irrealidade transferiu-se de Alexandre para o mundo lá fora. Um mundo virado do avesso, a falsa imagem do que deveria ser — tão falsa que ao contemplá-lo, Alexandre falhou em invocar o que ele deveria ser.

Uma imagem perdida.

*

Serra acelerou o Charger e contornou o canteiro central da Avenida Rebouças, em uma curva rápida e apertada. Em segundos estavam parados atrás de um grupo de carros estacionados diante do supermercado. Alexandre viu o Maverick verde-metálico do Maveco, o vermelho do Nelsinho, um terceiro, branco, um Opala Comodoro azul, e um Landau transformado em picape.

— Parece que a turma toda 't'aqui — Serra disse, sorrindo e apontando.

Apontava um Puma GTB de pintura metálica vermelha. Tinha a mesma postura inclinada para a frente, de corredor-fundista, que o Charger. Era o único que tinha o capô levantado. Serra desligou o motor do Dorjão e acionou a alavanca que soltava o seu capô. Os dois desceram do carro.

Alexandre reparou de imediato que todo mundo estava agora de olho neles. Não conversavam mais. Serra foi gingando direto para a frente do Puma, mas não espiou o motor. Ele primeiro cumprimentou Maveco e os outros.

— A gente 'tava justamente falando d'ocê pr'o cara aí, Serra — Maveco disse, apontando um rapaz alto e magro, perto dos trinta e vestido todo de couro preto, das botas de vaqueiro às calças e à jaqueta.

Fumava um cigarro e tinha uma menina morena, uns dez anos mais nova que ele, agarrando-o pela cintura.

O sujeito puxou uma última tragada e jogou o toco no meio-fio.

— 'Tavam falando que 'cê tem o motor mais foda do pedaço — disse, soltando fumaça com as palavras.

Serra o encarou como se o visse pela primeira vez.

— Pod'ir ver, se quiser — disse. — O capô 'tá aberto.

O cara se desprendeu da moça e foi até o Charger. Ela pelo jeito não gostou, e Alexandre lhe sorriu levemente. Ela o mediu de alto a baixo com os olhos, sem dúvida avaliando a roupa rota e suja, e fez beicinho antes de olhar para o outro lado.

Alexandre se inclinou sobre o compartimento do motor, que era comprido e fino e tinha uma coisa parecida com uma jiboia prateada enroscada nele.

— 'Cê encara um turbo, Serra? — ouviu Maveco perguntar.

Serra não se dignou a responder. Alexandre viu-o apoiar-se na frente do Puma e correr os olhos pelas superfícies niqueladas do motor turbocomprimido. Ficou ali uns dois minutos.

— O carinha aí chama Marco Aurélio Ramos e mora em Americana — Maveco dizia. — Trouxe grana pra apostar.

— 'Cê não topou? — Serra perguntou a ele.

— Não dá pra eu bancar... A grana, quer dizer. Não no fim do mês...

Ramos vinha voltando da sua inspeção do Charger, acompanhado da morena. Abriu a boca para falar, mas Serra se moveu para o outro lado e foi olhar o interior, pela janela do motorista. Alexandre foi ter com ele. Serra não olhava apenas o painel, mas também os bancos, os vidros traseiros, o teto.

— E aí?

— Vou dar uma olhada nas rodas e na suspensão.

Correu os dedos pelo largo pneu molhado.

— *Slicks...* — murmurou.

Então ajoelhou-se no asfalto sujo de lama e se dobrou todo para ver embaixo da traseira. Levantou-se ao som de joelhos estalando e deu um tapa com a mão direita suja no ombro de Alexandre. Sorriu para ele e piscou um olho.

O sorriso ausentou-se de seu rosto, quando ele tornou a falar com Ramos. Fitava-o como um pugilista encara o outro no momento em que o árbitro dá as instruções antes de mandá-los de volta aos seus cantos e ordenar que lutem. Ramos foi o primeiro a desviar os olhos.

— Se 'ocê quer correr, a gente pode correr — Serra disse, e então fez a sua aposta.

Um "Ah" subiu do pessoal em volta, Alexandre inclusive. Era *muito* dinheiro. Todos os olhos se voltaram para o cara de Americana.

— Porra, isso é mais que o dobro do qu'eu trouxe... — Ramos começou.

— Tudo bem — Serra o interrompeu. — Eu também não tenho o dinhe'ro aqui. Pego amanhã e a gente se encontra na Estrada do Cemitério, às três da madrugada da sexta pro sábado, casa o dinheiro, e corre. É bom 'cê trazer alguém pra ficar no fim da pista, pra conferir quem chega primeiro.

— E dond'é que 'cê vai tirar essa grana toda?

— Do caixa dois — Serra disse. — O qu'interessa é saber se 'ocê vai poder bancar.

Ramos mordeu o beiço e enfiou os dedos nos cós das calças de couro.

— Normal. — Fez um gesto com o queixo, indicando Alexandre. — Esse martrapilho aí vai ser o cara q' 'cê vai levar?

— É isso mesmo. 'Cê você quiser trazer a bonequinha aí — Serra indicou a morena —, tudo bem. Só qu'essa corrida é sem passage'ro.

— Eu sempre vou com ele — a menina choramingou.

Serra não desviou os olhos do namorado dela.

Ramos ainda pensava.

— É muita grana pra apostar contra um turbinado, ô Serra — Nelsinho, o do Maverick vermelho, avisou. — O cara aí falou que o Puma passa dos duzentos e cinquenta.

— Q' se foda — Maveco quase gritou. — A Ferrari que o Serra derrotou na Bandeirantes passava dos duzentos e setenta, pô! Marco Aurélio aí veio de Americana pra tirar racha com o melhor carro de Sumaré. O Serra não pode negar um desafio desses.

— É. Tem que defender a honra da cidade! — alguém gritou.

Alexandre podia sentir que Maveco e os outros demonstravam mais excitação pela corrida do que Serra, que continuava jogando o seu olhar de Mike Tyson pra cima de Ramos.

— Que história é essa de Ferrari? — Ramos quase gaguejou. — 'Cê não 'tá usando o tal gás no Dorjão, tá?

Serra sorriu.

— Eu não preciso dessas trapaças — disse. — E 'ocê não viu nenhuma mangueira ou garrafão de óxido nitroso quando olhou o carro, viu?

Ramos fez que não.

Serra insistiu:

— Depois da corrida, se quiser examinar o porta-malas, por mim tudo bem. Acho que depois de perder, 'cê vai querer tirar a prova.

— Amanhã, às três da madrugada, na Estrada do Cemitério? — Ramos perguntou, decidindo-se de uma vez por todas.

— É isso aí — Serra confirmou, dando-lhe as costas. — E traz a grana.

Ele e Alexandre caminharam de volta para o Charger. Serra baixou o capô e o trancou. Os dois entraram no carro e Serra arrancou de mansinho, passando pela pequena multidão excitada, junto aos carros.

— Que merda, vou ter que colocar os meus *slicks* de novo... — resmungou.

— Caixa dois?

— Não é meu, é do Amélio.

Amélio outra vez... Alexandre ponderou o que o amigo de fato pretendia.

— Qualé o lance, Serra?

— O babaca aí vai pagar o combustível pr'as nossas patrulhas, ô Xandão.

— Se 'ocê tem tanta certeza assim de que vai vencer...

— Certeza? — Serra disse. — Eu não tenho certeza de merda nenhuma.

Soraia esteve estranha com ele, antes e durante o almoço. Podia deduzir por seus olhos vermelhos que ela tinha chorado. Dona Teresinha também percebia, e Alexandre notou que seu olhar ia da filha para ele.

Tinha uma boa ideia do que acontecera com Soraia — ela havia encontrado o *Diário Sumareense* todo amarfanhado sobre a bancada. Descuido dele...

Depois de comer achou melhor se refugiar no quartinho dos fundos. Apanhou um dos livros que pertencera ao seu Gabriel. Entre as narrativas de violência casual e intrigas artificiais, lembranças vívidas intrometiam-se, de uma violência mais real e mais penosa. Alexandre dormia e despertava com as imagens, os sons e os cheiros das suas ações no Rosolém. Patolino e os seus capangas sendo destituídos de suas vidas pela força abrupta dos projéteis, as expressões de surpresa e descrença em seus olhos — *não podiam estar sendo mortos, não eles que costumavam ordenar a morte* —, e a dor em seus rostos. Mesmo enquanto caíam para trás, os órgãos já fatalmente perfurados, ainda havia qualquer coisa em seus membros sugerindo que se agarravam à vida rarefeita, às frações de segundo que seriam o resto de suas vidas.

Será que um dia seria capaz de esquecer? Teria havido alguma alternativa?

Passos chamaram sua atenção, e ele viu Soraia deter-se junto à porta, uma mãozinha no batente. Mãos tão pequenas em relação ao resto do corpo, como se nelas Soraia ainda fosse a menina de dez, doze anos. Seu coração pulou no peito — a última coisa que desejava era confrontá-la agora, enquanto cercado de seus pensamentos culpados.

— Você vai me contar, Xande?

Demorou alguns segundos para entender do que ela falava. O coração pulou outra vez.

Soraia era uma moça inteligente. Ela não lera apenas sobre a morte do seu aluno, mas também sobre o ataque aos traficantes do Rosolém, é claro. E, embora estivesse confusa naquela noite, não precisaria de muito para associá-lo à sua aparição no meio da madrugada, ensopado — talvez tenha sentido o cheiro de cordite em suas roupas e cabelos. *Ela sabia*. Mas, apesar disso, como confessar a ela?...

— Não posso — respondeu.

Ela assentiu lentamente com a cabeça, os olhos verdes trancados nos dele.

— Não vai dar certo entre nós, Xande — Soraia disse.

Surpreendeu-se com a tristeza que sentiu, no segundo em que as palavras deixaram seus lábios. Chegar a esse ponto tão rápido, depois de terem estado tão próximos, há poucos dias... Mas não iria recuar agora. Tinha chorado tudo o que podia, e confrontado sozinha todos os seus medos. Artur estava morto; e ela pronta para abandonar a escola e os outros meninos e meninas que já estavam perdidos de qualquer modo.

A violência que Alexandre representava havia superado todos os limites. Abriu a boca para mandá-lo embora. Não teria um assassino em casa. A palavra *assassino* ecoou em sua mente. Como podia ser?... Ele nunca contaria a ela. Não sobre *isto*. E adiantaria alguma coisa? Que justificativas ele poderia ter? "Não matarás" era um mandamento claro o bastante.

— Você não pode mais... — começou.

Gabriel apareceu atrás de Alexandre. Tinha os braços estendidos para ela, num apelo. E o rosto alarmado — e um grito mudo na boca aberta.

Como uma imagem de um segundo atrás, presa na retina e interferindo com o agora. Mas bastou para paralisar Soraia. Ela não podia falar. Não conseguia dizer "vá embora".

Seu Pai a proibia.

Vanessa Mendel. Uma garota esperta. Havia afinal martelado o último prego que faltava em seu telhado. Tivera de investir vários dias do seu tempo em Americana, seguindo de perto os passos do Capitão Santana, o comandante da companhia da PM que atuava em Sumaré, até poder abordá-lo. Semeara nele a ideia — em verdade, quase um sugestionamento firmado em condições propícias de sexo e drogas, e que outros chamariam de *feitiço* — de que duas das suas radiopatrulhas poderiam ser deslocadas de Sumaré para outras cidades do interior, na certeza de que a redistribuição iria melhorar sua imagem dentro da corporação.

Não fora especificamente com essa intenção que ela abordara Santana, mas, em vista dos últimos acontecimentos, parecera a melhor medida a tomar. E não a surpreendera em nada a predisposição dele para o adultério e para o abuso de substâncias proibidas... Velhas histórias se repetiam.

Havia muito mais em questão. Vanessa porém ainda não avaliara todos os elementos recém-surgidos. Fatos inesperados pareciam ter abalado a confiança dos seus associados no Grande Projeto — seus parceiros imediatos e aquele que ainda estava distante, e que representava sozinho o fator mais importante de toda a empreitada. Tinha dificuldade em acreditar em todas as suas suspeitas — como alguém poderia chegar a ele, se apenas Vanessa tinha acesso ao grande aliado?

Bem, acercava-se daquilo que as pessoas comuns chamariam de "impossível". De "sobrenatural". Questões materiais, resolvidas nas ruas, podiam ser facilmente abordadas. Mas as que emanavam dessa outra esfera... Precisava concentrar-se mais nisso. Descobrir o que se passava. Ainda não sabia como, mas descobriria mais cedo ou mais tarde.

O fato é que sua concentração lhe falhava. Mesmo agora, em seu desempenho com o capitão da Polícia Militar. Demorara mais do que o usual. E durante o processo, tivera dificuldade em conferir toda a credibilidade necessária à sedução.

Josué era o problema. Ocupava em demasia os seus pensamentos. Surgia em sua mente quando ela cedia seu corpo a outros homens, e essa imagem intrusiva enfraquecia os seus propósitos. Sem ele, o sexo se tornava ainda mais apagado, uma atividade menos que mecânica — entorpecedora, cansativa. Com ele, era como se o universo se abrisse em novas experiências, por causa dessa estranha fusão de sensações que a acometia quando estava com ele. Vanessa não conseguia compreender — e cada vez mais sentia que não poderia viver sem essas sensações geminadas, ecoantes e talvez mútuas. Podia sentir que nele também ampliava-se o gozo. O modo como reagia, porém, era inesperado. Ele hesitava.

Já há algum tempo que não se viam. Não era muito fácil encontrá-lo, é verdade. Ligar para Josué em casa não era tarefa fácil, embora Vanessa pudesse sempre usar do mais breve encantamento, para contornar os obstáculos representados por seus pais e o irmão, enganá-los sutilmente ou embaralhar suas memórias, para chegar até ele. Poderia fazer o mesmo junto ao quartel da PM em Sumaré, mas em todos os casos o ponto delicado seria sempre o próprio Josué — a magia de Vanessa tinha força mínima sobre ele.

E conforme a integração de sensações presente entre os dois crescia e se estendia para a mente de Josué, tornava-se cada vez mais arriscado tocá-lo. *Amá-lo.*

Sim. A velha e cínica prostituta havia se apaixonado. Não pelo jovem ingênuo e idealista que ele era, cego pela religião, atordoado com o peso de seu próprio senso ético. E sim pelo que ele podia dar *a ela.*

Vanessa sorriu palidamente, no silêncio da sua sala de estar. Havia um toque de infinitas saudades em seu sorriso, ela podia senti-lo. Saudades de sentimentos que nunca tivera, de ilusões românticas que nela tinham existido pelo mais breve dos momentos, e que agora ressurgiam como completa surpresa, para tomá-la quase completamente. Como resistir? Afinal, quantos amantes puderam desfrutar, mesmo no ápice do ardor e do envolvimento, uma fração mínima do que ela sentia com Josué? Tornar-se o outro, sentir o que ele sentia, deixar que as sensações de sua própria carne se ampliassem com a dele, que seu corpo perdesse seus limites e vencesse o seu encarceramento...

Distraidamente, estendeu-se para o telefone ao lado.

Tinha medo do que poderia ver, quando a cortina se abrisse de todo. E temia que Josué também o visse. Afinal, uma janela sempre se abre para dois lados.

Mas precisava tê-lo outra vez, e correria os riscos.

*

Na sexta-feira, Alexandre e Serra não saíram em patrulha. Passaram a tarde trocando os pneus do Charger e ajustando o motor, mexendo na suspensão, limpando o carburador com minúcia. Serra já tinha o dinheiro para a aposta, pego naquela manhã com Amélio — que tornava a financiar uma de suas corridas. Alexandre não gostava disso, mas era um incômodo menor.

Ainda duvidava da segurança do plano. A teimosa aceitação de Serra de não ter certeza alguma de vitória certamente não o deixava mais tranquilo. Havia uma pilha de revistas automotivas sobre a bancada da garagem. Serra estivera estudando o desempenho de motores turbocomprimidos. Mas fazia isso *depois* de ter aceito o desafio para o racha.

— A gente vai correr contra um Puma GTB de segunda geração, que é o s-dois — Serra havia explicado. — Carroceria leve, de fibra de vidro, usa um motor de seis cilindros em linha, o mesmo do Opala duzentos e cinquenta-s, e q' já vem de fábrica um bom desempenho, quase cento e setenta cavalos. Se bem que não tão bom nas arrancadas. Mas esse aí tem o turbo...

— Então eu não entendo por que 'cê aceitou correr com ele.

Serra, encostado no Dodge, havia cruzado os braços sobre o peito. Ainda tinha no rosto as marcas do treino de luvas. Alexandre também. Na casa de Soraia, Dona Teresinha havia tratado os inchaços com pomada de arnica e compressa, depois de gritar de susto ao vê-lo todo roxo. Ele só precisou contar que foi em um treino de boxe, para ela se acalmar. Engraçado como as mulheres às vezes assumiam uma atitude resignada, diante do aparentemente incompreensível mundo masculino.

— Um carro competitivo não é só motor, Xandão — Serra disse. — É o *conjunto*. Quand'eu examinei o Puma do carinha ontem, achei que a suspensão não 'tá dimensionada pr'o desempenho do motor. E quand'eu olhei o painel, vi que o tal Ramos nem tem um conta-giros profissional. 'Cê precisa d'um pra achar o ponto de maior torque do motor, ou de maior potência.

"Depois de olhar tudo, o que achei é que esse cara 'tá acostumado a ganhar só na confiança do turbo, sem nunca dar o máximo. Sem pôr *ciência* no negócio. E ele nunca precisou voltar ao básico e acertar o conjunto dele."

Serra tinha batucado com as palmas das mãos, na lateral do Charger, antes de concluir:

— Na verdade, a gente vai apostar todo o dinheiro do Amélio na noção de que o meu Dorjão aqui tem o melhor conjunto, pra ganhar.

Alexandre havia jantado na casa dos Batista, e caminhado pela cidade por várias horas, apenas andando de um lado a outro, revendo nas ruas um antigo amigo ou colega de escola aqui e ali. Pensava em Soraia, pensava nos assassinos, pensava em seus pais e em Geraldo e no tempo em que passara no Exército e nas lutas que tivera. Vinha-lhe a mente em especial a luta ilegal com o Mexicano. Em alguns momentos sentiu-se como se tivesse vivido cem anos; em outros, como se o essencial ainda lhe faltasse. Um futuro. Soraia...

Serra ficara de pegá-lo na frente do supermercado na Rebouças, na frente da cabine do vigia noturno, faltando quarenta minutos para a hora marcada para a corrida. O movimento já minguara muito, a essa hora da madrugada. Chovera um pouco durante a tarde, e Alexandre sentia o ar ainda límpido e úmido. O Charger branco parou ao meio-fio, e ele entrou. Serra já tinha no rosto a sua expressão concentrada. Disse o que esperava de Alexandre para essa noite, enquanto rumavam para a Estrada do Cemitério.

— Vai ser por pequena margem, então eu preciso d'ocê na linha de chegada, pra conferir quem passa primeiro. 'Cê acha que consegue marcar quatrocentos metros a partir da linha de largada?

Alexandre ainda se lembrava do seu "passo aferido", aprendido no Exército: cada 61 passos largos contados apenas na perna esquerda, davam cem metros.

— Mas tem que ser quatrocentos metros meio exatos, porque esse racha vai ser mesmo *apertado*. A outra coisa é qu'esse trecho de reta não chega aos quinhentos; logo depois tem o balão da frente do cemitério. Não pode ter muita folga.

Uma pequena multidão já os aguardavam no lugar. Os amigos de Serra e seus carros. O Maverick verde-metálico e o Dart batido compareciam, assim como o Maverick do Nelsinho; até mesmo o Aero Willys vencido por Serra há pouco tempo, mais uma dezena de outras máquinas envenenadas cujos proprietários Alexandre não conhecia. As placas eram de Nova Odessa, Americana, Campinas. Em vinte e quatro horas a notícia do racha havia se espalhado por toda a região, e muitos desses carros de fora ele tinha visto na cidade horas atrás, rodando lentamente ou estacionados diante dos bares e lanchonetes. Um dos carros estava equipado com poderosos alto-falantes, e enchia o ar da madrugada com um *rock* do Legião Urbana — que cantava a história de um cara de Brasília que corria de Opala em rachas. Ele era bom demais para ter se acidentado em uma das corridas, e a balada concluía que ele se deixou morrer de amor. "Arre, esse pessoal realmente curte a coisa", Alexandre concluiu. Viu também uma picape branca, com o policial Juca Roriz empoleirado em seu capô, fumando.

Alexandre o apontou discretamente para Serra.

— Tudo bem — Serra disse. — Ele só veio assistir.

Mais adiante viram o Marino, sentado em uma moto de quatrocentas cilindradas, afranzinada pelo seu tamanho. O fisiculturista acenou brevemente para eles, sorrindo.

Serra parou o Charger e desceu. Foi direto até Roriz.

— Me contaram que a aposta hoje é alta — o policial disse. — Tem uns caras aí anotando as apostas por fora. Eu já fiz uma fezinha n'ocê, hein Serra. Não vai me cagar o pau.

— A minha grana 'tá'qui. — Serra meteu o maço de dinheiro na mão de Roriz. — Quando o carinha do Puma chegar, 'cê segura a dele também.

— Falou.

Serra chamava com gestos os seus amigos Maveco e Basso. Quando os dois se aproximaram, ele explicou que ia precisar de uma ajuda para aquecer os pneus, com os caras empurrando a traseira do Charger pra baixo. Assinalava a seriedade com que estava encarando a disputa contra a máquina de Ramos.

Marco Aurélio Ramos chegou no GTB vermelho, acompanhado da moreninha. Alexandre notou pela primeira vez que o carro tinha uma entrada de ar, não no meio do capô, como no Charger, mas meio para a esquerda — para alimentar de oxigênio o turbo. Ele estava pegando o sentido dessa coisa toda de carros envenenados.

Ramos fez o *tour* da "pista", descendo até o balão e depois subindo e dando a volta para se posicionar. O Dodge de Serra já tinha garantido a faixa mais próxima da calçada, e Ramos estacionou o Puma ao seu lado, puxou o breque de mão e saltou para fora, trajado de couro dos pés à cabeça e com cara de poucos amigos.

— Eu vou querer ver o seu porta-malas e o resto *antes* da corrida — demandou.

Serra fez uma careta de falsa surpresa e assentiu. Abriu o porta-malas e o capô. Depois saiu do carro deixando a porta aberta, e fez sinal com dois dedos, para que Alexandre começasse a andar.

Sessenta e um passos, sessenta e um passos, sessenta e um passos, sessenta e um passos... Alexandre parou e ficou ali, as mãos nos bolsos, olhando de longe os preparativos para a corrida. Ramos gastou quase vinte e cinco minutos checando todas as reentrâncias do Dodge, a namorada seguindo nos seus calcanhares. Serra conversava com seus amigos. Dali a pouco um pessoal se destacou do grupo parado junto aos carros, e veio na direção em que Alexandre esperava. Dois garotos de bicicleta chegaram antes, e a garota de Ramos logo a seguir, rebolando o quadril fino. Ela parou bem ao seu lado. Os dois iriam fiscalizar a chegada.

— Oi, eu sou o Alexandre — ele disse, estendendo a mão direita, que ela aceitou com um aperto flácido.

— Nina — disse. — Eu não acredito que'o seu amigo lá não me deixou ir com o Marco.

— É perigoso...

Ela sorriu, como se estivesse acima de qualquer preocupação.

— 'Cê também colocou dinheiro na aposta? — perguntou. Como na primeira vez, ela tornou a medi-lo de cima a baixo. Salvo pela jaqueta comprada por Serra, ele continuava molambento. A expressão no rosto estreito da morena dizia que ela não acreditava que ele pudesse ter contribuído um centavo, o que era verdade. — Vai sair no prejuízo, viu.

Alexandre deu de ombros.

— Tudo pelo esporte — disse, e foi confrontado pelo olhar confuso da garota.

Quatrocentos metros (mais ou menos) de onde estavam, os dois carros começaram a esquentar os pneus *slicks*, que, depois de aquecidos, patinavam menos no asfalto. Eram mais largos que os da frente, oferecendo uma maior superfície de contato contra o pavimento. O troar dos motores subiu junto com a nuvem de fumaça branco-azulada expelida pelo atrito da borracha contra o asfalto, um *fog* instantâneo que subiu mais alto que os postes. Serra havia colocado Basso e Maveco e Juca Roriz na traseira do Charger, empurrando-a para baixo, enquanto os pneus queimavam.

Devagar e balançando sob a força dos dois motores, os automóveis avançaram poucos metros até a linha de partida, o teto de fumaça pairando sobre eles como uma nuvem ominosa. Alexandre nela enxergou, com os olhos da imaginação, dedos gigantes pairando sobre dois carrinhos de brinquedo. Roriz os esperava na linha, a brasa do cigarro brilhando na boca, uma pistola semiautomática na mão direita. Fazia sinal com ela, chamando os dois competidores para se alinharem na linha. Roriz lhes deu alguns segundos para acelerarem outra vez os motores. Os carros se sacudiram levemente, conforme a brutal força de cavalos-vapor que comandavam era empurrada para os seus picos de potência.

Alexandre sentia-se um pouco nervoso. Tirou as mãos dos bolsos, deu um passo para trás com o pé direito, desferiu alguns cruzados de direita e esquerda, ouvindo os ombros estalarem. Recolocou as mãos nos bolsos.

Roriz se postou entre os dois carros, atirou fora o cigarro e levantou a pistola acima da cabeça. A pista se inclinava levemente para baixo, e Alexandre mal podia ver as pernas de Roriz e as rodas dos carros. Olhou de soslaio para Nina e a viu de boca aberta, os braços finos tentando proteger do frio, com um abraço, o seu busto magro. Então Alexandre imaginou Serra dentro do carro, sua expressão concentrada iluminada pelas luzes do painel, o pé fundo no acelerador, um olho no conta-giros que lhe diria quando o motor atingisse a marca de maior torque.

Mesmo a 400 metros de distância o ruído dos motores era tão alto que o estampido da pistola foi engolido. A chama saltou breve do cano, os dois carros empinaram sobre as suspensões dianteiras e projetaram-se para a frente.

De onde estava, Alexandre não podia ver qual dos dois ganhava vantagem sobre o outro — os dois carros apenas cresciam e cresciam, envoltos em uma aura radiante produzida pelos dois conjuntos de faróis duplos. E cresciam *rápido*, o Charger do lado de dentro da pista, o Puma do lado de fora.

Então o Puma se lançou para dentro como se quisesse tirar uma dentada do carro de Serra — tinha perdido por um segundo a aderência dos pneus na pista. Alexandre pensou que iriam bater, mas o Puma destracionado evitou bater no Charger por centímetros, guinou para fora, atingiu a guia e saltou para dentro do canteiro central. As rodas foram quicando, arrancando grama e lama pelo caminho, e o carro foi sacudido até terminar meio dentro, meio fora do canteiro, empoleirado sobre um coqueirinho que agora nunca chegaria à sua maior altura, o capô aberto num arrego maquinal quase cômico. Um suspiro desanimado se ouviu, quando o turbo foi desligado.

Mas antes que ele parasse, o Charger havia passado pela linha de chegada, ainda rugindo e a acelerando, em uma corrida perfeita, como se estivesse instalado em trilhos. Serra o fez desacelerar com toda a força, até que se ouvissem os pneus guinchando no asfalto. Então o carro acelerou em ré, queimando borracha outra vez, e veio vindo, veio vindo até parar diante de Alexandre e Nina.

— Traz a nega! — Serra gritou, abrindo a porta do passageiro.

Alexandre agarrou a garota pelo braço, entrou com ela e a fez sentar-se em seu colo. O Charger arrancou, pegou o balão à direita e parou diante do Puma, do outro lado do canteiro. Mais gente atravessava a avenida correndo para chegar até o GTB acidentado.

Nina saltou e foi chorando ter com Ramos, que saía do carro segurando o nariz. A moça magra se agarrou a ele, quase derrubando-o.

— O amor é lindo — Serra, disse, sorrindo. — Mas a vitória é melhor ainda.

O lugar ficava em algum ponto entre Sumaré e a cidade vizinha de Hortolândia. Chegava-se a ele por uma estrada de terra batida que formava um arco "por trás" das duas cidades, passando por sítios, chácaras e granjas. Tinha um nome pomposo, mas todo mundo o chamava apenas de "Ranchinho". O nome pomposo ajudava no fingimento de que se tratava de uma casa noturna respeitável.

Era um puteiro.

E José Luís Franchini, um dos seus mais fiéis frequentadores.

Sentava-se a um canto, bebendo sozinho. Olhava o movimento, as moças em decotados vestidos de noite, dançando e rebolando para que a rapaziada pudesse escolher. Houve tempo em que José Luís não estaria ali sozinho. Teria meia dúzia de amigos à sua volta, bebendo com ele, contando piadas, ouvindo enquanto ele narrava aos gritos com sua voz possante os seus últimos feitos, sobre os cavalos que levara a rodeios, as mulheres que comera em cidades distantes, o dinheiro que havia gasto em puteiros na Argentina e no Paraguai.

Mas estava sozinho, agora. Seu pai deixara de ser o prefeito de Sumaré há quase sete anos. A fazenda andava capengando, o pai loteara uma parte perto do rio para um bando de favelados. O abatedouro e o frigorífico clandestinos ele vendeu pra alguém que tinha vindo do estrangeiro, José Luís não sabia quem. Uma mulher. Sabia apenas que sem a grana, os amigos não vinham mais ouvir suas histórias, circular em volta dele, puxar o seu saco. E José Luís estava com quase vinte e oito, era possível? Quase um trintão, há! Bebeu mais da sua caipirinha, mexendo nervosamente nas quatro correntes de ouro que trazia penduradas no pescoço.

Quase um trintão, e não tinha nem terminado o segundo grau. Pra quê? Perda de tempo.

Vinte e oito anos... Tinha a vida toda pela frente, não era isso o que sua mãe sempre dizia, a velha idiota?

A vida toda pela frente... e não fazia a menor ideia do que fazer com ela. Não sem poder gastar o dinheiro do pai, sem ter os melhores cavalos pra montar — por que o velho foi vender os cavalos? Não, os manga-largas não... José Luís sentiu lágrimas minando em seus olhos. Merda.

Se alguns dos seus velhos amigos — todos membros das famílias mais antigas e ricas de Sumaré — estivessem com ele, José Luís não estaria choramingando. Estaria bradando contra a injustiça das coisas, contra o modo como o mundo o tratava. Sua mente entorpecida evocou momentos anteriores, quando pequeno mas já grandalhão e pesado, em que ele, um repetente escolar, perseguia e espancava outras crianças que competiam nas eleições para o grêmio do Primeiro Grau. Causava problemas na escola — "criança-problema, eu era", pensou, com um sorriso. Mas a escola era municipal e a cidade pertencia ao velho. E o velho sempre estivera lá para aliviar as coisas. Como quando ele bateu a caminhonete na porra do Fiat de uma moça e a mandou pr'o hospital. O velho também resolveu o problema da primeira vagabunda que José Luís engravidou — e da segunda.

A família Franchini tinha chegado a Sumaré em 1914, no ano em que a cidade ganhou a sua própria paróquia, a Paróquia de Sant'Ana. Nessa época, Sumaré se chamava Rebouças e era pouco mais que uma vilinha. Tinha sido a mesma época em que vieram algumas das famílias mais importantes para a cidade: os Basso, os Bosco, os Cantarelli, os Chebabi, os Fantinati, os França — Hoffman, Mancini, Marangoni, Menuzzo, Noveletto, Rovai, Schroeder, Trovó... José Luís sabia de tudo isso porque o velho tinha contado mil vezes — duas mil, se considerasse os comícios —, e ele sempre tinha pensado que essa recitação toda significava que os Franchini eram mais importantes do que as famílias que chegaram depois. Tinham mais direitos, podiam mais.

José Luís tentou imaginar o que ele tinha feito, pr'o velho agora não resolver as coisas. Aquela história toda de falta de dinheiro — conversa pra boi dormir! Nunca faltou grana na família, não depois do seu pai ter sido prefeito pela primeira vez. Essa coisa do confisco do dinheiro pelo governo também era lorota. Os deputados estaduais que eram amigos da família — aquele antigo fazendeiro de Campinas, o outro que foi eleito com a verba das empresas da região —, esses caras iam avisar o velho pra tirar a grana antes do confisco, iam sim. O velho 'tava escondendo alguma coisa, tirando o filhão do caminho, não era isso? Era sim. O problema eram as vagabundas que ele comia lá em Hortolândia; a grana ia toda pra elas. A mãe que não soubesse.

— Hum... É uma ideia — murmurou, enquanto se levantava.

Segurou-se na beirada da mesa, até a cabeça parar de girar. Então esvaziou a caipirinha, chupando o açúcar no fundo do copo, como sempre fazia.

Quando chegasse em casa — não, amanhã cedo — não, depois do almoço — ia bater um papo com o Papai. Se não sobrasse um troco, a mãe ia saber de coisas que não devia... coisas que iam balançar a canoa do velho.

José Luís saiu sorrindo do Ranchinho. Entrou com algum esforço em seu carro, um Corcel II prata com rodas de magnésio, e ligou o motor. Até o ano passado, seu pai o deixara usar o Opala Comodoro, mas há uns quatro meses tinha vendido o Opala e comprado esta porcaria de Corcel usado no lugar.

A estrada que levava a Sumaré era estreita e malcuidada. E ainda tinha um resto de molhado, aqui e ali. José Luís não dirigia devagar, porém. O Corcel II tinha faróis de milha, que ele acendeu e através deles pilotava quase que por tato, conforme os fachos de luz iluminavam as árvores ou os barrancos à beira da estrada.

Foi num desses barrancos que ele bateu, depois de se assustar com o baque da suspensão em uma valeta na estrada. O Corcel II subiu o barranco e ficou ali, meio inclinado para o lado esquerdo. As mãos tremendo, José Luís abriu a porta e caiu pesadamente para fora, metade do corpo ainda enfiado no carro. Deitado de costas no chão enlameado de terra batida, percebeu que não respirava direito — o peito subia, enchendo-se de ar, e era detido pela dor. Afastou as correntes de ouro que caíam sobre a sua boca e respirou fundo, gemeu alto, passou a respirar em pequenas tomadas, por entre os dentes e os lábios semicerrados. Suas pernas não queriam sair de dentro do carro, e delas também vinha uma dor penetrante.

Tentou gritar por ajuda e não conseguiu. Seus olhos encheram-se de lágrimas. Ele esperou. Procurou respirar mais fundo, lutando contra o aguilhão no peito. Sua mão esquerda tentou puxar as pernas para fora, mas tudo o que conseguiu foi vergar levemente um joelho. A perna devia estar quebrada logo abaixo, porque uma dor imensa o fez parar e gemer mesmo com o peso em seu peito.

Algum tempo se passou, ele não sabia dizer quanto. Seu caro relógio escapara do pulso com a batida, devia estar em algum lugar no piso do carro. Com a mão direita, tentou alcançar a buzina, sem sucesso. Então gritou.

Não havia dor que o impedisse agora de gritar em desespero por socorro.

— Alguém me ajuda!... Filha da puta! Socorro!

Percebeu que os pedidos de ajuda saíam entremeados de palavrões, e ele os apagou dos seus próximos gritos. Gritou até se cansar, e então parou, ofegando e gemendo. Alguma coisa se torceu dentro dele e não era apenas o peito machucado ao atingir o volante.

Vomitou a bebida e os salgadinhos que havia consumido pouco antes, tudo espalhado sobre o seu queixo e seu peito. Limpou a boca com a manga da camisa, tornou a gritar.

Mais tempo correu. Alguém passaria ali cedo ou tarde. Tinha saído cedo do Ranchinho e alguns dos frequentadores — muitos deles moradores de Sumaré — deixariam o puteiro mais tarde e passariam por ali.

Agora com a mente mais clara, José Luís tentou se acalmar.

Então ouviu o som de um motor, bem longe.

Sem se conter, fez outro esforço frustrado para se levantar. Desistiu. Conforme o ruído do motor foi crescendo José Luís começou a gritar, o mais alto que podia. A chave do Corcel II ainda estava na ignição, e, com a porta aberta, a luz interna do carro brilhava num fraco tom amarelado — mas seria impossível que não a vissem, à beira da estrada.

O carro se aproximou e parou na estrada, atrás de José Luís. Ele se esforçou para observá-lo. Teve de se deitar de lado e entortar a cabeça para trás. Era um carro preto e grande e parecia um foguete em pé na plataforma de lançamento, pelo ângulo do qual o fitava.

Uma porta se abriu para cima e dois homens saíram, andando como lagartixas na parede. José Luís piscou várias vezes, tentando entender o que enxergava.

— Socorro... — gemeu. — Eu 'tô preso...

— Mas olha só o que a gente achamos — ouviu.

E então, uma segunda voz:

— Ih. Este é gente fina. Olha só quanto ouro no pescoço.

— Puta, ele 'tá fedendo — uma terceira.

— Me ajuda... — José Luís tornou a gemer. Do que os caras 'tavam falando? — Minha perna 'tá presa. Chama alguém.

— Não precisa, meu filho — tornou a ouvir. Uma voz cavernosa. Virando a cabeça, podia ver os vultos escuros, iluminados apenas por reflexos amarelados que eram projetados pela luz interna do seu Corcel II. — A gente solta a tua perninha.

— E o ouro? — um dos outros dois perguntou.

— Vai de brinde.

— Mas 'pera aí — disse o terceiro. — A gente 'tava de tocaia pr'uma das vagabundas. Não era pra pegar só o lixo?

— E você acha que isso aí é o quê? Não viu ele saindo da zona, bêbado, entrar nesse carro de suburbano e com um monte de corrente no pescoço? Esse aí é gigolô de puta. Além do mais, daqui a pouco amanhece e fica mais difícil pra gente.

José Luís se perguntou o que era essa conversa toda. Apenas a discussão sobre o ouro ficou em sua mente. Podia entender o que os homens queriam.

— Me ajuda... me ajuda qu'eu dou o ouro pr'ocês.

Em resposta, ouviu apenas passos. Contorcendo-se, viu que um dos homens se afastava para a direita de onde ele estava caído. Não podia ver bem o que fazia, viu apenas que ele mexia na cinta.

— Dá pra acertar desse ângulo? — José Luís ouviu um dos outros perguntar.

— Olha só... — disse o homem de voz cavernosa.

Uma explosão de luz amarela, um estampido, e José Luís Franchini sentiu um fortíssimo golpe em seu joelho esquerdo. Ele então caiu totalmente para fora do automóvel.

Puxou seu corpo um pouco para longe do carro, e então olhou para as suas pernas e viu que a esquerda estava faltando, logo abaixo do joelho.

Então um dos três homens disse:

— 'Pera, 'pera. Não atira ainda não. Deixa eu pegar o ouro antes, senão suja tudo.

O pessoal que viera assistir ao racha foi se dispersando aos poucos. Alguns ainda tentaram chamar a atenção com cavalos de pau ou empinando as motos, mas a madrugada já tivera emoções suficientes. Já perto das quatro horas o caminhão-guincho que Serra havia chamado foi se aproximando do Puma, para rebocá-lo. O dono do guincho era conhecido de Serra, que fez questão de pagá-lo pelo serviço — podia muito bem se dar ao luxo, com o dinheiro que acabara de ganhar. Uma viatura da PM apareceu e um policial desceu para saber o que era a confusão toda, mas Juca Roriz falou sozinho com ele, e eles foram embora.

Roriz se despediu com um tapa no ombro de Serra.

— Puta que'o pariu, 'cê não falha mesmo, Serra. Sem nem contar a grana qu'eu ganhei na aposta, esse racha vai entrar pr'a história.

Serra e Alexandre ajudaram Ramos a encaixar o guincho no GTB. Então o americanense entrou na boleia do caminhão, seguido pela namorada. Para a surpresa de Alexandre, Nina acenou brevemente para ele, antes de fechar a porta.

— Acha qu'ela gostou do seu colo? — Serra perguntou.

— Não. Ela só 'tá assustada e não sabe bem o que 'tá fazendo. — Sorriu. — E por falar nisso...

Também acenou com a mesma delicadeza, para Serra.

— Imagina eu, então — o amigo retrucou, o rosto aberto num sorriso.

Mas dava para ver que ele estava eufórico. Era para isso que vivia, mesmo que tremesse durante a corrida ou que lamentasse o prejuízo material do adversário.

Alexandre olhou em torno. Só restavam eles e três garotos de bicicleta, do outro lado da avenida, olhando-os com admiração atônita. Agora havia paz na Estrada do Cemitério, e somente um fantasma do cheiro de borracha e gasolina queimadas.

— Vam'bora — Serra disse, mas depois de entrarem no vitorioso Dodge, ele não rumou direto para a Rebouças. Ao contrário, permaneceu na avenida, rodou na direção do cemitério, tomou o retorno, e prosseguiu devagar. — Meu pai 'tá enterrado aí — disse.

— Eu 'tava pensando numa coisa que 'cê me falou, naquela primeira vez que a gente se viu no *Café Expresso*. 'Cê disse que tinha se inscrito na PM. Mas naquela época 'ocê já 'tava trabalhando no SODES. Quer dizer, teve uma hora que 'cê quis se desligar do Amélio.

Percebeu, no mesmo instante, que Serra esfriava. Mas ele não se esquivou de responder.

— Eu já quis sair do SODES sim.

— Por quê?

Serra, com um único golpe do volante para a direita, estacionou o carro junto à calçada.

— Por que o quê?

— Qual foi a sua razão pra sair do SODES? — Alexandre insistiu. — Quer dizer, 'ocê e o Amélio têm essa coisa de apoio mútuo faz tanto tempo...

— Olha, Xandão, eu sei q' 'cê quer me convencer a desistir de segurar as pontas no clube, que 'cê acha que eu não devia proteger tanto o Amélio. A gente já falou sobre isso. Eu não posso fazer nada.

Serra cortava a conversa na raiz, e Alexandre não insistiu. Mas foi Serra quem, pouco depois, quebrou o silêncio.

— A gente ainda não conversou sobre com'é que fica a situação do clube, depois do que aconteceu co'o Patolino.

Alexandre deu de ombros.

— Agora qu'ele 'tá morto, alguém vai tentar encampar o território dele, pode crer. Talvez aquele cara qu'ele mencionou, o tal do "Visgo". — Serra não disse nada, o que o fez acrescentar: — Ainda 'tá longe de acabar.

Um par de faróis clareou a rua em torno deles. Segundos depois um carro os ultrapassou. Sem se surpreender, sem se sobressaltar na menor medida, Alexandre observou enquanto o Ford Maverick GT passava por eles em baixa velocidade. Viu a cabeça de Serra acompanhar o movimento do carro negro, a sua também, como que comandada por um magneto — e no automóvel negro, mais três pares de olhos faziam o mesmo em um movimento invertido, trancados neles.

E assim Alexandre viu pela primeira vez os rostos daqueles que haviam tentado matá-lo — a do piloto uma cara larga e bexiguenta olhando para ele por cima do ombro, um cigarro pendurado na boca quase sem lábios; nas mãos, firmes no volante, luvas de couro sem dedos.

Eram homens. Só então sentiu o golpe, como um gancho duro contra o estômago.

— Porra... — Serra murmurou. — De novo!

E fez o Charger arrancar atrás do Maverick.

Os dois carros aceleraram quase ao mesmo tempo — o Maverick direto em frente, o Dodge em um curto rebolado, enquanto Serra, pisando o acelerador, centrava o carro na avenida.

O Maverick entrou na Rebouças à esquerda, com o Charger logo atrás.

"Outra vez!" Ruas pensou. Novamente eram surpreendidos pelos dois filhos da puta no Dodge Charger, ao voltarem de uma caçada carregados com um presunto. Sentiu um golpe no estômago, duro como um chute. "Não de novo."

Pisou no acelerador, engatou a quarta marcha. Mas atrás deles o Charger os alcançava. Que reação brutal! Havia algo de novo no carro, os faróis de milha redondos, mas também novos arranjos debaixo do capô — que agora era preto...

Ao seu lado, Quintino sacou o seu Smith & Wesson e o apontou para fora da janela do motorista, por trás do pescoço de Ruas. O pesado cano de seis polegadas balançou perigosamente, roçando os cabelos na sua nuca.

— *'Cê 'tá louco!* — berrou. — Se 'ocê não me acertar ao invés deles, 'cê me estoura os tímpanos!

*

Alexandre abriu o porta-luvas e meteu as duas mãos lá dentro. Seus dedos só encontraram fitas k-7.

— Eu de'xei as escopeta' em casa! — ouviu o grito de Serra.

Fechou o porta-luvas e se reclinou no assento. Não tirava os olhos da traseira do carro preto.

Ruas não gostava de ter o Charger correndo atrás deles. Podia ver pelo retrovisor a expressão concentrada do garoto que se sentava no assento do passageiro, enquanto ele se debruçava para adiante, para pegar a escopeta no porta-luvas, e então voltar e encará-lo friamente pela janela. Atiraria neles em dois segundos, tinha certeza...

Não corriam muito rápido — havia valetas e lombadas pelo caminho. Ruas sabia que tinha de inverter as relações. Então, quando surgiu uma brecha no canteiro central, ele meteu o pé no freio e fez a frente do Maverick derrapar para a esquerda. Tocava ao mesmo tempo acelerador e breque, os pneus traseiros girando e girando com o guincho da borracha que cede ao asfalto. O Charger passou lotado, correndo uns quinze metros antes de frear. Ao seu lado, Quintino bateu contra o painel e deixou o revólver cair no piso do carro — por sorte o canhão não disparou.

Ruas acelerou o carro, entrou na faixa oposta, virou novamente para a esquerda. Pelos retrovisores vislumbrou o Dodge girando outra vez como um pião, para encará-los. Ruas acelerou o Maverick GT e repetiu o movimento, entrando outra vez na pista contrária. Não tentaria ir para Hortolândia, pela estradinha estreita e sinuosa. O seu carro era capaz de negociar qualquer curva, mas pelo que sentira do Charger branco, ele também não ficava atrás em acerto de suspensão e o superava em potência. Como da outra vez, precisava chegar até a Anhanguera e lá se meter numa reta longa em que pudesse apertar o botão vermelho que acionava o sistema de óxido nitroso.

Quintino tateava entre as pernas, procurando pelo .44 Magnum. Enquanto o fazia não poderia disparar contra os seus perseguidores, e Ruas via o outro carro crescendo no espelho. Tornou a pisar no acelerador, praguejando contra a oportunidade perdida.

Teriam de colocar alguma distância entre eles e os caras no carro branco.

Havia uma lombada adiante — o Maverick saltou sobre ela, triturando o *spoiler* dianteiro no processo — aterrou mais adiante com um outro baque. Quintino ao seu lado e Ximenes atrás bateram as cabeças no teto. Mas deu certo — o Charger freava atrás deles.

*

— Filho da! — Serra xingou. — Mais um pouco e eu pegava ele.

Uma oportunidade perdida para sempre. Agora a avenida corcoveava em valetas. Os dois carros aceleravam e freavam, motores roncando, pneus cantando. Alexandre disse a Serra para tomar cuidado com as armas dos pistoleiros. Mas nenhum cano apareceu, saindo por uma das janelas.

Mais adiante, no balão da Praça das Bandeiras, viram o Maverick dobrar à direita.

— Ele vai tentar a Anhanguera ou a Vasconcellos — Serra deduziu.

Os carros desciam a longa praça que ia do balão até a linha férrea, passando pela igreja. Cortavam o centro deserto da cidade, de novo acelerando, brecando, saltando lombadas, atingindo valetas. Não havia uma *violação* nisso? Homens caçavam uns aos outros, enquanto a cidade dormia, causando no máximo um despertar irado pelo ruído dos motores. Ainda assim ele sorriu, pois momentaneamente a caça tornava-se caçador, e havia nisso alguma compensação.

— Toma distância, Serra! — Alexandre gritou. — Eles 'tão armados e a gente não. O único jeito é pegar uma estrada e depois jogar eles pra fora.

— Tem que ser então em alta velocidade.

— Pra isso o melhor é s'eles pegarem a Anhanguera.

— É. E lá eles vão tentar de novo o truque do óxido nitroso. Só que não 'tão sabendo que agora o meu Dorjão pega eles de qualquer jeito.

Alexandre pensou que Serra conseguiria. Mas do que adiantaria atirá-los para fora da estrada, se não tinham com eles as armas para finalizar os pistoleiros? Bem, se batesse a duzentos por hora o carro preto provavelmente não conseguiria sair do lugar, e se o Charger ainda rodasse, eles teriam tempo de parar em algum canto e fazer uma chamada anônima para a polícia...

No final da praça, o Maverick deslizou derrapando pelo balão, acertou o rumo acelerando, e se projetou furiosamente para o viaduto Moranza. Alexandre ouviu o som da sua frenagem, enquanto o Dodge executava a mesma manobra. A faixa de asfalto se dobrava em ângulo reto para dentro da grande boca retangular do viaduto ferroviário, e Serra a negociou desacelerando e girando o carro em meio cavalo de pau. Ao longe ouviu o motor do Maverick gritar outra vez, e então mais uma freada, mais um ronco, mais pneus cantados, enquanto o carro negro tomava a direita no balão em frente ao posto. Em mais alguns segundos os dois carros atravessavam a ponte sobre o Ribeirão Quilombo, ganhavam a nova estrada de acesso, com suas pistas duplas separadas por um canteiro central. Os postes ali instalados pulsavam em um breve faiscar, enquanto os automóveis aceleravam. Serra mantinha o Charger a uma distância de três ou quatro carros do outro. Os faróis de milha pareciam incendiar com um fogo prateado todas as superfícies cromadas do Maverick.

— Lá, Serra — Alexandre gritou, apontando. De olhos cerrados contra o brilho ele viu que um dos homens metia o tronco para fora da janela do passageiro. — Ele vai atirar!

— Se segura!

Serra acelerou e moveu o Charger para a esquerda, quase entrando no acostamento. Os pneus traseiros derraparam por um segundo, antes de se estabilizarem. Alexandre viu o revólver brilhar, mas o projétil não os atingiu — a manobra de Serra havia fechado o ângulo de disparo do pistoleiro. O atirador tornou a sumir dentro do carro. Serra retornou à posição anterior. Os recém-instalados faróis de milha pareciam querer dissolver o automóvel negro em luz.

O atirador tornou a pôr o corpo para fora, cabelos desgrenhados pelo vento, mas agora havia curvas no caminho, e ele logo desistiu.

— Eu não vou esperar a Anhanguera — Serra disse. — Vai ser ali, na baixada antes da entrada.

Alexandre conhecia esse ponto. Ali, do lado direito, havia uma fábrica de ultraleves e um hangar. Do lado esquerdo, do outro lado da pista, uma fazenda. O acostamento era estreito e terminava em uma valeta. Se o Dodge conseguisse empurrar o Maverick para fora da estrada, as chances eram de que o outro sofresse uma capotagem. Isso tiraria os atiradores de ação tempo suficiente para que Alexandre pudesse tentar saltar do carro e tomar-lhes as armas.

Era o único jeito.

Mas antes de chegar na baixada a estrada se desfiava em curvas abertas. Os carros as negociaram a mais de cento e cinquenta, quase sem desacelerar, ganhando-as por dentro, mudando rápido de faixa.

— *Agora!* — Serra berrou, inclinando-se sobre o acelerador e abraçando o volante com as duas mãos.

Ruas havia empurrado o espelho do retrovisor para cima, de modo a não se ofuscar com os faróis-de-milha do Charger. Esse tinha sido um toque interessante, na nova configuração do carro. Significava que o primeiro encontro com os dois caras podia ter sido uma coincidência, porém agora havia intencionalidade em suas ações. Adequaram o Charger às condições de uma perseguição noturna, e para atrapalhar a sua visão.

Mas Ruas havia disputado os Mil Quilômetros de Brasília e os Mil Milhas de Interlagos e tinha toda a experiência do mundo em pilotagem noturna. Podia sentir pela luz projetada em torno deles, se o perseguidor encurtava ou alargava a distância, se se movia para dentro ou para fora da pista.

Com tanta luz jogada em cima do Maverick, não fazia sentido tentar alvejá-los. Seria impossível fazer pontaria. A única chance era encontrar uma reta de alguns quilômetros e deixá-los para trás com a injeção cavalar de óxido nitroso. Agora a estrada que os levaria até a Via Anhanguera se transformava em um longo declive em linha reta. Não adiantaria usar o truque ali, porém — a reta terminava na ponte do trevo, e eles teriam que tomar a entrada à direita em uma velocidade impraticável. Ruas manteve o Maverick GT a cento e setenta, e já antecipando o instante em que teria de frear à toda.

— O que a gente vai fazer? — Ximenes gritou no banco detrás.

— Cala a boca que 'tá tudo sob controle!

Mas não estava. O Charger avançava. Não esperaria que chegassem à Anhanguera, para dar o bote.

A presença agigantada pelas luzes cresceu em torno deles. Ruas acelerou. Mas instintivamente subiu os ombros. Esperava a pancada no para-choque esquerdo que os faria perder o impulso para diante, desequilibrando o carro, fazendo-o embicar para a direita e rodar para fora. A essa velocidade a capotagem seria mais do que provável. O Maverick tinha apenas a mais perfunctória gaiola de rolagem interna — um santo antônio improvisado correndo junto à coluna — e não impediria que o teto fosse esmagado e os atingisse, fincando suas cabeças fundo nos ombros.

A hora havia chegado. Mais um segundo... E Ruas não sabia a quem rezar.

O para-choque do Maverick cresceu, ardendo em seus olhos com a luz refletida. A qualquer segundo, a batida. Serra mirava o canto esquerdo do para-choque — a pancada seria sentida do lado de Alexandre. Ele se apoiou no painel. Mais três segundos... dois...

——*o impacto.*

Um solavanco terrível — Serra não controlara bem a velocidade e ao invés de *empurrar* o outro, havia *batido* contra ele.

Não.

O Maverick se distanciava. O capô de fibra de vidro adiante dos olhos de Alexandre mantinha-se intacto. Mas o Charger ia chacoalhando atrás do carro preto. Alexandre olhou para trás e viu um jato de fumaça avermelhada pelas lanternas nascendo da traseira do carro, soprado como um tufão para longe. E então o pesado Dodge começou um lento movimento lateral que fez enjoar o estômago de Alexandre. Era como se adernasse, afundando lentamente para dentro da matéria intangível que compunha a velocidade, o movimento. O carro rodava agora com a traseira para a frente, e Alexandre compreendeu que a fumaça era a borracha queimada dos dois pneus *slicks* que não haviam suportado os rigores de uma corrida para a qual não haviam sido fabricados. A fumaça os envolveu por um segundo — ele a via passar pelas janelas, emoldurando o perfil concentrado de Serra — Alexandre imaginou que ele e o amigo fossem um cometa descendo a estrada — e o Charger girou mais uma vez, completando o movimento, e mais um pouco ainda, e de lado queimando agora os quatro pneus, queimando e queimando até parar, sempre no centro da estrada.

Mãos trêmulas, Alexandre soltou o cinto de cinco pontos. Serra fez o mesmo e os dois abriram as portas ao mesmo tempo.

A nuvem de borracha queimada cresceu em torno deles, desenrolando-se quase ao rés do chão.

Alexandre e Serra estavam em pé, ao lado do carro, ao lado um do outro. A traseira assentava-se sobre os aros, e o que restara dos *slicks* eram tiras de borracha contorcida.

Serra olhava para adiante, para a Anhanguera. Alexandre imitou-o. O Charger havia parado perto da entrada. Os únicos sons que lhes chegavam eram o zumbido de um caminhão que se aproximava — e o ruído quase feliz de um motor v8, encolhendo na noite.

CAPÍTULO 10

A esperança é uma carta que nunca chega,
entregue pelo carteiro dos meus temores.
  Kowalczyk, Taylor,
  Dahlheiner, Gracey (Live)
  "Tired of 'Me'"

Não há misericórdia nas ruas desta cidade
Não há pão caindo de alturas celestiais
Não há ninguém tirando vinho deste sangue
Somos só você e eu esta noite

Diga-me em um mundo sem piedade
Você acha que o que peço é demais?
Quero só algo em que me segurar
E um pouco daquele toque humano
Só um pouco daquele toque humano

Ah moça esse sentimento de segurança que você preza
Bem ele tem um preço muito muito alto
Não pode se isolar do risco e da dor
Sem perder o amor que resta
Somos todos passageiros neste trem
    Bruce Springsteen "Human Touch"

No sábado, Alexandre chegou para o almoço com um saquinho de papel pardo nas mãos, com o logotipo de uma papelaria da Sete. Soraia o viu entrar sorrateiro, e ir direto para o quartinho dos fundos. Mais tarde uniu-se a ela e à Mãe na cozinha, para o almoço. Comeu devagar e em silêncio, enquanto as duas conversavam. Tinha uma estampa de cansaço tão grande no rosto, que Soraia teve dó.

— Você chegou tarde ontem, Alexandre — Dona Teresinha comentou.

— *Tarde?* Chegou foi de manhãzinha — Soraia disse, sem levantar os olhos do prato.

— É. O meu patrão, o Serra, teve um problema com o carro, e eu tive que ajudar. . .

— Ele deve participar de corridas de rua, com um carro daqueles — Soraia disse.

Na sexta-feira ela tinha escutado alguém comentar, no supermercado (dois garotos esperando na fila do caixa, as caixas de Kaiser nas mãos), sobre o eminente "racha" que Serra iria disputar com um rapaz de Americana.

— Corrida? — a Mãe ecoou. — Mas isso não é perigoso?

Alexandre disse:

— Eu só vou assistir e ajudar em alguma coisa. Não participo.

Soraia soube de cara que ele mentia.

Alexandre *mentia.*

Ele foi o primeiro a levantar-se, sem esperar pela sobremesa ou lavar a sua louça, como costumava fazer.

Mais tarde, enquanto Soraia lavava os pratos, ela olhava o quartinho dos fundos pelos vitrôs semiabertos. Quando terminasse, iria até lá e diria a Alexandre que era hora de ele ir embora. Daria a ele uma semana para arrumar suas coisas. De onde estava podia vê-lo movendo-se dentro do quartinho, pra cá e pra lá, até sentar-se junto à bancada, a cabeça visível pela janela sem cortinas. Ficou ali debruçado, por muito tempo.

Soraia terminou o seu trabalho na cozinha, mas não foi ter com ele. Ao contrário, foi sentar-se diante da televisão, para ver com a Mãe um programa de auditório. Falaria com Alexandre mais tarde, ou mesmo no domingo, ou...

— Hoje 'cê me acompanha à missa, tudo bem? — a Mãe pediu, e Soraia respondeu que sim.

Horas mais tarde, foi até a cozinha para tomar um café. Dali a pouco teria de se arrumar para ir à missa. Seria um bom momento, para falar com Alexandre? Tornou a olhar pela janela e o viu saindo cedo para o trabalho, vestindo a camiseta preta de segurança, a jaqueta *jeans* que ganhara de Serra, e a sua mochila. Mas, por que a mochila?

Foi até o quartinho e se sentou na cama feita com capricho. Viu uma caixa de papelão sobre a velha bancada. Soraia levantou-se e espiou — eram todas as coisas que haviam pertencido ao seu Pai e que ela e a Mãe tinham dado a Alexandre. Em cima das camisas dobradas estava um envelope, desses de correio, com as margens verdes e amarelas. "Dona Teresinha", estava escrito em cima. Soraia o apanhou imediatamente, embora não estivesse endereçado a ela. Não estava lacrado, e a primeira coisa que percebeu é que um maço de dinheiro engrossava o envelope. No bilhete que acompanhava o bolo de notas, lia-se:

> *Muito obrigado por me acolher. Quero que saiba que foi um gesto de grande importância para mim. Infelizmente, tenho que ir embora. As razões são profissionais e não pessoais. A natureza do meu trabalho de segurança pode trazer algum perigo para a senhora e para a Soraia.*

Alexandre assinava a folha que Soraia virou nas mãos, sem pensar procurando o seu novo endereço ou um telefone. Mas não havia nada.

Ela tornou a colocar o bilhete no envelope, e o envelope sobre a pilha de roupas na caixa de papelão. Então segurou a caixa nos braços e deu dois passos na direção da porta. Voltou, recolocou a caixa sobre a bancada e apanhou o envelope, que ficou sentindo nas mãos. Olhou em torno, procurando as marcas da passagem de Alexandre por sua casa, mas não encontrou nada. As poucas coisas que trouxera com ele, levava agora com ele. Tudo o que deixava era o dinheiro. Mas este seria gasto e ficaria apenas o bilhete. Era isso o que ela pretendera, claro. Ele só tinha se antecipado. Mas nem por isso Soraia deixou de sentir uma amargura surda, como uma pressão em seu peito.

— Alexandre... — gemeu sozinha.

Ele marchou até o clube, a mochila outra vez nos ombros. Serra o esperava lá, ouvindo a música que saía do toca-fitas do Charger. Live outra vez, tocando "Pain Lies on the Riverside" — *I have forever, always tried to stay clean and constantly baptized, I am aware now that the river's banks are dry and to wait for a flood is to wait for life...* Não havia um canto de derrota na letra? "As margens do rio estão secas, e esperar pela cheia é esperar pela vida..."

O carro saíra esfolado da refrega daquela madrugada, mas lá estava ele, ainda rodando. Sabia que Serra tinha passado algumas horas debaixo do Dodge, avaliando o estrago no cuidadoso arranjo da suspensão, mas a nova sintonia só poderia ser feita com tempo e ao longo de alguns dias. Como antes, Serra não gostara nada de ver o Maverick preto distanciando-se deles — e menos ainda de ver os dois pneus traseiros estourados, cozinhados e escapando dos aros. Alexandre olhou e viu os radiais ali, agora. Havia alguma coisa de resignação e de desafio em ter o carro na rua outra vez, pois os dois sabiam que se duas oportunidades já haviam se apresentado, uma terceira também não falharia em acontecer. E então um novo duelo de morte.

Alexandre havia pedido a Serra um adiantamento do salário, para deixar com a Dona Teresinha Batista, mas o amigo fizera questão de lhe dar uma parte do dinheiro ganho na corrida contra Ramos. Estava "sobrando", mesmo com uma parte voltando para Amélio.

A decisão de deixar a casa dos Batista lhe viera de súbito, após o fracasso na segunda tentativa de pegarem o Maverick preto. Haveria uma próxima vez, e então ele não queria que nenhum pensamento — *Soraia* — o fizesse hesitar.

— Resolvido? — Serra perguntou.

As marcas do cansaço apareciam como manchas vermelhas no seu rosto, o vermelho também contrastando com o claro dos olhos, com as irises nas pupilas verdes muito abertas.

— Cem por cento.

— É, talvez seja melhor mesmo, mas 'cê tem certeza de que não quer ficar comigo lá nos fundos de casa?

Alexandre sorriu.

— Acho qu'eu 'tô cansado de morar nos fundos...

Serra fez um som de *pff* e disse:

— É, mas essa sua ideia não vai dar muito certo, 'cê sabe.

— Se não der, eu bato na sua porta.

— Vai ser bem-vindo.

Ficaram um minuto em silêncio, apreciando o movimento na rua. Então Serra disse:

— É pena. Eu achava mesmo que 'ocê e a loirinha eram feitos um pr'o outro.

Alexandre levou algum tempo para responder.

— A melhor coisa que já me aconteceu na vida foi conhecer ela, mas não ia dar certo. Não com o tipo de vida qu'eu levo.

Serra baixou a cabeça e chutou qualquer coisa na calçada.

— 'Cê sabe o qu'eu penso — disse. — Não queria te meter em encrenca.

Alexandre lembrou-se do rosto pétreo do motorista do Maverick, quando passara por eles na Rebouças. E das silhuetas dos seus colegas, e daquele dia ainda tão próximo, e do que tentaram fazer com ele, na praça atrás do fórum.

— Tudo bem — disse. — Parece que a encrenca é que me procura.

E a propósito disso, uma coisa lhe ocorreu. Abriu o zíper da mochila e vasculhou em seu interior até puxar a mão segurando o envelope já endereçado.

— Isto é uma coisa que a Soraia me convenceu a fazer — disse. — Uma carta pr'os meus pais. Mas eu ainda não tenho certeza de que é uma boa ideia. Fico pensando se mando ou não mando...

Gastara mais de uma hora para rabiscar a folha de papel, frente e verso, no interior do envelope. Estendeu-o a Serra. O amigo sabia que ele e seus pais não se falavam. Mas a carta estendida a ele o pegou de surpresa.

— O quê?...

— Uma coisa que me contaram no Exército — Alexandre prosseguiu. — Na Segunda Guerra, quando os pracinhas saíam em patrulha, era comum que trocassem cartas. Quem escapasse vivo, levava a do amigo pra casa.

Serra apanhou a carta com dedos incertos.

— Do *que* 'cê 'tá falando?

— Se eu mudar de ideia e querer mandar a carta, eu pego com você. Do contrário, se acontecer alguma coisa comigo, 'cê manda ela pra mim, p' que aí não vai mais fazer diferença — Alexandre disse.

Serra abriu a boca para falar, para fechá-la um segundo depois. O que poderia argumentar? Que não havia perigo de algo *acontecer*? Deu de ombros, guardou a carta no bolso detrás do *jeans* e conferiu o relógio de pulso.

— Eu 'inda 'tô no bagaço de ontem, então pedi pr'o Gérson e pr'o Otávio abrir e arrumar as mesas. Dá pra voltar daqui ' uma hora e pegar o começo do movimento. Vamo' dá uma volta, só pra relaxar?

Alexandre respondeu, firme:

— Vamo' nessa.

No domingo, Josué fora convocado à companhia da PM, pelo Tenente Brossolin. Ele prontamente vestiu o seu uniforme cinza bandeirante, mas caminhou devagar até o posto, que ficava à distância de dois quarteirões de sua casa, na Rebouças, logo depois do centro esportivo. Josué mirou as copas dos eucaliptos que marcavam o canto direito do centro esportivo, como se pudesse enxergar algo pairando acima das modestas instalações da 3ª Cia.

Havia pedido a Isaías endereços e números de telefone de oficinas de preparação de motores que ele e seus colegas conheciam em Campinas e outras cidades da região. Tinha uma lista pronta e pretendia passar a manhã de sua folga na segunda-feira ligando, em busca de alguma pista de um Ford Maverick que mais ou menos obedecesse as especificações que Isaías havia imaginado para o carro dos assassinos. Não tinha muitas esperanças — ou os pistoleiros seriam mais cautelosos quanto à manutenção do seu veículo de fuga, ou haveria tantos candidatos a checar, que seria impraticável. O que sabia é que ninguém da Polícia Civil havia procurado a oficina em que Isaías trabalhava — ou qualquer outra de seu conhecimento.

Era ridículo que um soldado novato como ele tivesse que pensar numa inquirição tão óbvia quanto esta. Isso o fez pensar em Brossolin. O que o tenente queria com ele? Ou pior... *o que* Brossolin era? O oficial frustrado, um idealista transformado em cínico pelo sistema, como Vitalino queria que Josué acreditasse?

E agora, já dobrando a esquina, ao lado da pequena ponte sobre o córrego, e com o prédio baixo à vista, ocorreu-lhe um terrível pensamento: Brossolin era o Diabo.

Sua religião dizia-lhe não apenas que o Diabo existia, mas que ele era ativo, incansável em seus esforços para tirar as pessoas do caminho do Senhor. O que — perguntou-se, ainda ponderando sobre o que Vitalino dissera a respeito do oficial — era então alguém que lhe dizia que ele não podia se comportar da melhor maneira *possível*, na missão de proteger as pessoas? O que era alguém que lhe ordenava que se curvasse à incompetência e à malícia? Que lhe proibia o direito de pôr à prova a vontade de trilhar seu próprio caminho moral, pôr à prova suas convicções? Que lhe dizia que suas disposições interiores nada importavam e que o futuro já estava mapeado para ele antes de ele nascer e que esse futuro se constituía de uma única estrada trilhada tropegamente por todos em um consenso cego e com toda a sinalização — todas as regras, todos os destinos — firmada antes de ele nascer? Ou Brossolin era o Diabo, ou uma parcela dele, porta-voz de suas mentiras, promotor do seu consenso, guardião da sua corruptora ordem. E não estava sozinho, Josué sabia.

Em sua sala, o oficial esperava-o em pé. Havia ali um outro tenente, negro, um homem um pouco mais velho que Brossolin, e a quem Josué não conhecia. O Cabo Lopes também estava presente, com uma prancheta nas mãos.

Seco, o oficial informou que um certo José Luís Franchini fora morto nessa madrugada pela Gangue do Maverick, perto do "Ranchinho". Josué conhecia de ouvir falar de tal prostíbulo, mas o que mais o intrigou foi o sobrenome da vítima. Não se chamava Franchini um dos ex-prefeitos da cidade?...

Brossolin então ofereceu um aposto ao nome da vítima:

— Filho único de Francisco Franchini, fazendeiro de Hortolândia e antigo prefeito de Sumaré.

Josué não fazia ideia das razões do tenente em convocá-lo, mas ao saber da ocorrência, começava a alvorecer nele uma perspectiva do que estava acontecendo. Olhou com curiosidade para o capitão negro — "Araújo", aparecia na tarja em seu peito —, que lhe devolveu um olhar ainda mais intenso.

— Aparentemente, o carro da vítima foi jogado pra fora da estrada — Brossolin dizia —, e a perna da vítima ficou presa entre o volante e o banco, que se soltou com o impacto. Esse detalhe é uma certeza, porque *a perna* foi encontrada nessa posição, decepada na altura do joelho por um projétil de grosso calibre, com toda certeza um ponto quarenta e quatro Magnum, como é do *modus operandi* dos indivíduos.

Josué engoliu em seco, diante da imagem pintada pelo oficial.

Brossolin prosseguiu:

— O corpo teria sido em seguida arrastado até o carro dos suspeitos e levado com eles, como também é do seu *modus operandi*. Pouco depois da hora do crime, algumas pessoas que estavam deixando o Ranchinho, hã... as moças que trabalham lá... elas passaram pelo local e identificaram o automóvel de José Luís Franchini — que pelo jeito era frequentador assíduo do lugar. O pai da vítima já foi informado e identificou tanto o veículo quanto os... restos, deixados no local.

Brossolin deu as costas para Josué, e apanhou uma pasta de cima da sua mesa. Fitando as suas costas, Josué podia sentir a sua hesitação.

— O pai da vítima falou com o senhor, depois do ocorrido? — perguntou a Brossolin.

O oficial suspirou, e então voltou-se para ele.

— Comigo, com o Capitão Santana em Americana — disse, a voz alterada —, com o Delegado Paes, com a imprensa, com o atual prefeito... com dois deputados estaduais do seu conhecimento. Com *todo mundo* que tem algum poder nesta cidade. Até com o *padre*, imagino! — Mas era para Araújo que ele olhava, enquanto ventilava sua evidente frustração.

Josué nunca vira Brossolin desse jeito, sentindo tanta pressão para apresentar resultados. A morte dos mendigos ou pequenos criminosos não o tocava, mas aqui havia um problema que afetava os graúdos da cidade. "Então, desta vez os assassinos foram longe demais", Josué pensou. "Escolheram a vítima errada. Claro, provavelmente pensaram que era só mais um vagabundo, dispensável, saindo à noite de um prostíbulo... Ninguém reclamaria justiça para ele — só que este tinha um pai poderoso e ultrajado, com o qual eles não contavam. O pai teria falado com os políticos da Câmara Estadual, que falaram com o Comando Geral da PM em São Paulo, que teria enviado diretamente este Capitão Araújo, vindo de São Paulo pra cá antes do sol raiar, para colocar um espeto nas costas de Brossolin." Subitamente, Josué olhou para a pasta nas mãos do tenente.

— Amanhã o caso vai sair no jornal da cidade, e com certeza até nos de Campinas e Americana, talvez até na televisão... omitido o detalhe do prostíbulo, eu acho. O Pimentel do *Diário Sumareense* já me ligou, perguntando o que a Polícia Militar vai fazer pra encontrar os assassinos. Daqui a uma hora eu vou dar uma entrevista, dizendo que é isto o que nós vamos fazer. — Brossolin brandiu a pasta. — A sua ideia, soldado.

— O interceptador... — Josué murmurou.

— Exato. — O tenente olhou para Araújo, e tornou a sacudir a pasta. — Vamos preparar uma das nossas viaturas. Com a autorização e recursos liberados do comando da corporação. Pra imprensa, vamos informar que já há semanas a gente vinha preparando essa viatura especial, pra perseguir os assassinos, e que agora temos os recursos.

Semanas! Josué deixou o fôlego escapar do peito. Tudo o que Brossolin queria era uma desculpa para livrar a cara da corporação, diante da cobrança da imprensa e das autoridades.

— Mas o trabalho *vai* ser feito num Opala que nós vamos fornecer, Tenente? — Josué perguntou.

Brossolin abriu a pasta e fincou um dedo indicador na primeira folha datilografada.

— Já telefonei para o dono da oficina em Campinas, mandando ele vir buscar a viatura dezenove, trezentos e vinte e oito, que 'stá sobrando aqui. — Referia-se a um Opala em más condições, que esperava ser transportado para São Paulo para a desmobilização. — Nós vamos passar todos estes detalhes aqui pra'a imprensa, e deixar que ela faça a cobertura dos progressos na preparação do carro. Já falei com esse tal de Ferretti e ele disse que pode aprontar as modificações em pouco tempo... Ele provavelmente vai adorar a publicidade grátis... E todo mundo vai achar que estamos fazendo todo o possível pra pegar os elementos do Maverick.

O tenente fez uma pausa e olhou brevemente pela janela do seu escritório. Foi bom, pois assim ele não pôde ver Josué quase dar um passo a frente, o rosto transtornado. Seu impulso era de esbofeteá-lo ou cuspir nele. Araújo o encarava, impassível exceto pelo cenho franzido. Em um instante Josué controlou-se, baixou o olhar, respirou fundo. Brossolin e sua hipocrisia lhe davam náuseas. "O fariseu", pensou, formando as palavras com os lábios. Brossolin dizia:

— Mas tem um detalhe aqui que provavelmente vão me perguntar e eu ainda não sei o que responder. Por isso que mandei você vir aqui, soldado. O problema é, quem vai pilotar a viatura, depois de pronta?

Josué forçou-se a se empertigar um tanto, diante do oficial. Quanto a isso, nunca houve qualquer dúvida em sua mente.

— Eu mesmo, Tenente.

O rosto de Brossolin se abriu em um sorriso irônico.

Então o Capitão Araújo disse, dirigindo-se ao colega com uma voz profunda:

— Está na ficha dele.

— Como prêmio por eu ter ficado em primeiro na minha turma — Josué disse —, me mandaram pra' Escola de Formação de Soldado em Pirituba por três semanas, pra fazer uns cursos, entre eles o de pilotagem policial. Tinha um americano lá, fazendo uma oficina de pilotagem com os alunos soldados em regime de intercâmbio, e eu dei um jeito de tomar parte.

O sorriso tremeu um pouco no rosto de Brossolin, que assumiu uma careta resignada.

— Claro — disse. — Vem bem a calhar. — Outro olhar submisso para Araújo, e então: — É isso, então. Você pilota a máquina. Está dispensado, soldado.

Josué deu meia-volta, dando as costas a Brossolin e Araújo, e saiu da sala sem lhes dirigir um último olhar.

Na saída, encontrou-se com Isaías e o Sr. Ferretti, que acabavam de chegar. Ferretti vinha numa caminhonete Studebaker de uma bela cor azul. Era antiga e modificada. Pelo ronco do motor, tinha muita potência por trás da grade cromada do radiador. Isaías é quem a dirigia. Ele saiu da caminhonete e veio cumprimentar o irmão. Apontou para um caminhão com rampa, que parou logo atrás.

— A gente veio buscar o Opala — disse. E então, apontando o senhor de óculos: — Josué, este é o meu patrão, o seu Ferretti.

Cumprimentaram-se. No sábado, Isaías tinha ficado fazendo hora extra em Campinas, e eles não tinham se falado de lá pra cá. Provavelmente ele já sabia, mas o sorriso no seu rosto dizia que poderia ter ligado para ele e contado, mas tinha preferido fazer surpresa.

— Grande ideia a sua, garoto — disse Ferretti. — Que nem no *Mad Max*. Em Campinas não se fala em outra coisa além do tal Maverick GT preto, o qu'é qu'ele tem debaixo do capô, que tipo de carro podia alcançar ele... Vai ser um prazer ajudar a pegar esses caras. — E então: — Vamos ver o bicho? — perguntou, referindo-se ao carro a ser modificado.

— Obrigado por vir aqui num domingo, senhor Ferreti, pra cuidar de um assunto como este. Por aqui, por favor.

Josué os levou até o pequeno parque de veículos e apontou a viatura I-19328. O Chevrolet Opala em questão fazia uma figura de dar pena, afundado sobre os pneus murchos e entre a grama precisando ser aparada. Ao lado, o córrego emprestava o seu cheiro de esgoto ao que parecia o cadáver em decomposição de uma viatura policial. Quando da preparação do seu projeto, Josué havia pesquisado e descoberto que, em geral, uma viatura ficava na PM por cerca de cinco anos. Se fosse preciso reformá-la e algum técnico decidisse que a reforma ficaria por mais de 60% do valor residual segundo o mercado de usados, o carro ia para leilão, depois de retirados todos os seus acessórios especiais. A 328 estava no fim da sua vida útil com um desgaste maior do que a média, e Brossolin antes tivera esperanças de substituí-la logo, embora a corporação já não recebesse mais o Opala de fábrica.

— Jesus santo! — Ferretti blasfemou. — Mas tudo bem. A maior parte das peças que a gente vai substituir já 'tão pré-preparadas. Mas esse chassi talvez precise de algum trabalho... — Dirigiu-se a Isaías: — 'Ocê e o resto da turma vão ter de trabalhar nele a semana toda, porqu'eu prometi ao tal tenente que tinha o bichão pronto pra'a outra semana.

— Sem problema — Isaías disse.

— Vai ser como no tempo que a gente fazia as corridas de Opala Stock-Car.

Saíram os três, e logo Ferretti fez entrar pela saída do parque de veículos a equipe que iria colocar o Opala no alto do caminhão com rampa.

— Seu irmão disse que 'cê é que vai dirigir o bicho pronto — Ferretti contou a Josué. — Vai querer ver que motor vamos botar nele, não vai? É parecido ao duzentos e cinquenta-s que eu tenho aqui na minha Stud cinquenta e cinco.

Ele subiu na Studebaker e soltou a trava do capô. O seis cilindros ali dentro parecia totalmente cromado, brilhando sob o sol matutino como um corisco aprisionado no compartimento do motor. Ferretti falou da carburação dupla Weber, do comando de válvulas Crane... Josué ouvia tudo, enquanto seus olhos acompanhavam a chegada à companhia do soldado Lúcio Ribas.

Ribas, que, como Josué, não estava de serviço, vestia *jeans* e botas de vaqueiro — e aquela jaqueta verde militar que ele havia roubado de um rapaz, no primeiro dia de serviço de Josué com ele. Ribas lhe dirigiu um olhar meio intrigado, meio despeitado. Devia estar se perguntando qual seria a última novidade do seu parceiro rebelde.

Josué sorriu abertamente. Talvez a melhor consequência do projeto do interceptador fosse ele se livrar de Ribas.

Vanessa Mendel *precisava* ver Josué.

No instante em que o pensamento lhe ocorreu, ela amargou ter usado esse verbo. Nunca precisava de ninguém. Agora, porém, era imperioso vê-lo, falar com ele... tocá-lo.

Alguma coisa acontecia na cidade. Algo imprevisto e potencialmente danoso aos seus planos.

Uma parte de Vanessa permanecia com os seus amantes. Um filamento mágico que a ligava a cada um dos homens que havia manipulado ao longo das semanas em que estivera em Sumaré. Eram finas cordas invisíveis que agora vibravam e gemiam desafinadas em sua mente. Ela passara a manhã tentando falar com eles, sem sucesso. No sábado alguns estavam fora, outros diziam não poder conversar no momento. Isso nunca acontecera antes. Havia uma crise em curso, e esses "homens poderosos" do lugar respondiam a ela. Tudo o que Vanessa sabia é que alguém importante fora morto naquela noite. Inquirir mais despertaria suspeitas... Todo o seu esforço para influenciar a elite da cidade lhe parecia ter sido em vão. E ela sabia que, em parte ao menos, Josué era a causa.

Ele a desconcentrava. Sua presença afrouxava a tensão de todas as cordas que ela esticara, no instrumento que pretendia tocar.

E aqui estava ela, tentando outra vez estar com ele.

Precisava dele.

No sábado, sabia, não seria fácil convencê-lo a abandonar o culto. Ligara para a sua casa, uma hora atrás, e ele não estava. Alguém solicitara a sua presença na base da Polícia Militar. Por isso Vanessa resolveu dirigir até a rua em que ele morava, e esperar por ele. Estacionou o Cobra sob uma árvore frondosa e ficou ali, ouvindo música no CD-*player*, enquanto na rua meninos e meninas jogavam bola. A corda mais afinada que tinha atada a Josué a avisaria de sua aproximação.

E de fato, seu sexto sentido não a decepcionou. Sentiu que ele vinha, mas seus olhos não o acharam.

Uma picape azul, antiga, rolou para dentro da rua, após dobrar a esquina mais distante. Ela parou diante da casa de Josué, e Vanessa o viu saltar, uniformizado, depois de um outro rapaz negro e de um velho branco e careca. Também viu Josué deter-se junto ao portão da casa, deixar os outros passarem, e então se voltar, os olhos procurando. Sorriu para ele, quando seu olhar encontrou o carro vermelho. Ele fez um gesto lacônico com a mão direita, e entrou. Dez minutos depois, saiu e caminhou até ela.

— Que tal um passeio? — Vanessa perguntou, assim que ele chegou perto o bastante.

— Vanessa, você sabe que daqui a pouco eu vou ter que me preparar pr'o culto...

— Aconteceu uma coisa... — ela principiou. — E eu realmente preciso da sua ajuda.

Josué olhou firme para ela, depois para a sua casa. É claro que não gostava da surpresa de a ter parada em frente à sua casa. Ele voltou a encará-la e pareceu enxergar algo novo ali. Será que seu rosto estava traindo a insegurança que ela sentia? E se ele aquiescesse, o que ela diria sobre essa *coisa* que tinha acontecido? Pensaria em algo...

— Tudo bem — ele disse. — Mas vou precisar de um tempinho...

Claro, tinha de explicar aos pais que ia faltar ao compromisso religioso.

Enquanto ele caminhava para longe, Vanessa fitava a sua figura esguia, a pensar no bizarro de tudo. Que estivesse apaixonada assim, por um homem religioso, tão rígido... e por um *policial*. Em tudo, o inimigo. E ela o levaria para a cama. Sim, o quanto antes.

Alexandre sentia que alguma coisa havia se partido dentro dele, e uma outra conexão se fixara, com um quase perceptível som de encaixe, um clique fundo em sua cabeça que lhe dizia que estava *de serviço* — um soldado pronto para o combate, ou um pugilista já no ringue, que ouve a campainha soar. Soraia estava fora de sua mente — e talvez de sua vida —, e ele agora se concentrava inteiramente na tarefa que se encontrava diante dele: proteger o SODES e Serra.

Como de hábito, seu instinto lhe dizia o que esperar. Então, assim que desceu a noite e o movimento no clube começou a engrossar, contou a Serra que pretendia agir solto, sem responder a ele e talvez nem mesmo participando da escolta ao faturamento, no fim do expediente. Para a sua surpresa, Serra não argumentou, concordando apenas.

Alexandre então esfregou as mãos, e passou a noite circulando perto do bar, do banheiro masculino, e fora do clube rondando os cantos mais escuros, *observando*.

Três horas depois ele havia localizado o que queria. Um cara que nunca tinha visto por ali. Vestindo jaqueta de couro e calçando sapatos caros, circulando muito e conversando com a garotada, mas com uma postura desconfiada, olhando em torno, cochichando ao ouvido. O primeiro avanço de um homem da turma do tal Leandro Visgo, Alexandre deduziu. Visgo se movia para ocupar o território do Patolino, sem a menor demora.

Alexandre conseguiu se manter oculto aos seus olhos. O cara era mesmo novo no pedaço, e provavelmente não tinha a mesma prevenção para com ele e Serra, que os homens do Patolino tiveram. As chances eram de que ainda não houvesse chegado aos ouvidos do Visgo o boato de que o traficante morto tivera uma rusga com os dois seguranças.

Agora o sujeito deixava o SODES, Alexandre um pouco atrás dele, parando junto a um carrinho de lanche para disfarçar. Da entrada do clube, Serra o observava. Qualquer problema, o amigo viria apoiá-lo. Mas Alexandre não queria encrenca. Não como no confronto da semana anterior. Sentia-se mais como em uma patrulha de reconhecimento, feito as que realizara em exercícios, na infantaria. Missão de coleta de informações, em que se observava tentando não ser notado.

E o que ele observava agora era o sujeito entrando em um carro parado na Rebouças. Um Ford Del Rey azul-escuro. Tinha um cara ao volante, esperando por ele. Os dois conversavam. O motorista ligou o carro, mas não arrancou. Alexandre voltou-se para Serra e esperou até que ele o visse, e então sinalizou como quem move um volante. "O carro", disse mudamente. Serra assentiu e foi buscar o Charger.

Tornou a observar os dois homens. O Del Rey enfim arrancou. Estivera parado do outro lado da avenida, de modo que se moveu lentamente para a esquerda de Alexandre.

Nem sinal do Charger, que ficava estacionado na rua dos fundos.

O Del Rey fez o retorno mais abaixo, e entrou à direita na avenida. O Charger branco apareceu quase no mesmo instante, também na mesma pista. Os dois carros rodaram em paralelo por alguns segundos, antes que o Ford acelerasse e o Dodge parasse junto ao meio-fio. Alexandre meteu-se entre os garotos que se aglomeravam na calçada, para chegar até a porta já aberta, a espingarda amarrada ao seu ombro batendo contra o osso do seu quadril.

— Vai atrás daquele Del Rey azul — disse a Serra —, mas sem chamar a atenção.

— Vai ser difícil! Este carro é *feito* pra chamar a atenção. O qu'é que rola?

— O bando do Visgo, fazendo a primeira abordagem no sodes.

Serra não disse nada. Permaneceu num silêncio irado, e então Alexandre opinou:

— Os caras não perdem tempo...

— Não esperam nem o corpo esfriar — Serra rosnou.

Um comentário tão exato que deixava de ser irônico, surpreendendo Alexandre. Não esperaram nem o cadáver do Patolino esfriar, para encamparem o seu território. Predadores, hienas ocupando o nicho do outro bando que antes havia caçado ali.

Serra deixou o outro carro distanciar-se. Baixou os faróis do Charger, talvez para não denunciar de longe os contornos do automóvel, aos retrovisores do outro.

O Del Rey contornou o balão e parou na praça. Alexandre pediu a Serra que dobrasse a primeira esquina à direita e que o deixasse ali. Serra fez o que ele disse, mas perguntou:

— Q' 'cê vai fazer?

— Só sondar...

— Não se arrisca!

Alexandre sorriu.

— Acho qu'esses caras são novos no pedaço — disse. — Eles não me conhecem. Não tem perigo. 'Cê volta pr'o clube e se cuida.

Quando dobrou a esquina, viu os dois sujeitos junto à casinha de lanches que costumava ficar ali, no fim da praça e voltado para o balão. Aproximou-se devagar. Fez que esperava para atravessar a rua, mas permaneceu ao lado dos dois.

— É mole, 'tô te falando — ouviu um dos caras dizer ao outro. — Não vai ter problema, a segurança é de merda.

— Vai devagar, meu. — Uma voz áspera. — O chefe dos cara' é foda. Eu já vi ele trabalhar...

Alexandre brincou com a ideia de ir até o balcão e pedir um lanche. Assim ia poder dar uma boa olhada no interlocutor do traficante que ele havia seguido a partir do SODES. Arriscado demais. Ao invés, atravessou a rua, encostou-se na parede da churrascaria do outro lado e ficou um tempo admirando o movimento, os olhos voltando com frequência para os dois. O lancheiro, um cara ruivo de avental, uniu-se a eles na conversa. Será que estava envolvido no tráfico? O carrinho de lanches seria um ponto ideal...

Os olhos de Alexandre vagaram para o resto da praça, para a avenida, para os carros e motos passando, namorados sentados nos bancos de concreto sob as árvores, grupos de garotos conversando na esquina diante da churrascaria onde Soraia e ele haviam jantado com Serra e Ângela. Um quadro que lhe era familiar — tinha crescido na cidade e vivido noites como esta, neste mesmo lugar, dezenas de vezes. Houve um tempo em que podia reconhecer rostos de amigos ou conhecidos quadra a quadra, em uma noite fria como esta, em que quase todo mundo saía para paquerar, comer alguma coisa diferente, encontrar os amigos, bater pé e matar o tempo de passagem lenta, de cidade do interior.

A presença dos traficantes violava essa familiaridade, destruía a harmonia que ele pensava enxergar. Pela primeira vez, sentiu o tipo de territorialidade feroz que Serra demonstrava com respeito ao SODES. Desencostou-se da parede e teve de se controlar para não abordá-los ali mesmo na praça, de espingarda em punho.

Ficou ali, obrigando-se a observar, calcular, refletir sobre os traficantes que bebiam e conversavam do outro lado da rua.

Aos poucos, Alexandre, mesmo de onde estava, foi reconhecendo o cara que dizia conhecer o Serra. A jaqueta V.O. que ele vestia foi o que o traiu.

O PM a tinha roubado de Alexandre, em seu primeiro dia em Sumaré.

Não se sentiu nem um pouco surpreso em saber que um policial era figura ativa no tráfico. Mas as coisas se complicavam, de qualquer maneira.

Atravessou a Rebouças, pois retornaria ao clube e queria passar longe dos bandidos. Na calçada, ao cruzar com ele, uma garota adolescente lhe sorriu com alguma timidez. Ela não fazia ideia...

Serra não ia gostar nada da novidade.

A princípio, Soraia estivera apreensiva quanto a ir à missa com a Mãe. Mas desta vez o fantasma de Gabriel não se manifestou. Ela não o viu no meio da multidão, nem ouviu a sua voz chamando-a.

Contudo, não foi uma cerimônia tranquila para ela. Pensava em Alexandre, e ao mesmo tempo lutava para não pensar nele, para se concentrar nas palavras do padre. Ela suspirava e tirava a franja do rosto — engraçado... Vinha deixando o cabelo crescer um pouco, para agradar a Alexandre. Mas depois de hoje, já poderia cortar...

Depois da missa, ela e a Mãe não foram direto para casa. No caminho, a Mãe a fez parar diante de uma *bomboniere*.

— Eu 'stou te sentindo meio amarga hoje, Soraia. Que tal um docinho?...

— Não quero, Mãe. 'Brigada.

— Quer *sim*.

Dona Teresinha sabia ser firme, quando queria. As duas apanharam os doces no balcão e se sentaram em uma das mesas de plástico branco, para comer. Soraia olhou para o quindim brilhando dourado diante dela, mas não o tocou.

— O que foi, Soraia? 'Cê andou esquisita o dia todo...

Ela levantou rápido os olhos para a Mãe, e então se concentrou no doce.

— É sobre o Alexandre, não é? — a Mãe perguntou.

Soraia suspirou e apanhou a bolsa. Por alguma razão, resolvera trazer a carta de Alexandre consigo. Puxou a folha de papel dobrado e a entregou à Mãe, deixou o envelope com o dinheiro sobre a mesa. Mordiscou o quindim, acompanhando as reações da Mãe com os olhos. Dona Teresinha sorriu e fez uma careta de alívio, ao terminar.

— Graças a Deus, Soraia — ela disse, dobrando a carta. — 'Cê não sabe como eu me sinto aliviada por esse moço ter ido embora. Agora que você vai trabalhar com a sua tia Luísa, a gente não vai mais precisar do dinheiro que ele 'tava trazendo.

Soraia tocou o envelope com dois dedos.

— Ele deixou mais dinheiro, Mãe...

Dona Teresinha imediatamente puxou o envelope, abriu-o e examinou o maço de notas.

— Ele *é* um bom moço — disse. E então encarou a filha. — É por isso que você 'stá triste, meu amor? — Tocou com delicadeza o braço de Soraia. — Você cometeu o erro de se apaixonar por ele, não foi? Quando o seu Pai estava vivo, ele me disse mil vezes que a sua amizade desde pequena com o Alexandre era uma coisa perigosa. Esse rapaz... É um bom rapaz, Soraia, mas não é pra você. Ele mesmo percebeu isso, e foi embora. 'Cê entende isso, não é, minha filha?

Soraia não disse nada. Olhou para longe, para não ter de enfrentar a expressão apiedada de sua Mãe. Como ela podia pensar essas coisas? Não aprendera nada com a morte do Pai, com a bancarrota, com a filha trabalhando como professorinha de suburbanos, com o resto da sociedade de Sumaré esquecendo completamente das duas. Ainda via a filha como a princesa que pretenderam que fosse? Ou acreditava mesmo que o emprego com Luísa seria o começo do seu reerguimento? Soraia tinha falado há alguns dias com a tia, por telefone, e sua proposta apresentava as suas desvantagens. O salário era baixo e não havia nenhuma facilidade do tipo refeição ou vale-transporte. Para tirar alguma coisa mais substancial, ela teria que se mudar para Campinas, para evitar os gastos com os ônibus, e alugar um quarto de pensão. tia Luísa tinha prometido um aumento, depois que ela pegasse o jeito do serviço, depois que a economia do país melhorasse, mas de imediato as perspectivas em torno do novo emprego não eram muito auspiciosas.

Mas a Mãe ainda falava:

— ...Eu 'tava morrendo de medo que alguém conhecido da gente soubesse que ele 'tava morando com a gente, com duas mulheres sozinhas...

Foi a gota d'água. A Mãe só aceitara Alexandre pelo dinheiro. Soraia se levantou e saiu, deixando-a sozinha e perplexa à mesa.

Meio caminhou, meio correu para casa. Escovou os dentes apressadamente e se meteu na cama, antes que a Mãe chegasse e viesse insistir na sua conversa.

Deitada na cama, não conseguia dormir. Ela também aceitara Alexandre vivendo com elas, pelo dinheiro. Mas... cometera o erro de se apaixonar? Só tinha sido sincera diante da sua história de amizade para com ele. Os melhores amigos, desde a infância. Só que às vezes era mesmo preciso deixar coisas para trás. Sua Mãe não enxergava isso, mas ela sim. Alexandre e tudo o que representara para ela, ficaria para trás. Assim como as ideias dos seus pais — assim como suas próprias ideias quanto a ela mesma. Ligaria para a tia Luísa e marcaria um dia para começar.

Chorando sem saber por que, Soraia caiu no sono pensando outra vez em Artur, o garoto que ela não conseguira salvar.

Alexandre saltou silenciosamente o portão. Voltava para casa, a casa de seus pais e o lugar em que vivera a maior parte de sua vida. Tecnicamente, porém, cometia uma invasão de domicílio — o lugar agora devia pertencer à imobiliária que o estava alugando.

Foi direto para os fundos, caminhando pela entrada da garagem sob a lua, e abriu a porta da cozinha com a chave que carregava consigo desde que fora para o Exército e decidira dormir no quartel para não sangrar o soldo com o dinheiro das passagens de ônibus de Campinas a Sumaré. Em um segundo, invocou uma imagem — a chave antiquada, cinzenta, puxada de um saco lacrado, com as coisas que a carceragem do presídio de Monte Mor devolvia a ele, quando o mandaram para casa.

Enfim, voltava para casa...

Puxou do bolso detrás da calça a caneta-lanterna que havia comprado em uma papelaria, neste mesmo dia, antes do almoço. Não. Já estava no domingo... Ele sempre se esquecia. Entrou devagar, mantendo o facho de luz voltado para o chão — não queria se denunciar a alguém que observasse a casa da rua. Se bem que já passavam das três. A cozinha tinha apenas uma cadeira manca e abandonada, e uma feia mancha de umidade perto da pia. O curto corredor até a copa, a sala de estar vazia, nenhuma cortina nas janelas. O quarto dos seus pais, com as portas dos armários abertas... o seu quarto, nada ali que lhe pertencesse...

Decidiu dormir no piso da cozinha, para se manter o mais oculto possível das vistas dos vizinhos. Nos fundos a visão era obstruída por um muro alto de concreto, e pelas vinhas que cresciam no jardim abandonado.

Caminhou de volta à cozinha e ficou ali um minuto, correndo as linhas no ladrilho do chão, com a lanterna. Então foi até a pia e abriu a torneira. Ela gemeu um pouco e soltou um engasgo de água suja e parou. Alexandre tomou nota mentalmente para de manhã abrir o registro; queria ao menos poder lavar o rosto. Para escovar os dentes antes de dormir, ele tinha consigo um pequeno cantil de plástico também comprado na véspera, já pensando em problemas com o registro.

Depois da sumária ablução, sacou da mochila os jornais que havia colecionado durante todas essas semanas, e abrindo-os, forrou um canto seco próximo da pia. Despiu a jaqueta e a depositou sobre o mármore escuro. Soltou a espingarda do ombro e a deitou sobre a jaqueta. Descalçou os tênis e encolheu os pés, fazendo estalar os dedos. Então sentou-se com as costas apoiadas na parede. Estava cansado de todas as andanças do dia. Serra não ficara nem um pouquinho contente em saber que um policial militar aliado ao tráfico tinha o SODES na mira. E parece que já conhecia o sujeito — reagira como se já tivesse tratado com ele, depois que Alexandre o descreveu. E vice-versa, pois se lembrava do PM ter dito ao comparsa que já tinha visto Serra trabalhar.

Serra havia sacudido os ombros, ao fim do relatório de Alexandre, como se achasse que não seria difícil resolver a parada que tinham pela frente. Ao fim do expediente no clube, levara Alexandre para a sua nova pousada.

Agora, Alexandre pensou um pouco no que estava fazendo e concluiu que não dormiria muito do sábado para o domingo. Assim que o sol raiasse teria que sair de fininho, ou algum vizinho o perceberia. Talvez pudesse então dormir um pouco na rodoviária — onde usaria o banheiro.

Fazia frio, mas não quis fechar a porta. De onde estava sentado podia enxergar uma nesga do céu azulado pela lua, e reconhecer os contornos pálidos de Órion em pé de espada em punho, reivindicando o seu pedaço da abóbada celeste.

Levantou-se, apanhou a jaqueta de sobre a pia e vestiu-a, fechando os botões até o pescoço. Tornou a sentar-se, os braços cruzados sobre o peito para guardar algum calor.

Vanessa podia sentir Josué dentro dela, mais uma vez e como ela havia antecipado tão intensamente, momentos antes. Gostava quando ele a penetrava por trás. Gostava quando os homens faziam coisas com ela, coisas que não podia ver. Preferia que entrassem com força e rápido, fazendo seus cabelos se agitarem em torno de seu rosto e peitos baterem mornos e suados em seu queixo, enquanto mantinha a cabeça pendurada e os olhos bem fechados. Assim podia se concentrar mais nos movimentos do seu próprio corpo — e esquecer que estava com alguém.

Mas Josué era gentil e ela sugerira a posição porque — sem olhar para o seu rosto — podia ver por seus olhos. Via o longo pênis que era também dela, desaparecer em sua vagina, por entre as curvas gêmeas presas em suas mãos negras. Via a sua cintura, estreita e branca se estendendo adiante dele, os ombros curvados, os cabelos escuros... E sentia o que ele sentia. A estocada longa e molhada parando no toque firme do colo do útero, o volume das nádegas apertadas nas mãos, toda a tensão do corpo dela preso ao dele...

Ela era mulher e homem, ele e ela ao mesmo tempo e numa única fusão de sensações — e sentimentos — e pensamentos — e desejos... Graças ao estranho contato que possuía com Josué. Tão estranho, tão fascinante... Valia todo o esforço de procurá-lo e esperar por ele e convencê-lo a mentir à sua família e engolir a sua própria história de como seus negócios na cidade iam mal por causa de um empréstimo que falhara em se confirmar — e que precisava da sua companhia nesse momento difícil e que... que o *amava* e *precisava* dele.

Ah, palavras incompreensíveis e rejeitadas que se obrigava a pronunciar, para tê-lo mais uma vez.

E enquanto o tinha, algo novo e intenso aconteceu. Vanessa teve um novo vislumbre, um contato mais profundo, o descortinar de uma nova dimensão de Josué Machado. Além dos sentimentos, pensamentos e desejos havia uma *vontade*, uma essência desconhecida mas firme e radiante como o sol em sua trajetória no firmamento. Movia-se em uma órbita determinada, incandescente e imorredoura. Era a força mais próxima de algo que Vanessa Mendel pudesse chamar de *divino* — e era completamente exterior a ela e a tudo o que ela conhecia.

A percepção de Vanessa não conseguia transcender essas impressões. Havia um mistério além do humano no coração do seu amante, e enquanto os dois gozavam juntos, inevitavelmente juntos, ela perguntou-se como chegar a ele.

Estava certa de que, se desvendasse o mistério, poderia controlar Josué, e não ser controlada por ele.

Alguém veio guiar Soraia Batista por um novo sonho — e esse alguém não era o seu Pai. Por um instante temeu que fosse a *coisa* que a tudo impunha uma órbita em torno da sua *não-vida*. Mas não... Era aquela forma impossível que não pertencia a lugar algum, nem à terra nem ao purgatório. Sua presença era uma lacuna, seus gestos uma vacuidade. Eles porém a transportavam nas asas do paradoxo, abrindo diante dos olhos de sua mente imagens vívidas e fantasmais, ao mesmo tempo tão distantes e tão próximas.

Um bosque brilhante. Todo o verde irradiando sob um sol que parecia arder mais distante e ao mesmo tempo mais forte do que o sol dos vivos. Alexandre estava ali, o corpo nu cheio de cicatrizes caminhando por entre os arbustos e sob a sombra diáfana das árvores. Caminhava à margem de um lago coberto por lençóis de bruma azulada exceto pelos pontos em que o sol oblíquo a tocava, transformando-a num suspiro dourado, como o hálito de um dragão. Na água em descanso, estranhas ondas perfiladas seguiam seus passos, quebrando a forma fantasmal de seu reflexo no espelho. Parecia em paz mas à procura de alguma coisa. Em torno dele criaturas estranhas e impossíveis de serem reconhecidas pelos olhos de Soraia o observavam e o acolhiam——

——*Alexandre...*

O purgatório. Todo cinza e negro, filme em preto e branco envelhecido em sépia mas de brilhos metálicos escuros e doloridos, ásperos e opacos, duros e líquidos especialmente onde girava a Ciranda sem fim, a sua cadeia espiralante de escravidão. Alexandre estava *ali*. Mais uma alma escravizada, o rosto ensanguentado assumindo um ar concentrado de preocupação e dor, olhando em torno, vendo seus companheiros na Ciranda. Mesmo prisioneiro, pensava em como ajudá-los a se libertarem. Uma partícula de luz sonhando em escapar de um buraco negro...

Soraia tentou gritar e correr para Alexandre, mas ela não partilhava com ele o mesmo espaço, não estava realmente ali. Não havia um *ali*, ela compreendeu. Tanto o paraíso verde do Bosque, quanto o inferno cinzento da Ciranda — eram só duas possibilidades. Dois futuros habitando por um instante o agora, e neles nem mesmo a voz de Soraia podia se concretizar. E ainda assim, na sua própria impotência ela se fazia essencial...

A vida de Alexandre em suas mãos...

Uma bifurcação. A estrada levava a dois caminhos idênticos e escuros, mas Soraia podia sentir em um e no outro a diferença entre o céu e o inferno. E estava em pé no vértice, o ponto em que uma mesma via se transformava em duas — e voltando-se enxergou ao longe um vulto que se aproximava pela estrada. Alexandre, em um segundo inteiro, jovem e forte, vindo a ela em passos largos e com um sorriso nos lábios — no outro Alexandre, curvado sobre o estômago, largando na estrada um rastro de sangue, os olhos muito abertos de quem ainda se agarra a vida apenas por um fiapo de vontade. Alexandre vivo e bem. Alexandre moribundo. E a cada novo instante a imagem de morte se firmava sobre a visão da vida. Piscando e pulsando e usurpando o lugar do outro, o Alexandre ferido vinha arrastando os pés, e então os joelhos e as mãos ao mesmo tempo na poeira da estrada e enfim rastejando diante dela — e à sua volta... O quê?... *Coisas* flutuando no ar, penduradas realmente. Membros e órgãos como em um açougue... Partes pálidas ou enegrecidas, estriadas de vermelho, gotejantes... Partes rubras de homens e mulheres. Crianças. Alexandre rastejando em meio aos restos expostos...

Fazia frio...

Soraia não conseguia gritar——

——*Alexandre!*

Sua casa. O quarto nos fundos. Alexandre deitado ao lado de Soraia, protegendo-a no momento de sua fraqueza. Alexandre lendo sozinho sentado na cama. Alexandre junto à bancada escrevendo uma carta que não era para ela.

Outra casa. Uma cozinha nua, Alexandre sentado sobre uma pilha de jornais, as costas contra a parede.

Sem que o guia proferisse uma palavra, Soraia compreendeu o que seu Pai tinha tentado comunicar, dias atrás, quando ela tinha nos lábios as palavras que mandariam Alexandre embora. Não poderia deixá-lo, soube agora. Compreendeu tudo enfim. Ou quase.

Estava desperta. E agora podia gritar e chorar — o que ela fez, o rosto pressionado contra o travesseiro, para não despertar a Mãe. Ficou muito tempo assim, chorando e tremendo, vendo na escuridão os ecos visuais do horror recém-vivido.

Mas Soraia tinha um trabalho a fazer. Ela levantou-se e vestiu a blusa de lã por sobre a camisa fina do pijama, calçou as sandálias que sempre a esperavam ao lado da cama.

Saiu pelos fundos, empurrando a bicicleta, o mais silenciosamente possível.

Alexandre ouviu alguém se aproximando e o ruído o despertou imediatamente. Ele saltou e, ficando em pé, apanhou a espingarda de sobre a pia. Fora um erro dormir com a porta aberta.

Havia alguém parado junto à porta. Alexandre apontou a arma, armou o cão com o polegar. O estalido ecoou no cômodo vazio.

A lua se movera para perto da posição antes ocupada por Órion, e uma tintura azulada e clara cobria os contornos da pessoa que estava em pé no umbral da porta. Contornos femininos.

— Soraia?... — balbuciou, baixando a espingarda.

— Isso é uma arma, Xande? — Soraia gemeu.

Tinha descido de bicicleta quase uma dúzia de quadras, vestida apenas com a calça e a camisa de pijamas e a fina blusa de lã por cima, chamando a atenção dos poucos (graças a Deus) transeuntes ainda soltos nas ruas, depois das três da manhã. Tudo isso para ver Alexandre, guiada pela absoluta certeza de que o encontraria deitado nos ladrilhos manchados da cozinha da casa dos seus pais. O *sonho* a havia guiado até ali.

E então, o cano escuro da arma... Ao vê-lo, alguma coisa afundou em seu peito e o ar saiu entrecortado de seus pulmões. Mas nem mesmo um susto desses lhe roubou a certeza sobrenatural de estar fazendo a coisa certa. O susto passou em um instante, assim que Alexandre devolveu a arma para a pia da cozinha.

— Vem pra dentro — ele pediu.

Soraia deu dois passos incertos, Alexandre estendeu um braço trêmulo para ela.

— O que 'cê 'tá fazendo aqui? — perguntou. — E como?...

— Você precisa voltar pra casa comigo, Xande.

Ele não respondeu. Olhava para ela, que enxergava o seu rosto mais pela memória, do que pela luz que entrava pela porta aberta e pela janela dos fundos.

— *Por que*, Soraia?

O que responder? Diante da urgência em sua voz, ela apenas abraçou-se a ele e escondeu o rosto em seu ombro. Ficaram desse jeito por um minuto, Soraia lembrando-se do sonho e sentindo-se feliz com o contato firme com o seu corpo, sentindo-o são, vivo contra o seu peito, cheirando a suor e a cigarro. Lágrimas começaram a descer por seu rosto, molhando a jaqueta de Alexandre.

Ele a empurrou até que se separassem, segurando-a pelos ombros e olhando firme em seu rosto. Soraia enxugou as lágrimas com as mãos. Podia enxergar melhor agora, e reconhecer a intensidade do seu olhar.

— *Por quê?* — ele repetiu.

Não poderia contar-lhe sobre o sonho, sobre a sombria e enigmática encruzilhada pressentida no destino de Alexandre, levando-o por um lado a um bosque de contos de fadas, e por outro ao tormento terrível em um inferno não-descrito. Não tinha respostas, mas ele insistia, repetindo a pergunta, puxando-a mais para perto de seu rosto, como se quisesse que as palavras chegassem a ela com mais força, sem que elevasse a voz. Suas mãos apertavam os braços de Soraia, firmes, quase a ponto de ferir-lhe a carne, enquanto a puxavam mais para perto.

Soraia beijou-o. Beijou-o para calar a sua boca. Mas sentiu, quando ele retribuiu ao toque de seus lábios, um longo arrepio enrijecê-la — a pele de suas mamas se esticando, como que puxadas em redor dos mamilos, e tornar-se quente, e os pelos de sua nuca ficarem em pé e os músculos de suas pernas tensos. As mãos de Alexandre foram para a sua cintura, os lábios não se separaram. Soraia passou a notar o que se passava com o corpo dele, não apenas com o dela. Toda a sua tensão, sua intensidade... O beijo enfim partiu-se.

— Você me quer de volta à sua vida? — Um murmúrio.

Beijou-o novamente. "Quero salvar a sua alma..." Mas não podia dizê-lo. Nunca...

Ele tornou a fazer com que as bocas se separassem, mas manteve firme o abraço.

— Você me *quer*, Soraia? — Outro murmúrio.

Mais um beijo. Mais uma questão sem resposta. O abraço foi relaxado para que as mãos dele corressem por suas costas, enquanto ela abraçava seus ombros largos, meio pendurada neles, apesar de todos os músculos tesos em suas pernas. As mãos de Alexandre em sua cintura. Correndo para a frente, os polegares contornando seu umbigo por baixo do tecido fino do pijama. Subindo. As mãos de Alexandre, espremidas entre os dois corpos, espremendo a parte de baixo de suas mamas, subindo para os bicos... Agora é Soraia quem desgruda as bocas, é ela quem solta a expiração entrecortada, que geme tão baixo que ela mesma não está certa de ouvir o som que emerge de sua garganta.

Alexandre aproveitou a separação para arrancar-lhe a parte de cima do pijama e a blusa de lã, tudo num emaranhado que se enroscou um instante acima do rosto de Soraia.

— Xande... — ela protestou debilmente, enquanto ele despia a jaqueta e a camisa e tornava a abraçá-la.

Novas sensações. Uma nudez ao mesmo tempo quente e fresca ao toque. Os braços dele envolvendo-a, as mãos nos lados lisos do seu corpo, um novo beijo, o encontro das línguas, mais carícias. Alexandre baixou as calças de pijama com uma das mãos e a envolveu por trás com dedos longos, do lado esquerdo, apertando-a e puxando-a em um movimento que separou os grandes lábios — e Soraia sentiu que já estava úmida e pronta.

Então Alexandre a tomou nos braços e ela pensou que os dois cairiam, enquanto ele tropeçava no escuro. Um de seus pés arrastou uma cadeira, e ele sentou-se nela, com Soraia firme em seu colo.

Soraia sentiu um de seus mamilos ser explorado pela boca de Alexandre. Sentiu a mão esquerda dele entre suas pernas, um toque delicado mas firme, de dedos trêmulos.

Então ele a virou no colo, movendo seu corpo como o de uma criança, para que ela se voltasse para ele. Soraia estava a cavalo em seus joelhos, as pernas separadas. Um chinelo caiu de seu pé. A cadeira ameaçou virar com os dois em cima, mas Alexandre firmou os pés sobre o piso e segurou os dois. Soraia tocou o peito rijo de Alexandre, sentindo os pontos em que os músculos se dividiam, em que se uniam aos ombros, ao pescoço...

Ele a levantou pela cintura, obrigando-a a ficar em pé sobre ele. Olhando para baixo, ela entreviu o rosto ansioso e os ombros dele, emoldurados pelo discreto "v" dos seus seios. Uma das mãos de Alexandre estava em sua cintura. Ele começou a puxá-la para baixo e Soraia então sentiu a ponta do pênis contra o ponto macio entre suas pernas. Alexandre puxou-a um pouco mais e ela sentiu o início da penetração.

E então tudo parou.

Ela não cedia mais. Não estava preparada, como pensara...

Era tudo um engano. Não *aqui*, nesta cozinha nua e abandonada, não com Alexandre — Alexandre que ela conhecia desde pequena, seu amigo e confidente... Alexandre na encruzilhada cujo caminho só ela poderia apontar...

Não deste jeito...

Com João Carlos havia sido diferente... Em um motel, num quarto limpo. Com uma cama e lençóis... Com conversas e carícias e bebida antes, para deixá-la mais solta...

Não deste jeito...

Tinha que ir embora dali, saltar de cima dele, pegar suas roupas e *sair*. Depois ele a seguiria e poderiam conversar...

Mas então Alexandre fez um movimento com o quadril e tornou a puxá-la e ela se abriu para ele, por todo o caminho, deixando-o entrar por inteiro, em um único longo movimento.

Soraia sentou-se em suas pernas e inclinou-se para a frente, apoiando o rosto em seu peito. Envolveu-o com seus braços. As mãos de Alexandre correram por sua bunda, demorando-se, e então pela cintura, parando em suas omoplatas em um abraço gentil. Estranhamente ele não se mexeu dentro dela. Não disse nada e sua respiração se normalizou. Os dois ficaram assim, ligados, trancados um no outro por um minuto ou mais, Soraia sentindo-se mole por fora, os membros formigando; mas rija e preenchida por dentro, tremendo um pouco ali, com repercussões que desciam mansamente por suas coxas. Ficou assim até que Alexandre penteasse com os dedos os seus cabelos, e dissesse em voz mansa:

— 'Stá tudo bem, Soraia. É assim que devia ser, faz muito tempo. Você sabe disso, não sabe?

— Eu *sei* — soluçou.

Ela mesma começou a se mover, devagar, subindo e descendo poucos centímetros de cada vez, tentando senti-lo, verificar a sua medida, esta dimensão nova de alguém que conhecera há tanto tempo. Devagar... mas ainda assim o prazer se manifestava em pequenas explosões, surpreendendo-a. Não podia dizer quando ou por que — as breves ondas de prazer a surpreendiam. E então se tornaram mais frequentes, e os seus movimentos mais rápidos, mais longos, mais profundos. Havia um prazer inédito ali, nunca antes sentido, quando ele tocava os seus limites, e Soraia queria que o prazer se repetisse.

Alexandre estava quieto. Deixava que ela encontrasse o seu próprio ritmo. Mas a tocava e seus olhos percorriam o corpo de Soraia de maneira intensa e absorta, ela podia sentir, ver, talvez ele também descobrindo formas inesperadas no corpo conhecido. Seu rosto assumiu na penumbra uma expressão doída de ternura, e ele disse:

— 'Cê tem que me avisar quando chegar pra você, Soraia. Assim que chegar...

— Eu digo! — ela gemeu, abraçada aos seus ombros e sabendo agora que ele sempre tentaria protegê-la.

Ele a beijou e então endireitou-a em seu colo e tomou na boca um mamilo que Soraia sentia duro como se tivesse uma consistência diferente, não de pele, não de carne...

Soraia tornou a mover-se para cima e para baixo em seu colo. Alexandre a deteve para beijar seus seios outra vez. E mais tarde para acariciar suas pernas e costas. Para beijá-la na boca e jurar ao seu ouvido que sempre a amara. Soraia não registrou a passagem do tempo, nem o ambiente nu em seu redor ou o frio que entrava pela porta entreaberta. Só havia Alexandre e ela, e o seu corpo, e dentro dela era como se todas as fibras de seus nervos e músculos se entrelaçassem em uma corda firme e tensa que ela precisava romper. Suas mãos chegaram a agarrar os ombros de Alexandre e ela os puxou para junto de seu peito. Enquanto ela subia e descia suas mamas batiam de leve contra a pele dele e seus mamilos roçados pareciam em chamas. As mãos fortes de Alexandre a sustentavam pela cintura e Soraia se sentia leve, tão leve...

Sentiu que seu cenho se contraia e a boca num biquinho, a parte de dentro das bochechas coladas contra os dentes enquanto ela fazia força para romper a corda. Na tela negra dos seus olhos fechados uma imagem surgiu como o resto de explosões abafadas de fogos de artifício coloridos — Soraia não sabia se era o fantasma do orgasmo se materializando ou apenas o efeito das pálpebras contraídas contra os globos oculares enviando ao nervo ótico as suas miragens, mas lá estava — *o bosque*. Uma paisagem de sonho tão intensamente iluminada que doeram-lhe os olhos fechados. Ela procurou por Xande entre as árvores e os campos floridos, mas não pôde vê-lo. *Sentia-o* apenas, abraçado a ela, dentro dela, e então a corda rompeu-se, toda a energia acumulada fluiu e repercussões tão prazerosas quanto e num relance de lucidez em meio à confusão de sentidos ela se lembrou de gemer e chamá-lo pelo nome.

— *Xaaande...*

E no segundo seguinte ela subia e sua consciência ameaçava escapar para o alto — mas era apenas Alexandre que se levantava levando-a com ele e arrancando-se dela. Soraia abriu os olhos e o viu segurar o pênis luzidio com o punho direito, enquanto que com a mão esquerda a segurava no ar pela cintura, apoiando-a contra o lado do corpo.

— Não — ela pediu, pisando o chão sujo da cozinha e pensando que não queria que

Xande despejasse o seu sêmen ali.

Ela o segurou, sem saber bem o que fazer, que pressão colocar, e ele mostrou como, envolvendo a sua mão com a dele e ditando o ritmo. Soraia apanhou o jorro morno na palma da outra mão. Demorou mais tempo e veio em um volume maior do que ela pensara. Soraia colheu tudo e então fechou devagar os dedos, pensando em Alexandre.

Soraia! ele gritou mentalmente.

CAPÍTULO 11

Norberto Ruas pilotava o Ford Maverick negro pelas curvas acentuadas do Trevo da Bosch. Ali se encontravam uma das entradas para Campinas, a Via Anhanguera e a estrada que levava para Hortolândia. Era uma ampla rotatória de múltiplas rampas que o lembrava dos circuitos em que ele havia corrido em Brasília, Goiânia, São Paulo, no Rio e no Sul.

Diante do capô do Maverick, as duas faixas da rotatória colearam abruptamente e se deslindaram na entrada da Avenida Lix da Cunha — outras duas faixas que os levariam ao coração da cidade. Passavam das duas horas da manhã de uma segunda-feira. Não devia haver muita gente nas ruas. Mais adiante a avenida se abria para novas rampas e acessos recém-construídos, levando-os para o centro da cidade. Ruas fez o Maverick precipitar-se pelo novo viaduto, a Via Expressa Suleste. O carro subiu e desceu na suspensão rígida. Atravessou um farol vermelho, só diminuindo a marcha nas proximidades da estação ferroviária. Por ali os vagabundos costumavam se deitar contra o comprido muro de tijolo exposto, para dormir. E não longe ficava a Rua Treze de Maio e as suas prostitutas.

Ruas, Quintino e Ximenes haviam caçado ali antes.

Caçavam ali agora.

Mas na madrugada de uma segunda-feira, as suas chances eram poucas.

O Ford Maverick GT gorgolejava o seu motor preparado próximo à Treze de Maio. Rodava em ponto-morto e de faróis apagados, mas não havia ninguém à vista, nem um catador de papel.

Atrás de Ruas, Ximenes disse:

— Hoje vai ser foda, chefe. Uma segundona dessas...

— E era pra ser o nosso dia de descanso — emendou Quintino, ao lado de Ruas.

Ruas apenas grunhiu em resposta, o que cortou o papo dos outros dois.

Ele também não estava gostando nada de caçar em uma segunda-feira, um dia em que provavelmente só gastariam o precioso combustível de alta octanagem. Mas precisavam cumprir a quota. Isso ficara bem claro na tarde do domingo, em uma conversa muito dura que tiveram com a pessoa que os havia contratado. A última caçada, na madrugada de sexta para sábado, saíra muito mal. Pegaram o pior tipo de presa daquela vez... Agora teriam que lidar com as consequências — e ainda cumprir com a sua meta de corpos, cada vez mais exigente.

— Falta pouco agora — foi o que ouviram, e mais dinheiro fora jogado sobre a mesa. O melhor tipo de estímulo.

Até o encerramento da temporada de caça, Ruas teria dinheiro o bastante para se aposentar. Mas provavelmente não iria querer. Pensava em mudar-se para Minas Gerais ou voltar para o Sul, ao Paraná. Eram dois estados em que crescia a onda de corridas de arrancada, e onde poderia montar uma oficina de preparação. Ele mesmo poderia correr nas provas de arrancada... Mas nada se comparava em emoção, com o que faziam nesse momento. Ruas podia lamentar a falta de presas, mas o fato é que gostava de estar ali, rodando com o Ruger Blackhawk pesando debaixo da jaqueta, os olhos à procura de um vagabundo desprevenido, e pensando em matar. Lá fora os "cidadãos respeitáveis" adormecidos nada sabiam do terror que percorria as suas ruas. Sorriu, só de pensar. Ele, Quintino e Ximenes cruzavam este cotidiano pacificado como gaviões em um pombal. E no fundo ele não lamentava nem um pouco ter morto aquele porco gordo e bêbado. Fora só mais um zé-ninguém que dera o azar de cruzar o seu caminho.

Norberto Ruas não era estranho à caça de seres humanos. Começara nos arredores de Porto Alegre, estuprando mulheres que encontrava pelas vielas. Com certas prostitutas ele havia descoberto gostos peculiares, que levaram a práticas que a maioria das mulheres não encaravam. Para manter as suas predileções, ele havia apelado ao estupro. E mais tarde ao assassinato. Era curioso que, desde que começara a caçar nesta parte do interior de São Paulo, a sua fome de mulheres diminuíra. Matar é que era o seu jogo, ele concluiu.

Seu pensamento retornou ao dinheiro deitado à mesa. De onde vinha tanta grana?... E isso não era a coisa mais estranha em tudo o que os cercava. O *spoiler* dianteiro do Maverick, por exemplo. Tinha certeza de tê-lo esmagado em uma lombada em Sumaré, quando foram perseguidos por aqueles dois garotos. No sábado ao entardecer, porém, ao tirar o carro da garagem, lá estava o *spoiler* — intacto.

Ruas não tinha dito nada, escondendo o seu choque e confusão. Mas Quintino não deixara de notar, e comentou, meio de brincadeira, meio a sério:

— O carro tem corpo fechado.

Ruas havia rido dele, e lhe dado as costas, mas sabia que podia bem ser. Fora isso o que lhe disseram, ao contratá-lo: "Você terá *todos* os meios pra fazer o seu serviço com segurança." E assim viera o dinheiro para ajeitar o Maverick, para o combustível, os pneus e para o sistema de óxido nitroso. E então as armas e a munição, conforme ele havia pedido — e uma estranha energia que dava a ele e aos dois pistoleiros o domínio da noite e o sentido aguçado para a caça. E agora o carro se auto-reparava. Podia ser, não podia? Só mais uma coisa estranha, entre muitas.

Como o silêncio das autoridades.

A impotência da polícia.

Não fosse por aquele Charger desgraçado e os dois garotos que vinham caçando *a eles*. Estava certo de que os dois encontros que tiveram não tinham sido obra do acaso — e que os moleques haviam se preparado para persegui-los e acabar com eles. Um carro com essa potência não se achava em qualquer lugar — muito menos quem soubesse pilotá-lo daquele jeito. E havia as armas... O que mais? Também um fator sobrenatural, como os que faziam uma aura em torno de Ruas e do Maverick?

Ruas afastou o pensamento dos seus perseguidores. Não tinha resposta alguma — e não o agradava nada pensar neles. Ao invés, concentrou-se na tarefa adiante. A alternativa que lhes restava por ali era seguir pela Avenida Andrade Neves na altura da Rua Bernardino de Campos. Por ali havia um ponto de prostituição masculina.

Ruas ia gostar de caçar um desses veados, se tivesse chance.

Nícolas Barrella acordou devagar, por alguns segundos misturando sono e vigília. Havia um rapaz parado diante dele, apoiado no poste verde e amarelo de madeira que marcava o ponto de ônibus. Vestia-se de branco e havia algo estranho nele... Nícolas piscou repetidamente, a cabeça apoiada nos antebraços, e estes sobre os joelhos. O sujeito diante dele tinha as calças baixadas e a sua bunda redonda e bronzeada aparecia em agudo contraste contra a tanga fio--dental também branca.

Nícolas pensou que estivesse sonhando, e sentiu-se dividido entre rejeitar o aparente sonho *gay* que vivenciava, e certificar-se de que de fato *era* um sonho. Então ficou ali sentado, olhando com olhos sonolentos, respirando fundo para clarear a mente. Ainda apoiada no poste colorido, a aparição mudou a perna de apoio e fez uma nádega se contrair mais, em relação à outra. Olhava por cima do ombro para Nícolas — que não pôde ver se ele estava sorrindo ou não, mas teve a impressão de que estava.

Foi o bastante.

Levantou-se e se espreguiçou. Que horas eram? Conferiu o relógio de pulso, virando o mostrador para que fosse iluminado pelas luzes da rua que venciam as copas das árvores. Quase duas e meia. Não tinha dormido nem uma hora. Olhou então para a avenida acima, e abaixo. Era um canto arborizado e antigo da cidade. Diante dele ficava a alta e comprida parede de tijolos vermelhos de um antigo armazém, provavelmente da época em que toda esta área de Campinas, vizinha da ferrovia, vivia em torno do escoamento do café produzido na região. Mais à esquerda o cilindro escuro da chaminé de uma fábrica abandonada erguia-se contra o céu mal iluminado. Parece que só Nícolas e o rapaz de tanga ainda estavam na rua a esta hora. O sujeito ainda tinha a bunda exposta. Ia pegar um resfriado. Nícolas decidiu deixar o ponto de ônibus, ignorando o outro como se ele de fato fosse uma criatura de sonho.

Até ali, Nícolas Barrella tivera uma noite muito especial. Com vinte e cinco anos, estudava violão em uma escola particular de São Paulo, e ia para lá toda segunda e quinta. As aulas de segunda-feira eram um problema porque nos fins de semana ele tocava em alguns bares de Americana, onde morava, e em Limeira também. Mas valia o sacrifício porque a sua técnica vinha se aperfeiçoando bem — e fora na escola de música que ele tinha conhecido a mulher que amava. Seu nome era Mariana Longhi. O violão era para ela apenas um passatempo e um modo de espairecer — e como médica da rede pública de saúde, Mariana tinha muito o que espairecer, ele bem o reconhecia.

Uma diferença de oito anos separava-os. Ela tinha muito mais experiência e muito mais a perder, em se relacionar com um jovem músico do interior. Mas naquela segunda-feira ele finalmente tivera a coragem de convidá-la para um cinema e um lanche num *shopping center* da cidade, e ali se declarar a ela sem mais delongas. Os dois vinham trocando olhares tímidos há algumas semanas, e Mariana não se cansava de elogiar a sua técnica, e às vezes o pegava nos intervalos para saber dos lugares em que ele tocava, quais eram as suas ambições, e para falar dos casos que atendera nos plantões médicos. Nícolas tinha certeza de que seus sentimentos eram correspondidos, e não se decepcionara ao declarar-se a ela. Sentados em um banco numa das saídas da praça de alimentação do Shopping Paulista, os dois se tocaram e se beijaram pela primeira vez.

Mas então Mariana recuou.

— Eu não posso — tinha dito.

Ele perguntou por que e ela lhe contou de um relacionamento anterior malsucedido, uma traição, uma decepção imensa e mal sarada. Ele já havia intuído existir muita dor escondida na moça magra e introspectiva. Nícolas também tivera a sua quota de decepções. Juntos, ele tinha afirmado, os dois curariam as feridas do passado e tentariam encontrar um futuro em comum. A dúvida brilhara nos olhos de Mariana, mas ele tinha certeza de que, com o tempo, todas as diferenças seriam ajustadas. O seu destino era viverem juntos.

A conversa terminara tarde, e embora Mariana tivesse dado uma carona a ele, levando-o no seu Passat azul até uma estação do metrô, Nícolas acabou chegando tarde demais na rodoviária para embarcar no ônibus que ia direto de São

Paulo até Americana. O jeito fora pegar um Cometa para Campinas, e da rodoviária de Campinas correr até a estação de trem, na esperança de embarcar na composição da uma da manhã. Foram mais de dez quadras pela Andrade Neves, em boa cadência, mas o trem já havia partido. Desolado, em pé nos degraus da estação, resignara-se a sentar-se no ponto de ônibus aguardando o amanhecer, quando chegaria o primeiro circular para levá-lo a Americana, lá pelas seis da manhã.

E até que tinha conseguido cochilar um pouco, antes que aparecesse o sujeito de branco oferecendo-se a ele.

Belo modo de despertar de um sonho romântico.

Evandro Pereira puxou as calças para cima e afivelou o cinto assim que o rapaz dobrou a esquina e desceu a Bernardino de Campos. A noite até agora estava sendo uma merda só. Também pudera, trabalhar em uma segunda-feira... Nos fins de semana, claro, ele se dava muito melhor. Mas não estaria ali, se não fosse pelo fiasco do domingo.

Evandro e dois amigos tinham sido contratados para irem até uma chácara perto de Sousas, "alegrar uma festinha" regada a uísque, maconha e cocaína. Quem pagava eram três sujeitos ricões mas brutos, do tipo que gostavam de atacar garotinhos de chicote na mão. A barra pesou tanto que Evandro preferiu se mandar. Teve de percorrer a pé o caminho até sua casa na periferia de Campinas, no meio da madrugada mais fria. E de bolso vazio.

Mas não se arrependia. Tinha ligado pr'o Ivo dos Santos, um dos outros dois, e soubera por ele que não só o pagamento fora bem menor que o prometido, como os dois tinham saído de lá direto pr'um pronto-socorro — onde tiveram de pagar para que os enfermeiros, diante das suas escoriações, não chamassem a polícia — e só iam poder voltar pr'as ruas depois de um mês ou mais.

Evandro porém tinha que lidar com o *agora* — a falta de dinheiro para manter o seu próprio hábito. Precisava de faturar algum hoje, mas já vira que não ia ser fácil. Até a meia-noite a polícia tinha estado muito em cima do pedaço, e depois da uma da manhã o único cara que ele tinha visto por ali fora aquele rapaz sentado no degrau do bar que ficava na frente do ponto de ônibus. Não sabia o que tinha dado na sua cabeça pra se oferecer a ele — era provavelmente o desespero...

Mas agora Evandro podia ver um carro descendo devagar lá em cima a Andrade Neves. Vinha em marcha lenta e com os faróis baixos. Mudou de faixa e veio encostando junto à calçada, ainda na quadra de cima. Provavelmente 'tava procurando programa. Evandro pensou, com um sorriso esperançoso: "Ufa."

Conforme o carro se aproximava, ele notou que era grande e tinha dois ou três caras dentro. Evandro não gostava de transar com um monte, mas se a grana fosse alta o bastante, ele até encarava.

Então, antes que o carrão preto chegasse até onde ele se mantinha à espera, um camburão da PM despontou lá em cima, as luzes coloridas girando. O carro preto na mesma hora parou no meio-fio e apagou os faróis. A viatura desceu a avenida e veio parar do outro lado, na calçada em frente a Evandro. Um meganha pôs a cabeça e um braço pra fora da janela.

— Chega junto, ô flo'zinha — chamou.

"Merda, só me faltava eles virem me cobrar o pedágio do ponto", Evandro pensou. "E eu sem um puto no bolso. Vão ter que aceitar em espécie." Suspirou. Detestava dar pr'a polícia.

Começou a cruzar a avenida, agora com a certeza absoluta de que este não era o seu dia de sorte.

— Calma aí — Ruas avisou.

Quintino e Ximenes tinham sacado os revólveres. Ruas não queria um confronto direto com a polícia, se pudesse evitar.

— A bichinha vai escapar — Ximenes disse. Uma constatação.

Um minuto depois o veado entrou na Veraneiro da PM e a viatura desceu a avenida.

Ruas deu partida no V8 e foi saindo devagar, mantendo os faróis apagados.

— Eu acho qu'eu vi um outro cara descer aquela rua ali — Quintino apontou com o cano do Smith & Wesson. — Não deve 'tá muito longe...

— Vamo' lá — Ruas disse. — Quem sabe a noite ainda não 'tá de todo perdida.

Nícolas Barrella tinha caminhado apenas três quadras pela Bernardino de Campos, rumo ao centro da cidade. Ia devagar e pretendia descer apenas o suficiente para espantar o sono e depois dobraria uma quadra à direita e então tornaria a subir na direção da Andrade Neves. Quem sabe o prostituto tivesse desistido e não estivesse mais lá. Talvez ainda pudesse dormir um pouco em frente ao ponto de ônibus.

O silêncio da noite foi violado pelo barulho manso e maquinal de um motor em ponto-morto. Nícolas virou a cabeça e viu um carro de pintura escura descendo a estreita rua de paralelepípedos. Tinha os faróis apagados e apenas a luz dos postes o iluminava. Nícolas não lhe deu atenção. Pensava em Mariana. Os dois tinham combinado de se telefonar na noite da terça-feira, depois das onze, quando a tarifa era mais barata. Nícolas ainda morava com seus pais e eram eles que pagavam a conta do telefone...

A sua situação era precária, ele bem sabia. Tocar na noite não trazia muita grana. Um solista de violão não atraía muita gente aos bares. Vinha pensando ultimamente em aceitar o convite de um grupo de rock para tocar guitarra com eles. Era um grupo de nome engraçado, "Os Bombas". Faziam cover do Queen e de outros grupos de *hard rock* e progressivo. Estavam se tornando populares nas cidades vizinhas e daí poderia entrar uma grana mais legal.

Nícolas deteve-se e tornou a olhar para cima. O carro preto estava mais próximo. Tinha rodas brilhantes como espelhos e as luzes da rua e das casas se refletiam no escuro da pintura como seres marinhos luminescentes em procissão no abismo do fundo do mar. Em seu interior, Nícolas pôde reconhecer as silhuetas de três homens. Havia alguma coisa de estranho neles — ou talvez fosse só o fato de serem ele e os três as únicas vivalmas a esta hora na rua, o que o fazia acompanhar com tanta atenção a aproximação do carro.

De repente, sem saber por que, Nícolas cruzou em um trote ligeiro a rua à frente do automóvel, embora isso o levasse na direção contrária a que pretendia.

— Caralho! — Quintino xingou, baixando o revólver.

Quando o cara mudou de calçada, ele escapou do ângulo de tiro de Quintino. O único que poderia atirar nele agora era Ruas, que ainda tinha o Blackhawk no coldre debaixo do braço. Quintino precisaria sair do carro para usar o seu .44 Magnum. Surpreendido, Ruas pisou no breque. Olhava bem para o garoto, que retribuía o olhar em pé, com cara de assustado, perto da esquina. Será que ele já estava sabendo da cadeia de crimes que vinham cometendo? Sua reação foi inesperada.

Quintino abriu a porta do lado do passageiro.

Assim que um dos três caras saltou do carro, Nícolas Barrella foi atingido por uma enxurrada de adrenalina que o pôs a correr, sem mais nem menos. Tinha visto uma arma na mão do sujeito? Parou na esquina e olhou para trás, de junto de uma parede. Uma nuvem de reboco brotou da parede a um metro de onde ele estava. Nícolas baixou a cabeça no instante em que ouviu o estampido, e continuou a correr. Virou a esquina e, como em uma corrida de cem metros rasos, disparou rua abaixo — mas poderia apostar corrida contra um carro?

Olhou por cima do ombro, enquanto corria. Lá vinha o carro negro. Ainda estava meio longe porque os caras tiveram que esperar que o pistoleiro tornasse a subir, mas agora o automóvel acelerava em seu encalço.

Nícolas parou e olhou em torno. Não saberia dizer o que estava pensando. O mesmo instinto indefinido que o fizera cruzar a rua na frente do carro e correr deles antes mesmo que se certificasse de que estavam armados, agora o mandava parar.

Sua mente de súbito se encheu de imagens de Mariana — de violão no colo ou entrando na escola de música vestindo roupa branca ou a expressão doída em seu rosto, quando lhe falara das suas decepções.

Os homens no carro negro o estavam caçando, e Nícolas precisava *viver* — viver para ter um futuro com Mariana.

O idiota tinha parado no meio da rua e Quintino já estava com o braço armado para fora da janela. Em um instante Ruas faria o Maverick dar um meio cavalo de pau para a esquerda — e o alvo estaria na mira.

Ruas podia ver agora que era um rapaz magro e de estatura média.

— Fica esperto! — gritou a Quintino.

Mas nesse instante o rapaz corria outra vez para a esquerda, subia a calçada... Como um gato ele pulou o portão alto de uma casa — Ruas mal pôde acreditar no que via, o cara passando incólume pelas lanças de metal. Apesar da perplexidade, executou o cavalo de pau pretendido.

Atirou — um potente estampido de .44 Magnum, outro, um terceiro. As chamas enormes no escuro da noite, a nuvem de propelente de queima lenta soprada de volta para dentro do carro. Lá adiante, dentro do jardim da casa, o rapaz se agachava enquanto corria, assustado com os disparos. Nada porém o atingiu. O último tiro na verdade abriu um portão lateral, ao arrebentar a fechadura, e o rapaz prontamente passou por ele e desapareceu.

— Puta que'o pariu! — Quintino disse, quebrando o segundo de perplexo silêncio. — Eu n'acredito...

— Eu posso ir atrás dele, enquanto 'cê recarrega — Ximenes ofereceu.

— Esquece!

Ruas, lembrando-se do camburão da PM, deu uma ré no Maverick e os três desceram a rua e subiram a próxima à direita. Logo estavam outra vez na Andrade Neves. Ruas acelerou, percorrendo a avenida a 100, 120, 140 por hora. Rasgando a noite com o rugido do V8, ignorando os semáforos, enquanto procurava a saída mais rápida e discreta da cidade. Reduzia a velocidade apenas para negociar lombadas e valetas. Era o fim da caçada.

Passaram pela Barão de Itapura e rodaram rápido até o bairro do Castelo. Perto das três da manhã o Maverick pegou a Papa Pio XII, passando pelo comprido muro da escola de cadetes. Continuando por ali eles seguiriam pelo acesso até a Fazenda Chapadão e a área militar. Deixaram para trás o Círculo, a Companhia de Comunicações, a Companhia de Comando da Brigada e o QG — passado esse ponto havia um perigo bem menor de bloqueio. O carro rosnava noite afora, perturbando os pássaros que se aninhavam no mato alto que ladeava a pista. Por ali não havia casas, só campinas e brejos escuros sob as estrelas. Mais adiante, porém, ficava o 28º Batalhão de Infantaria Blindada. Quintino tinha servido ali, e ele agora metia o corpo para fora, o Smith & Wesson recarregado pronto em punho.

Ruas meteu os faróis de neblina na cara dos sentinelas diante da cancela, enquanto Quintino disparava. Só de farra. Provavelmente não acertou nada. Ruas fez o Maverick acelerar à esquerda da cancela, subindo a longa inclinação. Lá em cima devia haver um sentinela para causar-lhes problemas, mas ele sabia como contorná-lo e pegar dali a Anhanguera. Bem longe de qualquer *blitz* que a polícia pudesse ter armado, sabendo de antemão que era o famigerado Maverick preto que havia atacado, no centro da cidade.

Quintino e Ximenes riam e conversavam. A velocidade e os tiros disparados os excitavam. Mas Ruas mantinha-se frio.

Não havia motivo para rir. Ruas não gostava de deixar a caça escapar. Primeiro fora aquele cara na praça em Sumaré, e agora o rapaz no centro de Campinas. Não era bom sinal. Sua sorte mudaria?

Nícolas emergiu do longo corredor externo da casa em que havia entrado. A construção parecia abandonada. Ele correu até o fundo do quintal e ali saltou o muro. Caiu em outro quintal, foi perseguido por um cachorro — do qual ele fugiu sem sentir uma fração a mais do que o medo que já sentia —, pulou outro muro depois de subir em uma árvore. Eventualmente chegou à rua, que percorreu indo pela esquerda até chegar outra vez à Bernardino de Campos. Subiu-a correndo, já sem fôlego, as pernas trêmulas e a respiração entrecortada. Mas sentia-se vivo. Protegido de algum modo, alguém seguro do futuro que teria, da invulnerabilidade tranquila do seu destino.

Ele tinha sobrevivido.

Chegou à deserta Andrade Neves, onde tudo havia começado, pensando em um telefone público do qual pudesse chamar a polícia. Mas enquanto estava em pé ali, olhando para um lado e para o outro, ouviu um som de sirene e uma viatura subiu de uma transversal, uma quadra adiante. Uma feia perua Chevrolet Veraneio. Algum vizinho lá de baixo devia ter ligado para a polícia e avisado do tiroteio, ou eles estavam nos arredores e ouviram os tiros.

Nícolas começou a acenar com os dois braços. O camburão da PM, que já havia entrado na avenida, deu marcha à ré até onde ele estava. Nícolas acorreu até ele.

Havia dois policiais no seu interior, e, no banco detrás, uma terceira pessoa não uniformizada. Ele olhou e reconheceu a roupa branca. Podia ser que era o sujeito que tinha se oferecido a ele, há pouco? Ele o encarava de olhos castanhos muito abertos.

— O qu'é que houve? — perguntou um dos policiais.

Apontando, Nícolas contou de como fora perseguido a tiros por três homens em um carro preto que ele achava que era um velho Ford Maverick.

Os dois PMs arregalaram os olhos e perguntaram a quantas quadras se dera o tiroteio e se ele sabia onde estavam os atiradores.

— Acho que eles já fugiram com o carro — respondeu. — Eu levo vocês até o lugar dos tiros, se for de ajuda.

Um policial olhou para o outro, os dois trocaram uma careta, e então um deles se virou no banco e disse ao mulato vestido de branco:

— Cai fora.

O rapaz se apressou em abrir a porta e sair, sorrindo de orelha a orelha. Antes de seguir seu caminho, sorriu mais uma vez e piscou para Nícolas.

Hoje nossa cama está fria
Estou perdido na escuridão do nosso amor
Deus se apiede do homem
Que duvida do que tem certeza
    Bruce Springsteen "Brilliant Disguise"

— Eu vi um filme de boxe no cinema, e então me interessei. Comecei a acompanhar o que tinha nos jornais, especialmente a coluna do Newton Campos na *Gazeta Esportiva*. Um dia ele deu uma relação de academias com os endereços, e incluía o Clube Atlético. Fui dar uma olhada. Era um prédio comprido que nem um galpão, na Rua Doutor Ricardo atrás da rodoviária. Quand'eu cheguei tinha um aviso na frente: "Clube Atlético Campinas, mil oitocentos e noventa e seis", 'cê acredita? O lugar existe faz quase cem anos. Na hora mesmo eu me vi no meio dos homens daquela época, estivadores, eu acho, e trabalhadores da estrada de ferro e dos armazéns de café... Bigodudos, vestindo calções pretos — era tudo em preto e branco, que nem uma foto antiga — e também aquelas sapatilhas de cano bem curtinho, trabalhando em equipamentos antigos, e eu achei que era legal participar de uma coisa que vinha de tão longe no passado. E foi assim qu'eu comecei a treinar...

"No terceiro dia da minha primeira semana lá, me colocaram pra fazer treino de luvas c'um cara que já treinava faz tempo. 'Treino de luvas' é quando um bate no outro, só que sem a mesma força q' numa luta de verdade."

Ele sorriu e Soraia se lembrou do "treino" que ele tivera com Serra, há alguns dias — e das manchas roxas no rosto dos dois.

— Também usa luvas mais pesadas, que diminuem a força do golpe, e aquele capacete de proteção que 'cê já viu.

"O sujeito era menor que eu, mas muito mais experiente. Toda vez qu'eu soltava um *jab*, ele me acertava na cabeça. Aí eu comecei a ver que o negócio era ficar com as luvas bem perto do queixo, mas isso só fez ele soltar mais socos. Eu lembro que um cruzado me acertou bem no queixo e eu apaguei. Num segundo eu 'tava vendo tudo na frente, no outro 'tava tudo escuro. Eu bati nas cordas e aí acendeu tudo de novo.

"Mas eu acertei *um* soco nele, um soco só no treino todo, de direita e que pegou com força. Eu vi a surpresa na cara do sujeito, e foi só isso o que me fez ficar na academia e persistir e disputar campeonatos."

Soraia assentiu com a cabeça e então perguntou:

— E como que é uma luta, Xande? O que você sente, quando 'tá lutando?

Viu no rosto dele que esta era uma pergunta mais difícil. Os dois estavam sentados em um banco de praça, atrás da igreja. Fazia um gostoso começo de tarde, sombreada e com uma brisa fresca que soprava as folhas miúdas das canafístulas, fazendo-as cair em torno deles como confete. Soraia tinha passado na academia de boxe e musculação, na volta da escola, e visto Alexandre com um capacete na cabeça e as luvas nas mãos, treinando com um garoto igualmente paramentado, que ela não conhecia. Parecia uma coisa tão violenta, mas ela percebeu que ele evitava bater muito no outro, só se movimentando e se defendendo e batendo de leve no peito e na barriga do companheiro de treino.

E reconhecia a beleza que havia no modo como ele se movimentava, o tronco nu reluzindo de suor e os músculos magros pulsando sob a pele.

Agora conversavam sobre esse mundo masculino tão misterioso para ela. Vinha tentando saber mais da vida dele, de todas as coisas que ela deixara de conhecer ao longo dos anos — sem falar dos anos perdidos em que Alexandre estivera no Exército e mais tarde preso. Estavam "namorando firme" agora, como diziam, embora Soraia suspeitasse que fosse um pouco mais do que isso. Ou o seu relacionamento incomum tinha esse efeito. Então ela precisava conhecê-lo melhor. Mais ainda, precisava estar *próxima* a ele. Pois não era também sua guardiã, além de namorada?

— Tem tudo o que 'cê pode imaginar, Soraia — ele disse. — Medo e raiva às vezes, orgulho e humilhação, às vezes. Mas a sensação mais esquisita é a de um tipo de *isolamento*, em que 'cê pode estar no meio de mil pessoas berrando, e na verdade 'cê sente que é só 'ocê e o adversário, e 'cê filtra tudo, só escuta a voz do treinador e do árbitro, às vez' nem isso... Tudo acontece em câmera-lenta, e você é só movimento. É um tipo de solidão, porque é só 'ocê e a sua mente e o seu corpo, a energia que 'cê for capaz de usar na hora. Tudo se apaga. Não tem futuro nem passado. As coisas que fazem a gente... — Ele fez uma pausa. — Todas as coisas do cotidiano, da vida mesquinha da gente, as preocupações... É como se despencasse vinte milhões de anos na escala da evolução, sabe? Volta a ser só uma criatura animal. 'Cê até pensa sem palavras...

— Que estranho.

— É sim. — Ele sorriu. — Mas é uma sensação tão especial que faz 'cê querer voltar sempre e passar por aquilo de novo, mesmo que tenha se machucado da vez anterior.

Soraia abraçou o seu braço esquerdo e encostou a cabeça em seu ombro. Vinha pensando no que acontecera entre ele e ela, na cozinha abandonada, na madrugada do sábado para o domingo. O ato de amor que realizaram, e que não saía da sua cabeça. Será que Alexandre também pensava no mesmo que ela? Ele também lamentava que fosse tão improvisado, tão furtivo?... Alguém tão estranho como ele, o que pensaria?... Mas... o que ela de fato lamentava? Só havia ternura em suas lembranças, e a memória distante do desconforto inicial. Pensando bem, de algum modo surpreendente, fora apenas como deveria ter sido. Os dois juntos, naquele lugar de um passado que parecia descartado, pintura a óleo em que passaram um pano, deixando-a em branco para que aceitasse uma nova imagem.

Alexandre... Será que ele pensava em repetir? Teria comprado preservativos, feito planos, fantasias?...

Como se de algum modo Alexandre antecipasse os seus pensamentos, ele tomou sua mão na dele e levou-a aos lábios.

Tinha sido um inferno convencer a Mãe a aceitá-lo de volta, quando Dona Teresinha se levantou na manhã do domingo e descobriu Alexandre de novo dormindo no quartinho dos fundos. A Mãe fora direto ao quarto de Soraia e a despertara e as duas discutiram ali, na penumbra do amanhecer. Soraia disse que ela é que fora a responsável pelo seu retorno, e que ele não iria mais embora. A Mãe ficara escandalizada, suspeitara de alguma coisa mais. Soraia disse que os dois eram namorados e a Mãe gritou que ela estava louca. Soraia então fez a coisa mais impensável e cínica — chantageou a Mãe, usando o próprio pragmatismo descarado de que Dona Teresinha havia dado mostras, no sábado depois da missa: Alexandre traria dinheiro para casa, e se ela tentasse expulsá-lo, a cidade toda ficaria sabendo que ele passara esse tempo todo com elas, e as duas ficariam sem o dinheiro e sem o respeito das pessoas. Disse isso mais para assustar, porque sabia que o fato de Alexandre estar vivendo com elas não tardaria a chamar a atenção dos vizinhos e a virar especulação e boato. E declarou ainda que não ia aceitar o convite da tia Luísa para trabalhar com ela em Campinas, para que o dinheiro de Alexandre parecesse à Mãe ainda mais necessário.

No more miss nice girl, Mommy.

Estava cansada de ser a boa-moça, obediente feito Poliana e cheia de afetações de princesa. Era uma declaração de independência, e a Mãe, por mais contrariada que se sentisse, teria de se conformar. Afinal, ela só tinha a filha — e vice-versa. Mas Soraia agora também tinha Alexandre.

Juca Roriz tinha passado boa parte do fim de semana assistindo aos vídeos pornográficos encontrados no local em que o Patolino e o seu pessoal foram mortos. Todas as suas diligências para encontrar a tal mulher que saíra com vida do massacre deram em nada. Mas... por que não examinar as fitas e ver se ela "atuava" nelas? — foi o que lhe veio à mente, em especial depois que o Santos lhe disse que tinha achado umas dez ou doze que "destoavam" das outras.

— Não têm cara de ser' muito profissionais — Santos tinha dito.

Todo mundo sabia que o Patolino era chegado numa putaria. Talvez ele tenha se dado ao trabalho de gravar alguma coisa.

A princípio Roriz e Santos haviam se sentado na delegacia, para assistir às fitas. Descobriram que o Patolino de fato fazia as suas próprias produções. Alguns dos mortos estavam lá, suando em suas participações especiais, imortalizados em fita magnética.

Mas logo outros investigadores e escrivães de polícia começaram a se sentar ao lado, a beber cerveja diante da TV e a comentar a *performance* das moças. Roriz acabou com a festa. Meteu tudo em uma caixa de papelão e levou as fitas para casa.

Roriz morava retirado, em relação ao centro da cidade, e havia se separado de sua companheira há apenas dois anos. O aparelho de vídeo cassete se tornara um companheiro frequente nas noites de folga. Assim, pela força do hábito, ele sentou-se diante do televisor com uma bacia de pipoca ainda quente e a cerveja gelada do lado, o controle remoto na mão, um cigarro aceso entre os lábios.

A qualidade das gravações era inferior. Vídeo amador *mesmo*. As putas variavam. Algumas delas ele conhecia de vista. Tomou nota das fitas e dos pontos em que aparecem. Talvez pudesse interrogá-las mais tarde, para saber se estiveram com o Patolino no dia da chacina. Qualquer uma delas poderia ser a tal. Ou nenhuma.

Depois de ver todas as fitas, com o dedo pulando do *fast forward* para o *pause* toda vez que a câmera pegava um *close* das moças, Roriz notou uma coisa — tinha uma que sempre aparecia com o Patolino. Era branca e peituda. Roriz decidiu se concentrar nela, pra começar. Gastou mais algumas horas procurando uma cena congelada em que ela aparecesse com o rosto mais nítido.

Na manhã da quarta-feira ele iria até uma videolocadora que conhecia, cujo proprietário, Leandro Pozzi, fazia gravações de aniversários, casamentos, batizados e besteiras desse tipo. Tinha um bom equipamento, até computadores para fazer pós-produção, e saberia reproduzir em papel a imagem isolada por ele.

Era um começo.

Josué Machado tinha lido naquela manhã todos os jornais que falavam do projeto do interceptador. Nenhum dos artigos mencionava o seu nome. Temia que Brossolin não fosse cumprir a sua promessa. Por outro lado, Isaías lhe informara que faziam rápidos progressos na oficina do senhor Ferretti, preparando o Chevrolet Opala da PM. Tentara falar com Brossolin, mas o tenente não estava disponível — fora convocado para prestar esclarecimentos ao capitão, em Americana. Parece que a morte do jovem Franchini havia enfim colocado a máquina policial para funcionar...

Para Josué, porém, as coisas ainda continuavam na mesma. Era a noite de terça-feira e ele estava ao volante, com Ribas ao seu lado, encarando-o com um olhar ainda mais sombrio, sob a sua franja de cabelo oleoso. A viatura I-19321 retornava do Jardim São Domingos, atendendo a uma ocorrência. Um morador das chácaras do bairro havia reportado uma invasão. Um caso de B-05, "tentativa de roubo". Mas nem Josué nem o impaciente Ribas conseguiram enxergar nada no escuro — ou ouvir algo além de rãs e grilos. Com sorte o indivíduo ou indivíduos teriam se evadido, com toda a movimentação, sem roubar nada.

— Mostra aí o que 'cê sabe — Ribas disse, de repente.

— Perdão — Josué respondeu, sem pensar. — Como foi que disse?

Ribas escancarou um sorriso.

— Porra, 'cê é mesmo um cara bem-educado, meu — disse. — Me mostra aí o que 'cê sabe fazer c'um carro. Não é 'ocê que vai dirigir o tal carrão que 'tão montan'o em Campinas?

Josué abriu a boca para dizer "não, muito obrigado", mas hesitou. Por que não? Olhou de soslaio para Ribas, fumando ao seu lado, sem ter se dado ao trabalho de afivelar o cinto de segurança. Por que não?... As ruas pareciam desertas o bastante...

Lembrou-se de uma manobra que o instrutor americano lhe havia ensinado. Será que conseguiria repeti-la, depois de tanto tempo sem tentar? Poderia até danificar a viatura, mas um segundo olhar dirigido ao desconfiado Ribas o convenceu de que valeria a pena. Sem demonstrar qualquer intenção, foi levando o carro na direção da Rebouças. Ali a rua se ramificava para a esquerda, alargando-se em uma praça, antes de chegar à avenida. Josué trocou rápido a marcha e acelerou com tudo, solicitando o motor de quatro cilindros ao máximo. Com o canto do olho direito, viu que Ribas apoiava uma das mãos no painel.

Quando o carro chegou aos oitenta quilômetros por hora, Josué deu o cavalo de pau. O Opala girou cento e oitenta graus e então Josué pisou na embreagem e soltou o freio, o carro continuou quase na mesma velocidade, mas em ré. Josué contou os segundos, apreciando friamente a reação do outro. Ribas bateu forte a cabeça contra o banco. Ainda havia impulso suficiente para uma segunda manobra idêntica, revertendo a posição do carro — desta vez Ribas quase bateu o rosto contra o painel.

Josué enfim meteu o pé no breque, a poucos metros da avenida. Antes que Ribas pudesse dizer qualquer coisa, ele engatou uma segunda e entrou devagar na Rebouças, como se nada tivesse acontecido.

Mas é claro, Ribas não deixou passar.

— Seu soldadinho de merda! 'Cê pensa q' 'cê é melhor que eu só porque conseguiu esse servicinho de piloto, mas essa merda toda é só uma coisa de *fachada*, 'cê tá sabendo? Ninguém acredita nessa sua história de herói, não senhor. E depois que essa coisa dos caras do Maverick esfriar, 'cê vai voltar bem aqui, ó — bateu a mão espalmada contra o painel —, pr'a *patrulha*, comigo aqui te sup'visionando, meu.

Josué sorriu confiante. Teve de se segurar para não rir. Ele bem sabia que era tudo uma "coisa de fachada". Mas uma dúvida Ribas havia dirimido — ele teria a chance de pilotar o carro interceptador. E era só isso o que queria. *Uma* chance.

Ribas ia bufando, enquanto os dois subiam a Rebouças e passavam diante da companhia. Josué resolveu puxar conversa, inspirado pelo susto que dera nele. Talvez pudesse colocar certas coisas em pratos limpos, entre ele e o colega.

— E então, Ribas, eu soube que 'ocê antes trabalhou em Campinas. Com'é que era o serviço lá?

— Como assim, meu?

— É que Campinas é uma cidade tão maior... Deve ter muito mais recurso, que facilita o serviço. Difícil de entender como é que alguém ia querer vir pra Sumaré...

Silêncio da parte de Ribas, e então ele disse:

— É uma história comprida. Para ali, depois da esquina, que eu te conto.

Estavam próximos ao supermercado, do outro lado da avenida. Não havia muito movimento de carros ou pessoas. Josué voltou-se para Ribas, a fim de perguntar como começava a sua longa história.

Ribas tinha uma pequena pistola apontada para ele, a partir do quadril.

— 'Cê é enxerido, né meu?

Josué sentiu-se estranhamente relaxado, ao ver a arma. As mãos sobre o volante, os pés firmes mas leves no assoalho. Tudo nele parecia flutuar — exceto por algo no centro do seu peito, que afundava dentro dele como um peso de chumbo. Encarava Ribas, sentindo o seu próprio rosto sem expressão. Ribas tinha uma expressão inédita no seu. Sombria, fria e determinada, tornava-o muito diferente do soldado desmazelado, bruto e de temperamento oscilando entre o moroso e o exasperado, que Josué conhecia. Tão diferente que, por um instante, não o reconheceu.

— O que é que 'ocê sabe, de eu ter vindo pra cá? — Ribas perguntou.

— Só que 'cê foi transferido de Campinas. Mais nada.

— E o qu'é que tem de errado nisso, meu? Por que a xeretice?

— Só curiosidade. — Josué, lutando para não externar o seu medo, pensou em um argumento mais convincente. — Andei pensando em pedir transferência pra lá, e queria saber como que é. Não 'tô me dando muito bem aqui... por sua causa, e do Brossolin.

A pistola escura continuou apontada para o seu peito. A expressão de Ribas não se alterou.

— Por *sua* causa — corrigiu. — Se 'ocê não fosse o bunda-mole fuxique'ro que é, ia dar tudo certo pr'ocê.

— Pra que essa arma, Ribas?

O outro sorriu, sem mudar a posição da pistola.

— Ué, 'cê não queria saber qual'era a minha história? Isto *aqui* — moveu a arma um tanto para cima, e tornou a apontá-la para Josué — é o *começo* e o *fim* da história, entendeu?

— Não — Josué disse, sentindo o peso afundar mais uma vez dentro dele.

Uma gota de suor desceu por seu pescoço até o meio das costas.

— Era isso o que eu fazia em Campinas, meu — Ribas disse, como se lhe contasse o óbvio. — Eu despachava a bandidagem. Os caras que a gente... — procurou uma palavra — *determinava* que só iam dar prob'ema. O último vagabundo qu'eu queimei lá foi o dono de um puteiro, que não 'tava na de pagar proteção pr'a gente. 'Cê entendeu agora?

Josué estava longe de entender de fato, mas assentiu lentamente com a cabeça. Ribas, afinal, estava contando o que ele queria saber.

A mão livre de Ribas indicou a cidade, mas seus olhos não deixaram Josué.

— Isto aqui é a minha aposentadoria, meu. Vim pra cá pra ficar no descanso. Arrumei um esquema aqui, 'tô na boa. — Moveu de novo a pequena pistola.

— Mas pra mim não custa nada voltar ao serviço de antes. É só alguém ameaçar o meu esquema, qu'eu mando pr'o cemitério. E já tem uns caras aí me dando no saco, e eu não quero mais ninguém pra me aporrinhar. 'Cê entendeu, soldadinho?

Josué tornou a assentir.

— E não adianta 'cê levar essa conversa que a gente teve pr'o Brossolin nem pra ninguém. 'Cê é novato aqui e ninguém vai te acreditar. E eu tenho as costas quentes, sacou?

— Eu sei...

— Então dirige essa porra.

Ribas lentamente guardou a pistola dentro da gandola cinza da farda, e Josué tornou a acionar o motor. Enquanto dirigia, sua mente obliterou a presença do assassino ao seu lado, como se puxasse uma cortina.

Não duvidava do que Ribas havia lhe contado, mas questionava o interesse por trás da confissão. O outro queria apenas ameaçá-lo, prevenir que ele se metesse em seu caminho ou que investigasse mais a fundo as razões da sua transferência. "Sumaré não é uma colônia de férias pra ele", concluiu. Ele havia sido afastado, talvez por exagerar no "serviço" de que falara. Comprometera alguém, e viera parar em Sumaré. Mas Josué não duvidava de que Ribas tivesse montado o seu *esquema*, uma vez estando na cidade.

Um assassino frio.

Ribas tornou a se materializar ao seu lado. O primeiro impulso de Josué foi parar o carro e confrontá-lo. *Prendê-lo*. Mas no instante seguinte soube que era impossível. Ribas *tinha* as costas quentes... E Josué precisava estar livre para enfrentar o problema maior — os atiradores do Maverick. Teria que aguentar Ribas mais uma semana, no máximo, e então teria o Opala Interceptador só para ele, e se esqueceria de Ribas...

Não. Iria apenas deixá-lo para *depois*.

E se havia alguém dando alguma dor de cabeça a esse canalha, esse alguém seria um aliado em potencial.

Na manhã da quarta-feira, Alexandre acompanhou Soraia até a rodoviária. Ela protestou, quando ele insistiu em dar a ela o dinheiro para o ônibus. Tinha se habituado ao exercício, mas ele não a queria mais sozinha, pedalando pela estrada até a escola em Hortolândia. Era muito risco.

Depois ele saiu para correr. Desceu trotando a Rebouças até o Centro Esportivo, onde corria puxado de seis a oito quilômetros. Nos primeiros dias ele escolhera correr pelas ruas, matar as saudades, reconhecer o quanto a cidade havia mudado. Agora sentia a necessidade de ser um pouco mais furtivo, de não dar tanta chance ao acaso. Muito havia acontecido desde que regressara a Sumaré, e ele agora estava na mira de muita gente que só precisava identificá-lo, para dar o bote.

Levava pouco menos de uma hora para fazer os oito quilômetros no *footing*. Uma parte de sua mente contava as voltas, a outra pensava em Soraia, ou em Serra e o clube. . . Lembrava-se sem se cansar de Soraia aparecendo subitamente na cozinha da casa dos seus pais. . . Por que viera buscá-lo, quando ele pensara que ela estava determinada a mandá-lo embora? E como adivinhara onde ele estava? E sem encontrar respostas, pensou no que ela e ele fizeram então, no escuro e no silêncio, só os dois no mundo.

Só que era apenas uma impressão. Não era somente com os dois que tinha de preocupar-se. Havia a Dona Teresinha a considerar — se ela soubesse, o que pensaria? E havia os perigos. . .

Pensou muito em tudo, agora num ritmo mais lento. Um garoto chegou em uma Barraforte vermelha, amarrou-a na beirada da pista, e começou a correr. Vinha numa cadência mais puxada que a de Alexandre, corria *mesmo*, e quando o garoto passou por ele, percebeu que era o mesmo sujeito que ele tinha visto sair irado da redação do *Diário Sumareense*, semanas antes. O rapaz corria de óculos.

Apertou o passo e o alcançou em um instante.

— Oba — cumprimentou. — Escuta. Eu te vi outro dia na redação do jornal da cidade.

— É?. . .

— Parece que 'cê 'tava nervoso com o dono do jornal.

O rapaz sorriu.

— 'Tava mesmo. É qu'eles publicaram uma coisa errada. — Sua voz saía perfeitamente controlada, apesar do ritmo forte. — Por quê?

Alexandre resolveu ser o mais direto possível.

— Eu 'tô acompanhando o caso da Gangue do Maverick. . . E você parece que sabia de alguma coisa que o jornal não contou.

O rapaz fez um gesto de braços abertos, sem parar de correr.

— Esses assassinos mataram um indigente na rodoviária — disse. — Acontece que eu e uns amigos é que levamos esse homem pra lá. Era só um coitado, que não tinha pra onde ir. A gente arrumou o dinheiro da passagem, pra ele procurar ajuda na assistência social de Campinas. Mas o jornal publicou que era um crime entre traficantes.

Os dois deram quase uma meia volta na pista, antes que Alexandre dissesse:

— Eu acredito em você. Esses crimes têm sido aleatórios. . . Sem nada a ver com o crime organizado. Os bandidos escolhem pessoas que não dão muito na vista, e que não despertam o empenho das autoridades. É só isso.

O rapaz perguntou se ele era da polícia.

— Não — respondeu com um sorriso. — Só um "cidadão interessado", como dizem. Igual ' você, que foi ao jornal corrigir o que eles escreveram.

— É. Mas não adiantou. Nem uma coisa nem outra.

Alexandre sentiu simpatia pelo garoto. Despediu-se duas voltas depois, mas seguiu refletindo sobre a conversa, enquanto tornava a subir a Rebouças, arrastando os pés cansados pela grama alta do canteiro central da avenida.

Minutos mais tarde, afastou o portão da entrada da casa dos Batista. Caminhou pelo estreito corredor que levava até aos fundos.

Dona Teresinha esperava-o ali, à sombra da árvore.

— Preciso falar com você — disse.

Ele hesitou. Soube no mesmo instante que ela suspeitava de tudo. Iria confrontá-lo.

— É qu'eu pensei em tomar um banho e depois esperar a Soraia na rodoviária — disse, tentando se evadir.

— Minha filha sabe voltar pra casa sozinha.

— A gente conversa então — ele capitulou. — O que a senhora quer?

A mulher perdeu a pose por um segundo. Apontou para a casa.

— Lá na cozinha é melhor.

Eles entraram e se sentaram em cadeiras opostas, à mesa. Aproximava-se a hora do almoço e a cozinha estava repleta de cheiros que fizeram o seu estômago roncar. Mas a fome foi substituída imediatamente por uma pressão nauseante. Tinha uma boa ideia do que o esperava...

— Você deve saber que a nossa situação financeira 'stá... difícil — ela começou. — Mas é passageira. Soraia arrumou um bom emprego em Campinas, de modo que as coisas vão melhorar e nós não vamos mais precisar do... da sua ajuda.

Ele quase teve pena dela, diante da sua dificuldade em expressar-se. Mas ela estava mandando-o embora, e ele se obrigou a pensar friamente.

— Faz dois dias eu deixei pra senhora um envelope com dinheiro e um bilhete de despedida — lembrou-a. — Eu já 'tava indo embora. Mas a Soraia que me pediu pra não ir.

— Eu bem sei. — Alexandre sentiu os olhos castanhos dela fitando-o com frieza. — E Deus me livre das razões dela pra fazer isso. Mas sou *eu* quem manda nesta casa, desde a morte do meu marido... E 'cê sabe que não ia ficar bem pra ela, você ficar morando aqui mais tempo.

Alexandre anuiu diante da sua lógica irrefutável. Dona Teresinha foi falando e ele logo percebeu que não passara despercebido à mulher que a filha devia de algum modo gostar dele. Havia uma qualidade ensaiada na maneira com que desfiava seus argumentos. Devia tê-los discutido antes com Soraia, ele achou. Argumentos de que não precisavam mais dele, de que a sua presença ali era comprometedora para as duas, de que qualquer que fossem os sentimentos de Alexandre para com Soraia e dela para com ele, era tudo uma coisa passageira e inadequada. Ele não servia para ela.

Ele não servia para ela.

Tudo aquilo que já sabia, desde que, ainda um garoto, descobrira que era Soraia o objeto do seu amor. E enquanto a mãe de Soraia soltava as suas palavras ensaiadas, ele sentia que um muro se erguia entre ele e a mulher — uma sólida parede de tijolos que ele quase podia ver subindo e se assentando com a mesma facilidade com que as nuvens se juntavam no céu, e iam escurecendo e esfriando a cozinha da mesma maneira.

Dona Teresinha estava certa. Ele teria de ir embora e passar o resto da vida torcendo para que Soraia encontrasse alguém bom para ela, que lhe desse tudo o que ela e sua família — desde o tempo em que o seu Gabriel ainda estava vivo — esperavam.

Mas Alexandre então lembrou-se, com um choque quase físico, do amor que ele e Soraia tinham feito. Podia sentir o fantasma do corpo dela acendendo ali mesmo os poros de sua pele com um calor e um arrepio formigante, sentir a maciez que ela possuía por dentro e como o seu corpo tremera com o orgasmo. Seu rosto se coloriu e ele teve um relance de vergonha de sentir o que sentia, diante da mãe de Soraia. Mas ao mesmo tempo soube que Dona Teresinha estava errada, que Gabriel e ele mesmo estiveram errados o tempo todo, porque Soraia pertencia a ele.

Dona Teresinha ainda falava, quando Alexandre se pôs em pé. Ela acompanhou o seu movimento com um olhar intrigado.

— A minha vida toda eu desejei a sua filha — disse. — Mesmo sabendo que ela não era pra mim, como a senhora diz. Mas agora eu sei que ela me quer também, e isso muda tudo. Só ela pode me mandar embora.

Soraia chegou em casa vinda da escola, com saudades de Alexandre, mas desapontada com ele. Afinal, ele tinha prometido esperá-la na rodoviária. Vinha tendo dias difíceis na escola, depois da morte de Artur. A sua carteira vazia... A preocupação da direção da escola, os diferentes boatos entre os seus colegas de classe, o silêncio da mãe do menino. Por alguma razão, não conseguia contar a todos da sua certeza de que o menino estava morto. Cedo ou tarde a polícia identificaria o carro de Jocelino, e então todos saberiam, mesmo sem os corpos dos dois irmãos. Queria dividir um pouco disso com Alexandre, saber o que ele achava, e ele não apareceu.

Chegando em casa, não viu sinal dele. A Mãe não lhe contou onde estava, e Soraia percebeu que ela escondia alguma coisa, debruçada sobre o fogão, dando-lhe as costas. "Ela andou despejando as suas bobagens nele", concluiu.

Sem atender aos apelos da Mãe para se sentar para o almoço, saiu para o quintal, pegou a bicicleta e foi para a rua. Onde Xande estaria? Talvez tivesse ido ver o Serra, mas Soraia não sabia onde ele morava... O treino tinha sido no dia anterior, mas talvez ele estivesse na Academia. Era o seu melhor palpite, e ela pedalou para lá.

Encontrou-o solitário, de camiseta e calção, tênis, luvas negras nas mãos, batendo no saco de pancada. Soraia parou junto à entrada e ficou admirando o modo como os socos saíam fáceis, um movimento leve como uma carícia, apenas mais rápido, abrupto. Havia força nos golpes. O saco de pancada balançava e a superfície da lona afundava nos pontos em que os punhos a atingiam. Alexandre girava em torno, e quando ficou de frente para ela, Soraia viu o seu olhar concentrado, uma expressão dura no rosto, e então, sem saber por que, teve pena dele.

Ele a viu e se deteve.

— Soraia!

— Eu achei que a gente tinha combinado de se encontrar na rodoviária...

Viu a hesitação em seu rosto. Mas ele foi honesto e disse o que ela esperava ouvir.

— Quand'eu voltei da minha corrida, a sua mãe 'tava lá de emboscada, pra conversar.

— Eu sei.

Ele fez uma cara de surpresa.

— Ela te contou o que falou pra mim?

— Não, mas eu faço uma ideia.

Alexandre sorriu e fez o saco girar até as correntes no alto se entrançarem. Então caminhou até ela. Apesar de todo o suor que escorria por seu rosto, ela colheu o seu queixo em uma das mãos e o olhou nos olhos.

— Ela me mandou embora — ele disse.

— Eu já disse pra ela que vou continuar na escola e que a gente vai continuar precisando da sua ajuda.

— E eu falei pra ela que só você pode me mandar embora, Soraia. Mas... não é certo desrespeitar a vontade da sua mãe, na casa dela.

— Não liga, Xande. É a minha casa também, e eu é que 'stou entrando com algum dinheiro agora. Eu e *você*. Então ela vai ter que se conformar.

Podia ver o choque em seu rosto, ao ouvi-la falar com tamanho cinismo. Mas esta era a nova Soraia, e era bom que todos se acostumassem.

— Ela me disse qu'eu não sirvo pra você — ele continuou. — Eu sempre achei que era isso o que o seu Gabriel também pensava. Ele tolerava um pouco só, o meu convívio co'ocê.

Soraia sorriu.

— Eu te garanto, Xande, que ele mudou de ideia.

— Como assim?

— Tenho certeza de que ele não ia gostar de ver a gente separado, agora que 'stamos finalmente juntos.

Ele provavelmente sentiu que havia um duplo sentido em suas palavras, porque exigiu que ela explicasse o que queria dizer, mas ela esquivou-se.

— 'Squece e vai tomar um banho, vai! — disse, e o empurrou para longe.

Logo que começou a entardecer Alexandre saiu, tentando evitar mais um contato com Dona Teresinha, durante o jantar — mesmo sabendo que não podia esquecer o que ela lhe havia dito. Mesmo depois de Soraia tê-lo apoiado. Era tudo tão estúpido... Ele, que fora tão rebelde contra a vontade dos seus pais, agora ameaçava se curvar à vontade da mãe de Soraia. Sentia-se um perfeito adolescente, oscilando entre uma disposição e outra. Em um momento, confrontava-se com a mulher, no outro, sentia o peso dos seus aparentemente irrecusáveis argumentos. *Ele não servia para ela.*

Saiu sem direção, mas então lembrou-se do lugar que vendia lanches bem ali, na praça, a uma quadra apenas de distância. Se não podia resolver um problema, então atacaria outro. Problemas era o que não faltava, aliás.

Lá estava o mesmo fazedor de lanches, arruivado e de avental; com tatuagens esverdeadas nos antebraços, Alexandre pela primeira vez percebeu. Sentou-se em um banco próximo, e ficou observando, enquanto o sujeito atendia a dois garotos. Como da vez anterior, não viu ninguém parado por perto, fazendo o papel de segurança. Quando os dois garotos pegaram os seus lanches e saíram, ele foi até o carrinho, escolheu um x-salada e um guaraná, e ficou junto ao balcão dobrável comendo e bebendo. Puxou conversa com o ruivo, apresentando-se como Augusto e contando a história de como não reconhecia mais ninguém na cidade, por ter saído há pouco da penitenciária.

— E que q'cê fez pra ir parar lá? — o sujeito perguntou, com uma cara meio desconfiada.

— Disso eu não falo — ele respondeu, compreendendo no mesmo instante que a conversa morreria ali, se ele não chegasse direto ao ponto. Disse ao ruivo:

— O que eu preciso agora é menos de alguém que escute as minhas tristezas, do que alguém que me ajude a ficar mais alegre. Me disseram que 'ocê é o cara certo pra isso.

— E *quem* disse?

— Não guardei o nome — Alexandre respondeu, e com cuidado descreveu o rapaz de jaqueta de couro e sapatos caros, que ele vira vendendo droga no SODES, no fim de semana passado.

O ruivo assentiu, e, depois de pensar um pouco, perguntou o que ele queria.

Alexandre pagou pelo lanche e o guaraná, e por um pouco de erva que lhe foi passada em um guardanapo de papel. Dali foi direto para a casa do Serra. Bateu na porta, a mãe dele atendeu.

— Oi, Xande — ela cumprimentou-o. — O João 'tá aqui sim, com a Ângela. Entra.

Ele disse "oi" a Ângela e Serra, que estavam sentados diante da TV, e os três conversaram um pouco. A namorada do Serra perguntou de Soraia. Alexandre disse que estava tudo bem com ela, mas evitou revelar que estavam "namorando firme", como a própria Soraia havia dito. Então pediu para falar um minuto a sós com Serra.

Os dois foram até o quartinho dos fundos.

— É rápido — Alexandre disse, assim que Serra fechou a porta. Mostrou-lhe a maconha. — Comprei naquele lugar que faz lanche. Quando o cara pediu recomendação, eu descrevi o sujeito qu'eu vi no SODES. Só pra confirmar.

— Filho da puta! — Serra exclamou.

— Joga essa merda na privada.

Serra retornou do banheiro e perguntou:

— Q' 'cê acha que'a gente devia fazer? Como a gente fez antes com o Vicente, ou dar um tempo e fazer que nem 'cê 'tá agindo agora, só sondando, até saber bem qualé o tamanho da encrenca?

— É a melhor ideia. — Alexandre suspirou e cruzou os braços sobre o peito. — Eu bem que 'tô cansado de trocar socos e tiros. A gente espera um pouco e vê se surge alguma alternativa.

Serra sorriu tristonho.

— 'Cê acha que tem alguma?

— Não. — Deu de ombros. — Vamos dizer que eu 'tô cansado agora, e preciso de um descanso. Depois a gente vê.

Os olhos verdes de Serra examinaram o seu rosto por um momento. 'Tava na cara que ele não estava feliz com apenas esperar, mas apesar disso, concedeu:

— Combinado.

Soraia não conseguia dormir. Tivera, durante a janta, mais uma discussão brava com a Mãe, que não ia se conformar tão cedo. Tentaria vencê-la pelo cansaço, e teria muita bronca ainda a encarar pela frente.

E o próprio Alexandre saíra de fininho e provavelmente tinha almoçado fora, só para não ter que confrontar de novo a Dona Teresinha.

Soraia suspirou e afastou as cobertas com um gesto brusco. Amarelo miou e saltou da cama.

— Desculpa, xaninho...

Esperou sentada na cama, tentando ouvir algum sinal de que o miado teria acordado sua Mãe. Nada. Ela então levantou-se, calçou os chinelos e foi no escuro até a cozinha. Enquanto enchia um copo com água do pote, olhou pela janela e enxergou a luz acesa no quartinho dos fundos. Não podia ver Alexandre, mas ele certamente estava lá.

Soraia e sua mãe. Serra e o SODES. O bando do Visgo e a polícia. Os atiradores do Maverick. Alexandre pensava em todos, sem conseguir dormir — nem mesmo ler um dos livrinhos que pertenceram ao seu Gabriel. Mas principalmente, pensando em Soraia.

Lembrou-se então do *Diário Sumareense* que havia folheado na Academia do Marinho. Enfim, seu pensamento encontrou um outro alvo. Parecia que a Gangue do Maverick cometera um engano. Ao atacar o filho de um figurão da cidade, finalmente chamaram sobre eles a atenção das autoridades. A PM tinha o plano de preparar uma viatura de interceptação (que era o assunto central da notícia) com a capacidade de alcançar o carro negro envenenado. Talvez agora Serra e ele pudessem desistir das "patrulhas". Um problema a menos, agora assumido por quem de direito? Serra fizera a mesma pergunta, quando o visitara em sua casa.

— Vamos ver — ele tinha respondido — se a polícia vai mesmo se interessar pelo caso agora.

— Não é legal? Quando são uns pé-rapado como nós que levam chumbo, os meganhas não 'tão nem aí. É só despacharem o filho de um ex-prefeito, e chamam até a Força Aérea.

Os dois tinham rido da piada do Serra, mas era isso mesmo. Esperariam para ver.

Levantou-se e apagou a luz. Esperaria no escuro também pelo sono. Enquanto ainda estava junto ao interruptor, a porta se abriu lentamente.

— Xande?... — um murmúrio. A voz de Soraia, procurando-o no escuro.
— Oi.
— 'Cê 'tá acordado?
— Não consegui dormir, pensando num monte de coisas... — disse, e deu um passo em sua direção. Tocou-a, sentindo o seu corpo por baixo do pijama. — E você?
— Eu também. Provavelmente pensando nas mesmas coisas.
"Não", ele refletiu. "Graças a Deus, não as mesmas coisas."
Silêncio entre os dois. Tocava-a, ainda. Suas mãos correram para a sua cintura. Procuraram a barra da camisa, alcançaram sua pele. Por baixo da camisa do pijama ela vestia apenas calcinha. As mãos subiram.
— Xande... — ela gemeu.
Ele a beijou, os lábios se chocando desajeitadamente no escuro.
Quando se separaram, ela perguntou:
— Você não... pensou em comprar?... 'Cê sabe o quê.
— Não — ele gaguejou. — Eu nunca pensei... Não, não comprei.
Soraia abraçou-se a ele e ficaram assim por algum tempo. Ele mal conseguia deter o impulso de acariciá-la mais, mas era preciso.
Então ela disse:
— Você acha que consegue fazer como... da nossa primeira vez?
Levou algum tempo para entender o que ela queria dizer.
— Consigo sim — disse.
— Se não for... 'Cê sabe, muito ruim pra você. Afinal, são as mulheres que geralmente se preocupam com essas coisas...
Ele sorriu no escuro.
— Acho que você e eu já 'stamos bem longe do que é típico — disse, e então puxou a camisa dela para cima.
Ele próprio livrou-se rápido das suas roupas e levou-a para a cama. Deitaram-se muito juntos, as pernas entrelaçadas, e se acariciaram por muito tempo, até que ele cumprisse o que havia prometido.

CAPÍTULO 12

Vezes houve em que me questionei
E vezes em que chorei
Quando minhas preces foram atendidas
    Steve Harris (Iron Maiden)
    "No Prayer for the Dying"

Josué Machado olhou em torno. Havia apenas mato descendo até o ribeirão, e árvores altas escalando as colinas. A única exceção era uma grande casa de fazenda, de arquitetura muito antiga mas aparência nova, e um caminho que levava dela a uma outra construção ainda maior e mais estranha, que se erguia à beira do regato. O céu acima deles aparecia cinzento, e nuvens escuras desfilavam baixas, como manchas de tinta em água, impulsionadas pelo vento. Não havia nada mais até onde seus olhos alcançavam, que indicasse que estava perto de Sumaré. Apesar disso, sentia que conhecia muito bem o lugar...

Alguma coisa o atingiu com força nas costas, lançando um relâmpago de dor por todo o seu corpo. Josué olhou na direção de onde viera o golpe e reconheceu, parado ao seu lado, um homem de chapéu e de barba cerrada, segurando na mão esquerda um curto chicote. Como não o vira antes?

— Anda, negrinho — o homem disse. Um forte cheiro de fumo de corda veio com o seu hálito.

Josué olhou para o outro lado e viu uma fila de jovens negros, vestindo apenas calções de aninhagem, encardidos de terra vermelha. Todos caminhavam na mesma direção, e Josué juntou-se a eles. Sentia, a cada passo, não apenas a ardência em suas costas, mas a dor e o desespero que sentiam os outros. Estavam presos ali, e tudo o que tinham pela frente em suas vidas era o trabalho bruto, as surras e a falta de liberdade. A terrível sensação crescia a cada passo. Como a terra não se abria sob os seus pés e céu não rachava acima de sua cabeça, como ele próprio não se curvava diante de tanta dor?

Caminhavam ordeiros e cansados para um canavial. Mas ao lado da plantação de cana alta havia um bosque. Josué conhecia esse bosque. Sem se importar com os companheiros na fila ou com o chicote do feitor, embrenhou-se entre as árvores. Abraçado por seu frescor, sentiu um alívio imediato. Não havia mais dor ou desespero. Ninguém o perseguiu, e nenhum dos outros o acompanhou.

Foi contornando as árvores como se conhecesse intimamente os caminhos por entre seus troncos, até chegar ao regato que formava um dos seus limites. Havia alguém ali, acocorado junto à água.

Josué não deixou a proteção das árvores. Observava.

Era um jovem branco, bebendo a água que colhia com as mãos em concha.

Quando ele se levantou, soube que era o rapaz com quem sonhara antes. Significava que era também um sonho o que vivia agora, embora suas costas voltassem a arder da chibatada e seus pés descalços de pisarem os gravetos no bosque.

O rapaz que Josué suspeitava ser um anjo, veio andando até ele. Por alguma razão, não conseguia divisar o seu rosto. O rapaz parou ao seu lado, sem encará-lo. Seu rosto estava voltado para alguma coisa além das colinas adiante.

— É engraçado — disse — que este seja um lugar de tantas encruzilhadas. — Apontou para o interior sombrio do bosque. — Aqui, liberdade. — Então para longe, na direção da casa grande. — Lá, no passado ou no futuro, dor e escravidão.

Dito isso, voltou-se para Josué, que pela primeira vez, reconheceu o seu rosto.

Um rosto que já vira antes.

Josué despertou sobressaltado.

Apoiou-se no criado-mudo. Sua mão escorregou, de tão suada, e derrubou o abajur.

— Josué, que foi? — Isaías perguntou, deitado na outra cama ao seu lado.

— Um pesadelo. Só isso.

Mas era? Passou a mão nas costas, sentindo ainda um lembrete da dor do chicote. Mas foi o rosto do rapaz que teimava em visitar a sua mente, que havia deixado a impressão mais forte. Onde o vira antes?

Vanessa Mendel estava deitada de costas na cama, acariciando lentamente a própria barriga. Seus mamilos ardiam, e dentro dela as entranhas pareciam amolecidas. Sentia-se saciada e contente. Algo raro. Olhou para Josué ao seu lado. Ele a tinha procurado na sexta-feira. Não pôde recebê-lo porque estivera atendendo ao presidente da Câmara Municipal da cidade. E tinha a agenda cheia por todo o fim de semana. Muitas preocupações, que precisavam ser respondidas mobilizando a rede de marionetes que ela havia erguido. Só agora, na segunda-feira, é que se encontravam. Aproximava-se a hora do jantar. Os dois haviam passado a tarde se amando de todas as formas. Exausta, ela apenas ouvia agora. Ele contava do sonho que tivera, na manhã da sexta. Não. Era mais que *ouvir*.

A estranha conexão empática se fazia sentir também agora. Enquanto Josué narrava, de certo revivia o sonho, e Vanessa experimentava-o através dele. De pálpebras cerradas, viu a casa-grande, o obscuro feitor de escravos, a fileira de homens, o canavial e o bosque. Estranhamente, o único elemento da narrativa que ela não conseguiu vislumbrar, no menor detalhe que fosse, era o jovem que conversara com Josué, no sonho.

— Depois que acordei — ele contava —, lembrei de onde eu conhecia o cenário do meu sonho. Então fui até a Biblioteca Municipal consultar um livro antigo, que conta a história de Sumaré, com muitas fotos e mapas.

"Houve escravos, aqui, antes da cidade se tornar um município. No século dezenove, eu imagino. O ribeirão que corta a cidade se chama Quilombo, e teve também o engenho, lá embaixo no Marcelo. Então eu achei que foi mais que um sonho, foi uma *visão* do passado. Como se Deus me fizesse viajar pr'o tempo dos escravos, e sentir como eles viviam. E lembrei do que disse o rapaz, no sonho, que no passado ou no futuro, havia a mesma dor e a mesma escravidão."

Vanessa endireitou o corpo ao lado dele, e apoiou as costas na cabeceira da cama.

— O que isso quer dizer? — perguntou.

— Não sei.

Vanessa refletiu sobre tudo o que ele dissera e o que ela sentira através dele. O fato de Josué ser negro de algum modo permitira uma conexão com os negros escravos do passado da cidade? Fazendo-o viver a dor de outros, há muito mortos?

Talvez fosse essa mesma a razão do fenômeno que atingia a cidade — as dores sobreviventes de um passado de abusos contra seres humanos, abrindo uma brecha entre o mundo "real" e uma outra realidade, *irrealidade* que vinha se misturar com esta, contaminando-a e sendo contaminada por ela. E exigindo mais dor, mais sofrimento, para tornar a estabelecer um equilíbrio.

Vanessa sabia que era possível. Ela mesma havia encontrado outros lugares pelo mundo, em que a dor antiga se prendia às coisas e se tornava quase palpável. Dor e violência impregnando as pirâmides em que sacerdotes astecas arrancaram corações ainda pulsantes. Deixando o seu cheiro de séculos na lama às margens de rios em que índios foram massacrados pela força da espada e da pólvora. Casas cujas paredes foram maculadas por abusos e violências ocasionais ou quotidianas. Ali, por alguma razão, esses fósseis de terror e violência teriam aberto uma ponte entre dois mundos.

Mas... o que isso fazia do jovem negro deitado ao seu lado? Poderia aceitar essa coincidência, que os dois amantes tão improváveis fossem capazes de intuir de algum modo a sombra do sobrenatural que pairava sobre a cidade?

Olhou bem para Josué. Concluiu que não eram apenas as realidades que se contaminavam. Ela e o amante trocavam identidades, através do laço empático que partilhavam. Vanessa, a bruxa, e Josué com sua ingênua propensão à santidade. Misturavam-se. Sorriu diante da ideia. Em sua mente, tinha a certeza de que seria a sua magia e sua experiência a virar a balança. Josué perderia esse verniz de bondade que às vezes parecia a ela mais denso do que a pele escura do moço.

"Gostaria tanto dele, depois?..." perguntou-se.

Na tarde da quinta-feira, depois do treino de boxe, Alexandre e Serra levaram as namoradas para um piquenique na represa do Marcelo. Ideia do Serra. No carro, Alexandre se sentou na frente com ele, porque Ângela "não aguentava" o rígido banco de corrida do Charger e o cinto de segurança que lhe apertava os ombros. As duas moças foram conversando no banco detrás. Alexandre ia olhando o desfiar das ruas.

Agora Soraia e Ângela estavam papeando à beira da água, com a namorada do Serra apontando qualquer coisa nas casas caiadas na margem oposta, ou talvez uma das garças que tinham uma das patas metidas na água, imóveis como enfeites de jardim. Os dois rapazes se sentavam a uma das mesas de concreto, à sombra cheirosa dos eucaliptos, acompanhados de garrafas de guaraná Antártica gelado. Havia uma brisa e moscas, formigas e libélulas, e uma impressão de sossego e paz que amainava os sentidos. Alexandre e Serra observavam as moças e conversavam.

Serra não estava nem um pouco satisfeito com a situação do SODES, agora que o bando de Leandro Visgo tinha ocupado o território do Patolino.

— O meu problema não muda — dizia. Falava em voz baixa, o que não acontecia sempre. — Qualquer dia desses a polícia dá uma batida no clube e encontra esses filhos da puta vendendo a merda deles pr'os frequentadores, e é a única desculpa que eles precisam pra fechar o clube.

— Eu 'tava pensando que a visita que 'cê teve antes — Alexandre disse — 'tava dentro do esquema pra afastar o bando do Patolino e deixar tudo livre pr'essa turma nova. Era mais uma coisa dentro dessa guerra de gangues. Não esquece que tem um PM com eles, e pelo que 'cê me falou, deve ser o mesmo cara que fez pressão em cima d'ocê antes.

Serra tomou um pouco de guaraná, sem oferecer nenhum comentário. Ele não se deixaria tranquilizar por nenhum argumento. A tranquilidade só viria com o clube livre dos vendedores de drogas.

Durante o fim de semana, Alexandre havia seguido, a partir do clube, o sujeito que vinha vendendo droga aos garotos. Descobrira mais dois pontos de venda que usavam o chalé de madeira que vendia lanches como fachada. Um deles ficava em um trailer de lanches estacionado diante do clube que ficava perto da rodoviária, e devia ter um faturamento tão bom quanto o do SODES. Então devia ser uma operação bastante lucrativa. Alexandre supunha que o tal PM patrulhasse o centro e formasse junto a esses lugares uma espécie de proteção contra a concorrência — não que houvesse alguma restante, depois do fim do Patolino. De qualquer maneira, Alexandre tinha testemunhado o cara aparecer sozinho em uma viatura, e recolher o seu dinheiro sujo.

Sabia bem como Serra se sentia. O amigo sofria outro surto da sua territorialidade com relação ao clube, e logo perderia a paciência e tentaria agir de novo. Alexandre lembrou-se com um baque no estômago do resultado da última ação que realizaram, e disse:

— Lembra no que deu o nosso confronto com o Patolino. A gente já abusou da sorte na primeira vez, 'cê não vai querer encarar outro bando logo agora. É melhor dar um tempo e ir mais devagar desta vez. Quem sabe aparece alguma coisa que facilite pra gente, sem acabar em morte pra ninguém.

Serra fez uma careta e assentiu. Mas não parecia acreditar muito.

— E o Dorjão, 'tá tinindo de novo? — Alexandre perguntou, querendo mudar de assunto.

— Deu trabalho, mas 'tá melhor do que antes — Serra respondeu, olhando-o de soslaio, sério. — E eu 'tava pensando que a terceira é a q' conta.

Alexandre riu um riso desanimado.

— Se a gente der sorte, não vai ter mais nenhuma vez.

Já tinha discutido com Serra sobre o carro interceptador que a Polícia Militar estava preparando, depois que a Gangue do Maverick matou o filho de um antigo prefeito de Sumaré.

— Não confia muito nessa ideia da PM — Serra avisou. — Precisa ver quem é que vai pilotar o tal Opala modificado...

— Não põe urucubaca no negócio, Serra, só porque 'cê fã de motor vê-oito e não gosta do Opala.

— Quem disse? — o outro inflamou-se. — Até q'é um carro legalzinho, se bem preparado. Eu conheço o velho Ferretti, o cara que 'tá fazendo as adaptações, na oficina dele lá em Campinas. Trabalha bem pra cacete. Mas o tal interceptador não vai ser mais forte que o meu Dorjão não.

— Sei.

O próprio Alexandre não acreditava muito na seriedade da polícia. Suspeitava que a novidade fosse coisa "pra inglês ver", e nada mais. E Serra tinha razão — quem ia dirigir o carro, um PM qualquer? Depois dos dois encontros com o Maverick, ele passou a compreender melhor as habilidades envolvidas, e sabia que tinha que ser alguém qualificado. E por que o segredo sobre o motorista?

— O que é que 'tá pegando, Xandão? — Serra perguntou, de repente.

— Como assim?...

— Tem alguma coisa te incomodando. 'Cê nem percebeu as modificações qu'eu fiz no carro.

Alexandre olhou para o Charger, estacionado ali perto. Foi como se o visse pela primeira vez.

— Que antenona é aquela?

Serra riu.

— Eu aluguei um radioamador de um cara de Americana qu'eu conheço. Ele serviu na CiaCom em Campinas, na mesma época que 'ocê. Depois foi trabalhar na TELESP. Dá pra ouvir todas as faixas da polícia, daqui até Campinas e olhe lá. Desse jeito a gente pode saber da Gangue do Maverick, e agir de jeito pra interceptar eles. Eu só não quero ver o que a antena vai fazer na lateral do Charger, vergan'o ali a duzentos e cinquenta por hora.

"'Cê tá avoado mesmo, pô. Andou na frente com o aparelho enfiado no painel, e nem percebeu."

Alexandre levantou as sobrancelhas. Serra tinha razão. Mas o que era? A situação dele na casa de Soraia, claro. E algo mais. A encrenca no SODES. Traficantes de drogas mancomunados com a polícia — a mesma polícia que dizia que daria um jeito definitivo nos atiradores do carro preto. Serra se preparando para enfrentar de novo os assassinos. Soraia em pé à beira d'água.

Era isso. *Soraia.*

Não tinha ilusões. A realidade violenta iria alcançá-lo. Ele teria que matar outra vez, e alguém atiraria nele... Ou seriam ele e Serra jogados para fora da estrada em alta velocidade. Ou ele voltaria para a prisão.

Nada disso era como ganhar na loteria, mas a verdade é que agora já tinha conquistado o prêmio principal, e não queria perdê-lo. Perdê-la.

Soraia retornou sorrindo para junto dele. Alexandre admirou a figura cambiante do seu corpo enquanto ela caminhava, os movimentos das coxas, do busto, e como os raios de sol que penetrava por entre as árvores coloriam o seu rosto corado com manchas quentes de luz dourada que faziam brilhar os seus cabelos. Ela parecia saudável, tranquila e feliz. E, perto dela, ele não conseguia se sentir do mesmo modo.

*

O Chevrolet Opala da polícia tinha ficado uma beleza, seu perfil agora mais agressivo e "menos civil", sobre a nova suspensão e as rodas esportivas com pneus radiais. O capô de fibra de vidro, pintado no mesmo cinza-claro adotado pela PM, tinha uma projeção deslocada um pouco à esquerda, bem em cima da carburação aumentada com os Webers prometidos pelo seu Ferretti. Por dentro o carro parecia nu — os bancos traseiros e o do passageiro foram retirados, bem como os painéis das portas e a divisória em colmeia. Havia apenas o assento do motorista, o rádio e o suporte para a Remington calibre 12, como Josué havia especificado. Com isso e com a aplicação de fibra de vidro por fora, o automóvel ficava mais leve e mais capaz de desenvolver altas velocidades. Uma sólida gaiola de proteção contra capotagem corria por dentro junto às laterais e ao teto.

A oficina do Ferretti finalmente entregava o carro, agora com um seis cilindros de quase trezentos e cinquenta cavalos. A imprensa escrita de Sumaré e de Campinas estava lá para fotografar o orgulhoso Ferretti ao lado do interceptador. O Tenente Brossolin também estava presente, vestindo a farda de passeio e de insígnias polidas, para mostrar que a corporação fazia alguma coisa.

Josué e Isaías testemunharam tudo, um tanto afastados.

Nenhuma das matérias sobre o projeto, publicadas na imprensa, falava de quem pilotaria o carro. "Melhor assim", Josué pensou. Preferia o anonimato. Pior era a dotação de combustível que ele havia examinado há alguns dias. Ela ainda registrava a viatura I-19328 como desativada. Não havia nenhuma dotação de etanol para o carro.

Josué, porém, antecipara isso, e já tinha separado um dinheiro para comprar o combustível. Mas esse atestado da falta de seriedade de Brossolin não deixara de atingi-lo, por mais que tivesse se preparado. Até onde podia ir o cinismo das autoridades?

Quanto ao próprio Josué, era como se tivesse se tornado invisível dentro da corporação. Havia dias em que Ribas saía sozinho em patrulha (Deus seja louvado), e Josué cumpria na companhia só um expediente administrativo. Nem mesmo o amigo Vitalino lhe dirigia palavra ultimamente, fosse na companhia ou na igreja.

Não havia doutrina para o emprego do interceptador, e ele tivera de conversar pessoalmente com o telefonista Oliveira, para que lhe passasse todas as chamadas sobre o Maverick preto que fossem porventura trocadas não apenas entre as viaturas de Sumaré, mas também de Americana e Campinas. Com a ajuda de um mapa da cidade, elegera o melhor ponto para manter a viatura em prontidão de acionamento — uma borracharia de pátio amplo, localizada perto de um cruzamento da Rebouças. Com Oliveira, combinara que não faria mais o turno de 24 por 48, mas trabalharia todos os dias, somente à noite. Oliveira simplesmente levou a nova escala de serviço para Brossolin assinar. O tenente não participou em nada.

Na companhia, corria o boato de que o comando do 19º Batalhão, em Americana, estaria pressionando o oficial para um relatório sobre o emprego do interceptador. Josué não soube como reagir. Mais obstáculos, agora vindos do escritório do Capitão Santana? E o *Diário Sumareense* também vinha há alguns dias questionando a praticidade da ideia, depois de, em um primeiro momento, ter louvado efusivamente a iniciativa. Josué temia que Brossolin cancelasse tudo de uma hora para outra. Suspeitava, porém, que o oficial pretendia aguardar os acontecimentos — se a ideia funcionasse, ele ia querer estar por perto para colher os louros.

Tentou desviar o pensamento. Pensou em Vanessa. A mulher fazia coisas com ele que nem pensava serem possíveis. Ainda não sabia se eram boas ou ruins, as coisas que faziam juntos. Pecados, certamente; agravantes de concupiscência e da conjugação carnal fora do casamento. Mesmo assim ele precisava dela, e a tinha procurado. A sua inicial falta de disponibilidade irritou-o. Em verdade, não sabia nada das suas ocupações, quando não estava em sua companhia. Ela pouco falava de sua vida, passada ou presente. Bem, ele não a procurava propriamente para discutir a Bíblia.

Com alguma amargura, reconheceu que se tornara uma pessoa absolutamente mundana. Suas preocupações se limitavam ao corpo generoso de Vanessa Mendel — e em capturar os assassinos do carro preto. Ia à missa, mas assistia aos testemunhos sem entusiasmo. Há semanas que não visitava o Pastor Santino. Certamente não levaria a ele nada do que o afligia. Deus se tornara uma presença fugidia em sua vida, pela primeira vez em muito tempo. Salvo se...

Será que o jovem que via em seus sonhos era mesmo a presença divina que imaginava?

Toda a assustadora tangibilidade do último sonho que tivera retornou a ele. E o diálogo com o rapaz, na sombra do bosque à beira do lago. Aquele lugar que não poderia ser o paraíso perdido — não ao lado da fazenda e de seus escravos.

A fila indiana de corpos negros e magros, sujos, mal vestidos e castigados... Por quê? Sonhar com negros escravos de antão, *por quê*?

O Pastor Santino proibia à congregação a leitura de livros que não fossem a Bíblia ou o hinário, além dos obrigatórios na escola. Mas há tempos que Josué não resistia à curiosidade, e lia furtivamente o que lhe caía nas mãos. Em Americana, durante o curso de soldado da PM, ele havia encontrado em uma banca de revistas e livros usados um exemplar do livro de poemas *A Razão da Chama*, e sua memória treinada por tantos anos de estudo bíblico havia decorado uma estrofe de Cruz e Souza:

> *Das crianças que vêm da negra noite,*
> *dum leite de venenos e de treva,*
> *dentre os dantescos círculos do açoite,*
> *filhas malditas da desgraça de Eva.*

Podia ser que ele fosse só mais uma dessas crianças negras, amaldiçoado mesmo se pertencendo aos que seriam salvos? Ou era somente uma identificação distante, com pessoas de um outro tempo, ou lugar, ou?... Não tinha respostas, nem a quem endereçar as perguntas. Estava aprendendo a viver sem respostas, apenas com objetivos.

Agora, a sessão de fotos terminada, Brossolin finalmente deixou a oficina com os jornalistas, e Josué, ainda pensativo, despediu-se de Isaías e entrou no carro. Virou a chave na ignição, tremendo um pouco. O motor roncou com gosto.

Não sabia o que pensar. Sentia-se confuso e desamparado, sem forças sequer para uma muda oração ao Senhor.

Mas havia o carro e os planos que fizera para combater o Mal, mesmo em pecado. "A minha luta começa aqui", pensou.

O Ford Maverick estacionou ao lado do campo de várzea, em Londrina, Paraná. O motor manteve-se rodando em ponto-morto, porém. O sol acabava de raiar na terça-feira. Norberto Ruas atirou a guimba do cigarro pela janela, e acendeu outro. Ao seu lado, Quintino fechou o tambor do Smith & Wesson com um clique.

— Guarda essa merda — Ruas ordenou. — Só usa quand'eu mandar.

— Falou, chefe.

Quintino e Ximenes estavam nervosos. Tinham viajado a noite inteira, atravessando o interior do Estado de São Paulo até o Paraná, fazendo uma média de cento e sessenta quilômetros por hora, parando apenas para encher a cara de café e o tanque do carro com gasolina especial, trazida com eles em vários camburões, que eram jogados fora, na beira da estrada, quando esvaziados. E havia o fato do contrabandista de armas ter uma escolta de dois homens armados com metralhadoras portáteis.

No começo das suas caçadas na região de Campinas, Ruas fora um pouco além das ações do tipo pega-mata-e-come. Ele havia capturado e torturado — antes de matar — os "aviões" do tráfico de drogas, para obter informações de quantos eram, onde guardavam a grana, que tipo de armas tinham, quais ramificações com a polícia. Temia mais a bandidagem organizada, do que os tiras. Mas isso fora no começo. Logo aprendeu que nem um nem outro possuía os meios para detê-lo.

Ruas, porém, guardara as informações que obtivera.

Uma delas dizia respeito a um fornecedor de armas de Londrina. Tinha tudo sobre ele, do número do telefone ao tipo preferencial de armas que contrabandeava, de quanto cobrava ao tipo de segurança que tinha. Por isso sabia dos dois seguranças, sempre presentes.

Normalmente os traficantes da região de Campinas compravam suas armas na Bolívia. Trocavam carros roubados por armas e drogas. Mas de vez em quando alguém negociava com o "Gordo de Londrina". Especialmente quando precisavam de produtos especiais e boa quantidade de munição, pagas em dinheiro. E dinheiro era o que não faltava para Ruas. Não só a grana que lhe era paga para fazer os seus "safáris", mas também o que tirava das vítimas.

E lá estava o vendedor de armas, ao lado de uma Kombi branca caindo aos pedaços — o tipo de utilitário que seria visto em um bairro de periferia pobre como este. Nunca despertaria a atenção.

O contrabandista acenou para ele. Ao seu lado estavam os dois seguranças, com as metralhadoras junto às pernas, semiocultas por jaquetões. Naquele ponto o rapadão de várzea era escudado por árvores, e a transação não daria na vista.

Ruas e Quintino desceram, depois de deixarem os revólveres no banco do passageiro. Segundos depois, como Ruas havia previsto, um dos seguranças os revistou, coberto pela metralhadora do outro. Ximenes ficou no carro, sentado ao volante. A chave estava na ignição e o motor ronronava em marcha lenta. Uma sacola ao lado de Ximenes continha o dinheiro para a compra do fuzil.

Quintino passava a mão na boca. Um filho da puta d'um bêbado. Ruas já não se enganava mais. Precisaram fazer uma parada extra, para ele tomar uma dose na estrada e segurar a tremedeira. Precisava dele, de qualquer modo — era o único que entendia de armas automáticas, por ter servido no Exército.

Era por isso que estavam ali. Para comprar um fuzil de assalto. A coisa toda da polícia ter preparado um veículo para interceptá-los, como vinha aparecendo nos jornais, era uma novidade que o deixava nervoso. De um lado, os dois caras no Dodge Charger branco e suas escopetas; do outro, a polícia com um Opala preparado por um profissional. Já passava da hora, então, de conseguirem mais poder de fogo.

O vendedor de armas era um sujeito de um metro e setenta, mas que devia pesar mais de cento e vinte quilos. Vestia um pulôver na fria manhã, mas a barra da blusa parava no meio da sua imensa barriga. Não os cumprimentou. Apontou direto para a porta lateral da Kombi.

Ruas não havia especificado o modelo do fuzil que desejava. Quando dirigia para os assaltantes de banco no Rio Grande do Sul, tinha visto todo tipo de arma e conhecia alguma coisa. Em termos de fuzis de assalto, os bandos a que pertencera costumavam privilegiar o calibre de 5,56 milímetros, em armas compactas, para poderem ser manuseadas em ambientes fechados ou de dentro do carro. Quintino concordava com a ideia.

— 'Tá aqui o que vocês precisam, uma Ruger Mini-Quatorze, cinco-cinco-meia, três carregadores de vinte tiros e um culote de munição jaquetada — o vendedor foi recitando. — A Ruger Mini é uma das preferidas do povo lá dos morros do Rio. — O tal "povo" eram os traficantes cariocas. — Igual a que aparece no *Esquadrão Classe A*. Esta é a versão a-cê-cinco-cinco-meia, de empunhadura tipo pistola e coronha dobrável, durável e compacta, conforme o pedido. Alto poder de fogo, capaz de dar rajada ou tiro a tiro, de acordo com o gosto do freguês.

Ruas fez um sinal para Quintino. O capanga apanhou a arma que os esperava sobre o caixote de madeira com a munição. Tinha o cano e as partes móveis metálicas em aço inox. Ruas teria preferido um acabamento mais escuro, mas paciência. Quintino olhou pela alça de mira. Acoplou um carregador vazio na arma, depois liberou-o. Moveu a alavanca de manejo, destravou e puxou o gatilho. *Clique*. Então puxou um cartucho dourado do bolso da calça.

Um dos seguranças fez um gesto com o cano da sua metralhadora, mas Ruas o interrompeu com a mão espalmada.

— É só um cartucho vazio, pra saber se o percussor tá picando.

O Gordo riu.

— Cauteloso, hein? — disse. — Não precisa. Eu vendo até pra Polícia Federal, e todo mundo respeita o meu trabalho. O cara que me recomendou deve ter garantido que o meu material é de primeira e de funcionamento *perfeito*.

— O seguro morreu de velho — Ruas argumentou, o cigarro subindo e descendo entre os seus lábios. — O dinheiro 'tá no carro. Se a arma 'stiver boa, a gente acerta tudo num 'stantinho.

Quintino havia arranjado uma munição de 5,56 milímetros, cujo propelente e projétil ele havia removido, para fazer o teste. Tornou a puxar a alavanca de manejo e apertar o gatilho. Houve um forte estalido, quando o percussor feriu a espoleta intacta. O Gordo e os seus homens pularam nas canelas.

Quintino procurou pelos flancos do fuzil até achar uma tecla. Movendo-a, abriu a arma. Com cuidado e mãos trêmulas retirou algumas peças, que Ruas não fazia ideia do que fossem. Colocou-as sobre o caixa de madeira. Espiando por dentro do fuzil e voltando-o contra a luz do sol que chegava a eles por entre as árvores, examinou o cano.

— 'Tá tudo limpo — disse o Gordo. — A arma é nova, porra.

Quintino começou a remontar o fuzil. O Gordo o observava, impaciente.

— Sabe que eu não devia 'star vendendo pra vocês.

— Com'é que é? — Ruas perguntou.

O vendedor de armas apontou o Ford Maverick.

— Você achou que a notícia do que vocês andam fazendo lá por Campinas não ia chegar até aqui? E a sua conversa, de que foi o Visgo quem me indicou... Puta que'o pariu, o Visgo 'tá se cagando de medo dos três matadores do Maverick preto. Mais ainda depois que despacharam o concorrente dele, o Patolino. Não qu'ele não tenha ficado contente com o Patolino ter batido as botas, veja bem...

Ruas tinha tomado conhecimento dessa ocorrência, por uma rádio AM de Campinas. Não tinha dado muita atenção ao fato — sabia que cedo ou tarde alguém ia acabar pondo a culpa neles, por outras ações violentas. Que lhe interessava que um traficante tivesse ido pr'o diabo, e que outro estivesse com o cu na mão, achando que ia ser o próximo? Mas o Gordo ainda falava:

— Agora falam que o Visgo 'está cobrindo todo o terreno que tinha sido do Patolino, o mais rápido que ele pode.

— Dizem, não é?

O Gordo deu de ombros.

— Na minha área é preciso 'star bem informado.

Ruas pensou rápido, apesar do cansaço que sentia. Qual seria o nível de conhecimento do contrabandista? Teria alguém infiltrado no bando do tal Visgo? Suas informações seriam confiáveis, ou ele estaria agora semeando verde, para ver se Ruas tinha algo a acrescentar? Achou que era isso. Ele certamente só tinha notícia dos maconheiros da região sendo mortos, e não do resto do lixo humano que Ruas e os outros recolhiam. Para o Gordo, era tudo uma briga de gangues.

Disse:

— Se você guardar segredo, o negócio é o seguinte. O Visgo contratou a gente pra dar cabo da concorrência. Mas de um jeito que não deixasse ele comprometido, entendeu? Ninguém sabe se a gente — gesticulou para o próprio peito e para Quintino — 'tá a serviço de algum grupo de Campinas ou de São Paulo, ou se somos um grupo de vigilantes, entendeu?

O Gordo fez uma careta de dúvida.

— Mas a informação que eu tenho é que tem morrido gente *do Visgo* também. E se vocês já se livraram do Patolino, já resolveram o problema do Visgo. Pra que então comprar um fuzil de assalto?

Ruas sorriu, porque tinha antecipado as perguntas.

— O genial do lance é que, matando o pessoal do baixo clero do Visgo, ninguém vai pensar que é ele mesmo quem 'tá por trás. Nem a polícia, nem o resto da concorrência. Assim ele não balança a canoa dele, junto com os fornecedor'.

O Gordo sorriu, na certa achando a ideia engenhosa. Uma ideia que ele poderia empregar como moeda, junto a outras gangues eventualmente rivais do bando do tal Visgo. E elas então saberia que, se quisessem sobreviver ou superar o concorrente, teriam que primeiro dar cabo dos atiradores do Maverick. Mas o Gordo não podia suspeitar que, com o sorriso, selava a sua sentença de morte.

— Quanto ao fuzil — Ruas continuou —, é pra peitar a polícia. Dizem que tão preparando um carro especial pra segurar o meu. Então a gente pensou num reforço de poder de fogo.

— Faz bem — disse o outro.

Ruas olhou para Quintino, que respondeu à sua expressão interrogativa com um polegar para cima.

— Agora o dinheiro.

Ele, o contrabandista e os ressabiados seguranças foram até o Maverick. Ruas pediu a sacola com a grana para Ximenes, e a estendeu ao Gordo. Um dos seguranças ajudou Quintino a enfiar o culote de munição no porta-malas, apertado entre os dois camburões de gasolina especial, que ainda restavam. Alguns minutos se passaram, enquanto o dinheiro era contado. Depois o Gordo fez questão de apertar a mão de Ruas, mas avisou que ele deveria sair antes do local. Por falar em cautela...

— A arma é fina, chefe — Quintino disse, quando o Maverick arrancou e começou a descer a rua.

— Que bom. Porque 'cê vai ter chance de testar ela daqui a pouco.

Assim que não pôde mais ver a Kombi pelo retrovisor, Ruas conduziu o carro para o outro lado da rua e o fez entrar em uma transversal. Não longe da esquina havia uma caçamba de coleta de entulho. Deu a volta e estacionou o carro atrás da caçamba, e, mais uma vez, não desligou o motor.

— A gente vai matar os caras? — Quintino perguntou, só percebendo agora.

— Esses merdas 'tão sabendo demais, porra. Desce, pega a munição no porta-malas e enche um carregador. E *rápido*. Aqueles viados vão ter que passar por aqui, porque a rua do campo de futebol é mão única. Aí a gente vai atrás. Você — dirigiu-se a Ximenes —, desce e fica do lado da caçamba, sem dar bandeira. Quando ver passar a Kombi, dá o sinal e entra.

Os dois pistoleiros desceram do carro. Ruas esperou. Quintino foi o primeiro a voltar, segurando um monte de munição na barra da camisa. Sentou-se do lado do motorista e começou a enfiar apressadamente as munições, uma a uma, no carregador. Suor de bêbado logo começou a descer pelos lados do seu rosto, Ruas viu pelo retrovisor.

— Que foi, caralho?

— É que os caras tão bem maquinados, chefe — Quintino respondeu. — Mini-Uzi e MAC-dez...

Ruas não se dignou a asseverar que não havia perigo. Matar mendigos, putas e vagabundos desarmados e sozinhos na rua era moleza. Enfrentar gente munida de armas automáticas era outra história. Quintino estava mal-acostumado.

Ximenes saiu correndo detrás da caçamba e abriu a porta do passageiro. Quintino dobrou o banco para que ele pudesse se sentar atrás.

— Me dá o fuzil! — disse. — 'Tá aí no banco.

Enquanto isso, Ruas engatou a ré e fez o Maverick se projetar para adiante com uma arrancada seca. Desviou-se da caçamba e no mesmo impulso dobrou a esquina. De imediato viu a Kombi virar à esquerda no final da quadra. Em um instante de pistões rosnantes, já estava em cima dela. O motorista da Kombi tentou acelerar, mas era uma disputa desigual. O para-choque dianteiro do Maverick tocou o traseiro da Kombi, bem no canto direito. O utilitário perdeu a estabilidade, derrapou de lado e bateu com um estrondo num poste de concreto. Ruas vislumbrou um dos seguranças bater com a cara no para-brisa, e depois cair para fora, quando a porta do passageiro se abriu.

— Sai e fuzila! — Ruas ordenou a Quintino e Ximenes.

Ele havia detido o Maverick e puxado o pesado Ruger Blackhawk do seu lugar entre os bancos. Meteu um tiro, dois, três contra a frente da Kombi. Os disparos saíam devagar, porque o recuo do Magnum não era brincadeira e os estampidos doíam no ouvido. Era só para dar tempo dos dois capangas se posicionarem. Os projéteis de .44 Magnum atravessavam a lataria como se fosse feita de papel. O recuo do revólver doía em seu pulso. Ruas acompanhou com os olhos o segurança que havia se estatelado no asfalto levantar-se, meter a mão no piso da Kombi e trazer de lá a sua submetralhadora. Mini-Uzi, Quintino tinha dito? Seus gestos eram lentos, de zumbi, enquanto ele entuchava a coronha dobrável de metal debaixo do sovaco e a levantava na direção do carro. Ruas apontou o Blackhawk para ele e disparou. O tiro abriu um buraco no para-lama dianteiro da Kombi, a um palmo da sua perna.

Agora o sujeito pareceu despertar. Seus olhos encontraram os de Ruas. O cano da metralhadora também.

Buracos começaram a surgir no peito dele, nos seus *jeans*, na lateral da Kombi ao seu lado. O cara dançava um sapateado. A Mini-Uzi quicou no chão sem disparar uma única vez.

Ruas então viu Quintino avançar disparando contra a Kombi. Eram tiros semiautomáticos, mas disparados com tamanha ligeireza que a lataria branca foi em segundos ficando saramposa, furunculenta com os impactos do Ruger Mini-14.

A munição acabou. Quintino jogou o fuzil em bandoleira e sacou o seu Smith & Wesson. Mas Ximenes já avançava com o seu em riste, olhando pelas janelas do veículo metralhado. Saía fumaça branca-azulada do seu interior. As janelas do lado — as ainda intactas — estavam borrifadas de vermelho.

Ruas olhou em torno. As pessoas começavam a sair para a frente de suas casas, a atenção desperta pelo tiroteio. Cachorros latiam. Mas Ruas não se importou. Abriu a porta do carro e saiu.

— Pega o dinheiro — ordenou. — Pega uma das metralhadoras. Pega o porco gordo e mete ele no porta-malas.

Quintino se voltou para ele, surpreso.

— Não era melhor cair fora, chefe? Nós tamo' na luz do dia. E o porta-mala' tá ocupado com a munição...

— Põe ela na frente. A gasolina também. Faz o qu'eu falei, cacete! — Será que Quintino não enxergava que levar o cadáver do contrabandista com eles deixaria confusos a polícia e quaisquer associados que o Gordo tivesse? Mas essa não era a sua única razão. — Nós perdemos dois dias co'essa viagem. Assim pelo menos não voltamos sem caça.

CAPÍTULO 13

O amor é uma navalha e
Eu caminhei nessa lâmina de prata
Dormi na poeira com sua filha
Seus olhos vermelhos com
A morte da inocência

O mal que os homens fazem persiste e persiste...
    Adrian Smith, Bruce Dickinson, Steve Harris
    (Iron Maiden) "The Evil that Men Do"

Soraia tivera mais um dia deprimente na escola, marcado pela visão loquaz da carteira vazia que antes pertencera ao pequeno Artur Rodrigues de Oliveira, morto e insepulto. Deus sabe que destino tivera... Na escola, nem Valéria Ferreira nem a diretora falavam do sumiço do menino. Evasão escolar era rotina, e Soraia não tinha coragem de levantar diante delas a suspeita de que o aluno fora vítima de um crime. Os colegas pouco comentavam, e a mãe de Artur não havia aparecido, mesmo depois de Soraia lhe ter mandado um bilhete.

Tornava a questionar-se. Permanecer como professora de Inglês fora a decisão certa? Sentia-se tão desanimada em continuar as aulas, mas o seu confuso senso de dever a impelia a insistir um pouco mais. Ver no que ia dar. Afinal, começara como professora substituta no meio do ano, e ainda não pudera avaliar como estariam as crianças, depois do seu esforço. Quem sabe, talvez...

Ia assim, sentada junto à janela do ônibus, olhando para fora e pensando, "que mundo é este, em que uma criança desaparecia de maneira tão violenta?", quando o ônibus chegou à pequena ravina que havia a meio caminho entre Hortolândia e Sumaré. Soraia viu passar pela janela a silhueta do seu pai, em pé, perto da água do riacho.

Ele levantou a mão, num aceno.

Teve certeza de que era mesmo Gabriel, e não um engano, uma miragem.

O ônibus ainda estava longe da parada mais próxima, e Soraia teve de fazer um pequeno escândalo para forçar o motorista a entrar no acostamento de terra batida e parar para que ela pudesse descer, agarrada à bolsa com os livros.

Ao sair ao ar livre, fora da gaiola de metal representada pelo ônibus, foi atingida por uma breve tontura. Estava no alto agora, a quase meio quilômetro do regato lá embaixo, e dali podia ver em todas as direções — uma vasta expansão de campinas e renques de árvores e os retalhos avermelhados de terra preparada para o plantio. Acima, o sol brilhava alto mas atenuado por nuvens densas que corriam como um cobertor semitransparente, de costuras iluminadas por um ardor prateado. Começou a descer a elevação, as pernas dando passos largos ajudados pela gravidade. Teria corrido, se não tivesse medo de tropeçar e rolar colina abaixo. As pernas não lhe pareciam firmes o bastante. Lembrava-se que era importante que *ela fosse até Gabriel*. Ele se apresentava a ela agora, Deus sabe por que, e Soraia devia fazer tudo para comunicar-se com ele mais uma vez.

Não via o fantasma do Pai desde que fora buscar Alexandre na casa abandonada — desde que os dois fizeram amor. Tanto havia mudado desde então. A reação de sua Mãe... que agora desistira das broncas e censuras e passara a um tratamento de silêncio obstinado e ofendido. Por isso Soraia não contornava a ponte e descia até a beira do regato sem um traço de temor, sem a pulsão da expectativa misturada ao bater acelerado do coração solicitado pela caminhada.

Gabriel ainda estava lá, quase pisando o regato, enquanto olhava para o outro lado.

Havia um bosque ali, um trecho decrépito de mata nativa, crescendo à beira da água, esquecido pelos fazendeiros em redor. Gabriel apontou-o.

— *Há alguma coisa ali...* - disse, na sua voz sumida e fantasmagórica, que Soraia ouvia perfeitamente em sua cabeça. - *Mas não sei... É como uma lembrança de há pouco, ou a sombra de uma lembrança... Um desejo...*

Soraia aproximou-se dele, pisando a lama que não manchava os pés imponderáveis de seu Pai. Não havia ninguém por perto. A única criatura que acompanhava os seus passos na lama era um bezerro negro, pastando junto a uns eucaliptos, mais acima.

— Eu 'stou aqui, Pai. Eu vim até você.

Ele se voltou para ela, e sorriu palidamente.

— *Isso é importante, minha filha. Torna tudo mais fácil e... menos mórbido. Sou grato a você. Por vir até a mim, por...*

A voz como que falseou na mente de Soraia. Ela se aproximou mais, encarando o espectro com atenção tão intensa que ele pareceu tornar-se mais transparente diante dela. Gabriel estava prestes a dizer que se sentia grato por Soraia o ter perdoado?...

Mas o que ele disse foi:

— *Outros... Não posso, não quero que você saiba mais... sobre o horror que nos rodeia, nos ameaça... Não lhe direi mais nada.* - Havia uma enigmática convicção nestas últimas palavras, e Soraia falhou em compreender o que ele queria dizer. Era como se não se dirigisse apenas a ela, que então se lembrou da figura sem substância que acompanhava Gabriel. Era a ele que o Pai se referia? – *Nada até que a união tenha se formado* – continuou. – *Eles são a proteção de que você precisa, e só então eu contarei a você... Alexandre... ele vai protegê-la, Soraia... Vai amá-la até o fim... saiba disso... As injustiças são muitas, mas o amor dele é certo e duradouro...*

— O senhor aprova então, Pai? — ela balbuciou, pensando nela e em Alexandre juntos. Mas Gabriel tornava-se mais translúcido diante dela. — Pai?

— *Você terá de vir a mim mais uma vez, filha... Eu lhe direi o que fazer, se a união se formar... ou se eu terei de ir para sempre, sem esperanças... Uma despedida, nos dois casos.* — Sua voz murchou no ar, como a imagem do seu corpo. — *Uma vez mais ...você virá...*

— Pai?...

Soraia estava sozinha, pisando a lama à beira do regato. Encarava o bosque vestigial. Não havia nada ali.

Juca Roriz terminou a cerveja, tornou a encher o copo, e enquanto a espuma assentava, acendeu um Carlton. Diante dele, do outro lado da mesa de bar, estava um de seus informantes, Wilson Castro. Castro pegou a deixa muda e levantou-se, sem dizer nada. Roriz viu-o deixar o bar, arrastando os pés. Voltava para Hortolândia, levando com ele a foto da prostituta que aparecia com Patolino.

Roriz tinha interrogado algumas putas da região, na tentativa de encontrar aquelas que haviam "atuado" nas fitas gravadas pelo Patolino e sua turma. Não foi difícil encontrá-las, mas nenhuma delas admitiu ter estado com o patrão das drogas, no dia em que ele foi despachado pr'o inferno. E não souberam informar onde ou como ele poderia encontrar a preferida do Patolino. Sempre que chegavam para uma sessão de putaria, a moça já estava lá. Pelo jeito, só o traficante sabia como contactá-la. Ciúme da moça? Roriz lembrou-se de que, nas fitas, ela não aparecia transando com nenhum outro além do Patolino...

Mas Roriz tinha agora um nome e um rosto, e com isso não seria tão difícil encontrá-la. O nome da vagabunda era Paula. Tinha certeza de que era ela a única sobrevivente da chacina.

A investigação do cara executado no Rosolém o tinha distraído um pouco, da busca por Paula. Ele descobrira o nome do pé-de-chinelo morto, e o seu envolvimento com o crime organizado por ali. O rapaz sem um dedo era um ex-torneiro transformado em puxador de carro, que havia caído na desgraça do seu patrão, segundo os informantes de Roriz. Faltava determinar quem eram os executores e quem fora o mandante do crime.

Nos dois casos, seu "parceiro" indicado por Paes, o investigador Santos, não fora de utilidade alguma. Um preguiçoso sem-vergonha. Tinha mandado o bunda-mole interrogar o preto baleado na chacina, o único sobrevivente, e Santos tinha voltado com uma conversa mole de que, por ter sido internado em Campinas, o cara tinha caído na jurisdição da Polícia Civil de lá, e que ele não "'tava a fim de discutir com os campine'ros". Quando o próprio Roriz finalmente foi até o hospital, soube que o baleado tinha morrido de septicemia, sem ter sequer recuperado os sentidos. Azar. Mais uma boca que não ia cochichar no seu ouvido.

Paes, por outro lado, começara cutucando Roriz para que apresentasse resultados rápidos. Não queria ficar atrás em relação à PM, agora que tinha até deputado exigindo resultados, e os milicos estavam preparando um carro capaz de segurar o Maverick preto. Mas logo em seguida o delegado descurtiu, e parou de pressioná-lo. Esquisito que mudasse de ideia assim, no meio do caminho...

O fato é que o próprio Roriz não tinha pressa em chegar aos atiradores do Maverick — se é que foram eles os caras que deram cabo do Patolino. A região com certeza estava melhor sem o Patolino e a sua escória.

Mas havia esse boato que o Castro tentara lhe vender, de que o bando do Leandro Visgo é que seria o responsável pela chacina, porque agora tinha liberdade para avançar sobre o território do outro. A única coisa que Castro não tinha lhe contado era que território era esse. Roriz sabia que o Visgo e o Patolino andaram disputando um pedaço da zona central do município, onde se concentravam os clubes e as escolas, mas não tivera ainda tempo de investigar como era o esquema de distribuição e venda. Pensando a respeito, imaginou que talvez o João Serra pudesse ajudá-lo nisso — Serra conhecia todo mundo que lidava com os clubes. Alguém devia saber alguma coisa...

Bem, por enquanto era só uma questão de sentar e esperar. Roriz andava meio cansado (seu diabetes devia estar pegando), e achou que era a melhor coisa.

Esperar. Alguma coisa não ia falhar em aparecer.

Alexandre estava na Vila Yolanda Costa e Silva, uma hora após o fechamento do SODES, no sábado de madrugada. Fazia uma noite morna e estrelada, com uma brisa que vergava os galhos mais altos dos eucaliptos. O bairro de casas populares tinha surgido na década de 1970, quando Sumaré havia crescido explosivamente, com um aumento populacional de quase 350%, refletindo com rara intensidade o "Milagre Econômico" que acontecia em todo o país, sob a batuta autoritária do regime militar. Alexandre havia feito um trabalho sobre esse período, no Segundo Grau (com Serra fazendo parte do seu grupo de estudo, ele bem se lembrava), e sabia que a vinda de grandes indústrias para o município não havia necessariamente representado uma melhoria de vida para a maioria da população. Ao contrário, e como parecia ter sido a norma naquela década, o influxo de migrantes para ocupar os postos de mão de obra barata redundara em novos níveis de confusão urbana, com o surgimento de bairros de periferia sem infraestrutura, e o aumento no número de favelados. A cidade de vocação interiorana, de produtora rural e comércio miúdo, começou a se gabar do "progresso", mas havia no próprio trajeto do seu crescimento os contornos de uma exploração de mão de obra — que provavelmente remontava ao tempo do escravismo na região e dos às vezes tortos programas de colonos estrangeiros montados no tempo do Império. Gente de todo mundo havia convergido para os núcleos coloniais do governo, em Nova Odessa e Nova Veneza e para as cidades de Americana e Campinas, durante o século XIX, incluindo famílias da Itália, Portugal e Espanha, mas também da Alemanha e da Áustria, Rússia, Suíça, Bélgica, Estados Unidos, Hungria, e até da Irlanda. Alexandre sempre achara fascinante essa parte da história da região. Agora o pessoal vinha das zonas rurais em crise do Nordeste e do Sul do Brasil.

Era evidente a hierarquização dos trabalhadores recém-chegados. Os mais qualificados eram fixados em conjuntos de casas populares como este, e os menos qualificados em favelas ou bairros afastados, a partir de loteamentos precários, que serviam apenas para enriquecer prefeitos corruptos ou os antigos proprietários de terra, que forneciam os lotes. Ao mesmo tempo, essa estrutura de crescimento isolava os migrantes e evitava que se integrassem à cidade, preservando os privilégios das antigas famílias do lugar. É claro que logo em seguida viriam os roubos de domicílio, o tráfico de drogas, a perda de identidade das comunidades, a violência urbana em maior escala...

Alexandre foi quem fez a maior parte da pesquisa. O trabalho tinha rendido a nota máxima junto ao professor Chico de Toledo, e salvara o ano do Serra, que estava pendurado com essa disciplina (Serra sempre fora ótimo em Matemática, sem prestar muita atenção às outras matérias). Será que daí é que vinha o fato do Serra ter se lembrado dele, depois de tanto tempo sem se verem, ou seria a memória do companheirismo dos tempos em que treinaram juntos?

Pensava ainda naquele trabalho de escola. Os colegas diziam que bastava embutir uma conversa politizada de esquerda nos trabalhos de História para garantir uma nota boa com o Chico, mas Alexandre havia se interessado pra valer e terminado o trabalho nota dez especulando se a evolução histórica de Sumaré e a sua situação social não davam ao lugar um caráter de modelo, de microcosmo da trajetória do próprio Brasil desde a década de '70. Um lugar de decisões erradas e maliciosas e de atrasos violentos concentrados, visíveis a quem quisesse ver, escondidos por trás dos discursos de progresso, ganho e modernidade.

Alexandre era só um menino, quando a Vila Yolanda Costa e Silva estava sendo construída. Costumava pedalar até o enorme canteiro de obras para ver os tratores e caminhões trabalhando. Achava engraçado que se construíssem casas todas iguais. Agora, passado tanto tempo, as casas haviam absorvido algo da personalidade dos seus moradores, não pareciam mais tão indiferenciadas. Havia extensões de planta, e pinturas diferentes, muros ou cercas, gramados, jardins e paredes cobertas de trepadeiras. Antenas parabólicas ou de rádio amador, em longas torres de metal. Pequenas lojas e bares. De algum modo, em razão dos esforços dos seus moradores, o bairro havia se integrado à cidade.

Neste ponto havia uma escola infantil e um parquinho para crianças, os brinquedos sob a sombra de altos eucaliptos. Do outro lado da avenida, o Centro Esportivo. Mais acima ficava uma pracinha, e nela um carrinho de lanche, que aproveitava o movimento dos rapazes e moças que desciam a Rebouças depois de passarem parte da noite em clubes como SODES ou o Recreativo, ou em bares e lanchonetes. Ainda havia uma meia dúzia de gatos-pingados por ali, sentados junto a mesas de concreto. Tudo perfeitamente normal.

Exceto pelo cara que vendia drogas no SODES, sentado junto com o conhecido PM que tirava sempre uma fatia do bolo, nos finais de semana.

Alexandre os espiava de longe. Quando ele e Serra passaram por ali no Dodge, com Serra dirigindo o carrão o mais sub-repticiamente possível, ele havia reconhecido os dois. Descera e caminhara até ali, passando por trás da quadra com a pracinha, para não dar na vista. Agora retornava para o Charger, estacionado duas quadras abaixo, na Rebouças.

No princípio ele havia presumido que o policial militar tirava uma percentagem somente da féria do que os carrinhos vendiam à garotada. Agora tinha a suspeita de que tirava o seu das vendas no SODES também. Serra não ia gostar nem um pouco.

O Dodge Charger R/T branco (e cinza, agora com o escuro capô de fibra de vidro) estava estacionado em uma rua transversal, debaixo de uma quaresmeira. A porta do motorista aberta, e Serra sentado ali, as pernas compridas para fora do carro. Enquanto se aproximava, Alexandre ouvia o sons chiados da faixa policial, que Serra monitorava em silêncio. Um cachorro latiu ali perto.

Serra puxou as pernas para dentro do carro e abriu a porta do passageiro para ele. Alexandre sentou-se ao seu lado e Serra deu partida no Charger e saiu devagarinho, com cuidado para não acordar a vizinhança com o ronco do motor. Alexandre notou que as mãos do outro apertavam e soltavam o volante, as veias escorregando sobre os tendões tensos, enquanto ele dirigia rumo à Rebouças. Provavelmente tivera bastante tempo para pensar sozinho, e estava para perder a paciência com a situação toda. Em voz baixa, Alexandre explicou o que tinha visto e o que pensava. A única resposta de Serra foram palavrões cuspidos também em voz baixa.

— Eu não aguento mais essa merda — disse. — Sabe que aquele cara, o PM, é o mesmo o filho da puta que me deu uma prensa, um tempo atrás. 'Tão querendo arrumar pr'o SODES, Xande! Eu não tenho mais dúvida. Não é só o tráfico, caralho. É uma tramoia pra fechar o clube.

"Olha o qu'eu vou fazer. Amanhã ligo pr'o Juca, aí eu dou com ele uma voltinha como essa, e entrego o problema pra ele resolver. Eu confio que ele vai cair em cima desse cara. Ele nunca gostou da PM..."

Alexandre considerou. Uma alternativa interessante... Não fosse um pequeno detalhe.

— Não esquece que o jornal deu qu'é ele que 'tá investigando o tiroteio no Rosolém. Se 'ocê trouxer ele muito pra perto, ele pode cheirar alguma coisa. Fazer uma associação dos problemas que o SODES 'tá tendo com os traficantes, e o tiroteio...

Serra não respondeu de imediato. Então deu uma pancada no volante, e encarou Alexandre de soslaio.

— Fica como 'tá, então?

— Por enquanto...

Nesse exato instante, o Opala cinza e branco da PM entrou na Rebouças, à frente do Charger.

O policial corrupto ia ao volante, o traficante de drogas sentado no banco detrás.

A viatura passou descaradamente pelo quartel da Polícia Militar e começou a subir a avenida. O Dodge o seguia mais de cem metros atrás e de faróis baixos, tentando ser o menos conspícuo possível, mas Alexandre achou que não deixariam de ser notados. Afinal, só os dois automóveis transitavam àquela hora. E estavam com as espingardas metidas no porta-luvas... Se fossem detidos e o carro revistado, corriam o risco de ir parar na cadeia — ou pior. Mas para o seu alívio, puderam seguir os outros até a altura da Praça das Bandeiras, quando Serra desistiu com um resmungo e contornou a praça, para deixar Alexandre na casa de Soraia. Parou diante dela, mas quando Alexandre fez menção de abrir a porta, ele o deteve.

— Espera — Serra pediu. — Eu pensei numa coisa... É rápido, Xande.

Alexandre suspirou e tirou a mão da trava da porta.

Serra rapidamente os conduziu de volta à Rebouças. Passaram pela praça, e o Charger seguiu rugindo, ao longo do comprido muro do Clube Recreativo.

*

Josué consultou o relógio de pulso. Passavam das quatro da manhã do sábado. Com a chegada do fim de semana, cresceram as suas esperanças de receber um chamado para interceptar o Ford Maverick, mas nada aconteceu nessa noite. Seria esperar muito, com certeza...

Caminhava sob o céu estrelado, no pátio da borracharia. Suas botas esmagavam o pedrisco, arrancando um suspiro triturante. O Chevrolet Opala estava estacionado sob uma cobertura metálica, e o portão do pátio abria-se para a Avenida Rebouças. O segurança da borracharia dormia em um sofá que havia no escritório. Para que ficar acordado, se Josué estaria ali a noite toda, de prontidão?... E o ronco do Opala o despertaria, se a viatura saísse para atender a um chamado. Da porta aberta do carro vinha o som baixo de um diálogo travado entre policiais de Americana, atendendo a um caso de arrombamento. Às quatro horas da manhã.

A princípio ele havia se distraído observando o movimento na avenida, mas a esta hora já não havia mais movimento algum.

Isaías tinha passado por ali, depois do culto e de ter levado o Pai e a Mãe de volta para casa. Parecia que, com toda a coisa de preparar o Opala, passara desapercebido ao irmão a verdadeira natureza da tarefa a que Josué havia se proposto. De algum modo, também passara em branco junto a ele o nível de violência com que agiam os atiradores do Maverick. Mas de lá para cá, ele parecia ter se informado, e viera ter com ele e partilhar as suas preocupações. Josué teve pouco mais a fazer, além de asseverar que era tudo um trabalho rotineiro da polícia, que ele não enfrentaria os bandidos sozinho, mas com todo o apoio da corporação.

Odiava mentir para Isaías.

No silêncio da noite, Josué relembrara trechos da Bíblia, que ele comandava de memória. Por fim, o pensamento se fixou em Vanessa Mendel. Fora assim durante todas as noites da semana, desde que pegara o interceptador na oficina do seu Ferretti. Lembrava-se com deleite da última vez que Vanessa e ele... Era-lhe difícil até mesmo pensar em uma expressão que substituísse o "fornicar" das pregações do Pastor Santino. "Fazer amor" era como as pessoas chamavam... Mas, havia de fato *amor*, no que os dois faziam? Havia certamente muito entusiasmo e às vezes ternura... Pensava com carinho na mulher, mas sempre havia uma reação de sua carne, acompanhando os pensamentos. Sabia pouco sobre ela, falava-lhe pouco de sua própria vida ou trabalho. Não obstante, era como se houvesse uma estranha conspiração dos seus corpos, quando os dois se encontravam. Mais do que um "conluio carnal", para usar outra expressão do pastor, mas antes talvez um fundir de sensações que ele percebia com um incômodo cada vez maior. É claro que não sabia muito sobre sexo, antes de encontrar Vanessa... A igreja certamente não incentivava a curiosidade sobre o assunto, e o pouco que sabia viera de conversas com gente de fora da congregação, e que foram mais embaraçosas do que iluminadoras. Ou das aulas na oitava série, com todos aqueles detalhes anatômicos do interior dos aparelhos reprodutivos. Tudo isso parecia contornar cuidadosamente o centro visceral da experiência — o encontro mais íntimo e mais vulnerável de dois seres humanos, que a igreja pregava existir a partir de um conhecimento profundo dos parceiros e de um compromisso com Deus e os seus mandamentos — "E Deus os abençoou e lhes disse: Sede fecundos, multiplicai-vos, enchei a terra e sujeitai-a; dominai sobre os peixes do mar, sobre as aves dos céus e sobre todo animal que rasteja sobre a terra." Tudo dentro do plano do Senhor para promover a agência e o reinado do Homem sobre a criação, mas o que havia no amor que ele e Vanessa faziam, do plano de Deus? Não havia fecundidade em Vanessa, e do sexo entre os dois não viriam novos agentes, seres mulatos que existissem para louvar a Deus e dominar a Terra. Não, todos os toques e contatos entre eles eram dedicados apenas *aos dois*, em um exacerbado egoísmo da carne que era menos uma troca e uma aliança com o Criador, e mais uma partilha de qualquer coisa que surgia desse atrito entre os corpos e que, de algum modo misterioso, transcendia a ambos.

Era isso o que vinha intrigando Josué. Não era possível que fosse esse o sexo partilhado por todas as criaturas humanas, desde a expulsão do jardim do Éden. Se assim fosse, ele teria *sabido* de algum modo — isso teria sido cantado com tanta veemência que chegaria aos seus ouvidos, não chegaria? A princípio, sem conhecer previamente o sexo, ele achara que o que se dava entre Vanessa e ele seria a norma. Mas não poderia ser. Não era possível que pudesse conhecer tão bem a carne de um outro alguém, sem nada saber de sua vida como ser humano fora da cama, longe do seu toque. Quando estavam juntos, um único corpo surgia desse contato, e ele até mesmo julgava sentir o que ela sentia... Como se isso fosse possível! Não havia separação entre homem e mulher... Mas uma fusão como essa não era esperada, porque o Homem aspirava apenas à unidade com o espírito do Senhor, ao fim do julgamento de todas as almas.

Josué tremeu diante da implicação de suas reflexões. Que sacrilégio impensável ele cometia?

Nesse instante, ouviu o ronco de um motor v8, que, para seu alívio, distraiu-o de seus pensamentos. Correu rápido para o portão da borracharia. Seria possível?...

Mas não era um Ford preto, mas um Dodge branco, que acabava de dobrar à direita, na esquina do clube.

Por ali ficava o Bairro do Casarão, Alexandre recordou-se. Ele e Serra passaram pelo quartel dos bombeiros municipais e continuaram descendo, até dobrarem à direita pouco antes de saírem da cidade e entrarem na estrada que levava ao Cruzeiro.

— O que é? — finalmente perguntou.

— Só uma suspeita... — Serra admitiu.

Na segunda quadra, depois de entrarem na transversal, viram a viatura estacionada diante de uma quase-mansão de dois andares. Parecia uma casa recém-construída, com detalhes ainda esperando acabamento, mas Alexandre logo compreendeu que se tratava de uma construção luxuosa. Havia outras casas chiques por ali, mas nenhuma que se comparasse. Eram paredes que apregoavam a emergência de quem vivia em seu interior. Serra fez o Charger deslizar em ponto-morto e faróis baixos, diante dela. A luz do térreo estava acesa, o Opala vazio.

Serra praguejou baixinho.

— Nessa casa mora um vereador — disse —, o Francisco Nicolazini. Esse cara é o maior rival do Amélio na disputa pela candidatura do partido pr'a prefeitura. Eu sabia! Filho da puta!

O Charger rolou até chegar ao cruzamento. Serra deu a volta e parou do outro lado, debaixo de uma árvore que quebrava a luz dos postes. Ele e Alexandre observaram a casa.

Alexandre balançou a cabeça. Tudo se complicava...

— Serra, são quase quatro e meia da madrugada. O que esses dois 'tão fazendo na casa do tal Nicolazini?

— Puta que'o pariu, com'é qu'eu vou saber? Mas o filho da puta só pode 'tar metido nisso.

Sonolento, Alexandre tentou explicar-se melhor.

— Quer dizer, por que eles não vieram direto pra cá logo depois que o traficante saiu do SODES? Pra que passar primeiro lá no balão?

— Sei lá, Xande. Vai ver foi pegar a grana da droga vendida, pra levar pr'o Nicolazini. Esse merda também deve 'tar envolvido com o tráfico...

— É nisso qu'eu quero chegar — disse. — Pra que fechar o clube então? 'Cê acha que os caras iam querer perder essa boca. Não faz sentido. Por que a guerra então entre o Patolino e o Visgo?

Serra franziu a testa. Mas ele logo deu a resposta óbvia.

— Pra eles... pr'o Visgo, na verdade, é mais negócio derrubar a imagem do Amélio e aí eleger um prefeito que ia 'star no bolso deles. Tá na cara.

Alexandre sentiu-se derreado. Mais alguma coisa o incomodava, porém. Por que os PMs e o traficante visitariam o Nicolazini, num horário como este? Por que não esperar um outro dia?

Porque estariam passando a ele alguma coisa absolutamente necessária e urgente.

Mas *o quê?*

Serra apontou a casa, no outro quarteirão.

— Já 'tão saindo... Foi uma visita rápida.

Os dois entraram na viatura, sentando-se como antes, e logo o Opala manobrou ali mesmo, diante da casa, e foi embora na direção de que viera. Alexandre esperou que desaparecesse de vista, soltou um suspiro resignado e pediu a Serra que parasse mais perto da casa do vereador.

— Pra quê?

— Pra bater um papo com o sujeito, e ver se descubro qualé o lance. Não dá pra ficar no escuro, Serra. — Enquanto falava, abriu o porta-luvas e tirou de lá uma das espingardas. Já trazia cartuchos sobressalentes, em um bolso da jaqueta. — 'Cê 'tá certo sobre o esquema pra cima do teu patrão. Se a gente 'sperar demais, pode 'stourar tudo na nossa cara.

Serra apenas assentiu, e arrancou com o Dodge.

— Para um pouco antes, qu'é pr'o sujeito não ver o carro e poder identificar ele depois — Alexandre disse.

— Tudo bem. Pega a minha escopeta tam'ém, qu'eu vou c'ocê.

— De jeito nenhum. É melhor 'cê ficar de vigia. Pode ser que os caras voltem na viatura.

Serra deteve o carro duas casas antes da mansão de Nicolazini, e se voltou para Alexandre, fazendo uma careta estranha.

— Xande, 'cê não vai enfrentar uma parada como da outra vez, sozinho de novo. *Eu vou com você.*

— Serra, o sujeito *te conhece*. Mas eu fiquei *anos* sem aparecer em Sumaré. Ele não vai saber quem eu sou e não vai poder me ligar com o sodes depois. É mais seguro pra todo mundo. Faz o qu'eu falei.

Alexandre já estava fora do carro. Bateu a porta e correu até a frente da mansão. Já tinha enfiado a espingarda à tiracolo no braço e vestido a jaqueta *jeans* por cima. O pm e o traficante tinham entrado e saído sem que nenhum morador precisasse deixar a casa para destrancar o portão. Eram esperados, certamente. A luz na sala de estar ainda estava acesa.

Empurrou o portão e caminhou até a entrada. Deu três pancadas secas, na madeira. No interior da casa, ouviu passos que se aproximavam. Respirou fundo para clarear a mente, e pensou no que fazer. Não ia tentar derrubar a porta.

— Quem é? — ouviu.

— Da parte do Leandro Visgo — disse. Era isso. O pm e o outro só poderiam estar trabalhando para o patrão da droga. As chances eram de que Nicolazini também estivesse envolvido com o traficante. — Assunto urgente.

Uma fresta se abriu na porta e ele viu um rosto masculino ali, espiando-o. O homem abriu a boca para falar, mas Alexandre não lhe deu tempo e empurrou a porta com toda a força. A madeira raspou o rosto do sujeito, que recuou assustado, a mão no queixo. Nesse instante uma imagem se sobrepôs na mente de Alexandre — ele e Serra entrando no covil do Patolino. Piscou um par de vezes, espantou a lembrança intrometida. Não ia haver matança hoje, asseverou a si próprio.

— 'Tá tudo bem — disse, olhando rapidamente em torno. A sala era ampla, com um pé-direito muito alto e lustres pendurados. Não havia mais ninguém além dele e de Nicolazini. Fechou a porta às suas costas. — O Visgo me mandou avisar que esse cara que acabou de sair não é de confiança.

— Mas eu falei com o Visgo ontem à tarde e ele me disse que 'tava tudo certo — Nicolazini protestou. Então seu olhar centrou-se em Alexandre. — Qual deles, Ribas ou o Sérgio?

— O meganha — Alexandre apressou-se em responder.

Nicolazini por um momento não disse nada. Seus olhos baixaram e pareceram procurar por algo precioso, no piso acarpetado. Era um homem de meia-idade, baixinho e gordo, meio careca e com um bigode grisalho que deveria lhe emprestar alguma dignidade. Estava vestido com calças de pijama, uma blusa leve e sandálias franciscanas de couro.

— Não pode ser. O Visgo sempre me garantiu que o Ribas era confiável.

— A gente acabou de descobrir que não é. Ele vai entregar a gente pr'o pessoal dele, na polícia.

Nicolazini empalideceu diante dele.

— E o filho da puta acabou de vir aqui, com a caradura de me garantir que 'tá tudo pronto pr'o esquema de amanhã. Não é possível... — balbuciou. — Nós vamos ter que cancelar tudo. Mas e o Sérgio? Os dois 'tão juntos nessa merda?

Alexandre pensou rápido.

— Não. O Sérgio 'tá de gaiato. E vai dançar bonito junto com a gente. — Fez uma pausa, enxergando a apreensão no rosto do político. — O Visgo quer saber o que o senhor acha que a gente deve fazer agora.

Nicolazini mais uma vez pareceu confuso. Devia ter permanecido acordado até essa hora, esperando a confirmação do tal Ribas, de que o grande golpe que tinham preparado para o dia seguinte estava pronto para ser executado. Mas que golpe seria? Precisava jogar mais verde, e ver o que surgia de Nicolazini. Só que quanto mais falasse, maior seria o risco de se revelar a ele.

— A gente vai ter que deixar o clube pra lá, até saber como agir... — ofereceu.

Os olhos do outro se voltaram para ele.

— Eu nunca te vi antes, não é?... — Nicolazini disse. — Eu... eu acho que vou ligar pr'o Visgo e falar direto com ele. É melhor 'ocê ir embora...

— Se a gente tivesse certeza de que o seu telefone 'tá seguro, o Visgo não ia me mandar aqui.

— Mas a polícia não ia chegar ao ponto de grampear o meu...

Nicolazini arregalou os olhos. Alexandre percebeu que tinha ido longe demais.

O sujeito deu dois passos para atrás, Alexandre, um para a frente. Nicolazini ainda tentou balbuciar alguma coisa, mas desistiu no meio do caminho, deu meia-volta e disparou em uma corrida desajeitada, as sandálias batendo. Chegou à mesa do telefone, junto da parede mais próxima, e abriu uma gaveta com tanta força que o vaso de flores em cima do móvel balançou. Alexandre estava bem atrás dele, e o chutou na perna esquerda. O chute foi tão forte que a perna do outro se dobrou para cima no ar, como um passo de cã-cã, e ele caiu de costas no chão. Uma pistola escura escapou da seu punho direito, descreveu uma trajetória girante até bater no carpete com um *tum* que foi mais alto do que o gemido do homem caído.

Alexandre se curvou e apanhou a arma, examinando-a brevemente. Parecia uma Colt .45. Nicolazini então recebia os seus parceiros no crime com alguma suspeita. Olhou para ele, caído de costas no carpete, segurando a parte detrás da coxa.

— O que 'ocê quer?

Não lhe deu atenção. Sentia-se totalmente desperto, agora, trêmulo com a descarga de adrenalina. A gaveta aberta mostrava um carregador extra para a pistola. Apanhou-o e o enfiou no bolso da jaqueta. Então destravou a pistola e fez deslizar o conjunto do ferrolho. Uma munição entrou na câmara com um estalido. No chão, Nicolazini desviou o rosto.

— 'Cê não me conhece — Alexandre enfim respondeu. Nas paredes em torno da mesa do telefone havia uma série de fotografias emolduradas. Nicolazini apertando a mão de políticos da região (imaginou) ou rodeado por uma mulher morena de meia-idade e duas meninas pré-adolescentes. — Mas o lance é o seguinte. Tem mais alguém na casa?

O outro voltou os olhos para ele, devagar. Alexandre segurava a pistola carregada entre as pernas, os braços apoiados nos joelhos, agachado diante de Nicolazini. Uma postura pouco ameaçadora.

— Minha mulher e minhas duas filhas. 'Stão dormindo lá em cima. Mas 'cê não vai fazer nada...

— Nada. O meu negócio é com *você*. Pode ser o fim da linha pra você, aqui e agora — fez um gesto breve com a .45 —, ou isto fica só como um aviso. Tudo o que 'cê precisa fazer é responder direitinho o qu'eu perguntar. Entendeu?

— 379 —

Nicolazini assentiu. Alexandre molhou os lábios, antes de fazer a primeira pergunta. Precisava elaborar com cuidado cada questão, ou o outro mentiria para ele.

— 'Cês vão dar o seu golpe contra o SODES amanhã, disso eu sei.

Novamente, uma anuência com a cabeça.

— Vai ser à noite, durante o baile?

— Vai. — Nicolazini tomou fôlego. — Mas como eu vou saber que 'cê não vai me matar, depois d'eu contar tudo?...

— 'Ocê é um cara importante, não é? Se eu te matar a polícia vem atrás de mim com tudo. Mas s'eu sair daqui só com umas informações, eu saio numa boa. Por que *você* não vai me denunciar à polícia, né mesmo? Um dos problemas que a gente enfrenta quando vive na ilegalidade, é que não dá pra correr pr'a polícia a toda hora. O máximo que 'cê pode fazer é colocar o Ribas ou os homens do Visgo na minha cola, e com eles eu sei lidar. Só qu'eles vão saber q' 'cê abriu a boca sobre os planos deles, e não vão ficar muito contentes com isso. Aí eu não te mato, 'cê não conta nada pra ninguém, e tudo volta ao ponto de equilíbrio. Com a diferença de que agora 'cê vai largar do pé do Amélio, entendeu?

Podia ver no rosto do político prostrado diante dele que estava sendo compreendido. Nicolazini fazia mentalmente os seus próprios cálculos, media as suas alternativas, mas o cano rombudo da pistola devia estar funcionando como baliza para as suas decisões.

— Você 'tá com o Amélio, então?... — ele perguntou, tentando ganhar tempo.

— Não. Eu sou um vingador solitário que dedica a sua vida a corrigir as injustiças. Nada me irrita mais, aliás, do que um político corrupto associado a traficantes de drogas.

Diante da expressão confusa do outro, foi obrigado a emendar:

— O bando do Visgo não é o único que sobrou por aqui, depois que o Patolino foi à merda. E pode ser que o que é bom pr'o Visgo, não seja tão bom pra nós, entendeu? — Isso soou bem aos seus ouvidos. Fazia um sentido que este cretino podia entender. Por isso continuou com sua improvisada história da carochinha. — O SODES é um lugar que interessa à gente também. Se ele fechar, a gente perde o mercado. E o meu patrão não 'tá bancando nenhuma campanha de eleição, ao contrário do Visgo. A menos que o senhor queira mudar de lado. Não? — Mais um movimento da pistola. — Então? O lance é...

Com isso, Nicolazini desembuchou tudo.

E Alexandre saiu da casa do político feliz por não ter atirado em ninguém.

*

Assim que Alexandre entrou no carro, Serra, que conservara o motor ligado, deu marcha à ré e subiu o próximo cruzamento, rumo ao centro da cidade.

Alexandre se desembaraçou da espingarda e a colocou de volta no porta-luvas. Então tirou a .45 do bolso da jaqueta, apertou o botão que liberava o carregador e o enfiou no porta-luvas. Puxando o conjunto do ferrolho, apanhou a munição que estivera na câmara. Tinha o projétil jaquetado em aço. Ele a guardou no bolso da frente do *jeans*.

— Então 'cê escapou da terceira — Serra observou. — E ainda arrumou uma pistola...

— A gente precisa voltar pr'o SODES — Alexandre disse, com voz cansada. — *Agora mesmo.*

Serra acelerou um pouco o Charger, antes de perguntar por quê.

— Os caras do Visgo esconderam uma quantidade de maconha ou cocaína, pra polícia encontrar amanhã à noite. Com isso eles garantiriam o fechamento do clube. 'Cê 'tava mais do que certo.

Serra pisou mais fundo no acelerador.

— Provavelmente o carinha que tem vendido lá — Alexandre prosseguiu. — O nome dele é Sérgio. Acho que ele se encontrou com o PM, que chama Ribas, pra informar que o bagulho já 'tava escondido, e aí os dois foram avisar o vereador. E foram receber dele um extra, pela coisa. Acho que eles só 'tavam esperando o bando do Patolino dar um refresco, pr'o tal Sérgio poder se instalar e plantar a droga.

— O Nicolazini contou ond'é que 'tá escondida essa merda?

— Não faz a menor ideia, pelo que consegui tirar dele. Vamos ter que virar tudo do avesso.

— Filho da puta!

— Eu acho qu'ele vai ficar na dele, por enquanto. Agora é com 'ocê e eu. Achar a droga e dar um fim nela.

Levaram duas horas e meia para encontrá-la. Maconha em fardos de plástico, grandes como tijolos baianos — "caroços", na gíria —, mas também em "parangas", como diziam — uma bolacha de maconha comprimida em um invólucro de plástico. A cocaína em papelotes... Era como se o pessoal do SODES tivesse o material pronto ali, para ser vendido aos frequentadores. Tudo metido dentro de um acesso ao sistema de esgoto do prédio, no pátio dos fundos, forrado com um encerado e coberto com uma tampa de concreto. A polícia provavelmente só encontraria a partir de um informante. Serra xingou a árvore genealógica de cada um dos envolvidos, enquanto os dois juntavam tudo no porta-malas do Charger.

— O Visgo 'tá investindo alto, pra ferrar o Amélio — Serra disse, em um tom de voz mais controlado, novamente ao volante.

Com certeza ele pensava no valor de venda de toda a droga que haviam preparado para ser apreendida. Alexandre comentou:

— Sei não. Vai ver é um material que 'tava estragado por uma razão ou outra, com pouco valor no mercado.

Serra lhe dirigiu um olhar furioso.

— E o que a gente vai fazer quanto a esse bando de filho da puta? O Nicolazini, o Visgo, e esse PM. . . Ribas.

— A gente tirou o estopim da situação, Serra. Quando a polícia chegar amanhã no SODES, vão ficar com a cara no chão. 'Cê só vai ter que contabilizar a perda na bilheteria, com a batida. E é bom a gente garantir que o tal Sérgio não entra amanhã, porque se ele tiver alguma coisa com ele, pode dar na mesma.

— A polícia pega ele vendendo, tipo um estepe pr'o caso do negócio da apreensão maior não der certo?. . .

— Isso. O Visgo vai ficar coçando a cabeça, e periga até de sobrar pr'o traficante e pr'o PM, porque o Nicolazini não vai abrir a boca e contar que foi ele que estragou tudo, contando pra mim. Ele 'tá sabendo que pr'um traficante que nem o Visgo, não interessa se 'ocê falou com uma arma apontada pra cabeça.

O sorriso do Serra brilhou em seu rosto cansado, à luz do sol nascente. Devia estar visualizando a cena.

— 'Cê devia contar tudo pr'o seu patrão — Alexandre disse —, pra ele 'star ciente das tramoias do Nicolazini. Mas avisa qu'é pra não comentar com ninguém, porque eu falei pr'o cara qu'eu 'tava agindo a mando de um outro grupo, rival do Visgo. Isso deve dar algum sossego pra gente. Por um tempo.

— Bem pensado, Xande.

Alexandre fechou os olhos por um instante, depois olhou em torno. Estavam deixando Sumaré, rumo ao Horto Florestal. Piscou aturdido. Com a adrenalina dissipada, sentia-se tão cansado que mal podia pensar.

— Pra ond'é que a gente 'tá indo?

— Puxar a descarga dessa merda toda.

Após contornar o primeiro renque de eucaliptos, Serra parou o carro sobre um ponto conhecido como "Três Pontes". Esperaram que um ônibus e alguns carros passassem, e então os dois retiraram toda a droga do porta-malas e a jogaram no rio.

Alexandre só conseguiu acordar às três da tarde, no domingo. Ele e Soraia saíram para um passeio. Desceram para a sorveteria na Rua Ipiranga. Depois de instalados em uma das mesas do lugar, ela perguntou-lhe, pela primeira vez desde que se reencontraram:

— Como é que você 'stá com Deus, Xande? Eu sei que você nunca foi tão praticante quanto eu, mas 'cê acreditava em Deus, não acreditava?

Ele foi pego de surpresa e precisou de algum tempo para responder.

— Acho qu'eu ainda acredito, Soraia. Mas desd'o tempo em que a gente ia na missa junto e fazia novena, eu cometi muitos pecados, 'cê sabe. Violei muitos mandamentos. — "Não matarás" ecoou em sua mente, no mesmo segundo. — Quando a gente não pode confiar nas instituições, precisa se voltar mais pra Deus, é isso o que 'cê quer dizer? Eu não sei...

— Todas aquelas coisas que a gente lê na Bíblia, Xande, elas dependem quase sempre de... do sobrenatural, não é verdade? Mas pouca gente tem a chance de presenciar o sobrenatural, ou o milagroso, na vida delas. Então eu penso se tudo aquilo que 'tá escrito não é mais uma coisa simbólica... metáfora. Só que...

— Que o quê? — ele perguntou, quando ela deixou a frase morrer incompleta.

— 'Cê acredita em fantasmas, Xande? — Soraia disparou, levando uma colherada de sorvete de morango à boca.

— Nunca vi nenhum.

Pausa.

— E anjos e demônios? Criaturas do bem e do mal, que influenciam na vida da gente...

— Não penso muito nessas coisas, Soraia — respondeu. — Mas tenho certeza d' que todos os meus pecados eu cometi pelo concurso da minha vontade... e as poucas coisas boas qu'eu fiz, também.

— Então você não acredita em destino...

Desta vez ele parou para pensar. Quais eram as chances de em menos de um ano ele ter saído da prisão sem perspectiva alguma, e agora estar com Soraia, a mulher da sua vida? O seu futuro continuava imprevisível, mas ele nunca suspeitara, depois da prisão e da morte do Geraldo, que um dia a teria para ele.

— Agora 'cê me pegou.

Partilhou com ela os seus pensamentos. Soraia sorriu de um jeito tímido, e disse:

— Eu também acredito que o nosso encontro foi uma coisa do destino. Você acha que encontrar o Serra foi uma coisa do destino também?

Tornou a surpreender-se, agora com a nova pergunta.

— Como assim?

— Ele é o único amigo que te sobrou, não é? — ela disse, encarando-o com toda a força dos seus olhos verdes e límpidos. — Você tem outros amigos, Xande, que 'stão envolvidos... nas coisas que você e o Serra andam fazendo?

— Soraia, do que 'cê tá falando?

Ela suspirou e olhou para fora, para a praça e alguns casais sentados nos bancos de concreto, sob as árvores, sob o céu azul.

— Eu sei que você e o Serra têm feito coisas arriscadas, fora da lei. Queria que você se abrisse comigo, Xande. Eu preciso saber o que 'tá acontecendo.

Ele cerrou os dentes e fez que não. Nunca poderia contar-lhe, nunca. Soraia era uma fada, uma princesa que devia permanecer fora do mundo sujo em que ele se metera.

Soraia inclinou-se sobre a mesinha de plástico branco e segurou sua mão.

— Se eu me abrir com você, Xande, contar todos os meus segredos, os meus medos, 'cê me conta os seus?

Fez que não outra vez, mas isso não a impediu de iniciar uma longa confissão. De como ela se deixara acreditar na visão de seus pais, de que tudo o que a esperava na vida eram recompensas por ser a perfeita menina meiga e obediente. De como se deixara levar pelo relacionamento com João Carlos Facioli. "A minha primeira vez com ele foi num lugar com todos os confortos, mas acabou sendo bem diferente do que eu imaginava", ouviu-a dizer. Quis pedir para que ela parasse, mas não conseguiu abrir a boca, tamanho o seu constrangimento. "Tudo como devia ser, eu acho", ela dizia, e ele a ouvia em silêncio. Tanto que eu meio que simplesmente me deixei levar. "Deixei que ele tomasse a iniciativa e ditasse como seria. Então hoje eu penso se não foi assim a minha vida inteira — alguém ditando como as coisas deviam ser. Meu pai, minha mãe... Não por razões tão egoístas quanto as do João Carlos, mas com o mesmo desinteresse pelo que eu poderia pensar. Só que eu não pensava, não nas coisas realmente importantes, e não pra valer. Nunca soube o que queria, além do que me diziam. Confiei em toda essa história de merecer um futuro como eles pintavam, com tudo certinho e calculado. Nem sei o que passava pela minha cabeça, enquanto ia com o João Carlos para o motel. Que fazia parte desse caminho tão certinho, tudo como devia ser... Então tudo virou do avesso e ninguém ficou comigo, depois que o conto de fadas desmoronou. Nem meu Pai, nem o João Carlos. Só a minha Mãe, mas porque não tem pra onde ir e porque ela mesma ainda não caiu em si. Ainda acredita nessa farsa!" Soraia fez uma pausa e só então ele a encarou e viu que uma lágrima já contornava o seu queixo. Mas sua voz em nada havia se alterado. Alexandre sentou-se na cadeira mais próxima a ela, e a tocou de leve no braço. Levantou o rosto, pensando nas outras pessoas na sorveteria. Uma mulher gorda curvada sobre um *sundae* os observava; ela rapidamente baixou os olhos para o sorvete. "Com você foi tudo tão diferente..." Soraia murmurava. Ele levou um instante para compreender o que ela queria dizer. "Com você eu senti que era uma coisa há muito pretendida mas nunca expressa, nem no meu íntimo, mas que era uma escolha minha. É esquisito... Você claramente não faz parte do meu caminho, Xande, dessa estrada que todo mundo pavimentou e sinalizou pra mim. Mas sempre esteve ao meu lado, a cada passo." Fez outra pausa, e ele acompanhou uma lágrima descer lentamente das suas pálpebras para a maçã alta do rosto. Ela não fez nenhum gesto para detê-la. "E então minha mãe vem me dizer que eu não tenho essa escolha e que eu estou no caminho de destruir a minha vida e a dela. Agora nem fala mais comigo. Só abre a boca pra me dar ordens, e me impõe esse... tratamento gelado, como se tivesse mesmo vergonha de mim. E eu penso no meu pai... o que é que ele ia achar?" Soraia interrompeu mais uma vez seu monólogo, agora para encará-lo. "Juro que eu acredito agora que ele pensaria diferente, que ele me apoiaria. Mas há tantas coisas que eu não sei a respeito de você, e desta vida que nós dois estamos levando. É muito difícil pra mim, Xande, e você precisa me ajudar nisso. Precisa me contar a verdade."

Ele engoliu em seco e afastou os olhos dos dela. Olhou para o dia ensolarado lá fora, e então para o sorvete derretendo na sua casquinha de biju.

— Eu te amo muito, Soraia — disse. — Mas por isso mesmo eu não vou contar nada.

Domingo à noite, diante do SODES, Alexandre esperava, com João Serra, a chegada da polícia. Serra havia decidido por não fechar o clube nessa noite. Confiava no que Alexandre lhe havia dito — que haviam removido o estopim da situação. Mas talvez não se desse conta do quão vulneráveis os dois estavam. Com a polícia se preparando para dar uma batida, as armas tiveram de ficar em casa. Então, se Nicolazini tivesse se recuperado do susto e alertado o seu patrocinador, Leandro Visgo, eles poderiam receber a visita de um novo grupo de bandidos armados, ao invés da polícia. Alexandre lembrou-se da primeira vez que tentaram dar cabo dele e de Serra, na frente do clube. Tiveram muita sorte... Que talvez não se repetisse.

Mas por enquanto parecia tudo tranquilo. Apenas a garotada de sempre, no seu agito formigante, antes do clube abrir. Rotina... O olhar de Alexandre, porém, vasculhava tudo. Estava em pé, do lado direito da porta. Serra, na mesma pose de braços cruzados contra o peito, do lado esquerdo. Alguma coisa anormal na postura dos dois, contudo, comunicava-se aos garotos e garotas. Alguns os olhavam com apreensão e curiosidade nos rostos.

O grosso do pessoal foi entrando. Alexandre e Serra revistaram alguns, perfunctoriamente. Hoje a encrenca não se originaria de rapazes e moças bêbados ou insolentes. Mas a que horas a polícia viria? Mais tarde, com certeza. Quando a casa estivesse cheia, para causar o maior impacto possível. Ou viriam os pistoleiros de Leandro Visgo, já no fim da noite, quando estivessem cansados?

O pensamento de Alexandre derivou para Soraia e tudo o que ela lhe havia dito há pouco, durante a tarde. O modo como ela se abrira com ele. Sua recusa em fazer o mesmo. O embaraço que sentira, ao ouvi-la confessar coisas tão íntimas. Mas, estranho, ao se expor tão abertamente, ela não havia se enfraquecido diante do seu olhar. Ao contrário, ele só podia admirá-la — e de uma maneira diferente da admiração anterior que nutria por ela. Antes ele reconhecia nela o potencial de uma pessoa extraordinária. Agora se via diante de uma jovem mulher que *havia* se tornado especial. E de uma maneira bem diversa da que ele havia antecipado, é verdade. Diferente, talvez, do que todos pensavam, nem por isso menos especial.

"E quanto a mim?" perguntou-se. Não tivera a mesma coragem que Soraia... Era o amor dela por ele, que tentava proteger, ou o seu amor-próprio? Mas como esconder os seus crimes de si mesmo, quando era surpreendido constantemente pelas imagens, tão vívidas, de Patolino e dos outros sendo mortos por suas mãos?

As horas correram. Os dois sentinelas não deixaram o seu posto diante da entrada. Otávio e Gérson haviam sido encarregados por Serra de enfrentar qualquer problema que surgisse dentro do SODES. Alexandre e Serra ficariam onde estavam, para receberem quem aparecesse.

— Eu acho que 'cê falou com o Amélio, hoje à tarde? — Alexandre quis saber.
— Conversei, mas... — Serra deu de ombros. — Ele não ficou surpreso com um lance desses, da parte do Nicolazini. Mas não sabia do caso dele com o Leandro Visgo.
— O qu'ele vai fazer?
— Quanto ao Nicolazini? Disse que ia guardar a informação pr'um momento oportuno.
— E quanto à batida programada pra hoje?
— Concordou que era melhor pagar pra ver. — Serra hesitou. — Disse que confiava em mim, pra segurar as pontas.
— Era isso o que 'cê esperava dele, Serra? — Alexandre apontou por cima do ombro, com o polegar. — Ele podia bem 'tar hoje aqui com a gente. Mostrar pr'os tiras que não tem nada a temer.

Serra deu de ombros e não respondeu. Alexandre não insistiu. Para ele, era um mistério a relação do amigo com o seu patrão. Amélio não se cansava de se esconder atrás de Serra. Alexandre ansiou por uma chance de dizer isso na cara dele.

Mas ele e Serra tinham que enfrentar a parada sozinhos.

O traficante Sérgio foi o primeiro a chegar, perto da meia-noite. Vinha andando calmamente pela calçada, as mãos nos bolsos detrás do *jeans*.

Alexandre não precisou apontá-lo a Serra. O amigo se moveu de um modo ao mesmo tempo leve em seus passos longos, e pesado de músculos contraídos. Saltou da rampa de concreto e interceptou Sérgio antes que ele pudesse esboçar a menor reação. Uma onça dando o bote. Atingiu-o com um gancho de esquerda no plexo que o fez se dobrar para frente. Alexandre teria mesmo ouvido o som do punho afundando no estômago de Sérgio? Quando o sujeito se inclinou para adiante, Serra o atingiu com um outro golpe da mesma mão, tão ou mais duro quanto o primeiro, no esterno. Desta vez Alexandre teve certeza de ter ouvido a pancada surda, como um tambor. Serra devia superar o outro em mais de quinze quilos. Sérgio gemeu e caiu para trás. Ficou estendido no chão, chiando. Serra ficou ali, se agigantando diante do sujeito caído, aparentemente sem saber o que fazer, depois de ter obtido o seu nocaute.

Pessoas que perambulavam por ali haviam se voltado para a cena. Alguns garotos, os vendedores de cachorro-quente. Alexandre se aproximou devagar, empurrando-os com firmeza, para abrir caminho.

Serra o viu aproximar-se e olhou para ele, como um pedido de desculpas na cara vermelha. Alexandre deu de ombros. Tinha subestimado a raiva do amigo.

Sem dar mais atenção a Serra, colocou Sérgio em pé, revistou-o rapidamente e tirou dele uma faca embainhada metida na cintura, apontou para ele a calçada que subia para o centro da cidade, e o empurrou nessa direção. O sujeito ainda respirava de boca aberta e tinha as duas mãos cruzadas sobre o peito. Seus passos eram incertos. Ele cambaleou para adiante alguns metros diante dos olhares de todos, então parou e voltou o rosto para os dois. Abriu a boca — para proferir algum insulto? — mas dali só saiu um chiado. Tornou a olhar para a frente e foi mancando, rua acima.

Alexandre entregou a faca e a bainha a Serra. Tinha sentido os volumes nos bolsos de Sérgio, mas não viu razão para tomar dele as drogas que trazia, na frente de todo mundo.

Serra segurou a faca por um instante, e então a estendeu a um dos fazedores de cachorro-quente, um sujeito barrigudo, beirando os quarenta.

— Guarda isto pra mim, seu Camargo.

Camargo pegou a faca, abriu uma portinhola no seu carrinho de metal prateado, e a enfiou lá dentro.

— Com'é que 'cê sabia qu'ele ia entrar co'a faca, Jão?

Serra dispensou a pergunta com um aceno, e voltou ao seu lugar junto à porta de entrada. Alexandre acompanhou-o, e disse, num tom manso mas firme:

— Tudo bem. Tudo certo. Mas agora que 'cê já pôs pra fora, 'cê vai ficar na sua quando a polícia chegar.

Não era uma pergunta, e Serra apenas concordou com a cabeça.

Meia hora depois as viaturas vieram subindo a Rebouças. Sem descruzar os braços, Alexandre as observou pararem em fila dupla diante do clube, as luzes policiais girando. Eram quatro Opalas da PM e dois camburões da Polícia Civil. Lançou um olhar de soslaio para Serra, que lhe pareceu tranquilo. "Vamos ver agora..." pensou.

— Aquele ali é o Delegado Paes — Serra disse, apontando um sujeito magro, que descia de um dos camburões com um cigarro aceso preso entre os dentes.

— Será qu'ele tá metido nisso também?

Alexandre estava mais interessado em um dos soldados da PM, que já haviam saltado das suas viaturas. Ribas. Ele não era o policial militar mais graduado da operação, mas parecia a sombra sorridente do Delegado Paes, quando ele subiu a rampa e parou diante de Serra. "Tá crente que hoje é o seu grande dia."

Paes tirou um papel do bolso e mostrou-o a Serra. O mandato de busca. Serra o aceitou com uma mesura irônica que surpreendeu a Alexandre, e fez sinal para que o delegado e seus homens entrassem e começassem a sua operação. "Fica à vontade." Mas primeiro a polícia tinha que fazer o seu showzinho. Paes e outros policiais civis foram à cabine de som e declararam o baile encerrado. Todos os frequentadores deveriam sair pela frente, onde passariam por uma minuciosa revista conduzida pelos policiais militares. É claro, o pessoal irrompeu em vaias e gritos. Mas não havia muito o que fazer — quase vinte e cinco PMs e policiais civis esperavam por eles na saída. O máximo que encontraram, porém, foram dois canivetes e um cadeado preso a uma corrente, para ser usado como maça. Alexandre achou engenhoso.

Ele ficou na entrada, acompanhando as ações da polícia, enquanto Serra entrou para mostrar as dependências ao delegado — que ia acompanhado do editor do *Diário Sumareense*, que Alexandre conhecia de sua visita ao jornal, e um fotógrafo.

Não gostou do arranjo. Não queria Serra longe dele, enquanto os tiras faziam todo o possível para deixar essa noite na memória do pessoal como um grande constrangimento e um voto público de desconfiança das autoridades, lançado contra o clube e seus frequentadores. Serra devia estar rangendo os dentes.

Duas horas e meia depois, Alexandre sentava-se no ressalto da entrada, encostado contra a parede e dormitando. A maioria dos PMs fumava ou conversava do lado de fora, encostados nas colunas ou contra as suas viaturas. A multidão de rapazes e moças expulsos do baile já havia se dispersado da frente do SODES. Agora Paes e os últimos policiais o deixavam e rumavam direto para os camburões. Mas não escapou a Alexandre o olhar duro que o delegado dirigiu a Ribas — nem ao andar encurvado do editor do jornal.

Provavelmente o policial militar havia contado a ele sobre a droga escondida, e ajudado a armar a busca. Desse jeito ele não só ficava bem com Leandro

Visgo, mas também junto aos seus superiores na Polícia Militar. Talvez até recebesse uma promoção.

Alexandre sorriu, porque agora Ribas não sorria mais.

Juntou essa imagem do meganha corrupto, com a figura patética de Sérgio, arrastando-se pela rua, e seu sorriso alargou-se. Mais ainda quando ele se lembrou do vereador Nicolazini, caindo no chão acarpetado da sua bela casa.

Levantou-se para se encontrar com Serra e começar a arrumar tudo dentro do clube. Serra estava em pé, no centro do salão sujo de tocos de cigarro, a cabeça baixa e os punhos fechados contra as coxas. Foi até ele e pousou uma das mãos em seu ombro largo.

— Pontos ganhos, pontos perdidos — disse. — Mas a gente ainda 'tá na luta.

Inácio Guidoni acordou no meio da noite, com os gritos do seu pai e de sua mãe, vindos da cozinha. Sabia que toda vez que o pai ficava até tarde da noite acordado, era porque ele não tinha conseguido um bom preço pra o leite e devia estar lá, sentado diante do garrafão de pinga. A Mãe já tinha prevenido Inácio e explicado a ele o que fazer. Cutucou o irmão Antônio, que dormia ao seu lado na cama.

— Que foi?... — Tonho gemeu.

— Acorda os outros.

Inácio, com treze anos, era o mais velho dos meninos Guidoni. Antônio tinha onze. Maria Aparecida, nove. As coisas tinham sido assim na família de Pasqualino Guidoni e Ana Maria Guidoni — um filho a cada dois anos. Ou até que nascessem os gêmeos Lurdes e Mário, agora com sete anos, e o caçula Pedro, com seis. Demorou algum tempo para tirar todos da cama e colocar todo mundo em pé e em movimento. Inácio tinha urgência. Sua Mãe tinha sido bem dura com ele, ameaçando-o com uma sova bem dada, se não fizesse exatamente como ela tinha mandado — pegar todos os irmãos, se ouvisse a gritaria no meio da noite, e levar todos para o sítio dos vizinhos, os Schmidt, uns quinhentos metros descendo a estrada de terra batida, na direção de Sumaré.

Da vez anterior, antes que a Mãe tivesse com ele aquela conversa, tinha testemunhado o Pai batendo nela com um chicote de couro trançado, enchendo ela de vergões nas pernas e nos braços... até no pescoço. Vergões escuros e calombosos que tinham demorado quase um mês pra sumir e por causa deles a Mãe ficou sem ir na missa esse tempo todo.

Inácio olhou para o relógio despertador em cima de um caixote de tomate, embaixo do crucifixo, e soube que passava da uma da manhã. Os irmãos já estavam todos em fila, com Inácio na frente e Tonho atrás, e assim, puxando e empurrando ao mesmo tempo os irmãos menores, eles saíram de fininho para o corredor.

A casa não tinha forro e as paredes terminavam antes do teto. Os quartos não eram muito diferentes das baias no curral. Por isso eles podiam ouvir claramente os gritos e o choro da Mãe e as batidas do chicote de couro contra a mesa e as cadeiras da cozinha. Mais um pouco e a Mãe ia levar também...

— Inácio! — Lurdes chamou, com a vozinha chorosa e assustada, mas ele a calou com um *xiu!* e seguiu puxando os outros para a porta dos fundos.

Pòrca pipa! Pòrco càne! o Pai gritava, e Inácio pensou que só por isso o velho não ouviu a porta dos fundos abrir e a molecada toda sair, uns chorando e outros pedindo pra que não fizessem barulho.

A fila de meninos e meninas correu para o trator com a carretinha. Era um velho Ferguson TO-20, de 1951. Inácio sabia dirigir o trator desde os sete anos, e ajudava o pai na lavoura e com as vacas ainda antes disso. Ele e Maria Aparecida subiram no assento único do motorista e o resto trepou na carretinha, com Tonho fazendo subir um moleque atrás do outro.

Inácio apertou o botão de ignição. O Ferguson pegou e soluçou três vezes antes de o motor z-120 começasse a funcionar pra valer, fazendo subir uma escura nuvem de diesel queimado. Só um farol funcionava, e ele acendia apenas pela metade, num brilho amarelento. Devagar pra não trombar em nada, Inácio o fez passar debaixo dos galhos das duas mangueiras e chegar até o caminho que levava à estrada de terra. Todos os filhos dos Guidoni olharam para a casa, enxergando as luzes acesas e ouvindo os gritos abafados.

Vinha sendo assim fazia alguns anos. Desde que o *Nono* Ângelo Guidoni morreu e o Pai não ficou contente com a partilha das terras. Inácio visualizou o garrafão escuro de pinga, com a alça de palha trançada.

— Filho da puta! — xingou.

— Quem q' 'cê tá xingando? — Tonho perguntou, lá detrás.

Mas Inácio não respondeu. O trator ia sacolejando, agora já na estrada. Um polvilho de terra amarela cobria o chão duro, e uma nuvem fina de poeira subia em torno deles, mal visível à luz dos faróis zarolhos. Lurdes ainda chorava, lá atrás na carretinha. Inácio olhou na sua direção e viu logo a cabeça loura da menina e a do Pedro. Tonho e Mário eram morenos e eles Inácio não via tão bem. Então ele olhou para cima e viu o céu estrelado, e aí pr'o horizonte todas aquelas luzes que faziam Sumaré e Hortolândia. Do lado esquerdo só tinha a parede alta de pinheiros que se erguiam em cima do barranco que limitava a estrada. Ele não sabia se a Mãe já tinha falado com os Schmidt, e se o casal de velhos já estava avisado da chegada repentina do bando de meninos.

Inácio limpou as lágrimas do rosto e xingou outra vez.

*

A vida vinha sendo injusta com Sebastião da Costa Pires. Sebastião dirigia um FNM B-9500 caindo aos pedaços, a serviço dos plantadores de cana da zona rural de Sumaré. O caminhão não era dele, mas de um proprietário de terra que o arrendava a ele por um preço que deixava pouca margem de lucro. Mas havia outras condições, mais do que desfavoráveis. Tinha que pagar do seu bolso o conserto de qualquer coisa que quebrasse, na sucatona ambulante. Passava mais tempo percorrendo os ferro-velhos, do que trabalhando. Mas durante o corte da cana ele não tinha tempo para mais nada além de subir e descer os caminhos estreitos e enlameados, enchendo e esvaziando o FNM de cana.

Mas hoje, ao anoitecer, enquanto trazia o caminhão para a garagem na propriedade do dono, o radiador do seis cilindros em linha estourou com um barulho de chaleira e água pingando. Sebastião não tinha como procurar ajuda numa hora dessas. Ia ter que esperar a noite toda até amanhecer. Por sorte era uma quinta-feira, e não sexta — seria difícil procurar os ferro-velhos num fim de semana. Por tudo isso ele apenas se deitou no comprido banco esverdeado e liso do FNM, para passar a noite na estrada.

O problema é que ele era um negro de quase um metro e oitenta e oito de altura, e não cabia bem mesmo no interior generoso do caminhão.

Sebastião tinha vindo de Minas para Sumaré há quinze anos ou mais — tinha até perdido a conta — depois de perambular por três anos entre a Capital e Campinas. Viera fugido da miséria do interior mineiro, na fronteira com a Bahia, sertão brabo pra valer. Começara como roçador. Dirigir o caminhão era um progresso, mas longe do que ele tinha imaginado, quando primeiro se dispôs a fugir para São Paulo. E ele já tinha quarenta e dois anos, segundo a sua certidão de nascimento, e sabia que não havia muito mais que percorrer na vida, na procura de condições melhores. Pensava nisso, enquanto se endireitava no assento, olhando pelo para-brisa sujo para as luzes distantes lá fora. Esticou as costas, apoiando as mãos nas cadeiras. Não adiantou muito. Por isso ele abriu a porta e pulou da cabine para o chão duro da estrada. Soprava uma brisa leve e fria. E ele vestindo apenas uma velha camisa em que tinha sobrado um botão só...

Olhou estrada acima. Reconheceu uma luz fraca, raquítica, progredindo em sua direção, mas bem longe. Sebastião não tinha se livrado daquilo que o padre chamava de "super tições", só por se mudar para Sumaré. Tinha visto muita coisa na vida que não tinha explicação, nem pela ciência nem pelas escrituras, até onde ele podia dizer. E por isso durante um segundo ele deixou que seu peito se agitasse com o temor de fantasmas e almas penadas, antes que reconhecesse na luz apenas o farol único de um tratorzinho, que entrou em um caminho à esquerda, rumando devagar para o sítio dos Schmidt.

Sebastião foi para o centro da estrada, para ver melhor. Cerrando os olhos, pensou enxergar uma carretinha cheia de crianças. E ao volante, uma outra.

Assim que Inácio dirigiu o barulhento Ferguson para dentro do sítio dos Schmidt, viu as luzes se acenderem na casa. Estacionou embaixo do abacateiro que eles tinham um pouco à direita do galinheiro e quase diante da porta da frente. A Dona Licélia já esperava por eles, vestida num camisolão, o cabelo branco despenteado caindo até os ombros.

Ela e o seu Germano moravam sozinhos no sítio. Os filhos todos tinham se espalhado pelo Brasil. Um tinha uma fazenda em Goiás, um outro trabalhava no Instituto de Zootecnia, em Nova Odessa, manejando gado. Inácio tinha até ido lá uma vez com ele, pra ver como eles trabalhavam o nascimento dos bezerros. "Onde é que 'tá o velho Germano?" Inácio quis saber.

Ele, Maria Aparecia e Tonho ajudaram os menores a descerem da carretinha, e então todos foram até a casa. Dona Licélia fez todo mundo entrar na sala grande onde tinha televisão e aparelho de som, e foi aí que Inácio viu o seu Germano, vestindo só uma calça de agasalho, colocar o telefone no gancho. Eles tinham até telefone, os Schmidt.

— Pra quem que o senhor 'tá ligando? — perguntou.

— 'Tá tudo bem, meu filho. — Foi a Dona Licélia quem respondeu. — A sua mãe já explicou tudo pra nós. Eu vou fazer um café com leite pr'o 'cês, enquanto a gente 'spera.

— *Espera o quê?*

A mulher olhou pra o seu Germano, que usava óculos de lentes tão grossas que os olhos dele ficavam lá longe, e agora pareciam meio envergonhados, virados pra Dona Licélia.

Inácio entendeu logo. Ele não era burro.

O seu Germano tinha chamado a polícia. Eles iam prender o Pai.

Virou-se para o Tonho e apontou para a porta. Todos os meninos e meninas na mesma hora se voltaram e começaram a sair.

— Espera! Espera Inácio, Tonho! — gritou a dona Licélia, e correu fechar a porta. — 'Cês não pode' voltar pra lá agora.

— Eu sei q' 'cês chamaram a polícia! — Inácio gritou.

A mulher engoliu em seco e olhou de um jeito desamparado para o marido. Então voltou a encarar Inácio, forçou um sorriso.

— Mas Inácio, a polícia só vem conversar com o seu pai. Pra ele passar o nervoso e não machucar a sua mãezinha. Foi ela que pediu pra chamar, se acontecesse alguma coisa, Inácio. Então 'cês vão esperar aqui até seu pai se acalmar e 'cês poder voltar pra casa. Eu vou fazer um lanchinho pr'ocês...

Então o seu Germano apontou pra o sofá grande que eles tinham, e mandou todo mundo sentar. Um por um os maiores e os menores se enfiaram entre os braços do sofá e ali ficaram, olhando pra Inácio com os olhos muito abertos. Inácio estava junto da janela que dava para o sítio deles. Só enxergava a luz da cozinha acesa. De vez em quando uma sombra passava por ela, como se o Pai e a Mãe brincassem de roda.

O Soldado Vitalino e o Cabo Lopes receberam o despacho do CAD enquanto patrulhavam o Jardim São Carlos, na viatura I-19319. Depois de responderem ao Oliveira, rumaram direto para a Taquara Branca, tomando a Estrada do Cemitério. Era aparentemente um caso de violência doméstica. Agressão ou A-05, na codificação de ocorrências da Polícia Militar.

Essas coisas aconteciam o tempo todo, na cidade ou nos bairros, na zona rural, Vitalino pensava, enquanto a viatura pilotada por Lopes corria a oitenta por hora na larga estrada de terra batida.

— 'Cê conhece o caminho? — perguntou a Lopes, que trabalhava na região há mais tempo.

— Lá adiante tem uma entrada à esquerda. — O cabo apontou para o rádio. — Só confere com o CAD ond'é que fica exatamente o sítio desses Guidoni.

Enquanto Oliveira transmitia a eles a orientação que Germano Schmidt havia passado por telefone, Lopes fez a viatura entrar na bifurcação à esquerda. Procuravam o terceiro sítio após a ponte, também à esquerda. Lopes diminuiu a velocidade quando passaram pela ponte de concreto, e acionou as luzes policiais. Enquanto procurava com os olhos o lugar indicado, Vitalino enxergou um vasto brejo cheio de sapos coaxantes e um punhado de vagalumes desanimados, estendendo-se em uma planície alagada. Ele nunca havia atendido a uma ocorrência nessa área.

Passaram por um caminhão velho, parado à beira da estrada, não longe da ponte. Havia um homem alto e negro parado ao lado da cabine. O sujeito acenou para eles.

— Parece que 'tá com problema...

— Depois de atender à ocorrência a gente vê isso, Vitalino.

Um conjunto de construções, entrevistas apenas como silhuetas escuras e geométricas contra as luzes no horizonte, passou por eles. Lopes deve ter percebido que seria difícil encontrar, nessas condições, o local da ocorrência, e diminuiu ainda mais a velocidade. Então passaram por um outro conjunto de construções, este com luzes acesas na casa-grande.

— Será qu'é este? — perguntou a Vitalino. — Este é o segundo ou o terceiro?

— O segundo, eu acho...

— Vamos um pouco mais pra frente. Se for o caso, a gente volta.

Lopes então acionou a sirene. Se perdessem tempo para achar o caminho, talvez a sirene bastasse para acalmar os ânimos na casa dos Guidoni. Vitalino esperava que sim. Estava cansado de ver mulheres espancadas, crianças surradas... Ele mesmo já havia passado por maus momentos com o seu pai, quando era menor, mas as pessoas às vezes exageravam e ele já tinha visto mortes iniciadas com pequenas discussões em casa, embaladas pela bebida em dia de festa ou depois do conhecimento de traições conjugais. Para ele, esse tipo de ocorrência é que era o verdadeiro trabalho policial — impedir que as pessoas se agredissem, tão importante quanto capturar assaltantes e ladrões. Não essa fantasia que o Josué tinha inventado, de perseguir assassinos motorizados a mais de duzentos quilômetros por hora.

— Lá — Lopes apontou. — Aquela deve ser a terceira...

Quando Inácio viu o carro da polícia entrar de sirene ligada e luzes girantes pelo caminho de sua casa, ele não aguentou mais e correu no rumo da porta. Dona Licélia gritou alguma coisa e tentou bloquear o caminho dele, mas Inácio foi mais rápido. Uma vez fora da casa, correu e montou no Ferguson. O trator roncou e, mais leve, seguiu rápido para a estrada chacoalhando a carretinha atrás.

Sebastião esticou as costas mais uma vez. Olhou para o brejo, depois estrada acima. Que azar que a polícia não parou. Mas talvez não estivessem muito longe. Não podia mais ver o carro, nem ouvir o som do motor, depois de toda aquela barulheira de sirene. Devia ter parado ali perto. É. Olhando bem ele podia ver brilhos azuis e vermelhos refletidos na rama das árvores. Se na volta os polícias tomassem a mesmo direção pela qual chegaram, ele tentaria pedir socorro outra vez. Enquanto isso, viu o tratorzinho sair pelo mesmo caminho em que tinha entrado, e tomar a estrada. Resolveu tornar a subir no FNM e esperar sentado.

Norberto Ruas saiu para caçar, na quinta-feira à noite. Mas não sem alguma apreensão. Nas duas últimas semanas as coisas tinham mudado radicalmente de figura. A Ruger Mini-14 que ia entre as pernas do Quintino o tranquilizava um pouco. Confiava nos revólveres para o serviço de caçar, quando as vítimas estavam geralmente paradas. Mas para enfrentar a polícia, era melhor uma arma automática.

Os .44 Magnum eram difíceis de manusear, em uma situação de fogo rápido. O coice era muito forte e os estampidos feriam os ouvidos. Ruas adorava esse calibre, o que ele fazia aos corpos. E o exagerado poder de penetração. Lembrou-se do cara que mataram há alguns meses, no Rosolém. O disparo do Smith & Wesson de seis e meia polegadas do Quintino tinha atravessado a moto do filho da puta e acertado ele. E mesmo se o ponto de impacto não fosse fatal, era certo que o cara não sobreviveria à extensão dos danos causados ao corpo.

O Ruger Blackhawk de Ruas tinha um cano de oito polegadas e era um monstro robusto, de seis tiros e uma aparência de revólver do velho oeste. Com a carga de 180 gramas nos cartuchos de .44 Magnum e o cano comprido assim, o recuo até que não era tão grande e a força do impacto aumentava.

Apesar do reforço no poder de fogo, Ruas não pretendia se arriscar mais. Não nessa fase da operação, quando lhes faltava tão pouco para terminar. Eram pagos por quilo, e, segundo as suas contas, não precisariam matar muito mais gente, para cumprir a meta. Sentiria falta...

Tivera uma ideia para evitar o contato com o novo interceptador da polícia ou com os caras do Charger: circular pela estrada não-asfaltada que unia os "fundos" de Sumaré e de Hortolândia. A presença da polícia seria menor na zona rural. Seu plano era achar um sítio ou fazenda bem isolada, e matar todo mundo que encontrasse. Teria de fazer várias viagens até a sua base de operações, para carregar os presuntos, mas ela não distava muito. Com alguma sorte...

Quando Lopes desligou a sirene e o motor da viatura, Vitalino ouviu a gritaria vinda da cozinha. Uma voz de homem. Mas ela logo cessou. Às vezes, só a presença da polícia acalmava os ânimos. Os dois ajustaram os cintos e caminharam até a casa. Lopes apontou a porta da cozinha, e logo estava batendo e gritando que era a polícia.

— Sai pra fora, faz favor!

Vitalino percebeu o seu sinal, e colocou a mão sobre o revólver Taurus .38 ainda no coldre. Ele sabia que esse pessoal de sítio geralmente tinha alguma arma de fogo, espingarda ou até fuzil, e no calor da agitação ou se embriagados, podiam agir impensadamente. Mesmo contra a polícia.

— Senhor Guidoni! — Lopes tornou a gritar. — Sai pra fora, que nós precisamo' conversar com o senhor.

Nenhuma resposta. Lopes sinalizou para que Vitalino fosse espiar pela janela da cozinha. Vitalino caminhou até a armação de vidros sujos, e olhou. Então sacou o revólver.

Lopes já estava pronto, com o seu em punho, quando ele retornou até a porta.

— A mulher 'tá caída no chão, toda ensanguentada — avisou.

Foi difícil arrombar a porta, porque era de madeira sólida e ficava no topo de três degraus estreitos. Mas quando finalmente conseguiram entrar, encontraram o Sr. Guidoni parado ao lado da mulher e olhando para eles com uma expressão entorpecida, as duas mãos estendidas como se pedisse para não fazerem nada. Lopes o cobriu com o revólver e ordenou a Vitalino:

— Vai pedir uma ambulância.

— 'Cê não precisa de ajuda pra algemar ele?

— Não. Ele não vai resistir, vai, seu Guidoni?

O homem fez que não com a cabeça. Vitalino saiu e correu até a viatura. Só ouvia o coaxar de sapos e o cricrilar de grilos. Sentou-se no banco do passageiro e apanhou o caneco.

— Três um nove solicita ambulância pra o QTA da ocorrência de A zero cinco na Taquara Branca, urgente — disse, pressionando o PTT. — Suspeito de lesão corporal detido em flagrante.

Do outro lado, Oliveira repetiu a mensagem e confirmou que a ambulância estava a caminho. Nesse mesmo momento, ainda segurando o microfone na mão direita, o olhar de Vitalino vagou, indo da casa à estrada, no mesmo instante em que um carro negro passava em baixa velocidade, sob o som forte de um motor potente. À luz do Giroflex, Vitalino identificou-o imediatamente como um Ford Maverick. Talvez *o* Maverick negro procurado.

Hesitou. Poderia avisar Lopes dali mesmo, aos berros, que entraria em perseguição ao automóvel suspeito. Mas suas mãos já estavam cheias e ele não tinha vontade alguma de correr sozinho atrás de bandidos pesadamente armados. Ao contrário de Josué, Vitalino sabia que não havia soluções milagrosas ou atos heróicos decisivos, fora da estrutura fornecida pela corporação. Josué não conseguia compreender isso. E que esta era uma verdade que se estendia também para tudo na vida da pessoa. O único valor de cada um, e as suas únicas possibilidades de ação, encontravam-se dentro do grupo — a família, a igreja, e a corporação, no caso dos dois.

Mas se Josué queria bancar o herói, muito bem. Vitalino se irritava muito com isso, e com o potencial que o amigo tinha de embaraçar a PM e aos seus colegas, e mais ainda porque Josué recusava sistematicamente os seus conselhos. Mas se ele queria sair na chuva, podia muito bem se molhar. Talvez até aprendesse uma lição e compreendesse que só com um trabalho de equipe é que iria se dar bem no serviço.

Tornou a levar o caneco aos lábios e a apertar o PTT.

— CAD, aqui é a três um nove outra vez. Hã... três um nove informando ter visualizado automóvel suspeito, Ford Maverick preto, na estrada aqui diante do sítio dos Guidoni, na Taquara Branca. QTA da ocorrência. Hã... automóvel seguindo na direção de Sumaré. Retransmitir para unidade três dois oito.

O rádio estalou, e então a voz de Oliveira:

— Confirma o QTC?

— Negativo. Mas é bom mandar a outra viatura conferir. A gente 'tá preso aqui com essa ocorrência de A-zero-cinco.

Mais uma pausa do outro lado, e então:

— Pode' bem ser os matadores. Esses caras não são de brincadeira. Tem certeza que quer jogar a três dois oito na fogueira?

Pensou nas palavras de Oliveira, e então disse:

— É o que ele tem procurado até agora, não é?

Ruas diminuiu a velocidade. Olhou para trás por cima do banco. Luzes policiais. Vislumbrou uma única silhueta dentro do Opala. Justo agora que a PM estava mais ligada neles. Ele então soltou o pé do breque e deixou o Maverick rolar. Para os dois ajudantes, disse:

— Fica esperto com as armas.

Mais vinte metros descendo a estrada, passaram por um garoto dirigindo um trator antigo. Ruas pensou nessa opção.

Quintino apontou para a frente.

— Olha lá, Chefe.

Havia um caminhão parado lá embaixo. O carro já se aproximava dele a ponto dos faróis revelarem um FNM verde escuro, com aquela tosca carroceria de madeira típica de caminhão de cana.

— Tem alguém dentro — Quintino avisou.

O capanga meteu o corpo para fora da janela do passageiro, enquanto o carro passava devagar diante do caminhão. Voltou para dentro e encarou Ruas.

— Tem um preto lá.

Suas sobrancelhas se arquearam, como se sugerisse que era uma boa oportunidade. Ruas deteve o Maverick bruscamente, fazendo-o deslizar alguns metros na estrada de terra. Porra, a ideia era *evitar* a polícia...

O negro no caminhão. O menino no trator. O policial na viatura.

*

Josué ouviu e memorizou as instruções de Oliveira, ignorando o tom preocupado na voz do colega. Enquanto o ouvia e confirmava que estava a caminho para interceptar o Maverick identificado por Vitalino, já havia posto o Opala em movimento.

— Vou ter apoio da viatura do Vitalino e do Lopes? — perguntou.

— Negativo. Eles 'tão ocupados com uma ocorrência. Vai ser por sua conta e risco, Josué. Câmbio.

Ao colocar o microfone no suporte, já tinha o carro entrando à direita na Rebouças.

Acionou o Giroflex e acelerou. Com uma rápida olhadela dirigida ao relógio de pulso, registrou mentalmente que eram 01h37 da manhã. Em segundos chegou até a Estrada do Cemitério. Ali tornou a acelerar. O Opala interceptador rosnou e venceu os quarteirões a 100, 120, 160 por hora, até chegar à estrada de terra, saltando para dentro dela, propelido pelo ressalto de asfalto. *Blang!* Um forte impacto e o estalo da suspensão. Josué tirou o pé do acelerador e deixou que o carro ficasse nos 120. Os faróis altos pareciam gerar a estrada diante dele, emoldurada pelos relances fantasmagóricos produzidos pelas luzes policiais. Se fosse mais rápido correria o risco de sair da estrada. Mesmo nessa velocidade, o risco era substancial.

Mas precisava chegar rápido. Na sua mente, os faróis do Ford Maverick negro surgiriam a qualquer momento. Teria então de dar um cavalo de pau diante dele, e bloquear o seu caminho, tirar a Remington 870 do seu suporte e enfrentá-los. Só de pensar o seu coração saltou no peito.

Estaria sozinho contra os assassinos.

Na quinta-feira, depois de treinar com Serra na academia do Marino pela manhã, Alexandre almoçou com Soraia e Dona Teresinha, num clima constrangido à mesa da cozinha. Depois do almoço Soraia pediu que ele a acompanhasse até o supermercado, a apenas uma quadra dali. Fez questão de ir de braço dado com ela.

Ainda havia um certo estranhamento entre os dois, após a conversa na sorveteria. Maior da parte dele? Não saberia dizer, mas, afinal, era ele que estava em falta. Ele que não havia cumprido a sua parte e dito toda a verdade. Contara a ela, porém, sobre o que haviam armado contra a Sede Operária de Sumaré. Falou do vereador Nicolazini e sua associação com os traficantes, e o esquema deles para implodir antecipadamente a candidatura do chefe de Serra, e de como ele e Serra conseguiram evitar o pior. Omitiu a sua invasão da casa de Nicolazini, é claro.

Soraia não disse nada sobre ele estar correndo riscos demais, desta vez. Ela apenas o ouviu em silêncio, e então disse:

— O que é que 'stão fazendo do mundo, Xande?

Ele não soube responder.

Segurava as compras, enquanto descia com ela. Soraia ia ao seu lado, e à metade do caminho, de uma hora para outra, ele sentiu por ela algo estranho. Mais do que amor romântico ou atração física. Soraia estava *ao seu lado*. Os dois caminhavam juntos como um só. Defenderiam um ao outro e sempre estariam ali, para o que desse e viesse. Eram homem e mulher, amantes e companheiros, os dois um só mesmo em suas confissões e em seus segredos.

Sentiu uma longa sensação cálida percorrer o seu corpo e se dissipar na ponta dos dedos. Como podia ser, e por que um sentimento como esse vinha se manifestar agora? A marca mais definitiva do amor, uma lâmina quente cravada nele e ligando-o a ela. Sentiu-se exultante — e assustado. Não gostou de sentir isso por ela, de certo modo. Era em parte a mesma coisa que sentia por Serra, quando patrulhavam a noite e enfrentavam as intenções armadas de criminosos e assassinos — o amor de um irmão pelo outro. Daria a vida pelo amigo, e sabia que ele tentava retribuir a mesma confiança. Também daria a vida por ele. Dois soldados no campo de batalha...

Isso o incomodava, em relação a Soraia. Ela nunca deveria assumir o mesmo pacto. Não. Soraia deveria ser protegida a todo custo e nunca ser colocada em risco, por ele ou por quem quer que fosse. Daria a sua vida por ela, mas nunca, jamais pediria ou aceitaria de sua parte o mesmo compromisso.

Era isso, porém, o que sentia agora, vindo dela — o amor de dois que eram a família um do outro. De duas vidas que não se dividiam e não deviam se separar, e que se extinguiriam juntas, se fosse preciso. Mas era errado. Soraia deveria viver para sempre...

À noite ela o procurou novamente em silêncio. Ele havia planejado examinar com mais cuidado a pistola capturada de Nicolazini. Tentar desmontá-la e estabelecer as condições do mecanismo, do cano... A procedência e o estado dos cartuchos. Teve tempo apenas de reconhecer que era de fabricação da Springfield. O velho modelo 1911A1, produzido durante a Segunda Guerra Mundial por uma empresa que não era a Colt, porque a demanda para as pistolas se tornara tão grande que a patente fora quebrada. Quando viu Soraia se aproximar do quartinho dos fundos, vinda da cozinha, ele rapidamente escondeu a arma debaixo de uma camisa. Soraia entrou e fechou a porta às suas costas.

— Soraia... — começou, mas ela calou-o com um beijo na boca. As mãos dela começaram a puxar para cima a camisa que ele vestia. — E a sua mãe? — perguntou, depois de escapar do beijo.

— Dormindo — ela disse, beijando-o novamente.

— O que deu em você?

— *Você!* — Soraia sorriu e em segundos os dois estavam nus na estreita cama. — De repente eu senti que a gente tinha que recuperar o tempo perdido... Aproveitar o tempo que tem...

Ele não fez mais perguntas.

Minutos mais tarde, ainda sob os efeitos da doce exaustão do orgasmo, Alexandre livrou-se do abraço de Soraia ao ouvir o rugido de um motor V8 e o tocar de uma buzina. Soava bem diante da casa dos Batista.

Por um segundo de desorientação, imaginou que os atiradores da Gangue do Maverick tivessem finalmente descoberto o seu paradeiro, e viessem terminar o serviço. Pegariam a ele e a Soraia, *juntos*... Mas é claro que só podia ser o Serra.

— O que foi, Xande? — Soraia perguntou, ao vê-lo sentar-se e apanhar as calças ao pé da cama.

— Acho que é o Serra. Ele deve 'tá precisando de mim...

— À essa hora?

— Não tem jeito, Soraia.

Ele já vestia uma camiseta e tinha os dois pés metidos nos tênis de cadarços soltos.

— Xande...

Apanhou a camisa que envolvia a pistola. Voltou-se para Soraia.

— Não diz, Soraia. Por favor.

Inclinou-se sobre ela e a beijou.

— Vai ficar tudo bem.

Mas, sob o batente da porta, ele se voltou mais uma vez para ela. A luz que entrava pela janela e pela porta entreaberta cobria com uma tintura dourada o longo corpo nu de Soraia, uma perna dobrada para adiante, ocultando a virilha, os ombros tensos apoiados no cotovelo direito. Piscou aturdido, e tentou cinzelar a sua imagem na memória, para sempre.

As luzes policiais girantes pareciam fazer com que as árvores à beira da velha estrada de terra batida saltassem em torno de Josué, dotadas de uma vida espectral e efêmera. Os faróis altos iluminavam a estrada irregular, criando recortes abruptos e negros que lhe sugeriam o fim da pista em uma trincheira — o fim do mundo em uma mordida vertical de terra que faria o carro despencar direto para o inferno.

Ele havia desligado a sirene pouco depois de deixar a área urbana da cidade, e agora achou melhor desligar também o Giroflex — a dança das luzes o estava deixando tonto. Baixou o vidro da janela e respirou fundo. O ar entrou como um vento forte cheirando a eucalipto. O Opala ainda ia acima dos cem quilômetros por hora e o som dos pneus radiais triturando o pedrisco na estrada era ensurdecedor.

Diminuiu a velocidade. A estrada parecia estreitar-se diante dele. Mais um pouco e atravessou uma ponte de concreto. A que Oliveira havia mencionado? Não podia ser. Além dela havia apenas uma estação de retransmissão de força.

Ele havia ultrapassado a entrada.

Rilhando os dentes, manobrou o Opala para que invertesse a sua direção, e tornou a acelerar.

Serra fez o Charger arrancar e dobrar à esquerda no fim da quadra, precipitar-se rua acima e entrar na Rebouças, novamente dobrando à esquerda.

— Uma patrulha da PM diz que viu o Maverick na estrada da Taquara Branca — Serra o informou, num tom excitado de voz. Ele vestia apenas uma camiseta sem mangas, e o olho verde tatuado em seu braço encarava Alexandre com ciclópica insistência. — Eu 'tava voltando de Campinas, onde fui dar um giro, e ouvi o chamado no rádio da polícia. Aí vim direto pra cá.

— Foi *agora*?

— Isso mesmo. É a terceira chance, Xandão. Agora eles não escapam.

— Mas se a polícia viu eles, então vão tentar pegar os caras também.

— É. Até acionaram o tal interceptador. — Serra sorriu, exibindo todos os dentes. — 'Cê não acredita no cagaço que a polícia 'tá sentindo co'esses caras. A conversa qu'eu ouvi no rádio... Mas tudo bem. Vamo' ver quem chega primeiro.

A Rebouças logo ficou para trás.

A terceira opção era a mais arriscada, mas se os tiras tinham visto eles passarem, com certeza avisariam os seus colegas e pediriam reforço. A melhor coisa talvez fosse dar cabo deles primeiro, cortar a garganta da sentinela antes do alarme ser dado.

Ruas sorriu. Estava cansado da apreensão que vinha sentindo há algumas semanas. Medo dos caras no Charger, receio de que a polícia pudesse realmente arranjar um carro forte o bastante para pegá-los. Agora se dispunha a enfrentar o medo olho no olho.

Engatou uma ré e fez o V8 rosnar. Cascalho foi atirado pelas rodas contra o chassi do Maverick.

— Pode engatilhar o fuzil — disse a Quintino.

*

Vitalino deixou mais uma vez o Opala, fechando a porta. Começou a caminhar na direção da casa dos Guidoni, para se unir a Lopes.

Pensou no que havia feito, ao acionar Josué. Colocaria o amigo numa encrenca, ou apenas provaria que a ideia do interceptador nunca daria certo? Bem, estava tudo nas mãos de Deus, agora.

O ruído do motor potente do Ford Maverick tornou a quebrar a cantoria monótona dos bichos. Vitalino olhou para a entrada do sítio e viu o carro passar pela porteira de ré, e, com um meio cavalo de pau, deter-se em meio a uma nuvem de poeira amarelada. Tinha o lado do passageiro voltado para ele.

Vitalino agora estava em pé, olhando fixamente o carro negro. Seu coração pareceu parar em meio a uma batida. Ele sentiu-se como alguém que caminha sozinho no mato, quando se surpreende diante de uma onça pintada. Estava a dez passos do Opala, e à luz do Giroflex reconheceu a silhueta de um homem meter os dois braços para fora da janela do Maverick. Tinha uma comprida arma prateada nas mãos.

A arma disparou e Vitalino ouviu os simultâneos estampidos e zumbidos dos projéteis passando próximos à sua cabeça, para fincarem-se poucos metros atrás dele, com impactos suaves no chão de terra batida.

Correu na direção do Opala. Houve uma pausa no tiroteio, mas em seguida mais projéteis zumbiram em torno dele. Vitalino chocou-se contra a traseira da viatura e caiu de joelhos. Tinha consciência apenas do seu peito ofegante, o ar entrando por sua garganta como um chiado — e do martelar metálico dos projéteis perfurando a lataria cinza e branca do Opala. O carro balançava contra o seu rosto colado à lataria. Um solavanco ameaçou roubar-lhe a proteção — a viatura afundava sobre um pneu estourado.

Uma pausa.

Vitalino levantou a cabeça e espiou por cima do porta-malas do carro. O atirador caminhava em sua direção, não muito longe, e acabava de remover o carregador do fuzil. Estendeu-o a um outro homem, que o acompanhava um passo atrás. Em contrapartida o outro lhe entregou um novo carregador. Vitalino observava tudo, imóvel. Apenas quando o atirador liberou o ferrolho, introduzindo uma nova munição na câmara, é que pensou que este seria um bom momento para correr para longe, talvez para atrás dos troncos das mangueiras próximas, e dali para o brejo vizinho. Mas ao tentar levantar-se sua perna esquerda não reagiu. Ele a encarou, espantado, e viu ali a mancha escura de sangue. Não tinha sentido o impacto do projétil...

Ao levantar novamente o rosto, deparou-se com o homem armado. Era magro e tinha um sorriso no rosto, e o cano do fuzil apontado para a sua cabeça.

Em nenhum momento Vitalino pensou em chamar pela ajuda de Lopes, ainda dentro da casa. Em nenhum momento pensou em sacar o Taurus .38 do coldre que tinha preso na cintura. Em momento algum Vitalino pensou em Deus.

Ruas lamentou enxergar apenas o *flash* do Ruger Mini-14, quando Quintino finalmente despachou o meganha. Ele e Ximenes começaram a arrastar o cara detrás do Opala. Ruas tomou isso como deixa para saltar do Maverick, e correu abrir o porta-malas.

Nesse instante viu um segundo policial sair da casa.

— Cuidado! — gritou para os dois capangas.

Ao ouvi-lo, Quintino deixou o PM gordo que ele acabara de matar aos cuidados exclusivos de Ximenes, e tornou a empunhar o fuzil. Uma curta rajada bastou para meter o PM de novo porta adentro.

Com Ximenes, Ruas levantou o cadáver e o atirou no porta-malas, enquanto Quintino os cobria com o fuzil. Quando os três estavam mais uma vez seguros no interior do Maverick, Ruas saiu dirigindo-o com vagar, matutando. Estava claro para ele que não haveria mais sortidas esta noite. Não depois de matarem um policial. Seria o caso de matarem o outro também? Não. Talvez tivessem dado cabo do sujeito antes de ele avisar os seus colegas, mas provavelmente o alerta a respeito deles já havia sido dado pelo que haviam eliminado junto ao Opala. O melhor seria dar o fora dali o quanto antes.

Na saída para a estrada de terra batida ele hesitou. À direita na estrada vinha subindo um tratorzinho, com um garoto ao volante. Ruas ignorou-o. Perguntava-se se deveria seguir direto para o esconderijo. O problema era que estava perto demais, e as testemunhas — de que ele não poderia cuidar agora — apontariam à polícia a direção que tomaram. Com um pouco de sorte os tiras chegariam ao seu esconderijo. Melhor seria seguir na direção contrária, peitar quem aparecesse no seu caminho até Sumaré, e de lá ir até a Anhanguera ou a uma outra saída que tornasse a levá-los até Hortolândia.

"Isso mesmo", pensou, dobrando à direita. "Pr'o que der e vier."

Alexandre segurou-se no painel do Charger, quando Serra obrigou o carro a abrir uma curva, para entrar à esquerda em um novo caminho de terra batida, a traseira ameaçando sair da estrada. No mesmo segundo viu o Maverick negro passar por eles, *por dentro da curva*. Ouviu um coquetel de ruídos — o rosnado de dois motores V8 e os estalidos do cascalho da estrada batendo no fundo do chassi. Ao seu lado Serra trocou a marcha, Alexandre sentiu o carro endireitar-se por um segundo e então girar como se fosse uma peça de carrossel, e tudo coloriu-se ao seu redor com uma espessa nuvem de poeira amarela. Alexandre grudou-se no assento rígido, quando o Charger tornou a acelerar — e no mesmo segundo um *déjà-vu*. O Maverick passava mais uma vez por dentro, do lado de Serra, voltando pelo mesmo caminho pelo qual viera, depois de executar um idêntico giro de cento e oitenta graus — Alexandre visualizou as duas manchas de *yin-yang*, branca e preta, circundando uma à outra.

— Filho da! — Serra gritou, e no instante seguinte apagou os faróis altos, para desfazer a muralha de poeira amarela diante deles.

Os dois carros se precipitaram por uma discreta inclinação descendente. Alexandre já tinha a espingarda pronta nas mãos, e desta vez não vacilou. O carro com os assassinos não poderia estar muito longe. Respirou fundo e deixou a poeira entrar, quando baixou o vidro da janela e meteu o corpo para fora. Disparou a .12 sem fazer pontaria.

Então voltou para dentro, abriu a arma para deixar o cartucho fumegante cair no assoalho do Charger, e inseriu uma nova munição.

Serra não se deu ao trabalho de olhar para ele nem de perguntar se havia acertado alguma coisa. Mantinha os olhos colados no para-brisa do carro que perseguia, tentando penetrar a cortina de poeira que o Maverick arrastava consigo.

Um tranco quase fez a espingarda escapar das mãos de Alexandre. Ele olhou para trás e viu apenas o rastro que o Dodge fazia, tingido com as luzes vermelhas das lanternas traseiras. Olhando para o lado esquerdo viu passar brevemente a imagem espectral de uma viatura da polícia derreada sob pneus furados. A pouca luminosidade o impedia de ter certeza, mas o Opala cinza e branco parecia perfurado de tiros, a estrutura das luzes policiais pendurando-se em cacos, da capota. Os olhos de Alexandre grudaram-se nela, que foi ficando para trás.

Viu algo mais. Podia divisar dois glóbulos flutuando atrás deles em meio à poeira — um par de faróis. Um segundo depois luzes policiais se acenderam acima dele.

— Merda!

— O que foi? — Serra perguntou.

— A polícia. Atrás da gente.

Para a sua surpresa, Serra sorriu.

— Um problema de cada vez — disse. — Primeiro os caras aí na frente.

Sebastião da Costa Pires vira o tratorzinho subir a ladeira, e o carro preto passar por ele. Mas agora, nem um minuto depois, o carro voltava à toda, seguido por um outro, branco, mal visível entre a poeira do primeiro. Mas enquanto Sebastião admirava os dois carros se projetando no ar, ao atingirem o ressalto da ponte, um terceiro entrou no seu campo de visão. Tudo o que pôde determinar dele, é que lembrava os Opalas usados pela Polícia Militar. Isso o fez recordar-se da viatura que havia entrado num dos sítios, há menos de meia hora. Sebastião tinha ouvido os tiros que pareciam de metralhadora, e havia se encolhido no banco do FNM, tentando enxergar alguma coisa primeiro pelos espelhos retrovisores trincados, depois espiando pela janela do passageiro. Vira reflexos por entre o mato, e mais nada.

O que raios estava acontecendo?

Ruas agira por instinto. Mandara ao inferno a ideia de proteger o esconderijo. Tudo o que queria era despistar o maldito Charger R/T branco, que, como um fantasma que insistia em atormentá-lo, voltava a surgir em seu caminho. Mas *como?*

Agora Ruas vencia o primeiro impulso, e obrigava-se a refletir, a avaliar a sua situação.

Quintino havia gasto dois carregadores de munição para matar o PM lá atrás, e agora só podia contar com o seu Smith & Wesson. Um tiro de espingarda havia entrado pelo vidro traseiro e Ximenes tinha um ferimento sangrento no couro cabeludo. Podia ver o brilho do sangue empapado emaranhando os seus cabelos pretos. Ele gritava, enquanto Quintino, ao invés de atirar nos perseguidores, voltava-se para o companheiro ferido. Essa era a primeira coisa a acertar.

— Cala a boca aí atrás! — Ruas ordenou, ouvindo sua voz cavernosa reverberando acima do barulho do motor. — Ximenes, esquece o machucado. Depois a gente cuida disso.

E agora a questão mais importante — o Charger branco com os dois filhos da puta dentro. Olhou pelo retrovisor e, para o seu espanto, o vidro traseiro estava novamente intacto. A cabeça de Ximenes sangrava, cacos entre seus cabelos e nas dobras da sua jaqueta, mas o vidro havia se recomposto por inteiro. "*O carro tem o corpo fechado*", lembrou-se.

Sim. De algum modo era isso mesmo. *Tinha o corpo fechado* — podia se recompor por magia ou bruxaria, e isso, de toda a sua experiência desde que se incumbira do serviço, não seria a coisa mais absurda ou a menos grotesca. Por isso ele a aceitou. Mesmo que freasse e fizesse o outro carro se chocar contra a sua traseira, eles provavelmente conseguiriam seguir rodando no Maverick.

Ruas não compreendia como poderia ser, mas era. O lado pragmático de sua existência marginal o convenceu das chances do truque dar certo. O piloto do Charger corria atrás deles comendo a poeira do Maverick, sua visibilidade comprometida. Não teria tempo de reagir e bateria neles, pondo um fim à perseguição.

Ruas não refletiu mais. Meteu o pé no freio.

Alexandre havia desistido de disparar mais uma vez contra os assassinos — não com a polícia atrás dele — e agora se acomodava no assento e afivelava o cinto de cinco pontos.

À sua frente, um par de brilhos rubros e embaçados pela poeira se agigantaram. Serra pisou no breque, e Alexandre sentiu o aperto do cinto em seu ombro e abdômen. O carro então deslizou para a esquerda e Alexandre, olhando na direção oposta, viu o Maverick GT negro quase parado ao lado do Dodge. Esquecendo-se da decisão anterior, levantou a espingarda instantaneamente e a apontou, em um único movimento.

Mas no instante em que puxava o gatilho, o Charger se sacudia todo e o tiro saiu para o alto. O carro preto tornou a arrancar — deixando Alexandre apenas com o vislumbre do olhar assustado do seu motorista.

— Merda — ouviu. Serra.

— O que foi?

— Quando eu tirei pra esquerda pra não bater, a gente acabou caindo numa valeta. 'Tamos presos aqui...

"Aquele filho da puta! 'Cê viu com'ele freou? Eu não antecipei uma manobra destas, tirei o olho pra olhar a polícia pelo retrovisor... Ele não 'tava nem aí se a gente ia bater nele ou não."

Os dois ficaram apenas observando, enquanto o Maverick mais uma vez arrancava para desaparecer diante deles.

Mas havia mais com que se preocupar.

Alexandre deixou a espingarda cair no piso do carro, livrou-se do cinto de segurança e abriu a porta. Uma sensação de súbito esgotamento instalou-se nele, com a euforia expirada. Agora se sentia abatido e melancólico. A lembrança intrometida do presídio em Monte Mor imiscuiu-se ao cansaço. Voltaria para a prisão... E Soraia... Ela com certeza ficaria terrivelmente decepcionada com ele. Nunca mais a veria...

Virou-se para Serra.

— Fica tranquilo e não tenta nada. — Fitava-o com toda a intensidade possível. Era muito importante que Serra entendesse o que ele dizia. — Deixa que *eu* falo com a polícia.

Mas não sabia de que iria adiantar. Já podia se ver retornando ao presídio, separado definitivamente de Soraia. E Serra estaria com ele.

Inácio Guidoni parou o velho Ferguson TO-20 diante do carro de polícia. O farol iluminava a carroceria toda furada de tiros. Passando o carro, a luz que vinha da janela da cozinha revelava buracos na porta e na parede em torno. Inácio sentiu o choro subir do seu peito e inundar o seu rosto, seu nariz e seus olhos. Ele já não ouvia mais o som do motor dos automóveis ou o barulho do tiroteio. O que tinha acontecido? "Pai, Mãe. . ." chamou silenciosamente, pensando que talvez o Pai tivesse recebido a polícia com a sua espingarda em punho, e os policiais tivessem metralhado ele. Mas então lembrou-se do carro preto e soube que alguma outra coisa devia de ter acontecido, mas não sabia o quê.

Ao deixar o trator e contornar o carro de polícia, pisou em alguma coisa que doeu em seu pé. Abaixou-se e a apanhou. Era um cartucho metálico, bem diferente dos cartuchos de cartão que ele usava na espingarda calibre .36 do Pai. O chão perto do carro estava cheio de cartuchos.

Também enxergou sangue. Um rastro comprido e borrado, que começava atrás do carro. Agora Inácio vomitou, curvado para a frente e as mãos na barriga. Não conseguia tirar o pé do ponto em que estava, no caminho que levava até a casa. Alguém tinha sido morto ali, e ele pensava em sua mãe e em seu pai, no que poderia ter acontecido a eles.

Com um esforço de vontade, obrigou-se a dar um passo adiante, depois outro. Em pouto tempo estava correndo, subindo os degraus de tijolado até a porta esburacada da cozinha.

— Mãe! — gritou, ao abrir a porta.

Um policial saltou detrás da mesa e apontou um revólver para ele. Inácio ficou um instante parado sob a sua mira, o peito subindo e descendo, e então um gemido chamou sua atenção.

A Mãe. Caída num canto, os ombros cobertos de vergões aparecendo debaixo dos trapos do vestido rasgado. Inácio foi até ela, o revólver do policial ainda a acompanhá-lo. Olhava para ele, para os olhos arregalados por trás da arma, e então o homem foi baixando o cano, e olhou para a porta aberta. Foi para lá e fechou a porta, enquanto Inácio se agachava diante da Mãe. Ela abriu os olhos e levantou uma das mãos até o seu rosto. Não disse nada, mas seus olhos pareciam medir cada menor parte do rosto do filho, que desviou o olhar. Ao fazê-lo, viu o Pai deitado de bruços, debaixo da mesa.

— 'Tá tudo bem com ele — o policial disse, a voz rouca. Ainda tinha a arma na mão trêmula, mas não a apontava mais para Inácio. — No meio do tiroteio ele desmaiou. Acho que foi da bebedeira. — Olhou em torno. Inácio o imitou no mesmo gesto e viu os buracos de bala, dos tiros que tinham atravessado a porta e as paredes da frente. Um deles estava a menos de trinta centímetros da cabeça da Mãe. — Um milagre que ninguém foi atingido.

Inácio lembrou-se do rastro de sangue. Então os dedos da Mãe tocaram os seus lábios, e voltando-se para ela, ele viu as lágrimas em seu rosto e o sorriso em sua boca.

Josué deteve o interceptador no meio da estrada de terra batida, os faróis apontados para o Dodge que acabara de meter a roda dianteira esquerda em uma valeta. A traseira do carro branco projetava-se para dentro da pista, parcialmente bloqueando o seu caminho. O cromado do para-choque e as lanternas traseiras refletiam a luz dos seus faróis. Por sorte Josué decidira manter uma distância segura do automóvel, temendo chocar-se com ele no meio da poeira.

Não saía mais gás do escape do Dodge. A porta do lado do passageiro estava entreaberta. Com os dentes fincados no lábio inferior, Josué observou a poeira do Ford Maverick, que se afastava. Então desligou o motor da viatura e retirou a Remington do seu suporte. Abriu a porta do lado do passageiro e saiu por ali, abrigando-se atrás da porta aberta. Tinha visto alguém no Dodge disparar contra o Maverick. Precisava ter cuidado. Puxou o guarda-mão da espingarda para junto de si, bombeando um cartucho para dentro da câmara.

Os dois homens no interior do automóvel eram tudo o que ele tinha agora. A sua melhor chance de saber o que estava acontecendo. Um deles saiu do carro e se inclinou para a janela do lado do passageiro e disse alguma coisa que Josué não ouviu direito.

— 'Cês dois no carro! — gritou. — Motorista, coloque as mãos na cabeça. Você aí também. Eu tenho uma espingarda calibre doze apontada pra vocês! E o tático 'tá a caminho!

Esse segundo detalhe era uma mentira deslavada, pois ele não havia se comunicado com Oliveira na companhia, desde que arrancara de Sumaré rumo à Taquara Branca, e não havia nenhum grupo tático de prontidão. Mas lhe serviria bem, se pusesse medo nos dois indivíduos.

O passageiro tinha as mãos bem altas no ar, e lentamente as colocou juntas no alto da cabeça. Os faróis altos do Opala meio que obliteravam os traços do seu rosto, mas quando ele caminhou lentamente na direção da viatura, tudo em seus movimentos sugeria uma extrema e inesperada tranquilidade.

— Onde 'tá a sua arma? — Josué perguntou.

— No chão do carro. Descarregada.

A sua voz! Josué já a tinha ouvido antes?

— Eu te conheço?

O outro retirou devagar a mão esquerda da cabeça e a usou para bloquear um pouco da luz que vinha dos faróis altos. Mesmo assim, pareceu hesitar mais do que o necessário. O seu companheiro havia descido do carro e caminhado até se postar ao lado dele, as mãos também cruzadas no alto da cabeça. Era um sujeito grandalhão, braços musculosos nus, e que parecia mais interessado no Opala interceptador do que em Josué e a sua Remington 870.

— Não — o primeiro indivíduo finalmente respondeu.

— O que vocês dois estavam fazendo... perseguindo aquele carro? — Josué perguntou, mantendo os dois na mira da espingarda e o dedo no gatilho.

De onde estava poderia atingir aos dois, com um único disparo. Ao pensar nisso, sentiu as mãos tremerem, no contato com a arma. "Não matarás", pensou, mas foi menos uma disposição do que uma lembrança incômoda. Atiraria, se fosse necessário.

— Você melhor do que ninguém sabe quem está no Maverick preto.

Josué franziu o cenho.

— Como assim?

— O seu carro foi construído pra perseguir o Maverick. — O indivíduo disse, e então gesticulou com a cabeça, para o seu companheiro. — Exatamente o que nós 'távamos fazendo.

— Mas *por quê*?

Mais uma hesitação desnecessária. Os seus olhos se voltaram para algo às costas de Josué — que não se arriscou a olhar para trás. Mas meio minuto depois uma ambulância parava ao lado deles, no meio da estrada, as luzes girando. O motorista pôs um braço e a cabeça para fora da janela, e avaliou a cena diante dele com uma expressão curiosa. Ele então disse, dirigindo-se a Josué:

— Eu tô atendendo a um caso de violência doméstica, uma mulher espancada. Mas acho que me perdi. 'Cê sabe onde fica o sítio de um tal de Guidoni?

Josué sentia-se tão perplexo pelo tom casual do motorista, que não soube o que dizer. É claro que havia recebido a descrição do trajeto até o sítio dos Guidoni, mas não conseguia lembrar-se. Então ouviu o suspeito dizer, sem tirar as mãos da cabeça.

— 'Cê passou do ponto. Volta por aqui e vai olhando à direita. Deve ser um dos sítios antes de chegar na ponte. — E para Josué: — Eu vi uma viatura parada na frente de um deles, quando a gente vinha pra cá.

O motorista da ambulância agradeceu polidamente a orientação, e seguiu em frente por uma dezena de metros, antes de manobrar o largo veículo com cuidado, e voltar pela mesma estrada. Tornou a parar no mesmo ponto, baixou o vidro da janela do motorista e disse a Josué:

— Quand'eu vinha pra cá, passei por um cara num caminhão quebrado. Será q' 'cê podia dar uma mão pra ele?

Josué piscou e, com esforço, tornou a se concentrar nos dois indivíduos, que ele tinha de manter diante da maça de mira da espingarda.

— Eu tenho um assunto mais urgente aqui pra resolver — disse, sem elevar a voz. — Depois eu dou um jeito de alguém ver o problema do caminhão. O senhor por favor vá atender ao seu chamado, que tudo vai ser resolvido no seu devido tempo.

Diante do cano da sua arma, o rapaz abriu um sorriso, mal discernível na máscara pálida que era o seu rosto, sob a luz dos faróis altos. Ao seu lado, o grandalhão balançou a cabeça sob o chapéu feito de seus dedos entrançados.

Josué esperou que o reflexo de suas luzes girantes desaparecessem atrás dele, sentindo um começo de câimbra na perda esquerda. A espingarda começava a pesar em suas mãos.

Como se enxergasse uma deixa na postura impaciente de Josué, o rapaz retomou a conversa do ponto em que havia parado.

— Faz alguns meses, eu fui atacado pelos assassinos que andam naquele carro. *Por nada*, sem razão nenhuma. Com tempo soube que a maior parte das vítimas era gente como eu, uns pobres-coitados que não tinha quem os defendesse. Também descobri que nenhuma autoridade estava disposta a encarar o problema... até que o filho do ex-prefeito da cidade fosse morto. A história é essa. Depois qu'eu escapei daquela primeira trombada com os assassinos, encontrei alguém que me ajudasse a enfrentar eles em melhores condições, na próxima. Então se alguém cometeu um crime aqui sou eu. O meu amigo nem sabia que a gente podia se meter numa luta armada. E a arma dentro do carro é minha.

Josué primeiro notou que o segundo indivíduo quase tirou as mãos da cabeça, ao encarar de um modo irritado o seu colega. Era como se estivesse irado — ofendido pelo outro estar tentando evitar que fosse incriminado. Bandidos não se comportavam assim...

De qualquer modo, abriu a boca para lhe dizer que não cabia aos cidadãos comuns tomarem a justiça em suas mãos, mas no mesmo instante se lembrou de todas as dificuldades que enfrentara para mobilizar Brossolin e os outros na corporação. Mais do que isso, se respondesse dessa maneira, estaria admitindo como verdadeira a história que o outro contava — quando ele poderia muito bem ser alguém do crime organizado da região, ou... Mas se fosse, usaria uma desculpa como essa?...

Que ele havia sido atacado e que escapara...

Escapara com vida...

Poderia ser?

Subitamente, tornou-se consciente do barulho do vento que fazia balançar a cerca-viva de pinheiros altos, do outro lado da estrada. E o coaxar de sapos no brejo lá embaixo, o olhar das estrelas sobre a sua cabeça. Para ele, nesse instante não havia mais ninguém no mundo além dele e dos dois indivíduos detidos — dele e do seu *interlocutor*. A voz que ele conhecia, o modo tranquilo que não lhe era estranho, o sorriso... Endireitou o corpo com vagar, a Remington ainda apontada, a coronha ainda firme contra o seu queixo. Saiu detrás da porta do Opala, moveu-se dois passos para o centro da estrada.

— Os dois. Três passos à sua esquerda, agora — ordenou.

Ao obedecerem, os dois indivíduos saíram do foco mais forte dos faróis, e Josué pôde reconhecer claramente as suas fisionomias. Especialmente a do rapaz que fora o seu interlocutor até então.

Josué desenristou a espingarda e aos poucos foi baixando a arma.

— Eu queria falar com você — disse, olhando bem nos olhos do seu anjo.

O que receber um homem dentro dela fazia a uma mulher, que a própria carne do seu corpo parecia transformada? Soraia Batista havia se levantado da estreita cama de Alexandre e se vestido, e caminhado até o seu próprio quarto e se deitado em sua própria cama, sentindo-o ainda dentro dela — mas vendo-o sair pela porta às pressas, sem camisa e com os tênis desamarrados nos pés.

Ele ia atender aos *outros* de que seu Pai falara. *Você, Alexandre e os outros*, ele havia dito. Era esta a união que precisava ser formada? Esta noite? Amanhã ou em um futuro indeterminado, quando só então Soraia conheceria a verdade de tudo o que Gabriel — o espírito incorpóreo de seu Pai — tinha a lhe contar? *O horror que nos cerca, que nos ameaça...*

Mas nem mesmo estes pensamentos sombrios a impediam de sentir o langor do orgasmo que tivera, e suas repercussões ainda sentidas, ainda fazendo-a tremer. Assim embalada, foi da vigília ao sono, da sensação concreta dos lençóis e do colchão sob ela, ao mergulho em uma dimensão quase líquida, em uma suave queda pela fronteira entre os universos — e então o despertar formiguento de um tremor que a sacudia toda, e Soraia compreendeu que estava de volta *àquele lugar*.

Seus sentidos acenderam-se, e ela percebeu que estava errada. Não era o palco da Ciranda.

Uma campina à beira de um rio, à noite. Seus pés calçados apenas com meias de algodão sentiam a grama molhada de orvalho. Ouvia grilos... o piar de uma coruja?

— *É este o lugar* — ouviu.

Olhou para a direita, de onde vinha o som, e viu Gabriel ao seu lado.

— Você vai me contar sobre os horrores e as ameaças agora, Pai?

Ele sorriu palidamente e baixou a cabeça. Então levantou-a e encarou um ponto à sua frente. Soraia viu — ou pressentiu — ali a forma vazia do *alguém* que acompanhava Gabriel.

— *Eu vou* — seu pai enfim admitiu. — *Contra a minha vontade, mas vou. Ele vai nos mostrar... o que realmente está acontecendo, filha.*

— Talvez... — ela balbuciou — Talvez eu não queira. Você disse que Alexandre vai me proteger, mas ele não está aqui com a gente...

— *A união acabou de se formar, filha. Alexandre acaba de se encontrar com aqueles que formarão a aliança necessária para enfrentar as forças que nos ameaçam. Você também fará parte dela... uma parte muito importante. Deve levar a eles o que nós viemos lhe mostrar aqui. Veja!*

A forma vagamente antropomórfica que era o acompanhante de Gabriel deixou o seu lugar e pareceu pairar na direção de uma ampla construção que se erguia perto do rio. Gabriel acompanhou-o, e Soraia sentiu-se forçada a segui-los.

— *Quero que você se lembre bem deste lugar, Soraia.*

Ela nada disse. Concentrava-se em reconhecer os detalhes dos arredores, sob a luz da lua. O rio era na verdade pouco mais que um ribeirão de margens cobertas de capim. Um largo cano enferrujado que vinha da construção despejava um fio de líquido viscoso nas águas, cujo caminho percorria uma curva suave, para desaparecer entre árvores pequenas e esquálidas. A construção lembrava um lugar para abrigar animais, ou um depósito ou fábrica abandonada e semidesmontada — qualquer coisa que falava de um espaço em que pessoas trabalhavam, mas no qual não viviam. Em que nada vivia.

Tinha um ar deprimente e sombrio. Mesmo as colinas que subiam da margem do rio, elevando-se de modo discreto ao redor da construção, eram formas desbotadas e antigas, sem vida. Uma estrada cinzenta, meio de asfalto meio de pedrisco, ia da construção até o horizonte próximo entre as colinas.

Soraia tornou-se consciente das nuvens de mosquitos e borrachudos que atacavam as suas pernas nuas. Estava com as roupas que vestia ao se deitar — somente meias, camiseta e calcinha de algodão. Por um momento ela se questionou sobre a materialidade do sonho que vivia — podia sentir as picadas dos insetos na pele ou a brisa fria arrepiando-a, enquanto caminhava acompanhando o Pai e o *outro*. Não deixava de haver um certo embaraço, em ter as pernas de fora em um momento como este, acompanhada do fantasma do Pai e de uma criatura ainda mais sobrenatural. Ela sempre fora pudica diante de Gabriel, e agora ficava esticando a camiseta para baixo e puxando o elástico da calcinha para cobrir o máximo da sua bunda que sempre fora exibida demais...

A comprida construção foi crescendo nos detalhes de sua decrepitude. Janelas vasadas e telhados afundados...

E havia um *cheiro*.

— O que é este fedor? — perguntou.

— *Aqui é um matadouro abandonado*.

Passando por um curto pátio de concreto esburacado, o mato crescendo nas rachaduras, chegaram até a entrada e pararam diante de uma porta metálica de duas folhas. O ferrolho estava trancado com um imenso cadeado de aço inoxidável, cujo brilho prateado sob o luar contrastava com a massa avermelhada de ferrugem que era a porta. Soraia encarou Gabriel e abriu a boca para dizer que estava trancada, quando o *outro* simplesmente atravessou a placa de metal. Um segundo depois ela se sentiu arrastada para adiante, sem que movesse os pés, e quanto tornou a abrir os olhos, viu-se no interior de um recinto. *Dentro* da construção.

Uma fração do luar entrava pelas janelas quebradas, mas havia uma luz própria, espectral, valorizando os detalhes — sangue por toda a parte, fezes secas e pulverizadas de animais, retalhos de couro e chumaços de pelos em grandes coágulos nos cantos.

— Você disse que estava abandonado — Soraia quase gritou.

— *Isto é mais do que o agora, filha*.

"*Mais do que o agora*", ela ecoou em pensamento. Então este também era um lugar sobrenatural. Presenciava em seu chão e paredes abandonadas o acúmulo do medo, das dores e mortes sentidas aqui. Por animais, é claro, mas em que a sua dor seria diferente da humana? Podia senti-lo, na verdade, mais do que a alucinação visual e olfativa. Homens haviam sentido prazer em tirar a vida de outras criaturas, arrastadas em pânico e mortas no espaço entre estas paredes; e depois apenas o cansaço da matança.

Ainda caminhavam. Mas assim que seus pés calçados de meias brancas se avermelharam com o sangue ainda fresco do passado, ela estacou.

— *Nós temos que continuar, Soraia*.

— Eu não consigo — gemeu.

— *Temos que continuar andando, ou vamos ser arrastados por* ele — e Gabriel apontou a estranha lacuna de formas ao lado deles, que parecia imaculada por todo o sangue e imundície ao seu redor.

Soraia engoliu em seco e obrigou-se a dar um passo. Algo roçou os seus dedos, e ela a puxou para junto do peito. Mas era apenas a mão do Pai, tocando-a. Surpreendeu-se com a possibilidade de poder sentir o contato físico do fantasma, e lentamente ofereceu-lhe a mão. No mesmo instante sentiu-se mais segura, e seus passos se seguiram com uma hesitação menor, mesmo quando seus pés escorregavam nas poças de sangue. Inconscientemente, porém, seu pensamento fugiu para Alexandre. Se ele estivesse aqui, se fosse ele a segurar sua mão trêmula...

Viu os corredores cavados no chão, por onde os animais deviam ter passado, rumo à morte. Ainda havia polias e correntes presas a traves de metal no teto — para levantar as carcaças? —, e restos das grades de madeira de onde se debruçaram os homens com suas marretas. Ralos para drenar o sangue derramado. Em um canto, porém, havia um objeto destoante — um enorme cilindro de metal. Soraia piscou seguidamente, e a imagem cilíndrica tornou-se mais vívida. Era um tanque de combustível, com o símbolo de "inflamável" pintado em sua superfície enferrujada. Apoiava-se em uma pequena carreta com dois conjuntos de pneus duplos.

Chegaram a um largo corredor, de piso e paredes menos tingidas de vermelho. Ela e Gabriel caminharam por entre suas paredes, que pareciam estreitar-se a cada passo, enquanto ao longe a extremidade fugia, ampliando as distâncias. Mais do que o grande salão em que eram mortos os animais, era este corredor o centro de sensações que ameaçavam a própria individualidade de Soraia. No final do corredor havia *alguma coisa* que fazia empalidecer todos os terrores e apreensões até então testemunhados. Morte e dissolução habitavam o ponto ao qual ela se dirigia. Mais do que uma visão do inferno, oferecia um vislumbre da alma do próprio demônio.

Soraia agarrou-se ao braço do Pai e à súbita sensação de substancialidade da sua carne fantasmal. Ela não daria mais um passo, e do seu peito subiu uma mistura de choro e gritos descontrolados, apelos desesperados para que não a levassem para lá.

Mas o fim do corredor pareceu *vir* até ela. Soraia viu-se em pé agarrada ao braço de Gabriel, os dois parados diante da porta metálica de um frigorífico.

Ela ouvia um zumbido, agora, e da própria superfície do metal vinha a emanação gélida do seu interior, ferindo a pele nua de suas pernas e braços, seu nariz e faces. "Mais do que o agora?" Soraia perguntou-se, intuindo no mesmo instante que não. A algidez que sentia era do presente, oriunda de uma câmara frigorífica em atividade, alimentada pela eletricidade que ela ouvia zumbir através de fiações invisíveis.

— Isto não está mesmo abandonado — disse a Gabriel, apontando um outro cadeado, pendurado na tranca da porta. — E não há como a gente entrar aí. Vamos *voltar*, Pai... — implorou.

Mas Gabriel não disse nada. Então o recorte vago do *outro* acompanhante fincou-se no metal liso, fazendo aparecer ali uma passagem com os contornos de um homem, e dela os vapores gélidos e fétidos da morte que se encerrava ali dentro.

No segundo seguinte Soraia sentiu a sua própria carne vasada pelo metal frio — e ela se viu no interior da câmara frigorífica.

Não havia muita luz. Soraia piscou e foi como se a luz se fizesse, pois a mesma iluminação espectral percebida lá fora aos poucos acendeu-se, revelando os volumes pendurados em ganchos que pendiam do teto.

Soraia não se sentiu surpresa ou chocada com o que viu. Ela não podia entender. Não nesse instante. Seus olhos absorviam imagens projetadas por uma luz inexistente, células nervosas agitando-se sem propósito, na tela escura de seus olhos que deveriam estar fechados, adormecidos. Porque afinal ela vivia nada mais que um pesadelo. Na verdade dormia em casa, na segurança do seu quarto, agarrada ao travesseiro e não à mão do Pai morto. E seu peito arfava e seus joelhos tremiam porque a sua imaginação armara uma elaborada e mórbida fantasia. O ar que se acumulava em seus pulmões como um grito mudo nunca escaparia de seus lábios, mas se faria ouvir na mesma dimensão onírica de sua mente adormecida.

Então ela reconheceu Artur Rodrigues de Oliveira entre as muitas formas que seus olhos de sonho distinguiam.

Artur partilhando o mesmo espaço que ela.

Artur, pendurado em um gancho de metal.

Artur em carne e osso.

Vanessa Mendel despertou com um sobressalto. Deitada de costas, levantou o tronco abruptamente, então ajoelhou-se na cama, as mãos no rosto e os olhos arregalados, tentando impedir que a visão se esvanecesse. *O que* ela tinha visto?

Uma *invasão*. Alguém havia penetrado em seu fortim, invadido o próprio cofre do tesouro.

Vanessa levantou-se, sabendo que precisava ir para lá imediatamente. No caminho para a garagem, cobriu sua nudez apenas com uma camiseta regata. A porta da garagem e o portão de ferro que davam para a rua abriram-se em obediência a um comando eletrônico. Montada no seu Shelby Cobra, Vanessa tomou a Marcelo Pedroni e em seguida a Rebouças. Rumava para Hortolândia, pisando os pedais com os pés descalços, o vento frio entrando por todos os lados no carro sem capota e tocando sua pele mal protegida, soprando seus cabelos. E apenas agora, fora de casa e percorrendo as ruas em alta velocidade, é que teve uma ideia de quão tarde era — tudo deserto à sua volta, devia passar muito da meia-noite...

Algo mais havia acontecido, ela pressentiu. Mas a intuição incompleta não lhe permitira dizer exatamente o quê. O contexto havia mudado, porém. O palco fora trocado enquanto ela dormia, e novos protagonistas saíam dos bastidores para confrontarem a plateia — mas Vanessa ainda não sabia dizer quem eram.

O Cobra deixou Sumaré para trás. Em poucos segundos, correndo a quase cento e oitenta quilômetros por hora, o vento chicoteando o seu rosto, seu busto batendo de modo dolorido contra suas costelas a cada solavanco, Vanessa alcançava as altas paredes de eucaliptos do Horto Florestal. Então cruzava a ponte sobre o rio, passava por baixo da linha férrea, subia a colina para dobrar à direita em ângulo reto e descer a longa inclinação rumo a Hortolândia. O carro comportava-se com segurança, acelerava forte e jogava a traseira minimamente, quando ela atacava as curvas. Mas Vanessa subitamente tirou o pé descalço do acelerador.

"O que *está acontecendo*?" perguntou-se.

Precipitava-se, ao correr para o seu lugar secreto? Afinal, não sabia quem eram as forças que o tinham invadido. Intuía, porém, serem forças sobrenaturais. Que poderes teriam?

Vanessa teve medo.

Havia aberto uma caixa de Pandora que sempre supusera controlar. Mas o simples fato de não saber quem eram os invasores — e de não ter antecipado as suas ações — faziam-na perceber que a sua impressão de controle sempre fora ilusória.

E ela fora *avisada*. Informada por seu amigo de que havia uma resistência ao plano dos dois. Ela sempre imaginara que fossem os fatores *materiais* que tentara antecipar e dominar, desde que chegara à região — a imprensa, a polícia, os políticos — e não um fator sobrenatural. Ingenuamente, ela pensara que detinha a exclusividade nesse setor. O seu aliado não ficaria nada satisfeito ao saber que ela havia falhado. Essa era a maior fonte de temores. Ele não iria perdoá-la, e, mesmo na situação limitada e desconfortável em que se encontrava, ainda poderia fazer mal a ela. Estremeceu com uma violência que fez o automóvel dançar na estrada de duas pistas, só de pensar no que ele poderia lhe fazer. Mais do que a dor, mais do que a morte...

"Não", Vanessa pensou, enquanto dominava o carro e tornava a acelerar. "Ele ainda *precisa* de mim. Estamos juntos nisto. Para o melhor ou para o pior."

*

Havia meia dúzia de outros corpos pendurados em ganchos. A um canto, sobre um carrinho estacionado ao lado da balança de carne embutida no assoalho, havia o cadáver de um homem imensamente gordo. Ao lado da porta, o corpo de um jovem mulato, vestindo uma roupa que parecia com a farda da Polícia Militar. Sangue espalhava-se por toda parte, no chão e nas paredes como um grafite radical, mais fresco perto do mulato. Soraia havia desviado os olhos do corpo miúdo de Artur, para encontrar estas outras imagens de horror...

Mas então seus olhos se fixaram em uma outra porta de metal, dentro da câmara frigorífica. Rastros de sangue levavam a ela. E ao contrário da primeira porta, esta estava destrancada, entreaberta.

Gabriel e o seu guia moveram-se em sua direção. Somente nesse momento Soraia se deu conta de que o Pai falava com ela.

— ...*Que eu lamento que você tenha que ver isto, minha filha. Mas é preciso. O que está aí dentro é a razão e a fonte de tudo o que está acontecendo. É contra ele que devem lutar. E Alexandre... Alexandre precisa conhecer o seu adversário...*

Mas eles tiveram de arrastá-la para junto da fresta na folha de metal. Gabriel e o *outro*. Tiveram de fazê-la passar pela abertura, e tiveram de abrir os seus olhos, e apontar a direção — ela jurou que podia senti-los tremerem, eles próprios, o *homem morto* e o ser imponderável, invisível e distante.

Soraia reconheceu o que eles tinham a mostrar, e compreendeu o que temiam.

Despertou gritando em seu quarto. Gritava sem parar. Tudo o que podia ouvir era o som estridente de uma voz que ela mal reconhecia como a sua.

Em um minuto ou dois sua mãe entrou no quarto e acendeu a luz. Então foram duas a gritar.

Soraia calou-se, abriu os olhos e a viu parada junto à porta, as mãos juntas no rosto. Soraia procurou, mas Alexandre não estava atrás da Mãe. Ainda estava lá fora, e não aqui, para protegê-la.

— Jesus Santo, Soraia — Dona Teresinha gritou. — O que aconteceu com você?

Ao seguir o olhar da Mãe, viu o que a havia assustado, mais ainda que os gritos.

As meias com que dormia estavam ensopadas de sangue.

INTERLOGO

Fraqueza *Uma total fraqueza e vulnerabilidade de surpreendente força A ameaça de um aborto o terror da incompletude Dentro e fora há o Inimigo A Interlocutora distante do outro lado do umbral é condenada acusada surdamente e com ira lembrada do Laço único que une outro e um através da cortina* Um Só Destino e se Um Destruído Decomposto Desmembrado em seu Espírito For o Outro Também Será *grita e lembra outra vez do poder outro que os ameaça Invisível sendo é preciso* Identificar e Destruir Destruir Agora Agora e Absorver É Preciso Incorporar o Poder Adversário Agora *e a Interlocutora afirma a sua forma semovente por trás da cortina e implora que a fidelidade permaneça até o fim do longo trabalho de aquisição da Vida Fim próximo Nascimento eminente Paciência e confiança enquanto engajam o Inimigo ao Aliado implora a Interlocutora demanda do outro lado do umbral Esperar*

Esperar sim

Porque o Inimigo o Adversário é pequeno é humano é inferior Um estado menor da matéria Uma força menor da vontade Uma relação mais fraca mais pobre de Laços e Compromissos É o imprevisto apenas Distração inócua contra um poder prestes a tornar-se absoluto

TERCEIRA PARTE: A PELEJA

Passando as casas dos mortos e por aqueles caídos em suas trilhas
Sempre em frente sem nunca olhar para trás
Agora não sei como me sinto, não sei como me sinto esta noite
Se caí sob as rodas, se ganhei ou se perdi a visão
Nem mesmo sei por que, nem por que fiz este chamado
Ou se nada disto faz diferença afinal

Mas as estrelas brilham forte como algum mistério devassado
Continuarei seguindo em frente pelas trevas com você em meu coração
Meu irmão de sangue

—"Blood Brothers" Bruce Springsteen

A dor se encontra na margem do rio
E a dor nunca dirá adeus
A dor se encontra na margem do rio
Então ponha os pés na água
Ponha a sua alma na água
e una-se a mim para nadar nesta noite

—"Pain Lies on the River Side"
Edward Kowalczyk, Chad Taylor, Patrick
Dahlheiner e Chad Gracey (Live)

Um último olhar às coisas da carne
A última e melhor esperança dos homens da terra
Poncius Pilatus ainda lava suas mãos
O mundo não quer ser salvo
Apenas ser deixado em paz

—"Elysian Fields"
Dave Mustaine (Megadeth)

Na autoestrada para o inferno
Estou na autoestrada para o inferno

—"Highway to Hell" Angus Young,
Bon Scott, Malcolm Young (ACDC)

CAPÍTULO 14

*E não nos convidam os sábios a evitar o mal
e a dor, quando nos dizem que entre muitas
ações igualmente boas cabe-nos desejar cumprir
a que maiores dificuldades apresenta em sua
execução?*
    Montaigne

Meus amigos vieram a mim sem que os procurasse.
    Ralph Waldo Emerson "Friendship"

Madrugada outra vez. A noite do sábado para o domingo, ou cerca de cinquenta horas depois da terceira tentativa fracassada de Alexandre e Serra de deterem os atiradores do Maverick — e de terem sido, ao contrário, detidos pelo policial militar negro.

Alexandre ignorou o mapa de Hortolândia que vinha sendo examinado por três pares diferentes de olhos. O rosto de Serra parecia cansado mas alerta. O próprio Alexandre devia estar com uma cara de cansaço ainda maior. Os dois haviam trabalhado no SODES até as três da madrugada. O serviço fora absolutamente normal, sem batidas da polícia nem a presença de traficantes cercando os frequentadores, dentro ou fora das instalações. A única coisa a se notar foi uma bilheteria um pouco menor. Segundo Serra, os garotos ainda deviam estar ressabiados com toda a presença policial vista no fim de semana anterior, mas aos poucos esqueceriam tudo e voltariam a frequentar o clube como antes.

Após fecharem o SODES e depositarem a féria, os dois foram se encontrar, perto do alvorecer, com o PM de nome Josué Machado. Lá estava ele, no cruzamento em Hortolândia onde Serra e Alexandre primeiro haviam topado com o Ford Maverick GT negro. Esperava dentro do seu Opala interceptador, discretamente estacionado sob uma árvore frondosa. Dali seguiram para a estrada do cemitério — e então o cenário do último encontro, na estrada rural que ligava Sumaré à Hortolândia.

Em cada um desses locais, o policial os interrogara sobre as circunstâncias. Queria saber de que direção viera o Maverick em cada uma das vezes, a que velocidade, como eram os seus ocupantes, que armas usavam, e como se dera a perseguição. Não perguntava mais o que os dois estiveram fazendo, em cada oportunidade. Serra fornecia a maioria dos detalhes, enquanto Alexandre examinava o rosto atento de Josué.

Ainda trazia claramente na memória a primeira vez em que se deparara com o jovem negro. Fora na Sete de Setembro, no primeiro dia em que se vira de volta à cidade. Josué estivera então acompanhado de Ribas, o policial militar que havia, naquele encontro, roubado a sua jaqueta v.o. — e que agora tentava, em conluio com traficantes de drogas e Deus sabe quem mais, fechar o SODES. Josué parecera ainda mais jovem, e muito embaraçado e hesitante. Muito diferente do rosto compenetrado que agora tinha diante de si, e de sua atitude segura e profissional.

Dois dias antes, sob a mira da espingarda de Josué e ao reconhecê-lo, Alexandre tivera a certeza de que o seu destino seria pior do que a prisão — o parceiro de Ribas provavelmente daria cabo deles ali mesmo, se soubesse quem eram. Enquanto seu pensamento corria em desespero, tentando imaginar explicações e identidades falsas para ele e Serra, Josué o surpreendera baixando a arma e aproximando-se dele não apenas como se fossem bons amigos de longa data, mas aliados em uma luta em comum. *Eu queria falar com você*, dissera — no tom de quem vinha procurando por ele há muito, para uma conversa íntima que, aparentemente, fora adiada por tempo demais.

Era tudo *estranho* demais.

Olhando para Serra e Josué, imaginou como poderia haver uma coincidência destas, uma tal encruzilhada de interesses e de trajetórias passando pelos três homens em pé nessa manhã, curvados sobre um mapa desdobrado sobre o capô orvalhado do Dodge.

— Você é o rapaz que escapou do ataque na Praça Getúlio Vargas — Josué havia dito na madrugada da sexta, depois de baixar a espingarda.

— A praça atrás do fórum? Fui eu, sim... — ele havia respondido, intrigado.

E Josué sorrira.

— Eu vi as marcas da sua escapada, e nenhum sangue. Então achei que tinha sobrevivido. E agora te vejo aqui, tentando encontrar os assassinos. Por quê?

Alexandre, com as mãos ainda no alto da cabeça, não soube o que responder.

— Foi aquilo mesmo qu'eu já contei — insistiu. — Eu 'tava disposto a fazer uma coisa que as autoridades não 'tão interessadas em fazer. É claro qu'isso não soa muito... de bom-senso, mas não tem outra razão.

Podia ver que o policial tinha o cano da calibre 12 apontado para baixo, mas mantendo a espingarda bem empunhada, a coronha sob a axila direita, o dedo no gatilho, os músculos tensos nos antebraços, as pernas separadas. Era tão alto quanto Serra, mas bem mais magro. Alexandre não se arriscaria a tirar as mãos da cabeça, embora se sentisse um pouco menos ameaçado.

— 'Cês podem baixar as mãos — ouviu, surpreendendo-se outra vez.

Então o PM se aproximou mais, a espingarda ainda em punho, e o examinou cuidadosamente, seus olhos percorrendo cada linha do seu rosto.

— Você 'tava bem perto de pegar os assassinos, agora, não 'tava? Mas tem procurado por eles há mais tempo...

— Sim. Investigando aqui e ali. Checando muitas pistas falsas... e tendo alguns encontros fortuitos.

Os olhos amendoados do policial se arregalaram um tanto, ao ouvi-lo. Então perguntou:

— Eles têm algo a ver com uma briga entre grupos de traficantes de drogas?

— Não — respondeu, espantando-se no mesmo instante com a convicção com que falava. — Eles apenas caçam homens, mulheres e crianças sem relações entre si. Não sei por que, mas sei qu'eles provavelmente concentram os seus esforços em gente desprestigiada, que não vai fazer falta nem motivar os melhores esforços das autoridades.

O PM baixou os olhos, e com isso Alexandre soube que ele tinha a mesma opinião e que provavelmente se envergonhava da atitude displicente da corporação a que pertencia.

— Uma das vezes em que a gente se encontrou com os caras do Maverick — prosseguiu — foi na noite em que eles mataram o filho de um ex-prefeito de Sumaré. Depois disso, parece que a polícia foi forçada a tomar uma atitude.

Indicou com o queixo o Opala especial.

— Foi ideia sua? — ouviu Serra perguntar, ao seu lado. Dirigia-se ao PM.

— Foi. Mas... como você sabe?

Serra sorria, ao dizer:

— É um bom projeto, e o projeto costuma refletir o motorista. Eu achei que só alguém que tem confiança o bastante pra dirigir um carro forte desses podia propor qu'ele fosse construído. E pelo qu'eu vi, 'cê pilota bem.

O policial assentiu, como se aceitasse um elogio profissional. Então voltou-se de novo para Alexandre.

— Acho que nós três estamos na mesma situação de desconfiança com respeito às autoridades, por mais que me doa admitir. — Encarava-o bem nos olhos. — Mas tem uma coisa que eu preciso saber de *você* — disse. — 'Cê acha que pode haver uma motivação... não venal... como um culto ou algo assim, pr'esses crimes?

Alexandre abriu a boca. Fechou-a. Algo na voz do outro sugeria que a pergunta era mais do que uma questão policial. E havia nele uma desconcertante honestidade que exigia o mesmo, em resposta.

— Eu já pensei nisso — reconheceu. — Rituais satânicos... ou caça esportiva de seres humanos. Mas não tem nada que comprove uma ideia ou outra.

O jovem negro diante dele olhou para Serra um instante, então para o Charger, para a estrada. Parecia decepcionado com a resposta. Tornou a encarar Alexandre. E então levantou o cano da espingarda lentamente.

Alexandre sentiu os músculos retesarem-se, mas a enorme boca de fogo subiu acima do seu peito e de sua cabeça. A espingarda foi invertida nas mãos do policial, que descansou a coronha no chão de terra batida.

— Nós precisamos trabalhar juntos — disse, e ofereceu a mão. — Porque eu preciso muito descobrir isso. Meu nome é Josué.

Na hora Alexandre não havia atentado completamente ao que Josué lhe havia dito, enquanto apertavam-se as mãos. Precisava descobrir *o quê*? Se havia alguma motivação sobrenatural para os crimes, era o que concluíra — embora não fizesse sentido.

E por que não? Afinal, agiam à margem da lei, à margem da sociedade, certamente fora do senso comum e do sentido de autopreservação que motivava a maioria das pessoas. Se Alexandre possuía a sua própria racionalização para o que fazia, e era capaz de compreender a atitude de Serra ao apoiá-lo, por que não acreditar que Josué Machado tivesse a sua própria visão das coisas, uma visão que o obrigava a distanciar-se da corporação policial militar e propor aos dois um acordo, uma aliança separada de tudo e de todos? Se imaginava estar agindo contra um poder supra-humano, e por que não? Contanto que resultasse no fim da onda de crimes...

Ao invocar a palavra "aliança", sentiu que acertava na escolha. Ele e Serra, transformados em irmãos de sangue nos últimos meses, uniam-se a este rapaz negro com a mesma confiança que haviam costurado entre si — e a mesma disposição para encontrar e enfrentar os mesmos inimigos. Mas faltava alguém nesta aliança... Não era isso o que ele sentia agora? Lembrou-se então da estranha sensação que o havia acometido dois dias antes, a respeito de Soraia. Soraia como um companheiro em quem confiaria a sua vida, no calor da batalha... Desviou o pensamento, pois a simples ideia de tê-la metida nas suas encrencas o angustiava.

Bem, ali estavam os três mosqueteiros, checando o local do seu último encontro com os assassinos.

— Por que é tão importante pra você examinar o local? — perguntou a Josué, que endireitou o corpo e encarou-o.

Viu então que ele tinha linhas fundas e cinzentas irradiando-se dos lados do seu nariz e curvando-se abaixo dos olhos. Também estava cansado e sonolento.

Josué deu de ombros.

— Acho qu'é mais pra aguçar a intuição... Ajuda a ter uma ideia melhor do que aconteceu. Ali, por exemplo — apontou um ponto indistinto na estrada de terra, a dois metros de onde os carros estavam, pouco antes da ponte de concreto sobre o brejo. — Foi ali que o seu primeiro tiro acertou o vidro traseiro do Ford.

Alexandre olhou melhor e enxergou, brilhando sobre a luz do sol recém-nascido, fragmentos de vidro temperado. Levou um pequeno susto. Então ele havia atingido os pistoleiros, afinal. Isso o fez se sentir um pouco melhor sobre tudo, mesmo que não tivesse ferido ninguém. Era bom saber que podia dar o troco. Nesse instante, sentiu uma forte pancada no ombro. Serra o "cumprimentava" com um sonoro tapa e um sorriso aberto.

Alexandre voltou-se outra vez para Josué, lembrando-se de algo mais:

— Eu soube pelos jornais que os atiradores mataram um policial naquela noite. No sítio dos Guidoni. Durante a perseguição eu cheguei a ver uma viatura lá, parecendo toda furada de bala. Era um conhecido seu?

Josué baixou os olhos para o mapa.

— Era o meu melhor amigo... meu *único* amigo, na companhia da PM aqui em Sumaré — disse. — Ele 'stá com o Senhor agora.

"Eu tive de explicar ao tenente como é que não presenciei o tiroteio. Em parte eu disse a verdade... qu'eu tinha me perdido no caminho, parado um carro suspeito que não era o dos bandidos, e que por isso cheguei tarde demais. Mas em parte eu menti, ao não mencionar vocês."

Respirou fundo e bateu com uma caneta hidrocor no mapa, que já estava todo rabiscado de linhas coloridas. Apontou uma linha vermelha.

— Aqui foi mais ou menos o percurso que 'cês tomaram na primeira perseguição. Aqui o ponto em que perderam o Ford. Mais um pouco adiante e eles poderiam ter rumado de volta pra Hortolândia, pelo caminho do Trevo da Bosch, né? E aqui — apontou uma linha laranja —, a segunda perseguição: eles vindo do ponto em qu'o filho do Franchini foi morto — assinalou o lugar no mapa —, e seguindo por todo este caminho, até Anhanguera...

— ...De onde podiam ter chegado a Hortolândia — Serra disse —, pegando esse trevo aí, que na direção contrária vai pra Paulínia.

— Isso mesmo — Josué concordou. — E aqui — apontou uma linha amarela —, quando vocês perseguiram eles, eles fugiram pra *lá*, na direção de Hortolândia.

— Só que quando a gente passou por eles lá adiante, eles 'tavam indo na direção de Sumaré — Alexandre disse.

Josué por um momento não soube o que argumentar. Então Serra ofereceu:

— Talvez fosse um despiste... Pra não dar na cara que a base de operações deles fica em Hortolândia.

Então era nisso que Josué e Serra queriam chegar.

— Pode ser. — Alexandre apontou no mapa traços verdes e azuis. — E estas outras linhas?

— Algumas das outras ocorrências com os assassinos, até onde eu pude verificar — Josué respondeu. Começou a apontar com a caneta, várias vias que se arqueavam em ângulos diferentes, mas todas contornando a área de Hortolândia. — E aqui são as vias de escape qu'eles teriam tomado na fuga.

Serra endireitou as costas, com um estalo.

— Então a gente concentra as buscas em Hortolândia — disse.

— Faz sentido — Alexandre admitiu. — Mas ainda assim, uma área bem grande pra se procurar.

Josué dobrou o mapa.

— Com a ajuda de vocês e tendo uma área menor do que toda a Região de Campinas em mente, fica mais fácil conseguir chegar aos bandidos.

— Nós dois e a polícia, 'cê quer dizer? Ou só nós *três*?

Diante do silêncio de Josué, insistiu:

— 'Cê acha que mesmo depois de morto um policial, a PM e a Polícia Civil vão ficar de corpo mole?

— Não — Josué enfim respondeu. — Eu só acho qu'eles vão 'star procurando do lado errado.

Por puro embaraço, Josué não conseguiu confessar a eles que era um pária dentro da corporação. Na noite em que Vitalino morreu, ele havia recebido notícia do crime depois de ter mandado Alexandre e João embora no Dodge que os três puxaram da valeta. O motorista da ambulância tinha feito contato com o Cabo Lopes, na casa dos Guidoni, e os dois haviam chamado reforços para o local. O corpo de Vitalino não fora encontrado. Josué dera a volta com a viatura e se unira às buscas.

Agora, retornando à Sumaré para deixar o Opala I-19328 no parque de viaturas da companhia, e ir para casa para um período de sono, ele sentia as mãos tremerem e o choro crescer em seu peito.

Vitalino estava morto.

Assassinado pelos homens que Josué perseguia. Mesmo estando afastado do amigo nas últimas semanas, não podia se esquecer que Vitalino tinha sido um companheiro de culto, e o seu único ombro amigo, na corporação.

O Tenente Brossolin e os outros haviam reagido com energia, à notícia de sua morte. Por vinte e quatro horas todas as licenças foram canceladas e todas as viaturas mobilizadas. Homens de Americana e de Campinas foram acionados, e o oficial recorreu até mesmo ao Delegado Paes e seu pessoal. A morte de um PM mudava tudo, e subitamente as autoridades despertavam para os seus deveres. Não bem isso, pois em verdade pretendiam ir além dos seus deveres — *só queremos eles mortos*, foi o que ouviu da boca de Brossolin.

Mas não chegariam a lugar algum e os pistoleiros continuariam à solta, Josué suspeitava. Na noite de sexta-feira, um dia após a ocorrência, chegara ao tenente a denúncia anônima de que o Ford Maverick fora visto seguidamente na zona rural de Americana, durante a semana e no dia do crime. Brossolin agira como se a informação fosse fidedigna, por indicação do comando do batalhão em Americana, e todas as buscas concentraram-se lá.

Josué e os seus novos amigos, porém, acreditavam que o esconderijo ficava em algum lugar de Hortolândia, certamente na zona rural. E Josué, o pária, não poderia nem pensar em passar a sua convicção a seu oficial superior.

Agora, depois de ter se despedido de Alexandre e de Serra, enquanto deixava a I-19328 no parque de viaturas e saía a pé para o alvorecer, Josué refletia que o seu maior trunfo não seria a certeza de onde procurar. A verdadeira ferramenta de vitória era Alexandre Agnelli.

Quando descobriu que o suspeito na estrada de terra e sob a mira de sua arma era *ele*, teve um misto de espanto e esperança. Espanto por encontrá-lo enfim — e pela imagem do seu sonho ter casado tão perfeitamente com a pessoa real. Esperança de que esta criatura de carne e osso e de preocupações humanas, e não um ser celestial, pudesse de algum modo ser a chave para um confronto que, Josué ainda insistia em pensar, exigiria mais do que vontade e recursos materiais. Precisavam de algo mais — de uma força moral ou espiritual superior. Não seria por isso que teria sonhado com Alexandre, tantas vezes? Para poder reconhecê-lo, quando estivesse diante dele? E não fora isso o que sentira ao vê-lo, uma onda mais forte de reconhecimento dos desígnios do Senhor — mais forte do que sentia ao ouvir a pregação do Pastor Santino, ou aos testemunhos dados por seus irmãos e irmãs de culto?

Deus agia através de Alexandre.

Sim, pois o rapaz sozinho havia conseguido as armas e o seu próprio carro de interceptação — e em João Serra quem o pilotasse. E os dois sozinhos não haviam se encontrado três vezes com os pistoleiros, três vezes *mais* que a polícia?

Tinha certeza. Uma convicção de fé absoluta, de que em Alexandre Agnelli tinham também Deus como aliado.

Significaria que nos assassinos, por sua vez, era ao Diabo que enfrentavam, como Josué supunha?

*

Serra piscava tanto ao volante, que Alexandre pediu que o deixasse na Rebouças, e não em frente à casa dos Batista, como costumava fazer. Daria ao amigo uns cinco minutos de descanso merecido, enquanto ele mesmo ia pela rua cambaleando de sono.

Eram talvez cinco e meia da manhã. O sol vinha colorindo tudo de um cinza prateado, uma luz dispersa no ar úmido, e logo Alexandre sentiu que o tempo iria mudar — vinha uma frente fria, trazendo chuva e um espasmo friorento de outono.

Soraia o esperava no portão. Tinha as pernas bronzeadas de fora, vestindo apenas o seu velho *shorts* de brim cáqui, os pés calçados em um par de desbotados All Star. Engraçado. Ela só tinha frio nos pés — sempre com grossas meias de algodão, como agora — e no peito, vestido com um pulôver de lã de alpaca que pertencera ao seu pai. Alexandre sentiu no mesmo instante um choque percorrer seu corpo, subindo como um longo arrepio por suas costas e como um súbito enrubescimento em seu peito. Soraia... Como podia amá-la tanto, que apenas vê-la fazia-o sentir-se assim?

Mas o que ela fazia ali?

Não tinham se visto muito desde a noite em que fizeram amor e ele teve de sair às pressas, para unir-se a Serra. Nos momentos em que se viram, ela parecia doente. Disse que tinha pego uma gripe dos meninos na escola, embora só parecesse indisposta e não congestionada. E não escapara aos olhos dele que Dona Teresinha se comportava de maneira estranha diante dele e da filha. Menos como se tivesse descoberto que andavam transando — o que era bem possível —, e mais como se estivesse preocupada com Soraia e assustada com ele. Na sexta ela tinha feito novena pela primeira vez em muitos anos — com uma frequência de amigas muito menor do que ele se lembrava —, e novos crucifixos e estatuetas de santos apareceram na sala e no quarto de Soraia.

— Eu preciso falar com você e os seus amigos, Xande — declarou ela, assim que ele chegou perto o bastante para ouvir a sua voz rouca.

Alexandre estacou.

— Que amigos?

Soraia fez um gesto impaciente com as mãos invisíveis sob as mangas do pulôver.

— Serra e o outro rapaz... Não sei o nome dele. Preciso falar com vocês três, o quanto antes.

— Mas... eu não sei de quem 'cê 'tá...

— Você e o Serra arrumaram mais uma pessoa pra ajudar vocês — ela o interrompeu, de olhos brilhantes no rosto avermelhado pelo frio da manhã — na luta contra aqueles bandidos do carro preto. Não perde tempo negando, Xande.

Eu *sei* o que 'tá acontecendo. Sei *mais* do que vocês, na verdade, e preciso passar essas coisas qu'eu sei. *Hoje*. Preciso falar com os três *hoje*.

Ao ouvi-la, ele sentiu-se entorpecido e distante. Como ela podia saber? Perguntou-lhe.

— Agora não interessa, Xande. Mas eu prometo que conto tudo quando a gente tiver se reunido. *Se* cada um de vocês me contar o que cada um sabe.

Ele balançava a cabeça.

— É melhor pra você esquecer isso, Soraia.

— Mas eu não *posso*! — ela gritou, e escondeu o rosto nas mãos. — *Hoje*, Xande, porque eu sei *onde os bandidos ficam*, e nem você, por vergonha ou por querer me proteger com mentiras, nem ninguém pode abrir mão disso.

— A polícia, então — ele implorou, perplexo.

— Só vocês três vão saber, Xande, ou ninguém mais. E *hoje*. — Ela examinou o relógio de pulso, puxando a manga do pulôver. — Mas tem que ser depois da missa matutina. Minha mãe 'stá me arrastando com ela pr'a missa hoje. Pra da noite também. E se tivesse uma terceira, a gente ia 'star acampada na porta.

Ele demorou alguns segundos para responder, pressionado pelos seus olhos, verdes e insistentes.

— Só pode ser de madrugada, Soraia. Depois das três, quando a gente tiver fechado o clube. Quem sabe se. . .

— 'Cê passa aqui e me pega. Eu vou 'tá esperando.

Ele hesitou por longos segundos, antes de assentir.

Soraia então deu dois passos adiante e escondeu-se em seus braços.

Ele olhava bem para as costas da mulher — a *patroa*. Ela tinha os quadris mais estreitos do que os ombros, um rabo arrebitado e redondo, mas pequeno. Isto era um problema, porque Norberto Ruas gostava das realmente bundudas.

Até a madrugada da quinta para a sexta-feira, ele não havia lhe dado a atenção que ela merecia. Havia alguma coisa de misterioso na mulher. Era difícil mantê-la no pensamento ou reter uma imagem clara do seu rosto. Talvez fosse por se encontrarem tão infrequentemente. Apenas para receber o pagamento — e as ordens que precisavam obedecer. A última dizia que deveriam ficar entocados até o fim da semana seguinte. A polícia estava em seu encalço, depois que mataram o tira.

Isso, pelo jeito, fora um inconveniente. Maior do que a morte do filho de um político local. Ruas talvez tivesse se deixado levar pela arrogância do caçador. Ainda achava, de qualquer maneira, que a polícia oferecia pouco perigo.

Havia outras coisas a considerar. Como a mulher aparecendo no meio da madrugada daquele dia, pouco depois de Ruas e Quintino terem tratado do corte na cabeça de Ximenes, e ido dormir. Seminua e gritando que alguém havia invadido o esconderijo. Foi então que Ruas de fato *reparou* nela. As coxas finas mas bem delineadas, os peitos tão grandes sob a camiseta regata, volumosos a ponto de puxarem a barra para cima, revelando os pelos escuros embaixo. E a bela cabeleira desgrenhada, quase encobrindo o seu rosto.

Não havia sinal algum de arrombamento na entrada do lugar, nem na porta do frigorífico. No cadeado intacto. No seu interior, tudo como ele, Quintino e Ximenes haviam deixado. O tira morto, caído junto à entrada; o negociante de armas esperando para ser pesado. Quintino, porém, viu marcas de pés no sangue seco. Marcas que não poderiam ter estado lá antes. Não eram pegadas de pés calçados. Quintino disse que vestiam meias, no máximo. E que eram pequenos demais. "Pés de mulher", havia dito. Pés claramente menores até que os da patroa.

Ela havia entrado com eles, depois de vestir uma das botas de borracha que usavam quando moviam os corpos para junto da entrada da câmara interior — e de onde eles eram misteriosamente arrastado para dentro. Essas era uma das coisas que enchia a cabeça de Ruas, enquanto ele dirigia ou antes de pegar no sono. *Alguém* movia as carcaças para dentro, enquanto estavam fora. Ruas e os outros deviam depositar ali um cadáver removido dos ganchos, por semana. Dois por semana, ultimamente. Ordens da mulher. Seria ela quem, entrando sorrateiramente pelos fundos, arrastava os corpos para dentro? O problema com essa ideia, Ruas agora percebia, ao examinar as pequenas pegadas no chão coalhado de sangue, era que não havia vestígios semelhantes da visita semanal de ninguém.

Por outro lado, a mulher os tinha proibido de entrar na câmara interna, e de sequer olhar o que havia lá dentro. O engraçado é que *obedeciam* a tais ordens. Ruas não conseguia compreender por quê. Nada nem ninguém poderia impedi-los de fazer o que quisessem, sem coerção. Mas eles obedeciam.

Ruas desviou o pensamento desses mistérios. Tornou a comer a mulher com os olhos. Ele a *desejava*. Só por tê-la visto sem roupa? Precisaria mais do que isso. E o que via nela era uma perversidade própria. Sorriu. Ruas, o sádico, enxergava de longe uma pervertida.

— Falta pouco pra chegar no peso determinado — disse a ela.

Esse era um dos detalhes mais estranhos do acordo que havia feito com a mulher, quando ela se encontrara com ele pela primeira vez em um bar de Porto Alegre. Deveria matar por ela, e preencher uma quota de mortes controladas por peso. Pelos seus cálculos, ainda teria de matar mais quatro ou cinco pessoas, para dar o peso requerido. Disse isso e perguntou:

— Tem certeza que quer parar nesta altura do campeonato?

Certamente ia sentir falta do esporte, e gostaria de prolongá-lo. Já na reta final se perguntava o que mais poderia fazer no futuro, que fosse tão excitante quanto.

— A ideia não é *parar*, mas dar um tempo até que as coisas esfriem — ela disse. — Eu espalhei a notícia de que a sua "garagem" fica em algum lugar de Americana, e não aqui. Quando eles se cansarem de procurar, aí vocês voltam ao trabalho até completar a quota.

Ruas assentiu, sorrindo para ela. Talvez pudesse impressioná-la... Mas ela já desviava o rosto.

"Uma vagabunda difícil", pensou. Então lembrou-se que já se sentira atraído por ela, durante aquele encontro no bar. Perguntou-se então quem era ela para aparecer nua no meio da noite, e depois voltar ali dando ordens. Ele e os dois capangas podiam muito bem se assenhorar do seu corpinho jeitoso e ensinar a ela quem é que mandava. Como Ruas havia feito tantas vezes com outras vagabundas. No processo, arrancariam dela a localização do resto do dinheiro. Aí poriam fogo em tudo, nela inclusive.

No mesmo segundo a mulher girou nos calcanhares, agitando os cabelos, e o encarou com olhos faiscantes. Então sorriu para ele.

— Gostaria de falar com você um instante, Norberto — disse.

Ele tornou a sorrir e assentiu. Mais ainda, depois que a mulher dispensou Quintino e Ximenes. Seguiu com ela para a área que eles tinham reformado no antigo matadouro, para servir de habitação. Assim que entraram, ela fechou a porta atrás dele.

— Você é um homem interessante, Norberto — ela disse, sorrindo e tocando-o levemente no braço. — É uma pena que, durante todo este tempo, a gente não tenha tido tempo pra se conhecer melhor.

Ruas imediatamente agarrou-a pelos braços e beijou-a com força na boca. Sentiu-se de todo tomado pela exalação de sexo e perversidade que partia dela.

Ela o afastou gentilmente com as mãos. Deu um passo atrás e começou a enrolar para cima a camiseta vermelha que usava.

— Sabe, querido, eu vim pra cá querendo exigir de você que descobrisse quem entrou aqui, enquanto vocês dormiam. Mas acho que seria perda de tempo tanta preocupação com um pesadelo que eu tive.

Ruas já podia ver o contorno redondo das tetas. Sem poder evitar, molhou os lábios com a língua.

— Intuição feminina, eu acho — ela dizia. — Acredito muito nessas coisas, sabe? Por exemplo...

Agora os mamilos. Eram largos, de bicos grossos e saltados.

— . . .Há um minuto atrás eu tive a intuição nítida de que você gostaria de transar comigo. Você e os seus colegas, juntos. . .

Seria possível que ela realmente intuíra isso? E que toparia? Mas com a mulher disposta não seria tão bom. . .

— E agora tenho a intuição de que tudo o que você gostaria de fazer agora seria torcer os meus bicos como parafusos, até me fazer chorar. — Ela sorriu de um jeito safado, que o fez consolidar a sua ereção. — Mas primeiro vamos ver o que você tem.

Ele mostraria a ela. Abriu o zíper e o pôs para fora.

— Oh! — ela disse, e quando ele olhou, sua ereção havia desaparecido como em um passe de mágica.

E então a dor excruciante.

Caiu mudo, de joelhos no chão sujo. Ao abrir os olhos, viu que a mulher armava a perna para mais um chute. Atingiu-o no queixo.

Ruas abriu os olhos outra vez. Enxergou o teto e então a mulher de torso nu, seus peitos ainda mais enormes por serem vistos de baixo. Ela se inclinou sobre ele, que não teve forças para reagir. Quando ela se endireitou, tinha o cinto de Ruas enrolado na mão direita.

— Agora, meu querido Norberto — disse —, vou te mostrar como eu costumava disciplinar outros como você, nos meus bons tempos. Generais, ministros e ditadores, todos na ponta do meu chicote. Não se preocupe — avisou, brandindo o cinto. — Você vai *adorar*.

Juca Roriz estacionou a sua F-1000 branca diante do portão da grosseira casa de alvenaria que parecia ter brotado da terra, no meio do pasto. Estava em um canto perdido de Hortolândia, perto de um riozinho que com a chuva inundaria tudo ao seu redor — umas poucas casas e muitos cupinzeiros, igualmente. Um novo bairro em construção, loteado a partir de um trecho da fazenda do velho Franchini — o mesmo político corrupto que havia perdido o filho para, supostamente, os atiradores do Maverick. Roriz duvidava. Todo mundo sabia que o ex-prefeito devia a correligionários e a contrabandistas de Campinas, do tempo em que tinha tentado driblar o leão, fazendo a carne das suas fazendas passar para o Paraguai.

Por enquanto, o "bairro" não passava de retalhos de lotes cortados na campina, recém-levantados postes de distribuição da rede elétrica, e uma única lâmpada pendurada naquele que se erguia defronte à casa. Apenas o cabo da conexão telefônica sugeria que ali vivia a puta preferida do Patolino — afinal, ele precisava poder convocá-la a qualquer momento.

Surpreendentemente, havia um carro do ano parado sob a bem-montada garagem de tubos de metal e teto de amianto. Uma perua Parati verde escura.

A próxima casa terminada ficava duas "quadras" mais para a frente, e na esquina desta havia uma outra, em construção.

A vagabunda do Patolino parecia cada vez mais ser um segredo bem guardado. Suspeitava que teria sido muito mais difícil encontrá-la, se o patrão da droga ainda estivesse vivo. Mas uma vez que alguém dera cabo dele — quem? — e o seu bando tinha sido exterminado ou desmantelado, absorvido pela turma do Visgo ou de quem quer que fosse, agora não havia mais a rede de segredo em torno da mulher. Paula Franciliana Ferreira, segundo a sua "melhor amiga", Silene Brandão, vulgo "Cisca", uma outra prostituta de Hortolândia. "Paula e Patolino", ele notou. "Que engraçadinho..."

Foi através da Cisca que Juca chegou até o endereço. Pensando bem, não foi tão fácil quanto parecia. Cisca foi a terceira putana com quem teve de falar — e molhar a mão com o pouco dinheiro que tinha para essas eventualidades. E nem adiantava falar com o Paes, para esse tipo de coisa.

Bem, lá estava. Apanhou no porta-luvas a pistola Glock 23 calibre .40 s&w que ele havia tirado um ano antes de um traficante de Americana, e deixou o carro de arma em punho. Mas teve de enfiá-la no coldre de cintura, para saltar o portão novo encimado por lanças de metal. Se um segurança do Patolino tivesse sobrevivido ao expurgo do seu bando e se mantido fiel à possível ordem de guardar com a vida a preferida do chefe, este seria o melhor momento para ele sair da casa e despachar o tira intrometido com um tiro de fuzil ou escopeta. Juca, porém, não se fiava muito por essa hipótese. Poderia é claro ter vindo com o Santos, o maldito caga-pau, mas seria contraproducente.

Desceu ofegante do outro lado, tornou a sacar a pistola. A trava de segurança era embutida no gatilho, e Juca sempre tinha uma bala na câmara, de modo que bastaria apontar e apertar o gatilho. Também puxou do cinto as algemas, e com elas bateu na porta de metal que devia dar para a sala. Era um material muito sólido. A casa podia parecer mal-acabada por fora, mas Juca logo viu que o material era de primeira. Afinal, o Patolino usava uma loja de material de construção como fachada...

— Quem é? — ouviu. Uma desconfiada voz de mulher.

Por via das dúvidas, firmou no punho a Glock e encostou o indicador na trava.

— É a polícia! — gritou. — Abre a porta até eu contar cinco, ou eu entro atirando.

Não se deu trabalho de contar nada. A porta logo se abriu e ele a empurrou, fazendo a pistola entrar primeiro. A mulher estivera na sala o tempo todo. Ao lado do sofá, Juca viu, havia um carrinho de bebê, uma patinha parda se agitando no ar. Ouviu um chorinho de nenê, e então silêncio.

Seus olhos foram então para a porta do corredor.

— Não tem mais ninguém aqui — a mulher disse. — Só eu e o meu filho.

— Você é a Paula? — ele perguntou, ainda vasculhando com o olhar o interior da casa.

O piso, os tapetes, a TV, o videocassete e o aparelho de som eram novos e caros, logo viu. Mas não havia mais ninguém, como ela dissera.

— Sou, sim — ela disse. — O qu'é que o senhor quer?

Só então voltou-se para ela.

E reconheceu que Paula Franciliana Ferreira era *linda*.

Uma beldade de pernas longas e perfeitas escapando do shortinho. Podia ver os bicos pontudos nos peitos grandes enchendo a camiseta regata, e o rosto era o de uma estrela de cinema, emoldurado por bem tratados cabelos castanhos. A baixa qualidade das produções pornô do Patolino e sua insistência em *closes* genitais não lhe faziam jus. Juca viu que tinha olhos castanho-claros, rajados de verde, nariz e queixo delicados. Como uma flor dessas tinha brotado neste criadouro de lixo humano, ele não sabia. Sentiu algo dentro dele que não sentia há muito tempo.

— O Patolino morreu — disse. — 'Cê vem comigo.

Houve um instante de hesitação, e então ela perguntou:

— Meu filho e um canário lá na cozinha. Posso leva' eles junto?

Alexandre foi grato por Serra simplesmente aceitar em confiança a sua afirmativa de que precisavam conversar com Soraia, sem lhe dar qualquer ideia mais nítida do teor da conversa. O seu próprio conhecimento, a propósito, não ia além do ultimato dado por ela. Quanto ao "outro rapaz", como Soraia o chamara, Alexandre havia passado à tarde na casa de Josué Machado e deixado um envelope lacrado debaixo da porta, com o sucinto bilhete: "Importante dado sobre a localização do F. preto em Hortolândia. Hoje às 3:30 da manhã, no clube SODES. Venha sozinho. Não falte."

E agora lá estavam eles, Serra e Alexandre, às 03h15, pegando Soraia na porta de sua casa, depois de uma noite tumultuada no clube.

Sérgio havia aparecido com três outros caras, tipos atléticos. Um deles jogava capoeira. Reagiram, quando Serra e Alexandre os barraram na entrada. Serra levou um chute frontal no peito e um "martelo rodado" de raspão na cabeça, antes de apanhar o capoeirista pela perna, girá-lo no ar e atirá-lo de costas no chão. Alexandre precisou boxear mais, enfrentando dois caras ao mesmo tempo. Levou um pontapé na perna, um soco no queixo e outro na cabeça, mas os sujeitos eram apenas esforçados, e ele foi capaz de desferir os melhores golpes — diretos e ganchos que quebraram um nariz e estalaram costelas.

Sérgio fugiu correndo, assim que a refrega começou.

Serra e Xande juntaram a massa de membros amolecidos em uma única pilha de nocauteados, e ali os examinaram, a procura de armas. Não havia nada. Pelo jeito Sérgio apenas viera cumprir tabela, a mando do Visgo. Devia ter reunido um grupo de amigos no bairro, ou de clientes duros à procura de uma dose em troca do serviço, e marchado até o clube para peitar a dupla de seguranças.

Em momento algum Alexandre sentira-se ameaçado. O único perigo seria uma nova emboscada — Ribas esperando na moita em algum lugar, para prender os dois por baderna, lesões corporais ou outra desculpa qualquer. Seria um embaraço, e ele levaria uma boa bronca de Soraia, se não cumprisse o acertado. Mas não, Ribas não apareceu.

— O que a gente faz co'esses vagabundos? — Serra havia perguntado.

Os três estavam em diferentes níveis de recuperação do nocaute, uns piscando sem enxergar, outro tentando assumir o controle de membros desobedientes, todos sob o olhar assustado do pessoal que estava à porta do clube. Alexandre ficou só observando enquanto eles se colocavam em pé, um sustentando o outro, e foram embora xingando e jurando que iam voltar.

— Eles sempre dizem a mesma coisa — Serra observou.

— Não fosse' os socos qu'eu levei — Alexandre disse, coçando o queixo —, eu diria que o trabalho 'tava ficando monótono.

Mas os dois souberam, com o desajeitado ataque, que Leandro Visgo não ia largar o ponto herdado do Patolino. Não sem alguma luta.

— O que houve no seu queixo? — Soraia perguntou, assim que ele abriu a porta do lado do passageiro, para que ela pudesse entrar no Charger.

Vestia uma calça *jeans* e uma blusa leve, e tinha o cabelo penteado. Cheirava com o frescor de quem acabara de tomar banho. Parecia revigorada da gripe — se é que era gripe a responsável pelo seu silêncio e aparente cansaço dos últimos dias.

— O quê?

— Tem um vermelho aí...

— Ah, deve 'tar nascendo uma espinha.

Soraia entrou no carro de Serra, sentou-se e suspirou. Não ia dar certo. Não com Alexandre de imediato mentindo para ela, tão descaradamente. Estava na cara que ele tinha levado um soco de alguém. E as mãos dele! Os nós dos dedos inchados e lanhados...

Os dois rapazes vestiam as jaquetas *jeans* do mesmo corte. Serra ligou o motor e arrancou devagar. Para não ter que pensar nas mentiras dos dois, Soraia observou o painel de instrumentos e o volante. Pelo acabamento imitando cerejeira, dava para ver que tinha sido um automóvel luxuoso, que aceitaria confortavelmente toda uma família. Serra, porém, o havia transformado em um carro de corrida — diante do banco de passageiros havia uma fileira de cinco marcadores; o volante tinha três hastes finas que o ligavam à coluna de direção, e era grande, ainda que as mãos enormes de Serra o fizessem parecer menor.

Soraia agora observava os dois moços, mesmo sem querer. Iam empertigados nos bancos duros de que Ângela costumava reclamar, e suas cabeças se moviam para cá e para lá, alertas. Podia sentir que estavam cansados do seu serviço no clube, até altas horas, mas ainda estavam acesos, os olhos checando tudo à sua volta, como se temessem um ataque a qualquer momento. Alexandre olhava sub-repticiamente para ela, por cima do ombro, enquanto Serra a vigiava pelo retrovisor. Agiam como se fossem seus guarda-costas, dispostos a tudo para defendê-la.

Do quê?

Olhou para fora. As ruas desabitadas, os cantos escuros sob árvores cujas copas bloqueavam a luz dos postes. Sobre o asfalto e as calçadas, as poças de iluminação davam a tudo uma qualidade artificial e realçavam o céu negro, pesado de chuva iminente, pairando sobre eles. Era esse o mundo em que Alexandre e seu amigo viviam. Essa realidade de terrível solidão e súbita violência que Alexandre visitava, quando saía de casa no meio da noite, deixando-a sozinha. Era assustador.

O carro parou na rua que ficava atrás do SODES. Os três saltaram e Serra os levou até a porta da frente, que ele abriu o mais silenciosamente possível. A única iluminação era a que vinha da rua, enquanto os três projetavam as suas sombras sobre o piso sujo de tocos de cigarro, chicletes achatados como moedas, e copos de plástico. Alexandre havia tomado Soraia pela mão, assim que desceram do carro, e agora ela se surpreendia apertando os seus dedos com medrosa intensidade.

Então enxergou a um canto duas silhuetas, que arrancaram dela um grito.

— O que foi? — Xande perguntou.

Soraia, trêmula, apontou o canto escuro — e no mesmo instante reconheceu Gabriel e o seu acompanhante.

— Nada... — balbuciou. — Eu achei que tinha alguém ali... Mas deve ter sido só uma sombra.

— Tudo bem.

— Lá em cima — Serra indicou. Uma espécie de mezanino, no alto à direita da entrada. — É mais sossegado pra conversar.

Subiram. Quatro cadeiras dobráveis de metal os esperavam. Soraia tinha outra vez a mão segura por Alexandre. Ela olhava para além dele e de Serra — o fantasma de Gabriel e o seu guia haviam subido com eles. O que queriam, participar da reunião? Eles se revelariam aos outros, colocariam sobre a mesa o que queriam deles? Ou estariam ali apenas como testemunhas silenciosas, magistrados onipresentes para julgar o que fariam, ou como Soraia apresentaria a eles o que sabia — aquilo que aprendera no seu último passeio com os dois espectros?

Serra olhou para o seu relógio de pulso, depois pela ampla janela que dava para a rua lá fora. Acompanhando os seus olhos, Soraia notou que um carro estacionava na rua — uma viatura da Polícia Militar. Serra então levantou-se e caminhou até uma outra janela, alta e de duas folhas, que se abria para laje que cobria a entrada do clube. Abriu a janela com um barulho áspero, e foi para fora. Soraia temeu que fosse fazer algo impensado contra a polícia, mas ele apenas assoviou, e, olhando pela janela ao seu lado, ela viu o policial que deixara o carro-patrulha acenar para ele.

Minutos depois, um homem fardado e armado surgia no mezanino. Era negro, alto e magro, na verdade tão jovem quanto Alexandre e Serra.

O coração de Soraia batia forte em seu peito. Seria ele, um policial, o terceiro membro da aliança? Alexandre fez as apresentações, já com todos sentados.

— Soraia, este aqui é o Josué. O outro cara que 'cê queria conhecer. Josué, esta é a Soraia. A... — sua voz falseou — minha namorada, e a pessoa que tem a informação de que eu falei no bilhete.

"Minha namorada", Soraia ecoou em pensamento. "E a pessoa que tem a informação." Ela era a menina de recados, concluiu. Mensageira entre dois planos de existência, testemunha de fatos que escapavam à razão. Eles — Gabriel e o *outro* — a tinham arrastado para dimensões escuras onde os mortos vagavam e para lugares sangrentos em que crimes inomináveis eram cometidos. E pediam a ela que falasse a três jovens, três *garotos* que carregavam consigo suas próprias visões de violência, e explicasse a eles, que os fizesse entender o que ela mesma mal podia aceitar.

Em meio ao silêncio que se seguiu às apresentações de Xande, Soraia sentiu os três pares de olhos centrados nela, esperando. Começou a falar.

— O trato aqui é que cada um de nós vai contar a verdade sobre por que está fazendo o que está fazendo, neste caso dos... dos matadores. Em troca eu conto o qu'eu sei sobre o esconderijo deles.

Josué levantou-se, olhando duro para Alexandre, que sorriu diante da sua reação. Soraia não gostou muito, porque sabia que era um sorriso que traduzia a sua própria atitude, diante da teimosia dela.

— Eu não sei o que é isto, mas essas condições são impossíveis — Josué disse.

Alexandre fez um gesto pedindo calma.

— Eu falo primeiro — propôs. — Então Soraia conta um pouco do qu'ela sabe. Se a gente achar que vale a pena, a gente continua.

Josué voltou a sentar-se, com alguma relutância. No mesmo instante, a imagem indistinta de Gabriel moveu-se para junto dele, e a do seu acompanhante para junto de Alexandre. Soraia abriu a boca para protestar e pedir ao Pai que deixasse Xande em paz — o *temor* voltara a se instalar dentro dela. Lembranças do que presenciara no antigo matadouro. Ilações inimagináveis, a respeito dos crimes que vinham sendo cometidos na região. E laços com os outros momentos sobrenaturais que havia experimentado.

Mil coisas que, agora, queria esconder de Alexandre. A vida dele já não era complicada demais, violenta demais, para incluir aí também uma dimensão sobrenatural? Compreendeu então por que ele mentia a ela com tanta frequência — queria protegê-la de toda a violência que o cercava. E com certeza havia muita violência a cercá-lo.

— *Ele já está mergulhado demais em tudo isto, filha, para que você possa poupá-lo* — ouviu, aqui também em uma voz sumida, mas que soava com absoluta clareza em sua mente. — *Mas pode ajudá-lo a entender contra o que ele está se colocando, e ele vai tomar as próprias decisões.*

A única luz que os iluminava era a que entrava pela janela. Soraia evitou encarar os três rostos que na penumbra se voltavam para ela. Viu que começava a chover. Umas poucas gotas se desfazendo em colares transparentes contra o vidro, e a seguir um chuvisco e então o murmúrio de milhares delas atingindo as árvores, as calçadas, as ruas, os telhados das casas. Soraia quis estar lá fora, e ser lavada pela chuva.

Do lado de dentro as janelas projetavam débeis recortes sobre o piso lá embaixo, ou contra as paredes opostas. Um relâmpago os fez explodir em figuras geométricas. Soraia estremeceu. Ela fora tocada pelo sobrenatural, e agora qualquer coisa a jogava para a beira de um precipício que contrastava a solidez da realidade com o vazio da dimensão dos mortos. E o fantasma de seu Pai, tão próximo, não a deixava esquecer.

— É muito importante que cada um fale a verdade como a sente — disse, encarando Alexandre. — Mas a *verdade*.

E por quê?

Não poderiam cada um dizer o mínimo de suas intenções, racionalizá-las o quanto possível, e se centrar no que tinha a contribuir para a tarefa a que se propunham? Por que era preciso começar isto — esta *aliança* — com uma confissão? Soraia não tinha respostas, mas sentia que era absolutamente imprescindível.

Xande abriu a boca para falar. Atrás dele, o fantasma de Gabriel levantou os braços, suas mãos circundando a cabeça de Alexandre. Soraia pensou que ele fosse tocá-la. Mas as mãos espectrais ficaram ali, paradas no ar. Alexandre hesitou e endireitou as costas, como se sentisse alguma coisa. Os olhos de Soraia foram dele para o policial — Josué —, sentado ao seu lado. Atrás dele o recorte que era o *guia* não se moveu, mas o jovem parecia transfixado, os olhos muito abertos e brancos mesmo na penumbra, fincados em Alexandre. Mais um relâmpago explodiu lá fora e a luz que entrou emoldurada pela janela lhe deu pela primeira vez cor e forma. Soraia viu no recorte espacial que anunciava a sua presença a imagem de um homem em seu interior. Ela rapidamente se alternou diante dos olhos cerrados de Soraia — imagens de anjos, santos e santas vistas em igrejas e hinários, santinhos e livros de orações, todo um cânone capitaneado e coroado enfim pela imagem de Jesus Cristo. Soraia tremeu. Era apenas a sua mente tentando dar identidade à criatura insubstancial, com uma seleção dos santos que conhecia?...

— Quando eu saí da prisão, há pouco menos de três meses — Xande começou —, e voltei pra cá, eu me sentia como um morto-vivo. Não tinha nada, não era ninguém...

— Você 'steve preso? — o policial perguntou, em voz baixa.

Alexandre contou, resumidamente, as razões da sua prisão. Josué era o mais atento às suas palavras, o que Soraia podia compreender. Não obstante, havia algo na sua atitude que parecia superar qualquer interesse profissional. A forma nebulosa e incognoscível do *guia* ainda pairava atrás de sua cadeira.

— Durante o julgamento — Xande dizia —, o juiz deve ter percebido alguma coisa, porque ele me deu um ano de prisão, a ser cumprido por inteiro num presídio de segurança mínima. Acho qu'ele percebeu que os policiais de Campinas tinham armado pra me remover do caminho deles, e ele mesmo quis me tirar de circulação por um tempo, pra evitar que a coisa engrossasse mais entre os PMs e eu. E foi o que aconteceu; quando eu saí, tudo tinha mudado.

Mesmo falando baixo, a sua voz ganhava um eco abafado no grande salão vazio, e projetava-se acima do murmúrio da chuva. Ele contou de como o seu amigo Geraldo fora morto, e que os policiais corruptos haviam assumido o controle do prostíbulo por algum tempo, até que, aparentemente, o mesmo juiz desconfiado que havia condenado Alexandre a um ano de prisão, resolveu pôr algum tipo de pressão sobre eles. Depois de transferências e inquéritos, o grupo de PMs corruptos que havia agido contra Xande e Geraldo acabou desmantelado, o bordel fechou, mesmo porque a maioria das moças já havia desistido, quando da morte de Geraldo.

Soraia observava as reações de Josué. Agora que havia se acostumado melhor à penumbra, reconheceu que era um moço bonito, de rosto oval, olhos grandes e amendoados, e lábios grossos acima do queixo juvenil. Quando ouviu da circunstâncias da morte de Geraldo, seu cenho fechou-se em um esgar de concentração.

Alexandre contava o que se passara em sua mente, quando se decidiu a confrontar os assassinos. Soraia derramou uma lágrima, ao ouvir o seu relato de como fora atacado pela primeira vez e da impotência que sentira.

— Ser reduzido à condição de um animal de caça — ele dizia. — Isso é o que me deixou mais determinado a enfrentar esses canalhas. Se você é capaz de revidar, 'cê não se sente tão reduzido. Como numa luta. Mesmo que 'cê 'steja inferiorizado, se sobe no ringue pra lutar consciente do que 'tá fazendo, resta alguma honra.

Soraia enxugou com a mão a lágrima que havia escorrido até o canto de sua boca.

— O lugar em que eles s'escondem é um matadouro abandonado, perto de um rio — disse, antes de encarar Alexandre. — Esse é o ringue, em que você tem que subir.

Silêncio, por alguns segundos, e então Josué perguntou:

— Pode contar pra gente como conseguiu essa informação.

— Ainda não — ela respondeu. — Alguém mais vai falar?

— Eu não terminei — Xande disse.

— Preciso perguntar uma coisa, antes — Josué interrompeu. — É muito importante.

Xande anuiu, e Josué perguntou a ele, surpreendendo Soraia:

— O que 'cê contou é uma coisa de razão muito... *pessoal*, em reação à impessoalidade dos assassinos, quando eles te atacaram. Mas há alguma razão, de... de outra natureza?

Um segundo hesitante, e então Alexandre disse:

— Eu sinto qu'eu *posso*.

Havia tanta convicção em sua voz, que Soraia se voltou para ele. Mas foi Josué quem perguntou:

— Como assim?

— Sinto que só alguém nas minhas condições poderia enfrentar esses caras, e acabar com eles. Alguém que já chegou ao fundo do poço, e de quem ninguém depende. — Olhou de soslaio para Soraia, que compreendeu que ele se dirigia a ela. Queria dizer que ela não dependia dele e que sobreviveria à sua perda, se algo acontecesse. Soraia, porém, tinha as suas dúvidas. Apertou a sua mão, enquanto ele prosseguia: — Mais do que isso, eu sei me mover no ambiente que eles habitam. *Eu tenho o que é preciso*. Graças ao Serra, também as armas e os meios. Cedo ou tarde...

— Você sente como se 'tivesse se preparado a vida toda pra esse enfrentamento? — Josué perguntou. Era como se tivesse pensado nessa estranha hipótese há muito tempo, e agora apenas a anunciasse.

Pôde ver que ele havia pego Alexandre de surpresa.

— Exato — foi a resposta.

Curta. Convicta.

Alexandre achava que tudo em sua vida o havia preparado para esta única luta. E tudo o mais que ele havia encontrado pelo caminho — Soraia inclusive — era incidental, dispensável, ou um sacrifício a fazer pelo cumprimento da sua verdadeira tarefa.

Soraia libertou-se da sua mão.

— Você sente o mesmo? — perguntou a Josué. Do contrário, por que ele teria feito a pergunta?

O jovem negro voltou os olhos para ela, que reconheceu o quanto ele meditava, antes de responder.

— Não. Eu quis acreditar que sim, num certo momento. *Ainda* acredito que 'stou fazendo a coisa certa, que o compromisso qu'eu assumi é o único possível ao homem de bem e de espírito cristão, diante da letargia das autoridades e diante da... *magnitude* dos crimes. Porque, eu penso, essas mortes vão além da dimensão... — visivelmente, lutou para encontrar a palavra — *humana*.

— Como assim? — Soraia apressou-se em perguntar.

Poderia ser que ele também soubesse algo do aspecto sobrenatural de tudo? Josué esfriou visivelmente, diante dela.

— Vocês vão achar que eu sou... Bem, é o qu'eu sinto. A verdade com'eu a vejo, não foi isso que você pediu? Mas não! — gritou, apontando Alexandre. — O qu'eu preciso dizer é que ao contrário *dele*, e como o Serra aqui, eu sou apenas um dos *meios*. Um dos meios pra que ele possa fazer o que 'tá preparado pra fazer.

— Eu 'tô perdido aqui — Serra interveio. — Do que 'cês 'tão falando?

— Tem um monstro por trás de tudo — Soraia disse, virando-se para ele.

Silêncio, novamente.

Ela olhou em torno. Até Josué, que a surpreendera com uma compreensão muito parecida com a dela, encarava-a de boca aberta.

— Todos os três pistoleiros são monstros... — Xande ofereceu, em voz baixa.

— Num sentido — ela admitiu. — Mas é mais do que isso. Só que primeiro eu quero ouvir o que o João tem a dizer.

Serra pigarreou. Gabriel, que até então mantivera-se atrás de Alexandre, moveu-se, num piscar de olhos, para junto dele.

Começou a contar da encrenca por que passava, quando se encontrou com Alexandre depois de ele sair da prisão, logo vendo no antigo amigo a sua única chance de enfrentar os traficantes que ameaçavam a Sede Operária de Sumaré. Até então, com muitas dificuldades, os dois tinham rechaçado todos os avanços, e por isso Serra iria até o fim, para apoiar Alexandre na perseguição aos assassinos. Soraia pensou que Alexandre devia estar um tanto comovido, ao ouvir o amigo falar assim. Serra falava de um conluio entre um policial chamado Ribas, um traficante chamado Leandro Visgo, e o vereador Francisco Nicolazini.

Soraia entendeu melhor o que se passava, enquanto ouvia a narrativa, com Serra agora se dirigindo a Josué, que o observava com uma nova expressão de espanto no rosto. Mais uma.

Josué foi pego absolutamente de surpresa. Primeiro a notícia de que a bonita moça loira que sabia da aliança entre os três jovens conhecia também o paradeiro dos criminosos. Teria saído dali o quanto antes, se Alexandre não o tivesse tranquilizado. Não estava preparado para a inclusão de um quarto componente ao grupo — e ainda por cima uma mulher. Mas se Alexandre confiava na moça, Josué também confiaria.

Estava cansado e abalado. Não tinha sido um dia fácil. No culto, orações conjuntas pela alma imortal de Vitalino, a choradeira da família, a mãe de Vitalino gritando que não acreditava que ele estava morto, que só acreditaria vendo o seu corpo...

E agora, Serra revelando que Ribas trabalhava para traficantes de drogas e políticos corruptos.

— Ribas é o meu parceiro — balbuciou, olhando de Serra para Alexandre.

— A gente já sabe — Alexandre respondeu. — A encrenca do Ribas com o clube é um problema meu e do Serra. 'Cê fica fora disso.

— Não — ele se surpreendeu dizendo. — A gente tem que cuidar dele primeiro. É que, depois da morte do Soldado Vitalino, naquela noite, o meu oficial superior ordenou que a parceria com Ribas fosse retomada. A partir de segunda-feira. Eu não posso fazer nada com ele do meu lado, ainda mais sabendo agora desse vínculo dele com o tráfico.

Brossolin havia declarado como um fracasso a sua tentativa de interceptação na madrugada da quinta-feira. O relatório que Josué havia fornecido a ele narrava a sua dificuldade em chegar ao local da ocorrência a tempo, e de uma fictícia abordagem de três homens em um carro grande, em atitude suspeita, mas que terminaram não tendo relação alguma com os bandidos procurados.

— Enquanto isso — Brossolin exclamara, esmurrando a mesa —, a menos de um quilômetro dali, um colega de corporação era morto a tiros! Você é um incompetente, soldado.

Josué havia engolido em seco, pois, num certo sentido, o oficial tinha razão. Se não tivesse errado o caminho, talvez tivesse chegado a tempo de salvar Vitalino. Ou de ser morto com ele.

Mas... Ribas. Ribas continuava sendo o seu anátema. Pau-mandado de traficantes, assassino confesso... Havia, porém, algo mais nas revelações de Serra e Alexandre, no que se referia a Ribas. Alexandre havia dito que seu amigo fora morto pela quadrilha de policiais corruptos de Campinas, para lhes dar acesso ao prostíbulo. E Ribas não havia lhe contado, ele mesmo, ao seu lado na viatura, que a última pessoa que ele havia "queimado" em Campinas fora o dono de um prostíbulo, que se recusara a pagar proteção? Poderia ser? Que Alexandre e Ribas também tivessem seus destinos entrelaçados em violência e crime?

Observou Alexandre, que diante dele agora suspirava e cobria os olhos com uma das mãos. Como reagiria ao saber que o parceiro de Josué era provavelmente o assassino do amigo que ele não pudera proteger. Intimamente, Josué jurou nunca revelar a sua suspeita. Não para proteger Ribas, mas para não afundar Alexandre ainda mais na violência que o cercava.

Alexandre levantou o rosto e baixou a mão.

— Uma coisa de cada vez — disse, e encarou a moça loira.

Serra fez um desvio em sua narrativa, e contou de seus problemas anteriores com um outro traficante, Patolino.

— Por insistência minha em não recorrer à polícia, diante de toda essa armadilha qu'eu sabia que 'tava montada contra o clube, a gente — apontou Alexandre e ele próprio — teve de enfrentar o Patolino no território dele. A ideia era oferecer um acordo, mas não deu certo.

— Foram vocês que mataram o traficante... — Josué murmurou.

— *Eu* — Alexandre disse. — Fui eu que matei.

Soraia cobriu a boca com uma das mãos.

Serra quase se levantou da cadeira, apontando Xande com um dedo em riste e uma expressão acusadora.

— Ele quer assumir toda a culpa! Esse é o problema. Eu não quero qu'ele assuma a culpa por uma situação pra qual eu empurrei ele. — Olhou para Soraia. — Tudo porqu'eu não queria qu'ele soubesse a verdade sobre o meu patrão. Mas a verdade, Soraia, a verdade é que o Amélio, meu patrão, me ajudou nos momentos mais difíceis da minha vida. Um tempo em que'o meu pai não 'tava presente.

Serra se virou para Alexandre.

— 'Cê sabe que o meu velho morreu do coração. Mas tem um contexto pra isso ter acontecido. Ele tinha desviado um dinheiro da fábrica, e um colega dele descobriu. 'Tava chantageando ele, ficou com parte do dinheiro desviado e aí começou a pedir sempre mais. Por isso que o pai não tinha grana nem pra ser enterrado, quando morreu. Nem pra pagar mais da chantagem, enquanto 'inda 'tava vivo. Então o cara denunciou ele, e o único que defendeu o meu pai foi o Amélio.

"Meu pai não perdeu o emprego, mas tudo isso pesou nele, e o coração é que pagou o preço.

"O Amélio guardou segredo até hoje. Não deixou sujar o nome do meu pai. E depois ajudou a gente no enterro, e me financiando as corridas. . ."

— 'Cê não deve a sua alma pra ele, por causa disso — Alexandre disse.

— Eu só 'tô pagando lealdade com lealdade — Serra respondeu. — Como você pra comigo.

Soraia viu Alexandre baixar a cabeça.

— É isso o que você queria tanto esconder de mim, Xande? A morte desse traficante?

Ele deu de ombros.

— A partir da nossa posição — imitou o gesto de Serra, ao apontar para si e para o amigo —, eu diria que foi em legítima defesa. Mas isso não diminui o fato de qu'eu matei um, dois, três homens naquela noite. E agora 'cê sabe que o destino final desta situação aqui — indicou a todos à sua volta — é a possível morte de outros três.

Encarou-a nos olhos.

— Eu não sei o que nós 'stamos fazendo. — Apontou para si próprio, para Serra e Josué. — Nós três aqui. Mas é parecido co' aquelas questões de religião que a gente 'tava discutindo outro dia, Soraia. É uma questão de ética. Das coisas em que a gente acredita. Ética e moral são coisas que cada um constrói dentro de si, e depois confronta com aquelas. . . — ele procurou as palavras — manifestações éticas e morais que são aceitas pela sociedade. E às vezes a pessoa tem que aceitar que as decisões que a *sua* ética manda que ela assuma, vão contra os valores da sociedade. Ou *alguns* desses valores. Contra a lei, a justiça e os mandamentos da religião. Não dá pra agir assim, sem pagar um preço. Sem ter a proteção da sociedade, por exemplo. É uma posição de absoluta solidão, até mesmo de uma solidão moral.

"E você 'stá pronta a fazer parte disso?"

— *Estou* — Soraia disse, sem hesitar e sem deixar de compreender tudo o que a fala de Alexandre implicava.

— Por quê? — Josué perguntou, talvez chocado com a sua convicção.

— Eles mataram um dos alunos dela — Xande explicou-lhe. — Um menino de uns treze anos.

— E eu vi ao que eles servem — ela completou.

Ao seu lado, Serra disse:

— O monstro?...

— Um monstro e uma bruxa.

Durante todo o tempo em que conversavam, a chuva não amainara. Ao contrário, crescera em intensidade e os trovões e relâmpagos que a acompanhavam cresceram no andamento de sua sinfonia percussiva. O vidro da janela ficou porejado e embaçado, os raios projetavam o rastro das gotas nos rostos dos três jovens diante de Soraia, como se fosse preciso imprimir neles todas as lágrimas do antes, do agora, e do depois.

O clima perfeito para histórias de fantasmas. E Soraia as contava acompanhada dos fantasmas. Podia ver no rosto dos rapazes que eles sentiam algo, um traço das presenças que para ela eram claras e opressivas. Eles as sentiam e isso de algum modo conferia mais veracidade às palavras de Soraia, do que quaisquer argumentos que ela pudesse invocar. Desapareceu da reunião qualquer contorno de terapia de grupo — instaurou-se a sensação de ruptura com a realidade, da vulnerabilidade da consciência diante do absurdo. Soraia apenas contou e descreveu, o melhor que pôde, o que tinha visto e vivido. Ao fazê-lo, porém, viu e viveu um pouco mais no trânsito das memórias e pela força das lembranças, o mesmo horror, as mesmas apreensões, e sentiu suas lágrimas, verdadeiras, escorrendo por seu rosto.

Mais uma vez ela estava diante da entrada para a câmara interna do frigorífico. E então no seu interior, onde podia *ver*.

Agora tinha de *contar*. Dizer a Alexandre o que o esperava. O adversário que ele sozinho enfrentaria. Descrevê-lo em toda a sua horrenda e avara deformidade, sua glutonice pela dor alheia e sua voracidade pela morte. Tinha que contar a ele o que o esperava.

E não pôde.

CAPÍTULO 15

Ruas acendeu um cigarro na ponta do outro. Jogou a bituca longe, tragou fundo e olhou em torno. Estava no velho abatedouro, a única construção em redor. Era noite. Ruas sentia-se prisioneiro do lugar.

O Ford Maverick GT estava na garagem improvisada no interior da construção, junto com o tanque de combustível especial e as garrafas de óxido nitroso. A patroa, aquela vaca, os havia proibido de sair com o carro à procura de caça. Por uma semana inteira. Obrigava-os a ficar ali e proteger o lugar. Continuava suspeitando de uma invasão. Podia até ser, Ruas concedeu. Mas e o serviço? Justo agora que faltava tão pouco...

A vagabunda tinha dito a ele que iria dar um jeito de trazer um pouco da carne de que precisavam, até vencer o prazo de uma semana. Hoje era a primeira entrega.

Ruas ajeitou o Ruger Mini-14 no ombro, com um gemido. Ainda sentia a dor da surra de cinto que levara. Ainda tinha os vergões no corpo. Deveria ter acabado com a mulher, na mesma hora. Mas fora impotente. Depois de ela ter ido embora, jurou matá-la assim que pudesse — e agora sentia a promessa esvaziar-se a cada dia que passava. Ao invés da imagem, que ele tão diligentemente construíra em sua mente, da vaca sendo arrastada pelo matadouro, havia o retrato indelével do sorriso no seu rosto — e a lembrança dos peitos enormes balançando. As pernas nuas. Os longos cabelos...

Ele a queria. Outra vez, ele a desejava.

Talvez pudesse matá-la, depois de tê-la como queria. Se vingaria do humilhante espancamento. (Sorte que Quintino e Ximenes não estavam perto o bastante para ouvirem os seus gritos.) Ou o melhor seria dar cabo dela com o fuzil de assalto, assim que a visse chegando no seu Cobra vermelho. Quintino o ensinara a usar a arma, e ele se recordava ainda das armas automáticas que tinha disparado em diversas ocasiões, no seu tempo de piloto de fuga trabalhando para assaltantes de banco e grupos de extermínio. Poderia encher a mulher de chumbo em meio segundo, com a cadência de tiro da Ruger Mini. Então os três pegariam o que havia sobrado da sua expedição de caça, e desapareceriam nas estradas do Brasil. Talvez até pudessem continuar num esquema semelhante, mas agora matando os abonados, e não miseráveis sem ter onde cair mortos.

Chovera até há pouco. Um chuvisco entrançado de gotas finas... Uma garoa, mas o bastante para que a mulher deixasse para o dia seguinte a sua entrega?

Ruas mudou a arma de ombro.

O que a mulher esperava que fizesse — atirasse assim que visse o sujeito? "Bem", pensou. "Ela vai se fazer entender, quando chegar."

Vanessa tinha a vítima pronta ao seu lado, no Shelby Cobra. Ivo Barreto, um jornalista de Americana. Eles haviam deixado a casa dele há pouco mais de meia hora, e Vanessa no momento tomava a entrada para Hortolândia, na Via Anhanguera.

Barreto, com trinta anos, era um nenezão. Grande e desajeitado, acima do peso e de ossatura larga — razões que a motivaram a escolhê-lo como o primeiro a ser entregue a Ruas e seus homens. Como um porco castrado sendo atirado aos lobos.

A outra é que Vanessa sentia que ele de imediato não faria falta. Um repórter empregado em um jornal de Americana, um dos mais lidos na região. Era o editor da página policial, na verdade, e ao dar um fim nele ela não estaria apenas alimentando a sua demanda por carne, mas fazendo sumir alguém que havia acompanhado o caso dos crimes em série. Deixaria mais confusa a redação do jornal.

Até ali, havia conseguido que ele não desse, na sua seção, ênfase aos crimes. Palavras trocadas na cama, sugestões de que assuntos como esse estariam acima da qualidade intelectual de Barreto, e um encantamento breve, que faria a relutância confundir-se com a imagem nua de Vanessa, com os prazeres que ele desfrutara com ela, bastavam para mantê-lo avesso ao assunto. O mesmo truque que ela usara com uma dúzia de outros homens em posições de poder, em Americana e Sumaré. E com o bastardo do Ruas, quando o pensamento dele derivou para coisas indesejadas.

Mas agora as coisas haviam se complicado um pouco. Especialmente depois das mortes do filho de um político e de um policial — cagadas de Ruas e suas hienas... Mas ela mesma causara um surto de interesse por parte de Barreto e seus superiores, ao espalhar, através do Capitão Santana, que a base de operações de Ruas estaria em Americana. Ela faria Barreto desaparecer, antes que ele ficasse interessado demais, especialmente quando a busca policial pelo esconderijo não desse certo.

Ivo Barreto havia se formado em jornalismo em uma faculdade de São Paulo, feito estágio em um grande jornal da metrópole, onde fora posteriormente efetivado. Mas sua carreira ali tinha sido curta — como costumava acontecer, a intensa rotatividade nas redações das grandes empresas jornalísticas acabou cuspindo-o para fora ainda jovem. O repórter trabalhava apenas até que o ganho em experiência e o tempo de casa o levassem à eminência de um aumento ou promoção. Nesse instante, era mandado embora e um outro estagiário ganhava o seu lugar, tão cheio de sonhos de fama quanto ele o fora um dia. Desse breve interlúdio com o "grande jornalismo", ele era empurrado para jornais de bairro, e de lá para jornalecos do interior.

E ali estava Ivo, à beira do seu abismo profissional e ainda inchado, flatulento com as teorias aprendidas na faculdade — ideais de pós-modernidade e comunicação visual sintética, soluços marxistas, anotações truncadas de aulas da Escola de Frankfurt, e devaneios barthesianos sobre mito e ideologia... A despeito disso tudo, seu texto era de uma trivialidade assombrosa, incapaz de compreender ou se conectar com o que quer que fosse, que escapasse da sua própria criação de classe média. Podia falar por horas, batendo no peito e propagando a sua formação superior e sua percepção relativizada da realidade, no momento mesmo em que Vanessa o levava pela coleira. Como agora, enquanto o arrastava para o abate.

Só precisara acenar com sexo em um "lugar exótico", e alguns gramas de cocaína — e esperar que a chuva passasse.

Quase sentiu pena. Da família de Ivo restava apenas a mãe, vivendo em São Paulo e para quem ele ligava uma vez por mês, no máximo. Mais provável é que não sentisse falta.

Matar como Ruas e os outros faziam, pegando os infelizes a esmo, era uma coisa. Mas matar alguém conhecido, com quem convivera e com quem dormira... Vanessa porém já o tinha feito antes. Fora assim que conseguira escapar da condição de escrava sexual dos gurus das colônias místicas em que vivera — tirando-os do caminho, quando havia aprendido com eles o que havia para aprender. E fora assim que também entrara e saíra dos vários estábulos de prostitutas a que pertencera, primeiro na fronteira, depois em Buenos Aires, Bogotá e Panamá City — traindo e enganando os seus exploradores, usando antes de tudo a sua própria ganância e prepotência.

Estava preparada a repetir a mesma estratégia. Primeiro Barreto. Depois, possivelmente, um vereador de Sumaré, ou o Capitão Santana. Um a um os seus marionetes alimentariam o Aliado. Nada mais justo, já que eles há meses o serviam indiretamente.

Riu, enquanto dirigia. Seu cabelo preso com uma tiara batia às suas costas, levado pelo ar úmido. Ao seu lado, Ivo Barreto olhou para ela de soslaio, tentando adivinhar a razão do seu riso.

Ele não nada sabia da realidade. Todas as fantasias intelectuais que aprendera no curso superior eram tentativas pobres de controlar a realidade, sem passar perto de compreender a sua verdadeira natureza. Vanessa era uma mestra em manipular as vontades e as crenças individuais dos outros, e podia reconhecer facilmente que todas as teorias que ele havia engolido sem mastigar, se falhavam em enxergar a realidade, serviam muito bem para moldar e manipular opiniões e vontades. Mas nem todo o materialismo dialético do mundo seria defesa contra a traição simples que Vanessa armara para ele.

O ser humano era pouco mais que um animal estúpido, incapaz de perceber que a verdadeira realidade era o cruzamento entre o visível e o invisível. Uma outra dimensão de existência permeava a nossa, e quem tivesse controle sobre ela — quem movesse *kharma* e *dharma* à maneira de peças em um tabuleiro de xadrez — controlaria igualmente a realidade material e tudo o que ela tinha a oferecer. Era essa a lição que Vanessa havia aprendido em seus anos de prática mística nas comunidades, nos terreiros, nos antros de *brujeria*, *santería* e vodu por toda a América do Sul até Cuba e Jamaica e Panamá, desde que fugira ainda adolescente de casa e se tornara uma prostituta.

A América inteira era um grande porão de perversões, onde dor e submissão eram produzidas em larga escala, para alcançar resultados medíocres. Na terra do continente, sangue fora derramado ao longo de anos como uma enchente periódica a inundar a Amazônia. Corações foram arrancados dos peitos de homens, mulheres e crianças — que antes foram torturadas, para regar a terra com suas lágrimas, antes de regá-la com o seu sangue. Membros foram devorados, seus doadores lisonjeados com falsas honrarias. Para comprar as passagens para o dia de amanhã e suas glórias mesquinhas. Anunciar mais um degrau da civilização, com um outro degrau coberto de sangue. Toda essa dor não se dissipara, com a chegada do europeu e com a queda de impérios e o soerguimento de outros, e às vezes os homens e mulheres de hoje cediam à memória do sangue impressa na terra.

Vanessa podia vê-lo, escarlate e ainda vivo de magia, impregnando lugares insuspeitos — o coração das grandes cidades erguidas sobre os cemitérios dos mortos, grotões ocultos onde massacres foram encenados, remansos onde flutuaram inchados os corpos desovados nos rios, montes de pedras lavadas com o despejo das veias... lugares em que sonhos foram feitos em pedaços, o paraíso violado.

E nelas via as pegadas dos destinatários desses sacrifícios... Marcas tênues de uma magia-fóssil, restos daqueles que se retiraram. Deuses banidos. Os verdadeiros detentores de um poder real, e não a forma desgastada que os débeis feiticeiros de hoje buscavam, migalhas que não os arrastariam para fora da mesquinhez cotidiana que escondiam atrás de sequestros, torturas e mutilações, orgias com crianças e animais gravados para o entretenimento dos que se viam como exceções.

A verdadeira exceção, o dono do poder imensurável, a única singularidade — *o Grande Escravizador* havia cruzado a linha e voltado à terra que há séculos ele e os seus haviam castigado com a dor e o sangue dos homens.

E Vanessa havia reconhecido e observado a dimensão dos mortos e penetrado nela com sua própria consciência e lá encontrado esse demiurgo que retornava do exílio em ainda uma outra dimensão. Vanessa estava pronta a levar ao plano dos mortos o que precisava para obter o poder de controlar, com *ele*, a realidade. Ela se aproximava do seu objetivo.

A estrada que levava ao rio era deprimente, em especial no trecho em que um novo bairro parecia se formar, e Vanessa já podia sentir a inquietação crescer em seu acompanhante.

— Tudo bem, amor — disse, rindo. — Estamos indo pr'um lugar realmente *secreto*.

Mas quando ela parou defronte ao antigo abatedouro, Barreto ficou ainda mais alarmado. O lugar decrépito ainda exalava um fedor de morte e sangue derramado. Com um breve feitiço, Vanessa tornou-o imune ao cheiro.

— É *aqui?...* — ele gaguejou.

— É claro que não — Vanessa respondeu, soltando o cinto de segurança. — Parei aqui por que não *consigo esperar mais...*

Levantou-se e montou o rapaz a cavalo. Vestia uma minissaia com nada por baixo, e, puxando-a para cima e esticando as costas, esfregou o seu sexo no rosto dele. Barreto protestou debilmente, mas em um segundo ela sentia a língua explorando-a e as mãos grandes espremendo as suas nádegas.

Ela então desmontou-o e, com um ágil salto, um breve rodopio que acentuou a leve náusea que sentia, deixou o carro sem capota. Suas botas foram arrancando sons trituantes do cascalho do caminho, enquanto ela se afastava. Riu alto, para que ele a ouvisse.

— Vanessa! — ouviu-o protestar.

E em seguida o som da porta se abrindo e fechando no Cobra, dos passos rápidos correndo atrás dela.

Só então Vanessa gritou para a sombra que a tudo observava, do canto esquerdo da construção.

— O que você 'stá esperando?

Não se deu ao trabalho de olhar para trás, para observar os disparos do seu fiel cachorrinho, Norberto Ruas, rasgarem ao meio a figura pesada de Ivo Barreto. Apenas ouviu o matraquear dos tiros — e o barulho surdo do corpo caindo.

Mais sangue. Pequenos sacrifícios.

Ruas atirou quando o sujeito estava a menos de vinte metros da sua posição. Ele só não o viu porque estava totalmente entretido com a patroa. Muitos tiros atingiram o alvo, mas outros passaram longe, arrancando terra do terreno em redor. Só por sorte é que uma bala perdida não perfurou o perfumado Shelby Cobra da mulher.

Ruas correu até o corpo caído e olhou para baixo, achando que poucos projéteis tinham encontrado o alvo. Para a sua surpresa, havia um rasgo diagonal na barriga do cara, quase separando o corpo em dois. "Até que eu dou pra coisa", congratulou-se, antes de se voltar para a mulher e gritar:

— Chama os dois e manda eles trazer' o carrinho-de-mão.

Em algum lugar há uma razão
O porquê das coisas serem como são
Em algum lugar há uma razão
O porquê de algumas coisas simplesmente acontecerem
Nem sempre as vemos
Pelo que realmente são
Mas sei que há razão,
Só não consigo vê-la de onde estou
    David Ellefson & Dave Mustaine
    (Megadeth) "I Thought I Knew It All"

Quando Juca Roriz entrou em casa, segurando as sacolas do supermercado, Paula brincava com o seu filho. Ele notou que, assim que ela percebeu a sua chegada, o sorriso no rosto dela desapareceu.

Roriz foi para a cozinha e tirou as compras das sacolas e as guardou nos armários. Restou apenas um pacote de fraldas descartáveis. Sorriu. Há meia hora, no supermercado, mal pôde acreditar que as estava comprando. Fraldas! E era melhor que nenhum de seus amigos ou colegas de trabalho o vissem fazendo uma merda dessas...

Na noite mesmo em que trouxe Paula para casa, dedicara-se apenas a tentar algumas das práticas a que ela havia se sujeitado com o Patolino. Em nenhum momento lhe passou pela cabeça interrogá-la sobre a morte do traficante, nem se perguntou sobre o que fazer com a criança — o filho do Patolino? Agora comprava fraldas para ele. Uma semana depois.

No trabalho, pensava mais em impedir que seus colegas tomassem conhecimento de Paula, do que qualquer outra coisa. Todos os casos estavam em suspenso, todas as tarefas deixavam de existir, cozinhadas em banho-maria. Sorriu outra vez. Era como se estivesse em *lua de mel* com a vagabunda. Aproveitando um gostinho do paraíso, que há muito ele não tinha.

Morava longe do centro, em um conjunto de pequenas casas em terrenos do tipo chácara, formando uma única rua de terra, em transversal ao acesso de Sumaré à Via Anhanguera. Pouca gente costumava vir até ali, e Roriz nunca tinha visitas.

Paula era uma boa vagabunda. Fazia tudo o que lhe era ordenado e não reclamava. Sabia que a sua situação era de total impotência, agora que o seu padrinho e protetor estava morto e enterrado como indigente. Se os seus matadores pertencessem a uma gangue rival, ela poderia muito bem estar na mira deles. De qualquer modo, acabara a vida mansa, e ela precisava de um outro que a sustentasse, um novo protetor agora, e precisava agradá-lo. Só ficava esquisita quando o assunto era o menino. Roriz agora pensava em dar um jeito de entregar a criança ao juizado de menores, mas de antemão sabia que a mulher jamais concordaria. E agora aqui estava, comprando *fraldas*! Ele, que nunca cogitara se tornar pai, sem querer passar adiante os seus problemas de saúde nem trazer a este mundo de canalhas e pervertidos uma criança inocente...

Não era apenas isso o que o incomodava na nova situação. O sorriso que desaparecia do belo rosto de Paula, quando era surpreendida por sua chegada. Demorava um pouco para o sorriso tornar a aparecer nos lábios cheios e rubros — mas com os contornos da mentira. Tinha que agradá-lo, então sorria. Tinha que agradá-lo, então gemia quando ele estava dentro dela.

Mas e ele? Por que comprava fraldas e papa de nenê para o filho de um degenerado como o Patolino? Em que posição desfavorável ele poderia estar, para querer agradar a *ela*?

De fato, vinha pensando em modos de conquistar um sorriso de verdade. Todos os seus projetos terminavam num riso nervoso. Comprar flores, levá-la ao cinema?... Trocar o enxoval do garoto... O fato é que não conseguia tirar de Paula tudo o que desejava. Nem bem sabia o que desejava... Do seu corpo ele já experimentara tudo, e ainda assim a sua beleza pairava sobre ele nos momentos mais inesperados. Não havia nela nenhum gesto ou sujeição sexual que diminuísse no menor grau a sua beleza, aos olhos de Roriz. Agora mesmo ele só precisava fechá-los para que o seu rosto e o seu colo generoso surgissem iluminados em sua mente. Paula era uma excrescência maior, em sua vida, do que os sacrifícios a que obrigava o seu corpo doente, ou a violência que testemunhava ou a que se arriscava, todos os dias no trabalho. Uma flor do pântano, um jardim secreto, um rosto de beleza impertinente cujas privações e abusos sofridos não conseguiam macular em sua promessa de suavidade e doçura.

Precisava *agradá-la*, conquistá-la de algum modo. Tirar dela o que faltava em sua vida, e que só ela poderia dar. Mas havia toda a sordidez do seu passado tão presente, ele mesmo uma parte dela... E ao pensar nela, perdia a segurança.

Abalavam-se as certezas que o tornavam tão bom no que fazia. Paula vinha do esgoto humano que ele odiava com todas as suas forças, e a ela ele não podia odiar. Desprezar um pouco, até como uma medida defensiva, era capaz de reconhecer. Mas nunca odiar.

Ajeitou o pacote de fraldas debaixo do braço, foi até a geladeira, apanhou duas Antárticas em lata e foi com elas até a sala. Entregou uma a Paula e sentou-se no sofá diante dela.

— Tudo bem com o garoto? — perguntou.

— Tudo bem... — ela respondeu, vagamente, dando a ele a menor corda possível.

— Eu 'tava pensando... Como 'cê fazia, quando o Patolino te chamava. Quer dizer, com quem o nenê ficava?

Ela deu de ombros.

— Com a Cisca ou outra amiga.

Roriz bebericou da cerveja, os olhos pregados no seu rosto. Evitava olhar o menino. Nem sabia se ele parecia com ela, ou com o pai.

— 'Cê sente falta dele? — perguntou, e ela percebeu a quem se referia.

Ela fez que não com a cabeça. Roriz sentiu um princípio de raiva crescer em seu peito. O que o Patolino tinha feito a ela, aquele filho da puta...

Paula notou algo em seu rosto, e apressou-se a dizer:

— Não sinto nem um pouco de falta daquele miserável. Nem dele, nem dos amigos dele. — Apontou o pacote no sofá, ao lado de Roriz. — O qu'é isso?

Ele deu de ombros.

— O que parece? O Patolino nunca comprou fraldas pr'o garoto?

— Não. Ele fazia questão de ignorar que o Caio existia.

Então era esse o nome da criança... Caio. E o canário, como é que chamava?

— Se 'ocê vai morar aqui — disse —, precisa manter o moleque limpo.

Ela assentiu, e voltou-se um instante para ajeitar a criança, que brincava no chão sobre um cobertor de plástico, e havia caído de bruços. Era um nenê quieto, Roriz reconheceu. Raramente chorava.

— Por que 'cê me trouxe pra cá? Pensei q' 'cê ia me levar direto pra delegacia, pra tirar de mim o qu'eu sei das coisas do Patolino, de como ele morreu...

— 'Cê 'tava lá, quando mataram ele? — Roriz ouviu-se perguntar.

Ela levou uma das mãos à boca. Roriz não precisou repetir a questão.

— Tudo bem. Não tem pressa. Quando 'cê se sentir melhor, 'cê me conta.

Paula tornou a assentir com a cabeça. Levantou o belo rosto para ele, olhando atentamente com os seus grandes olhos castanho-esverdeados.

— 'Cê 'tá tratando bem da gente. Depois eu conto tudo o que 'ocê quiser.

*

— Passou algum tempo e você 'tá começando a pensar que tudo aquilo qu'eu contei não pode ser verdade. Mas escuta — Soraia disse. Então pegou na mão de Alexandre, e o olhou bem nos olhos. — "Não atira. Eu tenho o dinheiro..."

— *O quê?* — ele gritou, puxando a mão.

Dentro do ônibus, cabeças se voltaram para ele.

— Foi essa a última coisa que o Patolino disse, não foi?

Ele tinha os olhos arregalados e a boca aberta.

— Soraia!...

— Como é que eu ia saber, Xande? Como?

Os dois retornavam da escola em que ela lecionava. Soraia fora discutir a sua demissão, junto a uma certa Profª Valéria, enquanto Alexandre esperava por ela do lado de fora da sala dos professores, lendo um livro de bolso e observando as crianças que se preparavam para entrar em suas classes. Involuntariamente, lembrou-se do garoto Artur, que não chegou a conhecer.

Soraia saiu da reunião convencida de que deveria continuar no trabalho até o fim do ano, que estava "tão próximo". E ainda mais depois que Valéria disse que "ela estava fazendo um excelente trabalho", e que "as crianças melhoraram muito de rendimento com ela"... Alexandre suspirou, fechou o livro e a acompanhou até o ponto de ônibus. Interiormente, sabia que o senso de dever dela falaria mais alto, cedo ou tarde. Dona Teresinha é que não iria gostar...

Dona Teresinha também não gostaria de saber que a filha via fantasmas, e visitava, em espírito, o purgatório. Um tipo de purgatório...

Se ele às vezes podia ler Soraia tão bem — e ser tão subitamente surpreendido por ela —, Soraia era capaz de lê-lo como a um livro aberto, interpretando com exatidão o seu silêncio e a sua rigidez, ao lado dela no banco do ônibus.

Agora sentia-se abalado — um lutador que recebeu uma combinação certeira no queixo.

Olhou para fora, procurando na realidade da paisagem molhada lá fora a certeza de que, o que Soraia havia contado a ele e aos outros no clube, não podia ser verdade. Mas ela estava certa. Certa ao dizer que, passados dez dias, a estranha convicção que envolvera as palavras dela naquela noite de sábado parecia ter se desbotado. Ele pensava, na verdade, que o impossível era ter acreditado, tão fortemente, na sua impossível narrativa.

Mas Soraia também estava certa ao reproduzir as últimas palavras de Patolino. Ela não estivera lá para ouvi-lo e vê-lo de braços estendidos, implorando pela vida.

Teimoso, não disse nada. Olhou para a frente. Então voltou-se para ela. Seus olhos correram pelo rosto bronzeado e jovem. Olhos verdes, profundos, a boca pequena de lábios perfeitos. O cabelo havia crescido um pouco, desde que ele a reencontrara, e neste momento caía um pouco despenteado e úmido. Soraia estava mais magra, entretanto, e os músculos do pescoço apareciam um pouco agora... Estava mudada. Na maior parte do tempo, sua expressão era cansada, tristonha. Durante todo este tempo em que ele vinha tentando protegê-la do horror e da violência que o rondava, Soraia havia vivido e experimentado o seu próprio horror e violência — ou o horror e a violência que *ele* havia vivido e experimentado, reflexos ou fatos que completavam a história, por trás do espelho... E mais. O fantasma de seu pai. O monstro desconhecido em um matadouro secreto.

Serra e ele haviam procurado por uma propriedade rural em Hortolândia que tivesse possuído um matadouro, no passado recente. Nem ele vasculhando páginas amareladas do *Diário Sumareense*, nem Serra conversando com os seus inúmeros conhecidos, haviam chegado à menor pista. "Pode ter sido uma instalação clandestina", o amigo tinha aventado. Provavelmente, mas isso não ajudava muito a localizar o local do... Como é que Soraia o havia chamado? O *ringue* em que ele deveria subir.

Josué conseguiu um mapa de Hortolândia, que passou aos dois. Nesta semana que começava, Serra e Alexandre retomariam o seu sistema de patrulha, mas desta vez procurando pelas estradas rurais um lugar, à beira de um rio, que correspondesse à descrição de Soraia. Um espaço lúgubre e decrépito, entre colinas discretas que se fechavam à sua volta, com um único caminho de terra e cascalho levando até ele, margeando um córrego.

— Não pode ser muito difícil — Serra dissera.

Mas havia um detalhe a ser encarado, antes de mais nada. Josué Machado tinha dito que não deveriam entrar no lugar sem ele. Só que o maldito Ribas estaria grudado no seu pé o tempo todo. Por isso era necessário primeiro lidar com o policial corrupto. Alexandre vinha pensando nisso, nos raros momentos em que sua cabeça não estava cheia com o que Soraia havia revelado. Como agora.

O mais engraçado não era a metáfora em si — lutadores em um ringue —, ou o bizarro do sobrenatural que Soraia dizia estar experimentando há meses. Mas o modo como Josué, o policial militar, havia reagido ao relato dela. Apesar de ter todo o jeito de crente, e de Soraia estar contando uma história que beirava ao espiritismo, ele havia acreditado piamente em tudo o que ela havia dito. A própria Soraia, tão católica, parecia ignorar todo o conteúdo herético de suas palavras. Josué, porém, acreditava também que Alexandre era o *escolhido* para realizar uma tarefa sobrenatural qualquer — subir no ringue de que Soraia falava —, e já chegara ao encontro acreditando nisso.

Ao lado de Soraia no ônibus, Alexandre fechou as mãos em punhos e rangeu os dentes. Percebendo, Soraia colocou uma mão em seu joelho.

Loucura! Ele era um pugilista, um ex-soldado, um leão-de-chácara. Tudo o que sabia resumia-se a fazer os seus punhos chegarem à cabeça ou ao corpo de alguém. Como enfrentar espíritos e monstros sobrenaturais? E Soraia se recusava a contar-lhe exatamente como era o tal "monstro" que seria o seu adversário...

Voltou-se para ela. Soraia... Ela tinha ouvido as últimas palavras de Patolino. Estivera lá, quando ele chegou... *do outro lado.*

— Eu te amo, Soraia — disse. — E acredito em você. Mas preciso de alguma coisa mais. O qu'eu devo fazer, exatamente?

Os olhos dela brilharam, mas ela demorou a responder.

Soraia não sabia. Havia tanto que ela não sabia... Por que *Alexandre*, pra começo de conversa? Tantas lacunas no que Gabriel lhe havia contado. Quem era exatamente a bruxa? Como Alexandre deveria realizar a sua tarefa? Soraia tinha medo. O que lhe era sonegado? Talvez o Pai apenas quisesse, como Alexandre até agora, poupá-la de alguma coisa terrível que a esperava...

Ou ainda: por que os quatro é que deveriam agir (ela incluía-se, é claro), sozinhos, depois de encontrarem a base dos assassinos? Passar a localização para a polícia não bastaria. Eles teriam de ir até lá, olhar nos olhos o monstro e os seus capangas. Soraia estremeceu só de lembrar do que havia visto na câmara interna do frigorífico. Pensando bem, não podia visualizar a polícia enfrentando-o. Não podia imaginar *ninguém* enfrentando-o.

— Não sei — respondeu. — Mas acho que a gente ainda tem algum tempo pela frente. Talvez eu descubra mais alguma coisa, mais tarde. Você vai confiar em mim, Xande?

Ele sorriu e pegou a sua mão. Sua palma estava suada.

— Sempre — disse.

Ribas ia com Josué, escarrapachado no restituído assento do passageiro. Brossolin havia considerado o interceptador como um recurso de alguma validade, na caçada aos atiradores do Maverick, e mandara recolocar o banco, ao invés de optar por devolver os dois à viatura I-19321. O tenente tinha até assinado uma pequena alocação de combustível para o interceptador. Ribas, ao seu lado, reclamava da suspensão dura e dizia a Josué para onde ir, ignorando o posto antes adotado na Rebouças. Ele logo retornou ao seu antigo esquema.

Agora que Josué sabia o que ele fazia, tornava-se mais e mais difícil tolerar a presença de Ribas ao seu lado.

Nada havia mudado nele. O cabelo ainda sujo e de corte alterado, o uniforme amarfanhado, manchado de cinza de cigarro, e as botas opacas de sujeira. Fazia a mesma rota de lancherias, mas agora não fazia questão alguma de ocultar seu relacionamento com os tipos suspeitos que encontrava por ali. Um deles, pela descrição que lhe havia sido fornecida por Alexandre, era o Sérgio, parte do bando de Leandro Visgo. Josué percebeu então que, no seu relacionamento com Ribas, ele é que havia mudado. Já não era mais o soldado número um da escolinha de Americana, inexperiente e ingênuo. Era Josué Machado, que havia embarcado em uma aventura solitária com um carro especialmente concebido, e falhado. O Soldado Josué, que estivera tão próximo de impedir que o seu amigo Vitalino fosse brutalmente assassinado, e que falhara. Na Companhia, só não lhe esfregavam isso na cara porque o Cabo Lopes também estivera presente no momento do crime, e igualmente falhara em salvar Vitalino. Se alguém acusasse Josué abertamente, Lopes também poderia ser responsabilizado, e o cabo era bem quisto demais entre os seus colegas, para que se sentissem livres para expressar o que tinham no pensamento.

Ribas, porém, não tinha o mesmo escrúpulo. Fazia questão de acusar Josué de covardia e incompetência. "O grande herói", ironizava. E com o parceiro diminuído, Ribas se sentia mais confiante em prosseguir, no maior descaramento, com suas atividades.

Josué não respondia a nenhum de seus insultos. Ribas era apenas um obstáculo a ser removido. Teria paciência, até a chegada do momento certo.

Tentava pensar em outras coisas — o que, na verdade, era fácil. Havia tanto em sua mente... Tanta coisa que ele se surpreendia, às vezes, perguntando-se por que não pensava tanto em Vanessa, quanto costumava...

As coisas que Soraia, a bonita namorada de Alexandre, dissera naquela noite tempestuosa... Na sua maior parte, suas palavras tinham ido ao encontro do que ele próprio imaginava. Sentiu uma pontada de inveja, porque, ao contrário do que ele pensara, fora uma *mulher* a escolhida para ser a intermediária entre Alexandre, Serra e ele, e as forças divinas que, de algum modo ainda misterioso, deviam estar inspirando as suas ações. Como se a moça loura e decidida fosse uma *profeta* — embora Josué soubesse que todos os profetas eram homens.

Havia outras coisas que o preocupavam, em tudo o que ouvira. Soraia tinha falado de um monstro, criatura impossível de ser descrita, que se encontrava em uma câmara interna, dentro de um frigorífico. Ou sua dimensão *física* ali encontrava-se. Uma outra parte dela, uma extensão de seu espírito, projetava-se até um *outro lugar*, um espaço de padecimento e desespero, como devia ser o purgatório dos católicos. A religião de Josué não concebia um purgatório, mas como ele poderia ter certeza?... Por alguns dias pensou até mesmo em levar a questão ao pastor Santino, mas logo mudou de ideia.

Nesse outro lugar, o monstro escravizava as almas mortas por meio dos seus agentes terrestres — os três pistoleiros — em um carrossel sem parada, uma ciranda perpétua de almas girando em torno dele e talvez emprestando a ele a sua força divina. Agora mesmo, só de lembrar-se das palavras da moça e da horrível imagem que ela evocava, Josué sentia-se trêmulo e assustado. O sopro divino das almas era uma prerrogativa de Deus. Que força satânica poderia apoderar-se dele? Do mesmo modo, como impedir que as almas dormissem o seu profundo sono de espera até o Juízo Final? Perturbado, Josué percebeu mais uma vez que se defrontava com horrores que violavam tanto as certezas de sua religião, quanto as certezas do mundo supostamente racional e científico, contra o qual ela se colocava. Havia uma terceira verdade, concluiu. E dela não emanavam certezas nem confortos, mas apenas um vasto horror a confrontar — ou do qual fugir. Tudo era apenas uma questão de escolha entre essas duas possibilidades.

Olhou para fora da viatura. Estavam diante de um dos carros de lanche, na verdade um reboque que havia sido colocado em uma praça com bancos de concreto, perto do Centro Esportivo Vereador José Pereira. Ribas despediu-se de Sérgio com um tapa no ombro, e veio caminhando na direção do Opala. Fumava, e a brasa do cigarro iluminou o seu rosto. Nesse instante, Josué decidiu-se por dar o endereço de Ribas a Alexandre, conforme ele havia pedido. Não sabia o que o rapaz faria a Ribas, mas qualquer saída seria provavelmente melhor do que apenas ficar testemunhando a corrupção ostensiva do seu parceiro.

Desviou o olhar de Ribas e refletiu por um segundo, furiosamente. Talvez o que o motivasse a agir além do seu minúsculo papel dentro da corporação fosse algo além do que a iconoclastia que Brossolin pelo jeito identificava nele, ou o desejo de aparecer e bancar o herói, como Ribas queria — ou mesmo mais do que o espírito cristão que Josué acreditava movê-lo. Talvez tudo não passasse de um modo de encontrar os limites de todas as assunções da igreja ou da sociedade, sobre o mundo e a vida. De encontrar essa terceira verdade, esse apelo indefinido cuja existência ele havia intuído quem sabe cedo demais, mesmo que implicasse em se distanciar do que vinha acreditando até então — e olhar nos olhos da besta.

Uma moça católica como profeta, um jovem ex-presidiário como anjo, um leão-de-chácara e piloto de corridas de rua como valente centurião, um "monstro" indefinido como Satanás... E uma *bruxa*.

Soraia havia dito algo sobre uma bruxa — que tinha feito o seu trato com o demônio? —, mas não tinha informações sobre ela. Isso de algum modo incomodava a Josué, não saber qual era o último elemento da equação. E intuitivamente

— até aqui as suas intuições haviam funcionado — ele suspeitava que essa mulher desconhecida era um elemento de grande importância.

— Para um pouco, Serra! — Alexandre quase gritou. — Não dá pra ler o mapa, desse jeito.

Serra freou o Charger, e olhou para ele. Os dois perambulavam por um canto perdido de Hortolândia, em busca de um lugar que correspondesse à descrição dada por Soraia. O mapa fornecido por Josué ia aberto no colo de Alexandre, que o estudava sob a luz da caneta-lanterna que ele havia comprado semanas atrás. Tentava compará-lo com o pouco que podia divisar no escuro da noite. O caminho era tão esburacado, que ele mal conseguia seguir as linhas com os olhos. Encarou o amigo.

— Faz sentido? — perguntou, indicando a desolada escuridão. — 'Cê não acha que um carro como o Maverick ia precisar de um caminho um *pouco* melhor, se fosse usar ele todo dia?

— Pode crer... Mas a gente só vai achar esse "caminho melhor" procuran'o.

— Sei.

— O problema é que um dia 'cê 'tá aqui — Serra foi dizendo —, só tem pasto e moita de colonião, ou plantação de cana, aí 'cê piscou e apareceu um loteamento, um bairro instantâneo no meio do nada, que parece que broto' da terra... ou qu'alguém plantou e deu. Ou um político vendido que nem o Nicolazini põe a mão numa bolada e logo monta um clube de campo com entrada asfaltada, piscina, antena parabólica e essa merda toda. É foda. Qualquer lugar novo desses pode ter um caminho asfaltado...

Alexandre suspirou e fechou o mapa. Serra, que tornava a pôr o Charger em movimento, tinha razão.

Reclinando-se no assento, Alexandre desistiu da tarefa por hoje. Já passava da meia-noite.

— 'Cê tem pensado no problema do Sérgio e do Ribas? — Serra perguntou.

— Tenho sim.

— E aí?

— É. 'Tá na cara que eles não vão desistir do clube tão fácil. E a gente já 'tá co'as mãos cheias aqui. — Apontou para fora. — Talvez fosse o caso d'agir primeiro, então. Contra o Ribas, porque libera o Josué e deve diminuir a confiança da turma do Visgo. Mas pra isso a gente precisa primeiro ter uma ideia mais clara d'onde fica a base da Gangue do Maverick...

— Por quê? — Serra o interrompeu.

Alexandre deu de ombros.

— Porque a gente teria de agir logo na sequência — disse —, antes que a PM arrume um substituto pr'o Ribas, pra atuar como parceiro do Josué.

Serra assentiu.

— 'Cê 'tá pensando em matar o cara? — perguntou, depois de um tempo em silêncio.

Tentava dar um tom frio à sua voz, mas Alexandre percebeu nela um certo tremor. Serra não ia querer que Alexandre matasse de novo. Pelo menos, não até que estivessem frente a frente com os pistoleiros. Mas então teriam Josué para prendê-los ou para acionar a polícia, se tivessem a oportunidade. "Bem, somos dois", pensou, ecoando a apreensão do amigo. "Não que não fosse possível — e até mais interessante, se eu pudesse usar a arma do Nicolazini, por exemplo. Dois coelhos com uma paulada só. . ."

Ainda tinha uma atitude ambígua com relação a Serra e Amélio. O que Serra havia confessado aquela noite no SODES o tocara de uma certa maneira. Amélio era então mais do que um padrinho de Serra — mas alguém que detinha a custódia de uma verdade triste sobre o seu pai. Que o defendera em um momento em que ninguém mais o faria, e mesmo incorrendo no erro ou em cumplicidade. Tinha que admirar uma lealdade assim. E era natural que Serra a retribuísse. Mas se uma vez Amélio se colocou em risco pelo pai, era justo que se colocasse agora em risco pelo filho.

Alexandre não queria matar Ribas, e essa disposição o forçava a meditar sobre suas alternativas. Discutir com um tipo como esse estava fora de cogitação. Restava a velha política quebra-ossos. Respondeu a Serra, e acrescentou:

— Só que, s'eu conseguir levar a melhor sobre ele, talvez ele até preferisse 'tar morto.

Serra sorriu diante da ideia de Ribas indo parar no hospital.

— Mas primeiro — Alexandre fez a ressalva —, a gente precisa resolver isto aqui. — Bateu no mapa. — E *segundo*, quem garante qu'eu vou levar a melhor sobre o cara?

— *Eu* — foi a resposta de Serra.

No mesmo instante em que falava, acendeu os faróis altos, iluminando um pedaço de estrada rural adiante deles. Terra batida, casas mal-acabadas e cercas-vivas sob a luz azulada. Serra acelerou o Charger. Alexandre guardou o mapa e a lanterna com as armas no porta-luvas, e afivelou o cinto.

— São só meia-noite e meia — Serra ponderou. — Em mais meia hora eu te deixo em casa. Acha qu'a Soraia vai 'tar te esperando?

Alexandre sorriu, deu um *jab* de esquerda no ombro do amigo, e não respondeu.

Soraia estaria esperando. Ou ela ao menos disse que estaria. Pensar que o esperava lá, talvez com um chá quente na cozinha, ou deitada silenciosamente à sua espera no quartinho dos fundos — o pensamento mais reconfortante do dia. Senão o único.

Era estranho... Soraia parecia distante e entristecida, mas apaixonada. O contato de um com o outro funcionava como uma ilha de sossego para ambos. "Bem que a minha vida como um todo poderia ser assim..." refletiu, pedindo silenciosamente que toda a violência e a falta de opções dos dois se dissipassem no abraço um do outro. Mas as coisas nunca seriam tão fáceis.

— Toda aquela coisa... *sobrenatural* que a Soraia contou, Serra... — ele começou.

Agiam como se tudo o que Soraia havia dito sobre o esconderijo dos pistoleiros fosse factível — independentemente do *modo* com que ela havia adquirido a informação —, mas não haviam discutido as suas jornadas em espírito ou o destino místico que Soraia e Josué imaginavam para Alexandre.

— Eu acredito em tudo.

— *Como?*

— 'Cê lembra do Clóvis, no colégio? — Serra perguntou.

— Um baixinho troncudo, pele cor de oliva, que não sentia frio nem no maior inverno, e fazia parte da juventude católica?

— O próp'io. Católico que ele só... — Um largo sorriso se abriu no rosto de Serra, iluminado pelos instrumentos do painel. — Pois um dia, faz tempo já, eu me'ncontrei com ele e ele me contou a história mais lo'ca.

"Disse que um dia ele acordou vendo os 'spíritos. Sem mais nem menos. Foi falar co' padre e o padre disse qu'isso era coisa de espírita, e mandou ele tirar da cabeça. Só qu'ele continuava vendo. E não só via como *falava*... falava com os morto'. Então um dia um desses 'spíritos falou pra ele qu'ele ia ter uma encrenca danada com a polícia, se não se livrasse logo de um 'stojo de ferramentas qu'ele tinha comprado d'um amigo.

"Então no meio da noite o Clóvis levantou pra dá um fim no 'stojo. Saiu da casa dele lá em cima e desceu uma doze quadras até a linha do trem, atravessou, foi pela beirada daquele bairro novo lá até chegar no ponto onde tinha uma pinguela pra atravessar o Ribeirão Quilombo, e então, no meio dos mosquitos, ele jogou a ca'xa de ferramenta fora."

O Dodge Charger estava alcançando Sumaré, entrando pela Avenida do Cemitério. Serra não disse mais nada por um minuto, bocejando e dirigindo o carro em silêncio.

— E?... — Alexandre perguntou.

— E então ele voltou pra casa e ficou lá, pensando qu'era o cara mais burro do mundo, pra jogar fora um negócio qu'ele tinha acabado de comprar e não tinha pago barato. E que pesava pacas e devia ser incômodo de carregar, pra um carinha do tamanho dele. Pra complicar mais, depois ele 'tava tão acabado de sono que teve de ligar no serviço e avisar que 'tava doente e ia ter que faltar. E pra complicar *mesmo*, ele morava com os pais e teve de explicar pra mãe dele ond'é qu'ele tinha ido tão cedo, e por que ele não ia trabalhar. — Serra sorriu, e continuou: — E enquanto ele 'tava pensando numa história pra contar pra ela, bateram na porta.

Serra interrompeu a narrativa para lançar a Alexandre um olhar torto, que pedia uma intervenção.

— E quem era?

— A *polícia*, meu amigo. O tal cara tinha ro'bado o 'stojo de ferramenta, e aí, prensado pelos meganha', tinha dito que vendeu a muamba pr'o Clóvis.

— E que que'o Clóvis disse?

— Que não sabia de nada, que o cara 'tava de sacanagem pra cima dele, e que a polícia podia procurar o quanto quisesse, na casa dele, que não ia achar nada. E só por isso é que o Clóvis não foi fichado por receptação de mercadoria ro'bada. Daí em diante ele passou a acreditar que ele simplesmente *acontecia* de falar com os mortos, que não 'tava doido nem possuído pelo diabo ou coisa assim.

Estavam agora na Rebouças. Serra ia devagar, e contemplava a quietude das ruas com uma expressão filosófica no rosto.

— Me fala uma coisa, Serra — Alexandre disse. — Eu sei q' 'cê tem muitos amigos 'squisitos. Eu sou a maior prova disso, sem falar do Link, do cara que te arrumou o rádio amador, e o Amélio... Mas me conta por que que Clóvis ia te procurar pra revelar pr'ocê qu'ele conversa com os fantasmas?

Serra respondeu, como se já antecipasse a pergunta:

— Na verdade ele veio me dar um recado, Xandão. E pra dar esse recado ele teve que me contar toda essa maluquice. Pra poder explicar de quem era o recado.

— De?...

— Do meu pai — Serra respondeu. — Que já 'tava morto fazia um tempo.

Silêncio. Então Alexandre, sem se conter, perguntou:

— E qual'era o recado?

Serra tirou a mão direita do volante, para escrever no ar, enquanto dizia:

— *Cuida bem do carro.*

E deu de ombros.

CAPÍTULO 16

Só você e Deus saberiam o que poderia ser feito
Só você e Deus saberão que sou o único
Só você e Deus saberiam o que poderia ser feito
Só você e Deus saberão que sou o escolhido

Pode ser que seja este o fim do meu mundo?
Todas as coisas que eu prezava e amava
Nada me resta além de encarar isto sozinho
P' que eu sou o escolhido
    Adrian Smith & Steve Harris
    (Iron Maiden) "The Fallen Angel"

Nunca hesite. Você tem uma resposta básica do tipo lutar-ou-fugir.
Todo ser humano tem.
Mas uma vez que tenha tomado a decisão de lutar, nunca hesite.
    Capitão da Reserva Dale Dye
    (Corpo de Fuzileiros Navais dos EUA)
    "A Arte Perdida do Combate Manual"

Alexandre deixou a jaqueta e a espingarda no quartinho dos fundos do SODES, junto com a camiseta de segurança, e vestiu a roupa que previamente já havia deixado ali. Então escapou de fininho, esperando não ser reconhecido pelos frequentadores do clube. Foi até a saída lateral, abriu a porta e saiu para o pátio, usando a chave que Serra lhe havia emprestado. Lá fora ele enfaixou os dois punhos sem apertar muito, e vestiu as luvas de couro. Foi até o portão e deixou as dependências do SODES. Estava na rua, a meia quadra da Rebouças, mas preferiu tomar à direita e ir pelas ruas internas, onde o movimento era menor. Chuviscava.

    Andou e andou, as mãos metidas nos bolsos da calça, por talvez dois quilômetros, até chegar à casa de Ribas na rua que ficava atrás da Avenida Ivo Trevisan. Não havia nenhuma luz acesa. Alexandre olhou em torno para sentir se, às duas da manhã e na chuva, havia alguém por ali para testemunhar a sua presença. Não viu vivalma. Então saltou o muro de concreto respingado e se refugiou atrás de uma árvore para esperar. A pistola .45 tomada do vereador Nicolazini pesava em sua cintura, e ele ficou ali, trocando o pé de apoio ou o ombro que tocava a árvore, por horas e horas, encharcando-se mesmo na chuva mansa, suas mãos suando nas luvas que Serra havia comprado para ele, e esperando.

Pensava em Soraia, Josué e Serra. O amigo, conforme o combinado, faria uma coisa incomum hoje: deixaria o dinheiro guardado no pequeno cofre que havia no bar, ao invés de depositá-lo no banco, como costumava fazer toda noite de baile. Diria às moças, ao Gérson, ao Otávio e ao cara do bar que, por causa da chuva, ele os levaria primeiro para casa, e depois voltaria ao clube. Ele e Alexandre levariam sozinhos a féria até o banco. O pessoal fatalmente ficaria desconfiado de um argumento tão estranho, mas era o melhor que eles puderam imaginar. Alexandre supostamente ficaria guardando o dinheiro, enquanto Serra levava os outros para casa. Mas não estaria lá, é claro, para ir com Serra depositar o dinheiro. Tudo não passava de um despiste para garantir o seu álibi.

Não acreditava que, se fosse bem sucedido esta noite, a polícia chegaria até ele. Nunca era demais, porém, pensar em alguma segurança.

Ontem mesmo ele havia tentado resolver a outra pendência — encontrar o matadouro de que Soraia falara.

Ao se aproximarem do fim de semana, Alexandre e Serra já haviam desistido de procurar no pequeno trecho de Hortolândia que era cortado pelo Ribeirão Quilombo. Por ali só havia plantações de tomate. Restava o Rio Jacaba.

O que Alexandre fez foi usar a cabeça, tendo em mente o que Serra havia dito sobre loteamentos na região. Visitou na sexta de manhã duas imobiliárias em Hortolândia, perguntando sobre um loteamento novo, perto do Rio Jacaba e com uma via asfaltada, de que ele "tinha ouvido falar". Um rapaz chamado Valdemar lhe deu a dica que procurava. Restava a Alexandre e Serra pegarem as armas e o Charger, e irem até o local. Sozinhos. Sem Soraia ou Josué.

Mas antes havia a questão de Ribas a resolver. Isso foi algo que Serra fizera questão de conversar com ele. Se alguma coisa desse errado e os dois fossem mortos na refrega contra os pistoleiros, Serra queria garantir que o clube teria uma sobrevida. Amélio ficaria com a batata quente, mas com Ribas fora do caminho, talvez o patrão tivesse alguma chance.

Ninguém caminhava pela calçada a essa hora da noite chuvosa, e poucos passando de carro pela rua o veriam atrás da árvore. Alexandre esperou.

Estava totalmente ensopado e a pistola havia cavado o seu perfil anguloso na pele das suas costas, quando Ribas afinal parou o seu Ford Del Rey diante da casa de subúrbio. Alexandre, por sua vez, já tinha o capuz negro que Soraia havia costurado para ele (tornando-se cúmplice no processo) dobrado no alto da cabeça, e tudo o que precisou fazer foi puxá-lo sobre o rosto.

Ribas vestia a jaqueta v.o. que havia tirado de Alexandre meses atrás. Abriu o portão eletrônico e entrou com o carro sob a coberta de telhas de amianto. Logo estava subindo os degraus que levavam à porta da frente, olhando para baixo, para o molho de chaves que fazia girar entre os dedos. Assim que Alexandre saiu detrás da árvore, porém, ele voltou imediatamente o rosto na sua direção.

Alexandre levantou a pistola e a apontou para ele.

— Não se mexe — ordenou.

Ribas não disse nada. Ficou apenas olhando, imóvel.

— Agora desce dois degraus — Alexandre disse.

— Qualé o caso, meu?

Repetiu a ordem e puxou o cão da .45, como ênfase.

Relutante, Ribas obedeceu. Alexandre pisou o primeiro de grau da escada, e passou a apontar a pistola a partir da cintura, diminuindo a distância entre ele e o outro, se Ribas quisesse tentar alguma coisa. Disse:

— Agora pode abrir a porta, mas sem tirar o pé do lugar.

Ribas pareceu demorar para entender. Então esticou-se todo para alcançar a fechadura. Alexandre subiu dois degraus e encostou a pistola no meio de suas costas, sentindo as vértebras duras contra a boca de fogo da .45. Ribas estremeceu.

— Tudo bem. É só abrir a porta. Mas sem tirar o pé do lugar.

— 'Cê sabe qu'eu sô da polícia, ô meu? — Ribas disse. — Alguém vai vê a gente pendurado aqui, e vai chamar os meus amigo'...

— Qual deles? A PM... ou a turma do Visgo?

Tornou a sentir um estremecimento percorrer a superfície metálica da pistola, até a sua mão.

— 'Cê 'tá com o Visgo? — Ribas balbuciou. Pelo tom de voz, ele já vinha temendo alguma visita não anunciada, da parte do seu patrão.

— A gente conversa lá dentro.

A porta de vidro se abriu devagar.

— Não se mexe... Dobra os joelhos. Isso... Pode entrar assim.

— De joelho'?...

— Isso mesmo. Se tentar alguma coisa, leva um tiro na cabeça.

Ribas fez como ordenado.

"Até aqui tudo bem", Alexandre pensou, enquanto encostava a porta às suas costas. Sentia-se mais seguro, no interior da casa. O peso da pistola em seu punho também lhe comunicava alguma segurança. Havia disparado um modelo de proporções semelhantes no exército, a Beretta M975, e tinha certeza de que, se fosse necessário, poderia usar a arma tomada de Francisco Nicolazini. A ideia, contudo, era *não* usá-la.

Ribas havia rastejado de joelhos até o centro da sala.

— Mãos na cabeça — Alexandre comandou. — Vira de costas pra mim.

A primeira ordem foi obedecida, mas a segunda não.

— O que 'cê quer comigo, meu? O Visgo te mandou aqui, pra acaba' comigo?

— Não. Ele 'tá descontente com você. *Muito*. Mas me mandou só pra bater um papo. Só que prime'ro eu preciso tirar aquela pistolinha preta que anda sempre com 'ocê.

Alexandre foi em frente com a mentira. Se o sujeito queria acreditar que ele pertencia ao grupo do Leandro Visgo, tudo bem. Talvez até se lembrasse da sua fantasia, depois de sair do hospital.

— Vira de costas e tira a jaqueta. Joga ela aqui pra mim.

Ribas virou-se desajeitadamente, removeu a jaqueta v.o., atirou-a por cima do ombro, e então Alexandre, encostando a pistola no alto das suas costas, apropriou-se da arma que Josué lhe havia descrito. Estava enfiada num coldre de náilon preto, preso às costas de Ribas. Luz suficiente entrava pela porta de vidro e pela janela sem cortinas da sala de estar, para que, dando três passos atrás, verificasse que era uma Taurus calibre 7,65. Meteu-a no bolso detrás do *jeans*. Ribas olhava para ele, por cima do ombro, e deve ter visto quando Alexandre enfiou a .45 atrás na cintura.

Precisaria das mãos livres.

O ideal seria chutar a cabeça de Ribas enquanto ele ainda estava ajoelhado no centro da sala, mas Alexandre sentiu um aperto no estômago, de pensar em agredir a um homem nessas condições. No boxe, você nunca bate em um adversário caído.

— Levanta agora. Vamo' conversar.

Ribas gemeu, ao firmar o pé direito no chão. No segundo seguinte ele havia girado o corpo sobre o joelho esquerdo e se projetado para adiante, colhendo Alexandre pela cintura.

Alexandre não caiu, mas foi recuando, com Ribas agarrado a ele, até que suas costas se chocassem contra a parede. A pistola, enfiada em suas calças, arrancou um lampejo de dor de sua espinha. Mas ele não se sentia surpreso pelo ataque, e cuidava apenas de manter o equilíbrio. Ribas tentou primeiro apoderar-se da pistola em sua cintura — ou aquela no bolso do *jeans* —, mas agora Alexandre empurrava as suas próprias costas para trás, prendendo as mãos do outro contra a parede. Rosnando de frustração, Ribas então quis atirá-lo para o lado direito, e, ao falhar, para o esquerdo. Alexandre manteve-se firme. Agarrado à sua cintura,

Ribas estava em uma posição baixa demais para atingi-lo na virilha com um joelho, e se tentasse desenlaçar um dos braços, seria empurrado ainda mais para baixo. Um bafo de cerveja e cigarro subiu até Alexandre, que havia passado por dezenas de situações semelhantes, com adversários assim clinchados contra ele, empurrando-o contra as cordas. Desta vez porém não havia árbitro que viesse separar os dois lutadores.

Ribas enfim cansou-se de tentar jogá-lo para os lados, e endireitou o corpo. Alexandre imediatamente tentou compensar, e nisso as mãos de Ribas escaparam de suas costas.

Era um cara rápido. O seu golpe muito aberto atingiu Alexandre no alto da cabeça. Mais uma vez ele se sentiu distante e sob controle, e o golpe não o abalou. O seu gancho de direita, por outro lado, arrancou um gemido de Ribas, ao atingi-lo duramente no baço.

Alexandre deslizou as costas pela parede, distanciando-se do outro. Ribas não havia saído do lugar, e, conhecendo a distância, Alexandre atingiu-o no queixo com um curto direto de direita. Os cabelos negros do outro saltaram para cima e tornaram a assentar-se em sua cabeça.

Alexandre tinha um soco duro e forte, mas Ribas não parecia abalado. Ao contrário, ele atirou um outro golpe desengonçado com sua própria mão direita, do qual Alexandre se esquivou facilmente.

Sua maior preocupação nesse segundo era cortar o caminho do outro até a porta apenas encostada. Ribas não deveria escapar. Moveu-se arrastando os pés para a esquerda dele, cuidando para não movimentar as pernas demais. Uma das duas pistolas poderia cair, e isso ele não queria. Graças a Deus, a propósito, por Mr. Browning ter pensado na trava de empunhadura do seu modelo 1911, ou a .45 de cão armado poderia disparar dentro do seu rego. Alexandre quase sorriu, enquanto jabeava diante da figura de Ribas, que tentava girar a cintura para acompanhar o seu movimento. Dois *jabs* terminaram em seu queixo, fazendo-o desentortar a cintura como um boneco de molas. Suas pernas escaparam do chão e ele executou um cômico e desesperado passo de dança, para não cair. Alexandre via tudo e não perdia nada. A luta era o seu ambiente natural e sua mente permanecia tão clara que poderia escrever um poema ou uma apologia, enquanto trocava golpes. Seus punhos voavam em alternância e em ganchos e cruzados e então ele descobriu uma virtude de Ribas — ele podia receber um golpe bem dado e continuar em pé. Alexandre mal divisava o seu rosto — via apenas o borrão de seus cabelos subindo para a direita e para a esquerda, na direção oposta de onde vinha o golpe. Seus socos passavam livremente pelos braços levantados do outro, martelando os lados de sua cabeça, quando não o atingindo no rosto. E Ribas continuava em pé.

Alexandre deu dois passos para trás, respirou fundo, recompôs a guarda. Ribas também usou a pausa para buscar o fôlego. Então tentou atingir Alexandre na virilha com um chute desajeitado. Alexandre não se deu ao trabalho de se esquivar ou bloquear o golpe, que o atingiu alto na coxa direita. Ao invés, atirou um direto de esquerda que pegou o outro com a perna levantada, e o jogou no chão pela primeira vez. Mas em um segundo Ribas estava em pé e recebendo mais combinações na cabeça. Alexandre o guiou com socos até uma distância em que poderia aplicar-se o seu melhor golpe — um potente direto de direita que já havia mandado à lona lutadores maiores e mais hábeis do que Ribas. Mais uma vez a cabeleira escura subiu, e algo espirrou no ar penumbroso da sala às escuras. Sangue. Ribas baixou a cabeça e um copo de sangue pareceu tombar do seu supercílio rasgado, colorindo o piso embaixo.

Ele ainda permaneceu em pé.

Balançava de um lado para outro, o cabelo agora ondulando para cá e para lá.

Alexandre avançou e o seu gancho de esquerda afundou no fígado de Ribas, que caiu outra vez e ficou de costas no chão — *consciente*. Alexandre congratulou-se brevemente pelo golpe, mas o fato é que precisava de Ribas nocauteado, fora do ar, e não apenas caído. Ainda não tinha a disposição de chutá-lo no chão. Seus punhos enluvados estavam pesados e insensíveis, manchados com o sangue do outro. E enquanto pensava no que fazer, Ribas, ofegante, descansava no piso da sua sala de estar. Ele tentou dizer alguma coisa, xingá-lo ou saber quem de fato o havia enviado, mas tudo o que conseguiu foi emitir um balbucio ininteligível.

Alexandre curvou-se, agarrou-o pelos pulsos e o puxou para cima. Ribas aproveitou para dar-lhe uma cotovelada que o atingiu no esterno, um pouco abaixo da garganta. Esse foi o golpe mais perigoso que ele recebeu até então, e teve sorte de Ribas ser mais baixo, ou teria sido atingido na traqueia ou no pomo de adão, e as coisas se complicariam.

Mas Ribas estava em pé novamente, e soltando golpes. Alexandre esquivou-se de parte deles e bloqueou a outra, antes de contra-atacar. Como não havia outra saída ele bateu e bateu e bateu, soltando golpes de potência da esquerda para a direita, da direita para a esquerda, deixando as mãos fluírem numa cadência natural. Ribas mal se protegia com os braços agora, enquanto Alexandre se concentrava em manter o fôlego e fechar bem os punhos para não ferir as mãos. Tudo o que sentia era a repercussão dos ganchos e cruzados no seu ombro e pescoço. Ele mesmo podia sentir uma leve dor de cabeça, enquanto as repercussões acumulavam-se. Não podia imaginar como estava o cérebro de Ribas.

Ao final de uma sequência de dois ganchos de esquerda, um no corpo e outro na cabeça, Ribas caiu para trás e terminou de costas sobre os braços de uma poltrona, as mãos levantadas sobre o rosto, como quem pede clemência. Mais uma vez, Alexandre evitou bater no homem caído.

— Quem é 'ocê?. . . — Ribas gemeu.

— E que importa?

— O Visgo te mandou. . . pra me matar? Por que não me dá um tiro, então. . .

— Ele só mandou te aposentar — Alexandre mentiu.

— Eu tenho grana e cocaína, lá dentro. 'Scondido. . . Eu só preciso de um pouco, e vou 'bora. . . deixo a cidade. . . O resto é seu. . .

Alexandre considerou por um segundo. Impossível confiar no sujeito. Tinha que seguir com o plano, por mais que o desgostasse.

— Nada feito. E acabou a conversa. *Levanta*.

Tinha baixado a guarda para descansar e para dar ao outro a ilusão de que poderia atingi-lo. E de fato, Ribas levantou-se de um pulo, ainda rápido, fintou diante dele que se jogaria em sua direção, mas partiu correndo para a outra. Alexandre deu um passo para a frente e atirou um cruzado de esquerda que pegou Ribas em movimento, embaralhou seus passos, e o obrigou a levantar os braços outra vez.

O adversário agora assemelhava-se ao tronco de uma árvore que Alexandre tinha de cortar. Como machadadas, os punhos o atingiam da esquerda e da direita, em cima e embaixo, ritmicamente. Havia sangue agora do nariz quebrado, de lábios estraçalhados, de dentes dobrados nas gengivas. Cada soco gerava um borrifo de sangue que pintava as paredes e os móveis com um *spray* vermelho, quase negro no cômodo pouco iluminado. Se não estivesse vestindo o capuz, o rosto de Alexandre estaria porejado de gotas de sangue. Ele às vezes fazia uma pausa e deixava Ribas atacar, apenas para encontrar uma abertura ou pegá-lo enquanto avançava. Vira muitos lutadores caírem quando o golpe os alcançava enquanto avançavam, como se o encontro dos movimentos contrários multiplicasse a força. Mas Ribas parecia imune, embora o olhar vidrado e os movimentos descoordenados fossem testemunha dos impactos comunicados ao seu cérebro. Continuava em pé. Alexandre retomou a tática das combinações, atirando golpe atrás de golpe.

Ribas caiu. . .

Ficou de costas, braços abertos, e então, como se se lembrasse de alguma coisa inadiável, fez um gesto de quem se levanta com alguma urgência, interrompeu-se no meio do caminho, e tornou a bater a cabeça contra o carpete da sala.

Alexandre respirou fundo e baixou os punhos. Ribas tinha os olhos fechados sob os supercílios inchados. Mal podia reconhecer o seu rosto, por baixo de todo o sangue que o cobria. Não se mexeu mais. Uma bolha de sangue se formou lentamente em seus lábios — estava vivo. Bom. Mas e agora? Chutá-lo nas costelas, enquanto estava ali, nocauteado, ou fazer como fizera com Fernando, o pé de pato, e dobrar o braço às suas costas até quebrá-lo?

Estava cansado e a lembrança dos ossos de Fernando se quebrando em suas mãos se confundiram com o martelar recente do rosto de Ribas, e Alexandre sentiu-se nauseado. Ribas fora um oponente valoroso — raramente tinha visto tamanha resistência aos seus golpes, mesmo no ringue, contra gente treinada e acostumada ao castigo. Nem mesmo naquele seu melhor assalto contra o mexicano, Alexandre vira algo assim.

Deu-lhe as costas. No mesmo instante, porém, teve a insólita impressão de que Ribas se levantaria para mais um *round*. Não, ele estava tão imóvel quanto antes. Talvez ficasse assim para sempre. Seria melhor continuar com o plano e dar o telefonema anônimo para que a polícia viesse buscá-lo e levá-lo ao hospital.

A ideia era deixar a casa dele, caminhar até o telefone público mais próximo e fazer a chamada. Assim teria tempo para deixar a área, antes que a polícia aparecesse — e o quartel da PM não ficava longe... Alexandre, porém, foi atingido por mais uma onda de vergonha pelo que havia feito. Espancar alguém assim... Não havia honra alguma nisso, nenhum traço de esportividade, nada do que fazia o boxe ser a "nobre arte" que ele aprendera a apreciar. Havia quebrado ossos antes, mandíbulas e septos em lutas no bordel do Geraldo, e desde que voltara a Sumaré, um braço, dois... o queixo de Fernando... Por que a surra dada em Ribas o incomodava tanto? Talvez porque Ribas poderia ter implorado mais, lutado menos, se jogado no chão ou fingido um desmaio. Mas não. Ele se mantivera em pé até o seu cérebro, atirado seguidamente contra a parede interna do seu crânio, desistisse.

Então, ao invés de sair e ligar da rua para a polícia, Alexandre foi para dentro, procurar o telefone que Ribas deveria ter. E lá estava, no quarto, depois que ele se arriscou a acender a luz.

Alexandre removeu a .45 da cintura e a segurou pelo cano, apenas para aliviar o peso na base da sua coluna. Foi até o aparelho e discou o 190 da Polícia Militar. Quando uma voz masculina atendeu, ele disse que era vizinho de Ribas, e que havia ouvido um tumulto e gritos dentro da casa. Era melhor mandar uma ambulância. Alguém parecia ter sido ferido. Tinha visto dois homens saindo da casa. Teriam fugido em um carro preto. Não deu o seu nome como o policial solicitou, e recolocou o fone no gancho.

Ao sair do quarto, lembrou-se porém do que Ribas havia dito. *Dinheiro e cocaína*. Voltou então para dentro e puxou gavetas do criado-mudo, olhou embaixo da cama e dentro do armário. Ribas era descuidado ou superconfiante — em toda parte em que olhou, Alexandre encontrou maços de dinheiro, dólares, roupas caras, caixas de cigarro contrabandeado, e papelotes de cocaína. Tanta droga... Explicava alguma coisa? Pegou tudo o que pôde e jogou no corredor. Isso daria algo mais de que pensar, aos policiais, quando eles encontrassem o PM Ribas caído no centro da sua sala.

Enquanto jogava e espalhava com os pés a muamba no corredor, ouviu um som vindo da frente. A polícia?... Ou seria possível quê?...

Caminhou até a sala, imaginando que o indestrutível Ribas estivesse se levantando outra vez, mas lá estava Sérgio, curvado sobre ele, com um revólver na mão.

Sérgio percebeu a sua presença e levantou a arma. Alexandre mal teve tempo de se esquivar. O revólver disparou, soando muito alto no espaço reduzido. Ao lado da cabeça de Alexandre, na entrada do corredor, a parede explodiu em reboco e lascas de tinta.

Instintivamente ele recuou para dentro, e lembrando-se da pistola ainda segura pelo cano em sua mão, inverteu-a rapidamente, atirou-se no chão e apontou-a para a entrada do corredor. Um segundo depois, Sérgio apareceu ali, sua silhueta nitidamente recortada contra a luz que passava pela porta de vidro que ele, tendo-a encontrado aberta, havia cuidadosamente fechado. O traficante disparou no mesmo instante — mas alto.

Alexandre puxou o gatilho, a pistola transmitiu um coice doloroso à sua mão direita inchada, e Sérgio foi projetado para trás. Ele pareceu pairar acima do carpete, por meio segundo, e então caiu como um peso morto. Às suas costas a porta de vidro estilhaçou-se, e Alexandre pensou que Sérgio a havia atingido ao cair. Mas não. Fora o projétil jaquetado de .45 que o havia atravessado e perfurado o vidro.

Levantou-se rapidamente e foi até a porta. Ao passar por Sérgio, deu uma boa olhada nele. Havia um buraco bem no meio do seu esterno, limpo de sangue — ele morreu tão rápido que o coração não teve tempo de bombear quase nada para fora.

Antes de sair, apanhou, do lugar em que Ribas a havia atirado, a sua jaqueta V.O.

Saiu da casa enfim. Chovia mais forte agora. O portão estava aberto — Sérgio provavelmente havia chegado com alguma pressa.

A mesma pressa que as viaturas policiais pareciam exibir, ao subir a Ivo Trevisan.

Alexandre começou a correr, agora segurando as duas pistolas na mão direita entorpecida, seguindo na direção oposta, descendo o quarteirão em boa velocidade. Quando as luzes policiais brilharam na esquina acima, ele dobrava a quadra oposta.

Mas os policiais o viram, ou algum vizinho fora desperto pela briga ou pelo tiroteio e, espiando pela janela, teria visto para que lado ele partira, pois uma das viaturas veio gritando em sua direção.

Rapidamente, ele escolheu uma casa de muro baixo em que se esconder. Saltou o muro e ficou acocorado próximo ao portão. O Opala cinza e branco passou devagar, os dois policiais dentro dele tentando vencer a noite escura com os olhos muito abertos e concentrados, enquanto as luzes policiais girantes emprestavam suas cores a longas faixas de gotas que ainda caíam. A viatura foi em frente e virou a esquina mais adiante, retornando para a Ivo Trevisan. Alexandre esperou mais alguns segundos, para recuperar o fôlego. Agora não soavam mais sirenes. Será que já haviam desistido de procurá-lo, e retornavam à casa de Ribas?

Cautelosamente, saltou o muro e ganhou a calçada. Caminhou a passos largos, olhando para todos os lados. Um cão do outro lado da rua latiu para ele. E logo um segundo. Pelo jeito, a partir desse trecho da quadra havia muitos cachorros, e todos se uniram ao coro. Alexandre tornou a correr, sabendo que os latidos chamariam a atenção da polícia.

Corria o mais rápido que podia, tentando afastar-se dos latidos e do último trecho da rua em que a polícia devia supor que ele estivera. Uma viatura, sem as sirenes ou luzes ligadas, dobrou a esquina mais próxima, a direita, vinda da Ivo Trevisan. Alexandre deu uma guinada para longe, escondeu-se atrás de uma pilha de tijolos em uma casa em construção. A viatura aproximou-se. Em torno de Alexandre a pilha de tijolos e as paredes semi-erguidas foram iluminadas. Os policiais tinham uma lanterna... O facho de luz afastou-se. Alexandre agora apenas ouvia, de arma em punho, o som do motor afastando-se lentamente, e ao longe novas sirenes gemendo.

Não podia esperar ali para sempre.

Curvado, aprofundou-se no terreno da construção. Ao fundo havia um muro alto, mas não foi difícil para ele saltá-lo. Nenhum cachorro no quintal vizinho. Alexandre caminhou devagar por um corredor lateral que levava até um jardim de frente para a rua, do outro lado da quadra. Olhando pelas grades do portão, viu o Opala policial desaparecer na esquina à direita. Saltou o portão, caminhou rápido para a sombra de uma árvore do outro lado da rua. Resolveu correr para baixo, para longe das viaturas que vinham da Ivo Trevisan.

Correu duas quadras, dobrou à direita; correu mais três, quatro, as gotas de chuva empapando a máscara e entrando em sua boca entreaberta, em suas narinas, quando ele puxava o fôlego. Agora aqui só havia à esquerda terrenos baldios. À direita estava a Ivo Trevisan — ele não fora longe, pegando um caminho enviesado que terminava na avenida. O que fazer?

Podia ficar ali, esconder-se, esperar que os policiais se frustrassem e fossem embora.

Mas e se chegassem reforços?

Pensando nisso, ficou ali apenas o tempo necessário para recuperar o fôlego, suando dentro da jaqueta v.o., mesmo sob a chuva. Ainda ouvia sirenes não muito longe, e vozes exaltadas ecoando na noite, não sabia se da polícia ou dos moradores. Jogou a arma tomada de Ribas em uma boca de lobo, removeu a máscara ensanguentada e a enfiou em um dos bolsos da jaqueta, e preparou-se para outra disparada.

Seu destino era a linha férrea lá embaixo. Longe das ruas asfaltadas, que davam às viaturas policiais a vantagem da mobilidade.

Mas assim que disparou avenida abaixo, um Opala dobrou a esquina mais distante, diante dele, e acelerou em sua direção. Provavelmente o carro patrulha estivera em algum lugar entre Sumaré e Nova Odessa, quando fora convocado por rádio para a ocorrência na casa de Ribas. Alexandre meteu o indicador enluvado na guarda do gatilho da .45, pensando que teria de lutar para passar desse ponto, mas a viatura passou por ele em boa velocidade, antes de brecar a toda força, deslizando no asfalto molhado.

Alexandre corria sem olhar para trás.

Ouviu o guinchar de pneus, enquanto o Opala vinha em marcha à ré na sua direção. Correu para o outro lado da rua, para ficar do lado da janela do motorista — que não poderia dirigir e atirar nele ao mesmo tempo.

Só então olhou e viu que tinha uma boa dianteira. A viatura havia praticamente parado, enquanto outros carros policiais desciam a Ivo Trevisan como uma avalanche de metal e luzes — eles também o teriam surpreendido em algum momento da sua corrida.

Apertou o passo. Vinha tão rápido que não conseguiria deter o seu movimento e controlar a sua descida por entre as moitas de colonião até os trilhos. Ao cruzar a Júlia de Vasconcellos e chegar ao outro lado, concluiu que só haveria um caminho possível, e era a ponte de ferro e concreto que se curvava por sobre a funda trincheira em que repousavam os trilhos, e que levava até a velha olaria de Geraldo Tozi. "Melhor assim", ele pensou. Dali se meteria no meio do mato, lá para baixo perto da lagoa. Negociaria o terreno mais firme pelo meio do brejo, enquanto os policiais o perseguiriam a pé. Mesmo com eles em maior número, tinha confiança de que, no meio da noite, conseguiria escapar.

Parou no alto da ponte e olhou em torno. À sua direita ele enxergou o farol intenso e a forma crescente de um trem que se aproximava. Olhando para trás viu que duas viaturas ainda desciam a avenida. Três estavam paradas, duas voltadas para ele, uma única embicada para o alto da Ivo Trevisan. Mas... luzes que não eram as vermelhas e brancas policiais piscavam das laterais dos carros. Alexandre só percebeu que eram os lampejos de disparos dirigidos contra ele ao ouvir os primeiros projéteis passarem zunindo ao lado de sua cabeça.

Deu meia-volta.

Eram tiros de revólver e de espingarda. Ele ouvia os estampidos agora, e em torno dele lascas de concreto pipocaram, faíscas foram arrancadas do alto anteparo da ponte — que zumbiu e cantou com os impactos. Mais pedaços de concreto irromperam de perto de suas pernas, atingindo-as e machucando-as apesar dos *jeans*.

Correu apenas três ou quatro passos, então lembrou-se do trem.

Parou. De soslaio, viu um projétil ricochetear por dentro do anteparo. Pareceu passar zumbindo a dois centímetros do seu queixo. Os carros policiais se aproximavam, um deles já fazia um cavalo de pau, embicando junto à ponte. Alexandre levantou a pistola e disparou um único tiro, alto, mais apontado para a praça do outro lado da avenida, do que para os policiais que descarregavam as suas armas contra ele.

Precisava ganhar algum tempo, e, de fato, a fuzilaria amainou-se por um segundo. Ele viu o PM mais próximo abaixar a cabeça.

Disparou novamente.

Então esperou em pé, a pistola apontada bem acima de sua cabeça, bem visível a todos, mas não olhava para os policiais. Acompanhava com os olhos o aproximar do trem — uma enorme locomotiva à diesel, aparentemente arrastando uma composição de vagões de carga.

Apenas quando o tiroteio recomeçou com toda a intensidade, foi que ele saltou o anteparo e projetou-se da ponte.

Enquanto ainda no ar, Alexandre juntou os braços contra o rosto, como se estivesse se protegendo de uma saraivada de socos. Seus pés, suas pernas e então os cotovelos e antebraços atingiram os galhos de um alto pé de mamona que crescia contra o barranco lá embaixo. Seu corpo foi partindo e separando galhos, e então ele estava de joelhos vergados, preso em uma densa moita de capim colonião.

Seus pés doíam. Apesar de ter protegido o rosto com as mãos enluvadas, os galhos e o capim tinham arranhado e cortado sua face esquerda e o seu queixo. Devagar, a pistola ainda firme na mão direita, fez o primeiro movimento para sair da moita de capim. Ouvia o ribombar e os sons agudos do trem que se aproximava, fazendo vibrar os trilhos. Ouvia ainda as sirenes ligadas, e um ou outro disparo de um PM que ainda não se dera conta de que o seu alvo já não estava mais visível. E então os gritos dos soldados.

— Ele pulou!

— Deve 'tar aqui por perto!

— Lá embaixo!

Portas batendo, passos, gritos cada vez mais próximos, enquanto os policiais subiam a ponte ou se aproximavam da beirada da ferrovia, para localizá-lo.

Quando conseguiu finalmente deixar o mato e chegar ao derrame de pedra de brita sobre o qual se apoiavam os dormentes e trilhos, Alexandre já podia ver as cabeças aparecendo acima das moitas do outro lado. Alguém apontou. Um grito de alerta audível acima do trovejar da locomotiva. Alexandre enristou a .45 e puxou o gatilho. Uma vez. Duas. Os estampidos saíram abafados pelos ruídos do trem, mas as cabeças desapareceram assim mesmo.

Ao seu lado, uma nuvem de barro se desprendeu do barranco. Os homens que haviam subido a ponte no seu encalço agora sabiam exatamente onde ele estava.

Alexandre se acocorou e apontou a pistola para eles. Não pretendia, mas se fosse preciso, atiraria para matar. Nesse instante pensou em Soraia — então em Josué, e hesitou.

Mais um disparo errou a sua posição, atingindo uma pedra meio metro ao seu lado. Uma faísca subiu, e o cheiro de metal queimado confundiu-se com o cheiro dominante de óleo e diesel, enquanto a locomotiva finalmente passava diante dele.

Alexandre respirou fundo e guardou a pistola no cós das calças, atrás. Ficou ali em pé, recenseando as dores que sentia, recuperando o fôlego. O som de novos estampidos enchia o ar. Podia ouvir os projéteis atingindo o alto dos vagões de ferro, agora que o ângulo de tiro a partir da ponte estava fechado. O momento arrastou-se assim por alguns segundos, com disparos ressoando, o trem fazendo estalar o chão e os trilhos diante dele, até que Alexandre se jogasse para a frente e agarrasse com ambas as mãos uma escada lateral que subia de junto das rodas até o alto de um dos vagões. Sentiu-se arrancado do chão.

Suas mãos doíam tanto do espancamento imposto a Ribas, que ele mal pôde firmar-se em duas barras de ferro que formavam os degraus da escada. Logo enganchou seus antebraços ali, e os pés bem firmes em baixo.

O trem havia passado por sob a ponte, e, olhando, Alexandre enxergou no alto dela três ou quatro policiais curvados, ainda apontando e atirando contra a última posição em que ele estivera.

Quando tempo levariam para perceberem que ele já não estava mais lá, que havia pego uma carona?

A linha férrea estendia-se em paralelo à Júlia de Vasconcellos Bufarah, que nesse ponto transformava-se na estrada de acesso de Sumaré a Nova Odessa.

Bem ali, perto do matadouro municipal, onde Alexandre testemunhara pela primeira vez Serra disputar um racha.

Estava agora no alto do vagão, deitado sobre a superfície metálica, molhada mas não obstante estranhamente quente, ao seu toque. Abaixo dele as rodas de aço faziam *badam-badam* contra os trilhos, e à frente a locomotiva ronronava um *vru-vru-vrum* dos seus grandes motores à diesel. Dessa posição Alexandre viu uma primeira viatura descer à toda a velocidade a estrada, suas luzes policiais colorindo o pavimento. Talvez pudessem até vê-lo, deitado sobre o vagão, embora duvidasse... Logo o carro emparelhou com o trem, mas no momento seguinte foi forçado a frear para entrar numa curva. O caminho do trem de carga continuava em linha reta, enquanto a estrada curvava-se para longe. Isso porém não impediria a polícia de acompanhá-lo — e de chamar reforços e preparar uma parada forçada, em Nova Odessa.

Precisava saltar antes.

Assim que perdeu de vista a viatura, Alexandre desceu a escada de ferro, deixou que suas pernas se pendurassem por um instante no ar, tateando cegamente a escuridão tão próxima, e deixou-se cair.

Em algum ponto do caminho ele deixara suas emoções completamente de lado. Agora, enquanto marchava sob a chuva ao longo dos trilhos, elas voltavam.

Recordou o tiro certeiro que matou Sérgio, e sua fuga pelas ruas, a louca carreira até a ponte, ser caçado feito bicho pelos policiais. Mais que tudo, porém, lembrava-se da sua luta com Ribas.

Só que nunca poderia chamar aquilo de uma *luta*.

Suas mãos doíam. Estavam inchadas e os ossos doíam, os músculos ardiam antebraços acima até a parte de dentro dos cotovelos. Quando de sua luta contra o mexicano, oito assaltos contra um sujeito perigoso, um profissional duro na queda e forte de queixo... Nem então suas mãos sofreram tanto. É claro, agora as bandagens estavam frouxas demais, e as luvas de couro não eram luvas de boxe... Era terrivelmente nauseante a sensação de espancar alguém indefeso. A sensação de ter dentes e septo e mandíbula cedendo sob as suas mãos, a carne sobre os ossos inchando a cada novo golpe...

Parou junto a um riacho de águas barrentas correndo a uns trinta metros dos trilhos. Ali enfiou a máscara e a camiseta ensanguentadas entre as taboas que cresciam junto à margem, e, puxando a ponta das luvas com os dentes, mergulhou as mãos na água, na lama do fundo. Com o breve alívio, desenrolou as bandagens e também as enfiou fundo na lama.

Lágrimas de dor e vergonha misturavam-se à água da chuva que descia por seu rosto, quando ele se levantou e voltou a caminhar, margeando a linha férrea.

Estava mais perto de Sumaré agora, e não queria ser visto ali, por alguém que olhasse da estrada.

Por mais de uma hora Alexandre caminhou. A chuva não tinha clemência, e ele há muito puxara a gola da jaqueta para cima. Seu peito nu sob a jaqueta tremia. A leste agora ele podia ver um brilho rompendo as nuvens escuras. Faltava pouco para amanhecer. Um trem passou, mas sem confiar na força de seus dedos, Alexandre declinou a carona que o lento passar dos vagões carregados oferecia.

Em Sumaré agora, deixou os trilhos pouco antes do trecho em que a ferrovia passava diante da estação rodoviária. Subiu em silêncio as ruas, encharcado dos pés à cabeça. Era a manhã do domingo, não havia ninguém nas ruas sob a chuva. Ele chegou à casa dos Batista, entrou devagar, deixando que os poucos ruídos que fazia fossem afogados pelos martelar das gotas. Soraia não estaria esperando por ele, quis pela primeira vez.

Mas lá estava ela, deitada de lado na cama do quartinho dos fundos, vestida de pijamas e com meias nos pés. Duas toalhas de corpo esperavam ao lado dela. Do vértice dos seus joelhos nus, discretamente dobrados, apareceu a cabeça do gato. Suas orelhas se moveram um pouco, quando Alexandre entrou. Quando ele se curvou para apanhar as toalhas, Soraia abriu os olhos.

— Xande...

Ela notou que ele mal conseguia segurar as toalhas — uma ele já deixara cair no chão — e esfregá-las no corpo. Levantou-se para ajudá-lo. A luz que vinha da lâmpada do quintal deve ter-lhe revelado o inchaço em suas mãos. Ela as segurou e um som de espanto escapou de sua boca. Alexandre fez uma careta, ao ser tocado.

— 'Cê pode pegar uma bacia com água e sal pra mim, Soraia?

Depois que ela saiu, muda, ele se sentou mesmo molhado na cama, e encostou a cabeça nos joelhos.

Vanessa Mendel procurou, encontrou, alimentou e deitou-se com Josué Machado, em uma noite de sábado em que ele estava de folga do serviço policial. Era a sua despedida, e ela queria que tudo corresse bem e que ele, dentre todas as noites que havia passado com ela, tivesse esta como absolutamente especial. Por isso pagou o jantar no melhor restaurante de Campinas — despertando olhares estranhados de sua empolada clientela, que torcia o nariz à presença de um jovem negro acompanhando uma mulher branca em um lugar tão chique.

Até o tempo ajudou — a chuva da semana anterior fora embora, e os dois puderam transitar pelo centro da cidade no Cobra, e rir de contentamento, enquanto voltavam pela rodovia até Sumaré, o vento ainda úmido batendo em suas faces. Ela até deixara Josué dirigir, surpreendendo-se com a sua habilidade.

Na cama, Vanessa ofereceu a ele prazeres especiais e ainda inéditos, que ofenderiam a alguém com a sua formação religiosa, em outras circunstâncias. Mas o fato é que ele havia se habituado à ousadia e à liberdade que ela lhe proporcionava, e pôde aproveitar — assim dando a ela o duplo prazer que esperava.

Faltava pouco para fechar a quota, garantir a realização total da tarefa. Ela então levantaria acampamento, desapareceria da vida de Josué e de todos os que a conheceram na cidade, para ressurgir como outra pessoa em futuro próximo, cercada de um quase absoluto poder. Se agora já conseguia induzir sua vontade às autoridades locais, o que dizer depois, quando tivesse toda a força do Aliado ao seu lado?

Para Josué, disse apenas que seus negócios na região não deram o resultado esperado. As dificuldades eram muitas, na atual crise econômica, e participações em outros negócios, localizados em regiões distantes da América do Sul, solicitavam o seu empenho. Prometera escrever. Intimamente, na verdade, esperaria o resultado do experimento. Será que o Aliado lhe traria um prazer superior ao que experimentara com o rapaz? Suas esperanças nesse sentido, porém, eram tênues. A melhor possibilidade seria retornar um dia, para buscá-lo. Teria tanto poder então, que ele não se recusaria a acompanhá-la. Ela o teria ao seu lado, acreditava secretamente. Porque bem no fundo achava que não poderia viver sem ele — não como gostaria, depois de conhecer a estranha sintonia que os ligava.

Havia ainda uma segunda razão para tê-lo procurado esta última vez, neste momento. Os jornais da cidade e das cidades vizinhas haviam dado destaque tanto ao desaparecimento do Capitão Santana, quanto ao espancamento implacável do parceiro de Josué, Lúcio Ribas. Na sala de sua casa foram encontrados o corpo de um conhecido traficante pé-de-chinelo da região, e somas em dinheiro e quantidades de entorpecentes.

— O Ribas 'tá na UTI do Hospital do Servidor em Campinas — Josué disse. — Em coma. Ninguém sabe bem o que aconteceu, além de que ele foi espancado... — hesitou — brutalmente, e que um suspeito conseguiu se evadir do local do crime.

— Não havia um terceiro, encontrado morto?...

— Exato. Um traficante de drogas chamado Sérgio da Silva. Associado a um certo "Leandro Visgo", que controla uma parte do tráfico em Sumaré, Hortolândia, Rosolém... No momento tanto a Polícia Civil quanto a PM estão concentrando esforços pra capturar esse sujeito. A conclusão é de que'o Ribas teria alguma ligação com Leandro Visgo, e que ele d'algum jeito caiu em desgraça junto ao bandido. Um embaraço pr'a corporação, mas 'tá todo mundo empenhado em chegar ao fundo desse negócio. — Ele torceu o nariz largo. — Mesmo com Ribas sendo um policial corrupto, ninguém na companhia aceita que um colega seja brutalizado desse jeito. Ou quase ninguém.

Ela não perguntou se ele seria uma das exceções. Recebia dele sentimentos conflitantes — raiva de Ribas, vergonha de si mesmo. Mas podia sentir que não fora ele o autor do espancamento. Ele provavelmente se culpava por não gostar do seu companheiro, a ponto de sentir alguma satisfação com o seu infortúnio. Ao invés de tentar sondá-lo mais profundamente, Vanessa perguntou do Capitão Santana, que ela há poucos dias deixara entregue aos seus carrascos.

— Li no jornal que um oficial está desaparecido. . .

— Ninguém sabe, ninguém viu — ele respondeu. — A mulher dele 'tá apavorada. Sem o capitão, fica difícil coordenar os esforços pra achar o Leandro Visgo, mas o comando em São Paulo já 'tá pensando em alguma coisa, um substituto ou enviar de São Paulo alguém pra comandar uma força tarefa. . .

Bom. Havia confusão total entre os policiais. O caso com Ribas viera a calhar. De qualquer forma, ninguém parecia estar prestando muita atenção nos homens do Maverick, e era isso o que importava. Eles poderiam voltar ao trabalho e em breve teriam completado o serviço. Ruas, aquele verme, ia gostar da notícia.

— 'Stá triste porque eu vou embora? — perguntou.

Ele assentiu. Estavam os dois deitados na cama, pernas e braços entrelaçados. A bochecha dele roçava na dela, quando ele movia a cabeça assim.

— Vou sentir sua falta — Vanessa admitiu. Talvez não devesse, mas não pôde evitar. — Foi muito bom pra mim, te conhecer. Vou te guardar na lembrança pra sempre.

Josué tornou a assentir.

— Você foi a me. . . — ele começou. Mas não completou a frase. — Eu só posso dizer que'o mesmo acontece comigo, em relação a você.

Vanessa decidiu ignorar a clara hesitação que sentia nele. Josué, assim como ela, não queria reconhecer o impacto que o parceiro tivera em sua vida, durante esses poucos — tão poucos! — meses. Mas por um instante teve raiva do controle que ele demonstrava, e que faltara a ela. Olhou para o relógio digital de mesa, sobre o criado-mudo.

— São só onze horas. Você tem hora pra chegar em casa? — perguntou. — Eu ainda tenho alguns truques pra te mostrar.

Ele deu de ombros, e cerrou os lábios. Vanessa o conhecia bem o bastante para ler nisso um sinal de sua contrariedade. Justificava junto à família as suas escapadas para a cama dela como trabalho policial extra, e não gostava de mentir. Vanessa porém não sentiu nenhuma simpatia em especial por ele, em razão disso. Era apenas mais uma lição que ele aprendia, dentro das muitas dimensões ilícitas que faziam o seu eclipsante relacionamento — sexo ilícito (em mais de um sentido) e contatos ilícitos, embora imperfeitos, com a alma um do outro.

Vanessa sorriu para si mesma, determinada a tirar o melhor desse momento de despedida, um momento que antecedia a coroação de todos os seus esforços. Todos os seus marionetes ela já havia descartado. Alguns foram, como Santana ou Barreto, alimentar a sua demanda por carne; outros ela simplesmente vira uma última vez, para apagar de suas memórias todo e qualquer contato que tiveram com ela. Vanessa Mendel seria para eles uma fantasia erótica sem qualquer contato com a realidade, oculta por uma neblina de horas perdidas e gastos inexplicáveis. O único que seria poupado da amnésia seria Josué, o seu amante.

Em parte porque temia empregar qualquer magia real contra o rapaz — poderia haver uma reflexão, e ela seria tão atingida quanto ele, tamanho era o laço de simpatia entre os dois. Por outro lado, queria que Josué guardasse lembrança dela.

E enquanto ela abria-se agora para aceitá-lo fundo em seu reto, fundo em sua garganta, e experimentar dele as gêmeas sensações, ela imaginava que na verdade o poder que estava prestes a obter a levaria a um outro estágio de existência, longe até mesmo da experiência inédita desfrutada de Josué. Deixaria tudo para trás, tornaria tudo menor, faria empalidecer até mesmo esta falsa desintegração de suas entranhas, sublimadas em um orgasmo partilhado. Do contrário, de que serviria tanto poder? Ela tinha de alcançar uma dimensão além da humana, totalmente distante da condição de mulheres e homens. Só então Vanessa Mendel estaria acima de qualquer laço, de depender de quem quer que fosse. Estaria livre para exercer seu arbítrio, e se tornar intocável.

Invencível.

— Como é que você vai trabalhar assim? — Soraia perguntou.

Era a tarde do domingo, e Alexandre se preparava para mais uma noite de trabalho no clube. Suas mãos ainda estavam inchadas. Tão inchadas que ele preferira jantar no quartinho dos fundos, ao invés de partilhar a mesa com ela e a Mãe. Fizera já dois banhos de salmoura neste dia, tomara comprimidos de Beserol e passara pomada de arnica no dorso das mãos. Pouco ou nada havia adiantado. Nunca pensara que os punhos de alguém pudessem ficar assim. Nos filmes uma briga de socos parecia sempre uma coisa tão casual... Nas mãos inchadas mal se viam os nós dos dedos — que eram escuros e ásperos como couro, em Alexandre. Soraia, devagar, havia tentado soltar os músculos enrijecidos em seus antebraços, que pareciam duros como cordas. Fora uma experiência esquisita, como se partilhasse com ele a sua dor. Soraia, olhando-o preocupada, os dois sentados na cama, insistira para que ele procurasse o pronto-socorro.

— Não dá, amor — ele havia dito. — Com'é qu'eu vou explicar um machucado desses, sem os médicos pensarem numa briga?

— Mas você pode ter quebrado alguma coisa...

— Naaa. — Ele martelou os joelhos com os dois punhos. — Se 'tivessem quebradas não dava pra fazer isso.

— Para que 'cê vai inchar ainda mais!

Agora ele tinha os punhos enfiados nos bolsos da jaqueta *jeans* que fora presente do Serra. Sua mochila parecia pesada em seu ombro. Ele geralmente não saía com ela.

— E se tiver que usar as mãos?

— Numa briga? — Alexandre deu de ombros e sorriu amarelo. — Apelo pr'os cotovelos ou pra pontapé. Ou grito: "Serra, socorro!" Não se preocupe.

— Não, nem um pouco...

E então ele se foi.

Soraia foi se arrumar para a missa. A Mãe ia com ela, toda trêmula. Na verdade, desde que a surpreendera na cama com as meias e as pernas ensanguentadas. Soraia teve um arrepio de horror, só de lembrar. A Mãe achava que tinham feito um "trabalho" contra ela, e a sua solução eram as missas e novenas, promessa feita para o Santuário de Nossa Senhora Aparecida... Seria tudo mais fácil se pudesse apenas contar a ela o que estava acontecendo. Mas como? "Papai morreu, mas tem vindo me visitar há algum tempo. Mãe, lamento dizer, mas ele não foi para o céu, como você já suspeitava..."

Gabriel esperava por ela, lá, na igreja. E depois a seguiu por todo o caminho até em casa. Soraia ia acompanhando-o com o canto dos olhos, mas logo percebeu que estava deixando a Mãe nervosa, e passou a olhar só para a frente. Apenas ao entrar em casa, segurando o portão ainda aberto, é que fixou o fantasma diretamente.

Ele não entrou com elas. Com um sorriso evanescente, desapareceu de todo.

Essas pequenas aparições vinham acontecendo há alguns dias. Gabriel não dizia nada, não respondia às perguntas da filha, nem a levava com ele de volta ao seu mundo sombrio. Soraia não sabia o que pensar. Suspeitava, porém, que as suas visitas não se relacionavam à tarefa que lhe fora entregue pelo seu guia invisível — mostrar a Soraia o que acontecia nos bastidores da sua existência e da de Alexandre, para que ele e os seus amigos pudessem agir da melhor maneira. Derrotar o monstro e a bruxa, libertar as almas presas na Ciranda. Ao menos era como Soraia viera a acreditar. Tudo era tão misterioso... Nem Gabriel nem o *guia* pareciam capazes de lhe dizer claramente o que se passava, de onde viera o monstro, quem era a mulher que o auxiliava, onde Soraia, Alexandre e os dois rapazes se encaixavam em tudo. Intimamente, ela suspeitava que não seria capaz de compreender. O estranho purgatório de Gabriel pouco tinha a ver com o proposto pela Igreja, e o monstro em nada parecia com as representações comuns do demônio. E essa conexão entre eventos do mundo dos vivos com o dos mortos...

Se o conhecimento religioso pouco podia iluminar do que ela experimentava, o racionalismo da sociedade laica menos ainda. Seria considerada insana e internada em um sanatório...

Às vezes imaginava que a loucura não seria a pior das opções. Melhor do que saber que o destino de Alexandre seria enfrentar uma criatura que era... Não sabia como defini-la. A expressão "o mal absoluto" era tímida demais.

A ponto de soar como um eufemismo.

No entardecer do domingo, Josué Machado vestiu o seu melhor terno e calçou seu melhor par de sapatos; acompanhado da família, foi ao culto, durante o qual prestou pouca atenção aos testemunhos. Tudo o que fazia era orar ardentemente para ser perdoado.

Talvez nem devesse estar ali. Não tinha mais merecimento.

Mas não pediu perdão por seu contato com Vanessa. Esse era — havia sido — um lado de sua vida que o Senhor desaprovaria, mas intimamente ele aceitava que ficava entre ela e ele, e que aceitaria o julgamento que viesse. O verdadeiro pecado estava em um hospital em Campinas, em coma, de nariz quebrado, mandíbula partida, ossos da face afundados, uma costela trincada...

— Não parece haver danos extensos no cérebro — o médico havia dito, quando ele fora secretamente visitar Ribas. — Demos altas doses de cortisona pra reduzir o edema, agora vamos deixar o estado de coma fazer o que puder ser feito por ele. Se Deus quiser, ele vai despertar sozinho.

Se Deus quiser...

O outro foco de suas orações era Vitalino. Vitalino, cujo corpo não fora encontrado, mas que com certeza estava morto.

Era curioso... Seus pecados tinham um bom cristão — a quem falhara em proteger — em uma extremidade; e na outra mais um colega, um policial corrupto e assassino.

Perguntava-se por que eram desafios como estes que o Senhor colocava diante dele. Estar tão perto, mas ser incapaz de intervir. Ter um obstáculo tão formidável quanto Ribas, inescrupuloso e brutal, apoiado pela corporação, e ser incapaz de removê-lo sozinho, ou sem violência.

Por outro lado, ter como verdadeiro aliado alguém como Alexandre, capaz de fazer o que havia feito a Ribas... E de escapar de uma dúzia dos companheiros de corporação de Josué, vindos da 3ª Companhia de Sumaré e de outras do 19º Batalhão em Americana, disparando contra ele com todas as armas. Mais um sinal de que estava destinado a sobreviver, para cumprir a tarefa que imaginava para ele?

Refletiu sobre a sua própria tarefa que tinha pela frente. Precisava ser implacável, para chegar até os criminosos que haviam assassinado Vitalino? Implacável como Abraão, ou como Moisés o fora ao cruzar o deserto? Sobre os pistoleiros, ele pensou, recordando as escrituras: "O ladrão vem somente para roubar, matar e destruir..." E de Ribas: "O mercenário, a quem não pertencem as ovelhas, vê vir o lobo, abandona as ovelhas e foge..."

Mas por que cabia a Alexandre as ações mais brutais, as mais custosas? No fundo, sentia que ele era um bom homem. Por que carregar um fardo tão grande? Silenciosamente orou para que pudesse dividir com ele o seu fardo. No mesmo instante, porém, um pensamento escapou-lhe: "Pai, se queres, passa a mim este cálice."

E então, corrigiu-se: "Contudo, não se faça a minha vontade, e sim a Vossa."

Soraia apanhou o seu dicionário de inglês e a pasta com os trabalhos para corrigir. Sentou-se diante da televisão, colocou os papéis sobre a mesinha ao lado. Apesar de tudo, ela ainda dava aulas. E apesar de tudo, pôde notar algum avanço da parte dos meninos e meninas da sua classe, enquanto ia corrigindo as questões e a pequena redação que havia pedido que fizessem durante a aula. Eles até que pareciam estar pegando o emprego dos principais verbos auxiliares.

A programação da TV no domingo à noite era uma droga, e os trabalhos fáceis de corrigir. Verbos modais... No próximo mês teria de começar a ensinar verbos modais. Ia precisar de uma estratégia para isso, porque eram difíceis de aprender... O pensamento de Soraia fugiu para Alexandre. A esta hora o baile já teria começado no SODES. O que ele estaria fazendo? O que o João pensaria, ao ver suas mãos?

A sua narrativa de como fora a sua luta contra o policial militar havia afetado Soraia, num primeiro momento. Alexandre, para variar, desta vez não havia escondido nada. Mas logo em seguida ela se sentiu estranhamente insensível. Tinha se colocado cara a cara com um monstro inominável — será que isso a tornara imune à violência trivial do mundo dos homens? O que era o espancamento frio de um canalha bruto, um assassino de aluguel, um covarde que se escondia atrás do uniforme de um servidor público, comparado ao que ela tinha visto, ao que aquela *coisa* vinha fazendo? Ainda assim, havia em Xande uma expressão de vergonha como ela nunca testemunhara antes. O espancamento de Ribas o havia atingido de uma maneira mais profunda do que as suas brincadeiras bobas davam a entender. Havia uma dor profunda ardendo dentro dele, muito maior do que a de suas mãos.

Meio como a própria Soraia fora atingida, ao encarar o monstro.

Talvez fosse mesmo o suficiente para torná-la mais do que insensível. Como na maneira com que vinha tratando sua Mãe... As angústias de Dona Teresinha, sua renovada dependência de calmantes, pouco a comoviam nestes dias. Até mesmo o destino final de Gabriel tornara-se uma preocupação apagada. Nem lembrava-se mais que um dia tinha jurado que nunca mais o perdoaria. Quem era ela para perdoar ou culpar? Que poder tinha, realmente? Talvez a visão do monstro tenha maculado a sua alma, enfraquecido a sua fé na vida, na Criação de Deus, na capacidade do ser humano de enfrentar os desafios do mundo... Soraia agora vivia à espera do dia seguinte, cumpria as suas tarefas sem entusiasmo, e importava-se apenas com Alexandre. Alexandre, que tinha as mãos inchadas de culpa.

Perguntava-se se não fazia parte de uma trama de forças sobre-humanas, para sacrificá-lo no altar do monstro. Porque, no seu íntimo, não podia acreditar que Xande fosse capaz de fazer frente à criatura. Ninguém seria.

Lembrou-se de uma das histórias de pugilista que ele lhe havia contado, de quando fora recrutado pela equipe de treino de um lutador argentino, que precisava se preparar para uma luta no México. O lutador mexicano tinha um estilo de luta semelhante ao de Alexandre, e por isso é que pensaram nele para ajudar nos treinos como "*sparring*" — uma palavra em inglês, era o termo que ele havia usado ao contar a história. Quando o argentino se machucou durante um treino, os empregadores de Alexandre pensaram em colocá-lo para lutar no lugar do outro. Ninguém no México conhecia a aparência do argentino — tinham-no contratado com base no seu cartel. Seria para Alexandre como aportar em um outro país e subir em um ringue de boxe profissional, sem conhecer o seu muito mais experiente adversário. E contando com a hostilidade do seu próprio *corner*.

Era isso, não era? O ringue estava preparado, o adversário pronto — e Xande não fazia a menor ideia do que pediam a ele para enfrentar.

E ela seria a última pessoa a lhe contar.

Soraia cobriu o rosto com as mãos.

Talvez acontecesse alguma coisa. Serra e Josué poderiam ser um fator inesperado. Talvez Alexandre não precisasse ficar sozinho com o monstro, se eles... se eles atirassem nele ou pusessem fogo no lugar ou... alguma outra coisa.

Lembrou-se então de algo mais, a respeito de Alexandre.

Ele nunca contou a ela o final daquela história...

CAPÍTULO 17

De tantas pessoas
Conheço umas poucas
E sim eu diria que amo este homem
E aquele homem
Mas o que me impede de amar você?
    Kowalczyk, Taylor
    Dahlheiner & Gracey (Live)
    "Brothers Unaware"

De lábios comprimidos, Alexandre observava os lotes cobertos de mato e as casas em construção passarem pela janela do Charger R/T de Serra. O rio não ficava longe, e desfilava pela janela como uma grande depressão barbuda de altas moitas de colonião e erva-cidreira, e de onde escapava de vez em quanto o reflexo da lua em suas águas. As poucas luzes que havia por ali pareciam mais acentuar a escuridão em torno, do que clarear a noite profunda que os cercava. Um lugar de grilos e sapos, baratas e ratos. Antes fora uma parte da fazenda do Franchini, o ex-prefeito de Sumaré que perdera o filho único para os assassinos.

— O Franchini é conhecido pela criação de gado — Serra havia comentado, ao saber para onde estavam indo. — Eu devia até de ter pensado nisso antes... Vai ver ele tem, ou tinha, um matado'ro próp'io.

Era a melhor hipótese que havia surgido até então.

Poderia haver alguma ligação entre Franchini e os pistoleiros? E a morte do filho teria sido mais do que um outro homicídio eventual, e sim uma queima de arquivo? Ou apenas outro fato irônico, uma expressão de que não há realmente eventos isolados, de que estamos todos em contato, e o que afeta a um afeta a todos.

Como a maneira com que Serra reagiu, ao ver suas mãos inchadas, ainda no começo da noite. Um calafrio visível percorrera o corpo do amigo, e seu rosto, iluminado pelas luzes do clube, empalidecera. Era como se o próprio Serra sofresse dores.

— Esquece. É melhor 'cê voltar pra casa... — ele havia balbuciado.

— Não, Serra. Mesmo qu'eu não consiga lutar, 'cê ainda pode usar um o'tro par de olhos.

Mas a única vez que precisou, bastou uma gravata apertada no pescoço de um bêbado. O maior perigo viria de alguém que notasse os seus punhos inchados, e os associasse ao espancamento de Ribas. Depois de terminado o baile, insistira com Serra para que seguissem direto até a antiga propriedade de Franchini. Sem Josué, sem Soraia. Melhor resolver tudo sem envolver mais gente do que o necessário, e enquanto ainda tinha coragem. Afinal, se não podia socar ninguém, ainda podia puxar o gatilho da espingarda.

Ainda podia. Alguma coisa.

E era melhor agir, enquanto possuía também a disposição.

Quando se aproximavam do final dos terrenos, mas antes de saírem do loteamento, Alexandre viu que ao seu término a via asfaltada passava a cercar-se de mato alto e árvores. Antes de saírem, porém, Serra puxou o Charger para uma das ruas transversais, brecou junto ao meio-fio, e apagou os faróis.

— Que foi? — Alexandre perguntou.

Serra havia se livrado do cinto de segurança e olhava para trás, retorcido no banco. Alexandre imitou-o.

— É a picape do Juca — Serra disse.

Alexandre sentiu que a expedição terminava ali.

— Ond'é que 'cê viu ele?

— 'Tava na garagem duma casa que a gente passou no caminho. Só pode ser a F-mil dele, pela cor e pelo tipo das rodas de magnésio... Eu lembro bem, fui com ele comprar elas...

— 'Cê acha qu'ele percebeu a gente?

Sabia que o investigador de polícia não os deixaria ir sem mais nem menos, se os visse nas imediações. E o que ele estaria fazendo no lugar — checando a mesma pista? Mas como teria sabido da localização dos pistoleiros, do matadouro? Bem, há sempre mais de um caminho para se chegar ao mesmo destino, mais de uma solução para um mesmo problema. Por um segundo Alexandre flertou com a ideia esperançosa de que o confronto final ficasse por conta da polícia. Os assassinos seriam presos e julgados, e ele poderia voltar em segurança para junto de Soraia...

— Não — Serra disse. Alexandre, perplexo, imaginou se o amigo lia os seus pensamentos ou se era ele que os expressava em voz alta. Serra, claro, respondia à pergunta que ele fizera antes. Roriz não os tinha percebido. — Mas acho que gorou pra nós do mesmo jeito, Xandão. Não vou querer cruzar com o Juca por aqui. Não sei s'ele 'tá indo pr'o mesmo lado que a gente, mas não quero arriscar. Não com o carro cheio de arma. O cara é amigo, mas leva a sério essa coisa de tira...

— Meia-volta, então — Alexandre concordou. No íntimo, sentia agora que seria bom demais para ser verdade, se Roriz resolvesse o caso. Mas se não era possível evitar, por que não postergar? — A gente sempre pode voltar outro dia.

Serra fez um longo desvio com o carro, seguindo por uma estrada de terra que saía do meio do mato e serpenteava por entre renques de árvores e plantações de cana até sair na estrada que contornava Hortolândia e Sumaré.

Juca Roriz havia parado na casa de Paula, para apanhar algumas coisas que ela e o bebê — Caio — haviam deixado para trás. Remédios, roupinhas, mamadeiras e brinquedos, coisas do gênero, que iam num cesto de plástico em cima do banco do passageiro da F-1000. Devia tê-los colocado atrás, na caçamba, cobertos com a capa preta. Se alguém visse ia pegar mal.

Tinha dado uma escapada, depois de uma diligência noturna em Hortolândia, acompanhando Paes e Santos. Verificaram que o bando do Leandro Visgo estava se movendo para encapar o antigo território do Patolino. Só que não ia ser tão fácil. Não depois da lesão corporal dolosa sofrida pelo seboso Soldado Ribas, que, ao que tudo indicava, estava na lista de pagamento do Visgo. Ninguém sabia bem o que tinha ocorrido na casa de Ribas. Pelo jeito, no mínimo dois elementos entraram com ele (sem sinais de arrombamento), um deles sendo um pé-de-chinelo do bando do Visgo, Sérgio da Silva. Quando Ribas percebeu que as intenções deles não iam propriamente na direção de uma visita social, teria atirado em Silva com uma .45, matando-o. Em seguida, fora desarmado pelo outro elemento, e espancado até a inconsciência. Ribas estava em coma até agora, e pelo jeito não sairia tão cedo. O médico que cuidava dele no Servidor de Campinas disse que nunca tinha visto um serviço tão completo e profissional. Roriz não conseguira evitar um pensamento dirigido a Serra e ao cadeieiro que andava com ele, Alexandre Agnelli. Se bem se lembrava, o Agnelli tinha sido campeão de boxe, não tinha?

Era um sujeito misterioso. Sabia que ele tinha passado um tempo no presídio de Monte Mor, mas não conhecia o motivo da condenação. Como ele estava trabalhando para o Serra, Roriz não havia se preocupado em investigar.

O que mais incomodava a Roriz não era a violência da agressão, ou o fato de a vítima ter sido um policial. Sentia pouco espírito de corpo com relação aos caras da PM, e se Ribas era sujo, queria mais é que fosse mesmo pr'o inferno. Mas se Agnelli estava trabalhando para o Visgo, isso podia envolver o Serra, e aí a coisa ficava preta.

Ainda isso, porém, seria uma dor de cabeça menor para Roriz, do que a pachorra que o quebra-ossos tinha tido, de fugir com a .45 que se supunha ter pertencido a Ribas, e com ela peitar oito ou dez PMs, antes de fugir, agarrado a um trem de carga. Um vagabundo com tanto peito — fosse Agnelli ou outro — ele não podia deixar circulando por aí.

Mas isso ia ter de ficar para depois.

Roriz não estava ali apenas para pegar as coisas de nenê que Paula tinha deixado para trás.

Ela finalmente havia confiado nele o suficiente para abrir o jogo. Contou qual era a onda do Patolino, quais eram as suas ligações com os barões da droga da Colômbia, qual era a rota de entrada da droga e o que o Patolino pagava pelos carregamentos. A informação mais importante que Paula passou a ele, porém, foi a localização da reserva do Patolino.

— Ninguém mais sabe ond'ele 'scondeu o dinhe'ro — ela havia lhe contado. — Um outro q' sabia, morreu co' Patolino naquela noite. O endereço e como chegar lá 'tá escrito com pirógrafo, feito um mapa, numa das tábuas do estrado da minha cama. Pr'o caso de acontecer alguma coisa, a gente ia poder pegar um dinheiro e fugir.

Dinheiro o suficiente para que Paula e ele pudessem viver como quisessem, no lugar que quisessem. Essa era a outra coisa que Paula havia deixado para trás, e que ele pretendia apanhar, nessa noite.

Mas por que ela mesma já não tinha pego o dinheiro, e sumido?

— 'Tá num cofre — ela dissera. — E eu não sei como abrir... Só o Patolino tinha a combinação. Ele não confiava em mim o suficiente pra me contar ou deixa' a combinação junto co'o endereço.

Roriz, porém, tinha uma caixa de ferramentas bastante completa, já esperando na caçamba da F-1000. Furadeira Black & Decker e brocas de todos os tamanhos.

— E porqu'eu 'tava 'sperando a coisa esfriar, depois da morte do Patolino — Paula tinha completado. — Não sabia se 'tavam atrás de mim tam'ém, se alguém mais sabia do dinhe'ro qu'ele tinha escondido.

"Bem, a coisa já esfriou o suficiente", Roriz havia pensado.

Pegaria o dinheiro, daria um tchau bem sonoro a Paes e os outros idiotas da delegacia, e ele, Paula e Caio iriam para algum lugar bem distante. Paraty. Ele sempre tinha desejado viver em Paraty.

Dinheiro sujo de drogas, mas ele o pegaria do mesmo jeito. Nem tanto pela chance de melhorar de vida e deixar de vez a atividade violenta de investigador de polícia. Não, porque gostava dessa vida. Era a sua saúde que, cedo ou tarde, ia pôr um ponto final na sua carreira. Pretendia pegar o dinheiro porque precisava dele para viver com Paula. Um recomeço para os dois — os *três...* —, longe da antiga vida, com garantia de futuro. Começaria até a cuidar do diabetes, fazer dieta, exercícios...

Pegaria o dinheiro porque Paula finalmente havia confiado nele, e isso mudava tudo. Ela podia se apaixonar por ele, sabia agora. Deixar de ser uma escrava das circunstâncias, e realmente escolher a vida ao seu lado.

Saiu com a picape. Começou a colocar a traseira para a direita, mas hesitou. Havia mais uma coisa...

Durante a conversa, Paula havia contado a ele, meio que de passagem, sobre um carro preto que costumava subir e descer a via asfaltada diante de sua casa, sempre com três caras mal-encarados dentro. Roriz insistiu para que ela contasse mais. A princípio ela pensara que fosse alguém do bando do Leandro Visgo, rondando a casa dela. Já então as duas gangues de traficantes de drogas andavam em guerra, por causa do aperto com a falta de grana em circulação. Patolino tinha mandado alguém verificar, dois automóveis com gente dele circularam por ali um tempo, enquanto o resto do pessoal perguntava pela região, a respeito do carro preto. Ninguém conseguiu vincular os três homens ao bando do Visgo. Quando a gente do Patolino tentou segui-los, desapareceram. O carro deles foi encontrado de rodas pra cima, no meio do mato, furado de tiros, sem ninguém dentro, só sangue e vísceras... Não foram os primeiros nem os últimos pertencentes ao bando do Patolino a sumirem, supostamente queimados pela "Gangue do Maverick". O Patolino pôs um preço na cabeça dos caras, mas não pôde se concentrar muito neles, porque tinha outras coisas enchendo a sua cabeça — problemas com credores colombianos, e os avanços de Leandro Visgo.

Então fazia sentido que o próprio Patolino tivesse sido morto pelos caras do Maverick. Ao saberem que estavam na mira do patrão do tráfico, teriam agido primeiro, dando cabo dele.

Fazia sentido.

Exceto por uma coisa.

Paula estivera lá, e não vira três homens, mas *dois*. Dois caras jovens e fortes, que deixaram ela sair. Paula ficou do lado de fora, sem saber o que fazer. Parte das suas roupas ainda estava lá dentro, ela não queria sair andando pelo Rosolém de peito de fora, na chuva... E se preocupava com o que poderia acontecer com o Patolino e os outros.

Então ouviu os tiros. Correu e se atirou sob uma árvore próxima. Estava apavorada. Mais ainda quando os dois saíram, e um deles a viu caída ali. Tinha com ele o fuzil que pertencera a um dos guarda-costas do Patolino. Na sua hesitação, Paula pressentiu que seria morta também. Mas o rapaz não atirou. Os dois entraram no carro em que haviam chegado, e partiram.

— Não tinha um terceiro, esperando no carro? — Roriz lhe havia perguntado.

— Não. Tenho certeza d' que eram só os dois.

— E que tipo de carro?

Paula, porém, não soube dizer o modelo. Disse apenas que era grande — e que não era preto, como o Ford Maverick procurado. Na chuva, na rua escura, apavorada e de olhos lacrimosos diante da ideia de que mal havia escapado da morte, ela não conseguiu ver bem, nem carro nem os atiradores. Nem podia explicar como tinha reunido coragem suficiente para tornar a entrar na loja de material de construção, passar pela cena do massacre, e apanhar e vestir suas roupas, antes de finalmente fugir para dentro da noite.

Roriz pesara o que Paula lhe havia contado, enquanto a consolava em seu colo. havia contrastado o que ela lhe dissera com o que sabia da chacina, com o que os vizinhos haviam informado. O ruído de um motor V8, um garoto havia garantido...

"Serra e Agnelli", Roriz concluíra. Não sabia bem por que, mas era a possibilidade que lhe ocorria. O Dorjão do Serra dava muito na cara, mesmo que Paula não pudesse determinar exatamente o modelo... E Roriz sabia que o SODES ficava bem na área central de Sumaré que andava sendo disputada pelos bandos de Patolino e do Visgo. A verdade é que, conhecendo o cabeça quente que o Serra era, não duvidava que ele quisesse fazer alguma coisa, se o clube tinha entrado no território dos traficantes. Roriz não gostava do modo como ele tinha se apegado ao cadeieiro Agnelli... Os dois eram feito unha e carne, e o ex-presidiário lhe teria dado algumas ideias. Problemas de má companhia...

Não gostava da hipótese. Não ia querer ir atrás do Serra — mais ainda sabendo que teria poupado Paula, uma testemunha que poderia identificar a ele e ao Agnelli —, se é que foram os dois os responsáveis pela chacina.

Mas a curiosidade pegou-o. Por mais que planejasse mudar de vida, *ainda* era um policial, e o seu instinto era investigar.

Já estava ali, não sentia nem um pingo de sono, podia muito bem seguir a rua asfaltada na direção do antigo matadouro clandestino do Franchini. Todo mundo da delegacia sabia da localização do lugar, mesmo na época em que o ex-prefeito processava o seu gado por baixo das barbas da Receita Federal, mandando a carne embora para o Paraguai. Paes e o seu antecessor tinham até pertencido à folha de pagamento de Franchini, para ficarem de bico fechado. O matadouro, com o seu acesso asfaltado (construído nas terras do desgraçado com o dinheiro público), seria o lugar ideal para os atiradores do Maverick. Tanto que Roriz espantou-se de não ter pensado nele antes.

"Só vou poder ir mesmo atrás da grana amanhã, junto com a Paula", raciocinou. "Por que não?..."

Então, ao invés de passar pelo desconforto de interpelar o seu amigo João Serra, Juca Roriz decidiu dar uma olhada no velho matadouro.

Soraia e seu Pai caminhavam, acompanhados do *outro*, ao longo da parede de luz líquida que cruzava o mundo em que o fantasma de Gabriel vivia. Olhando por cima do ombro, ela podia ver que o gólgota com sua bizarra ciranda ficara para trás — isso liberou seu espírito de parte do peso opressivo que sentia —, e que portanto a parede de luz era maior e mais extensa do que havia imaginado. Na verdade, parecia cortar e ampliar as dimensões restritas do lugar, escorrendo como uma sub-reptícia maré até onde a vista alcançava.

— Pare aqui, filha — Gabriel pediu.

Soraia deteve-se, mal equilibrada no terreno plano, mas que sempre se fazia sentir como abaulado e instável.

Gabriel apontou para os pés dos dois. Ele calçando os sapatos com que fora enterrado, ainda lustrosos; ela de meias, mal sentindo o chão. Estavam a um passo da parede de luz. Soraia por isso percebeu que de fato a parede de luz avançava lentamente. Rastejava com o passo de uma lesma, mas estava claro que cobria algum terreno. Uma piscina sem paredes que a contivessem, um mar sem litorais deitado de lado e lentamente se enchendo de água. . . Olhou para cima, quase encostando a nuca no ombro. A parede de luz subia, subia até sumir entre nuvens turbilhonantes que mal se coloriam, com o contato com o paredão semovente.

Tornou a olhar para adiante. Levantou devagar a mão direita. Ninguém disse nada, ela prosseguiu e tocou de leve, com dois dedos, a estranha superfície. Era morna e o contato fazia formigar a pele de Soraia. Se pressionasse com mais força, a superfície afundava um pouco e o calor e o formigamento aumentavam, até ela ser forçada a recuar.

— O que é isto, Pai?

— Existe um outro mundo, do outro lado — ele revelou.

Soraia perguntou-lhe, depois de refletir por algum tempo:

— O mundo dos vivos?

— Não — ele disse. — Um outro.

Se o *lugar* em que estavam era, como parecia, o purgatório, esse outro mundo seria o inferno? Fez a pergunta a Gabriel.

Ele sorriu.

— É mais como o paraíso, Soraia. Só que diferente. Um outro mundo, que está de passagem e nisso entra em contato com o nosso. — Calou-se, para medir melhor o que dizia. — Os *nossos*. Mais com o meu, é verdade. E que isso já vem acontecendo há algum tempo. Quanto mais tempo passar, mais este outro mundo vai estar em contato com o nosso, menos com o meu, mais com o seu, até passar por nós como um amor de criança ou como um visitante noturno e sem nome, e então sumir para sempre. Seus vestígios serão apenas as coisas que lembrarmos de sua passagem, sempre marcadas pela dúvida e pela incredulidade, até que as neguemos completamente como uma fantasia ou um sonho.

Soraia, sem compreender, mirou a parede translúcida. Formas indefinidas oscilavam do outro lado. *Deste* lado era como uma noite eterna, mas do outro fazia um dia ensolarado, entrevisto como que através de um grosso vidro — ou as ruínas de Atlântida vislumbradas sob as ondas. Tornou a olhar para baixo — a luz projetada extinguia-se logo, como se a noite fosse palpável, e sua matéria, qual esponja, absorvesse e integrasse tudo à escuridão.

— O que tem lá?...

Soraia sentiu a mão firme de Gabriel, em seu ombro. Ali e então, os dois tinham a mesma matéria. E nesse instante Soraia sentiu a presença do *guia* igualmente mais concreta, embora ele se mantivesse um pouco afastado dos dois. Gabriel respondeu à sua pergunta, com um breve aceno dirigido ao *outro*.

— Paz, dizem.

— Eu gostaria de conhecer esse lugar, então... — ela murmurou.

— Mas ele não é nem para você, filha, nem para mim. — Uma pausa. — E, é claro, não há apenas paz, do outro lado. Do contrário, aquela *coisa* não teria chegado até aqui.

Gabriel apontava com o polegar por cima do ombro, e Soraia compreendeu que ele falava da forma negativa de vida, ou de não-vida, que obrigava as almas a girar ao seu redor.

— Então ele veio de lá?... — murmurou.

— Há demônios até no paraíso — o Pai disse.

— Mas agora ele 'tá *aqui*.

Gabriel assentiu.

— Ele quer estar nos dois mundos, filha. No meu e no seu, para controlar os dois. E impedi-lo é a nossa única tarefa.

Soraia voltou-se inteiramente para Gabriel.

— O que a gente 'stá fazendo aqui?

O Pai fez outro gesto na direção do *guia*.

— Até *ele* e outros como ele foram pegos desprevenidos — disse. — É ridículo que haja tanto poder à nossa volta, Soraia, e o destino dos nossos dois mundos dependa de uma mocinha como você, e dos seus amigos.

"Você sabe que Alexandre e o amigo dele vão tentar enfrentar o problema sozinho, hoje à noite, não sabe?"

— Eu desconfiava — ela respondeu, lembrando-se de Alexandre saindo com a mochila pesada em seu ombro. *Armas.*

— Eu lamento, filha, mas você precisa estar com eles. É muito importante. Haverá um momento em que você estará sozinha aqui, e precisa de uma conexão com o lugar, para poder realizar o que for preciso.

Ela não quis que ele elaborasse essa revelação de que estaria sozinha em um espaço que a sua mente se recusava a admitir como real, mas capaz de aprisioná-la, de escravizá-la como às almas no carrossel sobre o gólgota. Pensou em Alexandre.

— Eu sei — disse. — Mas o que posso fazer, se ele esconde de mim o que vai fazer?

Então um pensamento súbito alarmou-a.

— A gente 'stá esperando aqui...

— Não por ele — Gabriel apressou-se a dizer.

Uma prática simples de segurança adotada por Ruas e seus homens era sempre deixar a construção com o Maverick de faróis baixos ou apagados. Quanto menos gente percebesse movimento no lugar, melhor. Saíam do matadouro pela segunda vez, nessa noite. Da primeira vez foram até o bairro do Matão, e depois até Nova Veneza. Então, sem encontrarem presa alguma, até Campinas. Regressaram para reabastecer — o bunda-mole do Quintino tinha esquecido de encher o tanque, porque ele sempre bebia mais do que o devido, antes de saírem. Esse era um dos problemas em se rodar rápido com um v8 de 300 cavalos e alta taxa de compressão. Em um carro de 1400 quilos, com três homens adultos dentro.

Antes ele havia ajustado a pressão nos pneus radiais, armados nas rodas Titânio Venus de cinco pontas. Impressionante. Não havia um rasgo na borracha, um arranhão nos aros — mesmo os quatro conjuntos de pneus novos que tinham trazido com eles, logo no começo das operações, estavam ainda encostados numa das paredes do matadouro, intactos. E a lataria permanecia impecável, o motor funcionava como um relógio.

Ruas em seguida mandara Quintino encher o tanque com gasolina de aviação, a partir de um reservatório de combustível que, há meses, fora trazido até ali por uma caminhonete. O avigás era dotado de octanagem superior, conforme pedia a alta taxa de compressão do 302v8 envenenado. Enquanto o embriagado capanga falhava em cumprir essa simples ordem, Ruas checava a garrafa de óxido nitroso, e as válvulas nas mangueiras que levavam o gás até o motor. Esta seria uma das últimas corridas com o Maverick GT. Tudo deveria estar perfeito.

Faltavam apenas cento e quarenta e cinco quilos de carne humana, para completar o serviço. O período de ficar na moita tinha acabado, era o momento da ousadia final, para completar o serviço de uma vez por todas. Mas o azar e a bebedeira de Quintino os atrapalhava.

Eram quase quatro horas da manhã. Tinham tempo para apenas mais uma volta. Se não caçassem ninguém na próxima hora, dariam o fim de semana por perdido. A patroa não ia gostar. Não conseguindo nada, talvez tivessem de caçar durante a semana. Ruas aprendera a detestar disso. Mesmo de madrugada havia movimento, vias de escape com trânsito fazendo-o diminuir a velocidade. Mas já tinham trabalhado nessas condições antes e o fariam novamente, se fosse preciso.

Assim que, descendo a estrada depois de passar por um trecho pesado de mata, Juca Roriz divisou o matadouro abandonado. Sacou a Glock 23 e a colocou ao seu lado sobre o banco do passageiro, perto das coisas do Caio. Ainda faltava uma hora, uma hora e meia para alvorecer, e no escuro o lugar passava uma impressão soturna, uma silhueta misteriosa e inesperada elevando-se contra dois morros baixos e arredondados, assustadora mesmo. Acendeu os faróis altos, para enxergar melhor, e nesse instante o carro preto, vindo rápido da esquerda, como que se materializou diante dele.

Roriz meteu o pé no freio, e a mão direita buscou a pistola semiautomática.

O Ford Maverick rugiu à sua frente, fez um meio cavalo de pau e entrou na pista oposta. Em um segundo estava parado ao seu lado.

Havia três homens no seu interior. Dois deles fumavam, e só por isso Roriz podia ver algo de suas fisionomias. Sem os faróis ligados, as luzes do painel também não se acendiam.

Só podiam ser *eles*.

Roriz refletia intensamente, ciente agora do erro que cometera. Foi tudo rápido demais. Em um momento só havia ele cruzando a noite em sua F-1000, no outro encarava os três pistoleiros. Sozinho, sem apoio...

Do ângulo em que o encaravam, não poderiam perceber a Glock empunhada junto ao seu joelho direito. Pensou no que fazer. A pistola pesava em sua mão, ele a sentiu tremer um pouco. Seu instinto lhe dizia para levantá-la e mandar bala, mas algo o fez hesitar. Havia o problema dos .44 Magnum — e do fuzil de assalto com que mataram aquele PM, há algumas semanas. Era muito poder de fogo. E agora que estava tão próximo do Maverick envenenado, seu motor rosnando mesmo em ponto-morto, abafando o barulho de grilos e sapos, percebia que a sua F-1000 teria poucas chances de escapar. Tudo bem. Já tinha saído de situações mais apertadas. Precisava apenas de um pouco mais de tempo para pensar. Tinha que ganhar tempo...

— 'Tá perdido, amigo? — ouviu o sujeito que se debruçava na janela do passageiro perguntar.

— 'Tô sim — respondeu. — 'Tô procurando uma saída pra Sumaré. Me disseram ali atrás que vindo por aqui, eu saía lá.

"Não vão querer matar alguém tão perto de onde eles ficam", refletiu. "Levantaria suspeitas, especialmente se eu convencer eles de que tem gente sabendo que eu vim por aqui."

— Eu deixei uns amigos no bairro ali atrás — insistiu —, e eles me mandaram vir por aqui, pra chegar rápido em Sumaré. Segundona amanhã, e eu pego cedo no batente...

O sujeito não respondeu. Tinha se voltado para o motorista, que disse alguma coisa. Sua voz soou cavernosa dentro do Maverick, mas Roriz não pegou o que dizia.

— A gente te acompanha — o cara da janela ofereceu. — Senão 'cê vai acabar se perdendo no escuro.

Roriz disse:

— Tudo bem — e curvou o dedo sobre o gatilho.

Sabia bem que não havia saída alguma levando dali para Sumaré. E não dava para dizer aos três pistoleiros "não muito obrigado, não quero dar trabalho".

Levantou a Glock até a altura do rosto e puxou o gatilho. O estampido soou alto, dentro do espaço reduzido da picape. Roriz viu um orifício surgir na canaleta de metal que corria ao longo da janela do carro preto. No mesmo instante o Maverick saltou para a frente, de modo que o segundo projétil de .40 da Glock o atingiu na traseira.

Roriz continuou disparando, movendo a pistola para trás, acompanhando o movimento do carro preto. O terceiro tiro estilhaçou o vidro traseiro da F-1000. No quinto disparo ele já não via mais o Ford negro. Seus ouvidos zumbiam, e, sobreposto ao zumbido, captavam o rugido do motor a se distanciar — e então um barulho de brita sendo esmagada, e o rosnado do V8 agora crescendo.

Foi a vez de Roriz pisar no acelerador, mudando a marcha com a mão armada. Mas então ele já ouvia o matraquear ardido de um fuzil automático. Um buraco de bala, muito regular e contornado por um padrão em teia de aranha, surgiu no para-brisa. A picape não pareceu avançar nada, embora o seu pé estivesse no fundo. A aceleração não era o suficiente... Agora eram sons de aço contra aço — *pánc! pánc! pánc!* — e Roriz sentiu o primeiro impacto contra as suas costas.

— Paula! — gritou, e viu de relance um dos brinquedos de Caio, um boneco de borracha azul, saltar girando no banco do passageiro, atingido por um projétil.

*

Ruas emparelhou pela esquerda com a picape desgovernada. A F-1000 ainda rodava, mas o motorista tinha tirado o pé do acelerador e ela já ia saindo da estrada. Ao seu lado, Quintino terminava de esvaziar o carregador da Ruger Mini-14 na porta do motorista da picape. O Maverick tinha todos os faróis acesos agora. A luz refletida, tanto quanto as chamas dos disparos em fogo automático, mostravam um pontilhado louco de orifícios aparecendo na lateral branca da F-1000. Quando Quintino fez menção de trocar o carregador, Ruas gritou:

— Não perde tempo! Sai e termina ele com o revólver.

Quintino deixou o fuzil encostado no console, abriu a porta e saltou com o Maverick ainda em movimento. Depois de se reequilibrar, puxou o seu Smith & Wesson da cintura. A picape acabava de parar na valeta ao lado da estrada. O pneu traseiro esquerdo, pendurado fora do pavimento de brita e asfalto partido, ainda girava no ar.

— 'Tá mortinho da silva! — Quintino gritou, guardando o .44 Magnum. — Mas... quem era esse filho da puta?

Só então Ruas parou o carro, a frente apontada para a picape, e desligou o motor. Ximenes saiu, seguido por ele.

Quintino abriu a porta da picape, no lado do passageiro, e atirou para longe uma tábua que encontrou bloqueando o seu caminho. Logo ele revirava o cadáver, que tinha o tronco caído no banco do passageiro, sobre um monte de coisas de nenê. Ruas não entendeu. Quem era o sujeito? Como é que um cara que parecia ter acabado de voltar da maternidade tinha uma pistola automática — e por que tinha atirado contra eles, sem aviso?

A resposta estava na carteira ensanguentada que Quintino abria diante dos seus olhos.

— É polícia...

— Agora sujou — Ximenes disse. — Mais um, cacete! Agora é que os cana' vão vir com tudo...

Ruas apontou um indicador para ele, calando-o.

— Você tira essa picape daqui, leva pra dentro do matadouro. — E para Quintino: — 'Cê vem comigo pra investigar o que o cara disse. Talvez tenha alguém no loteamento, 'sperando por ele.

Ao retornar para o carro, a primeira coisa que percebeu foi que não havia nenhuma marca de tiro na lataria. Nem no vidro traseiro, embora ele tivesse certeza de ter visto pelo retrovisor, quando ele foi arrebentado.

Como na outra vez, em uma estrada de terra, quando os caras do Charger branco atiraram neles.

Ruas balançou a cabeça, e entrou no carro.

Ele e Quintino circularam pelo loteamento, mas não reconheceram nada fora do normal. Então o tira viera sozinho. Ainda assim, devia ter avisado alguém na delegacia, que estaria fazendo uma diligência no velho matadouro. Ruas concluiu que o esconderijo já era. Cabia-lhe agora avisar a mulher e exigir o último pagamento — mesmo com o esquema totalmente furado.

Ela não ia gostar. Mas e daí? Mesmo alguém tão esquisito quanto ela tinha que aceitar que às vezes a única alternativa que sobrava era jogar tudo pr'o alto e dar o fora.

— Ali está ele — Gabriel disse, apontando. Sua voz soou meio casual, meio entristecida.

Soraia acompanhou com o olhar o seu braço, e viu o vulto de um homem, parado não muito longe de onde se encontravam. Parecia circundado por uma coroa de luz sanguínea mas fria, sem brilho. Soraia tinha certeza de que ele não estivera ali um minuto antes. Por um segundo o peito imaterial de Soraia ofegou diante da possibilidade de que, apesar do que o Pai lhe havia dito, pudesse ser Alexandre que agora adentrava a dimensão dos mortos, e ela desejou com todas as suas forças que não fosse ele. Qualquer outro, mas não Alexandre. E de fato, quando a luz espectral diminuiu, ela percebeu era um homem mais baixo e troncudo do que ele...

— Vamos — Gabriel tornou a dizer, apanhando-a pela mão. — A gente tem pouco tempo, antes que ele seja atraído para a ciranda.

Alexandre chegou à casa dos Batista. Soraia não havia esperado por ele desta vez, e para variar, sentiu que era melhor assim. Ela podia questioná-lo sobre por onde tinha andado, o que estivera fazendo... Do jeito que era esperta, tendo chance ia descobrir o que ele e Serra tinham em mente. Começava a se despir, quando a ouviu gritando, de dentro da casa.

Sem camisa, correu para lá, a .45 em punho. Entrou tropeçando nos móveis da cozinha, passou por Dona Teresinha de camisola no corredor. Como é que a mãe de Soraia só agora despertava para a gritaria? Soraia continuava a berrar. Alexandre cerrou os dentes e abriu com a mão livre a porta do seu quarto, entrou e acendeu a luz, a pistola pronta na mão direita. Procurava um atacante, mas Soraia estava sozinha.

Ela calou-se assim que o viu. Ficou apenas o eco dos seus gritos — não, era Dona Teresinha quem gritava agora.

— *Larga a minha filha!*

— Não-não, Mãe — Soraia disse. — Eu só tive um pesadelo.

Estava sentada na cama, o pijama todo amarfanhado, e tinha as mãos unidas sobre a lábios. Lágrimas desciam por suas faces. Olhava fixo para Alexandre.

— O João vai ficar muito triste, Xande — disse. — Muito triste...

CAPÍTULO 13

*Eles não pediram nenhuma garantia contra
a pronta rendição de suas vidas, não demandaram
nenhum privilégio social, nenhuma distinção,
nem assentos de poder ou influência, enquanto
caminharam firmes para dentro do vale.*
   Anton Myrer Uma Vez uma Águia

O carro de Serra parou na via de cascalho e terra batida, defronte a um terreno cheio de árvores, com uma fraca lâmpada de 60 watts brilhando amarela bem ao fundo. Soraia nunca estivera por ali — uma rua de chácaras com iluminação precária e antiquada, armada em torcidos postes de madeira, e que se bifurcava a partir da estrada de acesso de Sumaré para a Via Anhanguera. Haviam passado apenas por uma velha charrete, com um velho senhor às rédeas, no caminho.

— A casa do Juca é aquela ali — Serra apontou.

Era o lote seguinte, e Soraia sentiu um momento de alívio, por não ter que entrar no escuro terreno arborizado. Realmente, a casa apontada parecia muito sólida e bem-feita, por trás de sua alta cerca de madeira.

Alexandre, que se sentava ao lado de Serra, livrou-se do cinto de segurança, abriu a porta, saltou do carro e puxou o banco para que ela pudesse sair também. Vestia aquela jaqueta verde, que usava no dia em que haviam se reencontrado, e que tinha andado sumida. Ainda segurando a sua mão, os dois em pé do lado de fora do carro, ela lhe disse, o mais firme que pôde:

— Espera aqui, Xande.

Ele assentiu, uma expressão confusa no rosto. Já tinham conversado sobre isso. Soraia afastou-se dele. As chuvas dos últimos dias tinham enlameado tudo por ali, e seus pés escorregaram uma vez. Quando ela olhou para trás, perguntando-se se ele tinha visto o seu quase-tombo, Alexandre ainda se mantinha em pé, diante do carro.

Estavam em uma área elevada em relação ao centro da cidade, e dali Soraia podia ver boa parte de Sumaré estendendo-se no horizonte à sua esquerda como um rendilhado de luzes coloridas. Fazia um pouco de frio, e ela puxou para cima a gola da jaqueta de náilon, então esfregou as palmas das mãos nas pernas do *jeans*. Quis estar em casa. Não sentia medo, porém, e isso já era uma variação positiva na vida que vinha levando, nas últimas semanas. Era só o embaraço natural da tarefa. Xande havia quase implorado para que o deixasse acompanhá-la até a casa de Juca Roriz, e ela bem que gostaria. Mas sabia que a moça provavelmente não falaria com ela, se chegasse acompanhada de um homem.

De um homem que não fosse Juca Roriz.

Passava pouco das 17h30. Nem Soraia nem os dois rapazes tinham jantado. Bem, sempre podiam comer alguma coisa mais tarde. Bateu palmas.

Por um minuto ninguém atendeu. Sabia que a mulher estava lá dentro, e tornou a bater palmas diante do portão trancado com corrente e cadeado.

O velho na charrete passou por ela sem encará-la. O cavalo bufou. Soraia tornou a bater palmas. Finalmente a luz do jardim da frente da casa acendeu-se. Um vulto apareceu por trás da janela que havia na pequena varanda.

— Paula! — Soraia gritou. — Eu vim da parte do Juca. Preciso falar com você.

Serra bateu no volante com um punho cerrado, atraindo a atenção de Alexandre, que estivera a observar Soraia. Alguém havia acabado de sair da casa para abrir o portão, e depois de um momento, Soraia entrou com ela.

— Que foi?

— Vamo' resolver isso *agora*! — Serra rosnou, traindo pela primeira vez os seus sentimentos com respeito à morte de Juca Roriz. Fazia uma boa ideia do que se passava em sua mente. Roriz, morto enquanto estivera tão próximo do possível esconderijo dos bandidos... Era coincidência demais para se achar que outros fossem os responsáveis. E Serra e Alexandre estiveram momentos antes nas imediações. Poderiam ter agido de algum modo, para salvar o amigo de Serra.

— Só eu e 'ocê sem mais ninguém. Depois a gente passa e pega a Soraia. Ela 'tá segura aqui...

Alexandre riu.

— 'Cê 'tá muito otimista. Quem disse q' vai ter *depois* pra nós? Isso é um negócio de risco, 'cê sabe bem, e qualquer ajuda é pouca.

Serra levantou as sobrancelhas para ele.

— Ué. Ontem mesmo 'cê 'tava a fim de resolver a parada *sem* o Josué e a Soraia.

— Verdade. Mas isso foi *ontem*. — Apontou para a casa do falecido Juca Roriz. — Serra, a Soraia sabe de alguma coisa. Olha só esse negócio. Vir aqui avisar pr'uma amante do Juca d' que'a gente nem 'tava sabendo, de que ele morreu, trazendo notícia da própria boca dele... Dele *depois de morto*!

Serra acompanhou a sua mão espalmada, e por um instante pareceu perdido. Mas, cabeça-dura, insistiu:

— E daí? Isso quer dizer que'a gente precisa pôr ela em risco?

Alexandre fez que não.

— Eu ia ser o último a querer isso — murmurou. — Mas 'cê devia ter visto ela hoje de manhã. As coisas qu'ela falou, do jeito que ela falou... Nem a dona Teresinha escapou sem levar pancada. A Soraia obrigou ela a ir pra casa de uma irmã qu'ela tem em Campinas. E inventou a história mais louca...

Calou-se. Havia detalhes que Serra não precisava saber. Soraia havia dito à mãe que não era mais seguro para a Dona Teresinha ficar ali porque um dos cobradores da dívida construída pelo seu Gabriel nos tempos do restaurante havia invadido a casa de madrugada, e a atacado enquanto ela dormia.

— É por isso que 'cê 'tava sangrando?... — Dona Teresinha havia indagado à filha. — E por isso que 'cê disse que não foi nada, que não 'tava machucada? E eu achei que tinha sido uma macumba, um mau-olhado...

Alexandre gelara, com essas palavras, que para ele transcendiam o seu sentido original.

— Ele só me fez um corte de nada... — Soraia persistira, para logo emendar: — É por isso que você precisa ir pra casa da tia Luísa.

— Mas e você?

— Eu e o Alexandre vamos ver o que a gente pode fazer, de conversar com esse sujeito. Ou com a polícia. Eu vou lá e o Xande vai comigo, pra me proteger.

Dona Teresinha havia lançado um olhar desconfiado para ele, os olhos presos na pistola que só então ele se tocava de esconder às costas.

— Mãe, fui *eu* que pedi pra ele arrumar essa arma — Soraia continuara a mentir. — É pra nossa proteção, não liga...

A mulher começara a chorar e praticamente se atirou nos braços da filha.

— Soraia... Não tem ninguém que proteja a gente neste mundo. Ninguém...

Ela parecera próxima de um colapso nervoso, e talvez só por isso é que tenha aceito a sugestão da filha, e acreditado em sua história. Soraia claramente havia inventando tudo enquanto falava, ela mesma apavorada com alguma coisa que ele não podia enxergar. Mas Soraia tinha *sangue* de verdade nas meias, e então parte da história seria verdadeira... Alexandre, porém, só saberia de tudo depois que ele e Soraia colocaram Dona Teresinha no ônibus para Campinas.

— Não era o *meu* sangue.

E então ela contara detalhes da sua excursão ao matadouro abandonado — e de como despertara aos gritos, coberta de um sangue que não era seu. E terminara com a notícia de que Juca Roriz tinha sido assassinado. Ela estivera com ele, no que havia chamado de "o mundo dos mortos".

Alexandre não tinha como pesar as coisas que ela lhe revelava, mas, naquele instante, não conseguira duvidar.

Fora isso o que o convencera, mais do que os apelos de Soraia em estar com ele quando fizessem o ataque ao matadouro — da absoluta *necessidade* de ela estar presente. Não tinha como protegê-la, e nisso Dona Teresinha estava certa. Não havia neste mundo quem as protegesse... Mesmo em casa, na tranquilidade do seu quarto de dormir, ela sofria e era ameaçada. Então estaria junto dele, e um protegeria o outro na medida de sua capacidade, até que terminasse todo o horror e o absurdo em que tinham se metido, pois entraram os dois pelas pontas opostas de um mesmo túnel negro que os levava ao mesmo lugar.

Falando pausadamente, contou a Serra o que ela lhe havia dito.

Paula estivera preparando o jantar. Na cozinha a mesa estava pronta — com pratos e talheres para *dois*, o que fez Soraia engolir em seco. Sobre a pia, uma gaiola de arame, com um canário amarelo dentro.

Paula era uma jovem bonita, talvez só um ou dois anos mais velha do que Soraia. Seus olhos castanho-claros estavam circundados de olheiras vermelhas, no rosto exageradamente pálido. Vestia uma camiseta de homem, de mangas compridas, alguma coisa emprestada de Roriz. Soraia não fazia ideia de quais eram os sentimentos dela para com ele. Mas dele para com ela... Com certeza Roriz estava apaixonado. Estivera... estava — Soraia não sabia em que tempo conjugar o verbo. Mas não era difícil entender por que, só de olhar para o rosto de Paula e para a sua figura curvilínea, que a roupa mal disfarçava.

— Ond'é que 'tá o Juca? — Paula foi logo perguntando. — Faz quase um dia inteiro qu'ele 'tá fora...

— É uma coisa do trabalho policial — Soraia disse, recitando a história que tinha construído ainda no carro com Xande e Serra. — Ele vai ter que ficar uns dias fora da cidade, o delegado chamou ele pra investigar um caso fora. Foi meio de repente, sabe? Mas deu tempo pra ele ligar pra mim e pr'uns amigos dele, e falar de você. Pediu pra gente arrumar um outro lugar pra você e o nenê ficarem, enquanto isso.

Ela não tem onde ficar, não tem quem cuide dela e do nenê, foi o que Roriz lhe havia dito, em pé diante dela, até que enfim o reconhecesse. Havia um buraco em sua testa, pouco acima do olho esquerdo, e dali escorria uma grossa máscara de sangue que ocultava metade do seu rosto. Sofria dores, e suas palavras saíam entrecortadas por gemidos. *Prometa que vai cuidar deles*, ele havia exigido. *Paula... Paula e o menino podem ficar na minha casa, até eu sair daqui...*

Ele ainda acreditava que poderia voltar para junto dela.

— Você não vai poder voltar tão cedo — Gabriel lhe havia dito.

— Que lugar é este?

— Vai ter que ficar aqui. Só Soraia pode sair.

Roriz então se voltara para ela. Enquanto falava, não parava de se mover na direção da ciranda de almas aprisionadas, embora não parecesse notar o arrastar inexorável que o movia.

— Meus colegas vão notar a minha falta, e aí vão me procurar em casa. Não quero que eles encontrem Paula e o menino lá... — dissera, passando por ela sem dar um passo. Soraia acompanhou-o com os olhos e viu que suas costas eram um único farrapo sangrento. Roriz olhava para ela por cima do ombro. Já estava a oito, dez, doze passos de distância. —*Você.* Se só você pode sair, *você* tira eles de lá e acha um lugar pra eles.

E ali estava ela.

— É mentira — ouviu.

Paula, parada diante dela na cozinha, tinha o cenho franzido e os braços cruzados sobre o peito generoso.

— Mentira — repetiu. — O Juca não ia mais trabalhar pra polícia. 'Tava só indo pegar umas coisas pra mim, e quand'ele voltasse a gente ia embora.

Silêncio.

Soraia desviou os olhos dela, fixou-os no canário.

— Ele canta de noite? — balbuciou.

Silêncio.

Então deu de ombros e pensou em contar a verdade. Ou a parte da verdade que podia contar. Que podia formular em palavras. Juca estava morto.

— Eles atiraram nas costas dele — disse.

Alexandre observou as duas moças deixando a casa de Roriz. Serra girou a chave na ignição, para levar o Charger até a frente da casa, mas Alexandre o dissuadiu.

— De'xa quieto. Ali 'tá muito visível; aqui tem essas árvores que meio que'scondem o carro. 'Cê não vai querer um vizinho contando pra polícia que viu um carrão branco parado na frente da casa do Juca, e depois a namorada dele entrar e ir embora.

— Puta que'o pariu — Serra exclamou, estreitando os olhos. — Tem também um nenê? A Soraia não falou nada de um nenê...

— E... um passarinho — Alexandre disse.

As duas vinham devagar pelo caminho enlameado. Alexandre saiu do carro, puxou o banco, segurou a porta aberta. Entrou primeiro a tal Paula, passando por ele sem encará-lo. Tinha a criança enrolada em um cobertor. O neném dormia. Soraia passou por ele a seguir, segurando a gaiola com o canário dentro, que ela depositou no banco detrás.

— Tem coisa de neném pra pegar — disse. — 'Cê me ajuda, Xande?

Os dois caminharam até a casa. As coisas já estavam esperando do lado de fora do portão. Pacotes de fraldas descartáveis, uma sacola de plástico almofadado, uma banheira de plástico azul. Soraia e ele dividiram a carga e retornaram ao Charger. Serra já havia aberto o porta-malas.

Com todos agora dentro do automóvel, Serra o fez retornar em marcha à ré até o acostamento da estrada de acesso. Além do ruído do motor e de um ou outro resmungo da criança, nenhum outro som se fez ouvir. Serra esperou um caminhão passar, e então dirigiu o Charger para dentro da pista. Iam devagar. Alexandre pensava nos caminhos inesperados que a vida tomava. Quem era essa moça? E a criança? Filho do Juca?... Vez ou outra olhava para ela, por cima do encosto do banco. No escuro ele não podia dizer, mas ela lhe parecia familiar. De onde?

O carro alcançou a parte mais iluminada da estrada, a pista dupla próxima ao hospital, antes de chegar à ponte sobre o Ribeirão Quilombo. Sumaré era uma faixa longa de casas e uns poucos prédios, à frente deles. Começava à esquerda com o vulto quadrado do velho moinho e as suas palmeiras, terminava à direita com a forma cortante do viaduto. Alexandre lançou mais um olhar discreto para trás. De fato, já tinha visto esse rosto bonito antes, mas não conseguia determinar onde ou quando, nem em que circunstância. Nenhum nome surgia, para casar com o rosto. Desistiu e manteve o olhar voltado para a frente.

Então ouviu:

— Não... Não, não, *não*! N-n-nã-nã-não... *Não me mata pelamorde—Deus!*

E a voz assustada de Soraia:

— Calma, calma...

— Não me mata! Quem vai cuidar do meu filho? *Não me mata!* Escuta. Eu sei on'e 'tá o dinhe'ro do Patolino! Não me mata e 'cês fica' co' dinhe'ro!

A criança chorava agora, berrando como um bicho por cima das apelos inúteis de Soraia, e, olhando de olhos arregalados, Alexandre viu primeiro o canário amarelo pulando como pipoca dentro da gaiola de arame. E depois o olhar de pânico da moça que eles foram resgatar, as lágrimas brotando de seus olhos saltados, descendo pelas faces — e assim, nesse contexto de desespero e dor, ele a reconheceu.

Ela, claro, também o tinha reconhecido.

*

Vanessa Mendel estava em pé ao lado de uma picape branca toda perfurada de tiros e suja de sangue. Ruas a havia convocado com urgência para uma conversa, que evitou especificar por telefone. Ao chegar, ela havia se assustado com a ousadia de terem mantido uma coisa tão ostensivamente incriminadora. Mas agora encarava uma carteira suja de sangue, com a identificação da Polícia Civil de Sumaré, que Ruas sustinha aberta diante do seu rosto. "Juliano Roriz", leu. Compreendeu então que não tinham mais tempo a perder. Cedo ou tarde a polícia iria baixar ali, à procura do seu investigador desaparecido.

Ruas queria dar o fora o quanto antes, assim que jogassem a picape no ponto mais fundo e largo do rio, mas ela não podia fazer isso. Não com o seu Aliado ainda à espera do último carregamento. Tinha que improvisar alguma coisa. Imediatamente, olhou para os que estavam mais próximos. Poderia matar Ruas e os seus capangas — os três dariam mais do que o necessário para completar o peso...

Loucura. Precisava deles para se evadir em segurança do lugar, se de fato a polícia sabia da sua localização. Precisava dos três para guardar o refúgio do Aliado. A metamorfose não estava completa. Mesmo que os sessenta e três quilos que faltavam fossem entregues agora, neste exato momento, o Aliado precisaria de tempo para integrá-los. Por sorte, o policial morto já fora absorvido — interessante como, conforme se aproximavam do limite, o processo se tornava mais rápido... Mas ainda assim, levava tempo e ela não ousaria sair dali sem a metamorfose realizada em sua totalidade. Não haveria bruxaria no mundo que fizesse Ruas e os outros obedecê-la, se vissem o Aliado antes do processo terminado. E ela mesma não sabia se poderia controlá-lo, em um estado intermediário.

Teriam de ficar. Defender o baluarte — e completar o peso requerido.

Vanessa refletiu furiosamente. Agora estava claro que havia se desligado dos seus marionetes cedo demais. Qualquer um deles bastaria, mas com suas lembranças apagadas, teria de abordá-los a partir do zero. Sem poder atraí-los, a alternativa seria ordenar a Ruas que saísse para mais uma expedição de caça — mas não o deslocaria dali por nada; precisava dele para guardar o esconderijo. Um beco sem saída. Enquanto isso, o seu tempo se esgotava...

A menos que...

Sim, havia um último trunfo, um homem de quem ela ainda não se desligara, e a quem poderia recorrer. Traria esse homem para cá e Ruas daria cabo dele. O processo estaria terminado, em mais um dia ou dois poderiam sair dali — ela, os três pistoleiros, e o *Aliado*.

Mas teria coragem de fazer isso a Josué Machado?

*

— O problema é que o Josué não 'tá de serviço, e então a gente não pode contar com as armas dele nem co'o carro — Alexandre disse. — Tem que ser amanhã.

Soraia balançou a cabeça, contrariada. Estava junto à pia da cozinha, enchendo a mamadeira do menino com leite em pó. Havia dito há pouco que tinham que "resolver o problema hoje". O problema, claro, era atacar de uma vez por todas o reduto dos assassinos. Sentiu um arrepio nauseante de medo, ao perceber que era dela e dos amigos a escolha de atacar os bandidos e... e o *monstro*. Como é que ela podia defender uma loucura dessas?

A verdade é que não podiam esperar muito mais tempo. A situação estava impossível para ela, com a Mãe em Campinas — ligando para casa a cada hora, e Soraia tendo de continuar com a sua farsa improvisada —, a namorada de Juca Roriz dormindo na cama, sedada até os ossos com os calmantes que Dona Teresinha tomava. "Sem receita médica... porque dos males, o menor" pensou, imaginando que Paula teria tantos sedativos em seu organismo quando acordasse, que não poderia dar o peito ao neném. Sorte que ela complementava com leite em pó...

Havia sido um inferno acalmá-la no carro até ali, e então fazê-la aceitar os remédios e deitar-se. Nunca tinha visto alguém tão apavorada antes. Era como se Paula tivesse visto a morte, sentada no banco da frente do carro. Só conseguira acalmá-la porque a moça parecia ser facilmente conduzida, quando a situação mostrava-se sem saída. Soraia vislumbrou o tipo de encrenca em que ela havia se metido, para desenvolver esse tipo de comportamento.

— 'Tá aqui — disse, estendendo a mamadeira a João Serra.

Serra sentava-se à mesa, com a criança no colo. Sem titubear, ele apanhou a mamadeira cheia de leite morno, e encaixou o bico na boca já entreaberta do bebê, que tinha os olhos muito abertos, indo de um rosto estranho a outro, na pequena cozinha. Era grandinho, mais de oito meses, e muito escuro, para ser filho de Roriz. Do Patolino, então?... Se fosse, Soraia imaginou, Paula provavelmente nunca dera de mamar, não com um... estilo de vida que incluía álcool e drogas pesadas.

— De onde vem essa intimidade toda com as coisas da puericultura? — Xande perguntou a Serra, antecipando-se a Soraia.

— Minha irmã já me pegou de babá várias vezes.

Soraia sorriu. A cena era surpreendentemente enternecedora. Xande e Serra sentados à mesa com a criança, relaxados, Soraia em pé junto à pia, pensando no que serviria aos dois. A única coisa que destoava eram as armas, depositadas casualmente sobre a fórmica da mesa.

MISTÉRIO DE DEUS

— Agora é a vez de vocês — disse, começando a tirar os pratos da geladeira.

Logo estavam os três comendo em silêncio, Serra com apenas uma das mãos, segurando com a outra o neném sentado em seu colo. Alexandre disse, dirigindo-se ao amigo:

— Hoje à tarde eu dei uma escapulida, e deixei um bilhete na casa do Josué. Avisando d' que a gente achou o esconderijo, e qu'é pra ele ficar de sobreaviso.

— Então fica pra amanhã — Serra concordou, falando de boca cheia.

Soraia baixou a cabeça sobre o prato, cobriu o rosto com as mãos. Suspirou. Tinha notado o desconforto entre os dois — Xande e Serra. Isso, mais que as suas palavras, fez soprar para longe qualquer sugestão de casualidade na cena doméstica que viviam ali. "Jesus Santo!" exclamou mentalmente. "Como a vida prega peças na gente." Pensava em Paula, dormindo na cama de sua mãe. A única pessoa poupada por Alexandre, na noite em que ele matou o traficante Patolino e os seus guarda-costas. E agora estavam ali, cuidando dela e do seu filho.

Lembrou-se dos gritos dela, dentro do carro. Implorando que não a matassem, porque ela sabia onde estava o dinheiro do Patolino... Seus gritos agudos se confundiram na mente de Soraia com os que ouvira em outra ocasião: *Não atira! Eu tenho o dinheiro... O dinheiro...*

Agora era Paula quem, derradeiramente, detinha a fortuna do traficante — se pudesse chegar a ela. Disse que conhecia o endereço, só não sabia bem o caminho... Patolino com certeza não teria mais uso para o seu dinheiro sujo de drogas. E Juca Roriz ganhara Paula, as sobras da morte do traficante, mas não pudera ficar com ela...

Soraia endireitou a cabeça, jogou os cabelos para trás com os dedos. Tinham crescido um pouco, desde o seu reencontro com Alexandre. Ele agora estendia a mão direita para ela, que a segurou. O inchaço nos nós dos seus dedos diminuíra.

— Eu queria que a gente 'stivesse aqui em outra situação — murmurou.

— Não vai faltar oportunidade — Serra disse —, depois que'a gente resolver o problema.

Soraia encarou-o, e então a Alexandre. "Depois que a gente resolver o problema." Supôs que era assim que os dois enxergavam as coisas. Em termos de *resolução de problemas*. Serra tinha, com a ajuda de Xande, resolvido o seu problema com os criminosos que tentavam meter os dedos sujos no seu clube. Tinham até atendido ao último e póstumo desejo de Juca Roriz... Mas e Xande?... Xande a tinha conquistado de uma vez por todas, não tinha? Pertencia a ele, tanto quanto ele a ela, e no entanto os dois não tinham nada, nem mesmo um futuro. Porque havia um último "problema" a resolver.

— Mas como vai ser, *depois*? — perguntou, em voz baixa. — Depois de tudo isto, como é que a gente vai estar?

— Como assim?...

— *Nós não vamos ser os mesmos mais* — disse. — Não depois de passar por tudo isto, e pelo que espera pela gente amanhã.

Era isso, não era, o que fazia as lágrimas virem aos seus olhos agora, finalmente. Por mais estranha e imprevista que fosse esta refeição em uma cozinha de refugiados, era a última chance de eles três viverem um momento de normalidade, sabendo que se amavam uns aos outros e que a vida poderia ser assim, casual, familiar, não-violenta.

Então Xande dirigiu um olhar para ela e para Serra, e de novo para ela, antes de dizer:

— A gente sempre pode retornar um ao outro, e encontrar no outro aquilo que'a gente foi antes.

Josué pediu à sua mãe que dissesse à mulher no telefone que não poderia atendê-la. Tinha certeza de que era Vanessa, mas não queria falar com ela. A Mãe o olhou de um jeito desconfiado, mas não disse nada.

Num certo sentido, a despedida do dia anterior havia encerrado o capítulo da presença subversiva de Vanessa Mendel em sua vida. Ele agora tinha outros assuntos em que se concentrar. Sentado na cama, sustinha a Bíblia aberta nas mãos. Isaías entrou, saudou-o com um "oi, mano, Deus te abençoe", e perguntou:

— 'Cê 'tá de serviço amanhã, né?

— 'Tou sim.

— Tudo em paz no trabalho?

— Tudo.

Isaías cansou-se do seu laconismo, deu de ombros, e saiu. Andava curioso sobre o desempenho do Opala adaptado por ele e pelo seu Ferratti, mas Josué não tinha nada a contar — não pudera usar o carro dentro das suas especificações, uma segunda vez.

Os olhos de Josué tornaram a pousar sobre a Bíblia. Leram uma vez mais o bilhete que Alexandre Agnelli havia deixado em sua casa, durante a tarde, e que ele agora escondia entre as páginas de papel fino.

Preparavam-se para avançar. Alexandre e Serra haviam descoberto o local em que os bandidos se escondiam. O momento ideal para o ataque seria provavelmente o dia seguinte, quando Josué estaria de serviço e poderia dispor das armas e do Opala de interceptação. Ainda não lhe haviam designado um novo parceiro, o que facilitava as coisas. Contara a Alexandre que daria um jeito de assumir o seu antigo posto na borracharia da Rebouças — eles precisariam apenas passar lá, e dali prosseguiriam juntos, sem perda de tempo.

Josué sabia que não ia ser algo fácil nem livre de pecado. Fossem quem fossem, os homens que iriam enfrentar ainda eram homens. Pediu, portanto, em silenciosa oração, perdão pelos pecados que iria cometer. Que seus familiares ficassem na paz de Deus, se ele não retornasse. Que o Senhor guardasse a sua alma imortal, e a dos seus companheiros.

— "O Senhor é a minha luz e a minha salvação" — murmurou, recitando um dos salmos de Davi — "de quem terei medo? O Senhor é a fortaleza da minha vida; a quem temerei? Quando malfeitores me sobrevêm para me destruir, meus opressores e inimigos, eles é que tropeçam e caem. Ainda que um exército se acampe contra mim, não se atemorizará o meu coração; e, se estourar contra mim a guerra, ainda assim terei confiança."

De que posição, porém, invocava essa verdade?

Estava em casa, cercado de seus parentes e dos cheiros familiares. Em casa, onde fora educado na lei de Deus e na lei dos homens. E em casa ele planejava violar a ambas. À confiança de seus familiares. Ao seu juramento de soldado da Polícia Militar. Todos os compromissos que o definiam como ser humano. Que direito possuía, de sua posição renegada, de invocar a ajuda do Senhor?

Pela primeira vez, sentiu que hesitava. Por que embarcar na tarefa sangrenta de enfrentar outros homens até a morte, sem a sanção do aconselhamento de seu pastor, sem o apoio da corporação cuja hierarquia jurara obedecer? O único suporte vinha de três pessoas que ele mal conhecia, duas das quais já viviam à margem da lei e que já haviam atravessado a fronteira para o crime. A única coisa que as referendava era que elas — ao contrário dele? — aceitavam a necessidade de agirem sozinhas, e o fariam, com ou sem ele.

Tudo o que ele precisava fazer era amanhã não estar presente no local combinado... Uma escolha simples, um dilema moral menor. Possivelmente eles desistiriam do plano, sem ele. Ou fossem em frente, sozinhos... Em qualquer caso, seriam *eles* a enfrentar o julgamento de Deus e dos homens — e não Josué.

Lembrou-se então dos sonhos que tivera com Alexandre Agnelli. Da impressão insistente de que a ação dos pistoleiros ia além da mera maldade humana. Não eram estas intrusões ilícitas do sobrenatural em sua vida? Possíveis tentações do demônio, e não manifestações da vontade de Deus, como ele supunha, ou do seu orgulho que o fazia imaginar-se capaz de fazer o que a sociedade não podia? Sentiu o rosto aquecer-se pela vergonha da soberba.

Afastava-se da Igreja e da Corporação... Mas, tratava-se do que a sociedade não podia, ou não *queria*? Lembrou-se agora da falta de compreensão do Pastor Santino, da inércia de Brossolin — que acobertava Ribas, o assassino protegido no seio da PM... Do amigo Vitalino, morto pelos pistoleiros. E se não conhecia profundamente Alexandre, Serra e Soraia, reconhecia neles uma honestidade que não enxergava em qualquer outro lugar ou personagem dessa tragédia. O que eles haviam confessado, naquela noite chuvosa, no clube... Todos os outros mentiam ou escondiam-se atrás da negação. Como Josué poderia abandoná-los à própria sorte?

Poderia, simplesmente, abandonar seus compromissos, pisar para fora daquele círculo de proteção invisível que eram as normas e leis da sociedade, sem pagar mais tarde um preço? Estar absolutamente sozinho, no momento de pagá-lo?

Sorrindo com a sua própria inconstância, sentiu que poderia. Que iria.

Pagaria o preço que lhe fosse cobrado, apenas pela disposição de encontrar as respostas de que precisava.

Ainda suspeitando de que não era mais merecedor do diálogo silencioso com Deus, invocou o Salmo 23. Seus dedos acariciaram as páginas de papel fino, seus olhos pousaram na página de papel semitransparente, mas ele não precisava do testemunho da letra para invocá-lo da memória.

— "O Senhor é meu pastor, nada me faltará. Ele me faz repousar em pastos verdejantes. Leva-me para junto das águas de descanso; refrigera-me a alma. Guia-me pelas veredas da justiça por amor do seu nome.

"Ainda que eu ande pelo vale da sombra da morte, não temerei mal nenhum, porque Tu estás comigo..."

CAPÍTULO 19

Naquela noite descemos até o rio
E no rio mergulhamos
Oh, até o rio nós fomos
      Bruce Springsteen "The River"

Alexandre, sentado na calçada, observava Serra preparar o Dodge Charger R/T. O comprido automóvel encontrava-se fora da garagem, estacionado diante da casa do seu dono. Serra havia acelerado e acelerado o V8 de 318 polegadas cúbicas, estudando o avanço da agulha do conta-giros, e fuçado insistentemente no carburador. Ao se dar por satisfeito com o ajuste, conferiu os pneus com um medidor de pressão. Antes havia trocado todo o óleo do motor por um sintético que, segundo ele, daria mais um ganho de potência, pela redução do atrito. Tinha na garagem uma bomba de ar, e, com o maior cuidado, completou a pressão nos radiais Mastercraft Avenger G/T armados nas rodas gaúchas. O último procedimento, com o carro de volta à garagem, foi remover a placa dianteira e mascarar a traseira. Mesmo com o motor desligado e estacionado junto ao meio-fio, o Charger parecia aos olhos de Alexandre como um míssil na sua plataforma de lançamento. E tinha sido lavado: não havia uma única mancha de lama na ardente pintura branca ou nos cromados da grade, nos para-choques, nos retrovisores laterais, nos aros.

Serra, é claro, não acreditava que iriam simplesmente entrar no velho matadouro e pegar os pistoleiros sem qualquer resistência. O ataque estava planejado para às 02h30 da madrugada desse domingo. Não abririam o SODES, nesse dia. Otávio e Gérson foram incumbidos de garantir sozinhos a segurança do lugar. Diante do seu questionamento, Serra disse apenas que ele e Alexandre não estariam lá por "motivo de força maior". De fato.

Sairiam portanto, munidos de armas e destituídos de álibi, faltando quarenta e cinco minutos para a hora marcada, e se encontrariam com Josué Machado no principal cruzamento de Hortolândia, conforme o combinado.

— 'Cê acha qu'eles vão conseguir fugir, mesmo se a gente chegar lá com o fator surpresa? — Alexandre perguntou.

Serra respondeu:

— É bom 'tá preparado. — Ele então lançou um olhar determinado para Alexandre. — É beste'ra te falar isso, mas eu sinto como se fosse a corrida da minha vida. Nem quand'eu corri o Rally pela primeira vez, me senti desse jeito.

"Cuide bem do carro", Alexandre lembrou-se, refletindo sobre como poderiam melhor empregar as habilidades de Serra.

— Com'é que 'tá a nega e o nenê? — Serra perguntou.

Alexandre deu de ombros, antes de responder.

— Tudo bem... na medida do possível. Não deu pra dormir direito. O nenê ficava acordando, e a mãe dele 'tava tão chapada que foi a Soraia que teve que dar a mamadeira e trocar a fralda.

Assim que Serra havia partido, na noite anterior, Soraia se voltara para ele e dissera:

— Você dorme aqui comigo hoje. — E, diante do sorriso que ele abrira: — Ops, pode esquecer. Nós vamos ter que ficar com o neném no quarto, que a mãe dele não vai poder cuidar do coitadinho.

E de fato, ela acabou dormindo na cama com Paula e a criança entre as duas — o único jeito de o bichinho parar de chorar.

Alexandre caminhou até o amigo, e estendeu-lhe a mão.

— Onze e meia. 'Cê passa e pega a gente. Não 'squece de trazer a munição extra, hein?

— Pode de'xar — Serra respondeu, apertando a sua mão.

— Não 'squece o croqui que a Soraia fez do lugar.

— Não...

— Qualquer que seja o resultado, Serra, eu preciso dizer que agradeço 'cê ter me ajudado nisso tudo.

— Uma mão lava a o'tra — ele disse, meio sem jeito.

— 'Cê tem sido o meu melhor amigo, por um bom tempo.

Serra claramente não sabia o que dizer. Alexandre deu-lhe as costas e foi andando.

Então estacou e virou-se.

— Aquela carta qu'eu te dei? — perguntou. — Não esquece dela também.

Soraia Batista calçava um velho par de tênis e vestia calça *jeans*, camiseta de algodão e a sua jaqueta de náilon, ao entrar no carro de Serra. Seus cabelos louros estavam ocultos por um velho boné, por sugestão de Alexandre.

Seguiram os três direto para a Rebouças. Deixavam para trás Paula e seu filho, Caio (cujo nome Soraia descobrira ainda esta tarde). A jovem mãe ainda estava nervosa e toda mole com os remédios tomados no dia anterior, mas definitivamente mais tratável. Puderam conversar longamente, e de algum modo assentara nela a consciência de que não tinha para onde ir, enquanto Soraia e os outros não resolvessem o seu problema — que Soraia se declinou a especificar. No fundo, Soraia tinha medo de voltar para casa e encontrá-la vazia e saqueada. Não que houvesse muito a ser saqueado. E não que tivesse tanta certeza de que voltaria para casa. Faltava pouco para as duas da madrugada.

— Vai devagar, Serra. Não tem pressa.

Havia algo de diferente, na voz de Alexandre. Não estava tensa, mas trazia agora um tom de comando. Serra não respondeu, porém diminuiu a velocidade. Ele, por sua vez, parecia menos expansivo que o normal, mais humilde ao volante.

Aproximavam-se da tal borracharia, na avenida passando uns cem metros do Clube Recreativo. Soraia lembrou-se, em uma digressão involuntária, que o título do clube, que sua família havia mantido desde que ela fez dez anos, foi uma das primeiras coisas a ir embora, quando se instalaram as dificuldades financeiras.

Pararam no lugar combinado. Alexandre baixou o vidro da janela, pôs um cotovelo para fora.

— Não 'tá aqui — disse.

Soraia já sabia que deveriam passar e "pegar" Josué Machado nesse ponto. Mas ele não estava...

— Furou co'a gente? — Serra perguntou.

— Um mal-entendido?

Alexandre se voltou para ela, olhando por cima do encosto do banco.

— Mais certo que foi um imprevisto, Soraia. Um chamado da polícia, talvez... Afinal, ele ainda é um policial e tem que responder, se for chamado.

— A gente enrola um pouco — Serra propôs — e passa aqui mais tarde?

Alexandre considerou por um instante.

— Não. Melhor resolver isso de uma vez por todas. Toca em frente.

Serra não o contestou. Soraia quis que ele o fizesse.

— Mas a gente não esperou um dia inteiro, pra ter a disponibilidade dele? — ela perguntou, depois de morder o beiço.

— E eu não peguei nada pra ele no rádio da polícia... — Serra ofereceu.

— O ônus do compromisso e da ação é de quem comparece pr'a luta — Xande disse, respondendo aos dois. — Eu não vou questionar as razões dele pra não 'star aqui, mas *nós* 'stamos. Toca o barco.

Serra engatou a marcha, o carro arrancou. Em mais alguns minutos, rodavam rumo aos cantos menos habitados da cidade. Soraia pensou no que Alexandre havia dito. Talvez Josué tivesse se acovardado, e Xande não queria censurá-lo por isso. Estava perdoado — mas a tarefa permanecia. A Rebouças ficou para trás, e então Soraia viu-se percorrendo a estrada que tomava três vezes por semana para ir à escola em Hortolândia. Era uma experiência completamente outra, passar por ali à noite. Os eucaliptos do Horto Florestal pareciam altos e cerrados como uma parede, os mais próximos e mais visíveis passando mais rápido à janela. A cidade ao longe encolheu. Iluminada por contas de luz, apresentava-se diminuída e artificial na sua dimensão deserta. Mais adiante as ruas de Hortolândia não se mostraram diferentes. Soraia não queria acreditar que não estavam apenas passeando, indo para um bar ou visitar alguém em uma chácara longe da cidade. E não saindo para abrir seu caminho a bala até uma criatura de pesadelo, que tinham que destruir a qualquer custo.

Mas Alexandre estivera tirando cartuchos vermelhos de uma sacola e os metendo no bolso da sua jaqueta de brim verde-oliva, o que funcionava como um lembrete claro o bastante.

— Vou ficar com a maior parte, Serra — disse.

— Por quê?

— Porqu'eu acho que a gente vai precisar que 'ocê fique no carro...

— Ah, não vem com essa, Xandão — Serra praticamente gritou. — 'Cê 'tá de sacanagem, que vai querer entrar só 'ocê e a Soraia lá!

— Quantos caras nós vamos enfrentar, Serra? *Três*. Mas ainda assim, se a gente puder dividir eles, melhor. O qu'eu 'tô pensando é que, quand'a gente chegar muito perto do esconderijo deles, especialmente agora qu'eles mataram o Juca e sabem qu'ele é tira, os caras vão 'star na ponta dos cascos, tremendo nas bases.

No banco detrás, era Soraia quem tremia. E em seu estômago agitava-se um princípio de náusea, que só fazia crescer, enquanto ouvia a conversa dos dois.

— O que interessa pra gente 'tá *dentro* do lugar — Alexandre prosseguiu. — Então se 'ocê fizer com que uma parte deles vá atrás de você, a gente só sai lucrando. Fica com parte do caminho livre pra entrar e enfrentar o que 'tá dentro do frigorífico.

— Para o carro, João, por favor! — Soraia gritou.

Nem precisou pedir para Alexandre sair e levantar o banco. Era como se ele já antecipasse que ela iria tropeçar dois passos até uma valeta à beira da estrada, empurrar o boné para cima e vomitar a janta toda. Xande continuou conversando, sem lhe dar a menor atenção. Não soube dizer se com isso ele a poupava do embaraço, ou se preferia tê-lo animando-a enquanto esvaziava o estômago.

— 'Cê entendeu? A gente passa na frente do lugar umas duas vezes, 'cê deixa a gente saltar, a gente se mete no mato naquele ponto qu'eu te mostrei no croqui, e espera uma chance de entrar. Se acontecer com'eu penso, um ou dois vão reconhecer o Dorjão e sair atrás.

— E se ninguém morder a isca?

"Boa pergunta", ela pensou, limpando a boca com a manga da jaqueta. Quando os dois não falavam, tudo o que Soraia ouvia eram grilos e sapos.

— Aí 'cê para o carro no extremo oposto, onde tem aquelas árvores perto do morro, e avança sozinho — Alexandre retrucou, enfatizando o seu tom de comando. Como ele podia estar tão calmo? — Em qualquer caso, 'cê vai 'tar sozinho, Serra. Sozinho... pra dar uma chance maior d'eu e da Soraia entrar. Se ninguém te perseguir no carro, e 'cê tiver que sair a pé, é bom lembrar de tudo o q' 'cê aprendeu no treinamento da PM e não se arriscar demais. Vai pelo terreno coberto. Lembra que são só três mas qu'eles têm um fuzil de assalto e aqueles quarenta e quatro Magnum atravessam tronco de árvore e placa de concreto. Na dúvida, manda bala, que o chumbo espalha e deve dar pra manter os caras de cabeça baixa. Mas só atira de uma posição protegida.

"Se eles forem atrás de você, eu confio q' 'cê vai despistar eles, e voltar pra pegar a gente. Eu confio que 'cê tem mais carro e é mais piloto do que aqueles filhos da puta."

Soraia tornou a curvar-se, com mais um espasmo.

Alexandre então foi até ela, que sentiu as mãos fortes apanharem-na pela cintura e a endireitarem, muito devagar.

— Passou?

Ela assentiu.

— Então vem comigo.

Josué Machado pilotava o interceptador pela pista de três faixas da Via Anhanguera. As formas arredondadas da traseira do Cobra de Vanessa Mendel eram um borrão vermelho, correndo a cento e oitenta quilômetros horários à frente dele.

Há poucos minutos Josué estivera aguardando a chegada de Alexandre e Serra, em seu posto na Avenida Rebouças. Em pé, caminhando de um lado a outro sobre o pedrisco, não longe do Opala interceptador. Depois da meia-noite e durante uma terça-feira, não havia quase nenhum movimento na rua.

Sentia-se preparado. Não havia mais dúvidas ou dilemas morais roendo-o por dentro. Tudo ficara para trás, no instante em que saíra de casa. Agora tinha o Taurus .38 limpo e oleado no coldre, a Remington 870 carregada esperando em seu suporte dentro do carro. No piso do lado do passageiro, a sacola de lona com mais uma dúzia de cartuchos calibre .12 comprados com o seu próprio dinheiro, para não despertar qualquer suspeita da parte do Tenente Brossolin.

Mas o primeiro ruído de um motor potente fora o do carro vermelho sem capota de Vanessa Mendel, surgindo na entrada de pedrisco. Atrás do volante ela tinha os cabelos agitados e o rosto corado. Vestia uma camiseta rasgada, expondo uma das mamas, e não usava o cinto de segurança. Parecia assustada.

— Eu preciso de você — dissera, sem rodeios.

Ele explicara que não havia como deixar o seu posto naquele momento. Aguardava um chamado muito importante, urgente.

— O meu problema também é muito importante — Vanessa havia retrucado, suas palavras ecoando em tom monocórdio, no pátio da borracharia. — Alguém invadiu a minha propriedade. Eles 'stão tentando me matar.

Quem? Por quê? Onde? Mas ela nada respondeu. Seu olhar, apenas, parecia perfurá-lo e exigir dele uma resposta, e não perguntas.

Seria melhor que ela chamasse a polícia diretamente, sem procurá-lo. Mal podia crer que negava a ela o socorro que vinha procurar, mas tentou ser firme. O que Alexandre e Serra fariam, se não o encontrassem ali? Se prosseguissem com o plano sem seu apoio, estariam se colocando em uma situação de inferioridade numérica e de poder de fogo. Vanessa então exibira um olhar vazio e lhe mostrara o braço esquerdo ensanguentado.

— Vem comigo — insistira. — Só você pode me salvar...

E saíra com o Cobra, dando a ele pouco tempo para, agora sem mais refletir ou hesitar, subir no Opala e arrancar em seu encalço. Não rumaram para a casa dela em Sumaré. Ele sabia que ela tinha outras propriedades. Em Hortolândia.

As mãos de Josué suavam ao volante. Várias vezes, ainda na estrada de acesso de Sumaré à Via Anhanguera, tinha emparelhado com ela e tentado fazê-la encostar. E depois apenas falar com ela e descobrir o que afinal estava acontecendo. Mas uma vez na Anhanguera ela havia acelerado, disparado a cento e cinquenta, e, quando ele tornou a se aproximar, a cento e setenta. Agora os dois carros corriam pela pista quase que no limite de sua dirigibilidade. Em qualquer ponto ele poderia executar a manobra PIT — de *pursuit intervention technique* — a técnica de intervenção em perseguições que aprendera com o instrutor americano, e a tiraria da estrada. Mas Josué resignara-se a apenas segui-la — não teria coragem de executar a manobra; não com Vanessa em um carro sem capota, e dirigindo sem o cinto se segurança...

Cedo ou tarde a mulher teria de parar e explicar o que estava acontecendo. Seu maior temor era que ela estivesse em algum tipo de choque. Mas... alguém conseguiria dirigir a essa velocidade, estando em choque?

Quando Vanessa finalmente saiu da autoestrada e entrou na via de acesso até Hortolândia, Josué dirigiu mais um pensamento a Alexandre e Serra. Eles provavelmente já teriam passado na borracharia da Rebouças — e a encontrado deserta. Com sorte, diante de sua ausência eles deixariam a incursão ao covil dos bandidos para outro dia. Agarrou-se a essa ideia.

Norberto Ruas havia colocado o seu Ford Maverick GT em meio a um grupo de pés-de-mamona baixos e altas moitas de colonião. Os vidros e faróis, tudo o que fosse reflexivo, fora camuflado com barro e galhos cortados. Ideia da patroa. Se os tiras aparecessem, ele poderia chegar ao carro por uma profunda valeta que ia dos fundos do matadouro até um velho e enferrujado tubo de metal. Antes a valeta tinha servido para levar água de chuva — e o sangue e a merda do gado abatido clandestinamente no matadouro — para o ribeirão.

Uma vez atrás do volante do Maverick, ele tentaria se evadir do lugar. Dependendo da força policial que chegasse, a sua fuga iria dividi-la, pois uma parte das viaturas sairia em sua perseguição. Talvez até mesmo todas elas, a mulher esperava. Ruas não tinha tanta fé no plano. Não gostava da ideia de sair sozinho, servindo de isca para os tiras...

Por outro lado, quarenta e oito horas já haviam se passado desde que deram cabo do policial civil e jogaram a sua picape no ponto mais fundo do rio. Ninguém aparecera por ali, nem ele ouvira nada no rádio, a respeito de um tira desaparecido. Talvez ninguém viesse.

Ruas, Quintino e Ximenes revezavam-se em um posto de observação improvisado junto às janelas quebradas do antigo matadouro. Sacos cheios de cimento em pó, que sobraram das rudimentares adaptações que eles haviam feito na velha construção, foram empilhados em forma de U junto à parede. O seu *bunker*. O prédio fora erguido em uma parte elevada do terreno. Dava comandamento para um bom trecho da estradinha que passava em frente. Enquanto um vigiava, os outros descansavam em uma lona esticada no chão ao lado. Desta vez, porém, Ruas e Quintino estavam acordados. Esperavam o retorno da patroa, com o último presunto a ser entregue. Ela tinha dito que voltaria em no máximo uma hora — e que o alvo era um policial militar. Ele não deveria suspeitar de nada. Assim que chegassem, esperariam que estacionasse a viatura no pátio e saísse. Nesse momento, mandariam bala.

Ruas ouviu o som distante de um V8. Supôs que fosse o 302 do Cobra que a mulher dirigia. Fez um sinal para Quintino, que engatilhou a Ruger Mini-14. O próprio Ruas deu um chute nas costas de Ximenes, para despertá-lo.

— Fica esperto aí — disse.

O barulho do v8 aumentou. Luzes apareceram por entre às árvores, à direita, onde se escondia o Maverick. Por ali eram árvores baixas. Mal escondiam o pavimento, especialmente do ângulo elevado de que observavam. Por isso não demorou muito para que Ruas reconhecesse o Dodge Charger r/t branco. Passou na frente do prédio, pálido e de faróis baixos como uma máquina fantasma. O primeiro a dizer alguma coisa, porém, foi Quintino.

— Filho da puta! Agora a gente 'tá ferrado. Esses caras não são de brincadeira. Não é q' nem a polícia... Esses atiram sem aviso e sem vacilo.

Ruas ignorou-o, embora concordasse com ele. Não que a polícia fosse poupá-los, se tivesse a chance. Não depois de terem dado cabo de um pm e de um investigador civil. Mas com a polícia ele tinha mais ou menos uma ideia do que esperar. Na pior das hipóteses, fariam um cerco. Haveria muitas luzes e alguém gritando por um megafone. Dariam tempo para que eles fugissem pelos fundos, se a coisa apertasse pra valer. Ruas não possuía nem de longe a convicção que a patroa exigia, de que ficassem e defendessem o frigorífico a todo custo. Não havia, porém, como cercar o matadouro — o terreno era elevado e cercado de morros, não tinham como enfiar uma viatura ali. Quem tentasse contornar a pé seria perseguido pelas rajadas do Mini-14. Havia luzes externas que a patroa tinha mandado instalar, antes mesmo de eles chegarem. Ela já tinha antecipado algo assim. Quando as acendessem, por meio de uma caixa com botões ligada a um cabo, por algum tempo ao menos teriam o controle sobre o avanço de quem estivesse lá fora. Mas os dois espingardeiros do Dodge, o que fariam? Em nenhum momento nem Ruas nem os outros dois se perguntaram como haviam chegado até ali. Era como se os caras do Charger só existissem por uma razão — encontrá-los e dar cabo deles três.

Provavelmente tentariam entrar de fininho. E aí é que Ruas e os outros os pegariam.

— A gente tem mais poder de fogo — disse a Quintino. — Se eles vier', a gente pega eles. De uma vez por todas.

— Devagar agora, Serra — Alexandre ordenou. — Vai de farol baixo, mas deixa eles verem bem o carro.

O Dodge Charger havia saído da curva por entre árvores baixas, e sob a cobertura de um morro. Alexandre lembrava-se bem do croqui desenhado por Soraia, e admirou-se da precisão do desenho. Logo pôde ver à direita o Rio Jacaba. De um canto alagado, dois urubus levantaram voo, surpreendidos pelo ruído do automóvel.

— Muito a'spicioso! — Serra exclamou, ao vê-los.

Não havia luz alguma no interior do prédio, à esquerda da estrada. Quando passaram pelo acesso de pedrisco até o matadouro, Alexandre pediu a Serra que aumentasse a velocidade. O prédio ficou para trás, oculto por árvores e por um morro que terminava à beira da estrada. Se não podiam vê-lo, quem estivesse nele também não poderia observá-los.

— Para aqui, Serra. — Apontou o estreito acostamento à esquerda.

Serra manteve os faróis baixos. Logo uma nuvem de insetos se formou, agitada, diante deles. Alexandre e Soraia deixaram o carro. Alexandre, que tinha a espingarda já pronta nas mãos, caminhou para o outro lado, passando diante da frente do carro, e se curvou junto à janela do motorista. Soraia acompanhou-o.

— Agora é com você — disse ao amigo. — Volta, passa na frente com os farol de milha ligados, apaga tudo no meio do caminho, volta de novo. Vê se desperta alguma reação. Se atirarem, 'cê pisa fundo e se esconde. Depois para o carro do outro lado, a coberto, e avança a pé.

Iluminado pelas luzes do painel, Serra balançou a cabeça. Alexandre reconheceu a excitação e a dúvida, em seu rosto.

— Eu devia ir com 'ocês — Serra afirmou.

Alexandre compreendia bem o que ele sentia, mas não havia outro jeito.

— 'Cê ajuda mais a gente fazendo como o combinado.

As mãos de Serra se contraíram no arco do volante, e ele desviou os olhos. Alexandre tocou-o no ombro.

— Vai. 'Tá valendo a partir de agora — disse. — É o tudo ou nada, e a gente precisa de você pra desviar a atenção deles.

— Boa sorte — Serra desejou, e arrancou com o carro.

Alexandre guiou Soraia pela mão até que os dois estivessem entre as árvores mais próximas do asfalto. Ela olhava por cima do ombro para o Charger, como se lamentasse que estivesse partindo. Alexandre acompanhou o seu olhar, bem a tempo de ver o carro fazer um meio cavalo de pau, recuar alguns metros numa ré barulhenta, e então passar por eles a toda, indo na direção em que viera. O ronco do motor ecoava na caixa torácica de Alexandre. No seu interior o rosto de Serra era uma mancha alaranjada, de traços indefinidos, que Xande completou com a expressão determinada que conhecia.

Agora ele e Soraia estavam sozinhos.

Foram de mãos dadas por entre as árvores, tropeçando em galhos secos e nas irregularidades do terreno. Se caminhassem pelo asfalto teriam uma progressão mais fácil, mas não queria que fossem iluminados pelos faróis do Charger, em uma segunda passagem. Dirigiam-se à porta lateral que Soraia havia registrado no seu croqui. O melhor caminho era pelo ralo bosque que começava a alguns metros da estrada e terminava perto da parede direita do matadouro. Quando se encontravam a meio caminho, ele tornou a ouvir o rugido do motor do Charger e som alongado da sua passagem. Os troncos e folhas foram iluminados pelos faróis de milha, e então a escuridão novamente. Segundos depois, Serra tornava a rodar na direção oposta.

— Acende essa merda! — Ruas berrou para Ximenes, que tinha o controle dos holofotes externos nas mãos.

O Charger branco passava diante deles outra vez. Ruas estava cansado do seu joguinho.

Quando as luzes se acenderam, o carro respondeu acelerando brutalmente, antes que Quintino pudesse fazer pontaria com o fuzil. As sombras múltiplas projetadas pelos vários holofotes giraram, esticando-se e encolhendo-se em torno e embaixo do Charger.

Ruas deu um tapa nas costas de Quintino.

— Atira! Atira! — incitou-o.

Quintino puxou o gatilho uma vez, duas, três, em rápida sucessão. Os estampidos ecoaram retumbantes no vasto interior do matadouro. Os estojos ejetados da arma passaram raspando junto à cabeça de Ruas, que mudou de posição. Diante deles, parte do Charger foi obliterada pelas sombras das moitas e árvores e irregularidades no terreno inclinado, que, projetadas pelos holofotes, cortavam a pintura faiscante do carro como uma faca. Ele desapareceu atrás do morro à direita, engolido finalmente pela escuridão.

— Acertou?... — Ruas murmurou, sem muita esperança.

— Duvido muito — Quintino respondeu. — Quand'eu atirei ele 'tava quase atrás das árvore', e são quase cinquenta metro', e essa iluminação não ajuda...

— 'Tá bom! — Perguntou-se Quintino não andava bebendo de novo. — Uma desculpa só já basta.

— Eu vo' amarrar o tiro ali na saída da 'strada, aí então acerto ele na pró-xima vez.

Cinco minutos se passaram. Ximenes disse:

— Acho que não volta mais.

— Assusto' co's tiros de fuzil — Quintino ofereceu, começando a relaxar a sua empunhadura na Ruger Mini-14. — Das outras vez' eles...

— Fica na posição! — Ruas ordenou.

Em silêncio, praguejou contra os atacantes, contra os seus capangas, contra Deus e o mundo. Suas mãos suavam dentro das luvas de pilotagem.

Mas o motorista do Charger foi esperto, ao retornar. Os três homens no matadouro ouviram o ronco do v8 rosnar ao longe, mas só viram o carro branco quando ele estava praticamente diante do prédio. Vinha com os faróis apagados e rente à faixa mais próxima, semioculto pela copa das árvores. Quando os holofotes o revelaram, o Charger deu uma guinada para a pista oposta, acelerou — e foi o primeiro a atirar.

A carga de chumbo passou pelas janelas quebradas, arrancando uma faísca da armação de metal. Foi ricochetear no interior do recinto principal. Ruas visualizou, por um doloroso segundo, o tanque de combustível de alta octanagem sendo atingido e explodindo lá nos fundos. A força da explosão seria mais do que suficiente para derrubar o precário telhado acima de suas cabeças, mandando ele e os outros dois para o inferno. Mas provavelmente o chumbo sem jaqueta de aço não conseguiria perfurar o revestimento externo. Quintino baixou a cabeça e Ximenes se jogou no chão. Animados pelos berros de Ruas, levantaram-se, mas o carro já estava fora do campo de tiro.

— Parece a porra dum filme de faroeste! — Ximenes gritou.

Ruas demorou para entender: era como em um filme em que índios circulavam a caravana, cavalgando e atirando ao mesmo tempo...

Só então Ruas se lembrou do Maverick escondido no mato, aguardando-o. Não iria ficar sentado ali feito um idiota, esperando que o inimigo viesse arrancar seu escalpo.

Alexandre e Soraia começavam a galgar o terreno mais elevado, e só por isso puderam ver Serra ressurgir e disparar contra o prédio. Estavam na faixa limítrofe de árvores, e dali, apoiado contra o tronco de uma árvore um pouco mais robusta, ele pôde divisar as três cabeças abaixarem-se. Sorriu. Serra era audacioso. Não tinha se abalado com os primeiros disparos, e desta vez tirara toda a reação dos pistoleiros. Mas eram os holofotes que preocupavam mais a Alexandre, nesse momento. Não tinha contado com eles.

— Vamo' lá, Soraia — disse, tornando a segurá-la pela mão. Na outra, tinha a espingarda. — O Serra 'tá fazendo um ótimo serviço. A gente precisa aproveitar.

Soraia não disse nada. Eles prosseguiram, meio agachados, sempre ocultos pelas árvores, até que Alexandre reconhecesse a porta de metal incrustada na parede do matadouro diante deles. Faltava apenas cruzar uns doze metros de terreno aberto, levando das árvores até o pavimento cimentado e à porta. Doze metros em terreno aberto e *bem iluminado*. O melhor seria esperar que o Charger passasse mais uma vez, para garantir que os bandidos estivessem com a atenção toda voltada para ele... Mas, por outro lado, se Alexandre se movesse agora, poderia estar em posição de atirar contra eles, e proteger Serra em sua passagem. Voltou-se para Soraia.

Surpreendeu-se com a expressão assustada que ela tinha no rosto. Será que encontrava no rosto dele, o mesmo medo?

— Espera aqui, pelo meu sinal — disse.

— 'Cês se virem co'esse filho da puta — Ruas disse aos capangas. Um segundo depois, percebeu como soavam essas palavras, e corrigiu-se: — Com o outro cara. Eu vou enfrentar o motorista do Charger no Maverick, como a gente tinha combinado.

Não esperou para ver qual seria a reação dos dois. Ao invés de correr pelos cem metros de extensão do prédio até a porta dos fundos, simplesmente pulou a janela, caindo no pátio incandescente pela ação dos holofotes, o Blackhawk ferindo suas costelas.

— Apaga a luz por dois minutos! — gritou, saiu correndo até a valeta e, após cruzá-la já no escuro, cambaleou até o lugar em que estava escondido o Maverick.

Entrou no carro e enfiou a chave na ignição com mão trêmula. Não tinha intenção alguma de enfrentar o motorista do Charger, nem de atraí-lo para longe. Daria o fora dali enquanto ainda estava vivo. Pr'o diabo com Quintino e Ximenes — e com a patroa. Ela não estava ali para coagi-lo, para *seduzi-lo* a fazer o que queria.

Virou a chave. O motor despertou com um soluço irado. Tinha confiança de que, como das outras vezes, quando pegasse uma boa reta e acionasse a injeção de óxido nitroso, deixaria o Charger para trás. Era isso. O seu plano. Achar um jeito de dar o fora.

Mas nesse instante Ruas ouviu um outro motor v8 já em altas rotações. As luzes do matadouro tornaram a se acender. Ele então achou melhor esperar que o Charger passasse. Não ia querer entrar na pista com ele já em boa aceleração. Se o fizesse, não teria chance nenhuma de escapar.

A estreita estrada de acesso à Hortolândia se abria nesse ponto, duas pistas transformando-se em quatro, onde começava a Avenida São Francisco de Assis. Ali Josué aproveitou o primeiro vacilo de Vanessa para acelerar o Opala adiante do Cobra e fechar a frente dele, ainda antes de chegarem ao largo cruzamento. Pela janela do lado do passageiro ele, de dentes cerrados, viu os faróis do Cobra crescendo, e então o som dos pneus brecando com toda a força e o impacto abafado dos para-choques contra a porta direita da viatura.

"Não foi uma pancada muito violenta", pensou com alívio, ao soltar-se do cinto de segurança, abrir a porta e sair. Olhando por cima da capota, viu Vanessa levantar o rosto do volante. Tinha uma expressão irada, que logo desapareceu, substituída pelo ar ausente de antes.

— 'Cê 'tá bem? — perguntou-lhe.

— E o que te importa? — ela disse.

Encarou-a por um instante. Aos seus ouvidos soavam apenas os murmúrios em ponto-morto, dos dois motores.

— Me conta o que 'tá acontecendo, e talvez eu possa ajudar.

— Eles vieram me matar e levar tudo o que eu tenho.

— Eles *quem*?

Teria ela sorrido levemente, ou era impressão de Josué? Difícil dizer, sob os jatos vermelho e azul das luzes policiais, colorindo alternadamente os seus traços. Agora seu belo rosto parecia triste, de um modo profundo e indefinido.

— As pessoas que descobriram que eu tenho dinheiro — disse, enfim. — *Muito* dinheiro. Eu trouxe dinheiro de fora, para me estabelecer por aqui. Acho que fui muito ostensiva com ele. Chamei a atenção desses bandidos, que descobriram que eu guardei tudo comigo e não no banco. Você tem que me ajudar, impedir, enquanto eles ainda estão lá, tentando encontrar o meu tesouro. Se eu aparecer sozinha, vão me matar. Eu não posso deixar que levem tudo o que eu tenho.

— Por que não chamou logo a polícia, Vanessa? — ele perguntou com a voz apagada, já certo da resposta.

— A procedência do dinheiro não é das mais honestas, meu amor.

Ele apenas assentiu devagar, com a cabeça.

— Eu nunca disse que era santa — Vanessa admitiu.

As luzes externas foram acesas novamente. Alexandre examinou a porta. De metal, toda enferrujada, estava apenas entreaberta, parecendo antiga e mal segura nas dobradiças. Do lado de dentro ele podia ver, pela fresta, o trinco seguro por um enorme cadeado de aço inox. Devagar, sem fazer barulho, empurrou a pesada porta. Tinha a esperança de que ela se vergasse um pouco, permitindo que ele passasse por baixo do trinco. Mas não. Apesar da aparência, a folha única de metal era sólida e rija.

Já podia ouvir o Charger em sua nova carreira. Era melhor se apressar. Em um instante, decidiu-se sobre o que fazer. Passou a espingarda para a mão esquerda, e com a direita retirou a .45 da cintura. Apontou a pistola para o trinco, a um palmo de distância. A munição jaquetada de aço teria mais chances de parti-lo, do que a carga de chumbo da escopeta. Ele então deu um passo atrás — talvez precisasse dar uma distância maior para o projétil se estabilizar, depois de deixar o cano.

Cobriu o rosto com o antebraço esquerdo, para proteger os olhos de estilhaços ou fagulhas. Hesitou. Soraia ficaria bem, escondida entre as árvores. Por um segundo seus olhos se encheram de imagens dela. Seus rosto corado, os olhos verdes vistos de perto enquanto ele pairava sobre o seu corpo nu, inesperadas curvas e detalhes, imagens confundidas com relances da menina com quem ele havia crescido. E ela havia crescido para se tornar uma pessoa surpreendente, com acesso a outros mundos e a disposição de virar sua própria vida do avesso, para fazer o que fosse necessário. A sua fada.

Piscou os olhos repetidamente, para espantar deles as imagens de Soraia.

Ela ficaria bem, escondida entre as árvores.

Alexandre puxou o gatilho.

CAPÍTULO 20

Ruas arrancou com o Maverick do seu esconderijo. Levou no peito os pés de mamona atrás dos quais havia se escondido. Por um instante, preso entre os troncos mais grossos e a folhagem mais espessa, o carro patinou e rugiu como um bicho enjaulado. Ruas engatou a ré. Rodou para trás uns quatro metros para pegar impulso, meteu a primeira e derrubou toda a resistência até chegar ao asfalto. Só então acendeu os faróis — percebeu que o esquerdo não estava funcionando. Mas um segundo depois ele também acendeu-se. Ruas acelerou mais.

A mal conservada estrada de duas pistas se curvava acentuadamente para a direita. Ruas engatou a terceira marcha. Acendeu os faróis altos e os pequenos faróis de milha que tinha mandado instalar sob o para-choque dianteiro.

O Charger R/T branco materializou-se diante dele. Estava meio dentro, meio fora da pista. A luz dos faróis altos do Maverick iluminou os quatro faróis do outro, os Cibiés entre eles, o largo para-choque, uma espécie de spoiler dianteiro, os dentes das rodas gaúchas, o círculo cromado do retrovisor esquerdo, até mesmo o puxador da porta. Todos os detalhes impressos como que a ferro em brasa na retina de Ruas, em uma fração de segundo. Reconheceu nesse segundo que o carro tinha os pneus do lado direito enfiados entre as moitas de capim que faziam as vezes de acostamento. Num reflexo, corrigiu um pouco o Maverick na curva, e só por isso não se chocaram de frente.

Também por reflexo, baixou a cabeça. Tinha visto um cano brilhante aparecer na janela do motorista. Um segundo depois e——

——Boom!

A sua janela e a do banco detrás explodiram em mil cacos ainda enlameados. Os cacos caíram em seu colo e entraram pelo seu colarinho, grudaram no couro de sua jaqueta. Sentiu que uma esfera em brasa descia por suas costas — um chumbo da espingarda havia perdido a força ao bater no vidro, terminou encestado em seu colarinho. Aguentou a dor com dentes cerrados, tirou o rosto do volante, acertou o carro na pista. Acelerou.

O Charger ficou para trás, sumindo rapidamente na curva. Mais adiante a pista se abriu em uma reta. Os morros à sua direita encolheram, sumiram. O terreno ficou plano, na planície de aluvião ao lado do rio. Aqui Ruas, com um olho pregado no retrovisor, acelerou o Maverick GT até perto dos duzentos quilômetros por hora. Casas isoladas no loteamento passaram por ele, as quadras mal rascunhadas no pasto cobertas em segundos. O vento chicoteava o seu rosto, entrando pela janela partida — e então não o sentiu mais. Olhou intrigado. O vidro restitui-se, limpo e perfeito, assim como o farol esquerdo havia se recomposto. Ruas sorriu levemente. Suas mãos nas luvas de pilotagem se fecharam mais firmes no grosso volante do Maverick, couro contra couro. Entrava já na estrada de Hortolândia que continuava como a Avenida São Francisco de Assis, para cortar o centro da cidade. De relance, sem pensar, desviou-se de um cachorro malhado que atravessava a avenida. De relance, viu o Cobra vermelho seguido de uma viatura policial, na pista oposta. "Então a patroa entrou pelo cano", pensou, enquanto deixava-os para trás. Atravessou como um bólido o largo cruzamento no centro da cidade, ganhou a pista de acesso para a Via Anhanguera a mais de 180. Por ali teve de diminuir a velocidade. A estrada assumia curvas não muito fáceis de tomar. Mas logo deslindava-se novamente, esticada em um longo declive que ele desceu a 200, os faróis altos iluminando tudo à frente. Mais um pouco e já vinha o trevo de entrada na Anhanguera. Ruas diminuiu a velocidade. Ultrapassou uma Parati verde-escura que rodava com dois casais dentro, silhuetas marcadas pelos seus faróis altos. Por um segundo Ruas brincou com a ideia de descer a Anhanguera para o interior. Mas não; queria as três pistas da Bandeirantes, suas longas retas e o pavimento perfeito. Entrou derrapando nas curvas fechadas do trevo, pneus cantando, o carro saindo no estreito acostamento, como se aproveitasse as zebras de uma pista de corrida. Ruas engatou a terceira marcha assim que o laço do trevo encontrou-se com a autoestrada. O Maverick lançou-se para adiante. Ruas acelerou mais, passou de 180 na subida ao lado da balança para caminhões. Esquivou-se de um velho Scania 111 vermelho que saía da área de descanso. Diante da pista vazia, não esperou mais — abriu a válvula e deu o primeiro pico de óxido nitroso. O carro foi a 220 em um sopro, a cabeça de Ruas colou-se ao encosto do banco. Cobriu uns quinze quilômetros antes de tirar o pé. Um carro de passeio ultrapassava um caminhão tanque, já perto da entrada para a Bandeirantes. Ruas meteu o pé no freio, o aperto das duas tiras largas do cinto de segurança fincou cacos em seus ombros. O carro deixou parte dos quatro pneus no asfalto. Tudo bem. A borracha cresceria de novo, como os vidros... Lembrou-se dos três conjuntos extra de radiais, nunca usados. Ele precisava controlar melhor o carro, sair no acostamento até chegar ao alargamento de pistas... Tornou a acelerar e forçou passagem pelo lado direito... Tornou a guinar para a esquerda, entrou nas três pistas da Bandeirantes, acelerou para 200 por hora... Passou como uma bala passa pelo cano do seu .44 Magnum, saindo do outro lado do túnel tubular da ponte ferroviária.

Só então voltou a olhar pelo retrovisor.

Nada.

O Charger branco não vinha atrás dele.

Ruas deixou o ar escapar dos pulmões. Ajustou os ombros tensos no encosto do banco, acertou uma das fitas do cinto de segurança, que, na pressa, havia colocado dobrada. Puxou o colarinho da camisa para fazer os cacos de vidro descerem. Sentiu a camisa grudada nos pontos em que a pele sangrava. Então baixou a velocidade para 150 — não precisava mais se arriscar a um acidente. Estava seguro. Conferiu os instrumentos do carro, a pressão do óleo, da água... Tudo perfeito. O carro era uma máquina bem ajustada.

Pensou no que fazer a seguir. Rodaria assim até São Paulo e lá pegaria a Anchieta até o litoral. Tinha um conhecido em Mongaguá; ficaria escondido com ele até a poeira baixar. Só mais um turista... Boa parte do dinheiro pago pelos assassinatos estava com ele, escondido no porta-luvas do carro. Daria pra se virar por um bom tempo. Talvez nem precisasse se livrar do Maverick. Gostava do bicho.

Neste momento, de qualquer modo, o carro era a sua única garantia de fuga.

Diante dele, ainda a uns dois quilômetros na longa reta, dois caminhões se emparelhavam. Um tentava ultrapassar o outro. Ruas diminuiu ainda mais a velocidade.

Agora o caminhão da esquerda foi para a terceira pista, revelando que eram três caminhões brincando de ultrapassagem na madrugada.

Ruas freou, mudou de marcha, acelerou e ultrapassou-os pelo acostamento da esquerda. O Maverick balançou ao cindir a massa de ar deslocada pelos caminhões. Os outros motoristas buzinaram. Ruas voltou a acelerar. Olhou pelo retrovisor...

Uma imagem estranha: *Os três caminhões ainda emparelhados — silhuetas contra uma luz incandescente——*

——a fonte de luz cegante passando por eles como se não existissem, em verdade apagando-os da existência ao ultrapassá-los cortando para o acostamento esquerdo e crescendo no retrovisor de Ruas os quatro faróis mais os grandes Cibiés montados no para-choque forçando-o a dobrar o retrovisor para cima e a fincar mais fundo o pé no acelerador o coração saltando no peito a mão direita tateando trêmula a válvula da garrafa de óxido nitroso e então o polegar sobre o botão acionador——

O Ford Maverick patinou por um segundo na pista, destracionando levemente antes de firmar os largos pneus traseiros. Os olhos de gato matraquearam contra a borracha, enquanto o carro costurava as três faixas, antes de ser finalmente controlado. A agulha do velocímetro circular saltou para a direita, grudou-se no limite de 220 quilômetros horários. Por toda a volta havia uma coruscância de olhos de gato devolvendo, saturados, a luz cruel que incidia neles. As três pistas pareciam crescer em volume. Em uma estranha vida fantasmal.

Ruas conferiu o medidor de pressão do sistema de óxido nitroso. Logo ia precisar de uma outra injeção dos seus cento e vinte cavalos...

O maldito Charger branco devia ter pego algum atalho, e vindo a toda atrás dele. De algum modo, o seu motorista deduzira que ele tentaria a Bandeirantes. Ou talvez estivesse com ele o tempo todo ou quase, seguindo o brilho vermelho de suas lanternas traseiras como um míssil guiado por calor, seus próprios faróis apagados.

Olhou pelos retrovisores laterais, que apenas lhe devolviam a radiância dolorosa dos faróis altos.

O coração de Norberto Ruas saltou em seu peito.

Ele ainda estava lá.

De novo rondamos o palco
Em velocidade mach nos ativamos
Alimentando a ira dos outros
O gato grande deixou sua jaula...

Perdi minha razão, perdi todo o meu dinheiro
Perdi minha vida para a estrada da morte
    Dave Mustaine (Megadeth)
    "The Killing Road"

CAPÍTULO 21

Andando com passos duros, posso dizer
Melhor tidos como mortos
E agora cumprimos a missão
Então força total à frente
Minha legião está onde cometemos o crime
Então que uma coisa fique clara
Chegar cedo é chegar na hora
E aparecer na hora é tarde demais

Senhoras e senhores, ainda estamos vivos
Pela ponta dos dedos, agora é a hora da matança
Anjo em nosso bolso, demônio bem ao lado
Não vamos a lugar algum p'que os heróis nunca morrem
    Dave Mustaine (Megadeth)
    "Blood of Heroes"

A porta não se abriu com o impacto. Apenas a lingueta se partiu junto com o cadeado, ao ser atingida pelo projétil de .45. Alexandre teve de empurrar o retângulo de ferro com o ombro, para entrar seguindo o ranger das dobradiças enferrujadas. Parou ali encostado na porta por um segundo longo demais, guardou a pistola na cintura, empunhou a espingarda com as duas mãos trêmulas, e olhou em torno.

À direita, por cima do seu ombro, ficava a carretinha com o combustível. Ao seu lado, pneus em pé, já prontos nos aros e encostados contra a parede. Bem diante da entrada lateral havia uma série de canos fixados no chão, em intervalos, com uma barra ligando-os em cima. Alexandre imediatamente visualizou animais amarrados ali. Mais adiante, a mureta de concreto quase da sua altura, com as passagens no alto para os homens com as marretas apoiarem-se em plataformas de madeira. Nas duas extremidades, rampas levavam para a depressão em que era conduzido o gado. Do teto de treliça de metal ainda pendiam ganchos, roldanas e correntes. Tudo isso aparecia sob a luz refletida de fora e que entrava por dois pares de janelas abertas na parede da frente. Tudo como Soraia havia descrito no seu croqui.

Não conseguiu dar um passo de onde estava.

Algo no lugar o deixava paralisado. Todas as coisas que Soraia havia lhe contado, indefinidas e reticentes que eram, agora pesavam sobre ele — *a tarefa que só ele podia realizar*. E agora, com Serra longe e Soraia lá fora, sentia a sua absoluta solidão, e o cheiro de morte que o matadouro exalava.

Um novo mosaico de lembranças construiu-se em sua mente, como segundos antes visitara-o a composição de imagens de Soraia. Um túnel mal-iluminado, levando do vestiário para o ringue em que o mexicano o encontraria. O mexicano e suas doze vitórias, dez nocautes. . . E a expressão descrente e fatalista no rosto do empresário e do treinador argentinos que o levaram até lá. Naquele momento, também se sentira paralisado, congelado de terror, antecipando a solidão absoluta do ringue. Ninguém lutaria por ele, ninguém receberia os golpes por ele. Ninguém subiria em seu lugar no ringue com cheiro de morte.

Seu olhar prendeu-se à parte da frente do prédio. Uma silhueta apareceu ao lado da mureta, emoldurada por uma das janelas. Então as chamas saltando da arma.

Ouviu os dois disparos de fuzil ecoarem dolorosamente dentro do amplo recinto. Um dos projéteis perfurou com um chuvisco de faíscas a porta de ferro, não longe de sua cabeça. E os gritos:

— Putaqueopariu, não atira! Não é pra lá que fica o tanque de gasolina?

Os tiros cessaram.

E assim, agora como antes, foi como se um interruptor se desligasse e Alexandre sentiu, no lugar do terror, uma estranha tranquilidade. Ele poderia enfrentá-lo, subir no ringue para viver ou morrer.

Correu até a mureta.

— Mas entro' um cara por ali! — ouviu.

A resposta foi apenas um sussurro. Na ponta dos pés, Alexandre olhou por cima da mureta. Viu uma espécie de proteção de sacos de areia, uma cabeça recortada em silhueta contra a janela, em um curto movimento para a sua esquerda. Apontou a espingarda e atirou. A arma curta saltou em suas mãos, a chama do disparo doeu em seus olhos.

Correu curvado até a extremidade da mureta, contornou a rampa, encostou-se à mureta oposta. Ali abriu a espingarda e removeu o cartucho deflagrado, atirando fora a casca vazia de papelão fumegante. Inseriu um outro na câmara e fechou a arma. O seu disparo de há pouco foi apenas para manter os caras do outro lado de cabeça baixa.

Olhou por cima do ombro. De onde estava podia ver o recorte escuro na parede dos fundos. De acordo com o croqui do interior do matadouro, era por ali que se chegava à câmara frigorífica. Por um momento Alexandre lutou contra a ideia de ir direto ao assunto, deixar os dois pistoleiros e correr para o frigorífico, onde se encontrava a verdadeira encrenca — o *monstro* de que Soraia tinha falado.

Desistiu da ideia. Se queria sair dali com vida, não podia se deixar encurralar pelos pistoleiros. Mas sabia que a decisão era provisória. Se não conseguisse alguma vantagem sobre eles no grande salão, a última cartada seria enfrentar a coisa no frigorífico com os assassinos nos seus calcanhares.

Soraia ouviu o som dos disparos, viu alguma coisa estourar como faísca elétrica junto à porta de metal. Sem pensar, deixou o abrigo das árvores, violando o que havia prometido a Alexandre, e correu na direção do matadouro. *Xande!*, pensou ter gritado, mas não ouviu a própria voz.

Estava junto à porta escancarada agora. Alexandre não estava mais ali. Soraia caiu de joelhos no cimento. Cobriu os olhos com as mãos.

Não podia entrar. *Não ali dentro.* Sua mente foi tomada por uma tempestade de imagens, que a paralisavam.

— Xande! — conseguiu gritar, desta vez.

Mas ele não respondeu. Tudo o que ela ouviu foram os ruídos de dois automóveis que acabavam de parar na frente do prédio.

Josué parou o Opala interceptador atrás do carro de Vanessa. Há muito que ele já tinha desistindo das luzes policiais e da sirene, de modo que os dois carros simplesmente pararam diante de uma construção baixa e desgastada. A única coisa que contrastava com o estado do prédio e o desolado do lugar eram as luzes intensas que se projetavam de holofotes montados do lado de fora, quase na linha do telhado.

Ficou por um segundo de desorientação sentado ao volante, olhando em torno. Via, porém, a imagem obscura do Ford Maverick GT negro em sua mente, passando por ele a toda a velocidade, na avenida lá embaixo. E lembrava-se da surpresa súbita e da sensação de impotência, ao não conseguir frear, virar o carro, perseguir o fugitivo. Concentrado em seguir Vanessa, foi só o que pôde fazer.

Podia ser, que de algum modo todos os seus movimentos se dirigissem a um único ponto? Vanessa já deixava o seu carro, mas alguma coisa o impedia de acompanhá-la. Um sentimento estranho, o instinto de que havia algo *muito* errado com o lugar, mais estranho ainda do que a situação a que Vanessa havia aludido. Sim. Era dali que todo o mal emanava.

Agora ela caminhava para onde ele estava. Josué enfim saiu da viatura e ficou em pé junto à porta, olhando da mulher para a construção. Podia ver alguém se movendo nas janelas? Tantas luzes o deixavam ofuscado... Com a mão direita em pala sobre os olhos, tentou divisar um pouco melhor o prédio. Deu um passo para longe da proteção da porta da viatura.

— É *aqui*, Vanessa?... — começou.

Girou o corpo, para observar toda a extensão do prédio. Esse lugar caindo aos pedaços, aqui que ela escondia o seu dinheiro sujo? *Daqui que a bruxa operava, em conluio com o monstro?...*

Quando olhou para ela, viu-a a três ou quatro passos de onde estava, segurando um pequeno revólver de cano curto. Perplexo, notou que o cano tremia, antes que ele transferisse o olhar para o rosto de Vanessa Mendel. Havia uma aguda expressão de tristeza no belo rosto, quando ela puxou o gatilho.

Josué sentiu o impacto e caiu para a frente.

Alexandre ouviu Soraia gritar o seu nome, um instante depois tornou-se consciente do som de motores e novas luzes vindas de fora. Dois carros paravam no pátio diante do matadouro. "A polícia?..." perguntou-se. Mas não ouvia sirenes. Serra e... Josué? Teriam os dois se encontrado pelo caminho? A esperança cresceu no peito de Alexandre, mas ele então ouviu um disparo seco — não o estampido supersônico dos tiros de fuzil nem o estrondo já conhecido do .44 Magnum. Era mais como um disparo de revólver, um .38 ou um calibre ainda menor. E viera de fora?

Saiu um pouco para a direita da mureta, tentando enxergar melhor. Ouviu outro estampido seco. Definitivamente vindo de fora. Será que os pistoleiros tinham a sua atenção voltada para o que se passava lá fora? Podia ver os dois, acocorados junto a uma das janelas.

Outro estampido——

——uma sequência de disparos rápidos de fuzil.

Alexandre correu para a frente e para a direita e levantou a espingarda.

A explosão de pólvora e o coice poderoso.

Ouviu um grito de dor, mas não ficou para conferir se realmente havia atingido os pistoleiros. Correu de volta para a quina da mureta de tijolos e abriu a espingarda para recarregá-la.

— Filho da puta! — ouviu.

E em seguida a sequência de disparos, quase em regime de fogo automático. Levantou a cabeça e viu os esguichos arruivados de tijolos sendo atravessados pelos projéteis de fuzil, ainda a vários metros de onde estava. Girou o corpo e se deixou cair para dentro da depressão formada pela rampa. Atrás dele mais impactos se fizeram ouvir, e o guincho seco de projéteis cortando o ar.

No fundo da rampa que levava ao estreito corredor em que o gado era morto, Alexandre sentiu o cheiro ainda vivo da mistura gritante de sangue e estrume.

O primeiro disparo de Vanessa havia atingido Josué na parte detrás da coxa esquerda, pouco acima do joelho. Ele havia girado o corpo diante da ameaça do revólver, e quando caiu para a frente, a porta do Opala policial se interpôs entre ele e a arma — o segundo tiro parou na lataria.

Instintivamente Josué sacou o seu Taurus .38 e o apontou por cima da porta. Atirou. Viu Vanessa Mendel dobrar-se, as mãos sobre o estômago. Ela deixou cair o seu revólver e cambaleou para trás. Josué sentiu algo afundar em seu peito, mas não em razão da dor em sua perna ou do trauma do ferimento. *Por quê?* Por que Vanessa havia atirado nele?

Uma faísca saltou do capô do Opala. Josué olhou e viu um buraco esférico perfeitamente recortado no cinza bandeirante da lataria. E então um orifício no para-brisa, e mais um, dois, três brotando no capô e o som de *cling!* e repercussões em cascata, enquanto os projéteis atingiam as partes internas da viatura.

Atirou-se para dentro do carro, encolhendo-se no piso, os joelhos contra o peito.

Mais impactos sacudiram a viatura. Cacos de vidro e lascas do painel caíram sobre as suas costas. Agora ele já ouvia o som rasgante dos disparos de fuzil automático, uma interrupção, seguida de um estrondo distante, um grito de dor, e o silêncio.

Já tinha as mãos sobre a Remington. Abandonando o revólver, retirou a espingarda do suporte entre os encostos dos bancos e saiu com ela do carro, pela porta do passageiro — que ficava em posição menos frontal, em relação aos atiradores dentro do prédio. Só nesse instante é que Josué teve certeza de que Vanessa Mendel o tinha levado até o matadouro, para ser emboscado pelos assassinos. Ela trabalhava *com eles*. "A bruxa de que Soraia falou..." Podia ser? Podia ser que tudo o que haviam partilhado juntos tivesse uma dimensão tão efêmera, tão *dispensável* que terminasse com uma traição e com um desejo de morte?

Levantando minimamente a cabeça, enxergou Vanessa cambaleando para longe, curvada e de passos arrastados. Então seus olhos encheram-se de lágrimas e pouco mais ele viu.

Uma saraivada de tiros o fez voltar-se, a espingarda apontada por cima do capô do Opala, para o matadouro. Puxou as placas do guarda-mão, bombeando um cartucho para dentro da câmara. Enxugou os olhos no ombro da camisa — não viu ninguém, apenas as chamas dos disparos acendendo-se regularmente, no interior. Não ouviu o zumbido dos projéteis, passando perto. Não era ele o alvo. "Alexandre!" Josué pensou. "Só pode ser nele que estão atirando. Nele ou em João Serra."

Ajustou a coronha da Remington contra o queixo, puxou o gatilho. Seu tronco recuou, com o coice da espingarda. Bombeou um cartucho deflagrado para fora, sentindo o cheiro apimentado de pólvora, e outro cheio de chumbo para dentro. Atirou outra vez. Serviria apenas para distrair os pistoleiros...

Tornou a olhar para Vanessa. Ela acabava de dobrar a esquina do prédio, sumindo de suas vistas. No mesmo instante, sentiu a dor renovada ardendo em sua perna. Tornou-se consciente do sangue viscoso escorrendo já até a panturrilha. Mas seus pensamentos ainda se dirigiam a Vanessa Mendel.

Ela também estava ferida.

E por suas mãos.

"Deus a poupe", pediu em silêncio e apesar de tudo.

Alexandre ouviu um tiro de espingarda soar lá fora, calando os disparos de fuzil. Só podia ser Serra ou Josué. Ótimo. Agora os dois pistoleiros estariam entre dois fogos. Esta seria a sua melhor chance.

Bem devagar, fechou a culatra da sua espingarda e armou o cão. De onde estava, no fundo do fosso, não podia ver bem onde se posicionava o inimigo; apenas sombras passaram pelas paredes de tijolos. Será que eles, por sua vez, sabiam onde ele estava?

Decidiu aguardar ali por uma nova distração dos outros.

Dali a um segundo, ela veio.

T-POUH!—

  (*clinc*) *T-POUH!*—

    (*clinc*) *T-POUH!*—

      (*clinc*) *T-POUH!*—

        (*clinc*) *T-POUH!*—

          (*clinc*) *T-POUH!*—

            (*clinc*) *T-POUH!*—

              (*clinc*) *T-POUH!*—

                (*clinc*) *T-POUH!*—

                  (*clinc*)

Pôde ouvir claramente o estampido de cada disparo e o estojo deflagrado batendo no chão. E, quando se perguntava quantos cartuchos restavam no carregador do fuzil, ouviu o *slack* do conjunto do ferrolho atingindo a câmara vazia.

Era esse o instante esperado.

Alexandre correu para a frente, o mais rápido e da maneira mais silenciosa que pôde. Em dois segundos subia a rampa na extremidade oposta do fosso, via um sujeito acocorado na proteção de sacos de areia, tentando substituir o carregador vazio do seu fuzil, por um cheio.

Escorregou no plano inclinado, caindo deitado de bruços, a espingarda estendida. Apontou por instinto, puxou o gatilho. Tornou a firmar-se, puxou-se para cima — enxergou o corpo caído entre os sacos, o fuzil jogado no chão a dois passos de distância.

Mas onde estava o outro cara?...

Sentiu o impacto em suas costas.

Do lado esquerdo, o soco de um peso pesado — no mesmo instante em que ouviu o estrondo ensurdecedor do .44 Magnum.

Perdeu o apoio e desceu a rampa até o fundo. Seu olhar perplexo viu uma nuvem de pó e lascas de concreto brotar do ponto em que ele estivera deitado. Desistiu da espingarda e buscou a pistola em sua cintura. Tinha o peito colado ao chão, e quando tentou firmar-se com a palma da mão esquerda, o braço tremeu e ondulou como se fosse feito de borracha. Teve mais sorte com a outra mão. Imaginou que o outro pistoleiro estivesse em algum lugar à sua direita, talvez agora oculto atrás da mureta. Por um instante pensou em atirar nele através dos tijolos, mas não tinha munição sobrando para gastá-la sem um alvo claro. Ao invés, gritou:

— Serra! — A voz lhe saiu fraca. Juntou o fôlego. — Josué!

— É o Josué aqui — ouviu.

— Avança agora, vem com tudo!

Ouviu passos à sua direita. O pistoleiro fugia para os fundos do matadouro. Alexandre virou-se para o extremo oposto do fosso. Colocou a pistola debaixo da axila esquerda, puxou para cima a espingarda presa ao seu pulso direito pela tira de látex, abriu a arma, retirou o cartucho deflagrado, buscou outro no bolso com dedos trêmulos.

— Josué! — voltou a gritar, enquanto se erguia sobre um joelho e depois outro. Pôs-se em pé, deu um, dois passos incertos para adiante. — O cara 'tá indo pr'os fundos! O outro eu peguei.

No mesmo instante——

——*K-Bum!*

—— e o som de elos partidos de corrente chovendo sobre o piso de concreto.

A porta de correr da frente do matadouro rangeu.

— 'Tô indo — Josué gritou de volta.

— Rápido!

— Eles me acertaram...

— Somos dois, então.

A conversa soava abafada. Alexandre havia terminado de recarregar e fechar a arma, e olhava para a frente. Deu mais alguns passos, sentindo que arrastava a perna esquerda. Uma sensação de entorpecimento subia por seu ombro até o pescoço, e fazia arrepiar o couro cabeludo, o olho esquerdo formigando dentro da órbita. Ao mesmo tempo era como se algo tivesse se desconjuntado em sua pelve. Viu a silhueta do pistoleiro agachado junto à quina da mureta. O seu .44 Magnum trovejou e o corredor estreito iluminou-se brevemente com a chama. O projétil enterrou-se atrás e ao lado de Alexandre, que respondeu atirando com a .12 a partir da cintura. Quase caiu, com o coice.

O pistoleiro deixou a proteção, cruzou a rampa na direção oposta.

Alexandre deixou cair a espingarda e apanhou a sua .45 de sob a axila. Apontou-a. Seu punho tremia. Respirou fundo.

O braço do seu oponente apareceu junto à mureta, a silhueta longa e pesada do revólver girando até apontar para ele.

Alexandre puxou o gatilho.

Seus disparos atingiram a parte interna da mureta. O braço do atirador desapareceu. Então Alexandre viu sua cabeça aparecer por um segundo e diminuir, enquanto o inimigo se precipitava para os fundos do matadouro e ganhava o corredor. Alexandre apontou a pistola, antes de pressionar o gatilho viu-a aberta e vazia em seu punho.

— Alexandre?... — ouviu.

Mas não era a voz de Josué Machado.

Soraia.

Apressou o passo trôpego, e começou a galgar a rampa.

— Cuidado! — ouviu Josué gritar. Não se dirigia a ele. — Um homem armado escapou por ali.

Conseguiu subir o plano inclinado, agarrado à mureta. Soraia surgiu à sua frente. Mais atrás vinha Josué de espingarda em punho. Vinha arrastando a perna.

Soraia abraçou-se a ele, e Alexandre sentiu que seus joelhos se dobravam. Os dois caíram de joelhos, abraçados. Josué permaneceu em pé, apoiado na mureta, guardando-os.

— Não deu tempo de ficar em posição pra acertar o outro — disse.

— Tudo bem — Alexandre gemeu. — 'Cê consegue chegar até a porta do corredor? Lá... Eu te cubro.

Conseguiu desvencilhar-se do abraço de Soraia o bastante para depositar a pistola no chão sujo. Procurou em um bolso o carregador sobressalente que havia roubado de Nicolazini. Tinha apenas três munições nele. Com a arma recarregada, apontou para o retângulo negro que era a passagem para o corredor. Soraia derramava suas lágrimas no ombro de Alexandre.

Josué arrastou-se quatro ou cinco metros até a parede dos fundos. Também tinha sido atingido no lado esquerdo do corpo, na perna. Sua calça cinza da PM mudara para um tom mais escuro, com o sangue derramado. Notou que o revólver de serviço não estava no coldre.

— Soraia — Alexandre disse. — Vai até lá, tira o cinto do Josué e amarra bem apertado na perna dele, pra cima do ferimento.

— Mas e você? 'Cê também foi atingido...

— Um de cada vez. Ele primeiro, porque com aquela arma ele protege a gente melhor. *Vai.*

Com um tom mais firme, ela o obedeceu. Mais uma vez, ele lutou para se colocar em pé, puxando-se para cima, apoiando-se na mureta, os dentes cerrados contra a dor. E então para se arrastar até a parede dos fundos. Soraia tinha feito como ele ordenara, e Josué parecia firme, apoiado na parede, a comprida espingarda apontada para baixo. Quando se aproximou dele, Josué assentiu mudamente com a cabeça. Cerrava os dentes. Soraia apenas os encarava com olhos muito abertos.

— E agora? — ela perguntou.

— 'Spera um pouco — Alexandre disse, num tom manso. — Josué. 'Cê consegue ir pr'o outro lado?

— Eu vou — o policial respondeu, com um gemido.

No instante seguinte ele se agachou, tomando impulso, e com três passos mancos, foi apoiar-se na parede do outro lado da porta. Um estampido se fez ouvir, e Alexandre jurou que ouviu o zumbido do projétil passar canalizado pelas largas paredes, piso e teto do corredor.

— O fi'o da puta ainda 'tá lá — disse.

— O perigo é ele sair pelos fundos — Josué observou — e tentar pegar a gente por trás.

Agora Alexandre ocupava a posição que fora segundos antes de Josué, e Soraia já puxava o seu cinto dos passadores.

— Amarra bem forte, Soraia, mais alto, um pouco pra baixo do coração.

Mas no fundo ele sabia que o torniquete seria inútil. Levara um tiro de .44 Magnum que havia entrado por suas costas, pouco acima das costelas flutuantes, e saído a meio palmo do outro lado. Provavelmente não tinha pego nenhum órgão vital, mas havia ossos partidos e um imenso orifício de saída, que ele não se arriscaria a apalpar. Não tinha muito tempo. Logo a perda de sangue acabaria com ele, e agora mesmo já sentia o corpo tremer, o suor escorrer pelos lados do seu rosto e por suas costas, e a dor espalhar-se com a absorção da adrenalina, fazendo suas pernas vergarem-se. Soraia amparou-o, e ele se apoiou mais na parede.

— Josué — chamou, com dificuldade. Sua boca estava seca e o fôlego parecia pequeno. — 'Cê vai ter que entrar lá sozinho... Recarrega. Eu também. Vou dar o primeiro tiro, e aí 'cê entra. Deve ter uma porta à esquerda... mais ou menos na metade do corredor. 'Cê se abriga ali... vê se pega o cara.

Josué assentiu. Virou a sua espingarda *pump-action* de barriga para cima, e puxou um cartucho de .12 de uma bolsa que trazia cruzada no ombro. Colocou dois cartuchos na canaleta de carregar. Então olhou para Alexandre e fez que sim com a cabeça. Xande já tinha recarregado e se arrastado um tanto mais para junto da entrada do corredor.

Os dois se encararam. Faltava pouco, agora.

Vanessa Mendel havia se arrastado pela valeta lateral do matadouro, até a área dos fundos. A cada passo, ondas de dor excruciante a sacudiam. Mas ela estava habituada à dor, e, com a mão esquerda fechada sobre seu estômago — o sangue da ferida escorrendo-lhe por entre os dedos — e a direita apoiando-a contra a parede, foi progredindo, avançando devagar. Passou logo pelo ponto em que deveria estar o carro de Norberto Ruas. Recordou-se do Maverick passando por ela, à toda velocidade, em Hortolândia. Então ele tinha feito o que ela ordenara... Mas não deveria estar aqui agora, para ajudar na luta? Afinal, ela não via o exército de policiais que haviam antecipado — apenas Josué e... alguém mais, que ela não podia ver. De algum modo o verme escapara do seu feitiço, e a tinha desertado.

Vanessa caminhou mais, até dobrar a esquina do prédio e reconhecer a pesada e larga porta de metal que se abria para o corredor do frigorífico.

Teria hesitado, ao atirar em Josué? A mão tremera, ao puxar o gatilho, e foi por isso que errou a três passos, atingindo-o na perna e não no corpo? Armas de fogo nunca tinham sido o seu forte... Mas e agora? Estava feliz, por não ter infligido o ferimento fatal? Talvez Josué escapasse dos seus capangas — tinha visto pelo menos um deles, pelas janelas —, e vivesse para contar como fora traído... Traído em meio a pecados que ele mesmo cometera.

Através da cortina de dor, Vanessa conseguiu sorrir.

Josué não importava mais. Agora restavam apenas ela e o seu verdadeiro amante, o *noivo* que a esperava no frio e na escuridão. Ela estava determinada a chegar até ele.

A porta... Somente ela e Ruas tinham a chave. Mas estava trancada agora... Como Ruas havia saído com o carro, sem passar pela porta? Por um momento Vanessa quebrou a cabeça com a questão, até que seus dedos, trêmulos e agindo por contra própria, tatearam o bolso da frente do *jeans*, à procura da chave. No instante que sua mão esquerda estendia-se para abrir a porta, a fechadura explodiu para fora, ferindo os seus dedos.

Soraia tremia. Era tudo tão injusto... Xande ferido, sangrando ao seu lado. Ela não precisava ser médica para perceber que o cinto apertado em torno do seu peito pouco fazia para diminuir a velocidade com que se alargava a poça de sangue a seus pés. Mais do que isso, seus olhos molhados de lágrimas agora enxergavam através das paredes, através dos mundos, e viam a *ciranda* maldita, superposta à parede mal-iluminada. Todas as almas ali, girando e espiralando, parecendo subir para o alto como a tromba escura de um tornado — mas os rostos tão claros, as expressões tão nítidas, toda uma multidão em silenciosa balbúrdia, os olhos fincados onde ela, Xande e Josué estavam. Será que eles sabiam? Que três loucos vieram enfrentar o monstro que os escravizava. E como reagiam? Talvez torcessem por eles, imaginando uma chance de liberdade. Talvez a escravidão fosse tão profunda, que apoiavam apenas o seu mestre e senhor. Ela não especulou mais. Sua garganta apertava-se diante da visão, e tudo o que queria era levar Alexandre para longe dali. Mas como, com ele mortalmente ferido — e ainda disposto a avançar?...

Piscou para fazer descer as lágrimas, e então seus olhos enxergaram algo que havia passado desapercebido, tão perto, superpondo-se à imagem dançante da ciranda.

Estendeu a mão, para apertá-lo.

Alexandre ouviu o tiro, e viu o final do corredor iluminar-se brevemente com a chama e um chuvisco de faíscas. Recortada contra essa efêmera fonte de luz, a silhueta de um homem.

Puxou o gatilho da sua escopeta, na certeza absoluta de que o chumbo grosso, espalhado a partir do cano cerrado, não falharia em atingir o alvo.

O corredor iluminou-se, sem mais nem menos.

Ao seu lado, Josué atirou no segundo em que os olhos de Alexandre captavam a figura cambaleante do pistoleiro, que girava para enfrentá-los com o seu revólver. A carga de chumbo atingiu-o, saindo do cano longo mais concentrada do que o tiro de Alexandre, e bem no peito. O homem abriu os braços e bateu brutalmente com as costas contra a porta de metal que tentara abrir com um tiro. Caiu para a frente. O .44 Magnum escapou de sua mão direita e quicou no chão.

Alexandre voltou-se para Josué, para cumprimentá-lo. O rapaz olhava para além dele, e, acompanhando-o, Alexandre viu Soraia no movimento de baixar a mão direita de um interruptor de luz, instalado acima de sua cabeça. Não apenas o corredor iluminara-se, como uma fileira de velhas lâmpadas de 600 Watts acendeu-se acima deles, no vasto salão do matadouro. Atrás de Soraia ele reconheceu todo o volume do tanque de combustível, os pneus novos enfileirados em pé contra a parede, um camburão metálico para combustível, e dois garrafões bojudos e brilhantes, pintados com cores fortes. E então, outra vez, a expressão assustada de Soraia.

Sorriu para ela e voltou a observar o corredor.

Alguém acabava de entrar, e, com passos trôpegos e apoiando-se contra as paredes do corredor, passou por cima do corpo caído do homem, e, quase em um mergulho, afastou a porta da câmara frigorífica.

Quando ele desapareceu, Alexandre voltou-se para Josué.

— 'Cê podia ter acertado...

— Me pegou de surpresa — ele admitiu, com uma voz que soou estranha, distante.

Como que para frisar suas palavras, Josué acionou o mecanismo da espingarda, jogando o cartucho inútil para fora.

— Falta mais um, então... — Alexandre disse. — Escuta. 'Cê viu se... Não sei. Parecia uma mulher?...

— Era — Josué respondeu, num tom seco e distante. — A *bruxa*... A bruxa de que a sua namorada falou. Foi ela que atirou em mim. Mas também 'tá ferida. Do jeito qu'ela 'tá, não vai longe...

Os três então ouviram os primeiros gemidos.

Vanessa caiu no chão frio e manchado de sangue, do frigorífico. A pequena corrida da porta até a câmara roubara suas últimas forças. Agora seu sangue misturava-se aos das vítimas antes armazenadas ali. Ela, porém, precisava chegar até a câmara interior, onde estava o seu Aliado, seu Noivo...

Começou a arrastar-se com os braços e pernas. Tentou engatinhar, mas ao levantar-se um pouco, foi transfixada de dores e desistiu, gritando de dor. Como uma cobra, ela rastejou. A friagem do piso entorpeceu o seu ferimento, livrando-a de uma fração da dor. Avançou mais, gemendo a cada metro percorrido, sentindo agora que sua vida esvaía-se com o sangue que perdia, com o calor que se dissipava no ar frio em torno.

Daria sua vida por ele. Apenas por ele. Faltava tão pouco agora... Ela tinha mais do que o peso suficiente para completá-lo, e ele agora era capaz de absorver a carne humana mil vezes mais rápido. Talvez, com o processo completado, ele poderia lutar por si mesmo. Assim, havia ainda uma chance. Ele teria completado a sua conquista do poder, e quem poderia enfrentá-lo, então? Josué e seja lá quem mais que estava com ele — os homens do carro branco, de quem Ruas havia falado?... Não eles. Ninguém.

Vanessa estaria com o seu Noivo, de um modo ou outro. Se não em vida, deste lado, em espírito, do outro. Mas... faria parte do grupo de espíritos escravizados, do qual ele tirava o seu poder espiritual. Ele, porém, não teria a coragem de tratá-la como mais uma escrava... Nunca. Precisava dela para orientá-lo nos processos do mundo da matéria... Ele seria como o filho recém-nascido, que ela educaria para exercer seu poder entre os homens.

E então os dois tratariam de, mais tarde, repetir o processo, conseguir para ela um corpo invulnerável que Vanessa ocuparia, para caminhar outra vez pelo mundo dos homens, e dominá-los.

Com o pensamento estranhamente lúcido em meio à dor e ao entorpecimento, não conseguia evitar de fazer mais planos, de construir estratégias, testar inutilmente as teias já partidas, mesmo agora que, com suas últimas forças, afastava a porta da câmara interna. Enxergou brilharem na escuridão dezenas de olhos agrupados como uma pequena galáxia de estrelas vermelhas, todos fincados nela. E então um gemido que não saiu de sua garganta, uma nuvem de condensação gélida escapando da escuridão e avançando para ela, com um hálito de morte.

— Estou aqui, meu amor... Aqui para salvá-lo — Vanessa Mendel murmurou, antes de entregar sua vida no mais frio altar, diante do seu Aliado.

CAPÍTULO 22

Ruas apertou o botão vermelho que acionava o sistema de óxido nitroso. O motor imediatamente mudou o tom do seu rosnado, e o Maverick projetou-se para a frente. Ruas cravou as duas mãos no volante para controlá-lo. Não se preocupou em olhar pelos retrovisores laterais. O Charger o alcançaria, ou não. Tinha que se preocupar apenas com a estrada coleando diante dos seus olhos.

As curvas eram suaves por ali, o Maverick as percorria a mais de duzentos quilômetros horários. Ruas o fez tomar um gradiente após o outro, para dentro, para fora, para dentro do lado oposto — *bra-t-t-ta-tá*, os olhos de gato que limitavam cada uma das três faixas repicavam nos pneus. O próprio carro parecia escolher as tangentes. Desviou-se sem problemas de um Fusca cuja cor ele nem percebeu, tão rápido passou por ele. Tão rápido que o pequeno automóvel parecia estar parado.

Os faróis altos revelaram uma curva mais apertada adiante.

Engatou uma reduzida, desviou os olhos da pista por um segundo para os retrovisores——

——lá, o maldito Charger como um borrão de luz branca voando baixo——

——quase perdeu o ponto de frenagem, pisou firme, sentiu a traseira deslizar para fora, corrigiu. Pegou a curva mas foi saindo para a esquerda, com um toque no acelerador, corrigiu. Mudou a marcha, pisou no acelerador. Emoldurado pelo para-brisa surgiu uma nova curva apertada, mas dobrando-se para a esquerda. Agora Ruas concentrou-se apenas em pilotar. Atrás dele o Charger branco também teria de frear, calcular os pontos de tomada das curvas, e enquanto isso o Maverick iria acelerar para longe.

O S se desfez como uma corda esticada por dois punhos fortes. A estrada entrava em declive, passava por uma ponte, começava a crescer novamente. Ruas acelerou com tudo. Logo o carro saltava no pequeno ressalto da ponte, aterrissando com um baque quase do outro lado. O motor rugia em alta rotação. Ruas abriu a válvula do óxido nitroso, apertou o acionador montado no painel.

O Maverick começou a subir rápido o aclive. Ruas olhou pelos retrovisores e teve um choque. O Charger mordia os seus calcanhares, a apenas dois ou três carros de distância. Mas como?... Estava a quase 240 quilômetros por hora! O motorista do carro branco tinha feito um novo arranjo, envenenado ainda mais o seu v8. Ruas, piscou, aturdido.

O trecho de reta terminava. Os dois carros teriam de frear juntos. O piloto do Charger não arriscaria tentar tirá-lo da estrada a essa velocidade. Não com o risco de perder o ponto de frenagem.

Ruas venceu a nova curva. Olhou pelo retrovisor direito. Lá estava o Charger, um pouco mais claro agora que era visto de um certo ângulo que o fazia escapar da bola incandescente dos seus faróis. Ruas sentiu um calafrio ao lembrar-se do passageiro que sempre rodava com ele. Um tiro de calibre .12 que o atingisse a uma velocidade dessas o jogaria para fora da estrada, tendo o Maverick o corpo fechado ou não.

Mas nenhum tiro veio.

Dissipou-se o efeito do último pico de gás.

Ruas preparou-se para mais uma descarga.

Atrás dele, o Charger vinha encurtando a distância que os separava.

O poderoso disparo de energia no motor do Maverick se fez sentir mais uma vez. As distâncias se alargaram um pouco.

Então Ruas ouviu um longo suspiro rouco vindo da frente do Maverick. Sentiu-se empurrado para a frente contra o cinto — o carro perdia velocidade. Ruas examinou o conta-giros. Algo dera errado com a carga do óxido nitroso.

Não era qualquer motor que aguentava uma paulada de cento e vinte cavalos, em poucos segundos. Ruas havia caprichado no ajuste, e até agora o 302v8 não havia lhe faltado uma única vez.

Olhou pelo retrovisor esquerdo. O Charger mantinha a distância. Por que, agora que o Maverick perdia velocidade? Ele já provara que poderia acompanhá-lo na máxima.

A estrada se abria em duas largas pistas de três faixas, separadas por um amplo canteiro central arborizado. Havia muitas árvores à direita também, Ruas viu — e nesse instante passou em segundos pelas janelas do Maverick a imagem esboçada de um posto da Polícia Rodoviária.

Ruas pensou.

O piloto do Charger não ia tentar jogá-lo para fora da estrada perto de um posto policial. Se algo desse errado, e fosse ele a se acidentar, a polícia rodoviária logo estaria em cima dele.

Esperaria um pouco, para dar o bote.

Ruas usou esse tempo para tentar ganhar alguma vantagem. Tinha a experiência profissional a seu favor. Aferrou-se a esse pensamento. A sua experiência em corridas... Usou-a para buscar as curvas perdendo o mínimo de velocidade possível, para não precisar gastar tempo precioso com as retomadas. Mas o seu perseguidor parecia conhecer a estrada. Fazia ele mesmo a sua corrida de precisão antecipando cada curva e ponto de frenagem...

Ruas decidiu-se por tentar uma finta. Fingiu que errou uma manobra, assim que saiu da última curva e entrou em um trecho de reta. A distância entre os dois carros diminuiu agudamente. Ruas moveu-se para fechar o Charger, saindo da direita para a esquerda.

O seu adversário teve porém o reflexo de puxar para a direita. O Charger evitou o choque, cortando a trajetória do Maverick. Dançou na pista, freou brevemente, estabilizou-se. Voltou a frear para não se tornar vulnerável a outra fechada de Ruas, que pensou ouvir o guincho dos pneus travando-se. Manteve a distância.

— Filho da puta!

Ruas acelerou mais forte.

Tentou outro truque.

Guinou para a esquerda. Agora a faixa central separava os dois carros. Ruas pisou com toda a força e ao mesmo tempo o breque e o acelerador. O Charger devia estar acelerando para acompanhar a sua velocidade anterior — passaria por ele à direita, e então seria o Maverick que estaria em posição de atirá-lo para fora, abalroando-o. Ou meter-lhe um tiro do Ruger Blackhawk que pesava em sua axila esquerda. Qualquer coisa.

A resposta do Charger foi ir para o acostamento junto à pista da direita. Então algo estranho — o acostamento alargou-se. Tornou-se uma pista de duas faixas, e então três... O Charger foi se afastando. O rapaz atrás do volante o olhava com uma expressão firme, levemente curiosa. Na traseira rabuda do Dodge um brilho vermelho acendeu-se. Ele freava, mas não parecia perder a trajetória paralela em relação ao Maverick.

No segundo seguinte, Ruas compreendeu. Uma outra estrada se encontrava com a Bandeirantes ali, um tributário despejando suas águas do rio principal. Mais adiante as duas se fundiriam, as pistas se afunilariam. E de fato, o Charger já vinha voltando na sua direção. Mas como o piloto sabia que podia ganhar o acostamento e além, nesse ponto? Ele conhecia a estrada e havia memorizado o seu trajeto.

Uma sombra passou em alta velocidade entre os dois carros. Ruas olhou para trás e viu uma caminhonete encolher-se na distância. Seu coração pulou no peito. Pela largura de uma faixa é que não havia se chocado com o Maverick a 210 quilômetros por hora. Ruas vinha pilotando quase que por instinto, os olhos centrados no seu perseguidor, seu controle da pista baseado apenas no que a sua visão periférica percebia. Olhou para a frente. Tornou a olhar para o lado.

O Charger vinha com tudo em sua direção, o rosto sorridente do rapaz ao volante crescendo mais e mais. Ruas sobressaltou-se uma segunda vez. O Dodge pesava cento e poucos quilos a mais que o seu Maverick — iria jogá-lo para fora da pista sem o menor esforço.

Mas então o Charger freou. Foi como se atirasse uma âncora — em um segundo sumiu do campo de visão de Ruas, delimitado pela janela do passageiro. Os seus faróis de milha brilharam novamente nos retrovisores do Maverick.

Ruas respirou fundo. Concentrou-se na pista adiante e no máximo de velocidade que podia tirar do Maverick GT.

Só então se deu conta de que, pela primeira vez, o cara do Charger estava sem o seu acompanhante e sua espingarda.

Um fraco consolo. A melhor arma do outro era o carro de alto desempenho que possuía. Talvez por essa razão é que hesitara em tentar o choque lateral, que poderia danificá-lo. Afinal, ele ainda precisaria fugir da polícia — e a corrida dos dois certamente chamaria a atenção das autoridades.

Percebeu que ele deixava que o seu Maverick se distanciasse. "O que está tramando agora? Talvez esteja com problemas..." foi a esperança a que Ruas se apegou por um instante. Era uma corrida que solicitava demais de carros de rua. O outro bem podia estar sentindo algum problema...

Estavam em uma longa reta, o Maverick em velocidade máxima. Ruas olhou e viu que o Charger ficara um pouco mais ainda para trás. "Bom." Não era uma distância grande que os separava, uns sessenta metros. Mas o bastante para aumentar as suas esperanças.

A estrada precipitou-se em um declive abrupto. Às suas costas, a pista perdeu profundidade, sumiu dos seus retrovisores. Quando a estrada nivelou-se um pouco, não havia mais aquela ilusão cometária colada às suas costas. Apenas a escuridão desfilante em seus retrovisores, quebrada unicamente pelos rasgos de luz ainda sulcados em suas retinas.

Sorriu. Quis e acreditou que o Charger ficara para trás. Provavelmente encostado no acostamento, o bloco do motor fundido ou o radiador em ebulição. Suspirou aliviado. Limpou o suor da testa com as costas da mão enluvada.

Então sentiu o toque.

Tão leve que ele pensou que era o Maverick que, espontaneamente, escorregava de suas mãos. O seu carro começou a virar para a esquerda, como o braço traçante de um compasso. Logo os faróis iluminavam a grama bem aparada do canteiro central. Ruas corrigiu o volante, mas seu movimento não se alterou. Quando o giro completou 180°, os olhos arregalados de Norberto Ruas contemplaram os faróis ainda apagados do Dodge Charger refletindo os faróis acesos do seu Maverick. A fumaça dos seus radiais queimando no asfalto sumia debaixo da sua frente retangular. Tudo isso Norberto Ruas registrou, enquanto suas mãos giravam o volante inutilmente — e seus pés pisavam freio e embreagem — e seus ouvidos ouviam o grito de agonia da borracha dos pneus.

Veio o primeiro baque, quando o carro deixou o acostamento e atingiu a grama.

E então um segundo.

E um terceiro——

——quando o Maverick capotou.

Ruas lembrou-se de outros acidentes em que se envolvera. Rodadas e choques, capotagens. Em todos, esse limbo de uma consciência em suspensão, dolorosamente registrando tudo, à espera do oblívio.

Despertou instantes depois. Foi difícil orientar-se. Estava de ponta-cabeça, pendurado pelo cinto. Seu pescoço doía, e as pernas... Olhou para baixo e viu a silhueta escura do Ruger Blackhawk caído contra o teto do Maverick. Lembrou-se de tirar a chave da ignição... Uma fagulha poderia incendiar o combustível de alta octanagem, que, com certeza, fora derramado no capotamento. Suas mãos tatearam, iluminadas pelas luzes moribundas do painel.

Tarde demais.

Ouviu um *vuush!* e tudo em torno coloriu-se de uma luz avermelhada.

Automaticamente, como o fizera tantas vezes antes, desatou-se do cinto de segurança. Caiu sobre o revólver, no teto do carro. Tentou forçar a porta, com mãos trêmulas de tendões enfraquecidos. Inútil...

Já sentia o calor acercando-se dele. Ao tentar a porta do passageiro, seu ombro roçou o garrafão de óxido nitroso preso entre os dois bancos da frente.

Ruas gritou qualquer coisa que soou incompreensível aos seus ouvidos. Se o fogo chegasse ao gás altamente inflamável, tudo iria pelos ares. O para-brisa estilhaçado... Obstruído pelo capô aberto, e era da frente que vinha o calor.

"O vidro traseiro", alertou a si mesmo. Não passaria pelos laterais — a capota do Maverick estava semienterrada na grama, e ele temia se entalar na saída. O vidro traseiro, então... E *rápido*.

Mas foi forçado a hesitar.

O som de um motor... Um v8 em baixa rotação. O Charger devia estar parado ali por perto. Se o seu motorista tivesse uma arma, estaria em posição de despachar Ruas assim que ele saísse rastejando do carro.

O revólver...

Tateou e encontrou-o. Seu peso pareceu-lhe imenso. Respirou fundo, sentiu que recuperava algo de suas forças, rastejou até a traseira do Maverick. Com o comprido cano do Ruger Blackhawk, terminou de derrubar um pedaço trincado de vidro, que não se desprendera na capotagem. O vidro quebrado no interior do carro cortava os seus joelhos apesar do *jeans*, suas mãos apesar das luvas... Às suas costas o fogo avançava... Sem olhar, Ruas sentia-o crescendo, crepitando por baixo do painel...

Mais um pouco... Com o .44 Magnum na frente... Já tinha os braços livres, e então o tronco... Cheirava a gasolina... O tanque também rompido... Viu uma luz intensa mais adiante... Mas o calor... o fogo...

Não há nada de especial na estrada
É só mais um percalço
É apenas longa demais, é só...
    Dave Mustaine (Megadeth)
    "The Killing Road"

João Serra deu graças a Deus por ter parado o Charger a uns vinte metros do Maverick capotado.

A explosão espalhou gasolina — cuspida ainda líquida e flamejante como da boca de um dragão — e pedaços de pneus em chamas até o meio da estrada, mas longe dele. O sopro, porém, quase o derrubou de onde estava, sua mão livre segurando a porta aberta do Charger, o pé esquerdo no asfalto.

Serra baixou automaticamente o braço que empunhava a escopeta. Tinha visto o sujeito rastejando para fora do Maverick, emergindo de sob a traseira levantada pelo peso do motor na frente. Uma das mão segurava um revólver escuro, de cano longo. Por isso Serra se livrara da jaqueta e apanhara a arma. Mas então tudo sumiu em uma bola de fogo laranja.

— O óxido nitroso... — balbuciou.

Intimamente Serra congratulou-se por ter conduzido a perseguição tão bem. O bandido havia tentado todos os truques imagináveis. Era um piloto cheio de recursos, mas Serra conseguira antecipar e compensar cada um dos seus movimentos. Até que chegou o momento de tentar o seu próprio. Quando o Maverick sumiu no trecho da rodovia em que a pista se precipitava abruptamente para baixo, Serra solicitou o máximo do motor, e apagou todos os faróis. Confiou que o seu 318 envenenado conseguiria levar o carro, sob o abrigo da escuridão, a cobrir a distância até o Maverick em um espaço de tempo que não despertaria a suspeita do outro motorista. Um blefe. Então uma aproximação rápida o bastante, e finalmente o toque preciso no canto direito do para-choque traseiro, como ele havia feito tantas vezes, nas competições de demolição. No segundo seguinte, o pé no freio até embaixo e a visão do Maverick GT negro girando diante dele, um instante de ofuscamento quando os faróis tocaram os seus olhos, antes do carro deslizar para fora da pista — e então a capotagem dupla no desnível agudo do canteiro central. Por sorte, conhecia a estrada como a palma da mão, e sabia que nesse ponto poderia tentar a sua cartada. Tão perto do primeiro posto de pedágio — e da polícia.

Piscou, aturdido. Tinha conseguido. Tinha afinal derrotado o seu formidável oponente.

Sentiu-se eufórico como da vez em que um antigo desafeto dos treinos de caratê aparecera na academia do Marino, batendo no peito e desafiando-o — para ser derrubado em alguns segundos, sua cabeça raspada trincando o espelho das moças da aeróbica. Serra adorava a vitória, mas...

Olhou com mais atenção o carro virado e em chamas. O fogo se espalhava pela grama e já subia o desnível. Era tão forte que ele sentia o rosto ardendo, o peito acalorado. Teria ouvido um grito, abafado pelo rugido das chamas, como se o próprio fogo tivesse consumido a voz, as palavras, a garganta do outro, o próprio ar em seus pulmões?

Há um homem ali dentro.

Ele então fizera o que Alexandre havia lutado de todos os modos para evitar. Matara um homem.

Como naquela noite em que Xande, sozinho, dera cabo de Patolino e seus capangas, Serra sentia agora o estômago revoltar-se. Com algum esforço, conseguiu se controlar. Agora dava-se conta do cheiro de borracha e tinta automotiva em chamas, de couro queimado — e *algo mais*.

A euforia apagou-se, como se nunca tivesse existido. Não sentia satisfação alguma. Matara um *ser humano. Queimado.* Teria de viver o resto de sua existência sabendo disso.

Atirou a escopeta no banco do passageiro e entrou no carro. Por um segundo ficou ali, parado, as mãos no volante, contemplando os destroços em chamas, sentindo a fogueira como uma violência contra a noite tranquila.

Girou o volante para a direita e arrancou, escapando do fogo que ardia sobre o asfalto. Foi acelerando e trocando as marchas automaticamente. Acendeu os faróis altos, conferiu os instrumentos. Corria outra vez. Era esquisito... Na dimensão indefinida da velocidade, ele acalmava-se. O estômago aquietou-se e a mente ficou clara. A vibração do volante e o rosnado do motor lhe transmitiam segurança. O carro ainda corria sem chiar, tudo regular nos instrumentos, e a despeito de estar no limite da potência do seu motor. O Charger de seu pai não havia lhe faltado, porque ele havia feito todas as modificações certas — e cuidado bem dele. Em dois minutos chegou a um trecho da pista em que o canteiro central era praticamente plano. Ali reduziu a velocidade, ganhou o acostamento e então o largo gramado e, com cuidado, cruzou a pista. Neste instante passava por ali um motoqueiro solitário. Serra viu o visor do capacete voltar-se para ele.

Acelerou, queimando borracha, e em um instante ultrapassou a motocicleta. Continuou acelerando, superou os duzentos, chegou à velocidade máxima. Precisava voltar ao matadouro e ajudar Alexandre... Na subida da reta em que tinha tirado o Maverick da estrada, viu a crista do canteiro gramado ardendo em chamas. Consultou o marcador de combustível. Daria bem para retornar a Hortolândia... Agora o relógio no painel. Calculou que a perseguição não havia durado mais que quinze minutos.

Não era nada, pensando na distância que tinham percorrido.

Mas uma eternidade, se pensasse no que Xande devia estar enfrentando, sozinho. A lembrança da carta que fora confiada a ele explodiu em sua consciência.

Até aqui Serra agira por instinto, ao sair em perseguição do Maverick. Havia contas a ajustar, e, enquanto corria, pensava que estava tirando uma carta do baralho. Mas o fato era que o piloto do carro negro tentara, claramente, *fugir*, e não apenas atacar a ele e a Alexandre (e Soraia!) em movimento, ao invés de esperar encastelado no matadouro. Fugia para salvar a vida, e Serra o perseguira, caçando-o implacavelmente, até matá-lo.

Algo afundou em seu peito, quase fazendo-o perder o ponto de frenagem em uma curva.

Um homem fora morto por suas mãos.

E enquanto ele o caçava, seus amigos enfrentavam sozinhos os dois pistoleiros.

Precisava retornar para junto de Xande e Soraia.

E o faria.

Rápido!

CAPÍTULO 23

Cansado da água
Cansado do vinho
Cansado do futuro
Cansado do tempo
Cansado da loucura
Cansado do aço
Cansado da violência
Cansado de mim

Cansado de mim
    Kowalczyk, Taylor,
    Dahlheiner & Gracey (Live)
    "Tired of 'Me'"

Alexandre inclinou-se para a frente, e pensou que iria continuar inclinando-se até cair no meio da entrada para o corredor. Mas equilibrou-se. Olhou para Josué do outro lado. O jovem soldado devolveu seu olhar com preocupação. Agora, com as luzes acesas, podia ver o quanto ele estava abatido. A pele negra assumira um tom cinzento, rebrilhando de suor, e fundas olheiras se formaram nos lados do nariz. Alexandre tentou sorrir para animá-lo, e sentiu-se imensamente estúpido ao fazê-lo. Sua situação era muito pior que a do outro.

— Vamos lá — disse.

— *Não!*

Soraia, suas mãos retendo-o pelos ombros.

— Ainda dá tempo, Xande — ela disse. — Eu posso dirigir um dos dois carros lá na frente, até o hospital... Ou o Josué pode chamar ajuda pelo rádio do carro dele.

— Não dá mais, Soraia — ele murmurou. — Só tem tempo pra uma coisa, meu amor. Pr'aquilo que a gente veio fazer aqui.

Fez um sinal para que Josué avançasse para dentro do corredor. O rapaz não moveu um músculo.

— Ela tem razão — disse, para a surpresa de Alexandre. — Vamos sair daqui. Nenhuma missão, humana ou divina, vale o seu sacrifício.

Não fosse a dor que crispava os músculos do seu rosto, Alexandre teria sorrido diante da súbita traição dos dois. Ao invés, despregou-se da parede e meteu-se no corredor. Sabia que não havia tempo para socorro algum. Só havia tempo para ir adiante, e talvez nem isso. Nesse instante, ele se sentia como alguém que não tinha mais sangue nas veias. Como alguém que não tinha ar nos pulmões. Como alguém que não tinha ossos nas pernas.

— 'Tô cansado — gemeu. — Cansado demais...

Conseguiu dar mais alguns passos, apoiando-se com um braço trêmulo contra a parede. Logo Josué estava ao seu lado, mancando com a espingarda pronta nas mãos. Sentiu outra vez o toque incerto de Soraia em seus ombros, tentando segurá-lo. Empurrou-se para a frente e ela desistiu.

A porta do frigorífico permanecera aberta. Josué entrou primeiro, girando o cano da sua arma primeiro para a direita, depois para a esquerda.

— Ela não 'tá aqui — disse. — Deve ter entrado na câmara interna.

— Me ajuda aqui, Soraia — Alexandre pediu, com voz sumida.

Com relutância, ela se enfiou por baixo do seu braço direito, para apoiá-lo. Os dois entraram no frigorífico. As luzes ali também estavam acesas, mas ele só viu sangue e trapos jogados no chão ou pendurados em ganchos que corriam em barras no teto. Junto dele, porém, Soraia enrijeceu-se e parou. Quando Alexandre se esforçou para ir adiante, ela não se moveu um centímetro de onde estava. Ele piscou seguidamente, tomou fôlego para lhe dizer alguma coisa, mas não o fez. Soube, de algum modo, que ela nem sequer o ouviria. As coisas que Soraia havia lhe contado sobre o lugar, pesavam sobre ela... Com delicadeza, como se temesse despertá-la de um sono merecido, soltou-se dos seus ombros e cambaleou sozinho para o interior da câmara.

Fazia frio, ele podia ver pelo vapor que se formava à frente dos seus lábios, e dos lábios de Josué, à frente dele. Mas não o sentia. A temperatura do frigorífico era redundante — a perda de sangue já o balançava com calafrios que faziam tremer seus membros entorpecidos.

Agora era Josué que se aproximava, cruzando a sua frente vindo da esquerda para a direita, para ampará-lo do seu lado bom. Ignorou a paralisada Soraia. No seu abraço, Alexandre arrastava os pés.

— Ali... — murmurou.

Indicou com o queixo a porta entreaberta da câmara interna. O rapaz negro o deixou apoiado na porta de correr, tornou a empunhar a espingarda, olhou para dentro do recinto.

— Não tem luz... Não dá pra ver só com a luz que vem daqui — disse. — Eu vou entrar.

Alexandre deteve-o.

— Não. Agora é comigo. Pelo menos pelo qu'eu entendi. Pelo que Soraia e você deram a entender. Eu tenho que ir sozinho...

Josué mordeu o beiço rosado, sem olhar para ele. Tinha os olhos presos na escuridão da câmara interna.

— 'Cê não tem que ir — disse.

Alexandre preferiu ignorá-lo. Já pensava no que fazer a partir dali. Seria estúpido acreditar que se arrastara até esse ponto, para entrar na cova dos leões contando apenas com as três munições de .45 que lhe restavam. Nem sabia se poderia apontar a pistola. Diante dos seus olhos a imagem de Josué Machado tornava-se nebulosa e voltava a avivar-se a cada nova respiração, a cada novo esforço em manter-se acordado. Manter-se vivo.

Havia apenas um nódulo de consciência em sua mente, e ele tentou alcançá-lo.

— Josué. Dá pra você voltar até a frente... perto do tanque de combustível? Tem uns garrafões... parecidos com um extintor de incêndio... — Sua voz ameaçou sumir, ele pigarreou e respirou fundo. — Traz um pra cá. E um camburão de gasolina...

— *Com* gasolina? — Josué perguntou, estupidamente.

Será que ele intuíra a sua intenção? Devia ser bastante óbvia, é claro... Por um instante, esperou que o rapaz viesse com alguma objeção religiosa. Mas, diante do seu silêncio, ele apenas deixou a espingarda apoiada contra a porta, bem diante de Alexandre, e saiu mancando.

Josué passou por Soraia, ainda paralisada junto à porta, os olhos verdes fincados em Alexandre. Hesitou ao seu lado, pensando em dizer-lhe alguma coisa, mas não encontrou palavras. Temia, na verdade, que ela o convencesse a desistir, a apanhar Alexandre e carregá-lo para fora deste lugar maldito. Mas não precisava ter o conhecimento de um médico, para perceber que, pelo tanto de sangue que Alexandre havia perdido, seria impossível salvá-lo.

Assim que saiu do corredor para o grande salão do matadouro, viu os garrafões de que Alexandre falara, e o camburão. Pela primeira vez, reconheceu grandes galões cheios de água oxigenada. Para que serviriam? Desistindo de encontrar uma resposta, arrastou-se até eles, fazendo uma pausa para ajustar o torniquete em sua perna. Soltou-o um pouco... sentiu mil picadas de agulha, e então cem cortes de faca, enquanto o sangue descia até a dupla ferida de perfuração. Gemeu em voz alta, inspirou e expirou seguidamente, tornou a apertar o torniquete.

Por sorte o camburão estava cheio de gasolina. Os bandidos provavelmente o utilizaram para abastecer o tanque do Ford. Não havia uma bomba ligada à carretinha com o combustível, apenas grandes bocais de saída do combustível, instalados em baixo e do lado direito. Dali, com o auxílio de um funil, a gasolina iria para o camburão e do camburão para o carro, com a ajuda do bico curvo que ele via, já rosqueado no lugar. Levantou-o do piso com a mão direita e mancou até um dos garrafões, aquele que estava mais próximo do corredor.

Era pesado. E teria que carregá-lo com a mão esquerda, colocando o peso sobre a perna ferida. Não... não ia conseguir levantar nada. Fechando o punho sobre o estreito gargalo e a válvula que havia em cima, começou a arrastá-lo. Logo estava arrastando a garrafa e o camburão, gasolina cheirosa molhando a barra da calça e o coturno. O metal contra o piso de concreto rangia como unhas em lousa, ao ser arrastado.

Foi forçado a parar várias vezes, para recuperar o fôlego e descansar os braços. Suor descia por seu rosto, peito e costas, e ensopava o uniforme. Nessa primeira pausa, foi com um choque que percebeu que Vanessa estava morta. Nesse minuto. Faltava algo... Dentro dele próprio havia uma ausência, reflexo de uma presença anterior apenas agora sentida, como se ele tivesse carregado uma parte da mulher consigo, sempre, desde que a conhecera, um resto, resíduo vivo da simbiose que partilhara com ela. E agora isso *se fora*.

Com esforço, Josué venceu o impacto dessa compreensão, pensando em Alexandre e em Soraia. Tinha que seguir em frente.

Quando chegou ao frigorífico, encontrou Alexandre sentado, a cabeça caída, o queixo contra o peito — e Soraia de joelhos ao seu lado, abraçada a ele.

— Como?...

— Ainda 'stá respirando — ela disse. — Você demorou *demais*. Me ajuda... A gente pega ele e leva até o seu carro...

Em resposta, Josué arrastou a sua carga para junto dos dois. Atirou-se no chão sujo de sangue e excremento ao lado de Soraia. Com dedos trêmulos, soltou mais uma vez o torniquete. O esforço de carregar tanto peso havia acelerado o seu coração, bombeado o sangue até a represa dos vasos comprimidos, e a grande artéria que descia por dentro de sua coxa parecia pronta a explodir. Gemeu, quando o sangue desceu.

— Meu carro não... — balbuciou. — 'Tá destruído... a tiro...

— O outro, então. Ou o seu rádio...

Refletiu. Não serviria de nada, mas talvez acalmasse a moça. Alexandre, desmaiado, não poderia cumprir a sua missão — e agora, enquanto tremia de frio, Josué pensou que estava mais preparado para admitir a morte de Alexandre Agnelli assim, ele tendo contribuído para acabar com dois assassinos, do que morto lá dentro da câmara interna, encarando o que quer que lá estivesse, esperando que alguém entrasse.

O que quer que estivesse lá dentro, com Vanessa.

*

Lembrou-se com uma clareza impossível a combinação de golpes que o mandou para a lona no oitavo assalto de sua luta contra o mexicano. Já então havia uma fornalha queimando em seu peito, o ar puxado aos arrancos já entrava quente, seco, áspero, uma lixa aquecida, e os membros não respondiam aos comandos do cérebro, e o sangue descia do corte em seu supercílio até o canto da boca, até a ponta do queixo. Pelo menos era o último assalto... Um direto de direita lançado sem preparação alguma, por isso mesmo surpreendendo-o completamente — e então um gancho de esquerda no corpo, um cruzado de esquerda na cabeça. Essa mesma dormência que conquistava cada centímetro de seu corpo, descendo pela nuca, pelo pescoço, espalhando-se como um manto por seus ombros, peito, costas, fazendo descer os seus braços e dobrarem-se os joelhos. A superfície áspera da lona sentida a uma infinita distância por seu queixo e rosto, como se existisse uma luneta — mirada ao contrário — para o sentido do tato.

E então aquele reduto para onde se retirava a sua consciência, concentrada a exigir do corpo que se reerguesse. Um esforço para que os membros se lembrassem de suas funções, tão violento e abrupto que por uma fração de segundo sentiu-se executando um bailado vertical, um nado seco na lona — e colocou-se de joelhos, e de um pulo em pé, e em torno dele o ringue, arena aberta, o mundo e o cosmos giraram e as estrelas tornaram-se cometas em movimento — e tudo caiu sobre ele, uma explosão de percepções; uma consciência que por um momento (pela contagem de sete) escapara dele, fizera um malabarismo inútil no ar, e tornara a cair para fincar-se nele, cravar-se no seu nicho invisível a cabine o assento de piloto por trás das janelas dos seus olhos e dos comandos dos seus braços e pernas e cintura e punhos — para que ele chegasse em pé até o fim da luta.

Abriu os olhos. Soraia de um lado, Josué do outro, puxavam-no para cima, cada um segurando por um braço.

— As coisas qu'eu pedi?... — perguntou, a voz soando clara pela primeira vez, aos seus ouvidos.

Os dois se imobilizaram em meio ao movimento. Delicadamente, Alexandre livrou-se de suas mãos, levantando os braços. Firmou as pernas, deu-lhes as costas, apoiou-se com as mãos na porta de correr. Arrastou-se alguns centímetros, para a abertura.

— Aqui — ouviu Josué dizer. — A gasolina e o garrafão que 'ocê pediu.

Deixou-se cair de joelhos diante da abertura. Segurando a pistola com as duas mãos, armou o cão com um polegar incerto.

— Deixa o garrafão aqui do meu lado — disse. — Despeja a gasolina perto, sai com ela até junto do tanque, lá na frente... 'Cê entendeu?

Silêncio. E então, em uma voz que parecia longínqua:

— Entendi.

— Leva a Soraia. Saí o mais rápido e vai o mais pra longe possível.

— Entendi...

— *Agora*. Não tenho muito tempo mais.

Soraia abraçou-o por trás, envolvendo seu pescoço com os braços, e ele a ouviu, rosto colado ao dele, emitir um longo soluço.

— Xande!

Ele tocou-a no rosto, e então nos braços. O toque lhe pareceu tão vívido, tão preciso, que por um segundo sentiu-se inteiro mais uma vez, livre de feridas, a vida toda ainda aberta diante dele.

— Vem aqui pra junto de mim — pediu.

Soraia se ajoelhou na sua frente, e Alexandre mirou-a nos olhos verdes, enxergando-os tão claros, tão vivos. Podia segurá-los na mão como joias preciosas, tão esféricas que fariam cócegas na palma; podia afundar-se neles, mergulhar e neles esquecer-se, como se fossem dois mares que faziam um mesmo oceano. Impossível.

O cansaço, a dor retornaram.

— Nós tivemos um ao outro, Soraia — disse. — Por algum tempo, pouco tempo... mas tivemos um ao outro. Não se esqueça disso, viva com isso.

"Agora vá com ele, meu amor. Eu 'stou muito cansado... Cansado demais... de tudo. E agora eu preciso terminar isto, pra poder descansar."

CAPÍTULO 24

Quanto mais sério encarava as coisas
Mais difíceis as regras se tornavam
Não tinha ideia do que me custaria
Minha vida passou diante de meus olhos
Descobri o quão pouco tinha conquistado
Todos os meus planos negados
    Dave Mustaine (Megadeth)
    "A tout le monde"

— *Você cavalga até o Sr. Tanner, certo? Diga*
a ele que Valdez está vindo. Ouviu o que eu disse?
Valdez está vindo. Mas ouça, amigo, acho melhor
você ir rápido.
    Elmore Leonard *Valdez Está Vindo*

Alexandre entrou na câmara interna do frigorífico. Apoiava as costas contra a face interna da porta de correr. Sua mão esquerda arrastava o peso enorme da garrafa de óxido nitroso. No interior do recinto ainda imperava a escuridão — exceto pelo comprido retângulo formado pela luz que vinha da câmara maior. Alexandre viu alguma coisa ali. Não pôde imaginar o que seria.

Uma escultura?... Duas pernas terminadas em vários pés, pés terminados em dedos em demasia... Mas quem esculpiria uma coisa grotesca dessas?

Um segundo depois, ele via um dos vários pés — mais pálido do que a pele em redor — desaparecer tornozelo adentro. Como que sugado, aspirado para dentro. Um som estranho, de carne batida, acompanhou a visão.

Seu olhar subiu, para testemunhar um corpo feminino, pálido, exangue, ser absorvido pelo corpo maior em torno — ventre e coxas e mamas femininas fagocitadas por um peito e quadris masculinos. Uma forma de mulher crucificada em um vasto tórax e largos ombros, até que restassem apenas duas mamas enormes tornadas pequenas pelas proporções maçudas que as cercavam, tremendo breve e flacidamente quase à altura dos ombros, antes de serem consumidas com um *slurp-slapt* e um outro som rangente de ossos e cartilagens cedendo.

O corpo masculino curvou-se, como que para olhar melhor o que havia a seus pés, a cabeça voltada para Alexandre. Com o movimento, ele entrou no recorte de luz.

Alexandre viu um rosto de mulher como uma máscara pintada no rosto maior de um homem, de um monstro. O rosto desaparecia lentamente, como se sepultado em lama. Ficou um par de olhos mortos pendurados como duas lágrimas nas faces da *coisa*. E havia outros... Olhos de várias cores como uma constelação subindo testa acima, escorrendo face abaixo... Um deles piscou, as pálpebras fecharam-se, e então cicatrizaram-se, pele fundindo-se a pele em uma cisura que vinha dos cantos, da esquerda para a direita, da direita para a esquerda — até que houvesse apenas um calombo como um cisto, antes que mesmo esse resto fosse engolido com um *flop*.

Era o inverso de uma partenogênese. O monstro era uma coleção de corpos que ia absorvendo... de vidas que ele tomava. Suas orelhas eram cachos de pavilhões e lóbulos. Sua boca — agora escancarada em um rosnado — tinha fileiras de dentes, como um tubarão, e lábios cresciam em lábios, feito intumescências... O monstro endireitou o corpo, como se não tivesse encontrado em Alexandre nada de interesse.

Alexandre viu que em seu peito havia um cordão de mamilos, largos e estreitos, talvez tanto de homens quanto de mulheres. E eles encolhiam e desapareciam... um aqui, outro ali... Os braços eram os de um fisiculturista, mas da raiz do antebraço às palmas das mãos cresciam dedos grossos e finos, de homens, crianças e mulheres, alguns com as unhas ainda esmaltadas, e, enquanto Alexandre olhava, outros encolhiam como facas enfiadas na carne e cravavam-se no interior dos grossos antebraços ou palmas adentro até desaparecerem.

Seu olhar agora estava à altura da virilha do mostro——

——*monstro*... *Monstro!* Monstro! Soraia não tinha mentido — um monstro!

——e ele não quis olhar mas olhou.

Um pênis de proporções elefantinas, mas ele próprio composto de outros, enovelados ou projetando-se para fora lembrando as excrescências de um pepino do mar. Como pelos púbicos ele tinha outros membros menores, de proporções normais ou tímidas, tornadas tímidas pela morte ou pelo gigantismo em torno e enquanto mesmo Alexandre olhava eles iam se enrugando e secando e se encolhendo para dentro do cacho maior, para dentro do púbis coriáceo — mas havia mais...

Vaginas que apareciam entreabertas entre os pênis ou como fundas feridas na virilha, descendo pelas coxas... E enquanto ele olhava, uma delas fechou-se e a fina linha dos lábios cerrados fundiu-se à carne da coxa e a vagina ali apagou-se com um estalo oco, cavo — e outras a elas se seguiram — e parecia a Alexandre que todo o processo acelerava-se? Toda aquela monstruosidade estalava e rangia, gorgolejava e suspirava com órgãos e membros absorvidos, tremia com toda a carne humana que consumia.

E então um estremecimento mais forte. O monstro endireitou-se. Alexandre viu fios de um líquido rosado descerem por seu peito, e então esguichar em longas ejaculações dos pênis e vaginas, quase aos pés de Alexandre, e descer em cascata por entre as pernas colossais do monstro.

"Um resíduo..." ele imaginou, concluindo que a coisa expelia o resíduo que se formava com a absorção. E no mesmo instante sentiu o cheiro — sua garganta fechou-se e ele cobriu nariz e boca ofegantes com a mão esquerda. A carniça terrível de cadáveres humanos... Seus olhos arregalados e lacrimejantes viram pela primeira vez que o monstro fumegava. Vapor subia de sua pele em fiapos esgarçados. Todo o processo devia, de algum modo, gerar um intenso calor, que, sim, ele agora podia sentir ardendo contra o seu rosto, suas orelhas... Todo o processo de...

Ele compreendeu. A razão de tantas mortes — e as alusões religiosas de Josué, a conversa sobrenatural de Soraia. Os mortos vinham alimentar o monstro. Ou mais do que isso... vinham construí-lo. Eram pouco mais que tijolos e telhas feitos de carne e ossos. Mas... para quê?

Seus olhos se fecharam, entreabriram-se... Não tinha respostas, só um rubro pesado, em sua mente — e *medo*. "Eu poderia ter sido um deles", pensou. "Um desses *tijolos*, morto e usado para compor esta aberração, transformado nesta carne imunda..." Sentiu então como se algo tivesse se desprendido de suas costas, caindo para trás e levando toda a sensibilidade de seu corpo com ele. Alexandre era um ser sem espinha e de braços dormentes que caíram em seu colo, com mãos de dedos curvados — uma delas com a escura pistola ainda ali segura... O peso da arma foi a primeira coisa que ele tornou a sentir, pois até mesmo as partes metálicas da pistola em sua mão pareciam queimar-lhe a pele, e a partir dessa sensação dura, clara, ele lutou contra o desmaio...

A pistola... lembrou-se.

Alexandre a levantou, surpreendentemente sem dificuldade alguma. Apontou-a sem fazer mira, puxou o gatilho.

Um lampejo.

Um estrondo ecoado.

O ruído alegre do estojo atingindo o chão.

Um orifício perfeitamente esférico apareceu no peito do monstro, na área em que deveria estar o seu coração — ou corações?... — pouco abaixo da linha de sombras. Nenhum sangue escorreu. Alexandre lembrou-se do tiro no peito de Sérgio — impacto certeiro do coração, detido antes que pudesse bombear sangue para fora do buraco de entrada... O seu próprio peito encheu-se de esperança, mas um segundo depois seus olhos embaçados viram o diâmetro do projétil de .45 diminuir — e viu que o orifício era raso — e que enquanto a carne se fechava em torno dele, o projétil jaquetado em aço, deformado pelo impacto, foi espremido para fora, brilhando por um instante com um fulgor dourado à luz que entrava pela porta, e despencou para baixo, batendo e quicando no piso.

Alexandre baixou a arma. "E agora o quê?" perguntou-se. "Me levantar e trocar socos com esse superpesado de mais de dois metros de altura?..." Não, o plano não era esse. Não podia ser.

Agora que o monstro tornava a centrar a sua atenção nele, curvando-se mais uma vez para em seguida estender seus musculosos braços — braços costurados de tantos músculos diferentes — Alexandre não conseguia bem lembrar-se de qual era o plano.

O monstro deu um passo incerto, fazendo a sua carcaça montanhosa arrastar-se e ao seu cheiro nauseabundo mais para perto de Alexandre, as mãos de muitos dedos agitando-se em sua direção — um estalo, a imagem clara do que ele havia pretendido. Tão clara que de fato ele agora perguntava-se se poderia funcionar. Tinha pensado no que Serra lhe havia contado sobre o óxido nitroso, um gás altamente inflamável — o "gás hilariante" usado pelos antigos dentistas para distrair a dor dos seus pacientes... Armazenado sob pressão na garrafa com a válvula e o engate lacrado para a mangueira... Seus olhos procuraram pela cilindro de metal que Josué Machado havia arrastado até ali... que *ele* havia arrastado para dentro da câmara interna... Ali... Perto o bastante.

Sem soltar a pistola, puxou a garrafa para junto de si, endireitou-a com mãos trêmulas. Um espasmo de dor o sacudiu, quando ele se dobrou para a frente e puxou o peso para o meio de suas pernas. Ao levantar os olhos, percebeu que o monstro havia dado mais um passo em sua direção. Parecia tão próximo, mas não podia ser... O seu gigantismo enganava os sentidos, encurtava as distâncias, fazia a câmara frigorífica de proporções consideráveis parecer apertada como um *closet*. O monstro dentro do armário...

Respirando fundo, Alexandre conseguiu colocar o cilindro de óxido nitroso na posição que desejava. Com mais um esforço, empurrou-o para a frente.

Realmente ouviu o som do metal rolando contra o piso? O mais baixo *rilim-rilim-rilim*, até que o garrafão parasse junto aos pés do gigante...

"Agora a pistola!" ele pensou, com uma desesperada urgência. Um tiro com o projétil jaquetado bastaria para arrancar uma faísca, no mesmo instante em que penetraria o metal do garrafão, liberando o gás e incendiando-o. Ou não... Passaria pelo metal, e o gás escaparia invisível, sem explodir?... Faria com que risse, gargalhasse no espaço penumbroso, enquanto era feito em pedaços pelas mãos de muitos dedos?

O monstro curvou-se para baixo, as manoplas se encolheram diante do rosto de Alexandre, afastando-se dele e causando-lhe uma breve sensação de alívio. Os muitos dedos esticaram-se para tocar o cilindro de metal. A enorme cabeça baixou, para enxergar o que era esse estranho objeto...

Alexandre firmou a pistola contra o joelho direito. Mais um segundo agora, e saberia. Um segundo... Tinha o cão já armado, e ao puxar o gatilho ele seria liberado, atingiria o percussor, o percussor a espoleta no cartucho de .45. O propelente em grãos se incendiaria. O projétil cuspido do seu estojo de latão entraria cano adentro, a partir da câmara, para sair antes que o segundo acabasse... *Tudo* então acabaria. "Foi um caminho longo", ele disse a si mesmo. Longo e cheio de desvios, passando tão perto do que ele sempre quis, mas para acabar assim, em um segundo. Seu indicador, curvado sobre o gatilho, não se moveu. Havia um comando em seu cérebro, pulsando e pedindo, ordenando que ele se movesse, que completasse o movimento simples de reunir-se aos outros dedos, em um punho cerrado. Mas não. Alexandre hesitava.

— Soraia... — murmurou.

Agarrou-se não apenas à imagem loura de Soraia Batista, à vida que poderia ter com ela, mas também à ideia de que todas as munições na arma haviam sido disparadas. Não conseguia se lembrar de quantas eram, ou quantas tinham sido usadas... Talvez houvesse uma ainda, talvez não.

"Besteira", pensou. Se não tivesse munição alguma na câmara, a pistola estaria aberta em seu punho, a espera de um novo carregador.

Como que intrigado pelo nome que Alexandre havia pronunciado, o monstro levantou a cabeça. Seus muitos olhos fitaram-no, por trás da bruma que exalava. Uma de suas mãos havia se fechado sobre o gargalo do garrafão, levantava-o do piso. Volutas de vapor acinzentado escapavam de seus dedos.

— Aqui — Alexandre disse, sem saber por que ou o que queria dizer. — Olhe bem pra mim.

Os dois olhos que a criatura tinha vivos em sua face giraram nas órbitas, escaneando a figura de Alexandre.

— Isso mesmo... — ele disse, quase sorrindo. O indicador tremeu no gatilho, e nesse instante toda a hesitação que sentia desapareceu. Apagou-se a imagem dourada de Soraia, esvaneceu-se toda a dor e fraqueza. Ficou uma sensação estranha, uma leveza em seu espírito, e o sorriso concretizou-se em seu rosto. — Foi difícil, levou tempo, mas eu vim até aqui. Eu vim.

E ele puxou o gatilho.

*

Soraia e Josué acabavam de atravessar a estrada, quando ouviram a explosão. Ela se virou abruptamente, voltando-se para o matadouro. Fora do seu abraço, Josué equilibrou-se com um gemido. Tinha sido difícil demais atravessar todo o salão do matadouro apoiando-o, enquanto ele mancava, sangue fresco escapando do torniquete e molhando, morno, também a perna do *jeans* de Soraia. Josué havia deixado a sua espingarda para trás, e atirado fora o saco de lona que trazia trançado no peito. E então a pausa, os dois apoiados na viatura da polícia toda furada de tiros. Josué havia lançado um breve olhar sem esperança alguma ao interior da viatura, para ver ali o rádio partido por uma bala.

— Mais pra longe — ele dissera.

Precisavam ir mais para longe.

Passando o pátio externo, ganharam o caminho asfaltado que levava até a estrada. Soraia tornou a apoiar Josué, e os dois mancaram até a pista estreita.

— Mais um pouco... — Josué havia pedido, quando saíam do asfalto para a grama e o cascalho da beira da estrada.

E então a explosão.

Soraia, virando-se, viu apenas alguma coisa saltar do telhado do matadouro, aparentemente nos fundos. "Onde fica o frigorífico", ela pensou, mas não podia dizer com certeza. De onde estavam o matadouro erguia-se em uma posição mais elevada. Era uma chama alaranjada que ela via, breve e consumida em um instante? Com certeza pedaços de telhas de amianto e do madeiramento do teto caindo de volta, alguns pegando fogo. As luzes piscaram, algumas ela percebeu que se apagaram de vez. Mas no todo não fora o tremendo estouro que ela havia antecipado.

Deu dois passos para adiante.

— Xande?... E se ele ainda?...

— Aqui, Soraia! — Josué gritou. Ele agarrou a sua mão direita. — Não adianta se enganar. Acabou pra ele. E o único lugar seguro pra nós é *aqui*.

Um segundo depois, um lampejo clareou todo o interior do matadouro, e Soraia viu o teto chato transformar-se em uma abóbada. O tanque de combustível surgiu brevemente ali, visto pela borda da parede frontal, envolto em chamas, despejando um jato de gasolina incandescente. Quando ele caiu, a explosão expandiu-se para os lados, línguas de fogo cuspidas pelas laterais do telhado, saindo pelas janelas quebradas da frente. Foi um pneu que ela viu, subir como um meteoro?... Tudo em torno — as árvores e as colinas, o próprio céu, pareceu-lhe — coloriu-se de laranja e vermelho e púrpura e então a escuridão retornou, todas as luzes agora apagadas — e ela sentiu o sopro ardente em seu rosto.

Caiu para trás — não. Josué é que a puxava para o chão. Ele abraçou-se a ela e protegeu-a com o seu próprio corpo. Soraia, deitada, viu uma pesada roldana aterrar a menos de dois metros de onde estava, fazendo subir terra e cascalho, mas nem a onda de choque nem outros fragmentos lançados pela explosão chegaram até eles.

Chamas ardiam dentro do matadouro; a princípio pequenas, após o excesso da explosão, mas logo maiores e mais altas. O que tanto havia para se queimar lá dentro? O sangue há muito derramado podia queimar? Ou todos os mortos para lá arrastados?... Queimava o seu amor?

— *Xande...* — ela chamou.

Suas mãos cruzaram-se sobre o peito, esmagaram, arranharam suas mamas — uma parte dela queimava, podia senti-lo dentro dela, o calor subindo por seu pescoço.

— Xande!

O abraço de Josué tornou-se um pouco mais forte, mas ele não disse nada.

O vento mudou e empurrou a fumaça do incêndio para perto deles. O cheiro de gasolina e borracha queimada... e outras coisas. Formou uma cerração deitada sobre a estrada, fundida à bruma que subia das águas próximas do rio. Um manto atemporal deitou-se sobre ela e sobre o corpo atacado de calafrios, de Josué.

Quanto tempo Soraia e Josué ficaram ali? Um alvorecer cinzento se esboçava. Não podia precisar. Não muito tempo, ou ele teria perdido sangue demais...

Soraia olhou em torno. O fogo diminuíra de intensidade, o crepitar das chamas e o estalar da estrutura em colapso baixou de volume. Alguma coisa a fez voltar os olhos para a esquerda, para a estrada.

A cerração ainda cobria a pista, e Soraia viu uma luz intensa crescer por trás dela, colorindo-a com um branco azulado e fulgurante. Como se coagulado da própria substância da neblina, o carro branco de João Serra surgiu ali, devagar e de repente, ao mesmo tempo e sem contradição, sempre rápido a ponto de a bruma espiralar ao seu redor. Os faróis acesos doeram nos olhos de Soraia, mas logo eles se apagaram. O carro parou diante dela e de Josué, iluminados apenas pela radiosidade rubra das chamas.

Serra desceu e correu até eles.

Seus olhos claros, arregalados, correram de Josué para Soraia.

— A gente precisa levar ele pra um hospital — ela murmurou, colocando-se em pé e apontando o rapaz caído.

— E o Xande? — Serra perguntou, sem sair do lugar.

Ele precisava mesmo de uma resposta? Quando seu olhar centrou-se nela, ele viu as lágrimas que desciam por suas faces.

— Eu devia ter ficado com ele — Serra disse.

— Eu também — Soraia disse, surpreendendo-se no mesmo instante, com o que dizia. Desviou o pensamento, concentrou-se em Josué caído no chão, sangrando. — Mas... a gente precisa sair daqui *agora*, João.

Sem esforço, Serra apanhou Josué do chão e o atirou sobre os seus ombros. Josué gemeu de dentes cerrados, mas não protestou. Enquanto caminhava para o carro, Serra falou mais uma vez, e Soraia, que já tinha dobrado o banco do motorista e segurava a porta aberta, para que ele pudesse colocar Josué no banco detrás, ouviu claramente um tom choroso em sua voz:

— Eu devia ter ficado com ele...

Enquanto Serra ajeitava Josué no banco detrás, Soraia deteve-se por um instante, olhando para os escombros fumegantes do matadouro, uma das mãos cobrindo o nariz e a boca. Cerrou os olhos. Podia ver através da bruma a ardência rubra das labaredas, e a imagem fluída, irreal do carrossel de almas ainda presas, ainda em movimento. Mesmo à distância ela podia reconhecê-los. O pequeno Artur e seu irmão estavam ali, e Juca Roriz. Soraia olhou com mais cuidado, e todos os rostos — tantos! — desfilaram diante do seu olhar imaterial. No mesmo instante em que admitia o fracasso, Soraia aceitou uma pequena bênção que lhe era concedida — *o monstro não fora destruído* — ou a parte dele que se estendia para a dimensão em que ele exercia a sua escravatura — mas Alexandre, Alexandre ao menos não estava acorrentado à sua ciranda.

INTERLOGO FINAL

O *prazer momentâneo de ter um corpo sentir a vida pulsar no interior coração bater sangue nas veias do corpo e o poder de movê-lo e sentir seu poder Prazer breve e então a Dor* Dor *Dor que há muito não sentia Mal lembrava a dor que sentira em outro tempo quando vestia uma outra carne e ambicionava um outro poder noutro Mundo Dor do desmembramento Em redor os outros sentiram a mesma una dor a de seus membros colecionados desfeitos que compunham o novo corpo e que ainda podiam sentir com os laços de força de vida que ainda uniam seus espíritos escravizados às células que antes lhes pertenceram Dentre todos um é mais procurado Desejado O Último Recém-chegado Aliado* Interlocutora *agora abraçada ao epicentro arrastada para longe para unir-se aos outros mais uma escrava apenas e apesar dos gritos e da cobrança dos Favores ofertados mas à Interlocutora favorecida apenas o empréstimo da totalidade da* Dor sentida Dor falsa viva do Desmembramento *Além dela apenas a promessa da lenta tortura por muito tempo Tempo ainda Tempo Eternidade girante espiral remoinho de náusea sem fim*

Tempo enfim

Mas virá alguém *diz e cala-se*

PRIMEIRO EPÍLOGO: VISÃO DO PARAÍSO

Soraia Batista vinha subindo pela praça, empurrando a sua velha Caloi Ceci. Ia até a Biblioteca Municipal de Sumaré, pesquisar o que pudesse encontrar sobre o duplo genitivo na língua inglesa. Um ano havia se passado e ela ainda dava aulas de Inglês no Primeiro Grau, agora em duas escolas. À noite, ensinava na mesma unidade Fisk em que tinha dado os primeiros passos na língua.

As coisas mais ou menos haviam se firmado. Ganhava o suficiente para se manter, a ela e a sua Mãe, que já não dependia tanto dos remédios. Puderam pagar os credores, manter a casa. E Soraia ainda ajudava a tia Luísa, nos fins de semana. Até viajara a Miami com ela, nas últimas férias, para ajudá-la com as compras dos produtos eletrônicos que vendia em Campinas.

Sua mãe nunca soube das aventuras noturnas e violentas de sua filha — nem da passagem de Paula e Caio por sua casa: na manhã seguinte, mãe e filho haviam desaparecido, para sempre. (O canário ficou para trás, porém, e Soraia insistira em mantê-lo, apesar dos olhares gulosos de Amarelo e das perguntas sem fim da Mãe.)

Paula não havia levado nada além do dinheiro que Alexandre, conspicuamente, deixara no criado-mudo ao lado da cama. Com esse dinheiro, ela com certeza dera um jeito de ir até onde estava o tesouro do Patolino, e, de posse da sua fortuna, teria sumido no mundo, quem sabe para uma vida melhor. Juca ficaria contente, se fosse assim... Soraia torcia.

A biblioteca ficava atrás do parque que abrigava a escola infantil que Soraia e Xande haviam frequentado juntos, ainda meninos. Lembrou-se com um sorriso do velho bonde vermelho que ficava exposto, enferrujando lentamente no *playground*. Os dois tinham brincado muito ali, fingindo que eram condutores ou que passeavam, sentados em um dos já corroídos bancos de madeira, admirando a paisagem de uma cidade fictícia e de tempos passados.

Estacionou a bicicleta diante do sobrado que era a biblioteca, com suas paredes de tijolo vermelho exposto, e detalhes brancos em torno das portas e janelas. Não havia muita gente por ali, no sábado de manhã. A primeira coisa que notou foi Josué Machado, sentado em uma mesa de leitura cheia de livros empilhados. Vestia-se com roupas sociais, como se estivesse voltando ou indo à igreja, depois de sair dali. Soraia aproximou-se devagar, sem querer arrancá-lo abruptamente da leitura. Leu os títulos em algumas lombadas: *O Alcorão*, *O Livro dos Mórmons*, *Budismo: Um Caminho para a Vida*, *O Livro dos Espíritos*, e *Dharma*, uma palavra estranha... Ele estudava religião, portanto. Mas havia também livros de filosofia, como *A Crítica da Razão Pura*, de Immanuel Kant.

Seus olhos escuros de súbito se levantaram e fincaram-se nela.

— Você emagreceu — ele disse.

Ela deu de ombros.

— Um pouco.

— E deixou o cabelo crescer...

Soraia mexeu involuntariamente nos longos fios dourados, pensando no quanto Alexandre gostaria de vê-los assim. Josué indicava uma cadeira. Ela sentou-se devagar.

Josué sentiu um sorriso tristonho formar-se em seus lábios. Desde que estiveram juntos no matadouro abandonado e o viram explodir, com Alexandre Agnelli dentro, Josué temia um reencontro com Soraia ou com João Serra. Deu graças por ter se encontrado com Soraia ali, na biblioteca e seu ambiente tranquilo, e em um momento em que sua mente ocupava-se de argumentos do espírito.

— 'Cê tem visto o Serra? — perguntou.

A bela jovem sentada diante dele baixou os olhos, e colocou, com um cuidado que lhe pareceu autoconsciente, sua pasta sobre a mesa.

— Ele não trabalha mais na Sede Operária — ela disse. — Agora 'tá trabalhando numa oficina de automóveis, de um tal de Lucas...

— O que foi? — Josué inclinou-se para adiante, apoiando os braços na mesa.

— Nada. — Ela sorriu. — É que ele anda muito triste, o João. Acho que ainda não se perdoou por não 'star lá, quando o Xande... Você sabe.

— Eu devo ao Serra a minha vida — disse. — E a *você*.

Serra havia corrido tão rápido, que em poucos minutos os três chegaram ao hospital de Sumaré. Mal tiveram tempo de discutir — com Josué gemendo no banco detrás — que conversa tentariam passar aos atendentes e médicos do hospital. Serra havia contado do destino final do piloto do Ford Maverick negro. Fora importante, para que Josué pudesse costurar a sua história: teria seguido o carro suspeito até a sua base de operações, mas ao dar ordem de prisão aos bandidos, um deles escapara no Ford — para, pouco depois, sofrer um acidente fortuito na Rodovia dos Bandeirantes. (Josué, claro, só poderia mencionar isso como algo hipotético — e *depois* que fosse oficialmente informado do desastre.) Nem bem 24 horas depois de ter contado a sua história também ao Tenente

Brossolin, viera o informe da Polícia Rodoviária Estadual, de que o automóvel negro teria sido visto por policiais, sendo perseguido por um outro carro — um veículo de cor branca e modelo não identificado. Felizmente, o informe não chegou a enfraquecer a sua história, de que ele teria entrado em conflito armado com os pistoleiros, sido baleado por um sentinela à entrada do abatedouro clandestino que era o seu esconderijo, penetrado na construção, morto um deles com um tiro de espingarda, perseguido um segundo até os fundos, matando-o também com a sua Remington. Mancando, Josué teria retornado ao salão, e ali percebido um princípio de incêndio, resultante do tiroteio, e que ameaçava atingir o tanque de combustível estacionado no interior da construção. Josué teria abandonado a sua arma, para aliviar o peso sobre a perna ferida, e saído, o mais depressa que pôde, bem a tempo de escapar da explosão. O veículo esportivo, vermelho, estacionado diante do matadouro, fora mais tarde associado a uma certa Vanessa Cristiana Mendel, supostamente a última vítima dos assassinos motorizados. Seu corpo, porém, nunca foi encontrado. No interior do prédio, apenas os restos baleados e queimados dos dois pistoleiros — e de outros dois homens, carbonizados e irreconhecíveis, um deles um verdadeiro gigante, o qual ninguém na região havia dado por desaparecido. Nenhum outro resto, pertencente às inúmeras vítimas da quadrilha, fora encontrado, embora viessem tropas e técnicos até de São Paulo e da UNICAMP, em Campinas, trabalhar nas buscas. Mistérios. Josué, de qualquer modo, saíra da aventura como o herói solitário que havia finalmente dado cabo dos pistoleiros que vinham aterrorizando a região. Agora, como se uma represa tivesse sido rompida, a imprensa resolvera tratar intensamente dos crimes em série. Brossolin e os colegas da companhia ficaram bem pouco satisfeitos com ele, porém — ainda mais considerando que, se Josué mentira em tudo o mais, dissera a verdade quanto ao suposto motivo de ele não ter solicitado o apoio dos colegas, ao interceptar os bandidos. Ter acusado a corporação de negligência rendeu-lhe uma repreensão por escrito e prisão disciplinar, depois que deixou o hospital.

Soraia dizia:

— A gente só soube de você depois, pelos jornais. Nem sabia se tinha sido socorrido direito no hospital...

Ela e Serra o haviam deixado diante do hospital, no meio da madrugada, e saído de lá discreta e rapidamente, para não levantar suspeitas. Por sorte, na madrugada vazia de movimento, ninguém vira o Dodge branco.

— Eles me trataram muito bem — Josué asseverou. — Eu tinha perdido muito sangue, precisei repor e ficar em observação um tempo... E saí co' esta perna manca, que'os médicos dizem que vai melhorar com o passar dos anos, mas não sei...

— Eu lamento... — Soraia disse.

Ele, por sua vez, pensou que a perna coxa saíra por uma pechincha. Especialmente diante da perda sofrida por Soraia. Os dois caíram em silêncio por alguns momentos, até que a moça encontrasse um outro assunto.

— 'Cê 'stá de folga hoje?

Ele sorriu.

— Não — disse. — Não faço mais parte da Polícia Militar.

— Pensei que eles fossem te dar uma promoção ou coisa assim...

— Não. Depois de tudo o que aconteceu, eu achei que'o meu lugar não era mais com eles. É isso. 'Stou fora.

Soava simples. Difícil mesmo foi evitar o desligamento desonroso da corporação, aventado após a sua acusação de negligência contra ela, registrada nos jornais de Sumaré, Americana e Campinas. Também ajudou ter perdido uma viatura inteira da PM, e a espingarda aos seus cuidados. Ribas, saído do coma e com um perpétuo sorriso abobalhado vincado em seu rosto, tinha razões para alargá-lo um pouco mais — se fosse capaz de entender o que havia se passado. Josué, contudo, não se arrependia de ter se antecipado a qualquer processo, e se desligado voluntariamente. Não passava agora de mais um renegado como sua irmã Rute, a tocar conhecimentos proibidos, depois de ter sido tocado por eles.

— Eu conheço a oficina em que o Serra 'stá — disse, para mudar de assunto. — Prometo que vou dar um pulo e bater um papo. Ele não deve se culpar de nada.

Soraia anuiu em silêncio, e apontou com suas mãos pequenas os livros empilhados ou abertos sobre a mesa.

— Tentando entender o que aconteceu?

— Na medida do possível — admitiu. — Mas na verdade, partindo do pressuposto de que *não* vou conseguir.

"Venho aqui todos os sábados, e estudo estes livros, às vezes faço alguma anotação. Eu tento *entender*. Este agora é o meu culto. Mas por mais qu'eu me esforce e que aprecie o esforço, suspeito que não haja nenhuma resposta pra essa busca."

Sua voz tornou-se átona, distante, amarga.

— Tudo isto é um mistério de Deus, nem maior nem menor do que a razão de existir a dor, a mentira ou a morte no mundo.

Conversavam em voz baixa, como estar na biblioteca o exigia. Olhavam-se agora como dois amigos que há muito não se viam, e por isso reconheciam algo de estranho um no outro. Ainda assim havia uma certa tranquilidade, um certo reconhecimento entre os dois, que lhes dava um ponto em comum, a partir do qual podiam reconhecer que tinham um ponto de vista semelhante, sobre o que havia acontecido.

Josué olhou pela larga porta de entrada. Para a primavera lá fora, o verde de algum modo sustentando o dourado do sol matutino.

— É muito difícil pra mim também — ouviu Soraia dizer. — Mas você... nunca entendi qual era a relação sua com tudo aquilo. A parte... você sabe.

Josué, tornando a encarar seus olhos verdes, perguntou:

— Você sonhou alguma vez com o Alexandre, depois que ele... deixou a gente?

— Sonhei, sim. Uma vez. E você?

— Também. Quer me contar?

— Você primeiro... — ela pediu, com certa ansiedade na voz.

— Eu antes preciso contar que sonhei com Alexandre várias vezes — principiou —, antes mesmo de conhecer ele. Sempre um sonho em que ele aparecia pra mim como... 'Cê vai achar esquisitice, eu sei. Mas aparecia como um *anjo*. Um anjo ou um herói. Em um lugar bonito, um bosque com uma espécie de lago, cujas águas estão sempre paradas e límpidas, feito um 'spelho. Mesmo quando as árvores em volta se agitam com o vento, o lago tem as águas calmas.

"É um lugar muito bonito e verde. Um verde diferente, sempre vivo, de dia ou de noite... Passa muita paz, sabe? Depois da morte dele eu sonhei uma vez, qu'ele 'stava de novo nesse bosque... qu'ele andava sobre as águas como o Senhor Jesus Cristo, mas que as pessoas do lugar — agora eu podia ver outras pessoas ali também, sabe? Nos outros sonhos não era assim... Bem, as pessoas não viam milagre nisso. Elas andam por lá, cada uma fazendo o que tem pra fazer, muita gente vestida de roupa colorida, moços e moças, crianças, algumas dessas pessoas nem roupa usam mas ninguém vê pecado...

"Há um trem no lugar. Não sei dizer pra ond'ele leva, se leva pra algum lugar... Um trem pintado de vermelho e de rodas amarelas, que anda em trilhos que cortam o bosque. A locomotiva é a vapor, tipo maria-fumaça. Tudo parece muito antigo mas não é um antigo que 'cê pode dizer 'é de tal época', e 'essa gente é de tal lugar'... Alguns parecem da Europa, outros parecem os nossos índios, e também negros e mulatos, todo mundo misturado...

"Todo mundo vê o Alexandre, e todos tratam ele bem, mas ele não pode tocar ninguém. Ele é como um fantasma nesse lugar, só que um fantasma d' quem todo mundo gosta e respeita e não tem medo. Até com os pássaros e com os bichos ele conversa e se dá bem."

Tinha sido um sonho estranho, entre outras coisas porque nele Josué pudera ver Alexandre pela primeira vez de modo nítido, claro. Não sabia apontar a razão, mas sentia-se muito satisfeito com isso.

— E ele mesmo vive ali — prosseguiu —, andando de um lugar pra outro, conversando com as pessoas e aprendendo o que tem pra aprender. Ele desfruta da paz e da tranquilidade desse... desse *paraíso*, Soraia. Paraíso... — Sua voz apagou-se, enquanto sua mente se enchia com as imagens oníricas, mas sem falsidade. Respirou fundo, como se precisasse despertar. — Mas enquanto ele perambula pelo bosque e caminha sobre as águas que nunca se mexem, e conversa com as pessoas e com os bichos, dá pra ver claramente neste meu sonho, que só tem uma coisa na mente dele.

Soraia soluçava, sem olhar para Josué. Afastou uma lágrima, depois outra, de junto aos olhos.

— Você sabe o que é, não sabe? — Josué insistiu. — É *você*, Soraia. É só em você que ele pensa.

Ela levou algum tempo para se recompor. Uma das moças no balcão da biblioteca olhava-a com preocupação e curiosidade, mas ela não se importou. No momento, não se sentia menos fantasma, do que Xande, na descrição que Josué havia feito.

— 'Cê 'tá bem? — ele perguntou.

Ela fez que sim com a cabeça. Enxugou as lágrimas. Olhou para ele piscando os olhos, e deu um meio-sorriso.

— O seu sonho, então — Josué pediu.

— Você acredita que pessoas como nós possam ser instrumentos de Deus, no enfrentamento do mal, Josué? — ela perguntou, tentando desconversar.

Ele se estendeu sobre a mesa e cobriu uma das mãos de Soraia com a sua.

— Você e eu, e o nosso amigo Serra, fomos apenas acessórios — disse. — De todos nós, apenas um foi realmente instrumento.

Soraia sorriu. Podia aceitar isso.

— Meu sonho, então.

"Tive o sonho uma semana depois de ele ter morrido. Mas no sonho era como se estivesse acontecendo logo depois que tudo explodiu lá, sabe? Esquisito, mas é a sensação qu'eu tive."

— E como foi?

— Ele apareceu naquele espaço dos mortos, de qu'eu falei pra vocês naquela noite no clube — Soraia contou-lhe. — Eu estava lá também, olhando tudo. Só olhando... Era como se poucos instantes tivessem se passado, desde a explosão no matadouro.

Prosseguiu devagar, tentando não esquecer nenhum detalhe, porque não sabia se estava se fazendo entender. Seus olhos tentavam ler a expressão de Josué. Não enxergou nenhuma incredulidade nele. Depois que terminou, ficou ali, encarando-o somente. Josué devolveu-lhe o olhar, de um jeito pensativo e distante. Então ele disse:

— Acho que existe verdade, no seu sonho. Combina com o qu'eu sonhei depois, de certo modo. Ele está lá, agora.

Soraia apenas assentiu. Josué tinha razão. Alexandre estava lá, muito longe dela, mas em um lugar bom. Isso a fazia se sentir melhor sobre tudo? Como saber que a consciência dele sobrevivia como um fantasma, em um outro mundo, a fazia se sentir menos como um fantasma, em seu próprio mundo, apesar do caminho que vinha encontrando para a sua vida?

Apanhou a pasta.

— Talvez eu passe aqui de vez em quando — disse a Josué, devagar e com um meio sorriso —, pra saber se você teve algum progresso na sua busca.

— Estarei esperando — ele asseverou.

SEGUNDO EPÍLOGO: O ÚLTIMO ROUND

Com certeza, um herói em meio a nós covardes é sempre temido assim... Ele se mostra superior à natureza. Tem em si uma fagulha de divindade.

—Henry David Thoreau

*Suba no ringue para uma batalha que não pode vencer
Bata tão duro quanto puder, ainda não vai significar nada*

—Nickelback *This Means War*

Você sabe, de nada adianta rezar no canto do ringue. Aquele que o sobe, sobe sozinho.

—Alberto Pucheu "A Luta Antes da Luta"

Derrota — oh, sim. A derrota era provavelmente inevitável, mas um homem ainda poderia dar forma à qualidade dessa derrota.

—Anton Myrer *The Tiger Waits*

O mundo raramente termina as suas conversas.

—Stephen King *Buick 8*

O boxeador enfrenta um oponente que é uma distorção-onírica dele mesmo no sentido de que seus pontos fracos, sua capacidade de fracassar e de ser ferido seriamente, seus erros de cálculo intelectuais — tudo pode ser interpretado como pontos fortes pertencentes ao Outro; os parâmetros do seu ser privado não são nada menos do que afirmativas ilimitadas do eu do Outro. Isto é um sonho, ou pesadelo: minhas forças não são totalmente minhas, mas as fraquezas do meu oponente; meu fracasso não é de todo meu próprio, mas o triunfo do meu oponente.
    Joyce Carol Oates On Boxing

A morte, dizem, liberta-nos de todas as obrigações.
    Montaigne

Doeu mais quando ele foi recomposto, do que no segundo em que seu corpo foi desfeito pela explosão. Doía mais agora, *após* a morte — mas como, sem nervos, nem mesmo células nervosas? —, enquanto sua consciência precipitava-se lentamente em torno da sensação de repossuir um corpo de membros formigantes e peito vazio. Mais dor ainda, no momento em que os pulmões encheram-se da lembrança de quando podiam respirar, e os braços e pernas da memória de quando o sangue corria em suas veias. Todas as lembranças retornaram com a sugestão de um corpo que se recompunha, até mesmo as roupas, até mesmo a sensação dura da pistola inútil em seu punho direito. E o que era lembrança tornou-se fato presente. Ele ainda tinha consciência de si próprio, e estava em algum outro lugar, não mais no matadouro.

    Alexandre Agnelli abriu os olhos.

    Não longe dali, enxergou prontamente um tumulto que se agitava sobre uma espécie de colina baixa. A movimentação atraía-o, mas ele não conseguiu se mexer. Não soube identificar o que acontecia lá, até lembrar-se de algo que Soraia havia dito. Com um suspiro resignado, enfim compreendeu onde estava.

    Fazia sentido.

    Atirou a pistola para longe, como se ela fosse um objeto estranho, sem direito de estar ali. Nesse instante, uma *presença* surgiu diante dele, eclipsando a imagem líquida e confusa, ao longe. A própria forma recém-surgida nada tinha de clara — Alexandre não conseguia fixar seus contornos, reconhecer seus volumes, entender o que dizia. Talvez não falasse nada — não ouviu palavras, mas apenas o conceito *calma* implantado em sua mente. E em seguida: *A última tarefa*. E ele entendeu a *presença* indicava o alto da colina. *Muito importante.*

    Claro...

Algo mais era esperado dele. Havia um *round* final a lutar... Balançou a cabeça e respirou fundo. "Nunca termina?" perguntou-se, sacudido um instante pela lembrança das dores de até há pouco, dores que recuavam do segundo da morte para a dor de ser baleado, e antes ainda para as dores sentidas em suas mãos, na luta contra Ribas. A dor de saber que não tornaria a ver e tocar Soraia. "Ainda mais?..."

Contudo, saber que devia se pôr em movimento de algum modo o tranquilizava. Desapareceram o desconforto e a desorientação que sentia. A exaustão sentida no matadouro tornou-se uma lembrança distante. A perturbadora consciência de estar morto, onipresente e até então ameaçando paralisá-lo, amenizou-se e foi para um canto seguro, fora do caminho de sua vontade. Seu primeiro passo, porém, foi incerto, trôpego, como se ao mesmo descesse e subisse um morro. No instante seguinte, a *presença* adiantou-se. Tomou a frente, guiou seus passos como os seguranças e os segundos o haviam guiado em seu caminho do vestiário até o ringue, na luta contra o mexicano.

Ao pensar em segundos, lembrou-se do técnico e do *cut man* que o acompanharam durante a luta. Nenhum deles acreditara nele, e pouco fizeram para ajudá-lo a manter-se em pé no ringue. Agora quis que seus amigos fossem os seus segundos neste último assalto. Mas os tinha deixado para trás sem notícia de seu destino... Josué ferido a bala, Soraia quase em choque, Serra enfrentando os perigos da velocidade em um duelo com o piloto do Maverick... De todos, estranhamente confiava mais que Serra estaria seguro. Serra *venceria*, não importasse o quê.

Mas quis junto dele todos os seus amigos, Geraldo inclusive. Geraldo, o amigo que errara ao se achar esperto demais, e cujo assassinato ele não pudera vingar... Refletiu que se este lugar era de fato a dimensão dos mortos, como Soraia havia dito, o velho amigo era quem tinha mais chances de estar por ali. No mesmo momento, viu-o na *presença* irreconhecível que guiava seus passos, por um breve instante apenas, antes que desaparecesse e fosse substituído por outras, incertas, desconhecidas...

Alexandre repensou o que queria, e abdicou de qualquer desejo de ter Soraia, Serra ou Josué ao seu lado agora. Desejava que eles *vivessem*, vivessem para sempre e nunca pisassem neste lugar estranho. Repreendeu-se pelo pensamento egoísta.

Mas não é a amizade um de nossos sentimentos mais egoístas? a *presença* lhe disse ou o fez entender, no mesmo instante.

"Sim", admitiu. "Entrego a meus amigos minha total fidelidade e todo o meu amor, para ter a sensação de que há algo de nobre em mim, e que minha vida não é apenas uma sequência de ações mesquinhas, de atos animais sem sentido. Eu vejo neles o melhor do que sou. Não peço nada em troca; retribuição de espécie alguma, nem fidelidade ou amor correspondentes. Tudo o que entrego a eles eu entrego livremente e pela razão egoísta de fazerem com que eu me sinta melhor — *seja* melhor."

Tanto que se entregava desse modo às amizades, sem conhecer profundamente os seus amigos. Quem era Josué Machado e quais eram as suas verdadeiras razões? De Serra o que sabia, para justificar o que sentia quando rodava com ele ou lutava ao seu lado, a sensação de ser com ele um só, de ter de protegê-lo como se em Serra estivessem as últimas coisas boas dele próprio, a serem protegidas do resto desastroso de sua vida? Mesmo Soraia, a quem conhecia melhor do que qualquer outra pessoa, a quem amava mais que ninguém... Não havia nela uma dimensão que lhe era oculta, algo dela ou que emprestava de outras mulheres, de todas as mulheres, o jardim secreto em que às vezes habitava e onde era a fada que ele sempre suspeitara que fosse, capaz de enxergar espíritos e olhá-los olho no olho, de ser talvez também ela uma forma invisível e livre, que ele mal podia no fundo tocar?...

"Mesmo quando você mais busca o outro, mais está sozinho", concluiu. Sozinho, sempre. "Só você, e o que puder carregar na própria carne, na própria consciência."

Sozinho, Alexandre subiu a inclinação até o ponto em que o aguardavam, sentindo apenas o peso dos seus músculos nos ombros, a sensação de quase flutuar com as articulações e os músculos aquecidos, os nervos emitindo uma salva preparatória de impulsos que o faziam tremer levemente, aquecendo-o por completo e preparando-o para explodir a qualquer instante, fazendo-o se sentir forte como um peso-pesado.

Fora assim na sua luta no México.

Alexandre pisou no ringue.

Um fluxo de formas humanas, corpos e rostos pouco iluminados e voltados para ele de bocas e olhos escancarados, abriu-se para que passasse, como se a *presença* diante dele fosse a quilha de um navio cortando uma corrente humana. Patolino e o capanga negro estavam ali, e também Juca Roriz e outros rostos que não conhecia, homens, mulheres e crianças — todos olhando-o com uma expressão de estupefata incredulidade.

E no centro do ringue...

O mesmo colosso de antes.

Alexandre respirou fundo e cerrou os punhos.

O monstro ali não tinha a mesma multitude de órgãos e traços de antes — Alexandre sentiu-se balançar, diante da lembrança —, mas era o protótipo da criatura que se formava no frigorífico do matadouro, feita de retalhos humanos, uma colcha de mil partes roubadas, arrancadas à força. Veria nele algo dos que o circundavam e lhe rendiam sua essência? O que via, ao encará-lo, era um corpo e um rosto infinitamente estrangeiros, disfarçados no rascunho de uma caricatura humana. Um gringo de dois metros e dez de altura, largo como Arnold Schwarzenneger, e vindo direto do inferno.

O Homem Pequeno *outra vez Esperado e compressa* o monstro disse, sem palavras, qualquer coisa como uma satisfação irada e curiosa, ecoando em meio aos sentidos. *Veio juntar-se aos outros*

Era uma pergunta, ou uma conclusão? Alexandre ignorou-o e apenas olhou para além dele. Havia uma parede, composta de um material translúcido, avançando ali a ponto de interromper os movimentos do... da *audiência* que se arrastava em torno da criatura. Podia enxergar a imagem distorcida de uma paisagem silvestre, por trás.

— É dali que você veio? — Alexandre perguntou.

O Homem Pequeno *não pode vencer e sabe disso e sabe que o que aconteceu do Outro Lado foi um contratempo apenas e que todo este Poder* o monstro abriu os braços, indicando a multidão de almas arrastadas por ele, e pela primeira vez Alexandre pensou distinguir finos fios esfumaçados de uma substância estranha que emanava das formas humanas em redor e convergiam para o monstro *pertence* A MIM *são todos* MEUS *como o Homem Pequeno em breve será Porque aqui não há truques Apenas o* MEU PODER

— Somos só você e eu aqui — Alexandre disse, e pensou: "Como em todo ringue. Você não pode levar pra dentro o seu treinador nem seus amigos. Ninguém pode fazer o seu serviço por você."

Mas bastaria, contra essa coisa?

Ali estava ele, outra vez enfrentando um adversário muito superior, e de improviso. Um substituto de última hora, fingindo ser um lutador mais experiente, mais forte... Mas Soraia, Josué e Serra haviam acreditado nele, de algum modo. Essa era a grande diferença.

Tornou-se consciente de que um dos fios esgarçados dobrava-se no ar, esquivando-se do monstro e alcançando Alexandre. Tinha um tom ligeiramente mais vivo, e desaparecia bem no centro do seu peito.

Seguiu-o com os olhos — sumia por trás da muralha de indistintas figuras humanas. Não pôde divisar de *quem* partia. Ou entender o que significava. A *presença* que estivera ao seu lado até que entrasse no ringue, havia desaparecido.

Tornou a fixar os olhos em seu adversário. Ele também tomara conhecimento do fio renegado que vinha tocar o peito de Alexandre.

Não faz diferença Venho de um lugar diferente disse. *Meu espírito possui uma dimensão que o* Homem Pequeno *nunca poderia compreender Igualar Enfrentar Por isso a carne do Corpo que deveria Animar precisa ser mais Densa e*

as vontades que emprestariam existência ao Corpo na dimensão dos vivos deveriam ser muitas Por mim controladas Todas O Homem Pequeno *nada pode*

— Você fala demais. — Alexandre olhou novamente para além dele, para a multidão que acompanhava o diálogo no centro do ringue. Poderia haver outros aliados ali? — Eu vim enfrentar a ele, não a vocês! — gritou, e apontou para baixo, encarando a criatura. — Só nós dois aqui. E eu *não* estou com *eles*. — Indicou com a cabeça o círculo de espectadores.

Isso intrigava o monstro? Aparentemente, mesmo aqueles que, como Patolino e seus capangas, não haviam sido mortos por ele, caíam sob sua influência. Mas ali estava Alexandre, desafiando-o.

Para isso, precisava de um plano de luta. Seria estúpido tentar atingi-lo no queixo, com a diferença de altura entre os dois. "O fígado, o plexo, o coração..." listou silenciosamente. Isso o faria respeitá-lo. O coração em especial, seria o seu melhor alvo, e ele bem sabia o quanto doíam os golpes ali. O bastante para calar a boca do tagarela — se a força de Alexandre fosse o suficiente para fazê-lo sentir os golpes.

O gigante olhava por cima do ombro, encarando a multidão às suas costas.

Todos meus gritou.

Alexandre escolheu esse momento.

Foi como socar uma parede. Seu punho direito foi sacudido pela dor de ossos quebrados, mas o lampejo durou menos que um segundo. Sentiu a mão se recompor em um punho rijo.

O monstro olhou-o incrédulo.

Alexandre deixou outra *lead* de direita, sem qualquer preparação inútil, partir do seu ombro até o plexo do outro. Outro estalo de ossos partidos — ele o ignorou, bateu com a esquerda em gancho, contra o fígado do monstro, a direita recuperada contra o seu baço. Seus golpes não atravessavam a couraça de músculos irreais.

O monstro tentou fechá-lo em seu abraço. Alexandre esquivou-se, deu três passos para o lado, fugindo do seu alcance. Ao seu redor as almas presas gemeram em uníssono, gerando um som de espanto e surpresa. Alexandre girava da direita para a esquerda, ao contrário do que faria se estivesse enfrentando um outro boxeador. Estaria então se afastando da mão mais forte do outro, mas aqui sabia que tinha pouco tempo, e movia-se de modo a trazer mais força à *sua* mão direita. Um outro direto explodiu com a mesma dureza, contra o esterno do monstro. O impacto repercutiu do punho à nuca de Alexandre, subindo pelo seu braço.

Esquivou-se do primeiro golpe desajeitado do seu oponente. Ele era forte e tinha uma envergadura imensa, mas nenhuma técnica. Alexandre, ainda no meio da esquina, disparou um gancho de esquerda contra as suas costelas, e afastou-se alguns passos, girando até ter as costas do outro voltadas para ele. Aplicou um *swing* de direita contra os seus rins, deu um passo atrás, armou-se de um pontapé, e chutou-o na bunda com toda a força. Não fazia sentido obedecer qualquer regra, não ali.

Às suas costas, ouviu mais um murmúrio em coro, da audiência. Para quem eles torciam? De um modo inconsciente, conseguia sentir as suas reações. As almas escravizadas não podiam admitir que surgisse alguém, um azarão mais parecido com eles do que com a criatura que adoravam como a um deus, e viesse desafiá-la, humilhá-la...

O gigante girou para encará-lo, seu rosto alienígena contraído em uma careta de raiva. Já vinha com os braços abertos e dava passos enormes, mas Alexandre não teve dificuldades em afastar-se dele.

— Eu interrompi o processo, não foi? — gritou, tanto para a criatura, quanto para os seus escravos. — Você ainda não tem toda a coordenação e a velocidade de um corpo humano.

O Homem Pequeno *não pode correr para sempre* foi a resposta.

— Não vim aqui pra fugir — Alexandre respondeu. — Você não é um deus. É só um vagabundo que apareceu por aqui com alguma vantagem, e achou quem fizesse o serviço sujo por você. Mas a sua vantagem já acabou.

Fez uma finta para um lado, avançou pelo outro, soltou um cruzado de direita enquanto se esquivava, passando por baixo do braço direito da criatura. Por trás dele, outro cruzado contra os seus rins.

Correu para longe. Parou e esperou que ele avançasse. Nessa pausa, notou algo de diferente. O estranho fiapo de matéria nebulosa que sumia no centro do peito de Alexandre transformara-se em muitos cordões umbilicais ligando-o à multidão que o cercava. Cada um deles era como um toque, cada toque trazendo com ele um vislumbre da identidade de quem tocava.

Patolino.

O guarda-costas negro.

O traficante Sérgio——

(*homens que ele havia matado, agora ao seu lado, dispostos a tudo para evitar serem escravizados pelo monstro.*)

E Juca Roriz.

E *Soraia*——

——Soraia estava ali, em meio à multidão. Provinha dela o primeiro cordão que veio tocá-lo.

Alexandre procurou-a com os olhos.

Sentiu o abraço do monstro como se um muro de tijolos desabasse sobre os seus ombros. E então o aperto, espremendo seus braços contra suas costelas, ossos estalando — uma outra vez, porém, recuperou-se em um segundo do impacto que em outra circunstância teria roubado sua consciência. Descobrindo-se dono de uma força sobre-humana, separou os braços que o cercavam, escapou para baixo por entre eles, afastou-se rastejando, chutando o chão para longe.

"A vontade dos outros me empresta a sua força", concluiu. Era a única explicação, para a forma como conseguira fugir do abraço mortal. Levantou-se. "Mas eles não vão me apoiar por muito tempo, se eu não mostrar que valho a aposta."

Avançou ao encontro da criatura, que se movia contra ele, curvado para a frente, arrancando fragmentos do estranho piso em que os dois se confrontavam. Rosnava como um trator.

Alexandre o recebeu com um direto no queixo, que agora, com o monstro curvado, estava na altura certa.

Jogou-se para longe dele, deu uma cambalhota, levantou-se.

O adversário parecia confuso. Do seu lado, Alexandre sentiu-se ainda mais forte. Resistiu à tentação de contar os fios luminosos que desapareciam em seu peito, mas seu olhar foi distraído por uma figura humana, feminina, que se destacara da multidão. "Soraia. . ." quis que fosse, mas não. Uma mulher morena, coberta de sangue. Dela também partia um cordão dirigido a Alexandre.

O monstro acompanhou seu olhar, encarou a mulher. *Não* ele pareceu murmurar. *A Aliada está ligada a* mim *Para sempre sem Traição*

— Um último ato, tardio, de vontade — Alexandre ouviu a mulher afirmar. — Uma traição sobre outra, se você desejar. . . Uma traição entre muitas.

Então havia outras batalhas sendo travadas, no mesmo ringue. . . Mas Alexandre não podia desconcentrar-se da sua. Avançou e cobriu a figura monstruosa de golpes. Agora os seus punhos, fincados contra fígado, plexo, coração, não sofriam como antes. Pela primeira vez pareceram balançar a criatura.

O monstro afastou-o com um empurrão, mas falhou em atirá-lo longe. Não parecia ter mais a mesma força. Alexandre girou ao seu redor, observando-o atentamente. Ainda havia um feixe de cordões a alimentá-lo, mas. . . Alexandre estreitou os olhos. Algo acontecia com a sua pele. Sobre o coração e a linha da cintura ela parecia rachada como terra seca, e uma linha sanguínea mas incandescente, como lava vulcânica, brilhava em cada fissura.

Alexandre avançou, o punho direito armado. Mas o adversário agora protegia o seu tronco vulnerável com uma guarda desajeitada, um abraço quase feminino de mãos cruzadas sobre o peito. Alexandre fintou, atingiu-o nas costas com um gancho lateral de esquerda, fugiu de um safanão que raspou seu ombro e quase o fez cair. Os dois oponentes giraram em torno um do outro. Alexandre vislumbrou volutas espiralando no ar em torno dos dois, os cordões luminosos se batendo como chicotes silenciosos sem nunca se tocarem.

Lançou-se para a frente e atingiu os genitais do outro. Em um reflexo, a criatura baixou os seus braços enormes e cingiu o pescoço de Alexandre com as manoplas.

Alexandre sentiu que sua garganta se fechava e que cartilagens se rompiam e vértebras estalavam. Poderia ser morto novamente?... Não. Apenas vencido. Submetido e escravizado, como os outros.

— *Não!* — gritou, sem palavras.

Um cordão dourado agitou-se por meio segundo diante de seus olhos, pareceu cravar-se em sua testa. Ele não teve dúvidas sobre a quem ele o ligava.

Ignorando a pressão em torno de seu pescoço, Alexandre golpeou seguidamente o coração do monstro.

Esquerda.

Direita.

Esquerda.

A pele trincada rompeu-se.

Os olhos marejados de Alexandre viram, embaçados, uma explosão de cacos vermelhos expor as entranhas pulsantes do monstro. Não havia sangue — apenas a mesma substância rubra e vibrante feito lava, e um globo ardente que devia ser o seu coração. Não escorria, mas fluía para fora em jatos e glóbulos que espirraram ardentes em Alexandre, correndo por seu rosto e peito, por seus braços, para longe, como se ele fosse um obstáculo apenas — uma pedra no leito de um rio.

Sentiu-se livre do estrangulamento. Cambaleou para trás.

Esfregou as mãos no rosto, mais para limpar as lágrimas, porque a substância que escapava do outro não grudava em sua pele. Viu que as gotas e esguichos se juntavam no ar, formando um único veio que desaparecia dentro da cortina translúcida indicando a fronteira entre a dimensão dos mortos, e o mundo de onde o monstro viera.

A própria criatura mantinha-se em pé, incrédula, observando a essência que lhe fugia do peito.

— É por isso que você precisava se amarrar em tantas mortes — Alexandre gritou. — Pra se ancorar no nosso mundo!

Golpeou-o no fígado, nos rins, em qualquer parte que as suas combinações atingiam. Em toda parte a casca do monstro rompia-se, novos veios de lava formavam-se no ar. A matéria que respingava em Alexandre era fétida e nauseante. Trazia com ela sensações que resvalavam também em sua mente — a dor de toda a violência, de todas as mortes que haviam lhe emprestado sua aparência de falsa vida. Mas o que importava era que se desfizesse, e por isso ele, de dentes cerrados, continuou a bater e a suportar as impressões que o atingiam.

Quando pedaços se soltavam do monstro, no mesmo instante os cordões nebulosos foram cortados. Nenhuma lealdade lhe era destinada — enquanto ele se esvaía, seus escravos escapavam.

Não não NÃO a criatura rugiu, e ao fundo de seu grito sem som havia um alarido — um tumulto de vozes que exprimiam apenas raiva contra ele. Alexandre sorriu, sabendo então que havia conquistado o público.

Aplicou mais golpes. Sua energia não parecia ter fim, sua força transcendia o seu peso, a sua técnica. Os mortos agora alimentavam a *ele*. Dezenas de vontades uniam-se a dele, com um único propósito.

O tórax do monstro rompeu-se. Uma forte lufada de ar acompanhou a explosão, agitando fagulhas e cinzas no ar, em um torvelinho. Conjuntos musculares tingidos pela mesma matéria rubra soltavam-se inteiros dos ossos. Sua boca escancarada revelava dentes brancos tornados transparentes pelo brilho de fornalha que subia por sua garganta. Apenas a espinha intacta e os grandes dorsais o mantinham em pé. Alexandre concentrou-se neles — e então o torso desmoronou, a cabeça fechando-se para dentro da cavidade que fora o seu peito, da qual jorrava uma torrente de lava incandescente — Alexandre podia sentir todo o seu calor. Em pé permaneceu apenas uma parte da espinha dorsal, desfazendo-se em fagulhas e fiapos líquidos, o púbis ardendo como uma pira, as duas colunas que eram suas pernas ainda firmes e dando passos titubeantes. Com um chute, Alexandre virou tudo contra o chão, mas os restos do monstro flutuaram com a ventania, desmanchando-se no ar e se fundindo ao veio em um único coágulo escarlate, que desapareceu contra a parede translúcida, sem deixar vestígios.

Alexandre, em pé e ofegante, sentindo apenas a mais leve dor nos punhos e braços, olhou em torno. Sentiu-se no olho do furacão — o ar parado e morto, traduzindo uma intensa expectativa. Mas não havia o menor traço do que antes fora o Grande Inimigo, o promotor de todas as mortes, o feitor de almas escravizadas. Olhando para eles, enxergou seu silêncio aturdido, a confusão que dava lugar à ira de segundos atrás.

Ninguém gritou vivas a ele. Ninguém entrou no ringue para levantar o seu braço vitorioso ou para carregá-lo nos ombros.

Ao contrário, a multidão foi se dispersando devagar, casualmente, como se tudo não tivesse passado de um espetáculo de praça. Alexandre viu Patolino dar-lhe as costas e sair caminhando, para dentro da escuridão.

Ao seu lado, porém, brilhou uma coluna enviesada de luz branca. Diante dela estava a *presença* que o recebera e o conduzira até o ringue. Ela também não veio parabenizá-lo.

Algumas pessoas que não haviam se dispersado caminharam até a coluna luminosa. Alexandre testemunhou quando, uma a uma, elas subiam, sustentadas por uma força invisível. Um homem de meia-idade em molambos, de aparência cansada. Um policial fardado. Uma criança morena. Uma jovem vestida como prostituta... Todos cobertos de sangue e ferimentos abertos, por onde um punho passaria, mas ao alcançarem o feixe de luz, era como se um apagador fosse passado em suas feridas, revelando seus corpos intactos por baixo.

Alexandre olhou para os outros, alguns que ainda não haviam se destinado à escuridão ou à luz. Reconheceu Gabriel, o pai de Soraia, em pé. Havia uma menina loura, de uns doze anos, ao seu lado.

Podia ser?

Deu um passo adiante e levantou as mãos.

— Soraia?...

A *presença* se interpôs em seu caminho. Tentou afastá-la com as mãos, mas não havia nada ali.

É chegado o momento do seu descanso foi-lhe dito.

— Você me quer pra *algo mais ainda?* — esbravejou. Apontou algumas figuras que se afastavam. — Vai me dizer que não estou livre como eles? Que tudo isto, dos dois lados, não valeu a minha liberdade?

Havia pesar, no que a *presença* lhe disse?

A cada um o seu destino, e você precisa ser levado ao seu lugar. A graça é momentânea, o instante é tão incomum, tudo aqui tão instável. Você deve se apressar.

— Você deveria me chamar pelo meu nome — Alexandre disse, e passou por ele.

Soraia. Ela ainda o esperava, uma menina, o pai segurando-a pelos ombros. Que expressão tinha em seu rosto? Admiração e orgulho por ele, mas também uma resignação doída...

"Uma última despedida, então?" implorou silenciosamente. "Preciso contar o quanto a amo, o quanto eu esperava que tudo desse certo..."

Hesitou. Deteve o seu passo. Seus olhos foram da menina para as suas próprias mãos. Havia algum resto do monstro nelas? Podia sentir um formigamento, uma coceira... A lembrança de seus punhos afundando na carne quebradiça, mergulhando no líquido fervente que escapava do monstro... O toque de dezenas de atos de violência, de dezenas de mortes. Soraia, por outro lado, parecia tão inocente, tão alheia a qualquer dor ou corrupção...

Ainda assim, uma palavra, antes...

Alexandre.

Olhou para trás. A coluna de luz moveu-se até ele, como os holofotes em um ginásio.

Sentiu-se ascender. Qualquer traço de dor ou fadiga desaparecera. Subia a inclinação como se estivesse em uma escada rolante. Soraia e Gabriel foram ficando menores. Do outro lado, a cortina transparente e luminosa ganhou os contornos mais definidos de uma paisagem. Um bosque e um lago, um céu azul tão distante. Eram pessoas que estavam às suas margens? Sim. . . pessoas olhando para cima, *para ele*, e elas sim, tinham em seus rostos de todas as cores e formatos, gratidão.

Mas Soraia. . . Ela parecia tão longe dele agora, também olhando para cima, um rosto espantado de menina, olhos verdes muito abertos. Alexandre inclinou--se em sua direção. Ela o ouviria, se ele gritasse que a amava, que fora tudo na melhor das intenções, que ele fizera o máximo para que tudo ficasse bem?

Quando inclinou-se, seu pé direito pareceu perder o apoio do degrau na escada rolante que o levava Deus sabe para onde. Ao tentar endireitar-se, viu de relance o bosque e o lago, o grupo de pessoas que estendia seus braços para ele, como que para recebê-lo.

E Alexandre Agnelli escorregou de onde estava, para o litoral de um outro mundo.

AGRADECIMENTOS

Obrigado a Walter Cavalcanti de Paiva e Anselma Cavalcanti de Paiva, pelas histórias que me contaram. A Marcello Simão Branco, Cesar Silva e Gumercindo Rocha Dorea, pela leitura e comentário dos primeiros rascunhos deste romance. A Rudyard Canesin Leão, pelas letras do Live; e a Mário Ferretti, o "Sr. Studebaker", pelas especificações da sua picape Studebaker 1955. A A.S.C., por sua ajuda com o jargão policial militar; ao Cabo Freitas e ao Soldado M. Bechis, pela visita que fiz à subunidade da corporação em Sumaré; e um agradecimento póstumo a Cleonder Evangelista, autor de *Luz no Fim do Túnel*, pelo jargão das drogas ilegais. A Douglas Quinta Reis, da Devir Brasil, por bancar este "livrão" e contribuir para a sua revisão final.

Também aos artistas Vagner Vargas, pela bela ilustração de capa que ele produziu para este livro, e Rafael Ramos, pelas ilustrações que apareceram no *blog* da Devir Brasil. É sempre interessante para o escritor ver a sua imaginação de algum modo concretizada em imagens. Obrigado ainda a Maria Luzia Kemen Candalaft, da Devir, pelo auxílio e paciência, e a Giulliana Oliveira, da Woon, pelo trabalho na promoção do livro. Um agradecimento especial a Ivana Casella, cuja revisão apanhou várias incoerências e repetições desnecessária. E a Finisia Fideli, pela interlocução constante.

Mistério de Deus se conecta com outro romance de minha autoria, *Anjo de Dor* (2009). São dois livros bem diferentes um do outro, com elenco distintos de personagens e situações independentes, com alguns pontos de contato. Não é preciso ler um para compreender ou apreciar o outro. Mas se o leitor se interessar, *Anjo de Dor* também está disponível pela Devir Brasil.

Sobre Carros e Competições

O Dodge Charger R/T fabricado no Brasil nas décadas de 1960 e 70 é baseado no Dodge Dart GTS, modelo norte-americano. Nos Estados Unidos, o modelo Charger R/T era bem diferente (veja o filme *Bullit*, para ter uma ideia). Por sua vez, o Ford Maverick GT brasileiro foi a versão local do Maverick Grabber americano. E o Opala, um projeto da Chevrolet do Brasil a partir do Opel Rekord, da subsidiária alemã da General Motors. Quando jovem, cheguei a ver os Opalas da Polícia Militar do Estado de São Paulo, rodando pelas ruas de Sumaré. Uma matéria de Rogério Ferraresi na revista brasileira ss *Custom & High Performance* (Ano 1, Nº 6) tratou da história e das características desse veículo. O Puma GTB foi um carro do tipo "fora-de-série" da fábrica nacional Puma, com mecânica do Opala 250s e carroceria de fibra de vidro.

Esses quatro (além das variantes do Charger, Dodge Dart e Dodge Magnum) foram as feras mais vistas disputando as corridas ilegais de rua no Brasil, nas décadas de 1970 e '80. O programa *Acelerados* do SBT (http://www.sbt.com.br/acelerados), apresentado por Rubens Barrichello, fez um recente desafio Charger-Maverick-Opala no quadro "Volta Rápida" (os pilotos de *stock car* Ingo Hoffmann e Paulo Gomes participaram como convidados), delicioso de se assistir: https://www.youtube.com/watch?v=9whWCftsYNk, https://www.youtube.com/watch?v=f0YAvm52b8o e https://www.youtube.com/watch?v=In27mrLaIhM.

Talvez valha mencionar uma interessante coincidência simbólica, somada ao branco do carro de João Serra e ao negro do carro de Norberto Ruas, no fato de "*charger*" ser a palavra inglesa para o cavalo que faz a carga de cavalaria — é a montaria do cavaleiro medieval, o que lembra a figura do cavaleiro andante a realizar feitos heroicos e a levar justiça por onde passa —, e de "*maverick*" designar em inglês o novilho desgarrado e tornado selvagem.

O termo "quadrijet" mencionado pelos personagens tem sua origem no carburador Quadrajet, que equipou os motores V8 da GM no período entre 1966 e 1989. Como acontece com muitas marcas populares de produtos diversos, o Quadrajet acabou denominando toda uma classe de carburadores de alta *performance*, e a Ford chegou a oferecer uma versão "preparada" do Maverick — o Maverick Quadrijet com 260 cavalos, contra os 195 originais dos modelos com o 302v8, de modo a homologar para as pistas uma versão mais competitiva do automóvel.

Algumas provas de carros de turismo mencionadas no romance de fato fazem parte da história do automobilismo brasileiro: Divisão 3, Turismo 5000 (reunindo vários carros nacionais produzidos com motor V8), Opala Stock Car e Hot Dodge. Por incrível que possa parecer, a cidade de Sumaré e outros municípios da região realmente promoveram, desde 1988 (e pelo menos até 2015), campeonatos de *demolition derbies*. Existe um *site* dedicado à modalidade, *Demolicar Motor Sports Events* (http://demolicar.com.br), que afirma que ela começou exatamente em Sumaré.

As corridas ilegais: a ideia para o "Rally São Paulo" (não façam isso em casa) eu tirei de um boato que corria enquanto eu era adolescente, de que alguns corredores de Campinas haviam feito a distância até São Paulo em uma hora ou menos. Eu pessoalmente não acredito que seja possível, mas assim contam as lendas... Outra fonte de inspiração foi um artigo na revista *Popular Hot Rodding* sobre Brock Yates e o seu Dodge Challenger branco que participou da famosa corrida ilegal de costa a costa, a "Cannonball Sea to Shining Sea Dash". O Challenger de Yates tinha, como o Charger R/T de João Serra, pouco mais de 400 cavalos-vapor de potência, o que parece ser ideal para esse tipo de "competição". (Dá para citar também o Plymouth Valiant 1969 de 500 HPs que a revista *Mopar Action* preparou em 1997 para disputar outra corrida de costa a costa, a "One Lap of America", correndo contra Porshes e Corvettes.)

Eu tinha dúvidas sobre a possibilidade de se produzir 400 HPs de um 318v8, isto é, sem *blower*, sem sistema de óxido nitroso, sem *tunnel ram* (o multiplicador de potência empregado no carro de João Serra). Até que a revista *Hot Rod* de abril de 2003 publicou uma matéria em que 406 HPs foram extraídos de um 318 encostado e com 320 mil quilômetros de uso, sem nenhum dos recursos listados acima, e mantendo peças originais — tudo por menos de US$ 1.500,00!

Nada dessa pesquisa garante, porém, a total veracidade das minhas especulações, e, por sua vez, o racha suicida da ponte da FEPASA igualmente me parece ser uma impossibilidade física (hoje, existe um viaduto construído por cima daquela antiga passagem).

O autor distorce a realidade, para alcançar os seus fins. Não apenas detalhes técnicos como estes (que, repito, não devem ser tentados em casa), mas as biografias de amigos e conhecidos, a geografia da sua cidade, religiões próprias e alheias (Todas as citações bíblicas foram extraídas da versão revista e ampliada da Bíblia Sagrada traduzida por João Ferreira de Almeida; São Paulo: Sociedade Bíblica do Brasil, 2ª edição, 1993), sua própria história pessoal, ampliados, reduzidos ou embelezados a fim de encontrar a dimensão mítica oculta pelo cotidiano tantas vezes turbulento da vida brasileira. Ele quer colorir de verdade a sua fantasia, e muitas vezes se surpreende com os caminhos estranhos e difíceis de imaginar, que a própria realidade toma. A ponto de alguns "embelezamentos" serem mínimos, e os fatos mais estranhos que a ficção.

A ideia, porém, é buscar o enfoque oblíquo e mágico da fantasia, para encontrar essa ampliação da realidade. Nesse sentido, o escritor canadense de fantasia Charles de Lint se declarou (em *The Magazine of Fantasy & Science Fiction* de janeiro/fevereiro de 2015) cansado quanto ao modo como "a matéria mítica que aparece na maioria dos livros norte-americanos contemporâneos é baseada nas lendas de outros lugares, na maioria Europa e Ásia. Eu entendo por quê. Assim como a maioria de nós vivendo neste continente é parte de um cadinho de raças e culturas, também é assim com nossas mitologias, contos de fadas e folclores." Mas de Lint também observa: "A América do Norte tem existido por tempo suficiente para desenvolver algo de uma mitologia própria, e eu gostaria que mais escritores mergulhassem nela. Têm havido umas poucas exceções, notavelmente as que utilizam material nativo, ou que exploram o Oeste Selvagem. Mas há um outro tipo de *Americana* legítima, que ainda precisa ser aproveitado e que está na cultura automobilística." No campo do horror, é fácil reconhecer em textos de Stephen King como *Christine*, "Maximum Overdrive", *Buick 8* e outros, um emprego dessa cultura de carros e outros veículos automotivos.

Em grande medida, como atestam as revistas e eventos nacionais de "antigomobilismo", *tunning* e *hot rodding* espalhados pelo Brasil (e outros países latino-americanos e até na Europa, como atesta o recente filme norueguês *Rápidos e Perigosos*, dirigido por Hallvard Bræin), a cultura automobilística não se restringe à América do Norte. Eu espero que *Mistério de Deus* seja uma contribuição local à exploração literária dessa subcultura, também no âmbito do horror — como aliás eu já havia feito no âmbito da fantasia contemporânea no meu primeiro romance, *A Corrida do Rinoceronte* (também pela Devir Brasil).

Notas sobre a Cidade de Sumaré e a Região de Campinas

Algumas informações sobre o passado de Sumaré foram extraídas de *Uma História de Sumaré: Das Sesmarias à Indústria*, de Francisco Antonio de Toledo (São Paulo: Imprensa Oficial do Estado, 1995). Toledo foi meu professor de História no então "Segundo Grau".

Sumaré, no meu modesto entendimento, é metáfora do Brasil. Começa no século XVIII como uma sesmaria, e guardando um tênue e desesperado impulso utópico — já o que o entorno do Ribeirão Quilombo, que corta a cidade, foi refúgio de escravos fugidos. Então no naquele século XIX, testemunhou o crescimento trazido pela estrada de ferro construída pelo engenheiro mulato Antônio Pereira Rebouças Filho (até 1945, Sumaré foi chamada de Rebouças em homenagem a ele), e foi cercada de colônias estabelecidas pelo Imperador, trazendo gente da Europa e até do Sul dos Estados Unidos (antigos Confederados derrotados na Guerra da Secessão), cada um movido por seu próprio impulso utópico. Que esse em torno não tenha, em grande parte, conseguido manter esses emigrantes, que logo deixavam os rigores da colônia agrícola para as maiores oportunidades oferecidas por Campinas, São Paulo e outras cidades brasileiras, é outro fato carregado de sentido simbólico. Até meados do século XX, Sumaré foi cidade pequena, às vezes charmosa ou mesquinha, como costumam ser essas cidades. Mas na década de 1970, ela se tornou um dos dois municípios brasileiros que mais cresceram durante o "Milagre Econômico", importando gente do Sul, do Norte e do Nordeste. Com o "progresso", enganosa palavra de ordem durante a ditadura militar, vieram os problemas da urbanização desordenada, déficit de serviços, alienação das populações migrantes, criminalidade crescente, tráfico de drogas, poluição e tudo o mais.

Boa parte da mesma síndrome atingiu Campinas, Americana e outras cidades vizinhas, mas já no século XXI encontramos Sumaré como a cidade mais violenta do Estado de São Paulo (com a vizinha Hortolândia em segundo lugar), segundo dados da Secretaria de Segurança Pública do Estado de São Paulo (publicada na *Folha de S. Paulo* de 12 de fevereiro de 2005). A situação parece que foi contornada com ações policiais nos anos posteriores, mas ainda temos aí um trágico testemunho do trajeto simbólico que a cidade e a região oferecem — uma sequência marcada pelo desejo de avanço humano e social, e as decepções subsequentes envolvendo alienação social e corrupção política. Cresci em Sumaré, para onde meus pais me levaram com menos de um mês de vida, tendo deixado a cidade apenas em 1991, mas mantendo contato com parentes e amigos, e um investimento afetivo que não cessa.

Mistério de Deus é ambientado na segunda década da Nova República, outro instante de impulso utópico, então voltando não apenas para a superação dos traumas da ditadura militar, mas também para um novo esforço — acidentado e trágico nas mãos de Fernando Collor de Mello — de modernização e abertura comercial.

O romance é lançado em outro momento de falência de um sonho utópico de justiça social e maior relevo no cenário geopolítico do mundo — o

"Brasil país emergente", membro dos BRICS e momentaneamente sexta economia do mundo —, que arrebatou a sociedade brasileira durante quinze anos ou mais. Uma terrível circularidade envolve os dois momentos, em torno de *impeachment*, corrupção política, crime organizado e traição de expectativas populares.

Essa circularidade parece dizer que não nos cansamos de nos decepcionar — talvez porque também não nos cansemos de ter esperança.

R.S.C.
São Paulo, setembro de 2016.

SOBRE O AUTOR

Roberto de Sousa Causo é autor dos livros de contos *A Dança das Sombras* (1999), *A Sombra dos Homens* (2004), e *Shiroma, Matadora Ciborgue* (2015) e dos romances *A Corrida do Rinoceronte* (2006), *Anjo de Dor* (2009), *Glória Sombria: A Primeira Missão do Matador* (2013) e *Mistério de Deus* (2016). Também escreveu o estudo *Ficção Científica, Fantasia e Horror no Brasil* (2003), que recebeu o Prêmio da Sociedade Brasileira de Arte Fantástica. O primeiro livro da série As Lições do Matador, *Glória Sombria* foi um dos indicados para a categoria Melhor Romance do Prêmio Argos de Literatura Fantástica 2014, promovido pelo Clube de Leitores de Ficção Científica. É também autor da coletânea de histórias *Shiroma, Matadora Ciborgue* (2015), parte do mesmo universo da série As Lições do Matador

Seus contos, mais de oitenta, foram publicados em revistas e livros de onze países. Foi um dos três classificados do Prêmio Jerônimo Monteiro (1991), da *Isaac Asimov Magazine*, e no III Festival Universitário de Literatura, com a novela Terra Verde (2000); foi o ganhador do Projeto Nascente 11 (da USP e do Grupo Abril), categoria Melhor Texto, em 2001 com *O Par: Uma Novela Amazônica*, publicada em 2008. Completando um trio de novelas de ficção científica ambientadas na Amazônia, *Selva Brasil* foi lançado em 2010.

Causo escreveu sobre os seus gêneros de interesse para o *Jornal da Tarde*, *Folha de S. Paulo* e para a *Gazeta Mercantil*, para as revistas *Extrapolation*, *Science Fiction Studies*, *Alambique: Revista acadêmica de ciencia ficción y fantasia*, *Cult*, *Ciência Hoje*, *Palavra*, *Zanzalá* e *Dragão Brasil*.

O jornal *A Tarde* disse que "Roberto de Sousa Causo é um dos mais atuantes escritores brasileiros de FC, horror e fantasia", e o *Anuário Brasileiro de Literatura Fantástica* o chamou de "um dos mais importantes nomes da FC brasileira . . . [com] uma trajetória que se confunde com os vários momentos do gênero no Brasil nos últimos trinta anos." Causo vive em São Paulo, com a esposa Finisia Fideli.

SOBRE O ARTISTA DA CAPA

Vagner Vargas é artista plástico e ilustrador desde 1989, quando concluiu o curso de artes no Liceu de Artes e Ofícios de São Paulo. Atua no mercado editorial desde 1990, com ilustrações e criações diversas para miolo e capa de livros entre outros projetos, como *posters* e *cards*. Também produziu histórias em quadrinhos para os Estados Unidos, com arte interna e capas para romances gráficos. Trabalhou para diversas editoras, ilustrando ficção científica, fantasia, didáticos e literatura em geral. É um dos poucos ilustradores na história da FC no Brasil, claramente identificados com o gênero — tanto que foi o Artista Convidado de Honra da v InteriorCon, em 1997. Foi o primeiro artista brasileiro a ilustrar livros da franquia Jornada nas Estrelas, para a Editora Aleph.

Para a Devir Livraria, ilustrou as capas dos livros de Jorge Luiz Calife, *Trilogia Padrões de Contato*, *Angela entre dois Mundos* e *Trilhas do Tempo*, e os de Orson Scott Card na premiada Saga de Ender: *O Jogo do Exterminador*, *Orador dos Mortos*, *Xenocídio* e *Os Filhos da Mente*. Também acumula colaborações junto às editoras Arte & Ciência, Estronho, Moderna e Pensamento. Em 2015, teve arte de capa e perfil reproduzidos na revista francesa de ficção científica *Galaxies*. Sempre se atualizando e pesquisando novas tendências, tem combinado seu talento para o desenho com a arte digital. Além da ilustração editorial e das artes plásticas, já atuou com animação e criação visual. É o criador do *site GalAxis: Conflito e Intriga no Século 25* (www.universogalaxis.com.br), lar das séries As Lições do Matador e Shiroma, Matadora Ciborgue. Como artista plástico, tem um trabalho na linha do fantástico, com temática relacionada à natureza do planeta e do ser humano. Vive em Tremembé, no Interior do Estado de São Paulo, com a esposa Regina e o filho Victor. Na Internet, está em www.vagnervargas.com.br.